王蒙評點

红樓夢

（第二版）

曹雪芹 高鶚 著

JPC

責任編輯　蔡嘉蘋　王昊
書籍設計　任媛媛

書名　紅樓夢（第二版）（中）
著者　曹雪芹　高鶚
評點　王蒙
註釋、校點　馮統一
出版　三聯書店（香港）有限公司
香港北角英皇道四九九號北角工業大廈二十樓
Joint Publishing (H.K.) Co. Ltd.
20/F., North Point Industrial Building,
499 King's Road, North Point, Hong Kong
香港發行　香港聯合書刊物流有限公司
香港新界大埔汀麗路三十六號三字樓
印刷　美雅印刷製本有限公司
香港九龍觀塘榮業街六號四樓A室
版次　二〇〇四年二月香港第一版第一次印刷
二〇二〇年四月香港第二版第一次印刷
規格　十六開（170 × 240mm）六〇〇面
國際書號　ISBN 978-962-04-4534-7（套裝）

第四十一回 賈寶玉品茶櫳翠庵 劉老老醉臥怡紅院

話說劉老老兩隻手比着說道：「花兒落了結個大倭瓜。」眾人聽了，哄堂大笑起來。於是吃過門杯，因又逗趣笑道：「今兒實說罷，我的手腳子粗，又喝了酒，仔細失手打了這磁杯，有木頭的杯取個來，我便失了手，掉了地下也無礙。」眾人聽了，又笑起來。鳳姐兒聽如此說，便忙笑道：「果真要木頭的，我就取了來，可有一句話先說下：這木頭的可比不得磁的，他都是一套，定要吃遍這一套方使得。」劉老老聽了，心下掂掇[1]道：「我方才不過是趣話取笑兒，誰知他果真竟有，我時常在鄉紳大家也赴過席，金銀杯也都見過，從沒見有木頭杯的。哦，是了，想必是小孩子們使的木碗兒，不過誆我多喝兩碗。別管他，橫豎這酒蜜水兒似的，多喝點子也無妨。」想畢，便說：「取來再商量。」鳳姐乃命豐兒：「前面裡間書架子上有十個竹根套杯取來。」豐兒聽了，才要去取，鴛鴦笑道：「我知道你那十個杯還小。況且你才說木頭的，這會子又拿了竹根的來倒不好看，不如把我們那裡的黃楊根子整刓的十個大套杯拿來，灌他十下子。」鳳姐兒笑道：「更好了。」鴛鴦果真命人取來。劉老老一看，又驚又喜：驚的是，一連十個挨

花落結瓜，何等天趣，勝過那些咬文嚼字。

劉老老要木杯，跟着起鬨助興。要來後，喝與不喝，都是一番耍笑。喝的樣醉的樣固然要醜，怕的樣躲的樣同樣解頤。

捎帶着把竹根的酒杯也炫耀一番，買一送一。

次大小分下來，那大的足足的似個小盆子，極小的還有手裡的杯子兩個大；喜的是，雕鏤奇絕，一色山水樹木人物，並有草字及圖印。因忙說道：「拿了那小的來就是了。」鳳姐兒笑道：「這個杯沒有這大量的，所以沒人敢使他。老老既要，好容易找出來，必定要挨次吃一遍才使得。」劉老老唬的忙道：「這個不敢。好姑奶奶，饒了我罷。」賈母、薛姨媽、王夫人知道他有年紀的人禁不起，忙說道：「說是說，笑是笑，不可多吃了，只吃這頭一杯罷。」劉老老道：「阿彌陀佛！我還是小杯吃罷。把這大杯收着，我帶了家去慢慢的吃罷。」說的眾人又笑起來。鴛鴦無法，只得命人滿斟了一大杯。劉老老兩手捧着喝。賈母、薛姨媽都道：「慢些，不要嗆了。」薛姨媽又命鳳姐兒佈個菜。鳳姐笑道：「老老要吃什麼，說出名兒來，我挾了餵你。」劉老老道：「我知道什麼名兒，樣樣都是好的。」賈母笑道：「把茄鯗[2]挾些餵他。」鳳姐兒聽說，依言挾些茄鯗送入劉老老口中，因笑道：「你們天天吃茄子，也嚐嚐我們這茄子弄的來可口不可口。」劉老老笑道：「別哄我了，茄子跑出這個味兒來了，我們也不用種糧食，只種茄子了。」眾人笑道：「真是茄子，我們再不哄你。」劉老老詫異道：「真是茄子？我白吃了半日，姑奶奶再餵我些，這一口細嚼嚼。」鳳姐兒果又挾了些放入他口內。劉老老細嚼了半日，笑道：「雖有一點茄子香，只是還不像是茄子。告訴我是個什麼法子弄的，我也弄着吃去。」鳳姐兒笑道：「這也不難。你把才下來的茄子把皮刨了，只要淨肉切成碎釘子，用雞油炸了，再用雞肉脯子合香菌、新筍、蘑菇、五香豆腐乾子、各色乾果子都切成釘兒，拿雞湯煨乾，將香油收一收，外加糟油一拌，盛到磁罐子裡封嚴，要吃時拿出來用炒的雞瓜子[3]一拌就是。」劉老老聽了，搖頭吐舌說：「我的佛祖，倒得十來隻雞來配他，怪道這個味兒。」一面笑，一面慢慢的吃完了酒，還只管細玩那杯子。鳳姐兒笑道：「還是不足興，再吃一杯罷。」劉老老忙道：「了不得，那就醉死了。我因為愛這樣兒好看，虧他怎麼做來。」鴛鴦笑道：「酒吃完了，到底這杯子是什麼木頭的？」劉老老笑道：「怨不得姑娘不認得，你們在這金門繡户的，如何認得木頭！我們成日家和樹林子做街坊，睏了枕着他睡，乏了靠着他坐，荒年間餓了還吃他，眼睛裡天天見他，耳朵裡天天聽他，嘴兒裡天天説他，所以好歹真假，我是認得的。讓我認一認。」一面説，一面細細端詳了半日道：「你們這樣人家斷沒有那賤東西，那容易得的木頭，你們也不收着了。我掂着這麼體沉，斷乎不是楊木，一定是黃松做的。」眾人聽了，哄堂大笑起來。

只見一個婆子走來，請問賈母說：「姑娘們都到了藕香榭，請示下，就演罷還是再等一回子。」賈母忙笑道：「可是倒忘了他們，就叫他們演罷。」那個婆子答應去了。不一時，只聽得簫管悠揚，笙笛並發。正值風清氣爽之時，那樂聲穿林度水而來，自然使人神怡心曠。寶玉先禁不住，拿起壺來斟了一杯，一口飲盡。復又斟上，才要飲，只見王夫人也要飲，命人換暖酒。寶玉連忙將自己的杯捧了過來，送到王夫人口邊。王夫人就在他手內吃了兩口。一時暖酒來了，寶玉

據說有人這樣炮製了，並不見佳。畢竟是小說，「說嘴」罷了。

以劉老老誇己與樹木之親反襯賈家用木之稀罕高貴。

但劉老老這幾句話說得極可愛。

仍舊歸坐，王夫人提了暖壺下席來，眾人都出了席，薛姨媽也站起來。賈母忙命李、鳳二人接過壺來：「讓你姑媽坐了，大家才便。」王夫人見如此說，方將壺遞與鳳姐兒，自己歸坐。賈母笑道：「大家吃了兩杯，今日着實有趣。」說着拿杯讓薛姨媽，又向湘雲寶釵道：「你姐妹兩個也吃一杯，你林妹妹不大會吃，也別饒他。」說着自己也乾了。湘雲、寶釵、黛玉也都吃了。當下劉老老聽見這般音樂，且又有了酒，越發喜的手舞足蹈起來。寶玉因下席過來，向黛玉笑道：「你瞧劉老老的樣子。」黛玉笑道：「當日聖樂一奏，百獸率舞，[4]如今才一牛耳。」眾姐妹都笑了。

須臾樂止，薛姨媽笑道：「大家的酒也都有了，且出去散散再坐罷。」賈母也正要散散，於是大家出席，都隨着賈母遊玩。賈母因要帶着劉老老散悶，遂攜了劉老老至山前樹下盤桓了半晌，又說與他這是什麼樹，這是什麼石，這是什麼花。劉老老一一領會。又向賈母道：「誰知城裡不但人尊貴，連雀兒也是尊貴的。偏這雀兒到了你們這裡也變俊了，也會說話了。」眾人不解，因問什麼雀兒變俊了，會說話。劉老老道：「那廊上金架子上站的綠毛紅嘴是鸚哥兒，我是認得的。那籠子裡的黑老鴰子，[5]又長出鳳頭來，也會說話呢。」眾人聽了又都笑將起來。

一時只見丫頭們來請用點心。賈母道：「吃了兩杯酒倒也不餓。也罷，就拿了這裡來，大家隨便吃些罷。」丫頭聽說，便去抬了兩張几來，又端了兩個小捧盒，揭開看時，每個盒內兩樣：這盒內是兩樣蒸食，一樣是藕粉桂花糖糕，一樣

黛玉的「孤標傲世」，視凡人如牲畜，亦有令人特別是今民粹主義者、社會主義者乃至進步人士相當反感之處。何至於這樣說劉老老？故把黛玉的孤傲不群定性為反封建從而對之百般肯定，未必可取。

領會。

如果這撥子小姐到老老莊上，又能識辨多少物件呢？

*一次吃吃喝喝玩玩樂樂竟寫得這樣豐滿、細緻、一層一層、一面一面。對於有心人來說，一頷一啄，都是寫不盡的人生。極示大觀園之在當時條件下無所不至的享受快樂。是戀歌也是輓歌，是炫耀也是懺悔。誰不喜歡享受？這幾乎可以說是一種樂生的文化，比較起來，缺少歐美人享樂生活中的冒險性、刺激性——所以不會有沖浪、划水、滑雪、滑翔之類。享受了又怎樣？它能帶來什麼？自階級鬥爭的觀點看，這不是巧取豪奪的地主官僚階級的罪證嗎？

是鬆瓤鵝油饈；那盒內是兩樣炸的，一樣是只有一寸來大的小餃兒。賈母因問：「是什麼餡子？」婆子們忙回：「是螃蟹的。」賈母聽了，皺眉說道：「這會子油膩膩的，誰吃這個。」又看那一樣，是奶油炸的各色小麵果，也不喜歡。因讓薛姨媽吃，薛姨媽只揀了一塊糕；賈母揀了一個饈子，只嚐了一嚐，剩下的半個遞與丫頭了。劉老老因見那小麵果子都玲瓏剔透，各式各樣，又揀了一朵牡丹花樣的，笑道：「我們鄉裡最巧的姐兒們，剪子也不能鉸出這麼個紙的來。我又愛吃，又捨不得吃，包些家去給他們做花樣子去倒好。」眾人都笑了。賈母笑道：「家去我送你一磁罈子。你先趁熱吃這個罷。」別人不過揀各人愛吃的揀了一兩樣就算了。劉老老原不曾吃過這些東西，且都做得小巧，不顯堆垜的，他和板兒每樣吃了些，就去了半盤了。剩的，鳳姐又命攢了兩盤，並一個攢盒，與文官等吃去。忽見奶子抱了大姐兒來，大家哄他頑了一會。那大姐兒因抱着一個大柚子頑，忽見板兒抱着一個佛手，大姐便要。丫鬟哄他取去，大姐兒等不得便哭了。眾人忙將柚子給了板兒，將板兒的佛手哄過來與他才罷。那板兒因頑了半日佛手，此刻又抓着些果子吃，又忽見這個柚子又香又圓，更覺好玩，且當球踢着頑去，也就不要佛手了。

當下賈母等吃過了茶，又帶了劉老老至櫳翠庵來。妙玉忙接了進去。眾人至院中見花木繁盛 。賈母笑道：「到底是他們修行人，沒事常常修理，比別處越發好看。」一面說，一面便往東禪堂來。妙玉笑往裡讓。賈母道：「我

已吃奶油點心。

大姐兒與劉老老一家有緣。緣分正如命運，是人們主觀想像臆造出來的也罷，玩味起來，令人嗟嘆！

們才都吃了酒肉，你這裡頭有菩薩，衝了罪過。我們這裡坐坐，把你的好茶拿來，我們吃一杯就去了。」寶玉留神看他是怎麼行事。只見妙玉親自捧了一個海棠花式雕漆填金雲龍獻壽的小茶盤，裡面放一個成窯五彩小蓋鍾，[6]捧與賈母。賈母道：「我不吃六安茶。」[7]妙玉笑說：「知道，這是老君眉。」[8]賈母接了，又問是什麼水。妙玉道：「是舊年蠲[9]的雨水。」賈母便吃了半盞，笑着遞與劉老老說：「你嚐嚐這個茶。」劉老老便一口吃盡，笑道：「好是好，就是淡些，再熬濃些更好了。」賈母眾人都笑起來。然後眾人都是一色的官窯脫胎填白蓋碗。[10]

那妙玉便把寶釵黛玉二人的衣襟一拉，二人隨他出去。寶玉悄悄的隨後跟了來。只見妙玉讓他二人在耳房內，寶釵便坐在榻上，黛玉便坐在妙玉的蒲團上。妙玉自向風爐上搧滾了水，另泡了一壺茶。寶玉便走了進來，笑道：「偏你們吃體己茶呢。」二人都笑道：「你又趕了來撤[11]茶吃。這裡並沒有你吃的。」妙玉剛要去取杯，只見道婆收了上面茶盞來。妙玉忙命：「將那成窯的茶杯別收了，擱在外頭去罷。」寶玉會意，知為劉老老吃了，他嫌腌臢，不要了。又見妙玉另拿出兩隻杯來。一個旁邊有一耳，杯上鐫着「𤫩瓟斝」[12]三個隸字，後有一行小真字是「王愷珍玩」，[13]又有「宋元豐五年四月眉山蘇軾見於秘府」[14]一行小字。妙玉斟了一斝遞與寶釵。那一隻形似缽而小，也有三個垂珠篆字，鐫着「點犀盉」。[15]妙玉斟了一盉與黛玉。仍將前番自己常日吃茶的那隻綠玉斗[16]來斟與

賈母對劉老老的態度，比黛玉、妙玉這些孤高人士強多了。此二玉，殺了她們也不會令劉老老與己同飲一杯茶的。

有所區別對待。（沒有區別便沒有政策。佛門妙玉，亦如此「政策」乎？）

妙玉如果生在今天，怎樣和大眾結合呢？

寶玉。寶玉笑道：「常言『世法平等』，他兩個就用那樣古玩奇珍，我就是個俗器了。」妙玉道：「這是俗器？不是我說狂話，只怕你家裡未必找的出這麼一個俗器來呢。」寶玉笑道：「俗語說『隨鄉入鄉』，到了你這裡，自然把金珠玉寶一概貶為俗器了。」妙玉聽如此說，十分歡喜，遂又尋出一隻九曲十環一百二十節蟠虬[17]整雕竹根的一個大盞出來，笑道：「就剩了這一個，你可吃的了這一海？」[18]寶玉喜的忙道：「吃的了。」妙玉笑道：「你雖吃的了，也沒這些茶你遭塌。豈不聞『一杯為品，二杯即是解渴的蠢物，三杯便是飲驢了』。你吃這一海更成什麼？」說的寶釵、黛玉、寶玉都笑了。妙玉執壺只向海內斟了約有一杯，寶玉細細吃了，果覺輕淳無比，賞讚不絕。妙玉正色道：「你這遭吃茶是託他兩個的福，獨你來了，我是不能給你吃的。」寶玉笑道：「我深知道，我也不領你的情，只謝他二人便了。」妙玉聽了，方說：「這話明白。」黛玉因問：「這也是舊年的雨水？」妙玉冷笑道：「你這麼個人竟是大俗人，連水也嚐不出來。這是五年前我在玄墓[19]蟠香寺住着，收的梅花上的雪，統共得了那一鬼臉青[20]的花甕一甕，總捨不得吃，埋在地下，今年夏天才開了。我只吃過一回，這是第二回了。你怎麼嚐不出來？隔年蠲的雨水那有這樣清淳，如何吃得！」黛玉知他天性怪僻，不好多話，亦不好多坐，吃過茶，便約着寶釵走了出來。

寶玉和妙玉陪笑道：「那茶鍾雖然腌臢了，白擱了豈不可惜，依我說，不如就給了那貧婆子罷，他賣了也可以度日。你道使得麼？」妙玉聽了，想了一想，

酒具茶具，都寫得天花亂墜。

近於茶道。

黛玉被說成了「大俗人」，吾人讀者有何面目讀此回此節？吾甚感自己之俗不欲生矣！

黛玉也沒了脾氣。也算是山外有山，天外有天。

點頭説道：「這也罷了。幸而那杯子是我沒吃過的，若是我吃過的，我就砸碎了，也不能給他。你要給他，我也不管，你只交給他，快拿了去罷。」寶玉道：「自然如此。你那裡和他説話去，越發連你也腌臢了。只交與我就是了。」妙玉便命人拿來遞與寶玉。寶玉接了，又道：「等我們出去了，我叫幾個小么兒來河裡打幾桶水來洗地如何？」妙玉笑道：「這更好了，只是你囑咐他們，抬了水只擱在山門外頭牆根下，別進門來。」寶玉道：「這是自然的。」説着，便袖着那杯，遞與賈母房中的小丫頭子拿着，説：「明日劉老老家去，給他帶去罷。」交代明白，賈母已經出來要回去。妙玉亦不甚留，送出山門，回身便將門閉了。不在話下。

且説賈母因覺身上乏倦，便命王夫人和迎春姊妹陪了薛姨媽去吃酒，自己便往稻香村來歇息。鳳姐忙命人將小竹椅抬來，賈母坐上，兩個婆子抬起，鳳姐李紈和眾丫頭婆子圍隨去了，不在話下。這裡薛姨媽也就辭出。王夫人打發文官等出去，將攢盒散與眾丫頭們去吃，自己便也乘空歇着，隨便歪在方才賈母坐的榻上，命一個小丫頭放下簾子來，又命搥着腿，吩咐他：「老太太那裡有信，你就叫我。」説着，也歪着睡着了。寶玉湘雲等看着丫頭們將攢盒擱在山石上，也有坐在山石上的，也有坐在草地下的，也有靠着樹的，也有傍着水的，倒也十分熱鬧。

*所以能這樣寫得熱鬧有趣，離不開兩個「不和諧」人物。一個是劉老老，少見多怪，洋相百出，而又福從天降，殊榮殊寵，讚嘆有加，以她的興奮、開眼、拜倒感染着牽引着讀者。隨劉老老進了園子，誰不是劉老老？誰不感嘆自己亦如劉老老般，哪裡懂這些好生活？一個是妙玉，又得接待賈母，又得優待釵黛，又得冷冷熱熱地（不知怎麼好地）接待寶玉，又得撇着嘴冷笑譏刺一切人和事，尤其敵視劉老老。這才有了戲。不和諧因素是組織情節的寶貝。

一時又見鴛鴦來了，要帶着劉老老逛，眾人也都跟着取笑。一時來至省親別墅的牌坊底下。劉老老道：「噯呀！這裡還有大廟呢。」說着，便爬下磕頭。眾人笑彎了腰。劉老老道：「笑什麼，這牌樓上字我都認得，我們那裡這樣的廟宇最多，都是這樣的牌坊，那字就是廟的名字。」眾人笑道：「你認得這是什麼廟？」劉老老便抬頭指那字道：「這不是『玉皇寶殿』四字？」眾人笑的拍手打掌，還要拿他取笑。劉老老覺得腹內一陣亂響，忙的拉着一個丫頭要了兩張紙就解衣。眾人又是笑，又忙喝他：「這裡使不得！」忙命一個婆子帶了東北角上去。那婆子指與他地方，便樂得走開去歇息。

那劉老老因喝了些酒，他脾氣不與黃酒相宜，且吃了許多油膩飲食，發渴多喝了幾碗茶，不免通瀉起來，蹲了半日方完。及出廁來，酒被風吹，且年邁之人，蹲了半天，忽一起身，只覺得眼花頭暈，辨不出路徑。四顧一望，皆是樹木山石樓台房舍，卻不知那一處是往那一路去的了，只得順着一條石子路慢慢的走來。及至到了房舍跟前，又找不着門，再找了半日，忽見一帶竹籬。劉老老心中自忖道：「這裡也有扁豆架子。」一面想，一面順着花障走了來，得了一個月洞門進去。只見迎面一帶水池，只有七八尺寬，石頭砌岸，裡面碧波清水流往那邊去了。上面有一塊白石橫架在上面。劉老老便踱過石去，順着石子甬路走去，轉了兩個彎子，只見有個房門。於是進了房門，便見迎面一個女孩兒滿面含笑迎出來。劉老老忙笑道：「姑娘們把我丟下了，

這麼快？不太可能。還是小說要出盡老老洋相。

用某種貧窮的生活經驗與反映這種生活經驗的語言符號系統去套完全不同的生活內容——但願我們能從劉老老這裡汲取教訓。

叫我碰頭碰到這裡來。」說了，只覺那女孩兒不答。劉老老便趕來拉他的手，「咕咚」一聲，便撞到板壁上，把頭碰的生疼。細瞧了一瞧，原來是一幅畫兒。劉老老自忖道：「原來畫兒有這樣凸出來的。」一面想，一面看，一面又用手摸去，卻是一色平的，點頭嘆了兩聲。一轉身，方得了一個小門，門上掛着葱綠撒花軟簾。劉老老掀簾進去，抬頭一看，只見四面牆壁玲瓏剔透，琴劍瓶爐皆貼在牆上，錦籠紗罩，金彩珠光，連地下踩的磚皆是碧綠的鑿花，竟越發把眼花了，找門出去，那裡有門？左一架書，右一架屏。剛從屏後得了一個門，只見一個老婆子也從外面迎了他進來。劉老老詫異，心中恍惚，「莫非是他親家母？」因連忙問道：「你想是見我這幾日沒家去，虧你找我來。那位姑娘帶你進來的？」又見他戴着滿頭花，劉老老笑道：「你好沒見世面，見這園裡的花好，你就沒死沒活戴了一頭。」說着，那老婆子只是笑，也不答言，便心中忽然想起：「常聽富貴人家有一種穿衣鏡，這別是我在鏡子裡頭嗎。」想畢，伸手一摸，再細一看，可不是，四面雕空紫檀板壁將這鏡子嵌在中間，因說：「這已經攔住，如何走出去呢？」一面說，一面只管用手摸。這鏡子原是西洋機括，[21]可以開合，不意劉老老亂摸之間，其力巧合，便撞開了消息，掩過鏡子，露出門來。劉老老又驚又喜，遂走出來，忽見有一副最精緻的床帳，他此時又帶了七八分的酒，又走乏了，便一屁股坐在床上，只說歇歇，不承望身不由己，便前仰後合的朦朧着兩眼，一歪身就睡熟在床上。

什麼畫兒？國畫是很難有這種凸現立體的效果的。

西洋機括，已經引入賈府。

*劉老老樂得太過了，便出了差錯。幸虧襲人代為遮掩，大事化小化無。否則就要樂極生悲了。

且說眾人等他不見，板兒沒了他老老，急的哭了。眾人都笑道：「別是掉在茅廁裡了，快叫人去瞧瞧。」因命兩個婆子去找，回來說沒有。眾人各處搜尋不見。襲人掂掇道：「一定是他醉了，迷了路，順着這一條路往我們後院子裡去了。若進了花障子到後房門進去，雖然碰頭，還有小丫頭子們知道；若不進花障子去，再往西南上去，若繞出去還好，若繞不出去，可夠他繞一會子好的。我且瞧瞧去。」一面說着，一面回來，進了怡紅院便叫人，誰知那幾個在房裡的小丫頭已偷空頑去了。

襲人一直進了房門，轉過集錦槅子，就聽的鼾齁如雷，忙進來，只聞見酒屁臭氣滿屋，一瞧，只見劉老老扎手舞腳的仰臥在床上。襲人這一驚不小，慌忙的趕上來將他沒死活的推醒。那劉老老驚醒睜眼見襲人，連忙爬起來道：「姑娘，我該死了，我失錯！並沒弄腌臢了床。」一面說，一面用手去撣。襲人恐驚動了人，被寶玉知道了，只向他搖手，不叫他說話。忙將當地大鼎內貯了三四把百合香，仍用罩子罩上。所喜不曾嘔吐，忙悄悄的笑道：「不相干，有我呢。你隨我出來。」劉老老答應着，跟了襲人出至小丫頭子們房中，命他坐下，向他道：「你說醉倒在山子石上，打了個盹兒。」劉老老答應是。又與他兩碗茶吃，方覺酒醒了，因問道：「這是那個小姐的繡房，這樣精緻？我就像到了天宮裡的一樣。」襲人微微笑道：「這個麼，是寶二爺的臥室。」那劉老老嚇的不敢做聲。襲人帶他從前面出去，見了眾人只說

寶玉的床偏讓劉老老上一上，大概也算「誤區」、「錯位」、「怪圈」吧。人生自多尷尬與諷刺。

他在草地下睡着了，帶了他來的。眾人都不理會，也就罷了。

一時賈母醒了，就在稻香村擺晚飯。賈母因覺懶懶的，也沒吃飯，便坐了竹椅小敞轎回至房中歇息，命鳳姐兒等去吃飯。他姊妹方復進園來。未知如何，且看下回分解。

懶懶的，是狂歡後的狀態。

1 **掂掇**：估量事情輕重利弊的意思。

2 **茄鮝**：醃臘茄乾。「鮝」原指醃臘魚乾，也泛指其他成片的醃臘食品。

3 **雞瓜子**：指雞的腱子肉或胸脯肉。

4 **百獸率舞**：《尚書．舜典》：「予擊石拊石，百獸率舞。」意為樂聲一起，百獸相隨起舞。

5 **黑老鴰子**：即烏鴉。這裡實是八哥，八哥形體顏色與烏鴉相近，只是頂多一撮羽冠（即鳳頭）。

6 **成窯五彩小蓋鍾**：明代成化年間景德鎮官窯燒製的五彩小杯。成窯瓷器以五彩者為上品，鍾是有蓋的小杯。

7 **六安茶**：為安徽名茶，產自霍山。

8 **老君眉**：六安茶分白茶與明茶，白茶名品銀針，一稱老君眉。小說中賈母誤以為是六安一般粗茶。另外，湖南洞庭湖君山也產有銀針、老君眉等名目的茶品。

9 **蠲**：通「涓」，清潔的意思。這裡是密封使之澄清的意思。

10 **脫胎填白蓋碗**：「脫胎」指薄胎。「填白」指在有暗花雕紋的薄胎器面上掛一種白色透明釉的工藝，又稱「暗花填白」。「蓋碗」是有托有蓋的茶杯。

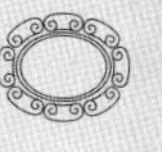

11 **撒**：猶言「蹭」，就便沾光之意。

12 **𤫩瓟斝**：𤫩、瓟俗稱葫蘆，斝是古代飲器的名稱。這裡指把模子套在生長中的葫蘆上，使其長成斝形的杯子。

13 **王愷珍玩**：王愷是晉代豪門貴族，性侈奢，以聚蓄珍寶著稱。

14 **秘府**：古代宮廷收藏圖書的地方，也稱秘閣。以葫蘆製器是清以來的民間工藝，妙玉所藏葫蘆斝竟有西晉、北宋名家題款，當為作者有意調侃。

15 **點犀䀉**：犀牛角製成的飲器，䀉是碗類器皿。

16 **綠玉斗**：綠玉製的飲器。斗是方形上大下小側旁有耳的器皿。

17 **蟠虬**：盤曲的龍紋。虬是傳說中的無角龍。

18 **海**：指大碗。

19 **玄墓**：山名，一名鄧尉山，在江蘇吳縣。晉郁泰玄葬此，故名。山上多梅，有「香雪海」之稱。

20 **鬼臉青**：一種深青綠釉色的瓷。

21 **機括**：即機關，是一種開關裝置。

第四十二回　蘅蕪君蘭言[1]解疑癖　瀟湘子雅謔補餘音

話說他姊妹復進園來，吃過飯，大家散出，都無別話。

且說劉老老帶着板兒，先來見鳳姐兒說：「明日一早定要家去了。雖然住了兩三天，日子卻不多，把古往今來沒見過的，沒吃過的，沒聽見的，都經驗了。難得老太太和姑奶奶並那些小姐們，連各房裡的姑娘們，都這樣憐貧惜老照看我。我這一回去沒別的報答，惟有請些高香，天天給你們唸佛，保佑你們長命百歲的，就算我的心了。」鳳姐兒笑道：「你別喜歡，都是為你，老太太也被風吹病了，睡着不舒服。我們大姐兒也着了涼，在那裡發熱呢。」劉老老聽了，忙嘆道：「老太太有年紀的，不慣十分勞乏的。」鳳姐兒道：「從來沒像昨兒高興。往常也進園子逛去，不過到一兩處坐坐就來了。昨兒因為你在這裡，要叫都逛逛，一個園子倒走了多半個。大姐兒因為我找你去，太太遞了一塊糕給他，誰知風地裡吃了，就發熱起來。」劉老老道：「大姐兒只怕不大進園子，生地方兒，小人兒家原不該去。比不得我們的孩子，會走了，那個墳圈子裡不跑去。一則風撲了也是有的；二則只怕他身上乾淨，眼睛又淨，或是遇見什麼神了。依我說，給他

快樂的代價。

瞧瞧祟書本子，[2]仔細撞客着。」一語提醒了鳳姐兒，便叫平兒拿出《玉匣記》來，着彩明來唸。彩明翻了一回唸道：「八月二十五日，病者東南方得遇花神，用五色紙錢四十張，向東南方四十步送之，大吉。」鳳姐兒笑道：「果然不錯，園子裡頭可不是花神！只怕老太太也是遇見了。」一面命人請兩分紙錢來，着兩個人來，一個與賈母送祟，一個與大姐兒送祟。果見大姐兒安穩睡了。

鳳姐兒笑道：「到底是你們有年紀的經歷的多。我這大姐兒時常肯病，也不知是什麼原故。」劉老老道：「這也有的，富貴人家養的孩子都嬌嫩，自然禁不得一些兒委曲。再他小人兒家，過於尊貴了，也禁不起。以後姑奶奶倒少疼他些就好了。」鳳姐兒道：「這也有理。我想起來，他還沒個名字，你就給他起個名字，借借你的壽；二則你們是莊家人，不怕你惱，到底貧苦些，你貧苦人起個名字，只怕壓的住他。」劉老老聽説，便想了一想，笑道：「不知他是幾時生的？」鳳姐兒道：「正是生的日子不好呢，可巧是七月初七日。」劉老老忙笑道：「這個正好，就叫作巧姐兒好。這個叫做『以毒攻毒，以火攻火』的法子。姑奶奶定依我這名字，必然長命百歲。日後大了，各人成家立業，或一時有不遂心的事，必然遇難成祥，逢凶化吉，都從這個『巧』字兒來。」

鳳姐兒聽了，自是歡喜，忙謝道：「只保佑他應了你的話就好了。」說着叫平兒來吩咐道：「明兒咱們有事，恐怕不得閒兒。你這空兒閒着，把送老老的東西打點了，他明兒一早就好走得便宜了。」劉老老道：「不敢多破費了，已經遭

這種民間的說法，包着迷信的外衣，仍有一定的道理。小孩子不宜過於嬌慣，這是對的。

又是預言預示。迷信宿命的觀念變成了小說結構的方法。

擾了幾日，又拿着走，越發心裡不安起來。」鳳姐兒道：「也沒有什麼，不過隨常的東西，好也罷，歹也罷，帶了去，你們街坊鄰舍看着也熱鬧些，也是上城一次。」說着只見平兒走來說：「老老過這邊瞧瞧。」

劉老老忙跟了平兒到那邊屋裡，只見堆着半炕東西。平兒一一的拿與他瞧着，又說道：「這是昨日你要的青紗一匹，奶奶另外送你一個實地月白紗做裡子。這是兩個繭綢，做襖兒裙子都好。這包袱裡是兩匹綢子，年下做件衣裳穿。這是一盒各樣內造點心，也有你吃過的，也有沒吃過的，拿去擺碟子請客，比你們買的強些。這兩條口袋是你昨日裝瓜果子的，如今這一個裡頭裝了兩斗御田粳米，熬粥是難得的；這一條裡是園子裡的果子和各樣乾果子。這一包是八兩銀子，這都是我們奶奶的。這兩包每包五十兩，共是一百兩，是太太給的，叫你拿去或者做個小本買賣，或者置幾畝地，以後別再求親靠友的。」說着又悄悄笑道：「這兩件襖兒和兩條裙子，還有四塊包頭，一包絨線，可是我送老老的。那衣裳雖是舊的，我也沒大狠穿，你要嫌棄，我就不敢說了。」平兒說一樣，劉老老就唸一句佛，已經唸了幾千佛了，又見平兒也送他這些東西，又如此謙遜，忙笑道：「姑娘說那裡話！這樣好東西我還嫌棄！我便有銀子沒處買這樣的去呢。只是我怪臊的，收了又不好，不收又辜負了姑娘的心。」平兒笑道：「休說外話，咱們都是自己，我才這樣。你放心收了罷，我還和你要東西呢。到年下，你只把你們曬的那個灰條

＊善有善報。寫鳳姐對劉老老如何「行善」，包含這個樸素的意思。

果然離不開粥。

劉老老福從天降，令讀者隨着領情、雀躍、羨慕。這也投合讀者的心理：誰不夢想着幸運呢？狄更斯小說裡的人物就常有某種幸運，例如一個乞兒突然成了貴族的繼承人。「紅」當然是中國式的，不敢那樣奢望。

菜乾子和江豆、扁豆、茄子、葫蘆條兒各樣乾菜帶些來，我們這裡上上下下都愛吃，這個就算了，別的一概不要，別罔費了心。」劉老老千恩萬謝的答應了。平兒道：「你只管睡你的去。我替你收拾妥當了就放在這裡，明兒一早打發小廝們僱輛車裝上，不用你費一點心的。」劉老老越發感激不盡。過來又千恩萬謝的辭了鳳姐兒，過賈母這邊睡了一夜，次早梳洗了就要告辭。

因賈母欠安，眾人都過來請安，出去傳請大夫。一時婆子回大夫來了。老嬤嬤請賈母進幔子去坐。賈母道：「我也老了，那里養不出那阿物兒來，還怕他不成！不要放幔子，就這樣瞧罷。」眾婆子聽了，便拿過一張小桌子來，放下一個小枕頭，便命人請。

賈母確實算得個「想得開」的人。

一時只見賈珍、賈璉、賈蓉三個人將王太醫領來。王太醫不敢走甬路，只走旁階，跟着賈珍到了台階上。早有兩個婆子在兩邊打起簾子，兩個婆子在前引導進去，又見寶玉迎了出來。只見賈母穿着青縐綢一斗珠[3]的羊皮褂子，端坐在榻上，兩邊四個未留頭的小丫鬟，都拿着蠅刷漱盂等物，又有五六個老嬤嬤雁翅擺在兩旁，碧紗廚後隱隱約約有許多穿紅着綠戴寶插金的人。王太醫便不敢抬頭，忙上來請了安。賈母見他穿着六品服色，便知是御醫了，含笑問：「供奉[4]好！」因問賈珍：「這位供奉貴姓？」賈珍等忙回「姓王」。賈母笑道：「當日太醫院正堂有個王君效，好脈息。」王太醫忙躬身低頭含笑回說：「那是晚生家叔祖。」賈母聽了，笑道：「原來這樣，也算是世交了。」一面說，一面慢慢的伸手放在

應對舉止陣式，都寫得極像那麼回事。

小枕頭上。嬤嬤端着一張小杌子[5]放在小桌前面，略偏些。王太醫便屈一膝坐下，歪着頭診了半日，又診了那隻手，忙欠身低頭退出。賈母笑說：「勞動了。珍兒讓出去好生看茶。」

賈珍賈璉等忙答應了幾個「是」，復領王太醫到外書房中。王太醫說：「太夫人並無別症，偶感一點風寒，究竟不用吃藥，不過略清淡些，常暖着一點兒就好了。如今寫個方子在這裡，老人家愛吃便按方煎一劑吃，若懶怠吃，也就罷了。」說着吃茶寫了方子。剛要告辭，只見奶子抱了大姐兒出來，笑說：「王老爺也瞧瞧我們姐兒。」王太醫聽說，忙起身就奶子懷中，左手托着大姐兒的手，右手診了一診，又摸了一摸頭，又叫伸出舌頭來瞧瞧，笑道：「我說着姐兒又罵我了，只是要清清淨淨的餓兩頓就好了。不必吃煎藥，我送丸藥來，臨睡時用薑湯研開，吃下去就是了。」說畢，告辭而去。

既無大病，便宜說得從容隨意些。不要因為人家找你看病就賣弄起來。

尤為至理名言。「紅」對兒科學亦有貢獻焉。

賈珍等拿了藥方來回明賈母原故，將藥方放在案上出去，不在話下。這裡王夫人和李紈、鳳姐兒、寶釵姊妹等見大夫出去，方從廚後出來。王夫人略坐一坐，也回房去了。

劉老老見無事，方上來和賈母告辭。賈母說：「閒了再來。」又命鴛鴦來：「好生打發劉老老出去。我身上不好，不能送你。」劉老老道了謝，又作辭，方同鴛鴦出來。到了下房，鴛鴦指炕上一個包袱，說道：「這是老太太的幾件衣裳，都是往年間生日節下眾人孝敬的。老太太從不穿人家做的，收着也可惜，卻是一次也沒穿過的。昨日叫我拿出兩套兒送你帶去，或送人，或自己家裡穿罷，別見笑。這盒子裡是你要的麵果子。這包兒裡是你前兒說的藥：梅花點舌丹也有，紫金錠也有，活絡丹也有，催生保命丹也有。每一樣是一張方子包着，總包在裡頭了。這是兩個荷包，帶着頑罷。」說着，便抽開繫子，掏出兩個筆錠如意的錁子來與他瞧，又笑道：「荷包拿去，這個留下給我罷。」劉老老已喜出望外，早又唸了幾千佛，聽鴛鴦如此說，便說道：「姑娘只管留下罷了。」鴛鴦見他信以為真着，仍與他裝上，說道：「哄你頑呢，我有好些呢，留着年下給小孩子們罷。」說着，只見一個小丫頭拿了個成窯鍾子來遞與劉老老，「這是寶二爺給你的。」劉老老道：「這是那裡說起。我那一世修了來的，今兒這樣。」說着便接了過來。鴛鴦道：「前兒我叫你洗澡換的衣裳是我的，你不嫌棄，我還有幾件也送你罷。」劉老老又忙道謝。鴛鴦果然又拿出幾件來與他包好。劉老老又要到園中辭謝寶玉和眾姊妹、王夫人等去。鴛鴦道：「不用去了。他們這會子也不見人，回來我替你說罷，閒了再來。」又命了一個老婆子，吩咐他：「二門上叫兩個小廝來，幫着老老拿了東西送去。」婆子答應了，又和劉老老到了鳳姐兒那邊一並拿了東西，在角門上命小廝們搬了出去，直送劉老老上車去了，不在話下。

且說寶釵等吃過早飯，又往賈母處問安，回園至分路之處，寶釵便叫黛玉道：「顰兒跟我來，有一句話問你。」黛玉便同了寶釵來至蘅蕪苑中。進了房，寶釵便坐下了笑道：「你跪下，我要審你。」黛玉不解何故，因笑道：「你瞧寶

哪一世修了來？修成了神、佛、菩薩？最後幫助了敗落後的賈家人丁。天將降大任於斯人也。

或曰：吉人自有天相。劉老老者，吉人也。

曹雪芹未必懂得或贊成「卑賤者最聰明」的毛澤東名言，但他安排的這個最窮最沒文化最與環境不協調的人確實很聰明，而且有福氣，福大命大——例如比極端輕視她的妙玉黛玉命大多了。

不知這是否透露一點雪芹的民本主義、民粹主義觀念萌芽。

丫頭瘋了！審問我什麼？」寶釵冷笑道：「好個千金小姐，好個不出閨門的女孩兒，滿嘴裡說的是什麼？你只實說便罷。」黛玉不解，只管發笑，心裡也不免疑惑起來，口裡只說：「我曾說什麼，你不過要捏我的錯兒罷了。你倒說出來我聽聽。」寶釵笑道：「你還裝憨兒。昨兒行酒令你說的是什麼？我竟不知是那裡來的。」黛玉一想，方想起來昨兒失於檢點，那《牡丹亭》《西廂記》說了兩句，不覺紅了臉，便上來摟着寶釵笑道：「好姐姐，原是我不知道隨口說的。你教給我，再不說了。」寶釵笑道：「我也不知道，聽你說的怪生的，所以請教你。」黛玉道：「好姐姐，你別說與別人，我以後再不說了。」寶釵見他羞的滿臉飛紅，滿口央告，便不肯往下再追問，因拉他坐下吃茶，款款的告訴他道：「你當我是誰，我也是個淘氣的。從小兒七八歲上也夠個人纏的。我們家也算是個讀書人家，祖父手裡也極愛藏書。先時人口多，姊妹弟兄也在一處，都怕看正經書。弟兄們也有愛詩的，也有愛詞的，諸如這些『西廂』『琵琶』，[6]以及『元人百種』[7]無所不有。他們背着我們偷看，我們也背着他們偷看。後來大人知道了，打的打，罵的罵，燒的燒，丟開了。所以咱們女孩兒家不認字的倒好。男人們讀書不明理，尚且不如不讀書的好，何況你我。連做詩寫字等事，這也不是你我分內之事，究竟也不是男人分內之事。男人們讀書明理，輔國治民，這便好了。只是如今並聽不見有這樣的人，讀了書倒更壞了，這並不是書誤了他，可惜他把書遭塌了，

*寶釵的這一番談話，在彼時彼景，只能說是好意，嚴肅親切，現身說法，利己利人。寶釵也是過來人，她說自己原也是淘氣的……更有說服力。不必大驚小怪。更不必生活裡比寶釵世故圓滑庸俗得多，而又大罵寶釵的「封建」。正如不必一面做着扼殺性靈的事一面大捧黛玉的「叛逆」。

正因為寶釵知道那兩句是哪裡來的，這會子才說是「不知是那裡來的」。

禁書自來有。禁書的魅力自來有。禁得自欺欺人自來有。反正還是要禁自來有。終於自律自禁（其實也就不勞禁了）自來有。

讀書有害（至少是無益或者叫作無用）論，「紅」已有之。

所以竟不如耕種買賣倒沒有什麼大害處。至於你我，只該做些針線紡績的事才是，偏又認得幾個字，既認得了字，不過揀那正經書看也罷了，最怕見些雜書，移了情性，就不可救了。」一席話，說的黛玉垂頭吃茶，心中暗服，只有答應「是」的一字。忽見素雲進來說：「我們奶奶請二位姑娘商議要緊的事呢。二姑娘、三姑娘、四姑娘、史姑娘、寶二爺都等着呢。」寶釵道：「又是什麼事？」黛玉道：「咱們到了那裡就知道了。」說着便和寶釵往稻香村來，果見眾人都在那裡。

李紈見了他兩個，笑道：「社還沒起，就有脫滑兒的了，四丫頭要告一年的假呢。」黛玉笑道：「都是老太太昨兒一句話，又叫他畫什麼園子圖兒，惹得他樂得告假了。」探春笑道：「也別怪老太太，都是劉老老一句話。」黛玉忙笑接道：「可是呢，都是他的一句話。他是那一門子的老老，直叫他是個『母蝗蟲』就是了。」說得大家都笑起來。寶釵笑道：「世上的話到了鳳丫頭嘴裡也就盡了，幸而鳳丫頭不認得字，不大通，不過一概是市俗取笑。更有顰兒這促狹嘴，他用『春秋』的法子，[8]市俗的粗話，撮其要，刪其繁，再加潤色，比方出來，一句是一句。這『母蝗蟲』三字把昨兒那些形景都現出來了，虧他想的倒也快。」眾人聽了，都笑道：「你這一註解，也就不在他兩個以下了。」李紈道：「我請你們大家商議，給他多少日子的假。我給了他一個月的假，他嫌少，你們怎麼說？」黛玉道：「論理，一年也不多。這園子蓋才蓋了一年，如今要畫自然得二年的工夫呢。又要研墨，又要蘸筆，又要鋪紙，又要着顏色，又要……」剛說到這裡，

耕種買賣無大害，講得好！（可以想見四方皆害的被害包圍的情狀。）讀雜書而不可救，險矣哉，嚇死人了。

黛玉也自掌不住笑道：「又要照着這樣兒慢慢的畫，可不得二年的工夫。」眾人聽了，都拍手笑個不住。寶釵笑道：「有趣，最妙落後一句是慢慢的畫。他可不畫去怎麼就有了呢？所以昨兒那些笑話兒雖然可笑，回想是沒味的。你們細想顰兒這幾句話，雖沒什麼回想，卻有滋味，我倒笑的動不得了。」惜春道：「都是寶姐姐讚的他越發逞強，這會子拿我又取笑兒。」黛玉忙拉他笑道：「我且問你，還是單畫這園子呢，還是連我們眾人都畫在上頭呢？」惜春道：「原是只畫這園子的，昨兒老太太又說，單畫園子成個房樣子了，叫連人都畫上，就像『行樂』似的才好。我又不會這工細樓台，又不會畫人物，又不好駁回，正為這個為難呢。」黛玉道：「人物還容易，你草蟲上不能。」李紈道：「你又說不通的話了，這個上頭那裡又用的着草蟲？或者翎毛倒要點綴一兩樣。」黛玉笑道：「別的草蟲不畫罷了，昨兒『母蝗蟲』不畫上豈不缺了典！」眾人又都笑起來。黛玉一面笑的兩手捧着胸口，一面說道：「你快畫罷，我連題跋都有了，起了名字，就叫做《攜蝗大嚼圖》。」眾人聽了，越發哄然大笑的前仰後合。只聽「咕咚」一聲響，不知什麼倒了，急忙看，原來是史湘雲伏在椅子背兒上，那椅子原不曾放穩，被他全身伏着背子大笑，他又不防，兩下裡錯了榫，向東一歪，連人帶椅子都歪倒了，幸有板壁擋住，不曾落地。眾人一見越發笑個不住。寶玉忙趕上去扶住了起來，方漸漸止了笑。寶玉和黛玉使個眼色兒，黛玉會意便走至裡間，將鏡袱揭起，照了照，只見兩鬢略鬆了些，忙開了李紈的妝奩，拿出抿子來，對鏡抿了兩

嘲笑與挖苦比自己活得艱難的人，竟如此使小姐們開心。

抿，仍舊收拾好了，方出來，指着李紈道：「這是叫你帶着我們做針線教道理呢，你反招了我們來大頑大笑的。」李紈笑道：「你們聽他這刁話。他領着頭兒鬧，引着人笑了，倒賴我的不是。真真恨的我只保佑你明兒得一個利害婆婆，再得幾個千刁萬惡的大姑子小姑子，試試你那會子還這麼刁不刁了。」

黛玉早紅了臉，拉着寶釵說：「咱們放他一年的假罷。」寶釵道：「我有一句公道話，你們聽聽。藕丫頭雖會畫，不過是幾筆寫意。[9] 如今畫這園子，非離了肚子裡頭有些邱壑的如何成畫。這園子卻是像畫兒一般，山石樹木，樓閣房屋，遠近疏密，也不多，也不少，恰恰的是這樣。你若照樣兒往紙上一畫，是必不能討好的。這要看紙的地步遠近，該多該少，分主分賓，該添的要添，該藏該減的要藏要減，該露的要露。這一起了稿子，再端詳斟酌，方成一副圖樣。第二件，這些樓台房舍，是必要界劃[10]的，一點兒不留神，欄杆也歪了，柱子也塌了，門窗也倒豎過來，階砌也離了縫，甚至桌子擠到牆裡頭去，花盆放在簾子上來，豈不倒成了一張笑『話』兒了。第三，要安插人物，也要有疏密，有高低。衣褶裙帶，指手足步，最是要緊；一筆不細，不是腫了手，就是瘸了腳，染臉撕髮倒是小事。依我看來竟難的狠。如今一年的假也太多，一月的假也太少，竟給他半年的假，再派了寶兄弟幫着他。並不是為寶兄弟知道教着他畫，那就更誤了事；為的是有不知道的，或難安插的，寶兄弟好拿出去問問那會畫的相公，就容易了。」

寶玉聽了，先喜的說：「這話極是。詹子亮的工細樓台就極好，程日興的美

薛寶釵的畫論，當即是曹公畫論。真真百科全書也。

人是絕技，如今就問他們去。」寶釵道：「我說你是無事忙，說了一聲你就問他去，也等着商議定了再去。如今且說拿什麼畫？」寶玉道：「家裡有雪浪紙，[11]又大又托墨。」寶釵冷笑道：「我說你不中用！那雪浪紙寫字，畫寫意畫兒，或是會山水的畫南宋山水，[12]托墨，禁得皴染。[13]拿了畫這個，又不托色，又難烘，[14]畫也不好，紙也可惜。我教給你一個法子，原先蓋這園子就有一張細緻圖樣，雖是畫工描的，那地步方向是不錯的。你和太太要了出來，也比着那紙大小，和鳳丫頭要一塊重絹，[15]交給外頭相公們，叫他照着這圖樣刪補着立了稿子，添了人物就是了。就是配這些青綠顏色並泥金泥銀，[16]也得他們配去。你們也得另攏上風爐子，預備化膠、出膠、[17]洗筆。還得一個粉油大案，鋪上氈子。你們那些碟子也不全，筆也不全，都從新再弄一分兒才好。」惜春道：「我何曾有這些畫器，不過隨手的筆畫畫罷了。就是顏色，只有赭石、廣花、藤黃、胭脂這四樣。再有不過是兩支着色的筆就完了。」寶釵道：「你何不早說。這些東西我卻還有，只是你用不着，給你也白放着。如今我且替你收着，等你用着這個的時候，我送你些，也只可留着畫扇子，若畫這大幅的也就可惜了。今兒替你開個單子，照着單子和老太太要去。你們也未必知道的全，我說着，寶兄弟寫。」寶玉早已預備下筆硯了，原怕記不清白，要寫了記着，聽寶釵如此說，喜的提筆起來靜聽。寶釵說道：「頭號排筆四支，二號排筆四支，三號排筆四支，大染四支，中染四支，小染四支，大南蟹爪十支，小蟹爪十支，鬚眉十支，大着色二十支，小着色二十

工藝方面，技術安排方面也是面面俱到。

畫器與顏色。

＊居然把畫器清單也寫入了小說。與（中藥）藥方、烹調程序一樣，成為一個鴻篇巨製的小說的組成部分。這種做法增添了「紅」的知識性和真切性。清單、藥方都不是藝術，問題是，長篇小說這種藝術形式不可能純而又純，試想，一部一百餘萬字的長篇，如果篇篇抒情，頁頁繪景，反而令人疲勞而難以卒讀。此亦文無定法一例。

支，開面十支，柳條二十支，箭頭珠四兩，南赭四兩，石黃四兩，石青四兩，石綠四兩，管黃四兩，廣花八兩，鉛粉四匣，胭脂十帖，大赤飛金二百帖，青金二百帖，廣勻膠四兩，淨礬四兩。礬絹的膠礬在外，別管他們，只把絹交出去，叫他們礬去。這些顏色咱們淘澄飛跌[18]着，又頑了，又使了，包你一輩子都夠使了。再要頂細絹籮四個，粗籮二個，擔筆四支，大小乳缽四個，大粗碗二十個，五寸碟子十個，三寸粗白碟子二十個，風爐兩個，沙鍋大小四個，新磁缸二口，新水桶四支，一尺長白布口袋四個，浮炭二十斤，柳木炭一二斤，三屜木箱一個，實地紗一丈，生薑二兩，醬半斤。」黛玉忙笑道：「鐵鍋一口，鐵鏟一個。」寶釵道：「這做什麼？」黛玉道：「你要生薑和醬這些作料，我替你要鐵鍋來，好炒顏色吃啊！」眾人都笑起來。寶釵笑道：「顰兒，你知道什麼。那粗色碟子保不住不上火烤，不拿薑汁和醬預先抹在底子上烤過，一經了火是要炸的。」眾人聽說，都道：「原來如此。」

薛寶釵何等內行！其實是曹公何等內行！明細如此，更顯逼真。

細及於此。

黛玉又看了一回單子，笑着拉探春悄悄的道：「你瞧瞧，畫個畫兒又要起這些水缸箱子來，想必糊塗了，把他的嫁妝單子也寫上了。」探春聽了，笑個不住，說道：「寶姐姐，你還不擰他的嘴？你問問他編排你的話。」寶釵笑道：「不用問，狗嘴裡還有象牙不成！」一面說，一面走上來，把黛玉按在炕上，便要擰他的臉。黛玉笑着忙央告道：「好姐姐，饒了我罷，顰兒年紀小，只知說，不知道輕重，做姐姐的教導我，姐姐不饒我，我還求誰去

話裡有話，倒也巧。

呢？」眾人不知話內有因，都笑道：「説的好可憐見的，連我們也軟了，饒了他罷。」寶釵原是和他頑的，忽聽他又拉扯上前番説他胡看雜書的話，便不好再和他鬧了，放起他來。黛玉笑道：「到底是姐姐，要是我，再不饒人的。」寶釵笑指他道：「怪不得老太太疼你，眾人愛你，今兒我也怪疼你的了。過來，我替你把頭髮籠籠罷。」黛玉果然轉過身來，寶釵用手籠上去。寶玉在旁看着，只覺更好，不覺後悔不該令他抿上鬢去，也該留着此時叫他替他抿上去。正自胡想，只見寶釵説道：「寫完了，明兒回老太太去。若家裡有的就罷，若沒有的，就拿些錢去買了來，我幫着你們配。」寶玉忙收了單子。大家又説了一回閒話。

至晚飯後又往賈母處來請安。賈母原沒有大病，不過是勞乏了，兼着了些涼，温存了一日，又吃了一兩劑藥，發散了發散，至晚也就好了。不知次日又有何話，下回分解。

不能只看到她們性格旨趣不同與成為「情敵」的一面，而看不到她們確實也有過友好親切的交流與相處。

＊連續幾回寫得都相當舒緩。

1 **蘭言**：《周易．繫辭上》：「同心之言，其嗅如蘭。」

2 **祟書本子**：一種禳解鬼神作祟的迷信書籍。如下文所說的《玉匣記》。

3 **一斗珠**：未出生的胎羊皮，這種羊皮的毛捲曲如粒粒珍珠，又稱「一斛珠」。

4 **供奉**：舊時對內廷有執事的人的稱呼。

5 **杌子**：即小櫈子。

6 **琵琶**：即《琵琶記》，南戲劇本，元末高則成著。

7 **元人百種**：即《元曲選》，是元明雜劇選本，為明臧懋循編。

8 **「春秋」的法子**：指孔子撰《春秋》的筆法，所謂「微言大義」，暗寓褒貶於其中的敘事筆法，稱「春秋筆法」。

9 **寫意**：國畫之一種，用筆洗練，與工筆畫相反，不求形似，但求神似，這種畫重在用筆。

10 **界劃**：即「界畫」，是一種以宮殿樓閣為主體的傳統繪畫，畫時以界尺作線，故稱「界畫」。

11 **雪浪紙**：未見著錄，大約是一種優質生宣，適於書法和寫意山水畫。下文「托墨」指這種紙易於滲墨，突出墨色。「不托色」指「雪浪紙」這種生宣紙宜於托墨色而不宜於托顏色。

12 **南宋山水**：指南宋院本山水畫派。

13 **皴染**：國畫技法之一。用以表現山石峰巒及樹木的紋理脈絡、層次向背。

14 **烘**：烘染法，也是國畫技法之一種。指用淡墨或淡色烘染出畫面的主體。

15 **重絹**：厚重的絲絹。做畫絹須用膠礬處理過。

16 **泥金泥銀**：金、銀顏料。

17 **化膠、出膠**：為增加顏料的粘附力，用時須化膠加入顏料。用畢為保存顏料，還須出膠，留待再用時重新化膠。

18 **淘澄飛跌**：調治中國畫顏料的四道工序。「淘」指淘洗，去掉雜質。「澄」指兑入膠後澄清。「飛」指吹去水面的浮色。「跌」把沉在水底的顏色按層次粗細分開。

第四十三回 閒取樂偶攢金慶壽 不了情暫撮土為香

話說王夫人因見賈母那日在大觀園不過着了些風寒，不是什麼大病，請醫生吃了兩劑藥也就好了，命鳳姐來吩咐他預備給賈政帶送東西。正商議着，只見賈母打發人來叫。王夫人忙引着鳳姐兒過來。王夫人又請問：「這會子可又覺大安些？」賈母道：「今日可大好了。方才你們送來野雞崽子湯，我嚐了一嚐，倒有味兒，又吃了兩塊肉，心裡很受用。」王夫人笑道：「這是鳳丫頭孝敬老太太的，算他的孝心虔，不枉了素日老太太疼他。」賈母點頭笑道：「難為他想着，若是還有生的，再炸上兩塊，鹹浸浸的，吃粥有味兒。那湯雖好，就只不對稀飯。」鳳姐聽了，連忙答應，命人去廚房傳話。

王夫人不忘為自己的內侄女兒美言。

又是吃粥。

這裡賈母又向王夫人笑道：「我打發人找你來，不為別的。初二日是鳳丫頭的生日，上兩年我原早想着替他做生日，偏到跟前又有大事，就混過去了。今年人又齊全，料着又沒事，咱們大家好生樂一日。」王夫人笑道：「我也想着呢，既是老太太高興，何不就商議定了？」賈母笑道：「我想往年不拘誰做生日，都是各自送各自的禮，這個也俗了，也覺太生分似的。今兒我出個新法子，又不生

賈母出面，何等不凡。一方面，固然是「大家好生樂一日」，錦上添花，花上着錦。另一方面，反映了對於王夫人——王熙鳳權力運作機制的支持和肯定。

分，又可取樂。」王夫人忙道：「老太太怎麼想着好，就是怎麼樣行。」賈母笑道：「我想着，咱們也學那小家子大家湊分子，多少儘着這錢去辦，你道好不好？」王夫人道：「這個很好，但不知怎麼湊法？」賈母聽説，益發高興起來，忙遣人去請薛姨媽、邢夫人等，又叫請姑娘們並寶玉，那府裡賈珍的媳婦並賴大家的及有些頭臉管事的媳婦也都叫了來。

這也有拉上大家支持效忠王王體制的意思。

衆丫頭婆子見賈母十分高興，也都高興，忙忙的各自分頭去請的請，傳的傳，沒頓飯的工夫，老的，少的，上的，下的，烏壓壓擠了一屋子。只薛姨媽和賈母對坐，邢夫人、王夫人只坐在房門前兩張椅子上。寶釵姊妹等五六個人坐在炕上，寶玉坐在賈母懷前，底下滿滿的站了一地。賈母忙命拿幾張小杌子來，給賴大母親等幾個高年有體面的嬤嬤坐了。賈府風俗，年高伏侍過父母的家人比年輕的主子還有體面，所以尤氏、鳳姐兒等只管地下站着。那賴大的母親等三四個老媽媽告了罪，都坐在小杌子上了。賈母笑着把方才一席話説與衆人聽了。衆人誰不湊這趣兒？再也有和鳳姐兒好，有情願這樣的；也有畏懼鳳姐兒，巴不得奉承的，況且都是拿得出來的，所以一聞此言，都欣然應諾。賈母先道：「我出二十兩。」薛姨媽笑道：「我隨老太太，也是二十兩。」邢夫人、王夫人笑道：「我們不敢和老太太並肩，自然矮一等，每人十六兩罷了。」尤氏、李紈也笑道：「我們自然又矮一等，每人十二兩罷。」賈母忙和李紈道：「你寡婦失業的，那裡還拉你出這個錢，我替你出了罷。」鳳姐忙笑道：「老太太別高興，且算一算帳再攬事。

此亦籠絡人心一法。

*由賈母親自召集最高層的廣泛協商，為鳳姐過生日，實是鳳姐事業與生活的一個高峰。

到了最高峰，也就每況愈下了。

老太太身上已有兩分呢，這會子又替大嫂子出十二兩，說着高興，一會子回想又心疼了，過後兒又說『都是為鳳丫頭花了錢』，使個巧法子，哄着我拿出三四倍子來暗裡補上，我還做夢呢。」說的眾人都笑了。賈母笑道：「依你怎麼樣呢？」鳳姐笑道：「生日沒到，我這會子已經折受的不受用了。我一個錢也不出，驚動這些人，實在不安，不如大嫂子這分我替他出了罷。我到那一日多吃些東西，就享了福了。」邢夫人等聽了，都說「狠是」。賈母方允了。鳳姐兒又笑道：「我還有一句話呢。我想老祖宗自己二十兩，又有林妹妹寶兄弟的兩分子。姑媽自己二十兩，又有寶妹妹的一分子，這倒也公道。只是二位太太每位十六兩，自己又少，又不替人出，這有些不公道。老祖宗吃了虧了！」賈母聽了呵呵大笑道：「到底是我的鳳丫頭向着我，這說的狠是，要不是你，我叫他們又哄了去了。」鳳姐笑道：「老祖宗只把他哥兒兩個交給兩位太太，一位佔一個罷，派每位替出一分就是了。」賈母忙說：「這狠公道，就是這樣。」賴大的母親忙站起來笑道：「這可反了！我替二位太太生氣。在那邊是兒子媳婦，在這邊是內侄女兒，倒不向着婆婆姑姑，倒向着別人。這兒媳婦倒成了陌路人，內侄女兒竟成了外侄女兒了。」說的賈母與眾人都大笑起來了。賴大之母因又問道：「少奶奶們十二兩，我們自然也該矮一等了。」賈母聽說道：「這使不得。你們雖該矮一等，我知道你們這幾個都是財主，位雖低些，錢卻比他們多的。你們和他們一樣才使得。」

諸事都要妥帖合理。

此話正為開脫王王，拉上邢夫人墊話兒，表現王熙鳳並不徇情自己的姑姑王夫人，而是大公無私，公事公辦。賴大母親深得三昧，話說到了賈母——王夫人——鳳姐的心坎上。

這裡的利益分配消息很重要。賴大之母等人屬眾媽媽聽了，連忙答應。賈母又道：「姑娘們不過應個景兒，每人照一個月的月例就是了。」又回頭叫鴛鴦來，「你們也湊幾個人商議湊了來。」鴛鴦答應着，去不多時，帶了平兒、襲人、彩霞等還有幾個丫頭來，也有二兩的，也有一兩的。賈母因問平兒：「你難道不替你主子做生日，還入在這裡頭？」平兒笑道：「我那個私自另外的有了，這是公中的，也該出一分。」賈母笑道：「這才是好孩子。」鳳姐又笑道：「上下都全了，還有二位姨奶奶，他出不出也問一聲兒。盡到他們是理，不然，他們只當小看了他們了。」賈母聽說，忙說：「可是呢，怎麼倒忘了他們！只怕他們不得閒兒，叫一個丫頭問問去。」說着，早有丫頭去了，半日回來說道：「每位也出二兩。」賈母喜道：「拿筆硯來算明，共計多少。」尤氏因悄罵鳳姐道：「我把你這沒足夠的小蹄子，這麼些婆婆嬸子來湊銀子給你過生日，你還不足，又拉上兩個苦瓠子做什麼？」鳳姐也悄笑道：「你少胡說，一會子離了這裡我才和你算帳。他們兩個為什麼苦呢？有了錢也是白填還別人，不如拘了來咱們樂。」

說着，早已合算了，共湊了一百五十兩有餘。賈母道：「一天戲酒用不了。」尤氏道：「既不請客，酒席又不多，兩三日的用度都夠了。頭等，戲不用錢，省在這上頭。」賈母道：「鳳丫頭說那一班好，就傳那一班。」鳳姐道：「咱們家的班子都聽熟了，倒是花幾個錢叫一班來聽聽罷。」賈母道：「這件事我交給珍哥媳婦了，越發叫鳳丫頭別操一點心，受用一日才算。」尤氏答應着。又說了一

於「奴隸貴族」，大致道理與資本主義社會的「工人貴族」階層相似。

這裡也有公私之辨。

偏偏不忘讓痛恨鳳姐的趙姨娘來為鳳姐過生日，而且擺出尊重趙團結趙的姿態，這種政治性行事方式頗有特色。

不僅是「樂」。反正你也得效忠。

看來賈府內部仍然實行某種程度的經濟核算，貨幣結算。並非一切行政調撥。

回話，都知賈母乏了，才漸漸的散出來。

尤氏等送出邢夫人王夫人二人散去，他往鳳姐房裡來商議怎麼辦生日的話。鳳姐兒道：「你不用問我，你只看老太太的眼色行事就完了。」尤氏道：「你這阿物兒也忒行了大運了。我當有什麼事叫我們去，原來單為這個。出了錢不算，還要我操心，你怎麼謝我？」鳳姐笑道：「別扯臊，我又沒叫你來，謝你什麼？你怕操心？你這會子就回老太太去，再派一個就是了。」尤氏笑道：「你瞧他興的這個樣兒！我勸你收着些兒，太滿了就出來了。」二人又說了一回方散。

與尤氏還是「過得着」的。

話是如此說，誰又能在興頭上及時收縮呢？

次日將銀子送到寧國府來。尤氏方才起來梳洗，因問是誰送過來的。丫頭們回說：「林媽。」尤氏便命叫了他來。丫頭們走至下房，叫了林之孝家的過來。尤氏命他腳踏上坐了，一面忙着梳洗，一面問他：「這一包銀子共多少？」林之孝家的回說：「這是我們底下人的銀子湊了先送過來，老太太、太太們的還沒有呢。」正說着，丫頭們回說：「那府裡太太和姨太太打發人送分子來了。」尤氏笑罵道：「小蹄子，專會記得這些沒要緊的話。昨兒不過老太太一時高興，故意的要學那小家子湊分子，你們就記得，到了你們嘴裡當正經的說。還不快接了進來好生待茶，再打發他們去。」丫頭們笑着忙接銀子進來，一共兩封，連寶釵黛玉的都有了。尤氏問還少誰的，林之孝家的道：「還少老太太、太太、姑娘們的，我們底下姑娘們的。」尤氏道：「還有你們大奶奶的呢？」林之孝家的道：「奶奶過去，這銀子都從二奶奶手裡發，一共都有了。」

「湊分子」云云，語詞太平民化了。

＊吃了又吃，玩了又玩，熱鬧了又熱鬧。真是過不完的好日子。卻又是寄生、無聊、無意義、重複……越是紅火，越是顯示了往後的衰微悲涼。

說着，尤氏梳洗了，命人伺候車輛，一時來至榮府，先來見鳳姐。只見鳳姐已將銀子封好，正要送去。尤氏問：「都齊了麼？」鳳姐笑道：「都有了，快拿去罷，丟了我不管。」尤氏笑道：「我有些信不及，倒要當面點一點。」說着，果然按數一點，只沒有李紈的一分。尤氏笑道：「我說你鬧鬼呢，怎麼你大嫂子的沒有？」鳳姐笑道：「那麼些還不夠？便短一分兒也罷了，等不夠了我再找給你。」尤氏道：「昨兒你在人跟前做人，今兒又來和我賴，這個斷不依你。我只和老太太要去。」鳳姐笑道：「我看你利害。明兒有了事，我也丁是丁，卯是卯的，你也別抱怨。」尤氏笑道：「你一股兒不給也罷。不看你素日孝敬我，我本來依你麼。」說着，把平兒的一分子拿了出來，說道：「平兒，來，把你的收了去，等不夠了，我替你添上。」平兒會意，笑說道：「奶奶先使着，若剩了下來再賞我一樣。」尤氏笑道：「只許你主子作弊，就不許我做情兒。」平兒只得收了。尤氏又道：「我看着你主子這麼細緻，弄這些錢那裡使去！使不了，明兒帶了棺材裡使去。」

一面說着，一面又往賈母處來，先請了安，大概說了兩句話，便走到鴛鴦房中和鴛鴦商議，只聽鴛鴦的主意行事，何以討賈母喜歡。二人計議妥當。尤氏臨走時，他把鴛鴦的二兩銀子還他，說：「這還使不了呢。」說着，一徑出來，又至王夫人跟前說了一回話，因王夫人進了佛堂，把彩雲的一分也還了他。鳳姐兒不在跟前，一時把周趙二人的也還了。他兩個還不敢收。尤

當面是一套，背後另是一套。

尤氏這麼一點權，也要以權做情，搞貓膩。不怨趙姨娘等對鳳姐等掌權者恨之入骨。

都知道這是明白話。問題是，斂財本是手段，手段本身成了目的。斂財的慾望、樂趣便大大超過了對於財物本身的需要限度。

氏道：「你們可憐見的，那裡有這些閒錢？鳳丫頭便知道了，有我應着呢。」二人聽說，千恩萬謝的收了。

轉眼已是九月初二日。園中人都打聽得尤氏辦得十分熱鬧，不但有戲，連耍百戲並說書的女先兒全有，都打點着取樂頑耍。李紈又向眾姊妹道：「今兒是正經社日，可別忘了。寶玉也不來，想必他只圖熱鬧，把清雅就丟了。」說着，便命丫頭去瞧做什麼呢，快請了來。丫頭去了半日，回說：「花大姐姐說，今兒一早就出門去了。」眾人聽了，都詫異說：「再沒有出門之理。這丫頭糊塗，不知說話。」因又命翠墨去。一時翠墨回來說：「可不真出門了。說有個朋友死了，探喪去了。」探春道：「斷然沒有的事，憑他什麼，再沒有今日出門之理。你叫襲人來，我問他。」剛說着，只見襲人走來。李紈等都說道：「今兒憑他有什麼事，也不該出門。頭一件，你二奶奶的生日，老太太都這麼高興，兩府上下眾人來湊熱鬧，他倒走了；第二件，又是頭一社的正日子，他也不告假，就私自去了。」襲人嘆道：「昨兒晚上就說了，今兒一早有要緊的事到北靜王府裡去，就趕回來的。勸他不要去，他必不依。今兒一早起來，又要素衣裳穿，想必是北靜王府裡的要緊姬妾沒了，也未可知。」李紈等道：「若果如此，也該去走走，只是也該回來了。」說着，大家又商議：「咱們只管做詩，等他來罰他。」剛說着，只見賈母已打發人來請，便都往前頭去了。襲人回明寶玉的事，賈母不樂，便命人接去。

*這一節對展示寶玉的性格極為重要。一邊是生日的樂上加樂，一邊是對死者的悲悼和愧悔。一邊是上下同慶的紅火，一邊是悄然獨去的淒清。一邊是計劃安排「有組織有領導」，一邊是漫無目的，四顧茫茫。一邊是大張旗鼓，雞飛狗跳，一邊是偷偷摸摸，遮遮掩掩。怎樣鮮明而又令人惆悵的對比！寶玉畢竟有自己的精神世界，自己的痛苦，自己的難言之隱。客觀上，他用這種最軟弱無力的形式抵抗着王王體制，控訴着乃

尤氏的行事方法自有特點。知其惡，行其善。

襲人能在這樣的日子不派另外的跟隨，不請示報告就放寶玉走，實辜負了王夫人對她的信任與特加津貼。恐不是襲人的疏忽（這樣的事她豈有可能疏忽），而是小說情節安排的需要，曹公硬着頭皮讓襲人疏忽一次。當然也有另外的可能，襲人默許默契寶玉去祭金釧，襲人在王夫人的要求與寶玉的任性當中自然要搞好平衡。真得罪了寶玉，也影響她的前途。果如是，「襲人姐姐」倒也可愛。

母對金釧的殘酷迫害，厭倦着家裡的錦上花、花上錦的空虛享樂的生活。但寶玉又離不開賈（母）——王——王體制，享受着這個家。所以他的反抗極為消極軟弱，簡直是自欺欺人。

原來寶玉心裡有件心事，於頭一日就吩咐焙茗：「明日一早出門，備兩匹馬在後門口等着，不要別一個跟着。說給李貴，我往北府裡去了。倘或要有人找，叫他攔住不用找，只說北府裡留下了，橫豎就來的。」焙茗也摸不着頭腦，只得依言說了。今兒一早，果然備了兩匹馬在園後門等着。天亮了，只見寶玉遍體純素，從角門出來，一語不發，跨上馬，一彎腰，順着街就趲[1]下去了。焙茗也只得跨上馬，加鞭趕上，在後面忙問：「往那裡去？」寶玉道：「這條路是往那裡去的？」焙茗道：「這是出北門的大道。出去了冷清清，沒有可頑的。」寶玉聽說，點點頭道：「正要冷清清的地方好。」說着，越發加了兩鞭，那馬早已轉了兩個彎子，出了城門。焙茗越發不得主意，只得緊緊的跟着，一氣跑了七八里路出來。

人煙漸漸稀少。寶玉方勒住馬，回頭問焙茗道：「這裡可有賣香的？」焙茗道：「香倒有，不知是那一樣？」寶玉想道：「別的香不好，須得檀、芸、降[2]三樣。」焙茗笑道：「這三樣可難得。」寶玉為難。焙茗見他為難，因問道：「要香做什麼使？我見二爺時常有的小荷包有散香，何不找一找。」一句提醒了寶玉，便回手，衣襟上掛着個荷包，摸了一摸，竟有兩星沉速，[3]心內歡喜：「只是不恭些。」再想自己親身帶的，倒比買的又好些。於是又問爐炭。焙茗道：「這可罷了，荒郊野外那裡有？既用這些，何不早說，帶了來豈不便宜。」寶玉道：「糊塗東西，若可帶了來，又不這樣沒命的跑了。」焙茗想了半日，笑道：「我得了個主意，不知二爺心下如何？我想二爺不止用這個呢，只怕還要用別的，這也不是事。如今我們就往前再走二里地，就是水仙庵了。」寶玉聽了，忙問：「水仙庵就在這裡？更好了，我們就去。」說着，就加鞭前行，一面回頭向焙茗道：「這水仙庵的姑子長往咱們家去，這一去到那裡和他借香爐使使，他自然是肯的。」焙茗道：「別說是咱們家的香火，就是平白不認識的廟裡，和他借，他也不敢駁回。只是一件，我常見二爺最厭這水仙庵的，如何今兒又這樣喜歡了？」寶玉道：「我素日最恨俗人不知原故混供神，混蓋廟，這都是當日有錢的老公們和那些有錢的愚婦們聽見有個神，就蓋起廟來供着，也不知那神是何人，因聽些野史小說便信真了。比如這水仙庵裡面因供的是洛神，[4] 故名水仙庵，殊不知古來並沒有個洛神，那原是曹子建的謊話，誰知這起愚人就塑了像供着。今兒卻合我的心事，故借他一用。」

焙茗很得力。

這些議論都很清醒。

借他一用，講得好。「廟宇」云云，「借來」抒發排遣人的思念或祝願，這是實情。只這樣說未免太清醒，太難以安慰自己了。「上帝死了」。

說着早已來至門前。那老姑子見寶玉來了，事出意外，竟像天上掉下個活龍來的一般，忙上來問好，命老道來接馬。寶玉進去，也不拜洛神之像，卻只管賞鑑。雖是泥塑的，卻真有「翩若驚鴻，婉若遊龍」之態，「荷出綠波，日映朝霞」之姿。寶玉不覺滴下淚來。老姑子獻了茶。寶玉因和他借香爐燒香，那姑子去了半日，連香供紙馬都預備了來。寶玉說道：「一概不用。」命焙茗捧着爐，出至後園中，揀一塊乾淨地方兒竟揀不出。焙茗道：「那井

作為審美對象而不是崇拜對象，洛神自有魅力。

* 寶玉遠熱鬧而獨冷清，令人感動。寶玉的形象大為改善了。也算眾人皆醉我獨醒。有至情至性者常常不能合俗。此節亦有一種暗示的意味，可以看作是寶玉逃離紅塵的預演。

台上如何？」寶玉點頭，一齊來至井台上，將爐放下。焙茗站過一旁。寶玉掏出香來焚上，含淚施了半禮，回身命收了去。焙茗答應，且不收，忙爬下磕了幾個頭，口內祝道：「我焙茗跟二爺這幾年，二爺的心事我沒有不知道的，只有今兒這一祭祀沒有告訴我，我也不敢問。只是受祭的陰魂雖不知名姓，想來自然是那人間有一，天上無雙的極聰敏，極清雅的一位姐姐妹妹了。二爺心事不能出口，讓我代祀，你若有靈有聖，我們二爺這樣想着你，你也時常來望候望候二爺，未嘗不可。你在陰間保佑二爺來生也變個女孩兒，和你們一處頑耍，豈不兩下裡都有趣了。」說畢，又磕了幾個頭，才爬起來。

也是一種「道德完成」。毫無實踐內涵的自我道德完成。

本來很淒清、很傷感的一節，加上焙茗一鬧，又變成了喜劇了。

也算哀而不傷。

也算間離效果。

也是缺少大的悲劇與悲劇意識的一種表現。

寶玉聽他沒說完，便撐不住笑了。因踢他道：「休胡說，看人聽見笑話。」焙茗起來收過香爐，和寶玉走着，因道：「我已經和姑子說了，二爺還沒用飯，叫他收拾些東西，二爺勉強吃些。我知道，今兒咱們裡頭大排筵宴，熱鬧非常，二爺為此才躲了來的。橫豎在這裡清淨一天，也就盡樂了，若不吃東西，斷使不得。」寶玉道：「戲酒既不吃，這隨便的吃些何妨。」焙茗道：「這才是。還有一說，咱們來了，必有人不放心。若沒有人不放心，便晚晚進城何妨？若有人不放心，二爺須得進城回家去才是。第一老太太、太太也放了心，第二禮也盡了，不過如此。就是家去了看戲吃酒，也並不是爺有意，原不過陪着父母盡孝道。若單為了這個不顧老太太、太太懸心，就是方才受祭的陰魂也不安生。二爺想我這話如何？」寶玉笑道：「你的意思我猜着了。你想着，只你一個跟了我出來，回

喜清淨者可救可恕。

焙茗的中庸之道，何等合乎分寸而又照顧周到，入情入理，十分好聽。簡直算得上「思想工作」了。

來你怕擔不是，所以拿這大題目來勸我。我才來了，不過為盡個禮，再去吃酒看戲，並沒説一日不進城。這已完了心願，趕着進城，大家放心，豈不兩盡其道。」焙茗道：「這更好。」説着二人來至禪堂，果然那姑子收拾了一桌素菜，寶玉胡亂吃了些，焙茗也吃了。二人便上馬仍回舊路。

焙茗在後面只囑咐：「二爺好生騎着，這馬總沒大騎，手提緊着些。」一面説着，早已進了城，仍從後門進去，忙忙來至怡紅院中。襲人等都不在房中，只有幾個老婆子看屋子，見他來了，都喜的眉開眼笑道：「阿彌陀佛，可來了！沒把花姑娘急瘋了呢！上頭正坐席呢，二爺快去罷。」寶玉聽説，忙將素衣脱了，自己找了顏色吉服換上，便問道：「都在什麼地方坐席呢？」老婆子們回道：「在新蓋的大花廳上呢。」

寶玉聽了，一徑往花廳上來，耳內早隱隱聞得簫管歌吹之聲。剛到穿堂那邊，只見玉釧兒獨坐在廊檐下垂淚，一見寶玉來了，便長出了一口氣，咂着嘴兒説道：「噯，鳳凰來了，快進去罷，再一會子不來，可就都反了。」寶玉陪笑道：「你猜我往那裡去了？」玉釧兒把身一扭，也不理他，只管拭淚。寶玉只得怏怏的進去了。到了花廳上，見了賈母、王夫人等，眾人真如得了鳳凰一般。賈母先問道：「你往那裡去了？這早晚才來，還不給你姐姐行禮去呢！」因笑着又向鳳姐兒道：「你兄弟不知好歹，就有要緊的事，怎麼也不說一聲兒，就私自跑了，這還了得！明兒再這樣，等你老子回家，必告訴他打你！」鳳姐兒笑着道：「行

兩盡其道——寶玉的中庸之道。寶玉的行為仍然是有分寸的，不出大格的。只是某些言論（如對於文死諫武死戰的抨擊）過激。某些生活小節過於任性。此外，他哪裡敢叛逆誰？他骨子裡仍然是順民孝子。

禮倒是小事，寶兄弟明兒斷不可不言語一聲兒，也不傳人跟着就出去。街上車馬多，頭一件叫人不放心；再，也不像咱們這樣人家出門的規矩。」這裡賈母又罵跟的人為什麼都聽他的話，說往那裡去就去了，也不回一聲兒。一面又問他：「到底是往那裡去了，可吃了什麼沒有，唬着了沒有？」寶玉只回說：「北靜王的一個愛妾沒了，今日給他道惱[5]去，我見他哭的那樣，不好撇下他就回來，所以多待了一會子。」賈母道：「以後再私自出門，不先告訴我，一定叫你老子打你。」寶玉連忙答應着。賈母又要打跟的人。眾人又勸道：「老太太也不必生氣了，他已經答應不敢了，況且回來又沒事，大家該放心樂一會子了。」賈母先不放心，自然着急發狠，今見寶玉回來，喜且有餘，那裡還恨，也就不提了；還怕他不受用，或者別處沒吃飯，路上着了驚恐，反又百般的哄他。襲人早已過來伏侍，大家仍舊看戲。當日演的是《荊釵記》。[6]賈母薛姨媽等都看的心酸落淚，也有笑的，也有恨的，也有罵的。要知端的，下回分解。

1 **趙**：「顛」的借字，一溜跑下去的意思。

2 **檀、芸、降**：檀香、芸香、降香，是三種名貴香料。

3 **兩星沉速**：「星」是量詞，小粒、小塊的意思，「沉速」指沉香和速香合成的香料。

4 **洛神**：洛水女神。漢末曹植（子建）曾作《洛神賦》。下文「翩若驚鴻，婉若遊龍」是《洛神賦》原句。「荷出綠波，日映朝霞」係從《洛神賦》「皎若太陽升朝霞」「灼若芙蕖出綠波」句中化出。形容洛神的美姿。

5 **道惱**：舊時向遭喪遇災的人家慰問，稱「道煩惱」。

6 **《荊釵記》**：南戲劇本，元柯丹丘作。寫王十朋和錢玉蓮以荊釵為表記，悲歡離合的故事。

第四十四回 變生不測鳳姐潑醋 喜出望外平兒理妝

話說眾人看演《荊釵記》，寶玉和姊妹一處坐着。林黛玉因看到《男祭》這齣上，便和寶釵說道：「這王十朋也不通的狠，不管在那裡祭一祭罷了，必定跑到江邊上來做什麼！俗語說，『睹物思人』，天下的水總歸一源，不拘那裡的水舀一碗看着哭去，也就盡情了。」寶釵不答，寶玉回頭要熱酒敬鳳姐。

黛玉也完全了解，故出語諷勸。

原來賈母說今日不比往日，定要教鳳姐痛樂一日。本自己懶怠坐席，只在裡間屋裡榻上歪着和薛姨媽看戲，隨心愛吃的揀幾樣放在小几上，隨意吃着說話兒；將自己兩桌席麵賞那沒有席麵的大小丫頭並那應着差聽差的婦人等，命他們在窗外廊檐下也只管坐着隨意吃喝，不必拘禮。王夫人和邢夫人在地下高桌上坐着，外面幾席是他們姊妹們坐。賈母不時吩咐尤氏等：「讓鳳丫頭坐上面，你們好生替我待東，[1] 難為他一年到頭辛苦。」尤氏答應了，又笑回道說：「他坐不慣首席，坐在上頭橫不是，豎不是的，酒也不肯吃。」賈母聽了笑道：「你不會，等我親自讓他去。」鳳姐兒忙也進來，笑說：「老祖宗別信他們的話，我吃了好幾鍾了。」賈母笑着，命尤氏：「快拉他出去，按在椅子上，你們都輪流敬他。」

寵到何等地步。

令人聯想到歷史上的一些寵臣——多半下場並不美妙。

他再不吃，我當真的就親自去了。」尤氏聽說，忙笑着又拉他出來坐下，命人拿了台盞[2]斟了酒，笑道：「一年到頭難為你孝順老太太、太太和我，我今兒沒什麼疼你的，親自斟酒，我的乖乖，你在我手裡喝一口罷。」鳳姐兒笑道：「你要安心孝敬我，跪下我就喝。」尤氏笑道：「說的你不知是誰，我告訴你說罷，好容易今兒這一遭，過了後兒，知道還得像今兒這樣的不得了？趁着盡力灌兩鍾子罷。」鳳姐兒見推不過，只得喝了兩鍾。接着眾姊妹也來，鳳姐也只得每人的喝一口。賴大媽媽見賈母尚且這等高興，也少不得來湊趣兒，領着些嬤嬤們也來敬酒。鳳姐兒也難推脫，只得喝了兩口。鴛鴦等也都來敬，鳳姐兒真不能了，忙央告道：「好姐姐們，饒了我罷，我明兒再喝罷。」鴛鴦笑道：「真個的，我們是沒臉的了？就是我們在太太跟前，太太還賞個臉兒呢。往常倒有些體面，今兒當着這些人，倒做起主子的款兒來了。我原不該來。不喝，我們就走。」說着，真個回去了。鳳姐兒忙忙拉住，笑道：「好姐姐，我喝就是了。」說着，拿過酒來，滿滿的斟了一杯喝乾。鴛鴦方笑了散去，然後又入席。

鳳姐兒自覺酒沉了，心裡突突的往上撞，要往家去歇歇，只見那耍百戲的上來，便和尤氏說：「預備賞錢，我要洗洗臉去。」尤氏點頭。鳳姐兒瞅人不防，便出了席往房門後檐下走來。平兒留心，也忙跟了來，鳳姐便扶着他。才至穿廊下，只見他房裡的一個小丫頭子正在那裡站着，見他兩個來了，回身就跑。鳳姐兒便疑心，忙叫。那丫頭先只裝聽不見，無奈後面連聲兒叫，也只得回來。鳳姐

這裡用「乖乖」一詞，竟與英語的昵稱「baby」完全一致。這二人的調笑幾乎有同性戀的味道。

也是讖語。也是好景不長，今朝有酒今朝醉的流行頹廢思想。

從當權的角度看，鴛鴦也是「主流派」人士。

＊樂極生悲，現世（現時）現報，毫厘不爽。

兒越發起了疑心，忙和平兒進了穿廊，叫那小丫頭子也進來，把槅扇開了，鳳姐坐在小院子的台階上，命那丫頭子跪了，喝令平兒：「叫兩個二門上的小廝來，拿繩子鞭子，把眼睛裡沒主子的小蹄子打爛了！」那小丫頭子已經唬的魂飛魄散，哭着只管碰頭求饒。鳳姐兒問道：「我又不是鬼，你見了我，不識規矩站住，怎麼倒往前跑？」小丫頭子哭道：「我原沒看見奶奶來，我又記掛着房裡無人，所以跑了。」鳳姐兒道：「房裡既沒人，誰叫你又來的？你便沒看見，我和平兒在後頭扯着脖子叫了你十來聲，越叫越跑，離的又不遠，你聾了不成？你還和我強嘴！」說着便揚手一掌打在臉上，打的那小丫頭子一栽；這邊臉上又一下，登時小丫頭子兩腮紫脹起來。平兒忙勸：「奶奶仔細手疼。」鳳姐便說：「你再打着，問他跑什麼。他再不說，把嘴撕爛了他的！」那小丫頭子先還強嘴，後來聽見鳳姐兒要燒了紅烙鐵來烙嘴，方哭道：「二爺在家裡，打發我來這裡瞧着奶奶的，若見奶奶散了，先叫我送信去的。不承望奶奶這會子就來。」鳳姐兒見話中有文章，便又問道：「叫你瞧着我做什麼？難道怕我家去不成？必有別的原故，快告訴我，我從此後疼你。你若不細說，立刻拿刀子來割你的肉。」說着，回頭向頭上拔下一根簪子來，向那丫頭嘴上亂戳，唬的那丫頭一行躲，一行哭求道：「我告訴奶奶，可別說我說的。」平兒一旁勸，一面催他，叫他快說。丫頭便說道：「二爺也是才來，來了就開箱子，拿了兩塊銀子，還有兩支簪子，兩匹緞子，叫

出口不凡，知道暴力的重要。

起掌神速，敢於下手，是個有作為的。

肉刑傳統。

不動手，講文明，問得出實情來嗎？所以說，「百無一用是書生」。

我悄悄的送與鮑二的老婆去，叫他進來。他收了東西就往咱們屋裡來了。二爺叫我瞧着奶奶，底下的事我就不知道了。」

鳳姐聽了，已氣的渾身發軟，忙立起身來一徑來家。剛至院門，只見有一個小丫頭在門前探頭兒，一見了鳳姐，也縮頭就跑。鳳姐兒提着名字喝住。那丫頭本來伶俐，見躲不過了，越發的跑了出來，笑道：「我正要告訴奶奶去呢，可巧奶奶來了。」鳳姐兒道：「告訴我什麼？」那丫頭便說二爺在家，這般如此，將方才的話也說了一遍。鳳姐啐道：「你早做什麼了？這會子我看見你了，你來推乾淨兒！」說着揚手一下，打的那丫頭一個趔趄，便攝腳兒走了。鳳姐來至窗前往裡聽時，只聽裡頭說笑道：「多早晚你那閻王老婆死了就好了。」賈璉道：「他死，再娶一個也是這樣，又怎麼樣呢？」那婦人道：「他死了，你倒是把平兒扶了正，只怕還好些。」賈璉道：「如今連平兒他也不叫我沾一沾了。平兒也是一肚子委曲不敢說。我命裡怎麼就該犯了『夜叉星』。」

又是一掌。對這樣的「兩面派」，倒也該打。

鳳姐聽了，氣的渾身亂戰，又聽他們都讚平兒，便疑平兒素日背地裡自然也有怨語了，那酒越發湧上來了，也並不忖奪，回身把平兒先打兩下，一腳踢開了門進去，也不容分說，抓着鮑二家的撕打一頓。又怕賈璉走出去，便堵着門，站着罵道：「好娼婦！你偷主子漢子，還要治死主子老婆！平兒過來！你們娼婦們一條藤兒，多嫌着我，外面兒你哄我！」說着又把平兒打了幾下，打的平兒有冤無處訴，只氣得乾哭，罵道：「你們做這些沒臉的事，好好的又拉上我做什麼！」

把平兒先打兩下，這才有了熱鬧。否則，只和鮑二家的鬧鬧，有什麼意思？

説着，也把鮑二家的撕打起來。賈璉也因吃多了酒，進來高興，未曾做的機密，一見鳳姐來了，已沒了主意，又見平兒也鬧起來，把酒也氣上來了。鳳姐兒打鮑二家的，他已又氣又愧，只不好説的，今見平兒也打，便上來踢罵道：「好娼婦！你也動手打人！」平兒氣怯忙住了手，哭道：「你們背地裡説話，為什麼拉我呢？」鳳姐見平兒怕賈璉越發氣了，又趕上來打着平兒，偏叫打鮑二家的。平兒急了，便跑出來找刀子要尋死。外面眾婆子丫頭忙攔住解勸。這裡鳳姐兒見平兒尋死去，便一頭撞在賈璉懷裡，叫道：「你們一條藤兒害我，被我聽見，倒都唬起我來，你也勒死我罷！」賈璉氣的牆上拔出劍來，説道：「不用尋死，我也急了，一齊殺了，我償了命，大家乾淨。」正鬧的不開交，只見尤氏等一群人來了，説：「這是怎麼説，才好好的，就鬧起來。」賈璉見了人，越發「倚酒三分醉」，逞起威風來，故意要殺鳳姐兒。鳳姐兒見人來了，便不似先前那般潑了，丟下眾人，便哭着往賈母那邊跑。

此時戲已散了。鳳姐跑到賈母跟前，爬在賈母懷裡，只説：「老祖宗救我！璉二爺要殺我呢！」賈母、邢夫人、王夫人等忙問怎麼了。鳳姐兒道：「我才家去換衣裳，不妨璉二爺在家和人説話，我只當是有客來了，唬的我不敢進去，在窗户外頭聽了一聽，原來是鮑二家的媳婦，商議説我利害，要拿毒藥給我吃了治死我，把平兒扶了正。我原生了氣，又不敢和他吵，原打了平兒兩下。問他為什麼害我。他臊了，就要殺我。」賈母聽了，都信以為真，説：「這還了得，快拿

平兒只能找更可憐的鮑二家的出氣。

「紅」中平兒一切言談行事，「臻於至善」，唯打鮑二家的一節，令人搖頭。為平兒計，不如咬牙不語。因為她這一打，暴露了她的卑賤的奴才性格。捱了鳳姐的打，還要打別人以討好鳳姐。

偏叫平兒去打，不惜把平兒夾在當中受罪，實是一種陰毒。其實她也不敢正面與賈璉爭鬥。

比「戲」還戲。

信口一説就是一個版本，激怒如此，思緒應對不亂，真「人才」也。

了那下流種子來！」一語未完，只見賈璉拿着劍趕來，後面許多人跟着。賈璉明仗着賈母素昔疼他們，連母親嬸母也無礙，故逞強鬧了來。邢夫人、王夫人見了，氣的忙攔住，罵道：「這下流東西！你越發反了！老太太在這裡呢！」賈璉乜斜着眼道：「都是老太太慣的他，他才這樣，連我也罵起來了！」邢夫人氣的奪下劍來，只管喝他「快出去！」那賈璉撒嬌撒癡，涎言涎語的還只亂説。賈母氣的説道：「我知道，你不把我們放在眼裡，叫人把他老子叫來！看他去不去。」賈璉聽見這話，方趔趄着腳兒出去了，賭氣也不往家去，便往外書房來。

這裡邢夫人王夫人也説鳳姐。賈母道：「什麼要緊的事！小孩子們年輕，饞嘴貓兒似的，那裡保的住不這麼着。從小兒是人都打這麼過的。都是我的不是，叫你多吃了兩口酒，又吃起醋來了。」説的眾人都笑了。賈母又道：「你放心，明兒我叫他來替你賠不是。你今兒別過去臊着他。」因又罵：「平兒那蹄子，素日我倒看他好，怎麼暗地裡這麼壞。」尤氏等笑道：「平兒沒有不是，是鳳姐拿着人家出氣。兩口子不好對打，都拿着平兒煞性子。平兒委曲的什麼是的，老太太還罵人家。」賈母道：「原來這樣，我説那孩子倒不像那狐媚魘倒的。既這麼着，可憐見的，白受他的氣。」因叫琥珀來：「你去告訴平兒，就説我的話：我知道他受了委曲，明兒我叫他主子來替他賠不是。今兒是他主子的好日子，不許他胡鬧。」

封建道德的虛偽性。實際上另是一套。

尤氏何等公道。

也有利害考慮，歸根結底，平兒是「倒」不了的，這次的事件是偶然事件，切不可人云亦云，落井下石。美言幾句，有利於寧府榮府兩邊的主流派的和睦關係。

賈母倒也能聽得進去意見。

原來平兒早被李紈拉入大觀園去了。平兒哭的哽噎難言。寶釵勸道：「你是個明白人。你們奶奶素日何等待你，今兒不過他多吃了一口酒，他可不拿你出氣，難道拿別人出氣不成？別人又笑話他是假的了。」正說着，只見琥珀走來，說了賈母的話。平兒自覺面上有了光輝，方才漸漸的好了，也不往前頭來。寶釵等歇息了一回，方來看賈母鳳姐。

寶玉便讓了平兒到怡紅院中來。襲人忙接着笑道：「我先原要讓你的，只因大奶奶和姑娘們都讓你，我就不好讓的了。」平兒也陪笑說「多謝」，因又說道：「好好兒的，從那裡說起，無緣無故白受了一場氣。」襲人笑道：「二奶奶素日待你好，這不過是一時氣急了。」平兒道：「二奶奶倒沒說的，只是那娼婦治的我，他又偏拿我湊趣兒，還有我們那糊塗爺倒打我。」說着便又委曲，禁不住淚流下來。寶玉忙勸道：「好姐姐，別傷心，我替他兩個賠個不是罷。」平兒笑道：「與你什麼相干？」寶玉笑道：「我們兄弟姊妹都一樣，他們得罪了人，我替他賠個不是也是應該的。」又道：「可惜這新衣裳也沾了，這裡有你花妹妹的衣裳，何不換了下來，拿些燒酒噴了，熨一熨，把頭也另梳一梳。」一面說，一面吩咐了小丫頭子們舀洗臉水，燒熨斗來。平兒素昔只聽人說寶玉專能和女孩們接交；寶玉素日因平兒是賈璉的愛妾，又是鳳姐兒的心腹，不肯和他廝近，因不能盡心，也常為恨事。平兒如今見他這般，心中也暗暗的掂掇：果然話不虛傳，色色想的周到。又見襲人特特的開了箱子，拿出兩件不大穿的衣服，忙來洗了臉。寶玉一

充當主子出氣對象，是奴才的任務，更是奴才的臉面。如此，寶釵才問：「難道拿別人出氣不成？」意為：別人還不夠資格呢。

旁笑勸道：「姐姐還該擦上些脂粉，不然倒像是和鳳姐姐賭氣了似的。況且又是他的好日子，而且老太太又打發了人來安慰你。」平兒聽了有理，便去找粉，只不見粉。寶玉忙走至妝枱前，將一個宣窯[3]磁盒揭開，裡面盛着一排十根玉簪花棒兒，拈了一根遞與平兒。又笑說道：「這不是鉛粉，這是紫茉莉花種研碎了對上料製的。」平兒倒在手上看時，果見輕白紅香四樣俱美，撲在面上也容易勻淨，且能潤澤，不像別的粉澀滯。然後看見胭脂也不是一張，卻是一個小小的白玉盒子，裡面盛着一盒如玫瑰膏子一樣。寶玉笑道：「那市上賣的胭脂不乾淨，顏色也薄。這是上好的胭脂擰出汁子來，淘澄淨了，配了花露蒸成的，只要細簪子挑一點兒抹在唇上足夠了；用一點水化開抹在手心裡，就夠拍臉的了。」平兒依言妝飾，果見鮮艷異常，且又甜香滿頰。寶玉又將盆內開的一枝並蒂秋蕙用竹剪刀鉸了下來，與他簪在鬢上。忽見李紈打發丫頭來喚他，方忙忙的去了。

寶玉因自來從未在平兒前盡過心——且平兒又是個極聰明極清俊的上等女孩兒，比不得那起俗拙蠢物——深為恨怨。今日是金釧兒生日，故一日不樂。不想落後鬧出這件事來，竟得在平兒前稍盡片心，也算今生意中不想之樂。因歪在床上，心內怡然自得。忽又思及賈璉，惟知以淫樂悅己，並不知作養脂粉。又思平兒並無父母兄弟姊妹，獨自一人，供應賈璉夫婦二人。賈璉之俗，鳳姐之威，他竟能周全妥貼，今兒還遭荼毒，也就薄命的狠了。想到此間便又傷感起來。復又起身，見方才的衣裳上噴的酒已半乾，便拿熨斗熨了疊好；見他的手帕子忘去，

寶玉插的這一槓子令人好笑。令人又覺意外，又覺意中，又覺寶玉無聊沒出息，又覺在這種時候平兒得一寶玉「伏侍」安慰一番也好。否則，偌大一個賈府，哪裡還有體貼女性特別是女奴的主子？

一定程度的性變態是寶玉性格特點的一個組成部分。這當然與他的處境有關，與他的消極頹廢的人生觀有關，也與賈府的總體狀況——頗多年輕貌美聰明清俊上等的女孩子，而這些女孩子又處於「風刀霜劍嚴相逼」的境況中。但性變態畢竟是一種生理狀況，不能全部以社會原因解釋之。

上面猶有淚痕，又擱在盆中洗了晾上。又喜又悲，悶了一回，也往稻香村來，說一回閒話，掌燈後方散。

平兒就在李紈處歇了一夜，鳳姐兒只跟着賈母睡。賈璉晚間歸房，冷清清的，又不好去叫，只得胡亂睡了一夜。次日醒了，想昨日之事大沒意思，後悔不來。邢夫人記掛着昨日賈璉醉了，忙一早過來，叫了賈璉過賈母這邊來。賈璉只得忍愧前來，在賈母面前跪下。賈母問他：「怎麼了？」賈璉忙陪笑說：「昨兒原是吃了酒，驚了老太太的駕，今兒來領罪。」賈母啐道：「下流東西，灌了黃湯，不說安分守己的挺屍去，倒打起老婆來了！鳳丫頭成日家說嘴，霸王似的一個人，昨兒唬的可憐。要不是我，你要傷了他的命，這會子怎麼樣？」賈璉一肚子的委曲，不敢分辯，只認不是。賈母又道：「鳳丫頭和平兒還不是個美人胎子？你還不足，成日家偷雞摸狗，腥的臭的都拉了你屋裡去，為這起娼婦打老婆，又打屋裡的人，你還虧是大家子的公子出身，活打了嘴了。你若眼睛裡有我，你起來，我饒了你，乖乖的替你媳婦賠個不是兒，拉了他家去，我就喜歡了。要不然，你只管出去，我也不敢受你的跪。」賈璉聽如此說，又見鳳姐兒站在那邊，也不盛妝，哭的眼睛腫着，也不施脂粉，黃黃臉兒，比往常更覺可憐可愛。想着：「不如賠了不是，彼此也好了，又討老太太的喜歡。」想畢，便笑道：「老太太的話我不敢不依，只是越發縱了他了。」賈母笑道：「胡說！我知道他最有禮的，再不會衝撞人。他日後得罪了你，我自然也做主，叫你降伏就是了。」

由於有賈母在上在先，也由於賈璉實在輸了理，邢夫人這次是完全為鳳姐做主的。是不是真心站在鳳姐這一邊呢？這次為鳳姐說了話，留沒留下後遺症——例如記下了一筆帳，更嫌厭鳳了——呢？那就要往下細細地看了。

黃黃臉兒，可憐可愛，這種寫法別致。通常「黃臉婆」可不是褒語。這種心理反映一種男子霸權主義的心態。他們喜歡的是弱者。

賈璉聽説，爬起來，便與鳳姐兒作了一個揖，笑道：「原是我的不是，二奶奶別生氣了。」滿屋裡的人都笑了。賈母笑道：「鳳丫頭，不許惱了，再惱我就惱了。」説着，又命人去叫了平兒來，便命鳳姐兒和賈璉安慰平兒。賈璉見了平兒，越發顧不得了，所謂「妻不如妾」，聽賈母一説，便趕上來説道：「姑娘昨日受了屈了，都是我的不是。奶奶得罪了你，也是因我而起，我賠了不是不算外，還替你奶奶賠個不是。」説着，也作了一個揖，引的賈母笑了，鳳姐兒也笑了。賈母又命鳳姐來安慰平兒。平兒忙走上來給鳳姐兒磕頭説：「奶奶的千秋，我惹了奶奶生氣，是我該死。」鳳姐兒正自愧悔，昨日酒吃多了，不念素日之情，浮躁起來，聽了旁人話，無故給平兒沒臉，今反見他如此，又是慚愧，又是心酸，忙一把拉起來，落下淚來。平兒道：「我伏侍了奶奶這麼些年，也沒彈我一指甲，就是昨兒打我，我也不怨奶奶，都是那娼婦治的，怨不得奶奶生氣。」説着，也滴下淚來。賈母便命人將他三人送回房去，「有一個再提此話，即刻來回我，我不管是誰，拿拐棍子給他一頓。」

三個人重新給賈母、邢王二位夫人磕了頭。老嬤嬤答應了送他三人回去。至房中，鳳姐兒見無人方説道：「我怎麼像個閻王，又像夜叉？那娼婦咒我死，你也幫着咒我。千日不好，也有一日好。可憐我熬的連個混帳女人也不如了，我還有什麼臉來過這日子？」説着，又哭了。賈璉道：「你還不足？你細想想，昨兒誰的不是多？今兒當着人還是我跪了一跪，又賠不是，你也爭足了光了。這會子

主奴之義，也能感動得人落淚。哪怕最腐朽的道德觀念，也能引發出一種動人的激情，甚至是頗具崇高感的激情。讀到這裡，我們不是也為鳳平的忠主愛奴之情幾乎淚下了麼——當然我們極厭惡主奴制度。

夫、妻、妾的問題也需要家長主持、管理、介入。中國的家長制真是奧妙無窮，自成格局，（以現代觀念看）不可思議而又行之有效。

*連續三次盛宴與行樂，終於樂極生悲，醜態百出，臭烘烘地鬧來，而且鬧出了一條人命。物極必反，常極常反，愛莫能助，天道如此，奈何！

還嘮叨，難道你還叫我替你跪下才罷？太要足了強，也不是好事。」說的鳳姐兒無言可對，平兒嗤的一聲又笑了。賈璉也笑道：「又好了！真真的我也沒法了。」

人人給鳳姐進類似的言。也是「紅」的主題，「教育意義」的一個重要內容。

正說着，只見一個媳婦來回說：「鮑二媳婦吊死了。」賈璉鳳姐兒都吃了一驚。鳳姐忙收了怯色，反喝道：「死了罷了，有什麼大驚小怪的。」一時只見林之孝家的進來悄回鳳姐道：「鮑二媳婦吊死了，他娘家的親戚要告呢。」鳳姐兒冷笑道：「這倒好了，我正想要打官司呢！」林之孝家的道：「我才和眾人勸了他們，又威嚇了一陣，又許了他幾個錢，也就依了。」鳳姐兒道：「我沒一個錢，有錢也不給，只管叫他告去。也不許勸他，也不用鎮嚇他，只管讓他告去，他告不成，我還問他個『以屍訛詐』呢！」林之孝家的正在為難，見賈璉和他使眼色兒，心下明白，便出來等着。賈璉道：「我出去瞧瞧，看是怎麼樣。」鳳姐兒道：「不許給他錢。」賈璉一徑出來，和林之孝來商議，着人去做好做歹，許了二百兩發送才罷。賈璉生恐有變，又命人去和王子騰說了，將番役仵作[4]人等叫幾名來幫着辦喪事。那些人見了如此，總要復辦亦不敢辦，只得忍氣吞聲罷了。賈璉又命林之孝將那二百銀子入在流年帳上，分別添補開消過去。又體己[5]給鮑二些銀兩，安慰他說：「另日再挑個好媳婦給你。」鮑二又有體面，又有銀子，有何不依，便仍然奉承賈璉，不在話下。

忙收怯色，真乃強人。

自有對策。空子總是有的。

鳳姐心中雖不安，面上只管佯不理論，因房中無人，便拉平兒笑道：「我昨兒多喝了一口酒，你別埋怨，打了那裡，讓我瞧瞧。」平兒道：「也沒打重。」只聽得說，奶奶姑娘都進來了。要知後來端的，且看下回分解。

1 **待東**：代替作東道主的意思。

2 **台盞**：高足大酒杯。

3 **宣窯**：明宣宗宣德年間的官窯，以彩瓷和紅瓷最為著名。

4 **番役仵作**：任緝捕和驗屍的差役。

5 **體己**：這裡是私下的意思。

第四十五回
金蘭契[1]互剖金蘭語　風雨夕悶製風雨詞

話說鳳姐兒正撫恤平兒，忽見眾姐妹進來，忙讓坐了。平兒斟上茶來。鳳姐兒笑道：「今兒來的這些人，倒像下帖子請了來的。」探春先笑道：「我們有兩件事，一件是我的，一件是四妹妹的，還夾着老太太的話。」鳳姐兒笑道：「有什麼事，這麼要緊？」探春笑道：「我們起了個詩社，頭一社就不齊全，眾人臉軟，所以就亂了例了。我想必得你去做個監社御史，鐵面無私才好。再四妹妹為畫園子用的東西，這般那般不全，回了老太太。老太太說：『只怕後樓底下還有當年剩下的，找一找，若有呢，拿出來，若沒有，叫人買去。』」鳳姐兒笑道：「我又不會做什麼濕的乾的，要我吃東西去不成？」探春道：「你雖不會做，也不要你做，你只監察着我們裡頭有偷安怠惰的，該怎麼樣罰他就是了。」鳳姐兒笑道：「你們別哄我，我猜着了，那裡是請我做監察御史！分明是叫我做個進錢的銅商。你們弄什麼社，必是要輪流做東道的。你們的錢不夠花，想出這個法子來勾了我去，好和我要錢。可是這個主意？」說的眾人都笑道：「你卻猜着了。」李紈笑道：「真真你是個水晶心肝玻璃人兒。」鳳姐兒笑道：「虧你是個大嫂子呢！姑

拉贊助法，「紅」已有之。

娘們原叫你帶着唸書，學規矩、針線俱要教導他們的，這會子起詩社能用幾個錢，你就不管了！老太太、太太罷了，原是老封君。[2]你一個月十兩銀子的月錢，比我們多兩倍子。老太太、太太還說你寡婦失業的可憐，不夠用，又有個小子，足足的又添了十兩銀子，和老太太、太太平等，又給你園子裡的地，各人取租子，年終分年例，你又是上上分兒。你娘兒們主子奴才共總沒有十個人，吃的穿的仍舊是大官中的。通共算起來，也有四五百銀子。這會子你就每年拿出一二百兩來陪他們頑頑，能有幾年呢？他們明兒出了閣，難道還要你賠不成？這會子你怕花錢挑唆他們來鬧我，我樂得去吃一個河涸海乾，我還不知道呢。」

李紈笑道：「你們聽聽，我說了一句，他就說了兩車無賴的話，真真泥腿市俗，專會打細算盤、分金掰兩的。你這個東西，虧了還託生在詩書大宦人家做小姐，又是這麼出了嫁，還是這麼着；若生在貧寒小門小户人家，做了小子丫頭，還不知怎麼下作呢！天下人都被你算計了去！昨兒還打平兒，虧你伸的出手來！那黃湯難道灌喪了狗肚子裡去了？氣的我只要替平兒打抱不平兒。忖奪了半日，好容易『狗長尾巴尖兒』的好日子，又怕老太太心裡不受用，因此沒來，究竟氣還不平。你今兒倒招我來了。給平兒拾鞋還不要呢，你們兩個很該換一個過兒才是。」說的眾人都笑了。鳳姐忙笑道：「哦，我知道了，竟不是為詩為畫來找我，竟是為平兒報仇來了。我竟不知道平兒有你這一位仗腰子的人。可知就像有鬼拉着我的手似的，從今我也不敢打他了。平姑娘，過來！我當着你大奶奶姑娘們替

藉此說明了李紈的處境，還是上上的。

能和鳳姐這樣平起平坐，親熱隨意而又針尖麥芒地說話的人，尤氏與李紈而已。李紈講得尤親。這個寡婦並不簡單。第一，她也是投靠主流派的。第二，守寡，她佔有道德優勢，苦行優勢。第三，至少從牙口上看，不善。李紈這樣一「罵」，起了活血化瘀，化解矛盾，理順情緒的作用，從根本上有利於主流派的團結，有利於鳳姐平兒的團結，有利於鳳姐的管理和根本利益。鳳姐正好藉此機會說笑中向平兒賠了不是。

你賠個不是，擔待我酒後無德罷！」說着，眾人都笑了。李紈笑問平兒道：「如何？我說必要給你爭爭氣才罷。」平兒笑道：「雖如此，奶奶們取笑，我可禁不起呢。」李紈道：「有什麼禁的起禁不起，有我呢。快拿鑰匙，叫你主子開門找東西去罷。」

鳳姐兒笑道：「好嫂子，你且同他們回園子裡去，才要把這米帳和他們算一算，那邊大太太又打發人來叫，又不知有什麼話說，須得過去走一走，還有你們年下添補的衣服打點給人做去呢。」李紈笑道：「這些事情我都不管，你只把我的事完了，我好歇着去，省得這些姑娘小姐鬧我。」鳳姐忙笑道：「好嫂子，賞我一點空兒。你是最疼我的，怎麼今兒為平兒就不疼我了？往常你還勸我說，事情雖多，也該保全身子，檢點着偷空兒歇歇，你今兒反逼起我的命來了。況且誤了別人年下的衣裳無礙，他姐兒們的若誤了，卻是你的責任，老太太豈不怪你不管閒事，連一句現成的話也不說？我寧可自己落不是，也不敢累你呀。」李紈笑道：「你們聽聽，說的好不好？把他會說話的！我且問你，這詩社到底管不管？」鳳姐兒笑道：「這是什麼話，我不入社花幾個錢，我不成了大觀園的反叛了麼，還想在這裡吃飯不成？明日一早就到任，下馬拜了印，先放下五十兩銀子給你們慢慢的做會社東道。過後幾天，我又不作詩作文，只不過是個俗人罷了。『監察』也罷，不『監察』也罷，有了錢了，愁着你們還不攆出我來！」說的眾人又都笑起來。鳳姐兒道：「過會子我開了樓房，凡有這些東西叫人搬出來你們看，若使

說明李紈、鳳姐的默契。鳳姐能聽得進李紈的「罵」，不固執錯誤，也難能可貴。

鳳姐有從眾、隨和、注意公共關係的這一面。

得，留着使，若少什麼，照你們單子，我叫人替你們買去就是了。畫絹我就裁出來，那圖樣沒有在太太跟前，還在那邊珍大爺那裡。說給你們，省了太太那邊碰釘子去。我去打發人取了來，一並叫人連絹交給相公們礬去如何？」李紈點頭笑道：「這難為你，果然這樣還罷了。既如此，咱們家去罷，等着他不送了去再來鬧他。」說着便帶了他姊妹們就走。鳳姐兒道：「這些事再沒別人，都是寶玉生出來的。」李紈聽了，忙回身笑道：「正是為寶玉來，反忘了他。頭一社是他誤了，我們臉軟，你說該怎麼罰他？」鳳姐兒想了一想，說道：「沒有別的法子，只叫他把你們各人屋子裡的地掃一遍才好。」眾人都笑道：「這話不差。」

「勞動懲罰」。

說着才要回去，只見一個小丫頭扶了賴嬤嬤進來。鳳姐兒等忙站起來，笑道：「大娘坐下。」又都向他道喜。賴嬤嬤向炕沿上坐了，笑道：「我也喜，主子們也喜。若不是主子們的恩典，我這喜從何來？昨兒奶奶又打發彩哥賞東西，我孫子在門上朝上磕了頭了。」李紈笑道：「多早晚上任去？」賴嬤嬤嘆道：「我那裡管他們，由他們去罷！前兒在家裡給我磕頭，我沒好話，我說：『哥兒，別說你是官了，橫行霸道的，你今年活了三十歲，雖然是人家奴才，一落娘胎胞，主子恩典，放你出來，上託着主子的洪福，下託着你老子娘，也是公子哥兒似的讀書寫字，也是丫頭、老婆、奶子捧鳳凰似的長了這麼大。你那裡知道那奴才兩字是怎麼寫，只知道享福，也不知你爺爺和你老子受的那苦惱，熬了兩三輩子，好容易掙出你這個東西。從小兒三災八難，花的銀子照樣打出你這個銀人兒來

奴才的子弟甚至有做官的前程。階級等級既是森嚴的，又不是絕對僵死的，才能使奴隸們也覺得忠心地幹下去，不無奔頭。

都要進行憶苦教育與艱苦奮鬥的傳統教育。

了。到二十歲上又蒙主子的恩典，許你捐了前程在身上。你看那正根正苗忍飢捱餓的要多少？你一個奴才秧子，仔細折了福！如今樂了十年，不知怎麼弄神弄鬼求了主子，又選出來。縣官雖小，事情卻大，為那一州的官，就是那一方的父母。你不安分守己，盡忠報國，孝敬主子，只怕天也不容你。』」李紈、鳳姐兒都笑道：「你也多慮。我們看他也就好。先那幾年還進來了兩次，這有好幾年沒來了，年下生日，只見他的名字就罷了。前兒給老太太、太太磕頭來，在老太太那院裡見他，又穿着新官的服色，倒發的威武了，比先時也胖了。他這一得了官，正該你樂呢，反倒愁起這些來！他不好，還有他的父母呢，你只受用你的就完了。閒時坐個轎子進來，和老太太鬥鬥牌，說說話兒，誰好意思的委曲了你。家去也是一般樓房廈廳，誰不敬你，自然也是老封君似的了。」

平兒斟上茶來，賴嬤嬤忙站起來道：「姑娘不管叫那孩子倒來罷了，又生受你。」說着，一面吃茶，一面又道：「奶奶不知道，這小孩子們全要管的嚴，饒這麼嚴，他們還偷空兒鬧個亂子來叫大人操心。知道的，說小孩子們淘氣；不知道的，人家就說，仗着財勢欺人，連主子名聲也不好。恨的我沒法兒，常把他老子叫了來罵一頓，才好些。」因又指寶玉道：「不怕你嫌我，如今老爺不過這麼管你一管，老太太就護在裡頭。當日老爺小時討你爺爺打，誰沒看見的。老爺小時，何曾像你這麼天不怕地不怕的呢。還有那邊大老爺，雖然淘氣，也沒像你這扎窩子[3]的樣兒，也是天天打。還有東府裡你珍大哥哥的爺爺，那才是火上澆油

說得好，實際上未必。

賴嬤嬤已是正統教育的體現者與捍衛者，講起話來也是一腔正氣，站穩了忠孝仁義的上風頭了。

統治階級需要被統治階級中忠於自己的人物，並不惜予以厚待。這樣的人極有用。

的性子，說聲惱了，什麼兒子，竟是審賊！如今我眼裡看着，耳朵裡聽着，那珍大爺管兒子倒也像當日老祖宗的規矩，只是着三不着兩的。他自己也不管一管自己，這些兄弟侄兒怎麼怨的不怕他？你心裡明白，喜歡我說；不明白，嘴裡不好意思，心裡不知怎麼罵我呢。」

敢於批評主子，也是全靠正統。

說着，只見賴大家的來了，接着周瑞家的，張材家的都進來回事情。鳳姐兒笑道：「媳婦來接婆婆來了。」賴大家的笑道：「不是接他老人家來的，倒是打聽打聽奶奶姑娘們賞臉不賞臉？」賴嬤嬤聽了笑道：「可是我糊塗了，正經說的話俱不說，且說陳穀子爛芝麻的。因為我們小子選了出來，眾親友要給他賀喜，少不得家裡擺個酒。我想，擺一日酒，請這個不請那個也不是。又想了一想，託主子的洪福，想不到的這麼榮耀光彩，就傾了家，我也願意的。因此吩咐了他老子，連擺三日酒：頭一日，在我們破花園子裡擺幾席酒，一台戲，請老太太、太太們、奶奶姑娘們去散一日悶；外頭大廳上一台戲，幾席酒，請老爺們、爺們增增光；第二日再請親友；第三日，再把我們兩府裡的伴兒請一請，熱鬧三天，也是託着主子的洪福一場，光輝光輝。」李紈、鳳姐兒都笑道：「多早晚的日子？我們必去。只怕老太太高興要去也定不得。」賴大家的忙道：「擇的日子是十四，只要我們奶奶的老臉罷了。」鳳姐兒笑道：「別人我不知道，我是一定去的。先說下，我可沒有賀禮，也不知道放賞的，吃了一走，可別笑話。」賴大家的笑道：「奶奶說那裡話！奶奶一喜歡，要賞我們三二萬銀子就有了。」賴嬤嬤

先講陳穀子爛芝麻以確認自己已完全歸化了主子一邊，才好說底下的。

除了道義上的認同、支持以外，事實上，還存

笑道：「我才去請老太太，老太太也說去，可算我這臉還好。」說畢，叮嚀了一回，方起身要走。因看見周瑞家的，便想起一事來，因說道：「可是還有一句話問奶奶，這周嫂子的兒子犯了什麼不是，攆了他不用？」鳳姐兒聽了，笑道：「正是我要告訴你媳婦兒呢，事情多，也忘了。賴嫂子回去說給你老頭子，兩府裡不許收留他兒子，叫他各人去罷。」

賴大家的只得答應着。周瑞家的忙跪下央求。賴嬤嬤道：「什麼事？說給我評評。」鳳姐兒道：「前日是我的生日，裡頭還沒吃酒，他小子先醉了。老娘那邊送了禮來，他不在外頭張羅，倒坐着罵人，禮也不送進來。兩個女人進來了，他才帶領小幺兒們往裡抬。小幺兒們倒好好的，他拿的一盒倒失了手，撒了一院子饅頭。人去了，我打發彩明去說他，他倒罵了彩明一頓。這樣無法無天的忘八羔子，還不攆了做什麼！」賴嬤嬤道：「我當什麼事情，原來為這個。奶奶聽我說：他有不是，打他罵他，使他改過就是了，攆了出去斷乎使不得。他又比不得是咱家的家生子兒，他現是太太的陪房。奶奶只顧攆了他，太太臉上不好看。依我說，奶奶教導他幾板子，以戒下次，仍舊留着才是。不看他娘，也看太太。」鳳姐兒聽了，便向賴大家的說道：「既這樣，明兒叫了他來，打他四十棍，以後不許他吃酒。」賴大家的答應了。周瑞家的才磕頭起來，又要與賴嬤嬤磕頭，賴大家的拉着方罷。然後他三人去了。李紈等也就回園中來。

至晚，果然鳳姐命人找了許多舊收的畫具出來，送至園中。寶釵等選了一回，

在主奴利益的共同體。所謂有身份（有資格，如做過正經主子的奶嬤）、有體面、得寵的奴才，他們的利益已依附於主子了。

只要鳳姐不發火不喪失理智，她還是好商量好說話的。

對奴才也並非為所欲為，必須處理好各種關係。這一點頗可為處在上風頭者鑑戒。

各色東西可用的只有一半，那一半開了單與鳳姐兒去照樣置買，不必細說。

一日，外面礬了絹，起了稿子進來。寶玉每日便在惜春那邊幫忙。探春、李紈、迎春、寶釵等也都往那裡來閒坐，一則觀畫，二則便於會面。寶釵因見天氣涼爽，夜復漸長，遂至母親房中商議，打點些針線來。日間至賈母處、王夫人處兩次省候，不免又承色陪坐，閒時園中姐妹處也要不時閒話一回，故日間不大得閒。每夜燈下女工必至三更方寢。黛玉每歲至春分秋分之後，必犯舊疾；今秋又遇賈母高興，多遊玩了兩次，未免過勞了神，近日又復嗽起來，覺得比往常又重，所以總不出門，只在自己房中將養。有時悶了，又盼個姐妹來說些閒話排遣；及至寶釵等來望候他，說不得三五句話又厭煩了。眾人都體諒他病中，且素日形體嬌弱，禁不得一些委曲，所以他接待不周，禮數疏忽，也都不責他。

這日寶釵來望他，因說起這病症來。寶釵道：「這裡走的幾個太醫雖都還好，只是你吃他們的藥總不見效，不如再請一個高手的人來瞧一瞧，治好了豈不好？每年間鬧一春一夏，又不老又不小，成什麼？也不是個常法兒。」黛玉道：「不中用。我知道我的病是不能好的了。且別說病，只論好的時候，我是怎麼個形景兒就可知了。」寶釵點頭道：「可正是這話。古人說『食穀者生』[4]，你素日吃的竟不能添養精神氣血，也不是好事。」黛玉嘆道：「生死有命，富貴在天，[5]也不是人力可強求的。今年比往年反覺又重了些似的。」說話之間，已咳嗽了兩

三次。寶釵道：「昨兒我看你那藥方上，人參肉桂覺得太多了。雖說益氣補神，也不宜太熱。依我說，先以平肝養胃為要，肝火一平，不能剋土，胃氣無病，飲食就可以養人了。每日早起拿上等燕窩一兩，冰糖五錢，用銀吊子[6]熬出粥來，若吃慣了，比藥還強，最是滋陰補氣的。」

黛玉嘆道：「你素日待人固然是極好的，然我最是個多心的人，只當你有心藏奸。從前日你說看雜書不好，又勸我那些好話，竟大感激你。往日竟是我錯了，實在誤到如今。細算來，我母親去世的時候，又無姐妹兄弟，我長了今年十五歲，竟沒一個人像你前日的話教導我。怪不得雲丫頭說你好，我往日見他讚你，我還不受用，昨天我親自經過，才知道了。比如你說了那個，我再不輕放過你的；你竟不介意，反勸我那些話，可知我竟自誤了。若不是前日看出來，今日這話再不對你說。你方才叫我吃燕窩粥的話，雖然燕窩易得，但只我因身子不好了，每年犯了這病，也沒什麼要緊的去處。請大夫，熬藥，人參肉桂已經鬧了個天翻地覆了，這會子我又興出新文來，熬什麼燕窩粥，老太太、太太、鳳姐姐這三個人便沒話說，那些底下老婆丫頭們未免嫌我太多事了。你看這裡這些人，因見老太太多疼了寶玉和鳳姐姐兩個，他們尚虎視眈眈，背地裡言三語四的，何況於我？況我又不是正經主子，原是無依無靠投奔了來的，他們已經多嫌着我呢。如今我還不知進退，何苦叫他們咒我？」寶釵道：「這樣說，我也是和你一樣。」黛玉道：「你如何比我？你又有母親，又有哥哥，這裡又有買賣地土，家裡又仍舊有房有

寶釵不僅做人，論醫也是極平和的。平易近人四字，原是相當高的境界。

黛玉為之折服。

論者或謂寶釵虛偽：一、或實有虛偽。二、也難說，即使寶釵一百二十分的真誠，也難免虛偽之譏。蓋：好人難做，誰做了好人誰就要受疑惑。做了好人就收穫了人心，就有了效果，就變成了爭取人心的手段，客觀上變成了無法明其真的「偽」了。所以，劉備、宋江都被認為「偽」。薛蟠、李逵等才被承認其真誠。仁則偽，惡而真，噫！

地。你不過親戚的情分，白住在這裡，一應大小事情，又不沾他們一文半個，要走就走了。我是一無所有，吃穿用度，一草一木，皆是和他們家的姑娘一樣，那起小人豈有不多嫌的。」寶釵笑道：「將來也不過多費得一副嫁妝罷了，如今也愁不到那裡。」黛玉聽了，不覺紅了臉，笑道：「人家才拿你當個正經人，把心裡煩難告訴你聽，你反拿我取笑兒。」寶釵笑道：「雖是取笑兒，卻也是真話。你放心，我在這裡一日，我與你消遣一日。你有什麼委曲煩難，只管告訴我。我能解的，自然替你解。我雖有個哥哥，你也是知道的，只有個母親比你略強些。咱們也算同病相憐。你也是個明白人，何必作『司馬牛之嘆』？[7] 你才說的也是，多一事不如省一事。我明日家去和媽媽說了，只怕燕窩我們家裡還有，送你幾兩，每日叫丫頭們就熬了，又便宜，又不驚師動眾的。」黛玉忙笑道：「東西是小，難得你多情如此。」寶釵道：「這有什麼放在嘴裡的！只愁我人人跟前失於應候罷了。這會子只怕你煩了，我且去了。」黛玉道：「晚上再來和我說句話兒。」寶釵答應着便去了，不在話下。

黛玉的這些處境並無具體描寫，粗粗一說，亦可想像。

一無所有，可憐，卻也灑脫。

這裡黛玉喝了兩口稀粥，仍歪在床上，不想日未落時天就變了，淅淅瀝瀝下起雨來。秋霖脈脈，陰晴不定，那天漸漸的黃昏，且陰的沉黑，兼着那雨滴竹梢，更覺淒涼。知寶釵不能來，便在燈下隨便拿了一本書，卻是樂府雜稿，[8] 有《秋閨怨》、《別離怨》[9] 等詞。黛玉不覺心有所感，亦不禁一發於章句，遂成《代別離》[10] 一首，擬《春江花月夜》[11] 之格，乃名其詞曰《秋窗風雨夕》。詞曰：

秋花慘淡秋草黃，耿耿秋燈秋夜長。
已覺秋窗秋不盡，那堪風雨助凄涼！
助秋風雨來何速，驚破秋窗秋夢綠。
抱得秋情不忍眠，自向秋屏挑涙燭。
涙燭搖搖爇短檠，[12]牽愁照恨動離情。
誰家秋院無風入？何處秋窗無雨聲？
羅衾不耐秋風力，殘漏聲催秋雨急。
連宵脈脈復颼颼，[13]燈前似伴離人泣。
寒煙小院轉蕭條，疏竹虛窗時滴瀝。
不知風雨幾時休，已教涙灑窗紗濕。

林黛玉的詠嘆調。與葬花詞相呼應。

吟罷擱筆，方欲安寢，丫鬟報說：「寶二爺來了。」一語未盡，只見寶玉頭上戴着大箬笠，[14]身上披着蓑衣。黛玉不覺笑道：「那裡來的這麼個漁翁！」寶玉忙問：「今兒好？吃了藥沒有？今兒一日吃了多少飯？」一面說，一面摘了笠，脫了蓑，忙一手舉起燈來，一手遮着燈兒，向黛玉臉上照了一照，覷着瞧了一瞧，笑道：「今兒氣色好了些。」

這種天時，這種氣氛下，寶二爺這種裝束到來。平添了浪漫色彩，知音情義。黛玉是何等地需要寶二爺呀！

黛玉看他脫了蓑衣，裡面只穿半舊紅綾短襖，繫着綠汗巾子，膝上露出綠綢撒花褲子，底下是掐金滿繡的綿紗襪子，靸着蝴蝶落花[15]鞋。黛玉問道：「上頭怕雨，底下這鞋襪子是不怕雨的？也倒乾淨。」寶玉笑道：「我這一套是全的，有一雙棠木屐，[16]才穿了來，脫在廊檐下了。」黛玉又看那蓑衣斗笠，不是尋常市賣的，十分細緻輕巧，因說道：「是什麼草編的？怪道穿上不像那刺蝟似的。」寶玉道：「這三樣都是北靜王送的。他閒常下雨時在家裡也是這樣。你喜歡這個，我也弄一套來送你。別的都罷了，惟有這斗笠有趣，上頭這頂兒是活的，冬天下雪，戴上帽子，就把竹信子抽了去，拿下頂子來，只剩了這個圈子，下雪時，男女都戴得。我送你一頂，冬天下雪戴。」林黛玉笑道：「我不要他。戴上那個，成個畫兒上畫的和戲上扮的漁婆兒了。」及說了出來，方想起來這話忒與方才說寶玉的話相連了，後悔不迭，羞的臉飛紅，伏在桌上嗽個不住。

寶玉卻不留心，因見案上有詩，遂拿起來看了一遍，又不覺叫好。黛玉聽了，忙起來奪在手內，燈上燒了。寶玉笑道：「我已記熟了。」黛玉道：「我要歇了，你請去罷，明日再來。」寶玉聽了，向懷內掏出一個核桃大的金錶來，瞧了一瞧，那針已指到戌末亥初之間，忙又揣了，說道：「原該歇了，又攪的你勞了半日神。」說着，披蓑戴笠出去了，又翻身進來問道：「你想什麼吃，你告訴我，我明兒一早回老太太，豈不比老婆子們說的明白？」黛玉笑道：「等我夜裡想着了，明日一早告訴你。你聽，雨越發緊了，快去罷。可有人跟沒有？」兩個婆子答應：「有人，外面拿着傘點着燈籠呢。」黛玉笑道：「這個天點燈籠？」寶玉道：「不相干，是羊角的，不怕雨。」黛玉聽說，回手向書架上把個玻璃繡球燈拿了下來，命點一支小蠟來，遞與寶玉，道：「這個又比那個亮，正是雨裡點的。」寶玉道：

穿遍綾羅綢緞皮革毛絨，又講究到返璞歸真的蓑衣斗笠上去了。

懷錶。

「我也有這麼一個，怕他們失腳滑倒了打破了，所以沒點來。」黛玉道：「跌了燈值錢呢，是跌了人值錢？你又穿不慣木屐子。那燈籠命他們前頭點着。這個又輕巧又亮，原是雨裡自己拿着的，你自己手裡拿着這個，豈不好？明兒再送來。就失了手也有限的，怎麼又變出這『剖腹藏珠』[17]的脾氣來！」寶玉聽了，隨過來接了，前頭兩個婆子打着傘拿着羊角燈，後頭還有兩個小丫鬟打着傘。寶玉便將這個燈遞與一個小丫頭捧着，寶玉扶着他的肩，一徑去了。

就有蘅蕪苑一個婆子，也打着傘提着燈，送了一大包燕窩來，還有一包子潔粉梅片雪花洋糖。說：「這比買的強。我們姑娘說：姑娘先吃着，完了再送來。」黛玉回說「費心」。命他外頭坐了吃茶。婆子笑道：「不吃茶了，我還有事呢。」黛玉笑道：「我也知道你們忙。如今天又涼，夜又長，越發該會個夜局，痛賭兩場了。」婆子笑道：「不瞞姑娘說，今年我大沾光兒了。橫豎每夜有幾個上夜的人，誤了更也不好，不如會個夜局，又坐了更，又解了悶。今兒又是我的頭家，如今園門關了，就該上場了。」黛玉聽了，笑道：「難為你。誤了你的發財，冒雨送來。」命人給他幾百錢，打些酒吃，避避雨氣。那婆子笑道：「又破費姑娘賞酒吃。」說着，磕了一個頭，外面接了錢，打傘去了。

紫鵑收起燕窩，然後移燈下簾，伏侍黛玉睡下。黛玉自在枕上感念寶釵，

*上回惡鬥死人後，此回又平緩下來，解釋矛盾。寬大處理犯錯誤的奴才——周瑞家的兒子；寶釵黛玉親如姐妹，盡釋前嫌；寶玉黛玉更是彼此關照。天下太平，「讓世界充滿愛」了。愛完了恨，恨完了還是得愛。鬥完了玩耍，玩耍完了還得鬥。施恩完了逞兇，逞兇完了還得施恩。猜疑完了信任，信任完了難免再猜疑。這就是「紅樓」，這就是人生之「夢」。

自「訴肺腑」以來，黛玉與寶玉已是十分牢固，十分體貼了——真得像漁婆照顧漁翁一樣。這與前述她與寶釵的關係融洽互有影響，良性作用。黛玉並非一味使性哭鬧。玻璃繡球燈一節，多少情分！寶玉的愛是得到了回應的。

黛玉也是信息靈通。並非不食煙火之人。

一時又羨他有母有兄；一回又想寶玉素昔和睦，終有嫌疑，又聽見窗外竹梢蕉葉之上，雨聲淅瀝，清寒透幕，不覺又滴下淚來，直到四更，方漸漸的睡熟了。暫且無話。要知端的，且看下回分解。

1 **金蘭契**：比喻朋友之間的同心合意。「金蘭」二字語出《周易．繫辭上》：「二人同心，其利斷金；同心之言，其臭如蘭。」

2 **封君**：古時對有封邑貴族的稱呼。後因子女顯貴而受封典的，也稱「封君」。

3 **扎窩子**：原指飛鳥投入窩中，不肯飛出。這裡比喻寶玉躲在內幃廝混淘氣，不思有所作為。

4 **食穀者生**：中醫認為食五穀能補血養氣。

5 **生死有命，富貴在天**：語見《論語．顏淵》。

6 **吊子**：一種有嘴有柄的小鍋。一作銚子。

7 **司馬牛之嘆**：感嘆沒有兄弟。司馬牛是孔子的弟子，名耕，字子牛。《論語．顏淵》載司馬牛感嘆說：「人皆有兄弟，我獨無。」

8 **樂府雜稿**：未見著錄，當係作者虛擬的書名。「樂府」是古代掌管音樂的官署。

9 **《秋閨怨》、《別離怨》**：作者虛擬的樂府篇名。「怨」是樂府詩的題名。

10 **《代別離》**：「代」是模擬、仿作之意，這裡是指仿上文《別離怨》而作的詩。

11 **《春江花月夜》**：樂府舊題，清商曲吳聲歌曲名，相傳為陳後主陳叔寶所創。隋煬帝、唐張若虛、溫庭筠均有此作。這裡說「擬《春江花月夜》之格」，指擬張若虛作品的格調。

12 **爇短檠**：「檠」是燭台，意謂蠟燭將盡，燃及燈台。

13 **脈脈復颼颼**：指雨聲和風聲。

14 **箬笠**：用箬竹葉和竹篾編成的斗笠。

15 **蝴蝶落花**：單朵花與蝴蝶構成的圖案，稱「蝴蝶落花」。

16 **棠木屐**：棠木製成的木底鞋，雨天可當套鞋用。

17 **剖腹藏珠**：比喻惜物傷身。

第四十六回　尷尬人難免尷尬事　鴛鴦女誓絕鴛鴦偶

話說林黛玉直到四更將闌方漸漸的睡去，暫且無話。

如今且說鳳姐兒因見邢夫人叫他，不知何事，忙另穿戴了一番，坐車過來。

邢夫人將房內人遣出，悄向鳳姐兒道：「叫你來不為別的，有一件為難的事，老爺託我，我不得主意，先和你商議。老爺因看上了老太太屋裡的鴛鴦，要他在房裡，叫我和老太太討去。我想這倒是平常有的事，就是怕老太太不給。你可有法子辦這件事麼？」鳳姐兒聽了，忙道：「依我說，竟別碰這個釘子去。老太太離了鴛鴦，飯也吃不下去的，那裡就捨得了？況且平日說起閒話來，老太太常說，老爺如今上了年紀，做什麼左一個小老婆、右一個小老婆放在屋裡，耽誤了人家；放着身子不保養，官兒也不好生做去，成日和小老婆喝酒。太太聽聽，很喜歡咱們老爺麼？這會子回避還恐回避不及，反倒拿草棍兒戳老虎的鼻子眼兒去了！太太別惱，我是不敢去的。明放着不中用，而且反招出沒意思來。老爺如今上了年紀，行事不免有點兒背晦。[1]太太勸勸才是。比不得年輕做這些事無礙。如今兄弟、侄兒、兒子、孫子一大群，還這麼鬧起來，怎麼見人呢？」邢夫人冷

一波未平，一波又起。人生難得開口笑。

鳳姐這一段話很是。直言不諱，不可謂不誠不忠。

笑道：「大家子三房四妾的也多，偏咱們就使不得？我勸了也未必依。就是老太太心愛的丫頭，這麼鬍子蒼白了又做了官的一個大兒子，要了做房裡人，也未必好駁回的。我叫了你來，不過商議商議，你先派上了一篇不是。也有叫你去的理？自然是我說去。你倒說我不勸，你還是不知道那性子的？勸不成，先和我惱了。」

鳳姐兒知道邢夫人秉性愚弱，只知承順賈赦以自保，次則婪取財貨為自得，家下一應大小事務，俱由賈赦擺佈。凡出入銀錢事，一經他手，便剋扣異常，以賈赦浪費為名，「須得我就中儉省，方可補償」，兒女奴僕一人不靠，一言不聽的。如今又聽邢夫人如此的話，便知他又弄左性，[2] 勸了不中用，連忙陪笑說道：「太太這話說的極是。我能活了多大，知道什麼輕重？想來父母跟前別說一個丫頭，就是那麼大的一個活寶貝，不給老爺給誰？背地裡的話那裡信的？我竟是個呆子。拿着二爺說起，或有日得了不是，老爺太太恨的那樣，恨不得立刻拿來一下子打死，及至見了面也罷了，依舊拿着老爺太太心愛的東西賞他。如今老太太待老爺，自然也是那樣了。依我說，老太太今兒喜歡，要討今兒就討去。我先過去哄着老太太，等太太過去了，我搭訕着走開，把屋子裡的人我也帶開，太太好和老太太說。給了更好，不給也沒妨礙，眾人也不得知道。」邢夫人見他這般說，便又喜歡起來。又告訴他道：「我的主意，先不和老太太說，老太太說不給，這事便死了。我心裡想着先悄悄的和鴛鴦說，他雖害臊，我細細的告訴了他，他自然不言語，就妥了。那時再和老太太說，老太太雖不依，擱不住他願意。常言『人

但是邢夫人聽不進去。世上竟有這樣的渾人，幫助丈夫去「花」。

一應大小事務不管，全力剋扣財貨，不知是不是「移情」。也是變態心理。

只好退回來，不可謂不智。

頂不住，只有思金蟬脫殼之計。

也有小路可走。本人說通了，主管不好不放。

去不中留』，自然這就妥了。」鳳姐兒笑道：「到底是太太有智謀，這是千妥萬妥。別說是鴛鴦，憑他是誰，那一個不想巴高望上，不想出頭的？放着半個主子不做，倒願意做丫頭，將來配個小子就完了呢。」邢夫人笑道：「正是這話了。別說鴛鴦，就是那些執事的大丫頭，誰不願意這樣呢。你先過去，別露一點風聲，我吃了晚飯就過來。」

「紅」已有之。

鳳姐及時轉彎機變，以免己禍。

鳳姐兒暗想：「鴛鴦素昔是個極有心胸見識的丫頭，雖如此說，保不嚴他願意不願意。我先過去了，太太後過去，若他依了便沒得話說；倘或不依，太太是多疑的人，只怕疑我走了風聲，使他拿腔作勢的。那時太太又見應了我的話，羞惱變成怒，拿我出起氣來，倒沒意思。不如同着一齊過去了，他依也罷，不依也罷，就疑不到我身上了。」想畢，因笑道：「才我臨來，舅母那邊送了兩籠子鵪鶉，我吩咐他們炸了，原要趕太太晚飯上送過來的。我才進大門時，見小子們抬車，說太太的車拔了縫，[3]拿去收拾去了。不如這會子坐了我的車一齊過去倒好。」邢夫人聽了，便命人來換衣服。鳳姐忙着伏侍了一回，娘兒兩個坐車過來。鳳姐兒又說道：「太太過老太太那裡去，我若跟了去，老太太若問起我過來做什麼的，倒不好。不如太太先去，我脫了衣裳再來。」

必須設防，不能疏漏毫厘。

自當往後稍。

邢夫人聽了有理，便自往賈母處來，和賈母說了一回閒話，便出來假託往王夫人房裡去，從後房門出去，打鴛鴦的臥房門前過，只見鴛鴦正坐在那裡做針線，見了邢夫人，站起來。邢夫人笑道：「做什麼呢？我看看，你扎的花兒越發好了。」一面說，一面便進來接他手內的針線看了一看，只管讚好。放下針線，又渾身打諒。只見他穿着半新的藕色綾襖，青緞掐牙背心，下面水綠裙子。蜂腰削背，鴨蛋臉，烏油頭髮，高高的鼻子，兩邊腮上微微的幾點雀斑。鴛鴦見這般看他，自己倒不好意思起來，心裡便覺詫異，因笑問道：「太太這會子不早不晚的，過來做什麼？」邢夫人使個眼色兒，跟的人退出。邢夫人便坐下，拉着鴛鴦的手笑道：「我特來給你道喜來的。」鴛鴦聽了，心中已猜着三分，不覺紅了臉，低了頭，不發一言。聽邢夫人道：「你知道老爺跟前竟沒有個可靠的人，心裡再要買一個，又怕那些牙子家[4]出來的不乾不淨，也不知道毛病兒，買了來家，三日兩日，又弄鬼掉猴的。因滿府裡要挑一個家生女兒，又沒個好的：不是模樣兒不好，就是性子不好，有了這個好處，沒了那個好處。因此常冷眼選了半年，這些女孩子裡頭，就只你是個尖兒，模樣兒、行事做人，温柔可靠，一概是齊全的。意思要和老太太討了你去，收在屋裡。你不比外頭新買新討的，你這一進去了，就開了臉，就封你作姨娘，又體面，又尊貴。你又是個要強的人。俗語說的『金子還是金子換』，誰知竟被老爺看中了你。如今這一來，可遂了素日心高志大的願了，又堵一堵那些嫌你的人的嘴。跟了我回老太太去。」說着，拉了他的手就要走。鴛鴦紅了臉，奪手不行。邢夫人知他害臊，便又說道：「這有什麼臊處？你又不用說話，只跟着我就是了。」鴛鴦只低頭不動身。邢夫人見他這般，便又說道：「難道你還不願意不成？若果然不願意，可真是個傻丫頭了。放着主子奶

通過邢夫人代夫擇妾的眼光乘機刻畫一下肖像。

鴛鴦雖然只是個未婚少女，在賈家摔打至今，特別是陪賈母出出入入，已經相當成熟老練。

倒也雄辯。

自以為是對症下藥，有的放矢了呢。

奶不做，倒願意做丫頭，三年兩年，不過配上個小子，還是奴才。你跟了我們去，你知道我的性子又好，又不是那不容人的人。老爺待你們又好。過一年半載生個一男半女，你就和我並肩了。家裡的人你要使喚誰，誰還不動？現成主子不做去，錯過了機會，後悔就遲了。」鴛鴦只管低頭，仍是不語。邢夫人又道：「你這麼個爽快人，怎麼又這樣積黏[5]起來？有什麼不稱心之處，只管說與我，我管保你遂心如意就是了。」鴛鴦仍不語。邢夫人又笑道：「想必你有老子娘，你自己不肯說話，怕臊。你等他們問你呢，這也是理。讓我問他們去，叫他們來問你，有話只管告訴他們。」說畢，便往鳳姐兒房中來。

邢夫人講得頭頭是道，想得頭頭是道，理出必然，鴛鴦只有一萬個必從的理，沒有分毫不願的理。

可惜的是，她的這些理說服她自己綽綽有餘，對於鴛鴦則不起作用。這就叫一廂情願、自說自話。

鳳姐兒早換了衣服，因房內無人，便將此話告訴了平兒。平兒也搖頭笑道：「據我看來，未必妥當。平常我們背着人說起話來，聽他那主意，未必是肯的。也只說着看罷了。」鳳姐兒道：「太太必來這屋裡商議。依了還可，若不依，白討個沒趣兒，當着你們豈不臉上不好看。你說給他們炸些鵪鶉，再有什麼配幾樣，預備吃飯。你且別處逛逛去，估量着走了，你再來。」平兒聽說，照樣傳與婆子們，便逍遙自在的往園子裡來。

不但要自保，而且要保護親信，歸根到底才能自保。

這裡鴛鴦見邢夫人去了，必到鳳姐房裡商議去了，必定有人來問他的，不如躲了這裡，因找了琥珀道：「老太太要問我，只說我病了，沒吃早飯，往園子裡逛逛就來。」琥珀答應了。鴛鴦也往園子裡來，各處遊玩，不想正遇見平兒。平兒見無人，便笑道：「新姨娘來了！」鴛鴦聽了，便紅了臉說道：「怪道你們串通一氣來算計我！等着我和你主子鬧去就是了。」平兒見鴛鴦滿臉惱意，自悔失言，便拉到楓樹底下，坐在一塊石上，越發把方才鳳姐過去回來所有的形景言詞始末原由告訴於他。鴛鴦紅了臉，向平兒冷笑道：「只是咱們好，比如襲人、琥珀、素雲、紫鵑、彩霞、玉釧、麝月、翠墨，跟了史姑娘去的翠縷，死了的可人和金釧，去了的茜雪，連上你我這十來個人，從小兒什麼話兒不說？什麼事兒不做？這如今因都大了，各自幹各自的去了，然我心裡仍是照舊，有話有事並不瞞你們。這話我先放在你心裡，且別和二奶奶說：別說大老爺要我做小老婆，就是太太這會子死了，他三媒六聘的娶我去做大老婆，我也不能去。」

平兒方欲說話，只聽山石背後哈哈的笑道：「好個沒臉的丫頭，虧你不怕牙磣。」[6]二人聽了，不覺吃了一驚，忙起身向山後找尋，不是別個，卻是襲人笑着走了出來，問：「什麼事情？告訴我。」說着，三人坐在石上，平兒又把方才的話說與襲人聽。襲人聽了，說道：「這話論理不該我們說，這個大老爺真真太好色了，略平頭整臉的，他就不能放手了。」平兒道：「你既不願意，我教你個法兒。」鴛鴦道：「什麼法兒？」平兒笑道：「你只和老太太說，就說已經給了璉二爺了，大老爺就不好要了。」鴛鴦啐道：「什麼東西！你還說呢！前兒你主子不是這麼混說，誰知應到今兒了！」襲人笑

＊賈府上下人等，要吃要喝要玩要要胡鬧（如珍、璉、蓉、親戚薛蟠之輩）要娶小老婆，其實賈赦除文化素質低下難以與寶玉比較外，其他享樂縱慾，不比別的男人強，也不比別的男人差。

只是這次要到鴛鴦頭上，受到本人抵制不算，更使得賈母大怒（賈母怒的自私性也與賈赦難分軒輊），所以尷尬。他在家名為大老爺，實無權無勢無威，令人恥笑，所以尷尬。玩弄女性都一樣，他老人家年齡太大，被認為是好色了。其實，賈府老少爺

們誰不好色？從根本上，是作者以極貶低的語調寫他與乃妻，使他處於最討嫌的位置。比橫行霸道有血債的薛蟠、「下作黃子」的秦鍾討嫌得多。

鴛鴦也講「收着些兒吧」。也是預兆性的。一有機會，各種人物都要講。顯然，這是曹公的話。

道：「他兩個都不願意，依我說，就和老太太說，叫老太太就說把你已經許了寶二爺了，大老爺也就死了心了。」鴛鴦又是氣，又是臊，又是急，罵道：「兩個壞蹄子，再不得好死的！人家有為難的事，拿你們當做正經人，告訴你們與我排解排解，饒不管，你們倒替換着取笑兒，你們自以為都有了結果了，將來都是作姨娘的。據我看來，天底下的事未必都那麼遂心如意的。你們且收着些兒罷，別忒樂過了頭兒！」二人見他急了，忙陪笑道：「好姐姐，別多心，咱們從小兒都是親姊妹一般，不過無人處偶然取個笑兒。你的主意告訴我們知道，也好放心。」鴛鴦道：「什麼主意，我只不去就完了。」平兒搖頭道：「你不去未必得干休。大老爺的性子你是知道的，雖然你是老太太房裡的人，此刻不敢把你怎麼樣，難道你跟老太太一輩子不成？也要出去的。那時落了他的手，倒不好了。」鴛鴦冷笑道：「老太太在一日，我一日不離這裡；若是老太太歸西去了，他橫豎還有三年的孝呢，沒個娘才死了他先弄小老婆的。等過了三年，知道又是怎麼個光景兒呢，那時再說。總到了至急為難，我剪了頭髮做姑子去；不然還有一死。一輩子不嫁男人，又怎麼樣？樂得乾淨呢！」平兒襲人笑道：「真個這蹄子沒了臉，越發信口兒都說出來了。」鴛鴦道：「事到如此，臊一回子怎麼樣！你們不信，慢慢的看着就是了。太太才說了，找我老子娘去，我看他南京找去！」平兒道：「你的父母都在南京看房子，沒上來，終久也尋的着。現在還有你哥哥嫂子在這裡。

各往自己的主子那邊拉，令人作嘔！

姨娘文化，姨娘心理，又爭寵又效忠，又要和其他姨娘縱橫捭闔，玩笑中有觸目驚心的意味。

玩笑中未嘗沒有試探因素：鴛鴦會不會入自己的主子的「圍」？弄清這個，才好磋商獻策。

*歷代讀者評者都交口稱讚鴛鴦的矢志不嫁的決心。究竟有什麼可稱道的？自戕而已。「獻身」給大老爺與獻身給老太太，究竟有什麼本質區別？後者之好，不過好在不必「失身」。不失身的獻身與失身的獻身，並非一個光明一個黑暗。大老爺要佔有鴛鴦的身體，但也還報之以某種名義或利益。老太太佔有的也是她的人身乃至生命，都是人身佔有，人身依附。老太太的佔有，她的忠誠，連當姨娘的前途也沒有，出路是當尼

可惜你是這裡的家生女兒，不如我們兩個只單在這裡。」鴛鴦道：「家生女兒怎麼樣？『牛不喝水強按頭』？我不願意，難道殺我的老子娘不成？」

正說着，只見他嫂子從那邊走來。襲人道：「他們當時找不着你的爹娘，一定和你嫂子說了。」鴛鴦道：「這個娼婦專管是個『六國販駱駝的』，[7]聽了這話，他有個不奉承去的！」說話之間，已來到跟前。他嫂子笑道：「那裡沒有找到，姑娘跑了這裡來！你跟了我來，我和你說話。」平兒襲人都忙讓坐。他嫂子只說：「姑娘們請坐，找我們姑娘說句話。」襲人平兒都裝不知道，笑說：「什麼這麼忙？我們這裡猜謎兒呢，等猜了這個再去。」鴛鴦道：「什麼話？你說罷。」他嫂子笑道：「你跟我來，到那裡告訴你，橫豎有好話兒。」鴛鴦道：「可是太太和你說的那話？」他嫂子笑道：「姑娘既知道，還奈何我！快來，我細細的告訴你，可是天大的喜事。」鴛鴦聽說，立起身來，照他嫂子臉上下死勁啐了一口，指着罵道：「你快夾着你那毴嘴離了這裡，好多着呢！什麼好話，又是什麼喜事。怪道成日家羨慕人家的女兒做了小老婆，一家子都仗着他橫行霸道的，一家子都成了小老婆了，看的眼熱了，也把我送在火坑裡去。我若得臉呢，你們外頭橫行霸道，自己就封了自己是舅爺。我若不得臉敗了時，他們就忘八脖子一縮，生死由我去。」一面罵，一面哭，平兒襲人攔着勸他。他嫂子臉上下不來，因說道：「願意不願意，你也好說，不犯着拉三扯四的。俗語說的好，『當着矮子，別說矮

鴛鴦並不溫柔。或者，溫柔的人也有牙齒！

嫂子雖然惡俗，並非主兇。鴛鴦對嫂子這樣厲害，也是「惹不起鍋惹笊籬」而已。

不做小老婆就不是火坑了麼？歸根到底，小老婆也是奴才，是被壓迫玩弄的。應該罵的可不是小老婆而是老爺太太老太太。

姑或自殺。不是也很殘酷嗎？

話』。姑娘罵我，我不敢還言；這二位姑娘並沒惹着你，小老婆長小老婆短，人家臉上怎麼過的去？」襲人平兒忙道：「你倒別説這話，他也並不是説我們，你倒別拉三扯四的。你聽見那位太太、太爺們封了我們做小老婆？況且我們兩個也沒有爹娘哥哥兄弟在這門子裡仗着我們橫行霸道的。他罵的人自由他罵去，我們犯不着多心。」鴛鴦道：「他見我罵了他，他臊了沒的蓋臉，又拿話調唆你們兩個，幸虧你們兩個明白。原是我急了，也沒分別出來，他就挑出這個空兒來。」他嫂子自覺沒趣，賭氣去了。

嫂子牙口也不軟。

鴛鴦氣的還罵，平兒襲人勸他一回，方罷了。平兒因問襲人道：「你在那裡藏着做什麼？我們竟沒有看見你。」襲人道：「我因為往四姑娘房裡看我們寶二爺去的，誰知遲了一步，説是家去了。我疑惑怎麼沒遇見呢，想要往林姑娘家找去，又遇見他的人説也沒去。我這裡正疑惑是出園子去了，可巧你從那裡來了，我一閃，你也沒看見。後來他又來了。我從這樹後頭走到山子石後，我卻見你兩個説話來了，誰知你們四個眼睛沒見我。」

一語未了，又聽身後笑道：「四個眼睛沒見你？你們六個眼睛還沒見我呢！」三人嚇了一跳，回身一看，不是別人，正是寶玉。襲人先笑道：「叫我好找，你在那裡來着？」寶玉笑道：「我從四妹妹那裡出來，迎頭看見你走來了，我就知道是找我去的，我就藏了起來哄你。看你揚着頭過去了，進了院子又出來，逢人就問。我在那裡好笑，只等你到了跟前嚇你一跳的，後

也是預兆？預演？

來見你也藏藏躲躲的，我就知道也是要哄人了。我探頭往前看了一看，卻是他兩個，所以我就繞到你身後，你出去，我就躲在你躲的那裡了。」平兒笑道：「咱們再往後找找去罷，只怕還找出兩個人來也未可知。」寶玉笑道：「這可再沒有了。」鴛鴦已知這話俱被寶玉聽了，只伏在石頭上裝睡。寶玉推他笑道：「這石頭上冷，咱們回房裡去睡，豈不好？」說着，拉起鴛鴦來，又忙讓平兒來家吃茶。平兒和襲人都勸鴛鴦走，鴛鴦方立起身來，四人竟往怡紅院來。寶玉將方才的話俱已聽見，心中着實替鴛鴦不快，只默默的歪在床上，任他三人在外間說笑。

那邊邢夫人因問鳳姐兒鴛鴦的父親，鳳姐因說：「他爹的名字叫金彩，兩口子都在南京看房子，不大上來。他哥哥文翔，現在是老太太的買辦。他嫂子也是老太太那邊漿洗上的頭兒。」邢夫人便命人叫了他嫂子金文翔媳婦來，細細說與他。金家媳婦自是喜歡，興興頭頭去找鴛鴦，指望一說必妥，不想被鴛鴦搶白了一頓，又被襲人平兒說了幾句，羞惱回來，便對邢夫人說：「不中用，他罵了我一場。」因鳳姐兒在旁，不敢提平兒，說：「襲人也幫着搶白我，說了我許多不知好歹的話，回不得主子的。太太和老爺商議再買罷。諒那小蹄子也沒有這麼大福，我們也沒有這麼大造化。」邢夫人聽了說道：「又與襲人什麼相干？他們如何知道的？」又問：「還有誰在跟前？」金家的道：「還有平姑娘。」鳳姐兒忙道：「你不該拿嘴巴子打他回來？我

補敘。

*綜觀此事，鳳姐先諫，諫不成則閃展騰挪，避其鋒芒，脫其干係，但求「無尤」，她做的既原則又靈活，既周到又得體，堪稱至美至善，無懈可擊。即使做得再好，也還是在大老爺、太太那裡記了一筆帳，難逃捱邢夫人的整的厄運。

一出了門子，他就逛去了，回家來連一個影兒也摸不着他！他必定也幫着說什麼來着！」金家的道：「平姑娘沒在跟前，遠遠的看着倒像是他，可也不真切，不過是我白忖度。」鳳姐便命人去：「快找了他來，告訴我家來了，太太也在這裡，叫他來幫個忙兒。」豐兒忙上來回道：「林姑娘打發了人下請字兒，請了三四次，他才去了。奶奶一進門我就叫他去的，林姑娘說：『告訴奶奶，我煩他有事呢。』」鳳姐兒聽了方罷，故意的還說：「天天煩他，有什麼事情！」

鳳姐的氣勢嚇住了鴛鴦嫂子。

都有兩下子。鳳姐強將手下無弱兵。這套學問書上是學不來的，唯「紅」上有記錄而已。

邢夫人無計，吃了飯回家，晚間告訴了賈赦。賈赦想了一想，即刻叫賈璉來說：「南京的房子還有人看着，不止一家，即刻叫上金彩來。」賈璉回道：「上次南京信來，金彩已經得了痰迷心竅，那邊連棺材銀子都賞了，不知如今是死是活，即便活着，人事不知，叫來無用。他老婆子又是個聾子。」賈赦聽了，喝了一聲，又罵：「沒天理的囚攮的，偏你這麼知道，還不離了我這裡！」嚇的賈璉退出。一時又叫傳金文翔。賈璉在外書房伺候着，又不敢回家去，又不敢見他父親，只得聽着。一時金文翔來了，小幺兒們直帶入二門裡去。隔了四五頓飯的工夫才出來去了。賈璉暫且不敢打聽。隔了一會，又打聽賈赦睡了，方才過來。至晚間，鳳姐兒告訴他，方才明白。

痰迷心竅？果然湊巧，湊趣。

記了賈璉一筆帳。

且說鴛鴦一夜沒睡，至次日，他哥哥回賈母接他家去逛逛，賈母允了，叫他家去。鴛鴦意欲不去，只怕賈母疑心，只得勉強出來。他哥哥只得將賈赦的話說與他，又許他怎麼體面，又怎麼當家做姨娘。鴛鴦只咬定牙不願意。他哥哥無法，少不得回去回覆了賈赦。賈赦怒起來，因說道：「我說與你，你女人向他說去，就說我的話：『自古嫦娥愛少年』，他必定嫌我老了，大約他戀着少爺們，多半是看上了寶玉，只怕也有賈璉。若有此心，叫他早早歇了，我要他不來，以後誰敢收他？這是第一件。第二件，想着老太太疼他，將來外邊聘個正頭夫妻去。叫他細想，憑他嫁到了誰家，也難出我的手心。除非他死了，或是終身不嫁男人，我就服了他。若不然時，叫他趁早回心轉意，有多少好處。」賈赦說一句，金文翔應一聲「是」。賈赦道：「你別哄我，明兒我還打發你太太過去問鴛鴦，你們說了，他不依，便沒你們的不是。若問他，他再依了，仔細你們的腦袋！」

金文翔忙應了又應，退出回家，也等不得告訴他女人轉說，竟自己對面說了這話，把個鴛鴦氣的無話可回。想了一想，便說道：「我便願意去，也須得你們帶了我回聲老太太去。」他哥嫂只當回想過來，都喜之不盡。他嫂子即刻帶了他上來見賈母。

可巧王夫人、薛姨媽、李紈、鳳姐兒、寶釵等姊妹並外頭的幾個執事有頭臉的媳婦，都在賈母跟前湊趣兒呢。鴛鴦看見，忙拉了他嫂子，到賈母跟前跪下，一面哭，一面說，把邢夫人怎麼來說，園子裡嫂子又如何說，今兒他哥哥又如何說，「因為不依，方才大老爺越發說我戀着寶玉，不然要等着往外聘，憑我到天上，這一輩子也跳不出他的手心去，終久要報仇。我是

*鴛鴦極剛烈。「紅」中少女，極少這種斬釘截鐵、鏗鏘有力之言。

作為個人的意志較量，鴛鴦勝利了，值得稱道。

作為奴才的被侮辱被損害被虐殺的前途，則一點沒有改變。鴛鴦的勝利帶來的前景其實是陰森森、血淋淋的。

痛快一時，再一想，可悲，可怖，可嘆。

這樣的剛烈人物，只能殉葬賈母……嗚呼！

一般小事不能驚動賈母，事情鬧大了，再找靠山。這是鴛鴦的成熟處，她不可以恃寵動不動驚動老太太。

橫了心的，當着眾人在這裡，別說是『寶玉』，便是『寶金』『寶銀』『寶天王』『寶皇帝』，橫豎不嫁人就完了。就是老太太逼着我，一刀子抹死了，也不能從命！伏侍老太太歸了西，我也不跟着我老子娘哥哥去，或是尋死，或是剪了頭髮當姑子去！若說我不是真心，暫且拿話支吾，這不是天地鬼神，日頭月亮照着，嗓子裡頭長疔！」原來這鴛鴦一進來時，便袖內帶了一把剪子，一面說着，一面回手打開頭髮就鉸。眾婆子丫鬟看見忙來拉住，已剪下半綹來了。眾人看時，幸而他的頭髮極多，鉸的不透，連忙替他挽上。賈母聽了，氣的渾身打戰，口內只說：「我通共剩了這麼一個可靠的人，他們還要來算計！」因見王夫人在旁，便向王夫人道：「你們原來都是哄我的！外頭孝順，暗地裡盤算我。有好東西也來要，有好人也來要，剩了這個毛丫頭，見我待他好了，你們自然氣不過，弄開了他，好擺弄我！」王夫人忙站起來，不敢還一言。薛姨媽見連王夫人怪上，反不好勸的了。李紈一聽見鴛鴦這話，早帶了姊妹們出去。

這一點最與眾不同，最尊嚴。

話說透說亮說狠，中文的表現力萬歲！

探春有心的人，想王夫人雖有委屈，如何敢辯，薛姨媽現是親姊妹，自然也不好辯，寶釵也不便為姨母辯，李紈、鳳姐、寶玉益發不敢辯；這正用着女孩兒之時，迎春老實，惜春小，因此窗外聽了一聽，便走進來，陪笑向賈母道：「這事與太太什麼相干？老太太想一想，也有大伯子的事，小嬸子如何知道？」話未說完，賈母笑道：「可是我老糊塗了！姨太太別笑話我。你這個姐姐他極孝順我，不像我那大太太一味怕老爺，婆婆跟前不過應景兒。可是我委曲了他。」薛姨媽

探春當仁不讓。但也經過思忖，不是妄動。

賈母遷怒出氣，聖人之過，日月之蝕，哪兒發的火哪兒平反。也算好樣兒的。

只答應「是」，又說：「老太太偏心，多疼小兒子媳婦，也是有的。」賈母道：「不偏心！」因又說：「寶玉，我錯怪了你娘，你怎麼也不提我，看着你娘受委曲？」寶玉笑道：「我偏着母親說大爺大娘不成？通共一個不是，我母親要不認，卻推誰去？我倒要認是我的不是，老太太又不信。」賈母笑道：「這也有理。你快給你娘跪下，你說太太別委曲了，老太太有年紀了，看着寶玉罷。」寶玉聽了，忙走過來，便跪下要說；王夫人忙笑着拉他起來說：「快起來，斷乎使不得，難道替老太太給我陪不是不成？」寶玉聽說，忙站起來。賈母又笑道：「鳳姐兒也不提我。」鳳姐笑道：「我倒不派老太太的不是，老太太倒尋上我了？」賈母聽了，與眾人都笑道：「這可奇了！倒要聽聽這不是。」鳳姐兒道：「誰叫老太太會調理人，調理的水蔥兒似的，怎麼怨得人要？我幸虧是孫子媳婦，我若是孫子，我早要了，還等到這會子呢。」賈母笑道：「這倒是我的不是了？」鳳姐笑道：「自然是老太太的不是了。」賈母笑道：「這樣我也不要了，你帶了去罷！」鳳姐兒道：「等着修了這輩子，來生託生男人，我再要罷。」賈母笑道：「你帶了去給璉兒放在屋裡，看你那沒臉的公公還要不要了！」鳳姐兒道：「璉兒不配，就只配我和平兒這一對燒糊了的饈子[8]和他混罷。」說的眾人都笑起來了。丫頭回說：「大太太來了。」王夫人忙迎了出去。要知端的，再聽下回分解。

寶玉也極精通，只如排練過一般。自然可奶奶與母親疼。

化為奉承、玩笑、嘲鬧。鳳姐最精彩。

問答應對，神來之筆，話雖不經，鳳姐自有主張，並非毫無意思。

1 **背晦**：老年人糊塗稱「背晦」。

2 **左性**：性情固執、彆扭。

3 **拔了縫**：木器榫卯相接處鬆脫，稱「拔了縫」。

4 **牙子家**：舊時稱掮客為牙子，這裡指人販子。

5 **積黏**：不爽快。

6 **牙磣**：原意為食物中夾雜砂粒，咀嚼時硌牙，這裡指說不知羞恥的話令人彆扭。

7 **六國販駱駝的**：形容鑽營謀利，到處招攬閒事的人。

8 **燒糊了的饊子**：形容容貌焦黑醜陋。饊子是一種麵食。

第四十七回 呆霸王調情遭苦打　冷郎君懼禍走他鄉

話說王夫人聽見邢夫人來了，連忙迎了出去。邢夫人猶不知賈母已知鴛鴦之事，正還又來打聽信息，進了院門，早有幾個婆子悄悄的回了他，他才知道。待要回去，裡面已知，又見王夫人接了出來，少不得進來，先與賈母請安，賈母一聲兒不言語，自己也覺得愧悔。鳳姐兒早指一事迴避了。鴛鴦也自回房去生氣。薛姨媽王夫人等恐礙着邢夫人的臉面，也都漸漸退了。邢夫人且不敢出去。

也是「病來如山倒，病去如抽絲」。

賈母見無人，方說道：「我聽見你替你老爺說媒來了。你倒也三從四德[1]的，只是這賢惠也太過了！你們如今也是孫子兒子滿眼了，你還怕他使性子，我聞得你還由着你老爺的那性兒鬧。」邢夫人滿面通紅，回道：「我勸過幾次不依。老太太還有什麼不知道的呢，我也是不得已兒。」賈母道：「他逼着你殺人，你也殺去？如今你也想想，你兄弟媳婦本來老實，又生的多病多痛，上上下下那不是他操心？你一個媳婦雖然幫着，也是天天丟下笆兒弄掃帚。凡百事情，我如今自己減了。他們兩個就有些不到的去處，有鴛鴦，那孩子還心細些，我的事情他還想着一點子，該要的他就要了，該添些什麼，他就趁空兒告訴他們添了。鴛鴦再

「不得已」云云，講不過去的。

鴛鴦對於賈母二王體制如此重要。

*賈母一分析，這起抗婚事件也成了「政治」性的了。原來鴛鴦是老太太的「聯絡員」，有時候還能「代表」老太太，是主流派不可或缺的一員幹將。當然不能歸化到靠邊站的「在野黨」首領賈赦那邊去。老太太這樣分析的後果只能使邢夫人更加痛恨王夫人與鳳姐。她早晚會報這一箭之仇的。

不這樣，他娘兒兩個，裡頭外頭，大的小的，那裡不忽略一件半件，我如今反倒自己操心去不成？還是天天盤算和他們要東要西去？我這屋裡有的沒有的，剩了他一個，年紀也大些，我凡做事的脾氣性格兒他還知道些。他二則也還投主子的緣法，他也並不指着我和那位太太要衣裳去，又和那位奶奶要銀子去。所以這幾年一應事情，他說什麼，從你小嬸和你媳婦起，至家下大大小小沒有不信的，所以不單我得靠，連你小嬸、媳婦也都省心。我有了這麼個人，便是媳婦、孫子媳婦想不到的，我也不得缺了，不也沒氣可生了？這會子他去了，你們又弄了什麼人來我使？你們就弄他那麼一個真珠的人來，不會說話也無用。我正要打發人和你老爺說去，他要什麼人，我這裡有錢，叫他只管一萬八千的買去，就是要這個丫頭不能。留下他伏侍我幾年，就比他日夜伏侍我盡了孝的一般。你來的也巧，就去說，更妥當了。」

賈母的說法亦極自私，沒有一點為鴛鴦着想的念頭。

這種說法與賈赦的想法並無區別。這種說法又和開初批評賈赦「孫子兒子滿眼」等語調子不同。蓋賈母留鴛鴦終身不嫁亦不佔理。

說畢，命人來：「請了姨太太你姑娘們來，才高興說個話兒，怎麼又都散了！」丫頭忙答應找去了。眾人趕忙的又來，只有薛姨媽向那丫鬟道：「我才來了，又做什麼去？你就說我睡了。」那丫頭道：「好親親的姨太太，姨祖宗！我們老太太生氣呢，你老人家不去，沒個開交了，只當疼我們罷。你老人家怕走，我揹了你老人家去。」薛姨媽笑道：「小鬼頭兒，你怕些什麼？不過罵幾句就完了。」說着，只得和這小丫頭子走來。賈母忙讓坐，又笑道：「咱們鬥牌罷。姨太太的牌也生，咱們一處坐着，別叫鳳姐兒混了我們去。」

都有蘇秦張儀的遊說之才。

薛姨媽笑道：「正是呢，老太太替我看着些兒。就是咱們娘兒四個鬥呢，還是添一兩個人呢？」王夫人笑道：「可不，只四個人。」鳳姐兒道：「再添一個人熱鬧些。」賈母道：「叫鴛鴦來，叫他在這下手裡坐着，姨太太的眼花了，咱們兩個的牌都叫他看着些兒。」鳳姐笑了一聲，向探春道：「你們知書識字的，倒不學算命！」探春道：「這又奇了，這會子你不打點精神贏老太太幾個錢，又想算命。」鳳姐兒道：「我正要算算今兒該輸多少，我還想贏呢！你瞧瞧場兒沒上，左右都埋伏下了。」說的賈母薛姨媽都笑起來。

一時鴛鴦來了，便坐在賈母下首，鴛鴦之下便是鳳姐兒。鋪下紅氈，洗牌告幺，[2]五人起牌。鬥了一回，鴛鴦見賈母的牌已十成，[3]只等一張二餅，便遞了暗號兒與鳳姐兒。鳳姐兒正該發牌，便故意躊躇了半晌，笑道：「我這一張牌定在姑媽手裡扣着呢。我若不發這一張牌，再頂不下來的。」薛姨媽道：「我手裡並沒有你的牌。」鳳姐兒道：「我回來是要查的。」薛姨媽道：「你只管查，你且發下來，我瞧瞧是張什麼。」鳳姐兒便送在薛姨媽跟前，薛姨媽一看是個二餅，便笑道：「我倒不稀罕他，只怕老太太滿了。」鳳姐聽了，忙笑道：「我發錯了。」賈母笑的已擲下牌來，說：「你敢拿回去！誰叫你錯的不成？」鳳姐兒道：「可是我要算一算命。這是自己發的，也怨不得人了。」賈母笑道：「可是你自己打着你那嘴，問你自己才是。」又向薛姨媽笑道：「我不是小器愛贏錢，原是個彩頭兒。」薛姨媽笑道：「我們可不是這樣想，那裡有那樣糊塗人說老太

已有考慮，有預謀。

能不喜歡這樣的鴛鴦、這樣的鳳姐嗎？被服侍、被照顧、被哄慰——卻也是被愚弄。說不定老太太自己也知道她們在哄慰自己，卻樂得接受。莫非要認認真真地尋不自在嗎？

太愛錢呢！」鳳姐兒正數着錢，聽了這話，忙又把錢穿上了，向眾人笑道：「夠了我的了。竟不為贏錢，單為贏彩頭兒。我到底小器，輸了就數錢，快收起來罷。」賈母規矩是鴛鴦代洗牌的，因和薛姨媽說笑，不見鴛鴦動手，賈母道：「你怎麼惱了，連牌也不替我洗。」鴛鴦拿起牌來，笑道：「奶奶不給錢。」賈母道：「他不給錢，那是他交運了。」便命小丫頭子把他那一吊錢都拿過來。小丫頭子真就拿了，擱在賈母旁邊。鳳姐兒忙笑道：「賞我罷，照數兒給就是了。」薛姨媽笑道：「果然鳳姐兒小器，不過頑兒罷了。」鳳姐兒聽說，便站起來拉住薛姨媽，回頭指着賈母素日放錢的一個木箱子，笑道：「姑媽瞧瞧，那個裡頭不知頑了我多少去了。這一吊錢頑不了半個時辰，那裡頭的錢就招手兒叫他了。只等把這一吊也叫進去了，牌也不用鬥了，老祖宗氣也平了，又有正經事差我辦去了。」話未說完，引的賈母眾人笑個不住。正說着，偏平兒怕錢不夠，又送了一吊來。鳳姐兒道：「不用放在我跟前，也放在老太太的那一處罷，一齊叫進去倒省事，不用做兩次，叫箱子裡的錢費事。」賈母笑的手裡的牌撒了一桌子，推着鴛鴦，叫：「快撕他的嘴！」

靈活機動，真切動人。

奉承有術。

取笑奉承為各種奉承法之一種，妙在使人開心快樂，雖是說過去就完，不可當真，卻也是聽到耳裡，樂在心裡，「味道好極了」。

寵到要撕嘴的程度了！鳳姐幸甚。

平兒依言放下錢，也笑了一回，方回來。至院門前遇見賈璉，問他：「太太在那裡呢？老爺叫我請過去呢。」平兒忙笑道：「在老太太跟前站了這半日，還沒動呢。趁早兒丟開手罷。老太太生了半日氣，這會子虧二奶奶湊了半日的趣兒，才略好了些。」賈璉道：「我過去只說討老太太示下，十四往賴大家去不去，好預備轎子的。又請了太太，又湊了趣兒，豈不好？」平兒笑道：「依我說，你竟別過去罷。合家子，連太太、寶玉都有了不是，這會子你又填限[4]去了。」賈璉道：「已經完了，難道還找補不成？況且與我又無干。二則老爺親自吩咐我請太太的，這會子我打發了人去，倘或知道了，正沒好氣呢，指着這個拿我出氣。」說着就走。平兒見他說的有理，也便跟了過來。

與第四十五回銜接。

賈璉夾在當間，不能得罪主流派，也不能得罪親老子。實是難受。

　賈璉到了堂屋裡，便把腳步放輕了，往裡間探頭，只見邢夫人站在那裡。鳳姐兒眼尖，先瞧見了，便使眼色，不命他進來，又使眼色與邢夫人。邢夫人不便就走，只得倒了一碗茶來，放在賈母跟前，賈母一回身，賈璉不防，便沒躲過。賈母便問：「外頭是誰？倒像個小子一伸頭的似的。」鳳姐兒忙起身說：「我也恍惚看見有一個人影兒。」一面說，一面起身出來，賈璉忙進去，陪笑道：「打聽老太太十四可出門？好預備轎子。」賈母道：「既這麼樣，怎不進來？又做鬼做神的。」賈璉陪笑道：「見老太太頑牌，不敢驚動，不過叫媳婦出來問問。」賈母道：「就忙到這一時，等他家去，你問他多少問不得？那一遭兒你這麼小心來着！又不知是來做耳報神的，也不知是來做探子的，鬼鬼祟祟，倒唬了我一跳。什麼好下流種子！你媳婦和我頑牌呢，還有半日的空兒，你家去再和那趙二家的商量治你媳婦去罷。」說着，眾人都笑了。鴛鴦笑道：「鮑二家的，老祖宗又拉上趙二家的去。」賈母也笑道：「可是，我那裡記得什麼抱着揹着的，提起這些事來，不由我不生氣！我進了這門子做重孫媳婦起，到如今我也有個重孫子媳婦

人際關係太複雜，只好做鬼做神。

鮑二家的已死，仍是這些人（包括奴才鴛鴦）的嘲笑對象。太無德了。

大人物的口誤，亦成為高級幽默，常有理的一

了，連頭帶尾五十四年，憑着大驚大險千奇百怪的事，也經了些，從沒經過這些事。還不離了我這裡呢！」

種。

一天一天爛下去。

賈璉一聲兒不敢說，忙退了出來。平兒在窗外站着，悄悄笑道：「我說你不聽，到底碰在網裡了。」正說着，只見邢夫人也出來，賈璉道：「都是老爺鬧的，如今都擱在我和太太身上。」邢夫人道：「我把你這沒孝心的種子！人家還替老子死呢，白說了幾句，你就抱怨天抱怨地了。你還不好好的呢，這幾日生氣，仔細他捶你。」賈璉道：「太太快過去罷，叫我來請了好半日了。」說着，送他母親出來過那邊去。

捱完賈母的罵又捱邢夫人的罵。

邢夫人將方才的話只略說了幾句，賈赦無法，又且含愧，自此便告了病，且不敢見賈母，只打發邢夫人及賈璉每日過去請安。只得又各處遣人購求尋覓，終久費了八百兩銀子，買了一個十七歲女孩子來，名喚嫣紅，收在屋裡，不在話下。這裡鬥了半日牌，吃晚飯才罷。此一二日間無話。

鴛鴦抗婚事件，至此方告結束。餘波裊裊，極有韻味。

轉眼到了十四，黑早，賴大的媳婦又進來請。賈母高興，便帶了王夫人、薛姨媽及寶玉姊妹等至賴大花園中坐了半日。那花園雖不及大觀園，卻也十分齊整寬闊，泉石林木，樓台亭軒，也有好幾處動人的。外面大廳上，薛蟠、賈珍、賈璉、賈蓉並幾個近族的都來了。那賴大家內也請了幾個現任的官長，並幾個大家子弟作陪。因其中有個柳湘蓮，薛蟠自上次會過了一次，已念念不忘。又打聽他最喜

承上啟下的一個情節，接上賴嬤嬤來請，引出柳湘蓮打薛蟠。這樣的情節安排極好。「紅」是放開手腳寫生活而不是來寫一個傳奇故事的，故結構問題極是難點。

串戲，[5]且都串的是生旦風月戲文，不免錯會了意，誤認他做了風月子弟，正要與他相交，恨沒有個引進，這日可巧遇見，樂得無可不可。且賈珍等也慕他的名，酒蓋住了臉，就求他串了兩齣戲下來，移席和他一處坐着，問長問短，說東說西。

那柳湘蓮原係世家子弟，讀書不成，父母早喪，素性爽俠，不拘細事，酷好耍槍舞劍，賭博吃酒，以至眠花臥柳，吹笛彈箏，無所不為。因他年紀又輕，生的又美，不知他身分的人，都誤認作優伶一類。那賴大之子賴尚榮與他素昔交好，故今日請來做陪。不想酒後別人猶可，獨薛蟠又犯了舊病，心中早已不快，得便意欲走開完事，無奈賴尚榮又說：「方才寶二爺又囑咐我，才一進門雖見了，只是人多不好說話，叫我囑咐你，散的時候別走，他還有話說呢。你既一定要去，等我叫出他來，你兩個見了再走，與我無干。」說着，便命小廝們到裡頭找一個老婆子，悄悄告訴「請出寶二爺來」。那小廝去了沒一杯茶時，果見寶玉出來了。賴尚榮向寶玉笑道：「好叔叔，把他交給你，我張羅人去了。」說着，已經去了。

寶玉便拉了柳湘蓮到廳側書房中坐下，問他這幾日可到秦鍾的墳上去了。湘蓮道：「怎麼不去？前日我們幾個放鷹[6]去，離他墳上還有二里。我想今年夏天雨水勤，恐怕他的墳站不住。我背着眾人走到那裡去瞧了一瞧，略又動了一點子。回家來就便弄了幾百錢，第三日一早出去，僱了兩個人收拾好了。」寶玉道：「怪道呢，上月我們大觀園的池子裡頭結了蓮蓬，我摘了十個，叫焙茗出去到墳上供他去，回來我也問他可被雨沖壞了沒有。他說不但沒沖，更比上回新了些。

世家子弟便不受辱。風月子弟、優伶便可受辱。這種門第觀念實不高明。

寶玉亦有斷袖之癖，但他尚知尊重體貼自己的「朋友」，不是薛蟠那副大爺的樣子。

我想着，必是這幾個朋友新收拾了。我只恨我天天圈在家裡，一點兒做不得主，行動就有人知道，不是這個攔，就是那個勸的，能説不能行。雖然有錢，又不由我使。」柳湘蓮道：「這個事也用不着你操心，外頭有我，你只心裡有了就是了。眼前十月初一日，我已經打點下上墳的花消。你知道我一貧如洗，家裡是沒的積聚的，縱有幾個錢來，隨手就光的，不如趁空兒留下這一分，省的到了跟前扎煞手。」[7]寶玉道：「這也正為這個要打發焙茗找你，你又不大在家，知道你天天萍蹤浪跡，沒個一定的去處。」柳湘蓮道：「你也不用找我，這個事也不過各盡其道，眼前我還要出門去走走，外頭逛逛，三年五載再回來。」寶玉聽了，忙問：「這是為何？」柳湘蓮冷笑道：「我的心事，等到跟前你自然知道。我如今要別過了。」寶玉道：「好容易會着，晚上同散，豈不好？」湘蓮道：「你那令姨表兄還是那樣，再坐着未免有事，不如我迴避了倒好。」寶玉想一想，説道：「既是這麼樣，倒是迴避他為是。只是你要果真遠行，必須先告訴我一聲，千萬別悄悄的去了。」説着，便滴下淚來。柳湘蓮説道：「自然要辭你去，你只別和別人説就是了。」説着，就站起來要走，又道：「你就進去罷，不必送我。」

一面説，一面出了書房。剛至大門前，早遇見薛蟠在那裡亂叫：「誰放了小柳兒走了！」柳湘蓮聽了，火星亂迸，恨不得一拳打死，復思酒後揮拳，又礙着賴尚榮的臉面，只得忍了又忍。薛蟠忽見他走出來，如得了珍寶，忙趔趄着走上去，一把拉住笑道：「我的兄弟，你往那裡去了？」湘蓮道：「走走就來。」薛

柳湘蓮到底是個什麼行事的？前述賭博吃酒、眠花宿柳……本亦不是什麼「正經」人。

蟠笑道：「你一去都沒了興頭了，好歹坐一坐就算疼我了。憑你什麼要緊的事，交給哥哥，只別忙，你有這個哥哥，你要做官發財都容易。」湘蓮見他如此不堪，心中又恨又愧，早生一計，拉他到僻靜處，笑道：「你真心和我好，還是假心和我好呢？」薛蟠聽見這話，喜得心癢難撓，乜斜着眼，笑道：「好兄弟，你怎麼問起我這樣話來？我要是假心，立刻死在眼前！」湘蓮道：「既如此，這裡不便，等坐一坐，我先走，你隨後出來，跟到我下處，咱們索性喝一夜酒。我那裡還有兩個絕好的孩子，[8]從沒出門[9]的。你可連一個跟的人也不用帶，到了那裡，伏侍人都是現成的。」薛蟠聽如此說，喜的酒醒了一半，說：「果然如此？」湘蓮笑道：「如何！人拿真心待你，你倒不信了！」薛蟠忙笑道：「我又不是呆子，怎麼有個不信的呢！既如此，我又不認得，你先去了，我在那裡找你？」湘蓮道：「我這下處在北門外頭，你可捨得家，城外住一夜去？」薛蟠道：「有了你，我還要家做什麼！」湘蓮道：「既如此，我在北門外橋頭上等你。咱們席上且吃酒去。你看我走了之後，你再走，他們就不留神了。」薛蟠聽了，連忙答應道：「是。」二人復又入席，飲了一回。那薛蟠難熬，只拿眼看湘蓮，心內越想越樂，左一壺右一壺，並不用人讓，自己便吃了又吃，不覺酒有八九分了。

　　湘蓮便起身出來，瞅人不防，出至門外，命小廝杏奴：「先家去罷，我到城外就來。」說畢，已跨馬直出北門橋上等候薛蟠。一頓飯的工夫，只見薛蟠騎着一匹大馬遠遠的趕了來，張着嘴，瞪着眼，頭似撥浪鼓一般不住左右亂瞧。及至

令人聯想起鳳姐做圈套令賈瑞上鉤。

從湘蓮馬前過去，只顧往遠處瞧，不曾留心近處。湘蓮又笑又恨他，便也撒馬隨後跟來。薛蟠往前看時，漸漸人煙稀少，便又圈馬回來，再不想一回頭見了湘蓮，如獲奇珍，忙笑道：「我說你是個再不失信的。」湘蓮笑道：「快往前走，仔細人看見跟了來，就不好了。」說着，先就撒馬前去，薛蟠也就緊緊跟來。

湘蓮見前面人煙已稀，且有一帶葦塘，便下馬，將馬拴在樹上，向薛蟠笑道：「你下來，咱們先設個誓，日後要變了心，告訴人去的，便應誓。」薛蟠笑道：「這話有理。」連忙下了馬，也拴在樹上，便跪下說道：「我要日久變心告訴人去的，天誅地滅！」一言未了，只聽「嘡」的一聲，背後好似鐵錘砸下來，只覺得一陣黑，滿眼金星亂迸，身不由己，便倒下了。湘蓮走上來瞧瞧，知道他是個不慣捱打的，只使了三分氣力，向他臉上拍了幾下，登時便開了果子舖。薛蟠先還要掙扎起身，又被湘蓮用腳尖點了一點，仍舊跌倒，口內說道：「原來是兩家情願，你不依，只管好說，為什麼哄出我來打我？」一面說，一面亂罵。湘蓮道：「我把你這瞎了眼的，你認認柳大爺是誰！你不說哀求，你還傷我！我打死你也無益，只給你個利害罷。」說着，便取了馬鞭過來，從背後至脛，打了三四十下。薛蟠的酒早已醒了大半，覺得疼痛難禁，不禁有「噯喲」之聲。湘蓮冷笑道：「也只如此，我只當你是不怕打的。」一面說，一面又把薛蟠的左腿拉起來，向葦中濘泥處拉了幾步，滾的滿身泥水，又問道：「你可認得我了？」薛蟠不應，只伏着哼哼。湘蓮又擲下鞭子，用拳頭向他身上擂了幾下，薛蟠便亂滾亂叫，說：「肋條折了。」

我知道你是正經人，因為我錯聽了旁人的話了。」湘蓮道：「不用拉旁人，你只說現在的。」薛蟠道：「現在也沒什麼說的，不過你是個正經人，我錯了。」湘蓮道：「還要說軟些才饒你。」薛蟠哼哼的道：「好兄弟。」湘蓮便又一拳。薛蟠「噯」了一聲道：「好哥哥。」湘蓮又連兩拳。薛蟠忙「噯喲」叫道：「好老爺，饒了我這沒眼睛的瞎子罷！從今以後我敬你怕你了。」湘蓮道：「你把那水喝兩口。」薛蟠一面聽了，一面皺眉道：「這水實在腌臢，怎麼喝的下去！」湘蓮舉拳就打。薛蟠忙道：「我喝，我喝。」說着，只得俯頭向葦根下喝了一口，猶未嚥下去，只聽「哇」的一聲，把方才吃的東西都吐了出來。湘蓮道：「好腌臢東西，你快吃完了饒你。」薛蟠聽了，叩頭不迭，說：「好歹積陰功饒我罷！這至死不能吃的。」湘蓮道：「這樣氣息，倒薰壞了我。」說着，丟下薛蟠便牽馬認鐙[11]去了。這裡薛蟠見他已去，方放下心來，後悔自己不該誤認了人。待要掙扎起來，無奈遍體疼痛難禁。

薛蟠這路人只認得拳頭。

文革中紅衛兵有罰黑幫喝髒水的，不知是否源出於此。

誰知賈珍等席上忽不見了他兩個，各處尋找不見。有人說：「恍惚出北門去了。」薛蟠的小廝素日是懼怕他的，他吩咐了不許跟去，誰敢找去。後來還是賈珍不放心，命賈蓉帶着小廝們尋蹤問跡的直找出北門，下橋二里多路，忽見葦坑旁邊薛蟠的馬拴在那裡。眾人都道：「好了！有馬必有人。」一齊來至馬前，只聽葦中有人呻吟。大家忙走來一看，只見薛蟠的衣衫零碎，面目腫破，沒頭沒臉，遍身內外，滾的似個泥母豬一般。賈蓉心內已猜着

*無獨有偶，鴛鴦抗婚完了，緊接着是湘蓮抗「戲」。打一通自然痛快，痛快也只是痛快而已。薛蟠並未汲取應有的教訓。畢竟是抗了、打了，賈赦、薛蟠之流，不能為所欲為。兩個人的最終下場一個是殉主，一個是遁入空門，反正是沒有前途。

八九了，忙下馬，命人攙了起來，笑道：「薛大叔天天調情，今日調到葦子坑裡。必定是龍王爺也愛上你風流，要你招駙馬去，你就碰到龍犄角上了。」薛蟠羞的沒地縫兒鑽進去，那裡爬的上馬去？賈蓉命人趕到關廂[12]裡，僱了一乘小轎子，薛蟠坐了，一齊進城。賈蓉還要抬往賴家去赴席，薛蟠百般苦告，央及他不用告訴人，賈蓉方依允了，讓他各自回家。賈蓉仍往賴家回覆賈珍並方才的情景。賈珍也知湘蓮所打，也笑道：「他須得吃個虧才好。」至晚散了，便來問候。薛蟠自在臥房將養，推病不見。賈母等回來，各自歸家時，薛姨媽與寶釵見香菱哭的眼睛腫了，問起原故，忙來瞧薛蟠時，臉上身上雖見傷痕，並未傷筋骨。薛姨媽又是心疼，又是發恨，罵一回薛蟠，又罵一回柳湘蓮，意欲告訴王夫人，遣人尋拿柳湘蓮。寶釵忙勸道：「這不是什麼大事，不過他們一處吃酒，酒後反臉常情。誰醉了，多捱幾下子打，也是有的。況且咱們家的無法無天，人所共知。媽媽不過是心疼的原故。要出氣也容易，等三五天哥哥好了出得去的時候，那邊珍大爺璉二爺這干人也未必白丟開了，自然備個東道，叫了那個人來，當着眾人替哥哥賠不是認罪就是了。如今媽媽先當件大事告訴眾人，倒顯的媽媽偏心溺愛，縱容了他生事招人，今兒偶然吃了一次虧，媽媽就這樣興師動眾，倚着親戚之勢欺壓常人。」薛姨媽聽了道：「我的兒，到底是你想的到，我一時氣糊塗了。」寶釵笑道：「這才好呢。他又不怕媽媽，又不聽人勸，一天縱似一天，吃過兩三個虧，他也罷了。」薛蟠睡在炕上痛罵湘蓮，又命小廝去拆他的房子，打死他，和他打

與當初笑賈瑞的聲口彷彿。賈蓉實極下作。

此話有一定道理。柳湘蓮既為賴尚榮相好又搞酒色一套，與他們有共同點。他們的「鬥爭」有窩裡鬥性質。

息事寧人。知止而後有定。

官司。薛姨媽喝住小廝們，只說柳湘蓮一時酒後放肆，如今酒醒，後悔不及，懼罪逃走了。薛蟠聽見如此說了，要知端的，且看下回分解。

1 **三從四德**：舊時施於婦女的封建禮教，三從是未嫁從父，既嫁從夫，夫死從子。四德是婦德、婦言、婦容、婦功。

2 **告幺**：洗牌後以擲骰確定最先起牌的人，幺的點數最大，擲得者為先。

3 **十成**：鬥牌時，牌的色點即將配齊，只等最後一張所需的牌即可放牌告獲勝，叫十成牌。

4 **填限**：代人受過，自討沒趣的意思。

5 **串戲**：登場扮演稱「串」。另外，非職業演員參加演戲，也叫「串戲」，一稱「客串」。

6 **放鷹**：指打獵。

7 **扎煞手**：雙手張開的樣子，表示沒有辦法，無法應付。

8 **孩子**：這裡指男妓，也稱「相公」、「相姑」。

9 **從沒出門**：指沒應酬過客人。

10 **開了果子鋪**：形容臉被打得青紫紅腫，猶如果品店裡的水果一樣五顏六色。

11 **認鐙**：上馬的意思。

12 **關廂**：城外靠近城門地區稱「關廂」，也叫「城關」。

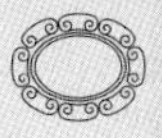

第四十八回 濫情人情誤思遊藝 慕雅女雅集苦吟詩

話説薛蟠聽見如此説了，氣方漸平。三五日後，疼痛雖癒，傷痕未平，只裝病在家，愧見親友。

展眼已到十月。因有各鋪面夥計內有算年帳要回家的，少不得家內治酒餞行。內有一個張德輝，自幼在薛蟠當鋪內攬總，家內也有了二三千金的過活，[1]今歲也要回家，明春方來。因說起「今年紙札香料短少，明年必是貴的。明年先打發大小兒上來當鋪裡照管照管，趕端陽前我順路就販些紙札香扇來賣。除去關稅花消，亦可以剩得幾倍利息」。薛蟠聽了，心下忖度：「如今我捱了打，正難見人，想着要躲避一年半載，又沒處去躲。天天裝病也不是事。況且我長了這麼大，文不文，武不武，雖說做買賣，究竟戥子[2]算盤從沒拿過，地土風俗，遠近道路又不知道，不如也打點幾個本錢，和張德輝逛一年來，賺錢也罷，不賺錢也罷，且躲躲羞去。二則逛逛山水也是好的。」心內主意已定，至酒席散後，便和氣平心與張德輝說知，命他等一二日一同前往。

晚間，薛蟠告訴他母親。薛姨媽聽了雖是喜歡，但又恐他在外生事，花了本

薛蟠從商雖另有隱情，不可當真，寫得亦極粗略，但也多少透露一點這些人家的經濟活動。

錢倒是末事，因此不命他去。只說「你好歹守着我，我還能放心些。況且也不用這買賣，等不着這幾百銀子用」。薛蟠主意已定，那裡肯依。只說：「天天又說我不知世務，這個也不知，那個也不學。如今我發狠把那些沒要緊的都斷了，如今要成人立事，學習買賣，又不准我了，叫我怎麼樣呢？我又不是個丫頭，把我關在家裡，何日是個了？況且那張德輝又是個有年紀的，咱們和他是世交，我同他怎麼得有錯？我就有一時半時不好的去處，他自然說我勸我。就是東西貴賤行情，他是知道的，自然色色問他，何等順利，倒不叫我去。過兩日我不告訴家裡，私自打點了走，明年發了財回來，才知道我呢。」說畢，賭氣睡覺去了。

薛姨媽聽他如此說，因和寶釵商議。寶釵笑道：「哥哥果然要經歷正事，倒也罷了。只是他在家裡說着好聽，到了外頭舊病復發，難拘束他了。但也愁不得許多，他若是真改了，是他一生的福；若不改，媽媽也不能又有別的法子。一半盡人力，一半聽天罷了。這麼大人了，若只管怕他不知世路，出不得門，幹不得事，今年關在家裡，明年還是這個樣兒。他既說的名正言順，媽媽就打諒着丟了一千八百銀子，竟交與他試一試，橫豎有夥計幫着他，也未必好意思哄騙他的。二則他出去了，左右沒了助興的人，又沒有倚仗的人，到了外頭，誰還怕誰，有了的吃，沒了的餓着，舉眼無靠，他見了這樣，只怕比在家裡省了事也未可知。」薛姨媽聽了，思忖半晌道：「倒是你說的是。花兩個錢，叫他學些乖來也值。」商議已定，一宿無話。

讓他出去鍛煉。

交學費嘛。

至次日，薛姨媽命人請了張德輝來，在書房中命薛蟠款待酒飯，自己在後廊下，隔着窗子千言萬語囑託張德輝照管照管。張德輝滿口應承，吃過飯告辭，又回說：「十四日是上好出行日期，大世兄即刻打點行李，僱下騾子，十四日一早就長行了。」薛蟠喜之不盡，將此話告訴薛姨媽。薛姨媽便和寶釵香菱並兩個年老的嬤嬤連日打點行裝，派下薛蟠之奶公老蒼頭一名，當年諳事舊僕二名，外有薛蟠隨身常使小廝二名，主僕一共六人，僱了三輛大車單拉行李使物，又僱了四個長行騾子，薛蟠自騎一匹家內養的鐵青大走騾，外備一匹坐馬。諸事完畢，薛姨媽寶釵等連夜勸戒之言，自不必備說。

至十三日，薛蟠先去辭了他母舅，然後過來辭了賈宅諸人。賈珍等未免又有餞行之說，也不必細述。至十四日一早，薛姨媽寶釵等直同薛蟠出了儀門，母女兩個四隻眼看他去了，方回家。

這頓打沒有完全白捱。

薛姨媽上京帶來的家人不過四五房並兩三個老嬤嬤小丫頭，今跟了薛蟠一去，外面只剩了一兩個男子。因此薛姨媽即日到書房將一應陳設玩器並簾帳等物盡行搬了進來收貯，命兩個跟去男子之妻一並也進來睡覺。又命香菱將他屋裡也收拾嚴緊，「將門鎖了，晚間和我去睡」。寶釵道：「媽媽既有這些人作伴，不如叫菱姐姐和我做伴去。我們園裡又空，夜長了，我每夜做活，越多一個人豈不越好。」薛姨媽笑道：「正是我忘了，原該叫他同你去才是。我前日還和你哥哥說，文杏又小，到三不着兩的，鶯兒一個人不夠伏侍的，還要買一個丫頭來你使。」寶釵道：「買的不知底裡，倘或走了眼，花了錢事小，沒的淘氣，倒是慢慢打聽着，有知道來歷的，買個還罷了。」一面說，一面命香菱收拾了衾褥妝奩，命一個老嬤嬤並臻兒送至蘅蕪苑去，然後寶釵和香菱才同到園中來。

香菱向寶釵道：「我原要和太太說的，等大爺去了，我和姑娘作伴去。我又恐怕太太多心，說我貪着園裡來頑；誰知你竟說了。」寶釵笑道：「我知道你心裡羨慕這園子不是一日兩日的了，只是沒個空兒。就每日來一趟，慌慌張張的，也沒趣兒。所以趁着機會越發住上一年，我也多個作伴的，你也遂了你的心。」

多行方便。與人方便，自己方便。

香菱笑道：「好姑娘，趁着這個功夫，你教給我做詩罷。」寶釵笑道：「我說你『得隴望蜀』[3]呢。我勸你且緩一緩。今兒頭一日進來，先出園東角門，從老太太起各處各人你都瞧瞧，問候一聲兒，也不必特意告訴他們搬進園來。若有提起因由兒的，你只帶口說我帶了你進來做伴兒就完了。回來進了園，再到各姑娘房裡走走。」

適當通報各方，但因香菱「格兒」低，不能太正式。

香菱應着，才要走時，只見平兒忙忙的走來。香菱忙問了好，平兒只得陪笑相問。寶釵因向平兒笑道：「我今兒把他帶了來做伴兒，正要回你奶奶一聲兒。」平兒笑道：「姑娘說的是那裡的話，我竟沒話答言了。」寶釵道：「這才是正理。店房有個主人，廟裡有個住持，雖不是大事，到底告訴一聲，就是園裡坐更上夜的人知道添了他兩個，也好關門候户的了。你回去就告訴一聲罷，我不打發人說

尊重既有的秩序，不可大意。

去了。」平兒答應着，因又向香菱道：「你既來了，也不拜一拜街坊鄰舍去？」寶釵笑道：「我正叫他去呢。」平兒道：「你且不必往我們家去，二爺病了，在家裡呢。」香菱答應着去了，先從賈母處來，不在話下。

且說平兒見香菱去了，便拉寶釵悄說道：「姑娘可聽見我們的新文了？」寶釵道：「我沒聽見新文。因連日打發我哥哥出門，所以你們這裡的事一概不知，連姊妹們這兩日沒見。」平兒笑道：「老爺把二爺打了個動不得，難道姑娘就沒聽見？」寶釵道：「早起恍惚聽見了一句，也信不真。我也正要瞧你奶奶去呢，不想你來。又是為了什麼打他？」平兒咬牙罵道：「都是那什麼賈雨村，半路途中那裡來的餓不死的野雜種！認了不到十年，生了多少事出來！今年春天，老爺不知在那個地方看見幾把舊扇子，回家來看家裡所有收着的這些好扇子都不中用了，立刻叫人各處搜求。誰知就有個不知死的冤家，混號兒人都叫他做石呆子，窮的連飯也沒的吃，偏他家就有二十把舊扇子，死也不肯拿出大門來。二爺好容易煩了多少情，見了這個人，說之再三，他把二爺請了到他家裡坐着，拿出這扇子來略瞧了一瞧。據二爺說，原是不能再得的，全是湘妃、椶竹、麋鹿、玉竹[4]的，皆是古人寫畫真跡。回來告訴了老爺，便叫買他的，要多少銀子給他多少。偏那石呆子說：『我餓死凍死，一千銀子一把我也不賣！』老爺沒法了，天天罵二爺沒能為。已經許他五百銀子，先兑銀子，後拿扇子。他只是不賣，只說：『要

不說聽見，也不說沒聽見——不是孤陋寡聞，不是不關心親戚，也不是包打聽，長舌頭。恍惚聽見信不真，最佳答話也。

石呆子不該在賈璉跟前顯山露水。

扇子，先要我的命！』姑娘想想，這有什麼法子？誰知那雨村沒天理的聽見了，便設了法子，訛他拖欠官銀，拿了他到衙門裡去，說所欠官銀變賣家產賠補，把這扇子抄了來，作了官價送了來。那石呆子如今不知是死是活。老爺問着二爺說：『人家怎麼弄了來了？』二爺只說了一句：『為這點子小事，弄的人家傾家敗產，也不算什麼能為！』老爺聽了就生了氣，說二爺拿話堵老爺，因此這是第一件大的。這幾日還有幾件小的，我也記不清，所以都湊在一處，就打起來了。也沒拉倒用板子棍子，就站着，不知他拿什麼混打了一頓，臉上打破了兩處。我們聽見姨太太這裡有一種藥上棒瘡的，姑娘尋一丸給我呢。」寶釵聽了，忙命鶯兒去找了兩丸來與平兒。寶釵道：「既這樣，你去替我問候罷，我就不去了。」平兒向寶釵答應着去了，不在話下。

且說香菱見了眾人之後，吃過晚飯，寶釵等都往賈母處去了，自己便往瀟湘館中來。此時黛玉已好了大半了，見香菱也進園來住，自是歡喜。香菱因笑道：「我這一進來，也得空兒，好歹教給我作詩，就是我的造化了！」黛玉笑道：「既要學作詩，你就拜我為師，我雖不通，大略也還教的起你。」香菱笑道：「果然這樣，我就拜你為師，你可不許膩煩的。」黛玉道：「什麼難事，也值得去學！不過是起承轉合，[5]當中承轉是兩副對子，平聲的對仄聲，虛的對實的，實的對虛的。若是果有了奇句，連平仄虛實[6]不對都使得的。」香菱笑道：「怪道我常

何等不仁！何等黑暗！

以平兒之口補敘插敘此事。表面上看是扇子問題，實際上賈赦是報討鴛鴦未得之仇。

呼應三十四回寶釵托丸藥送寶玉事。

「什麼難事」云云，既表現黛玉的高才，也表現了一種輕視文學文字的時尚。

弄本舊詩偷空兒看一兩首，又有對的極工的，又有不對的，又聽見說『一三五不論，二四六分明』。[7]看古人的詩上亦有順的，亦有二四六上錯了的，所以天天疑惑。如今聽你一說，原來這些規矩竟是沒事的，只要詞句新奇為上。」黛玉道：「正是這個道理。詞句究竟還是末事，第一是立意要緊。若意趣真了，連詞句不用修飾自是好的。這叫做『不以詞害意』。」香菱笑道：「我只愛陸放翁詩『重簾不捲留香久，古硯微凹聚墨多』，[8]說的真切有趣。」黛玉道：「斷不可看這樣的詩。你們因不知道詩，所以見了這淺近的就愛，一入了這個格局，再學不出來的。你只聽我說，你若真心要學，我這裡有《王摩詰[9]全集》，你且把他的五言律一百首細心揣摩透熟了，然後再讀一百二十首老杜[10]的七言律，次之再李青蓮[11]的七言絕句讀一二百首。肚子裡先有了這三個人做了底子，然後再把陶淵明、應、劉、謝、阮、庾、鮑[12]等人的一看，你又是這樣一個極聰明伶俐的人，不用一年工夫，不愁不是詩翁了！」香菱聽了笑道：「既這樣，好姑娘，你就把這書給我拿出來，我帶回去夜裡唸幾首也是好的。」黛玉聽說，便命紫鵑將王右丞的五言律拿來，遞與香菱道：「你只看有紅圈的都是我選的，有一首唸一首，不明白的問你姑娘，或者遇見我，我講與你就是了。」香菱拿了詩回蘅蕪苑中，諸事不管，只向燈下一首一首的讀起來。寶釵連催他數次睡覺，他也不睡。寶釵見他這般苦心，只得隨他去了。

一日，黛玉方梳洗完了，只見香菱笑吟吟的送了書來，又要換杜律。黛玉笑

黛玉論詩。

實亦雪芹論詩，特點是平易近人，道理淺近而又顛撲不破，和那種極端膨脹或裝神弄鬼的詩論不同。

倒是大家路子。和一心追求奇巧的思路大不相同。

道：「共記得多少首？」香菱笑道：「凡紅圈選的我盡讀了。」黛玉道：「可領略了些沒有？」香菱笑道：「我倒領略了些，只不知是不是，說與你聽聽。」黛玉笑道：「正要講究討論方能長進。你且說來我聽聽。」香菱笑道：「據我看來，詩的好處有口裡說不出來的意思，想去卻是逼真的。有似乎無理的，想去竟是有理有情的。」黛玉笑道：「這話有了些意思，但不知你從何處見得？」香菱笑道：「我看他《塞上》[13]一首內，一聯云：『大漠孤煙直，長河落日圓。』想來煙如何直？日自然是圓的：這『直』字似無理，『圓』字似太俗。合上書一想，倒像是見了這景的。若說再找兩個字換這兩個，竟再找不出兩個字來。再還有『日落江湖白，潮來天地青』。[14]這『白』『青』兩個字也似無理。想來，必得這兩個字才形容的盡，唸在嘴裡倒像有幾千斤重的一個橄欖似的。還有『渡頭餘落日，墟裡上孤煙』。[15]這『餘』字和『上』字，難為他怎麼想來！我們那年上京來，那日下晚便挽住船，岸上又沒有人，只有幾棵樹，遠遠的幾家人家作晚飯，那個煙竟是青碧連雲。誰知我昨兒晚上看了這兩句，倒像我又到了那個地方去了。」

正說着，寶玉和探春來了，都入座聽他講詩。寶玉笑道：「既是這樣，也不用看詩，『會心處不在遠』，[16]聽你說了這兩句，可知『三昧』[17]你已得了。」黛玉笑道：「你說他這『上孤煙』好，你還不知他這一句還是套了前人的來。我給你這一句瞧瞧，更比這個淡而現成。」說着，便把陶淵明的「曖曖遠人村，依依墟裡煙」[18]翻了出來，遞與香菱。香菱瞧了，點頭嘆賞，笑道：「原來『上』

幾何美。

具有涵蓋性、瀰漫性。

字是從『依依』兩個字上化出來的。」寶玉大笑道：「你已得了，不用再講，若再講，倒學雜了。你就作起來，必是好的。」探春笑道：「明兒我補一個柬來，請你入社。」香菱笑道：「姑娘何苦打趣我，我不過是心裡羨慕，才學這個頑罷了。」探春黛玉都笑道：「誰不是頑，難道我們是認真作詩呢？若說我們認真成了詩，出了這園子，把人的牙還笑掉了呢！」寶玉道：「這也算自暴自棄了。前日我在外頭和相公們商議畫兒，他們聽見咱們起詩社，求我把稿子給他們瞧瞧，我就寫了幾首給他們看看，誰不是真心嘆服。他們抄了刻去了。」探春黛玉忙問道：「這是真話麼？」寶玉笑道：「說謊的是那架上鸚哥。」黛玉探春聽說，都道：「你真真胡鬧！且別說那不成詩，便成詩，我們的筆墨[19]也不該傳到外頭去。」寶玉道：「這怕什麼！古來閨閣中筆墨不要傳出去，如今也沒人知道了。」說着，只見惜春打發了入畫來請寶玉，寶玉方去了。香菱又逼着換出杜律，又央黛玉探春二人：「出個題目，讓我謅去，謅了來，替我改正。」黛玉道：「昨夜的月最好，我正要謅一首，未謅成，你就作一首來。十四寒的韻，由你愛用那幾個字去。」

香菱聽了，喜的拿着詩回來，又苦思一回作兩句詩，又捨不得杜詩，又讀兩首。如此茶飯無心，坐臥不定。寶釵道：「何苦自尋煩惱，都是顰兒引的你，我和他算帳去。你本來呆頭呆腦的，再添上這個，越發弄成個呆子了。」香菱笑道：「好姑娘，別混我。」一面說，一面作了一首，先與寶釵看了，笑道：「這個不

這裡強調的「頑」（玩文學！）既有自謙之意，也有超功利之意，更保留了自己參與詩歌活動的彈性和瀟灑。

做文字而保持一定的遊戲心態，在許多情況下是允許的或難免的。當然，也不都是遊戲。檄文、悼詞……自不可以遊戲之心妄做。她們這樣說有矜持意。寶玉思想比女孩子解放些。

呆頭呆腦的人正好學詩。如果聰明伶俐如平兒、襲人……豈可做詩？不妨解釋為詩者癡也。

好，不是這個作法。你別怕臊，只管拿了給他瞧去，看他是怎麼說。」香菱聽了，便拿了詩找黛玉。黛玉看時，只見寫道是：

月掛中天夜色寒，清光皎皎影團團。
詩人助興常思玩，野客添愁不忍觀。
翡翠樓邊懸玉鏡，珍珠簾外掛冰盤。
良宵何用燒銀燭，晴彩輝煌映畫欄。

都是表面堆砌。

黛玉笑道：「意思卻有，只是措詞不雅，皆因你看的詩少，被他縛住了。把這首詩丟開，再作一首，只管放開膽子去作。」

香菱聽了，默默的回來，越發連房也不進去，只在池邊樹下，或坐山石上出神，或蹲在地下摳地，來往的人都詫異。李紈、寶釵、探春、寶玉等聽得此言，都遠遠的站在山坡上瞧着他笑。只見他皺一回眉，又自己含笑一回。寶釵笑道：「這個人定是瘋了！昨夜嘟嘟噥噥直鬧到五更才睡下，沒一頓飯的工夫天就亮了。我就聽見他起來了，忙忙碌碌梳了頭就找顰兒去。一回來了，呆了一日，作了一首又不好，自然這會子另作呢。」寶玉笑道：「這正是地靈人傑，[20]老天生人再不虛賦情性的。我們成日嘆說可惜他這麼個人竟俗了，誰知到底有今日，可見天地至公。」寶釵聽了，笑道：「你能夠像他這苦心就好了，學什麼有個不成的。」寶玉不答。只見香菱興興頭頭的又往黛玉那邊來了。探春笑道：「咱們跟了去，看他有些意思沒有。」說着，一齊都往瀟湘館來。只見黛玉正拿着詩和他

[20] 做詩便不俗了。以詩為雅俗界線，倒也有趣。

講究。眾人因問黛玉作的如何。黛玉道：「自然算難為他了，只是還不好。這一首過於穿鑿了，還得另做。」眾人因要詩看時，只見作道是：

非銀非水映窗寒，試看晴空護玉盤。
淡淡梅花香欲染，絲絲柳帶露初乾。
只疑殘粉塗金砌，恍若輕霜抹玉欄。
夢醒西樓人縱絕，餘容猶可隔簾看。

開始有了「我」的感覺。

寶釵笑道：「不像吟月了，月字底下添一個『色』字倒還使得，你看句句倒是月色。這也罷了，原是詩從胡說來，再遲幾天就好了。」香菱自為這首詩妙絕，聽如此說，自己又掃了興，不肯丟開手，便要思索起來。因見他姊妹們說笑，便自己走至階下竹前，挖心搜膽的，耳不旁聽，目不別視。一時探春隔窗笑說道：「菱姑娘，你閒閒罷。」香菱怔怔答道：「閒字是十五刪的，錯了韻了。」眾人聽了，不覺大笑起來。寶釵道：「可真詩魔了！都是顰兒引的他。」黛玉笑道：「聖人說，『誨人不倦』，他又來問我，我豈有不說的理。」李紈笑道：「咱們拉了他往四姑娘房裡去，引他瞧瞧畫兒，叫他醒一醒才好。」

說着，真個出來拉他過藕香榭至暖香塢中。惜春正乏倦，在床上歪着睡午覺，畫繒[21]立在壁間，用紗罩着。眾人喚醒了惜春，揭紗看時，十停方有了三停，見畫上有幾個美人，因指香菱道：「凡會作詩的都在上頭，你快學

*「紅」中動不動就談詩做賦。起了調劑、舒緩、間離的作用。作者亦藉此一而再再而三地發表詩論、賣弄詩才。香菱很重要，但性格沒怎麼出來。此回略給人印象，仍然不鮮明透徹。

罷。」說着，頑笑了一回，各自散去。

香菱滿心中正是想詩。至晚間對燈出了一回神，至三更以後上床躺下，兩眼睜睜直到五更方才朦朧睡去了。一時天亮，寶釵醒了，聽了一聽，他安穩睡了，心下想：「他翻騰了一夜，不知可作成了？這會子乏了，且別叫他。」正想着，只見香菱從夢中笑道：「可是有了，難道這一首還不好？」寶釵聽了，又是可嘆，又是可笑，連忙喚醒了他，問他：「得了什麼？你這誠心都通了仙了，學不成詩弄出病來呢。」一面說，一面梳洗了，會同姊妹往賈母處來。原來香菱苦志學詩，精血誠聚，日間不能作出，忽於夢中得了八句。梳洗已畢，便忙寫出來，到沁芳亭，只見李紈與眾姊妹方從王夫人處回來。寶釵正告訴他們，說他夢中作詩，說夢話。眾人正笑，抬頭見他來了，便都爭着要詩看。要知端的，且看下回分解。

1 **過活**：這裡指資產、產業。

2 **戥子**：一種稱金銀或藥物的小秤，稱量輕微。

3 **得隴望蜀**：《後漢書·岑彭傳》：「人苦不知足，既平隴，復望蜀。」後用以喻人不知足，貪得無厭。

4 **湘妃、椶竹、麋鹿、玉竹**：四種珍貴竹品，可製扇骨。湘妃竹產於湖南、廣西等地，一名「斑竹」。椶竹產於四川，亦稱「椶櫚竹」。椶竹扇骨，俗呼桃絲骨。麋鹿竹為斑竹之一種，一稱「眉綠」。玉竹，杭產，青黃相間，一稱「金鑲碧嵌竹」。

5 **起承轉合**：舊時詩文章法結構的術語。「起」指開端。「承」指承接上文，加以申述。「轉」指轉折宕開，從另一方面論述主旨。「合」指收結全文之語。

6 **平仄虛實**：指格律詩對聲律和對偶的要求。

7 **一三五不論，二四六分明**：指格律詩每一句的格律要求。一般第一、三、五幾個字要求較寬，可平可仄。二、四、六、七四字則必須依律。

8 **「重簾不捲」二句**：是南宋陸游（放翁）《書室明暖，終日婆娑其間，倦則扶杖至小園，戲作長句》之二中的句子。

9 **王摩詰**：唐代詩人王維，字摩詰。曾官尚書右丞，人稱王右丞。

10 **老杜**：唐詩人杜甫，為了區別晚唐詩人杜牧，後人稱他為「老杜」。

11 **李青蓮**：唐詩人李白，自號青蓮居士。

12 **應、劉、謝、阮、庾、鮑**：「應」指應瑒，字德璉，汝南人，漢末文學家，「建安七子」之一。「劉」指劉楨，字公幹，東平人，漢末詩人，「建安七子」之一。「謝」指謝靈運，南朝宋詩人。「阮」指阮籍，三國時魏詩人，「竹林七賢」之一。「庾」指庾信，北朝周詩人。「鮑」指鮑照，南朝宋詩人。

13 **《塞上》**：指唐王維《使至塞上》詩。

14 **「日落」二句**：見唐王維《送邢桂州》詩。

15 **「渡頭」二句**：見唐王維《輞川閒居，贈裴秀才迪》詩。

16 **會心處不在遠**：語出《世說新語·言語》。「會心」領悟之意。

17 **三昧**：原是佛教修持方法之一，後藉指事物的精義。

18 **「曖曖」二句**：見晉陶淵明《歸園田居》五首之一。

19 **筆墨**：這裡代指詩文作品。

20 **地靈人傑**：山川靈秀，人物傑出的意思。

21 **畫繒**：指畫絹。一說是繃緊畫絹的畫框。

第四十九回 琉璃世界白雪紅梅 脂粉香娃割腥啖膻

話說香菱見眾人正說笑他，便迎上去笑道：「你們看這首詩。若使得，我便還學；若還不好，我就死了這作詩的心了。」說着，把詩遞與黛玉及眾人看時，只見寫道是：

精華欲掩料應難，影自娟娟魄自寒。
一片砧敲千里白，半輪雞唱五更殘。
綠蓑江上秋聞笛，紅袖樓頭夜倚欄。
博得嫦娥應自問，何緣不使永團圞。

賦予題材以此許生機，寫「活」了就好。

眾人看了笑道：「這首不但好，而且新巧有趣。可知俗語說：『天下無難事，只怕有心人。』社裡一定請你了。」香菱聽了，心下不信，料着是他們哄自己的話，還只管問黛玉寶釵等。

正說之間，只見幾個小丫頭並老婆子忙忙的走來，都笑道：「來了好些姑娘奶奶們，我們都不認得，奶奶姑娘們快認親去。」李紈笑道：「這是那裡的話？你到底說明白了是誰的親戚？」那婆子丫頭都笑道：「奶奶的兩位妹子都來了。

喜樂自天而降。

還有一位姑娘，說是薛大姑娘的妹子。還有一位爺，說是薛大爺的兄弟。我這會子請姨太太去呢。奶奶和姑娘們先上去罷。」說着，一徑去了。寶釵笑道：「我們薛蝌和他妹子來了不成？」李紈笑道：「或者我嬸娘又上京來了。怎麼他們都湊在一處，這可是奇事。」大家來至王夫人上房，只見黑壓壓的一地。

又有邢夫人的嫂子帶了女兒岫煙進京來投邢夫人的，可巧鳳姐之兄王仁也正進京，兩親家一處搭幫來了。走至半路泊船時，遇見李紈寡嬸帶着兩個女兒——長名李紋，次名李綺——也上京。大家敘起來，又是親戚，因此三家一路同行。後有薛蟠之從弟[1]薛蝌因當年父親在京時，已將胞妹薛寶琴許配都中梅翰林之子為媳，正欲進京發嫁，聞得王仁進京，他也隨後帶了妹子趕來。所以今日會齊了來訪投各人親戚。

於是大家見禮敘過。賈母王夫人都歡喜非常。賈母因笑道：「怪道昨日晚上燈花爆了又爆，結了又結，原來應到今日。」一面敘些家常，收了帶來的禮物，一面命留酒飯。鳳姐兒自不必說，忙上加忙。李紈寶釵自然和嬸母姊妹敘離別之情。黛玉見了，先是歡喜，後想起眾人皆有親眷，獨自己孤單無倚，不免又去垂淚。寶玉深知其情，十分勸慰了一番方罷。

然後，寶玉忙忙來至怡紅院中，向襲人、麝月、晴雯笑道：「你們還不快着看去！誰知寶姐姐的親哥哥是那個樣子，他這叔伯兄弟形容舉止另是個樣子，倒像是寶姐姐同胞的兄弟似的。更奇在你們成日家只說寶姐姐是絕色的人物，你們

一下子來了這麼多人，三言兩語交待一下，為何這樣湊巧，幾家人都湊到了一起，則並無解釋。這樣上人物的辦法未必最佳，卻也有它的真實性。

「紅」最喜捉對寫人物，或難分伯仲，或涇渭分明。薛寶釵、薛蟠、薛蝌、薛寶琴四人便互相映照襯托成趣。

如今瞧見他這妹子，還有大嫂子的兩個妹子，我竟形容不出來了。老天，老天，你有多少精華靈秀，生出這些人上之人來！可知我井底之蛙，成日家自説現在的這幾個人是有一無二的，誰知不必遠尋，就是本地風光，一個賽似一個，如今我又長了一層學問了。除了這幾個，難道還有幾個不成？」一面説，一面自笑。襲人見他又有些魔意，便不肯去瞧。晴雯等早去瞧了一遍回來，帶笑向襲人説道：「你快瞧瞧去！大太太一個侄女兒，寶姑娘一個妹妹，大奶奶兩個妹妹倒像一把子四根水蔥兒。」

一語未了，只見探春也笑着進來找寶玉，因説：「咱們詩社可興旺了。」寶玉笑道：「正是呢。這是一高興起詩社，鬼使神差來了這些人。但只一件，不知他們可學過作詩不曾？」探春道：「我才都問了問，雖是他們自謙，看其光景沒有不會的。便是不會也沒難處，你看香菱就知道了。」晴雯笑道：「他們裡頭薛大姑娘的妹妹更好，三姑娘看着怎麼樣？」探春道：「果然的，據我看來，連他姐姐並這些人總不及他。」襲人聽了，又是詫異，又笑道：「這也奇了，還從那裡再尋好的去呢？我倒要瞧瞧去。」探春道：「老太太一見了，喜歡的無可不可的，已經逼着咱們太太認了乾女孩兒了。老太太要養活，剛才已經定了。」寶玉喜的忙問：「這話果然麼？」探春道：「我幾時説過謊？」又笑道：「老太太有了這個好孫女兒，就忘了你這孫子了。」寶玉笑道：「這倒不妨，原該多疼女孩兒些是正理。明兒十六，咱們可該起社了。」探春道：「林丫頭剛起來了，二姐

這裡面倒包含着一種對於人、對於青春的肯定與讚美。天涯何處無芳草？大觀園本是相當封閉的，幸有客至，令讀者想到園外有園，人外有人，紅樓之外又紅樓！猶如遐想地球之外還有生命一樣，給人一種普泛貫通的「宇宙感」。閱盡紅樓，亦不過滄海一粟。

寶琴一上來就這樣紅裡透紫，性格卻不突出，故事亦不重要。有幾種可能：一、依雪芹原意，後四十回另有重任。二、凸現薛家的實力。三、表達作者的一種意念：釵黛已令人嘆為觀止，但人之精英是不可窮盡的，寶琴後來居上。

姐又病了，終是七上八下的。」寶玉道：「二姐姐又不大作詩，沒有他又何妨。」探春道：「索性等幾天，等他們新來的混熟了，咱們邀上他們豈不好？這會子大嫂子寶姐姐心裡自然沒有詩興的，況且湘雲沒來，顰兒才好，人都不合式。不如等着雲丫頭來了，這幾個新的也熟了，顰兒也大好了，大嫂子和寶姐姐心也閒了，香菱詩也長進了，如此邀一滿社豈不好？咱們兩個如今且往老太太那裡去聽聽，除寶姐姐的妹妹不算外，他一定是在咱們家住定了的。倘或那三個要不在咱們這裡住，咱們央告着老太太留下他們，也在園子裡住了，咱們豈不多添幾個人，越發有趣了。」寶玉聽了，喜的眉開眼笑，忙說道：「倒是你明白，我終久是個糊塗心腸，空喜歡了一會子，卻想不到這上頭。」說着，兄妹兩個一齊往賈母處來。果然王夫人已認了寶琴做乾女兒。賈母喜歡非常，不命往園中住，晚上跟着賈母一處安寢。薛蝌自向薛蟠書房中住下了。賈母和邢夫人說：「你侄女兒也不必家去了，園裡住幾天，逛逛再去。」

諸事順遂，寬鬆和諧。

邢夫人兄嫂家中原艱難，這一上京原仗的是邢夫人與他們治房舍，幫盤纏，聽如此說，豈不願意。邢夫人便將邢岫煙交與鳳姐兒。鳳姐兒算着園中姊妹多，性情不一，且又不便另設一處，莫若送到迎春一處去，倘日後邢岫煙有些不遂意的事，總然邢夫人知道了，與自己無干。從此後，若邢岫煙家去住的日期不算，若在大觀園住到一個月上，鳳姐兒亦照迎春分例送一分與岫煙。鳳姐兒冷眼掂掇，岫煙心性行為竟不像邢夫人及他的父母一樣，卻是個極溫厚可疼的人。因此

對邢夫人頗有防範。說明鳳邢關係外鬆內緊。

年輕女子總是好的。這是寶玉的總結。

鳳姐兒反憐他家貧命苦，比別的姊妹多疼他些。邢夫人倒不大理論了。賈母王夫人等因素喜李紈賢惠，且年輕守節，令人敬服，今見他寡嬸來了，便不肯叫他外頭去住，那嬸母雖十分不肯，無奈賈母執意不從，只得帶着李紋李綺在稻香村住下了。

大觀園房多人少，居住空間大，實是一「花園酒店」。

當下安插既定，誰知忠靖侯史鼎又遷委[2]了外省大員，不日要帶家眷去上任。賈母因捨不得湘雲，便留下他了，接到家中。原要命鳳姐兒另設一處與他住。史湘雲執意不肯，只要和寶釵一處住，因此也就罷了。

此時大觀園中比先又熱鬧了多少。李紈為首，餘者迎春、探春、惜春、寶釵、黛玉、湘雲、李紋、李綺、寶琴、邢岫煙，再添上鳳姐兒和寶玉一共十三人。敘起年庚，除李紈年紀最長，鳳姐次之，餘者皆不過十五六七歲，大半同年異月，連他們自己也不能記清誰長誰幼，並賈母王夫人及家中婆子丫頭也不能細細分清，不過是「姐」「妹」「兄」「弟」四個字隨便亂叫。

又是無差別境界。

如今香菱正滿心滿意，只想作詩，又不敢十分囉嗦寶釵，可巧來了個史湘雲。那史湘雲極愛説話的，那裡禁得香菱又請教他談詩？越發高了興，沒晝沒夜高談闊論起來。寶釵因笑道：「我實在聒噪的受不得了。一個女孩兒家，只管拿着詩作正經事講起來，叫有學問的人聽了，反笑話説不守本分。一個香菱沒鬧清，又添上你這個話口袋子，滿嘴裡説的是什麼：怎麼是『杜工部之沉鬱』，『韋蘇州之淡雅』，又怎麼是『温八叉之綺靡，李義山之隱僻』，[3]癡癡顛顛那裡還像兩個女兒家呢！」說的香菱湘雲二人都笑起來。

正說着，只見寶琴來了，披着一領斗篷，金翠輝煌，不知何物。寶釵忙問：「這是那裡的？」寶琴笑道：「因下雪珠兒，老太太找了這一件給我的。」香菱上來瞧道：「怪道這麼好看，原來是孔雀毛織的。」湘雲笑道：「那裡是孔雀毛，就是野鴨子頭上的毛做的，可見老太太疼你了。這麼樣疼寶玉，也沒給他穿。」寶釵笑道：「真真俗語說的，『各人有各人緣法』。我也再想不到他這會子來，既來了，又有老太太這麼疼他。」湘雲道：「你除了在老太太跟前，就在園裡來，這兩處只管頑笑吃喝。到了太太屋裡，若太太在屋裡，只管和太太說笑，多坐一回無妨；若太太不在屋裡，你別進去，那屋裡人多心壞，都是耍咱們的。」說的寶釵、寶琴、香菱、鶯兒等都笑了。寶釵笑道：「說你沒心卻有心，雖然有心，到底嘴太直了。我們這琴兒，今兒你竟認他做親妹妹罷。」湘雲又瞅了寶琴笑道：「這一件衣裳也只配他穿，別人穿了，實在不配。」正說着，只見琥珀走來笑道：「老太太說了，叫寶姑娘別管緊了琴姑娘。他還小呢，讓他愛怎麼樣就由他怎麼樣。要什麼東西只管要，別多心。」寶釵忙起身答應了，又推寶琴笑道：「你也不知是那裡來的這段福氣！你倒去罷，仔細我們委曲了你。我就不信我那些兒不如你。」說話之間，寶玉黛玉進來了，寶釵猶自嘲笑。湘雲因笑道：「寶姐姐，你這話雖是頑，卻有人真心是這樣想呢。」琥珀笑道：「真心惱的再沒別人，就只是他。」口裡說，手指着寶玉。寶釵湘雲都笑道：「他倒不是這樣人。」琥珀又笑道：「不是他，就是他。」說着，又指黛玉。湘雲便不作聲。寶釵笑道：「更不是了。我的妹妹和他的妹妹一樣。他喜歡的比我還甚呢，那裡還惱？你信雲兒混說，他的那嘴有什麼正經。」寶玉素昔深知黛玉有些小性兒，尚不知近日黛玉和寶釵之事，正恐賈母疼寶琴他心中不自在，今見湘雲如此說了，寶釵又如此答，再審度黛玉聲色，亦不似往日，果然與寶釵之說相符，心中甚是不解。因想：「他兩個素日不是這樣的，如今看來，竟更比他人好了十倍。」一時又見林黛玉趕着寶琴叫妹妹，並不提名道姓，直似親姊妹一般。那寶琴年輕心熱，且本性聰明，自幼讀書識字，今在賈府住了兩日，大概人物已知。又見眾姊妹都不是那輕薄脂粉，且又和姐姐皆和氣，故也不肯怠慢。其中又見林黛玉是個出類拔萃的，便更與黛玉親敬異常。寶玉看着，只是暗暗的納罕。

黛玉此次並未「小性」，一方面是由於寶釵「做了工作」，贏得了黛玉的信任與友誼，更重要的是，黛玉對寶玉的「心」已較有了底。

一時寶釵姊妹往薛姨媽房內去後，湘雲往賈母處來，林黛玉回房歇着。寶玉便找了黛玉來笑道：「我雖看了《西廂記》，也曾有明白的幾句說了取笑，你還曾惱過。如今想來，竟有一句不解，我唸出來你講講我聽。」黛玉聽了，便知有文章，因笑道：「你唸出來我聽聽。」寶玉笑道：「那《鬧簡》上有一句說的最好，『是幾時孟光接了梁鴻案？』[4]這五個字不過是現成的典，難為他『是幾時』三個虛字問的有趣。是幾時接了？你說說我聽聽。」黛玉聽了，禁不住也笑起來，因笑道：「這原問的好。他也問的好，你也問的好。」寶玉道：「先時你只疑我，如今你也沒的說了。」黛玉笑道：「誰知他竟真是個好人，我素日只當他藏奸。」

並非故意轉文或繞彎子，實是一種試探性的問詢，一種禮貌。如果對方不願回答，只表示聽不懂即可，不傷面子。

因把說錯了酒令，寶釵怎樣說他，連送燕窩病中所談之事，細細的告訴寶玉。寶玉方知原故，因笑道：「我說呢，正納悶『是幾時孟光接了梁鴻案』，原來是從『小孩兒家口沒遮攔』上就接了案了。」黛玉因又說起寶琴來，想起自己沒有姊妹，不免又哭了。寶玉忙勸道：「這又自尋煩惱了。你瞧瞧，今年比舊年越發瘦了，你還不保養。每天好好的，你必是自尋煩惱，哭一會子，才算完了這一天的事。」黛玉拭淚道：「近來我只覺心酸，眼淚卻像比舊年少了些的。心裡只管酸痛，眼淚卻不多。」寶玉道：「這是你哭慣了，心裡疑惑，豈有眼淚會少的！」

正說着，只見他屋裡的小丫頭子送了猩猩氈斗篷來，又說：「大奶奶才打發人來說，下了雪，要商議明日請人作詩呢。」一語未了，只見李紈的丫頭走來請黛玉。寶玉便邀着黛玉同往稻香村來。黛玉換上掐金挖雲紅香羊皮小靴，[5]罩了一件大紅羽緞面，狐狸皮的鶴氅，[6]繫一條青金閃綠雙環四合如意絛，[7]上罩了雪帽。二人一齊踏雪行來，只見眾姊妹都在那裡，都是一色大紅猩猩氈與羽毛緞斗篷，獨李紈穿一件哆囉呢[8]對襟褂子；薛寶釵穿一件蓮青斗紋錦上添花洋線番羓絲[9]的鶴氅；邢岫煙仍是家常舊衣，並沒避雨之衣。一時史湘雲來了，穿着賈母與他的一件貂鼠腦袋面子大毛黑灰鼠裡子裡外發燒[10]大褂子，頭上帶着一頂挖雲鵝黃片金[11]裡大紅猩猩氈昭君套，又圍着大貂鼠風領。[12]黛玉先笑道：「你們瞧瞧，孫行者來了。他一般的拿着雪褂子，故意裝出個小騷達子樣兒來。」湘雲笑道：「你們瞧我裡頭打扮的。」一面說，一面脫了褂子，只見他裡頭穿着一件

能這樣彼此「交心」，自然好多了。

黛玉雖仍多悲傷，卻不那麼挑剔「促狹」了。

「眼淚漸少」云云雖不經意，卻極感人。這種想法說法實乃驚人之筆。表達了主觀感受而不是客觀事物的深刻性與絕對性。

寫自然風光，天氣現象，卻從人的衣裝上寫起。上次四十五回寫雨，主要寫了寶玉的蓑衣與雨中用的燈具，便覺氣氛極好。這回寫雪，也是先寫各人的雪裝。

簡直是冬季時裝表演。

半新的靠色三鑲領袖秋香色盤金五色繡龍窄褙小袖掩衿[13]銀鼠短襖，裡面短短的一件水紅妝緞狐肷褶子，[14]腰裡緊緊束着一條蝴蝶結子長穗五色宮條，腳下也穿着鹿皮小靴，越顯得蜂腰猿背，鶴勢螂形。[15]眾人都笑道：「偏他只愛打扮成個小子的樣兒，原比他打扮女兒更俏麗了些。」湘雲道：「快商議作詩！我聽聽是誰的東家？」李紈道：「我的主意，想來昨天的正日已自過了，再等正日又太遠，可巧又下雪，不如咱們大家湊個社，又給他們接風，又可以作詩，你們意思怎麼樣？」寶玉先道：「這話狠是。只是今日晚了，若到明日晴了又無趣。」眾人都道：「這雪未必晴，縱晴了，這一夜下的也夠賞了。」李紈道：「我這裡雖然好，又不如蘆雪亭好，我已經打發人籠地炕去了，咱們大家擁爐作詩，老太太想來未必高興，況且咱們小頑意兒，單給鳳丫頭個信兒就是了。你們每人一兩銀子就夠了，送到我這裡來。」指着香菱、寶琴、李紋、李綺、岫煙，「五個不算外，咱們裡頭二丫頭病了不算，四丫頭告了假也不算，你們四分子送了來，我包管五六兩銀子也儘夠了。」寶釵等一齊應諾。因又擬題限韻，李紈笑道：「我心裡早已定了，等到了明日臨期，橫豎知道。」說畢，大家又閒話了一回，方往賈母處來。本日無話。

湘雲自有特色。

組織創作、聯歡活動要收費，這是合理的。

到了次日一早，寶玉因心裡記掛着這事，一夜沒好生得睡，天亮了就爬起來。掀起帳子一看，雖然門窗尚掩，只見窗上光輝奪目，心內早躊躇起來，埋怨定是晴了，日光已出。一面忙起來，揭起窗屜，從玻璃窗內往外一看，原來不是日光，

童心、玩心。

竟是一夜雪下的將有一尺多厚，天上仍是搓綿扯絮一般。寶玉此時歡喜非常，忙喚起人來盥漱已畢，只穿一件茄色哆囉呢狐狸皮襖，罩一件海龍小鷹膀褂子，[16]束了腰，披上玉針蓑，帶了金藤笠，登上沙棠屐，忙忙的往蘆雪亭來。出了院門，四顧一望，並無二色，遠遠的是青松翠竹，自己卻似裝在玻璃盆內一般。於是走至山坡之下，順着山腳剛轉過去，已聞得一股寒香撲鼻，回頭一看，卻是妙玉那邊櫳翠庵中有十數枝紅梅如胭脂一般，映着雪色分外顯得精神，好不有趣！寶玉便立住，細細的賞玩了一回方走。只見蜂腰板橋上一個人打着傘走來，是李紈打發了請鳳姐兒去的人。

寶玉來至蘆雪亭，只見丫頭婆子正在那裡掃雪開徑。原來這蘆雪亭蓋在一個傍山臨水河灘之上，一帶幾間茅檐土壁，槿籬竹牖，推窗便可垂釣，四面皆是蘆葦掩覆，一條去徑逶迤穿蘆度葦過去，便是藕香榭的竹橋了。眾丫頭婆子見他披蓑戴笠而來，都笑道：「我們才說正少一個漁翁，如今果然全了。姑娘們吃了飯才來呢，你也太性急了。」寶玉聽了，只得回來，剛至沁芳亭，見探春正從秋爽齋出來，圍着大紅猩猩氈的斗篷，帶着觀音兜，[17]扶着個小丫頭，後面一個婦人打着一把青綢油傘。寶玉知道他往賈母處去，遂立在亭邊，等他來到，二人一同出園前去。寶琴正在裡間房內梳洗更衣。

遍寫大觀園四季景物。

一時眾姊妹來齊，寶玉只嚷餓了，連連催飯，好容易等擺上飯時，頭一樣菜是牛乳蒸羊羔。[18]賈母便說：「這是我們有年紀人的藥，沒見天日的東西，可惜你們小孩子吃不得。今兒另有新鮮鹿肉，你們等着吃罷」。眾人答應了。寶玉卻等不得，只拿茶泡了一碗飯，就着野雞爪子，忙忙的扒拉完了。賈母道：「我知道你們今兒又有事情，連飯也不顧吃。」便叫「留着鹿肉與他晚上吃罷」。鳳姐兒忙說：「還有呢，吃殘了的倒罷了。」史湘雲便和寶玉計較道：「有新鮮鹿肉，不如咱們要一塊，自己拿了園里弄着，又吃又頑。」寶玉聽了，真和鳳姐要了一塊，命婆子送入園去。

一時大家散後進園，齊往蘆雪亭來，聽李紈出題限韻，獨不見湘雲、寶玉二人。黛玉道：「他兩個再到不得一處，若到了一處，生出多少故事來。這會子一定算計那塊鹿肉去了。」正說着，只見李嬸娘也走來看熱鬧，因問李紈道：「怎麼那一個帶玉的哥兒和那一個掛金麒麟的姐兒，那樣乾淨清秀，又不少吃的，他兩個在那裡商議着要吃生肉呢。說的有來有去的。我只不信肉也生吃得的。」眾人聽了都笑道：「了不得，快拿了他兩個來。」黛玉笑道：「這可是雲丫頭鬧的，我的卦再不錯。」

李紈即忙出來找着他兩個，說道：「你們兩個要吃生的，我送你們到老太太那裡吃去。那怕一隻生鹿，撐病了不與我相干。這麼大雪，怪冷的，快替我作詩去罷。」寶玉忙笑道：「沒有的事，我們燒着吃呢。」李紈道：「這還罷了。」只見老婆子們拿了鐵爐、鐵叉、鐵絲蒙[19]來。李紈道：「仔細割了手，不許哭！」說着，方進去了。

那邊鳳姐打發了平兒回復不能來，為發放年例正忙。湘雲見了平兒，那裡肯放。平兒也是個好頑的，素日跟着鳳姐兒無所不至，見如此有趣，樂得頑笑，因而褪去手上的鐲子，三個人圍着火，平兒便要先燒三塊吃。那邊寶釵黛玉平素看慣了，不以為異，寶琴等及李嬸娘深為罕事。探春與李紈等已議定了題韻。探春笑道：「你們聞聞香氣，這裡都聞見了，我也吃去。」說着，也找了他們來。李紈也隨來說：「客已齊了，你們還吃不夠？」湘雲一面吃，一面說道：「我吃這個方愛吃酒，吃了酒才有詩。若不是這鹿肉，今兒斷不能作詩。」說着，只見寶琴披着鳧靨裘[20]站在那裡笑。湘雲笑道：「傻子，你來嚐嚐。」寶琴笑道：「怪腌臢的。」寶釵笑道：「你嚐嚐去，好吃的狠呢。你林姐姐弱，吃了不消化，不然他也愛吃。」寶琴聽了，便過去吃了一塊，果然好吃，便也吃起來。一時鳳姐兒打發小丫頭來叫平兒。平兒說：「史姑娘拉着我呢，你先去罷。」小丫頭去了。一時只見鳳姐兒也披了斗篷走來笑道：「吃這樣好東西，也不告訴我！」說着，也湊在一處吃起來。黛玉笑道：「那裡找這一群花子去！罷了，罷了，今日蘆雪亭遭劫，生生被雲丫頭作踐了。我為蘆雪亭一大哭！」湘雲冷笑道：「你知道什麼！『是真名士自風流』，你們都是假清高，最可厭的。我們這會子腥的羶的大吃大嚼，回來卻是錦心繡口。」寶釵笑道：「你回來若作的不好了，把那肉掏出來，就把這雪壓的蘆葦子摁上些，以完此劫。」

野餐風味。

物質變精神。

回答得好。

說着，吃畢，洗了一回手。平兒帶鐲子時卻少了一個，左右前後亂找了一番，

*賈政赴任，薛蟠行商，寶黛定情，釵黛和好，鬧了一陣子死了一人以後，賈璉鳳姐平兒夫妻妾重歸於好，鴛鴦處境暫時穩定——天下太平，四海無事。於是有了閒適氣氛，於是香菱做詩竟佔了多半回。於是天降詩友，大觀園掀起文藝娛樂旅遊活動的新高潮。

蹤跡全無，眾人都詫異。鳳姐兒笑道：「我知道這鐲子的去向，你們只管作詩去，我們也不用找，只管前頭去，不出三日包管就有了。」說着又問：「你們今兒作什麼詩？老太太說了，離年又近了，正月裡還該作些燈謎兒大家頑笑。」眾人聽了都笑道：「可是呢，倒忘了，如今趕着作幾個好的預備着正月裡頑。」說着，一齊來至地炕屋內，只見杯盤茶菜俱已擺齊了，牆上已貼出詩題韻腳格式來了。寶玉湘雲二人忙看時，只見題目是「即景聯句，[21]五言排律[22]一首，限二蕭韻。」後面尚未列次序。李紈道：「我不大會作詩，我只起三句罷，然後誰先得了誰先聯。」寶釵道：「到底分個次序。」要知端的，且看下回分解。

1 **從弟**：即堂弟。

2 **遷委**：官職調動。

3 **「杜工部」四句見明高棅《唐詩品匯總序》**：杜工部即唐詩人杜甫，曾官檢校工部員外郎。他的詩含蓄頓挫，故有「沉鬱」之說。韋蘇州指唐詩人韋應物，曾任蘇州刺史，他的詩恬淡自然，多寫田園風物，因此稱「淡雅」。溫八叉即晚唐詩人溫庭筠，他曾八叉手成詩八句，他的詩穠艷綺麗，多寫閨情，故云「綺靡」。李義山即晚唐詩人李商隱，用典過多，寓意隱晦，故曰「隱僻」。

4 **孟光接了梁鴻案**：孟光字德曜，東漢時人。梁鴻字伯鸞，孟光之夫。夫妻相敬，每飯孟光必舉案齊眉。寶玉引用這句意在詢問黛玉幾時接受了寶釵的友情。下文「小孩兒家口沒遮攔」也是《西廂記》中的唱詞，意指黛玉說酒令時失言的事。

5 **掐金挖雲紅香羊皮小靴**：「掐金挖雲」指靴面挖出雲狀花紋，用金線掐出花紋邊沿。「紅香羊皮」即紅色細揉羊皮。

6 **鶴氅**：斗篷一類的外套。

7 **青金閃綠雙環四合如意絛**：「青金閃綠」墨綠閃光的色澤。「雙環四合如意」是絛扣的花式。

8 **哆囉呢**：一種闊幅毛織呢料。

9 **蓮青斗紋錦上添花洋線番羓絲**：「蓮青」指藍紫色。「斗紋錦」指錦上織有交叉圖案。「花洋線番羓絲」指來自外邦的絲毛混合線織的裝飾。

10 **裡外發燒**：表裡都用皮毛製作，兩面都可以穿。

11 **片金**：片金線在織物上織金。片金線是一種窄片狀金線。

12 **風領**：一種防風的皮領子。

13 **靠色三鑲領袖秋香色盤金五色繡龍窄褙小袖掩衿**：衣袖、領口鑲有與衣服底色顏色相近的滾邊。在秋香色底色上用金線和五彩線繡出龍紋。「窄褙小袖」指緊身衣。「掩衿」即滿衿、大衿。

14 **狐肷褶子**：「狐肷」狐腋下的皮毛。「褶子」一種無袖外衣。

15 **蜂腰猿背，鶴勢螂形**：形容人細腰長臂，輕捷挺拔。

16 **海龍小鷹膀褂子**：「海龍」即海龍皮，一種名貴裘皮。「小鷹膀褂子」原為馬甲，後加兩袖，即稱「鷹膀褂子」。

17 **觀音兜**：一種女用風帽。

18 **羊羔**：這裡指羊胎。

19 **鐵絲蒙**：燒烤食物的鐵架子。

20 **鳧靨裘**：用野鴨面頰部位的毛織成的裘衣。

21 **聯句**：舊時作詩的一種方式，由多人聯吟而成。

22 **排律**：律詩之一種。

第五十回 蘆雪亭爭聯即景詩　暖香塢雅製春燈謎

話説薛寶釵道：「到底分個次序，讓我寫出來。」説着，便令眾人拈鬮為序。起首恰是李氏，然後按次各各開出。鳳姐兒道：「既這樣説，我也説一句在上頭。」眾人都笑起來説：「這樣更妙了！」寶釵將稻香老農之上補了一個「鳳」字。李紈又將題目講與他聽。鳳姐兒想了半日，笑道：「你們別笑話我。我只有一句粗話，可是五個字的，下剩的我就不知道了。」眾人都笑道：「越是粗話越好，你説了就只管幹正事去罷。」鳳姐兒笑道：「想下雪必颳北風，昨夜聽見一夜的北風，我有一句，這一句就是『一夜北風緊』，使得使不得我就不管了。」眾人聽説，都相視笑道：「這句雖粗，不見底下的，這正是會作詩的起法。不但好，而且留了寫不盡的多少地步與後人。就是這句為首，稻香老農快馬上續下去。」鳳姐和李嬸娘、平兒又吃了兩杯酒，自去了。這裡李紈便寫了：

一夜北風緊，

自己聯道：

顯然鳳姐亦有一定的詩教熏陶。

*大觀園的這些愉快的活動多是偶然靈機一動就搞起來的，正如鳳姐的起詩一樣。賈府的那些紛爭倒都很必然——冰凍三尺，非一日之寒。

開門雪尚飄。入泥憐潔白，

香菱道：

匝地惜瓊瑤。[1]有意榮枯草，

探春道：

無心飾萎苗。價高村釀熟，

李綺道：

年稔府粱饒。[2]葭動灰飛管，[3]

李紋道：

陽回斗轉勺。[4]寒山已失翠，

岫煙道：

凍浦不生潮。易掛疏枝柳，

湘雲道：

難堆破葉蕉。麝煤[5]融寶鼎，

寶琴道：

綺袖籠金貂。光奪窗前鏡，

黛玉道：

香黏壁上椒。[6]斜風仍故故，

寶玉道：

清夢轉聊聊。[7]何處梅花笛，

寶釵道：

誰家碧玉簫。鼇愁坤軸陷，[8]

李紈笑道：「我替你們看熱酒去罷。」寶釵命寶琴續聯，只見湘雲起來道：

龍鬥[9]陣雲銷。野岸回孤棹，

寶琴也聯道：

吟鞭指灞橋。[10]賜裘憐撫戍，[11]

湘雲那裡肯讓人，且別人也不如他敏捷，都看他揚眉挺身的說道：

加絮念征徭。[12]坳垤審夷險，[13]

寶釵連聲讚好，也便聯道：

枝柯怕動搖。皚皚輕趁步，

黛玉忙聯道：

剪剪舞隨腰。苦茗成新賞，

一面說，一面推寶玉，命他聯。寶玉正看寶釵、寶琴、黛玉三人共戰湘雲，十分有趣，那裡還顧得聯詩，今見黛玉推他，方聯道：

孤松訂久要。[14]泥鴻[15]從印跡，

寶琴接着聯道：

林斧或聞樵。伏象千峰凸，

詩的進行正如火車的開行，有一個加速度與對慣性的克服，開始是每小時二十、三十、四十公里；再往後就每小時一百、一百五十公里了。

湘雲忙接道：

盤蛇一徑遙。花緣經冷結，[16]

寶釵與眾人又都讚好。探春聯道：

色豈畏霜凋。深院驚寒雀，

湘雲正渴了，忙忙的吃茶，已被岫煙搶着聯道：

空山泣老鴞。[17]階墀隨上下，

湘雲忙丟了茶杯，聯道：

池水任浮漂。照耀臨清曉，

黛玉忙聯道：

繽紛入永宵。誠忘三尺冷，

湘雲忙笑聯道：

瑞釋九重焦。[18]僵臥[19]誰相問，

寶琴也忙笑聯道：

狂遊客喜招。天機斷縞帶，[20]

湘雲又忙道：

海市失鮫綃。

林黛玉不容他道出，接着便道：

寂寞封台榭，

漸漸加快了節奏，一人兩句變成一人一句，「搶答」起來。讀之如見其勢。

*這是大觀園的詩歌藝術節或青年聯歡節。也可以叫白雪節。這是一個高潮，一個青春、才華、歡樂的高潮。包括「時裝表演」，野餐烤肉，聯詩。詩可以「興、觀、群、怨」，也可以玩耍，比賽，盡情發揮。這會留下永遠的美好記憶。此後雖仍有遊樂，卻再也沒有這種規模了。

湘雲忙聯道：

清貧懷箪瓢。21

寶琴也不容情，也忙道：

烹茶水漸沸，

湘雲見這般，自為得趣，又是笑，又忙聯道：

煮酒葉難燒。

黛玉也笑道：

沒帚山僧掃，

寶琴也笑道：

埋琴稚子挑。

湘雲笑彎了腰，忙唸了一句，眾人問道：「到底說的是什麼？」

湘雲道：

石樓閒睡鶴，

黛玉笑得握着胸口，高聲嚷道：

錦罽暖親貓。

寶琴也忙笑道：

月窟翻銀浪，

湘雲忙聯道：

詩聯得越發緊密，文氣也越發緊湊了。

霞城[22]隱赤標。

黛玉忙笑道：

沁梅香可嚼，

寶釵笑稱好句，也忙聯道：

淋竹醉堪調。

寶琴也忙道：

或濕鴛鴦帶，

湘雲忙聯道：

時凝翡翠翹。[23]

黛玉又忙道：

無風仍脈脈，

寶琴又忙笑聯道：

不雨亦瀟瀟。

湘雲伏着已笑軟了。眾人看他三人對搶，也都不顧作詩，看着也只是笑。黛玉還推他往下聯，又道：「你也有才盡力窮之時。我聽聽還有什麼舌頭嚼了。」湘雲只伏在寶釵懷裡，笑個不住。寶釵推他起來道：「你有本事，把『二蕭』的韻全用完了，我才服你。」湘雲起身笑道：「我也不是作詩，竟是搶命呢。」眾人笑道：「倒是你自己説罷。」探春早已料定沒有自己聯的了，便早寫出來，因説：

「還沒收住呢。」李紋聽了，接過來，便聯了一句道：

　　欲志今朝樂，

李綺收了一句道：

　　憑詩祝舜堯。

李紈道：「夠了，夠了。雖沒作完了韻，騰挪[24]的字若生扭了倒不好了。」說着，大家來細細評論一回，獨湘雲的多，都笑道：「這都是那塊鹿肉的功勞。」李紈笑道：「逐句評去卻還一氣。只是寶玉又落了第了。」寶玉笑道：「我原不會聯句，只好擔待我罷。」李紈笑道：「也沒有社社擔待的。又說韻險了，又整誤了，又不會聯句，今日必罰你。我才看見櫳翠庵的紅梅有趣，我要折一枝來插瓶。可厭妙玉為人，我不理他。如今罰你取一枝來插着頑兒。」眾人都道：「這罰的又雅，又有趣。」寶玉也樂為，答應着就要走。湘雲黛玉一齊說道：「外頭冷得很，你且吃杯熱酒再去。」於是湘雲早執起壺來，黛玉遞了一個大杯，斟了一杯。湘雲笑道：「你吃了我們這酒，要取不來，加倍罰你。」寶玉吃了一杯，冒雪而去。李紈命人好好跟着，黛玉忙攔說：「不必，有了人反不得了。」李紈點頭道：「是。」一面命丫鬟將一個美女聳肩瓶拿來貯了水，準備插梅，因又笑道：「回來該吟紅梅了。」湘雲忙道：「我先作一首。」寶釵笑道：「今日斷不容你再作了。你都搶了去，別人都閒着，也沒趣。回來罰寶玉，他說不會聯句，如今就叫他自己作去。」黛玉笑道：「這話狠是。我還有主意，方才聯句不夠，莫若揀那聯的

堪稱大觀園詩歌奧林匹克紀盛。

美女聳肩瓶？已從瓶子的造型中體會到人體美了麼？

少的人作紅梅詩。」寶釵笑道：「這話是極。方才邢李三位屈才，且又是客。琴兒和顰兒雲兒他們搶了許多，我們一概都別作，只他們三人作才是。」李紈因說：「綺兒也不大會作，還是讓琴妹妹罷。」寶釵只得依允，又道：「就用『紅梅花』三字作韻。每人一首七言律。邢大妹妹作『紅』字，你們李大妹妹作『梅』字，琴兒作『花』字。」李紈道：「饒過寶玉去，我不服。」湘雲忙道：「有個好題目命他作。」眾人問何題。湘雲道：「命他就作『訪妙玉乞紅梅』，豈不有趣？」眾人聽了，都說有趣。

一語未了，只見寶玉笑欣欣擎了一枝紅梅進來。眾丫鬟忙已接過，插入瓶內。眾人都過來賞玩。寶玉笑道：「你們如今賞罷，也不知費了我多少精神呢。」說着，探春早又遞過一鍾暖酒來，眾丫頭上來接了蓑笠撣雪。各人房中丫鬟都添送衣服來，襲人也遣人送了半舊的狐腋褂來。李紈命人將那蒸的大芋頭盛了一盤，又將朱橘、黃橙、橄欖等物盛了兩盤，命人帶與襲人去。湘雲且告訴寶玉方才的詩題，又催寶玉快作。寶玉道：「好姐姐，好妹妹們，讓我自己用韻罷，別限韻了。」眾人都說：「隨你作去罷。」

大觀園青年聯歡，妙玉並未完全置身局外。

一面說，一面大家看梅花。原來這一枝梅花只有一尺來高，旁有一枝縱橫而出，約有二三尺長，其間小枝分歧，或如蟠螭，或如僵蚓，或孤削如筆，或密聚如林，真乃花吐胭脂，香欺蘭蕙，各各稱賞。誰知岫煙、李紋、寶琴三人都已吟成，各自寫了出來。眾人便依「紅梅花」三字之序看去，寫道：

錦上添花，美至於斯。

賦得紅梅花　邢岫煙

桃未芳菲杏未紅，沖寒先喜笑東風。
魂飛庾嶺[25]春難辨，霞隔羅浮[26]夢未通。
綠萼添妝融寶炬，縞仙扶醉跨殘虹。[27]
看來豈是尋常色，濃淡由他冰雪中。

又　李紋

白梅懶賦賦紅梅，逞艷先迎醉眼開。
凍臉有痕皆是血，酸心[28]無恨亦成灰。
誤吞丹藥移真骨，偷下瑤池脫舊胎。[29]
江北江南春燦爛，寄言蜂蝶漫疑猜。

又　寶琴

疏是枝條艷是花，春妝兒女競奢華。
閒庭曲檻無餘雪，流水空山有落霞。
幽夢冷隨紅袖笛，遊仙香泛絳河槎。
前身定是瑤台種，無復相疑色相[30]差。

眾人看了，都笑着稱讚了一回，又指末一首更好。寶玉見寶琴年紀最小，才又敏捷。黛玉湘雲二人斟了一小杯酒，齊賀寶琴。寶釵笑道：「三首各有好處，你們兩個天天捉弄厭了我，如今又捉弄他來了。」李紈又問寶玉：「你可有了？」

寶玉忙道：「我倒有了，才一看見這三首，又唬忘了，等我再想。」湘雲聽説，便拿了一支銅火箸擊着手爐，笑道：「我擊了，若鼓絕不成，又要罰的。」寶玉笑道：「我已有了。」黛玉提起筆來笑道：「你唸我寫。」湘雲便擊了一下，笑道：「一鼓絕。」寶玉笑道：「有了，你寫罷。」眾人聽他唸道：

酒未開樽句未裁，
尋春問臘到蓬萊。

黛玉寫了，搖頭笑道：「起得平平。」湘雲又道：「快着！」寶玉笑道：

黛玉湘雲都點頭笑道：「有些意思了。」寶玉又道：

不求大士瓶中露，為乞孀娥檻外梅。

黛玉寫了，搖頭説：「小巧而已。」湘雲將手又敲了一下。寶玉笑道：

入世冷挑紅雪去，離塵香割紫雲來。
槎枒[31]誰惜詩肩瘦，衣上猶沾佛院苔。

黛玉寫畢，湘雲大家才評論時，只見幾個丫鬟跑進來道：「老太太來了。」眾人忙迎出來。大家又笑道：「怎麼這等高興！」説着，遠遠見賈母圍了大斗篷，戴着灰鼠暖兜，坐着小竹轎，打着青綢油傘，鴛鴦琥珀等五六個丫鬟，每人都是打着傘擁轎而來。李紈等忙往上迎。賈母命人止住説：「只站在那裡就是了。」未至跟前，賈母笑道：「我瞞着你太太和鳳丫頭來了。大雪地下，我坐着這個無妨，沒的叫他娘兒們踩雪。」眾人忙一面上前接斗篷，攙扶着，一面答應着。賈母來

欲凸現眾女孩子之才華，故意壓低寶玉。其實，寶玉是聰明的。

至室中，先笑道：「好俊梅花！你們也會樂，我也不饒你們。」說着，李紈早命人拿了一個大狼皮褥子來鋪在當中。賈母坐了，因笑道：「你們只管照舊頑笑吃喝。我因為天短了，不敢睡中覺，抹了一會牌，想起你們來了，我也來湊個趣兒。」李紈早又捧過手爐來。探春另拿了一副杯箸來，親自斟了暖酒，奉與賈母。賈母便飲了一口，問：「那個盤子是什麼東西？」眾人忙捧了過來，回說是糟鵪鶉。賈母道：「這倒罷了，撕一點子腿兒來。」李紈忙答應了，要水洗手，親自來撕。賈母道：「你們仍舊坐下說笑，我聽着才喜歡。」又命李紈：「你也只管坐下，就如同我沒來的一樣才好。不然我就走了。」眾人聽了，方才依次坐下。只李紈挪到儘下邊。賈母因問：「你們作什麼頑呢？」眾人便說作詩呢。賈母道：「有作詩的，不如作些燈謎兒，大家正月裡好頑。」眾人答應，說笑了一回。賈母便說：「這裡潮濕，你們別久坐，仔細着了涼。倒是你四妹妹那裡暖和，我們到那裡瞧瞧他的畫兒，趕年可能有了不能。」眾人笑道：「那裡能年下就有了？只怕明年端陽才有呢。」賈母道：「這還了得！他竟比蓋這園子還費工夫了。」

聯繫群眾，關心青年，與民同樂。

說着，仍坐了竹椅轎，大家圍隨，過了藕香榭，穿入一條夾道，東西兩邊皆是過街門，門樓上裡外都嵌着石頭匾。如今進的是西門，向外的匾上鑿着「穿雲」二字，向裡的鑿着「度月」兩字。來至堂中，進了向南的正門，賈母下了轎，惜春已接了出來。從裡面遊廊過去，便是惜春臥房，門斗上有「暖香塢」三字。早有幾個人打起猩紅氈簾，已覺温香拂臉。大家進入房中。賈母並不歸坐，只問惜春畫在那裡。惜春因笑回：「天氣寒冷了，膠性皆凝澀不潤，畫了恐不好看，故此收起來了。」賈母笑道：「我年下就要你的。你別託懶兒，快拿出來給我快畫。」一語未了，忽見鳳姐兒披着紫羯絨褂，[32]笑嘻嘻來了，口內說道：「老祖宗今兒也不告訴人，私自就來了，要我好找。」賈母見他來了，心中喜歡道：「我怕你們冷着了，所以不許人告訴你們去。你真是個鬼靈精兒，倒底找了我來。論理，孝敬也不在這上頭。」鳳姐兒笑道：「我那裡是孝敬的心找了來？我因為到了老祖宗那裡，鴉沒雀靜的，問小丫頭子們，他又不肯叫我找到園裡來。我正疑惑，忽然又來了兩三個姑子，我心裡才明白了，那姑子必是來送年疏，[33]或要年例香例銀子，老祖宗年下的事也多，一定是躲債來了。我趕忙問了那姑子，果然不錯。我連忙把年例給了他們去了。如今來回老祖宗，債主兒已去了，不用躲着了。已預備下稀嫩的野雞，請用晚飯去罷，再遲一回就老了。」他一行說，眾人一行笑。

鳳姐兒也不等賈母說話，便命人抬過轎來。賈母笑着，挽了鳳姐兒的手，仍上了轎，帶着眾人說笑出了夾道東門。一看四面粉裝銀砌，忽見寶琴披着鳧靨裘站在山坡背後遙等，身後一個丫鬟抱着一瓶紅梅。眾人都笑道：「怪道少了兩個，他卻在這裡等着，也弄梅花去了。」賈母喜的忙笑道：「你們瞧這雪坡兒上配上他這個人物兒，又是這件衣裳，後頭又是這梅花，像個什麼？」眾人都笑道：「就像老太太屋裡掛的仇十洲[34]畫的《艷雪圖》。」賈母搖頭笑道：「那畫的那裡有

什麼事經過鳳姐一說，都變得熱鬧有趣，也算「語言藝術的大師」或「小師」了吧？

拉開一點距離，用老年人的眼光再欣賞一回。

這件衣裳，人也不能這樣好。」一語未了，只見寶琴身後又轉出一個穿大紅猩猩氈的人來。賈母道：「那又是那個女孩兒？」眾人笑道：「我們都在這裡。那是寶玉。」賈母笑道：「我的眼越發花了。」說話之間，來至跟前，可不是寶玉和寶琴兩個。寶玉笑向寶釵黛玉等道：「我才又到了櫳翠庵，妙玉竟每人送你們一枝梅花，我已經打發人送去了。」眾人都笑說：「多謝你費心。」

如何又去了？如何能每人送一枝？妙玉今天心情也特別好麼？這些都是暗場處理。

說話之間，已出了園門，來至賈母房中。吃畢飯，大家又說笑了一回。忽見薛姨媽也來了，說：「好大雪，一日也沒過來望候老太太。今日老太太倒不高興？正該賞雪才是。」賈母笑道：「何曾不高興了！我找了他們姊妹去頑了一會子。」薛姨媽笑道：「昨日晚上，我原想着今日要和我們姨太太借一日園子，擺兩桌粗酒，請老太太賞雪的，又見老太太安息的早。我聞得寶兒說，老太太心上不大爽，因此今日也不敢驚動。早知如此，我竟該請了才是呢。」賈母笑道：「這才是十月，是頭場雪，往後下雪的日子多着呢，再破費姨太太不遲。」薛姨媽笑道：「果然如此，算我的孝心虔了。」鳳姐兒笑道：「姨媽仔細忘了，如今現秤五十兩銀子來交給我收着，一下雪我就預備下酒，姨媽也不用操心，也不得忘了。」賈母笑道：「既這麼說，姨太太給他五十兩收着，我和他每人分二十五兩，到下雪的日子，我裝心裡不快，混過去了，姨太太更不用操心，我和鳳姐倒得實惠。」鳳姐將手一拍，笑道：「妙極了！這和我的主意一樣。」眾人都笑了。賈母笑道：「呸！沒臉的，就順着竿子爬上來了！你不說姨太太是客，在咱們家受屈，我們該請姨太太才是，那裡有破費姨太太的理！不這樣說呢，還有臉先要五十兩銀子，真不害臊！」鳳姐笑道：「我們老祖宗最是有眼色的，試一試姨媽，若鬆呢，拿出五十兩來，就和我分。這會子估量着不中用了，翻過來拿我做法子，說出這些大方話來。如今我也不和姨媽要銀子了，我竟替姨媽出銀子，治了酒，請老祖宗吃了，我另外再封五十兩銀子孝敬老祖宗，算是罰我個包攬閒事。這可好不好？」話未說完，眾人已笑倒在炕上。

賈母因又說及寶琴雪下折梅，比畫兒上還好，因又細問他的年庚八字並家內景況。薛姨媽度其意思，大約是要與他求配。薛姨媽心中也遂意，只是已許過梅家了，因賈母尚未明說，自己也不好擬定，遂半吐半露告訴賈母道：「可惜了這孩子沒福，前年他父親就沒了，他從小兒見的世面倒多，跟他父親四山五嶽都走遍了。他父親好樂的，各處因有買賣，帶了家眷，這一省逛一年，明年又到那一省逛半年，所以天下十停走了有五六停了。那年在這裡把他許了梅翰林的兒子，偏第二年他父親就辭世了。如今他母親又是痰症。」鳳姐兒也不等說完，便嗐聲跺腳的說：「偏不巧，我正要做個媒呢，又已經許了人家。」賈母笑道：「你要給誰說媒？」鳳姐兒笑道：「老祖宗別管，心裡看準了他們兩個是一對，如今已許了人，說也無益，不如不說了罷。」賈母也知鳳姐兒之意，聽見已有人家，也就不提了。大家又閒話了一會方散。一宿無話。

鳳姐想迴避（釵、黛）矛盾乎？另有含義乎？

次日雪晴。飯後，賈母又囑咐惜春：「不管冷暖，你只儘去趕，到年下十分不能便罷了。第一要緊把昨日琴兒和丫頭梅花，照樣一筆別錯，快快添上。」惜春聽了，雖是為難的事，只得應了。一時眾人都來看他如何畫，惜春只是出神。

李紈因笑向眾人道：「讓他自己想去，咱們且說話兒。昨兒老太太只叫作燈謎兒，回到家和綺兒紋兒睡不着，我就編了兩個四書的，他兩個每人也編了兩個。」眾人聽了，都笑道：「這倒該作的。先說了，我們猜猜。」李紈笑道：「『觀音未有世家傳』，打四書一句。」湘雲接着就說道：「在止於至善。」[35]寶釵笑道：「你也想一想『世家傳』三個字的意思再猜。」李紈笑道：「再想。」黛玉笑道：「我猜罷，可是『雖善無徵』？」[36]眾人都笑道：「這句是了。」李紈又道：「一池青草草何名。」湘雲又忙道：「這一定是『蒲蘆也』。[37]再不是不成？」李紈笑道：「這難為你猜。紋兒的是『水向石邊流出冷』，打一古人名。」探春笑道：「可是山濤？」[38]李紈道：「是。」李紈又道：「綺兒是個『螢』字，打一個字。」眾人猜了半日。寶琴道：「這個意思卻深，不知可是花草的『花』字？」李綺笑道：「恰是了。」眾人道：「螢與花何干？」黛玉笑道：「妙的狠！螢可不是草化的？」[39]眾人會意，都笑了，說「好！」寶釵道：「這些雖好，不合老太太的意，不如作些淺近的物兒，大家雅俗共賞才好。」眾人都道：「也要作些淺近的俗物才是。」湘雲想了一想，笑道：「我編了一支〈點絳唇〉，卻真是個俗物，你們猜猜。」說着，便唸道：「溪壑分離，紅塵遊戲，真何趣？名利猶虛，後事終難繼。」眾人都不解，想了半日，也有猜是和尚的，也有猜是道士的，也有猜是偶

賈母對美術的要求近乎攝影。無怪惜春為難。

此謎提醒讀者，勿忘悲涼。

戲人的。寶玉笑了半日道：「都不是，我猜着了，必定是耍的猴兒。」湘雲笑道：「正是這個了。」眾人道：「前頭都好，末後一句怎麼樣解？」湘雲道：「那一個耍的猴兒不是剁了尾巴去的？」眾人聽了，都笑起來說：「偏他編個謎兒也是刁鑽古怪的。」李紈道：「昨日姨媽說，琴妹妹見得世面多，走的道路也多，你正該編謎兒。況且你的詩又好，為什麼不編幾個兒我們猜一猜？」寶琴聽了，點頭含笑，自去尋思。寶釵也有一個，唸道：

鏤檀鐫梓一層層，豈係良工堆砌成？
雖是半天風雨過，何曾聞得梵鈴聲！

眾人猜時，寶玉也有一個，唸道：

天上人間兩渺茫，琅玕[40]節過謹提防。
鸞音鶴信須凝睇，好把唏噓答上蒼。

黛玉也有了一個，唸道：

騄駬[41]何勞縛紫繩，馳城逐塹勢猙獰。
主人指示風雲動，鼇背三山獨立名。

探春也有了一個，方欲唸時，寶琴走來笑道：「從小兒所走的地方的古跡不少，我如今揀了十個地方古跡，作了十首懷古詩。詩雖粗鄙，卻懷往事，又暗隱俗物十件，姐姐們請猜一猜。」眾人聽了，都說：「這倒巧，何不寫出來大家一看？」要知端的，且看下回分解。

*沒有這樣的歡樂，哪兒來的樹倒猢猻散的悲傷？喜、悲、聚、散、存、歿、滿、虧……法輪常轉，一切不過都是一瞬。這一瞬記載在描繪在小說中了，便成就了永恆。我們讀「紅」，使一次又一次地經驗這歡樂的瞬間與悲哀的永遠。一次又一次地懷戀這歡樂的瞬間，嗟嘆那悲哀和荒蕪的結局。

聯詩快樂而燈謎悲傷。雪芹正如上帝，不能讓你一味快樂下來，不能讓你耽於色而忘了「後事終難繼」、「梵鈴」、「天上人間兩渺茫」……

1 **匝地**：遍地的意思。**瓊瑤**：美玉，喻雪。

2 **年稔**：豐年的意思。**府糧饒**：官倉儲糧豐足。

3 **葭動灰飛管**：古代以十二月對應樂律中的十二律，為測節氣，把葦莖中的膜燒成灰，放入樂律管的十二個孔中，置於特製木案上，到某一節氣，相應律管中的灰即飛出。「葭」蘆葦。

4 **陽回斗轉勺**：「陽回」指冬至，自冬至始，北斗七星指向正北的斗柄開始向東轉。

5 **麝煤**：原是香墨的別稱，這裡指優質木炭。

6 **壁上椒**：即椒房，古代后妃所居。壁上塗椒取其香暖。

7 **聊聊**：即寥寥，稀少的意思。

8 **鼇愁坤軸陷**：「鼇」是傳說中女媧氏用其足立四極的巨龜。「坤軸」指大地。這裡是說巨鼇發愁，大雪壓塌了大地。

9 **龍鬥**：用玉龍爭鬥，鱗片紛飛形容大雪。

10 **灞橋**：漢長安橋名，為送別之處。

11 **賜裘憐撫戍**：意為皇帝憐念守邊將士，賜予冬衣。

12 **加絮念征徭**：也是憐念邊卒辛苦，製作冬衣時多加棉絮。

13 **坳垤審夷險**：「坳」低窪處。「垤」小土堆。「審」審視、細看。「夷」平坦、平安。「險」坎坷不平、危險。

14 **久要**：舊時所定之約稱「久要」。

15 **泥鴻**：大雁留下的爪痕。

16 **花緣經冷結**：謂雪花因為寒冷才結聚。

17 **鴞**：即貓頭鷹。

18 **瑞釋九重焦**：「瑞」瑞雪。「九重」指皇帝。這裡是說瑞雪兆豐年，消除了皇帝對民間疾苦的憂慮。

19 **僵臥**：東漢袁安雪後不出門覓食，僵臥家中，洛陽令問其故，他說，「大雪人皆餓，不宜干人」。

20 **天機斷縞帶**：比喻大雪紛飛猶如天上織女織機上斷下來的素色絲帶。

21 **簞瓢**：《論語．雍也》「一簞食，一瓢飲」，形容生活清苦。「簞」竹製食器。

22 **霞城**：即赤城山，在浙江天台，土色皆赤，望之似雲霞，故名「霞城」。此一句本晉孫綽《遊天台山賦》的「赤城霞起而建標」。

23 **翹**：一種首飾。

24 **騰挪**：指為押韻而生拉硬湊的字。

25 **庾嶺**：即大庾嶺，在江西、廣東交界處，嶺上多梅，又稱梅嶺。

26 **羅浮**：即羅浮山，在廣東東江北岸。隋趙師雄遊羅浮，日暮於林間遇美人，因與共飲，師雄醉臥，天明起視，在一大梅樹下。

27 **「綠萼」二句中**：「綠萼」指綠梅，「縞仙」指白梅。

28 **酸心**：梅樹結子味酸，故云「酸心」。

29 **「誤吞」二句**：說瑤池仙女誤吞仙丹，脫去舊胎，化為紅梅。

30 **色相**：佛家語，這裡指梅花的花形花色。

31 **槎枒**：這裡形容詩人骨瘦如柴。

32 **紫羯絨褂**：黑羊皮反毛外衣。

33 **年疏**：過年時節向神佛祈福的文字。

34 **仇十洲**：明畫家仇英別號十洲。

35 **在止於至善**：語出《大學》。

36 **雖善無徵**：語見《中庸》。

37 **蒲蘆也**：語出《中庸》。

38 **山濤**：西晉詩人，字巨源，「竹林七賢」之一。

39 **螢可不是草化的**：《禮記．月令》：「季夏之月……腐草為螢」。

40 **琅玕**：指竹子。

41 **騄駬**：馬名，傳說是周穆王八駿之一。

第五十一回 薛小妹新編懷古詩 胡庸醫亂用虎狼藥

話說眾人聞得寶琴將素昔所經過各省內古跡為題，作了十首懷古絕句，內隱十物，皆說這自然新巧，都爭着看時，只見寫道是：

赤壁[1]懷古

赤壁沉埋水不流，徒留名姓載空舟。
喧闐一炬悲風冷，無限英魂在內游。

交趾[2]懷古

銅柱金城振紀綱，[3]聲傳海外播戎羌。[4]
馬援自是功勞大，鐵笛無煩說子房。[5]

鍾山[6]懷古

名利何曾伴汝身，無端被詔出凡塵。
牽連大抵難休絕，莫怨他人嘲笑頻。

淮陰[7]懷古

壯士須防惡犬欺，三齊位定蓋棺時。[8]

＊寶琴這一系列謎詩，不僅謎底不明，含義也費躊躇。有疑。

寄言世俗休輕鄙，一飯之恩[9]死也知。

廣陵[10]懷古

蟬噪鴉棲轉眼過，隋堤[11]風景近如何。
只緣佔盡風流號，惹得紛紛口舌多。

桃葉渡[12]懷古

衰草閒花映淺池，桃枝桃葉總分離。
六朝樑棟[13]多如許，小照空懸壁上題。

青冢[14]懷古

黑水茫茫咽不流，冰弦撥盡曲中愁。
漢家制度誠堪笑，樗櫟[15]應慚萬古羞。

馬嵬[16]懷古

寂寞脂痕積汗光，溫柔一旦付東洋。
只因遺得風流跡，此日衣裳尚有香。

蒲東寺[17]懷古

小紅[18]骨賤一身輕，私掖偷攜強撮成。
雖被夫人時吊起，已經勾引彼同行。

梅花觀[19]懷古

不在梅邊在柳邊，[20]個中誰拾畫嬋娟。

團圓莫憶春香[21]到，一別西風又一年。

眾人看了，都稱奇妙。寶釵先說道：「前八首都是史鑑上有據的，後二首卻無考，我們也不大懂得，不如另作兩首為是。」黛玉忙攔道：「寶姐姐也忒『膠柱鼓瑟』[22]，矯揉造作了。兩首雖於史鑑上無考，咱們雖不曾看這些外傳，不知底裡，難道咱們連兩本戲也沒見過不成？那三歲的孩子也知道，何況咱們。」探春便道：「這話正是了。」李紈又道：「況且他原去到這個地方的。這兩件事雖無考，古往今來，以訛傳訛，好事者竟故意的弄出這古跡來以愚人。比如那年上京的時節，便是關夫子的墳，倒見了三四處。關夫子一身事業皆是有據的，如何又有許多的墳？自然是後來人敬愛他生前為人，只怕從這敬愛上穿鑿出來，也是有的。及至看《廣輿記》[23]上，不止關夫子的墳多，自古來有名望的人，那墳就不少，無考的古跡更多。如今這兩首詩雖無考，凡說書唱戲，甚至於求的籤上都有，老少男女，俗語口頭，人人皆知皆說的。況且又並不是看了《西廂記》《牡丹亭》的詞曲，怕看了邪書了。這也無妨，只管留着。」寶釵聽說，方罷了。大家猜了一回，皆不是的。

冬日天短，不覺的又是吃晚飯時候，一齊往前頭來吃晚飯。因有人回王夫人說：「襲人的哥哥花自芳在外頭回進來說，他母親病重了，想他女孩兒，他來求恩典，接襲人家去走走。」王夫人聽了便說：「人家母女一場，豈有不許他去的。」

現在以訛傳訛弄出的古跡更多，倒不一定皆出自敬愛。好事者所為也。何況今日還有開展旅遊、促進發展之功，為李紈、薛寶琴所未曾逆料者。

李紈放寬政策。

謎底究竟是什麼呢？不說比說了更好。

一面就叫了鳳姐來告訴了，命他酌量辦理。

鳳姐兒答應了，回至房中。便命周瑞家的去告訴襲人原故，吩咐周瑞家的：「再將跟着出門的媳婦傳一個，你們兩個人，再帶兩個小丫頭子，跟了襲人去。外頭派四個有年紀跟車的。要一輛大車，你們帶着坐，一輛小車，給丫頭們坐。」周瑞家的答應了，才要去，鳳姐又道：「那襲人是個省事的，你告訴說我的話：叫他穿幾件顏色好衣裳，大大的包一包袱衣裳拿着，包袱也要好好的，手爐也拿好的。臨走時，叫他先到這裡來我瞧。」周瑞家的答應去了。

已頗有規格了。

半日，果見襲人穿戴了，兩個丫頭與周瑞家的拿着手爐與衣包。鳳姐看襲人頭上戴着幾支金釵珠釧，倒也華麗；又看身上穿着桃紅百花刻絲銀鼠襖，蔥綠盤金彩繡綿裙，外面穿着青緞灰鼠褂。鳳姐笑道：「這三件衣裳都是老太太的，賞了你倒是好的，但這褂子太素了些，如今穿着也冷，你該穿一件大毛的。」襲人笑道：「太太就給了這件灰鼠的，還有一件銀鼠的。說趕年下再給大毛的呢。」鳳姐笑道：「我倒有一件大毛的，我瞧風毛兒[24]出不好了，正要改去。也罷，先給你穿去罷。等年下太太給你做的時節我再改罷，只當你還我的一樣。」眾人都笑道：「奶奶慣會說這話。成年家大手大腳的，替太太不知背地裡賠墊了多少東西，真真賠的是說不出來的，那裡又和太太算去？偏這會子又說這小氣話兒取笑兒來了。」鳳姐兒笑道：「太太那裡想的到這些，究竟這也不是正經事，再不照管，也是大家的體面。說不得我自己吃些虧，把眾人打扮體統了，寧可我得個好

*鳳姐對自己的形象並不是不關心的。她欣賞自己的鐵腕，辣腕，無所顧忌，(所謂不信陰曹地府……)另一方面，她不放過機會改善自己的形象。她確有她的悲哀，她又要耍鐵腕，又想有所彌補，而且嗟嘆自己的不為人知。

名兒也罷了。一個一個『燒糊了的饊子』似的，人先笑話我，說我當家倒把人弄出個花子來了。」眾人聽了，都嘆說：「誰似奶奶這樣聖明，在上體貼太太，在下又疼顧下人。」一面說，一面只見鳳姐命平兒將昨日那件石青刻絲八團天馬皮褂子[25]拿出來，與了襲人。又看包袱，只得一個彈墨花綾水紅綢裡的夾包袱，裡面只見包着兩件半舊棉襖與皮褂子。鳳姐又命平兒把一個玉色綢裡的哆羅呢包袱拿出來，又命包上一件雪褂子。

平兒走去拿了出來，一件是件舊大紅猩猩氈的，一件是半舊大紅羽緞的。襲人道：「一件就當不起了。」平兒笑道：「你拿這猩猩氈的。把這件順手帶出來叫人給邢大姑娘送去。昨兒那麼大雪，人人都穿着不是猩猩氈，就是羽緞的，十來件大紅衣裳，映着大雪好不齊整。只有他穿着那幾件舊衣服，越發顯的拱肩縮背，好不可憐見的。如今把這件給他罷。」鳳姐笑道：「我的東西，他私自就要給人，我一個還花不夠，再添上你提着更好了。」眾人笑道：「這都是奶奶素日孝敬太太，疼愛下人。若是奶奶是小氣的，只以東西為事，不顧下人的，姑娘那裡敢這樣。」鳳姐笑道：「所以知道我的心的，也就是他還知三分罷了。」說着，又囑咐襲人道：「你媽要好了就罷；要不中用了，只管住下，打發人來回我，我再另打發人給你送鋪蓋去。可別使他們的鋪蓋和梳頭的傢伙。」又吩咐周瑞家的道：「你們自然是知道這裡的規矩的，也不用我吩咐了。」周瑞家的答應：「都知道。我們這去到那裡，總

任何管事的人都有這一面，為「上級」「補台」，為下屬擔待。鳳姐也不例外。如果只有巧取豪奪、陽奉陰違、欺上壓下的一面，她是難以站住一個月的。

知三分已經是評價很高了。可見鳳姐也有點「偉大的孤獨」。強者常會有此種歎息。

「口碑」云云，常只取一點，難得全貌。鳳姐大概知道自己的強悍刻毒的口碑，故而有此歎息。

叫他們的人迴避。若住下，必是另要一兩間內房的。」説着，跟了襲人出去，又吩咐小廝預備燈籠，遂坐車往花自芳家來，不在話下。

這裡鳳姐又將怡紅院的嬤嬤喚了兩個來，吩咐道：「襲人只怕不來家了，你們素日知道那個大丫頭知好歹，派出來在寶玉屋裡上夜。你們也好生照管着，別由着寶玉胡鬧。」兩個嬤嬤答應着去了。一時來回説：「派了晴雯和麝月在屋裡，我們四個人原是輪流着帶管上夜的。」鳳姐聽了，點頭又説道：「晚上催他早睡，早晨催他早起。」老嬤嬤們答應了，自回園去。

一時果有周瑞家的帶了信回鳳姐説：「襲人之母業已停床，[26]不能回來。」鳳姐回明了王夫人，一面着人往大觀園去取他的鋪蓋妝奩。

寶玉看着晴雯麝月二人打點妥當，送去之後，晴雯麝月皆卸罷殘妝，脱換過裙襖。晴雯只在薰籠上圍坐。麝月笑道：「你今兒別裝小姐了，我勸你也動一動兒。」晴雯道：「等你們都去淨了，我再動不遲。有你們一日，我且受用一日。」麝月笑道：「好姐姐，我鋪床，你把那穿衣鏡的套子放下來，上頭的划子划上，你的身量比我高些。」説着，便去與寶玉鋪床。晴雯嗐了一聲，笑道：「人家才坐暖和了，你就來鬧。」此時寶玉正坐着納悶，想襲人之母不知是死是活，忽聽見晴雯如此説，便自己起身出去，放下鏡套，划上消息，進來笑道：「你們暖和罷，我都弄完了。」晴雯笑道：「終久暖和不成，我又想起來，湯婆子還沒拿來呢。」麝月道：「這難為你想着，他素日又不要湯壺，咱們那薰籠上又暖和，比

允許奴婢回家探親，但又在關懷的同時予以嚴密控制管理，叫作「這裡的規矩」，這裡也有一個鬆緊適宜的「度」。

不得那屋裡炕冷，今兒可以不用。」寶玉笑道：「你們兩個都在那上頭睡了，我這外邊沒個人，我怪怕的，一夜也睡不着。」晴雯道：「我是在這裡睡的。麝月你叫他往外邊睡去。」說話之間，天已一更，麝月早已放下簾幔，移燈炷香，伏侍寶玉臥下，二人方睡。

晴雯自在薰籠上，麝月便在暖閣外邊。至三更以後，寶玉睡夢之中便叫襲人。叫了兩聲，無人答應，自己醒了，方想起襲人不在家，自己也好笑起來。晴雯已醒，因喚麝月道：「連我都醒了，他守在旁邊還不知道，真是挺死屍呢。」麝月翻身打個哈什笑道：「他叫襲人，與我什麼相干！」因問做什麼。寶玉說：「要吃茶。」麝月忙起來，單穿着紅綢小棉襖兒。寶玉道：「披了我的皮襖再去，仔細冷着。」麝月聽說，回手便把寶玉披着起來的一件貂頦[27]滿襟暖襖披上下去，向盆內洗洗手，先倒了一鍾溫水，拿了大漱盂，寶玉漱了口；然後才向茶桶上取了茶碗，先用溫水過了，向暖壺中倒了半碗茶，遞與寶玉吃了；自己也漱了一漱，吃了半碗。晴雯笑道：「好妹妹，也賞我一口兒呢。」麝月笑道：「越發上臉兒了。」晴雯道：「好妹妹，明兒晚上你別動，我伏侍你一夜如何？」麝月聽說只得也伏侍他漱了口，倒了半碗茶與他吃了。麝月笑道：「你們兩個別睡，說着話兒，我出去走走回來。」晴雯笑道：「外頭有個鬼等着呢。」寶玉道：「外頭自然有大月亮的，我們說着話，你只管去。」一面說，一面便嗽了兩聲。

麝月便開了後房門，揭起氈簾一看，果然好月色。晴雯等他出去，便欲唬他

寶玉對襲人的感情亦深，這是無法否定的。除既成事實、習慣外，愛情有它的務實性，不僅僅是心靈對着心靈放電火花。

頑耍。仗着素日比別人氣壯，不畏寒冷，也不披衣，只穿着小襖，便躡手躡腳的下了薰籠，隨後出來。寶玉勸道：「罷呀，凍着不是頑的。」晴雯只擺手，隨後出了房門。只見月光如水，忽然一陣微風，只覺侵肌透骨，不禁毛骨悚然。心下自思道：「怪道人説熱身子不可被風吹，這一吹果然利害。」一面正要唬他，只聽寶玉在內高聲説：「晴雯出來了。」晴雯忙回身進來，笑道：「那裡就唬死了他了，偏你慣會這麼蝎蝎螫螫老婆樣兒。」寶玉笑道：「倒不為唬壞了他，頭一件你凍着也不好；二則他不防，不免一喊，倘或驚醒了別人，不説咱們是頑意兒，倒反説襲人才去了一夜，你們就見神見鬼的。你來把我這邊的被掖一掖罷。」晴雯聽説，便上來掖了一掖，伸手進去就渥一渥。寶玉笑道：「好冷手！我説着凍着。」一面又見晴雯兩腮如胭脂一般，用手摸了一摸，也覺冰冷。寶玉道：「快進被來渥渥罷。」一語未了，只聽咯噔的一聲門響，麝月慌慌張張的笑着進來，説着笑道：「唬我一跳好的。黑影子裡，山子石後頭只見一個人蹲着。我才要叫喊，原來是那個大錦雞，見了人一飛，飛到亮處來，我才見了。若冒冒失失一嚷，倒鬧起人來。」一面説，一面洗手，又笑道：「説晴雯出去了，我怎麼沒見？一定是要唬我去了。」寶玉笑道：「這不是他，在這裡渥着呢！我若不嚷得快，可是倒唬一跳。」晴雯笑道：「也不用我唬去，這小蹄子已經自驚自怪的了。」一面説，一面仍回自己被中去。麝月道：「你就這麼跑解馬[28]的打扮兒伶伶俐俐的出去了不成？」寶玉笑道：「可不就是這麼出去了。」麝月道：「你死不揀好日

從此患病。

這病也患得清幽潔僻，與眾不同，如空谷幽蘭，空山鳥語。來自「天」，來自自然。

親熱，冰涼，兩種相反的感覺，使讀者悚然，憷然。

有一種神秘感。黑夜感。

寶玉、晴雯、麝月，似乎在一葉孤舟之上。這一段令人想起諾亞方舟的故事。

子，你出去白站一站兒，把皮不凍破了你的。」說着，又將火盆上的銅罩子揭起，拿灰鍬重將熟炭埋了一埋，拈了兩塊速香放上，仍舊罩了，至屏後重剔亮了燈，方才睡下。晴雯因方才一冷，如今又一暖，不覺打了兩個噴嚏。寶玉嘆道：「如何？倒底傷了風了。」麝月笑道：「他早起就嚷不受用，一日也沒吃碗正經飯。他這會子不說保養着些，還要捉弄人，明兒病了，叫他自作自受的。」寶玉問道：「頭上可熱？」晴雯嗽了兩聲，說道：「不相干，那裡這麼嬌嫩起來了。」說着，只聽外間房內格上的自鳴鐘噹噹的兩聲，外間值宿的老嬤嬤嗽了兩聲，因說道：「姑娘們睡罷，明兒再說笑罷。」寶玉方悄悄的笑道：「咱們別說話了，看又惹他們說話。」說着，方大家睡了。

至次日起來，晴雯果覺有些鼻塞聲重，懶怠動彈。寶玉道：「快不要聲張，太太知道了，又叫你搬了家去養息。家裡縱好，到底冷些，不如在這裡，你就在裡間屋裡躺着，我叫人請了大夫，悄悄的從後門進來瞧瞧就是了。」晴雯道：「雖如此說，到底要告訴大奶奶一聲兒，不然一時大夫來了，人問起來，怎麼說呢？」寶玉聽了有理，便喚一個老嬤嬤來吩咐道：「你回大奶奶去，就說晴雯白冷着了些，不是什麼大病，襲人又不在家，他若家去養病，這裡更沒有人了，傳一個大夫悄悄的從後門進來瞧瞧，別回太太了。」老嬤嬤去了半日，來回說：「大奶奶知道了，說兩劑藥好了便罷，若不好時，還是出去的為是，如今時氣不好，沾染了別人事小，姑娘們的身子要緊。」晴雯睡在暖閣裡只管咳嗽，聽了這話，氣的嚷道：「我那裡就害瘟病了，生怕招了人！我離了這裡，看你們這一輩子都別頭疼腦熱的。」說着，便真要起來。寶玉忙按他，笑道：「別生氣！這原是他的責任，生恐太太知道了說他，不過白說一句，你素昔又愛生氣，如今肝火自然又盛了。」

正說時，人回大夫來了。寶玉便走過來，避在書架後面，只見兩三個後門口的老婆子帶了一個太醫進來。這裡的丫頭都迴避了。有三四個老嬤嬤放下暖閣上的大紅繡幔。晴雯從帳中單伸出手去。那太醫見這隻手上有兩根指甲足有二三寸長，尚有金鳳仙花染的通紅的痕跡，便回過頭來，有一個老嬤嬤忙拿了一塊手帕掩了，那太醫方診了一回脈，起身到外間，向嬤嬤們說道：「小姐的症是外感內滯，近日時氣不好，竟算是個小傷寒，幸虧是小姐素日飲食有限，風寒也不大，不過是氣血原弱，偶然沾染了些，吃兩劑藥疏散疏散就好了。」說着，便又隨婆子們出去。

彼時，李紈已遣人知會過後門上的人及各處丫鬟迴避。太醫只見了園中景致，並不曾見一個女子。一時出了園門，就在守園門的小廝們的班房內坐了，開了藥方。老嬤嬤道：「老爺且別去，我們小爺囉嗦，恐怕還有話問。」那太醫忙道：「方才不是小姐，是位爺不成？那屋子竟是繡房，又是放下幔子來瞧的，如何是位爺呢？」老嬤嬤笑道：「我的老爺，怪道小子才說今兒請了一位新太醫來了，真不知我們家的事。那屋子是我們小哥兒的，那人是

丫頭的地位，畢竟微賤。這是想閉上眼也閉不住的。

「責任」一詞，用得「現代」。

*襲人不在，諸事略顯蹊蹺。天冷、夜長。晴雯與麝月侍候寶玉入眠。夜半起來漱口喝茶。麝月出去，晴雯要唬她，受涼……云云，都是雞毛蒜皮，平凡的瑣事。這些瑣事的後面，有一種與白天的紅火熱鬧糾纏賴皮完全不同的氣氛，給你以且驚且疑且悶的一種特殊的感覺。好像你也與他們共度了有事無事、無事有事、冷氣逼人的一夜。你感到了生命的孤單和脆弱。

＊你有一種風雨飄搖的預感。而這一切盡在不言之中。雪芹真巨匠也。這樣的筆墨，活似來自天授。

屋裡的丫頭，倒是個大姐，那裡的小姐的繡房？小姐病了，你那麼容易就進去了？」說着，拿了藥方進去了。

寶玉看時，上面有紫蘇、桔梗、防風、荊介等藥，後面又有枳實、麻黃。寶玉道：「該死，該死，他拿着女孩兒們也像我們一樣的治，如何使得！憑他有什麼內滯，這枳實、麻黃如何禁得。誰請了來的？快打發他去罷，再請一個熟的來罷。」老嬤嬤道：「用藥好不好，我們不知道，如今再叫小廝去請王太醫去倒容易，只是這個大夫又不是告訴總管房請的，這馬錢是要給他的。」寶玉道：「給他多少？」婆子道：「少不好看，也得一兩銀子才是我們這樣門戶的禮。」寶玉道：「王太醫來了給他多少？」婆子笑道：「王太醫和張太醫每常來了，也並沒個給錢的，不過每年四節一大蹇兒[29]送禮，那是一定的年例。這個人新來了一次，須得給他一兩銀子。」寶玉聽說，便命麝月去取銀子。麝月道：「花大姐姐還不知擱在那裡呢？」寶玉道：「我常見他在那小螺甸櫃子裡拿錢，我和你找去。」說着，二人來至襲人堆東西的房內，開了螺甸櫃子，上一格都是些筆墨、扇子、香餅、各色荷包、汗巾等類的東西，下一格卻有幾串錢。於是開了抽屜，才看見一個小笸籮內放着幾塊銀子，倒也有一桿戥子。麝月便拿了一塊銀子，提起戥子來問寶玉：「那是一兩的星？」寶玉笑道：「你問的我有趣兒，你倒成了是才來的了。」麝月也笑了，又要去問人。寶玉道：「揀那大的給他一塊就是了，又不做買賣，

襲人不在，出現「管理真空」的徵兆。

算這些做什麼！」麝月聽了，便放下戥子揀了一塊，掂了一掂，笑道：「這一塊只怕是一兩了，寧可多些好，別少了叫那窮小子笑話。不説咱們不認得戥子，倒説咱們有心小氣似的。」那婆子站在門口笑道：「那是五兩的錠子，夾了半個，這一塊至少還有二兩呢！這會子又沒夾剪，[30]姑娘收了這塊，揀一塊小些的。」麝月早關了櫃子出來，笑道：「誰又找去！多些你拿了去完了。」寶玉道：「你只快叫焙茗再請大夫去就是了。」婆子接了銀子，自去料理。

一時焙茗果請了王太醫來，先診了脈，後説病症，也與前相仿，只是方子上果沒有枳實、麻黃等藥，倒有當歸、陳皮、白芍等藥，那分兩較先也減了些。寶玉喜道：「這才是女孩兒們的藥，雖疏散，也不可太過。舊年我病了，卻是傷寒，內裡飲食停滯，他瞧了，還説我禁不起麻黃、石膏、枳實等狼虎藥。我和你們，就如秋天芸兒進我的那才開的白海棠似的，我禁不起的藥，你們如何經的起？比如人家墳裡的大楊樹，看着樹葉茂盛，卻是空心子的。」麝月笑道：「野墳裡只有楊樹？難道就沒有松柏不成？最討人嫌的是楊樹，那麼大樹，只一點葉子，沒一點風兒，他也是亂響。你偏要比他，你也太下流了。」寶玉笑道：「松柏不敢比。連孔夫子都説：『歲寒然後知松柏之後凋』[31]呢。可知這兩件東西高雅，不害臊的才拿他混比呢。」

説着，只見老婆子取了藥來。寶玉命把煎藥的銀吊子找了出來，就命在火盆上煎。晴雯因説：「正經給他們茶房裡煎去，弄的這屋裡藥氣，如何使得。」寶

此時滿不在乎。在乎的日子在後頭呢。

自喻如此，令人搖頭——實在沒了脾氣。

玉道：「藥氣比一切的花香還香的雅呢。神仙採藥燒藥，再者高人逸士採藥治藥，最妙的一件東西。這屋裡我正想各色都齊了，就只少藥香，如今恰全了。」一面説，一面早命人煨上，又囑咐麝月打點些東西，叫個老嬷嬷去看襲人，勸他少哭。一一妥當，方過前邊來賈母王夫人處問安吃飯。

這樣趨雅，直白，反顯得淺俗了。

正值鳳姐兒和賈母王夫人商議説：「天又短又冷，不如以後大嫂子帶着姑娘們在園子裡吃飯，等天暖和了，再來回跑也不妨。」王夫人笑道：「這也是好主意。颳風下雪倒便宜。吃東西受了冷氣也不好，空心走來一路子冷氣，壓上些東西也不好。不如園子後門裡頭的五間大房子，橫豎有女人們上夜的，挑兩個廚子女人在那裡單給他姊妹弄飯。新鮮菜蔬是有分例的，在總管房裡支了去，或要錢要東西，那些野雞、獐、狍各樣野味，分些給他們就是了。」賈母道：「我也正想着呢，就怕又添廚房多事些。」鳳姐道：「並不多事。一樣的分例，這裡添了，那裡減了，就便多費些事，小姑娘們受了冷氣，別人還可，第一林妹妹如何禁得住？就連寶玉兄弟也禁不住，況兼眾位姑娘都不是結實身子。」鳳姐説畢，未知賈母何言，且聽下回分解。

天果然冷了。

賞雪、採梅、食（鹿）肉、聯詩之後，是一個寒冷的、無情的冬天。這些措施，對於天時的寒冷來說，也不過是杯水車薪而已。

1 **赤壁**：在今湖北蒲圻西北長江南岸，東漢建安十三年（二〇八年），孫權、劉備在此聯合作戰，以火攻大敗曹兵。

2 **交趾**：西漢郡名，武帝元鼎元年（前一一六年）置，在今越南北部。

3 **銅柱金城振紀綱**：東漢光武帝時，交趾作亂，馬援南征平定，於交趾立銅柱，以定漢之國界。「紀綱」指國家法紀政令。

4 **戎羌**：古代對西北少數民族的通稱。

5 **鐵笛無煩說子房**：「子房」，西漢張良字子房。張良曾命軍士用鐵笛吹奏楚歌，瓦解西楚霸王項羽的軍心。此句意為比之馬援南征北戰的功勞，張良的鐵笛之功也算不了什麼了。

6 **鍾山**：即南京的紫金山。據傳南齊周顒隱居鍾山，皇帝詔書一到，他立即出山作官，因此而被人嘲笑。這首詩即寫此事。

7 **淮陰**：秦置縣名，在今江蘇省。

8 **「壯士」二句**：指韓信早年落魄，投劉邦後，屢立大功，封齊王，後被呂后所殺。**「三齊」**：指膠東、齊、濟北三地域。**「蓋棺」**：即蓋棺論定，指人死後才能定評他的是非功過。

9 **一飯之恩**：韓信早年貧賤，有一漂母曾供他飯食，後韓信封王，以千金為報答。

10 **廣陵**：古郡名，即揚州。

11 **隋堤**：隋煬帝為遊揚州，開通運河，河旁築御道，植柳，世稱「隋堤」。

12 **桃葉渡**：在南京秦淮河與青溪合流處。據載晉王獻之妾名桃葉，王獻之曾在渡口作歌送別桃葉，後人故以桃葉名渡口。

13 **六朝樑棟**：「六朝」指在南京建都的吳、東晉、宋、齊、梁、陳。「樑棟」指國家重臣。

14 **青冢**：即王昭君墓，在今內蒙古呼和浩特市南。

15 **樗櫟**：兩種樹，即臭椿和柞樹。古人認為這兩種樹是不成材之木，後用以比喻無用之人。

16 **馬嵬**：在今陝西興平馬嵬鎮。唐玄宗李隆基避「安史之亂」至馬嵬驛，為六軍所迫，縊殺楊貴妃於此。

17 **蒲東寺**：寺在山西蒲津之東，即《西廂記》中張生與鶯鶯相遇的普救寺。

18 **小紅**：即《西廂記》中崔鶯鶯的丫鬟紅娘。

19 **梅花觀**：明湯顯祖《牡丹亭》劇中所寫的寺觀名。

20 **不在梅邊在柳邊**：為《牡丹亭》中杜麗娘題自畫像詩的最後一句。

21 **春香**：杜麗娘丫鬟的名字。

22 **膠柱鼓瑟**：「瑟」是古代一種撥弦樂器，「鼓瑟」即演奏瑟。「柱」

指瑟上的弦架，移動柱可以調音，如果柱被膠住則音不準。比喻人的拘泥固執，缺少變通。

23 **《廣輿記》**：明陸應陽著，是一部地理書。

24 **風毛兒**：指皮衣露出在領、袖、襟、襬邊緣部分的毛，又叫「出鋒」。

25 **天馬皮褂子**：即沙狐皮襖。

26 **停床**：人死停屍於床尚未入殮，稱「停床」。

27 **貂頦**：貂下巴皮。貂頦也稱貂膆。

28 **跑解馬**：即跑馬賣解，一種馬術表演，表演者着短裝。

29 **一大薹兒**：一總的意思。

30 **夾剪**：一種切割元寶、銀錠的剪刀。

31 **歲寒然後知松柏之後凋**：語見《論語．子罕》。

第五十二回 俏平兒情掩蝦鬚鐲[1] 勇晴雯病補雀毛裘[2]

話說賈母道：「正是這個了。上次我要說這話，我見你們大事多，如今又添出些事來，你們固然不敢抱怨，未免想着我只顧疼這些小孫子、孫女兒們，就不體貼你們這當家人了。你既這麼說出來便好了。」因此時薛姨媽、李嬸娘都在座，邢夫人及尤氏等也都過來請安，還未過去，賈母因向王夫人等說道：「今日我才說這話，素日我不說，一則怕逞了鳳丫頭的臉；二則眾人不服。今日你們都在這裡，都是經過妯娌姑嫂的，還有他這樣想得到的沒有？」薛姨媽、李嬸娘、尤氏齊笑說：「真個少有。別人不過是禮上面子情兒，實在他是真疼小姑子小叔子。就是老太太跟前也是真孝順。」賈母點頭嘆道：「我雖疼他，我又怕他太伶俐了，也不是好事。」鳳姐兒忙笑道：「這話老祖宗說差了。世人都說太伶俐聰明怕活不長。世人都說，世人都信，獨老祖宗不當說，不當信。老祖宗只有伶俐聰明過我十倍的，怎麼如今這麼福壽雙全的？只怕我明兒還勝老祖宗一倍呢。我活一千歲後，等老祖宗歸了西，我才死呢。」賈母笑道：「眾人都死了，單剩咱們兩個老妖精，有什麼意思。」說的眾人都笑了。

賈母的恩寵本是有傾向、有「只顧疼」的。但她必須擺平衡，不能不有所顧及與考慮——她也有難處。她絕不是自謙的吃喝玩會子的「老廢物」。鳳姐的可貴就在於說出了賈母想說而礙難出口的話。

妙語生花，嫵媚何如！

寶玉因記掛着晴雯等事，便先回園裡來。到了屋中，藥香滿室，一人不見，只有晴雯獨臥於炕上，臉上燒的飛紅，又摸了一摸，只覺燙手。忙又向爐上將手烘暖，伸進被去摸了一摸身上，也是火熱。因說道：「別人去了也罷，麝月秋紋也這樣無情，各自去了？」晴雯道：「秋紋是我攆了他去吃飯的，麝月是方才平兒來找他出去了。兩個人鬼鬼祟祟的，不知說什麼。必是說我病了不出去。」寶玉道：「平兒不是那樣人，況且他並不知你病特來瞧你，想來一定是找麝月來說話，偶然見你病了，隨口說特瞧你的病，這也是人情乖覺取和兒的常事。便不出去，有不是，與他何干？你們素日又好，斷不肯為這無干的事傷和氣。」晴雯道：「這話也是，只是疑他為什麼忽然又瞞起我來。」寶玉笑道：「等我從後門出去，到那窗根下聽聽說些什麼，來告訴你。」說着，果從後門出去，至窗下潛聽。

麝月悄問道：「你怎麼就得了的？」平兒道：「那日彼時洗手時不見了，二奶奶就不許吵嚷，出了園子，即刻就傳給園裡各處的媽媽們小心訪查。我們只疑惑邢姑娘的丫頭，本來又窮，只怕小孩子家沒見過，拿了起來是有的。再不料定是你們這裡的。幸而二奶奶沒有在屋裡，你們這裡宋媽去了，拿着這隻鐲子說，是小丫頭墜兒偷起來的，被他看見，來回二奶奶的。我趕忙接了鐲子，想了一想：寶玉是偏在你們身上留心用意、爭勝要強的，那一年有一個良兒偷玉，剛冷了這二年，閒時還常有人提起來趁願，這會子又跑出一個偷金子的來了，而且更偷到街坊家去了。偏是他這樣，偏是他的人打嘴，所以我倒忙叮嚀宋媽，千萬別告訴

聽窗戶根的傳統源遠流長，二爺亦公然行此道。無怪乎今日之影視動不動就是有意無意地聽窗戶根。

人窮氣短，被疑被冤。如今幸虧破了案，如若不然呢？

有對立面。不知是否指趙—環系統。

寶玉，只當沒有這事，總別和一個人提起。第二件，老太太、太太聽了生氣。三則襲人和你們也不好看。所以我回二奶奶，只說：『我往大奶奶那裡去來着，誰知鐲子褪了口，丟在草根底下，雪深了沒看見。今兒雪化盡了，黃澄澄的映着日頭，還在那裡呢，我就揀了起來，二奶奶也就信了。所以我來告訴你們。你們以後防着他些，別使喚他到別處去，等襲人回來，你們商議着，變個法子打發出去就完了。」麝月道：「這小娼婦也見過些東西，怎麼這麼眼淺。」平兒道：「究竟這鐲子能多重，原是二奶奶的，說這叫蝦鬚鐲，倒是這顆珠子重了。晴雯那蹄子是塊爆炭，要告訴了他，他是忍不住的。一時氣上來，或打或罵，依舊嚷出來，所以單告訴你留心就是了。」說着，便作辭而去。

集體主義很強，過強了。丫頭們何能互相分擔榮辱？

淡化處理，冷處理。

寶玉聽了，又喜又氣又嘆。喜的是平兒竟能體貼自己的心；氣的是墜兒小竊；嘆的是墜兒那樣伶俐，做出這醜事來。因而回至房中，把平兒之話一長一短告訴了晴雯。又說：「他說你是要強的，如今病了，聽了這話越發要添病的，等好了再告訴你。」晴雯聽了，果然氣的蛾眉倒蹙，鳳眼圓睜，即時就叫墜兒。寶玉忙勸道：「這一喊出來，豈不辜負了平兒待你我的心呢。不如領他這個情，過後打發他出去就完了。」晴雯道：「雖如此說，只是這氣如何忍得住！」寶玉道：「這有什麼氣的，你只養病就是了。」

寶玉對晴雯友好真誠，什麼話都告訴她，甚至有討好之意——襲人又不在，晴雯不就成了丫頭班頭，領銜人物了嗎？效果卻極壞。

晴雯服了藥，至晚間又服了二和，夜間雖有些汗，還未見效，仍是發燒頭疼，鼻塞聲重。次日，王太醫又來診視，另加減湯劑，雖然稍減了燒，仍是頭疼。寶玉便命麝月：「取鼻煙來，給他聞些，痛打幾個噴嚏，就通快了。」麝月果然去取了一個金鑲雙金星玻璃小扁盒兒來，遞與寶玉。寶玉便揭開盒蓋，裡面是個西洋琺琅的黃髮赤身女子，兩肋又有肉翅，裡面盛着些真正上等洋煙。晴雯只顧看畫兒。寶玉道：「聞些，走了氣就不好了。」晴雯聽說，忙用指甲挑了些抽入鼻中，不見怎麼。便又多多挑了些抽入。忽覺鼻中一股酸辣透入囟門，[3]接連打了五六個噴嚏，眼淚鼻涕登時齊流。晴雯忙收了盒子，笑道：「了不得，辣！快拿紙來。」早有小丫頭子遞過一搭子細紙，晴雯便一張一張的拿來醒鼻子。寶玉笑問：「如何？」晴雯笑道：「果然通快些，只是太陽還疼。」寶玉笑道：「越發盡用西洋藥治一治，只怕就好了。」說着，便命麝月：「往二奶奶要去，就說我說了：姐姐那裡常有那西洋貼頭痛的膏子藥，叫作『依弗哪』，我尋一點兒。」麝月答應，去了半日，果然拿了半節來，便去找了一塊紅緞子角兒，鉸了兩塊指頂大的圓式，將那藥烤和了，用簪挺攤上。晴雯自拿着一面靶兒鏡子，貼在兩太陽上。麝月笑道：「病的蓬頭鬼一樣，如今貼了這個倒俏皮了。二奶奶貼慣了，倒不大顯。」說畢，又向寶玉道：「二奶奶說了，明日是舅老爺的生日，太太說了，叫你去呢。明兒穿什麼衣裳？今兒晚上好打點齊備了，省的明兒早起費手。」寶玉道：「什麼順手就是什麼罷了。一年鬧生日也鬧不清。」說着，便起身出房，往惜春房中去看畫兒。

剛到院門外邊，忽見寶琴小丫頭名小螺的從那邊過去。寶玉忙趕上問：「那

像是安琪兒。但天使一般都是男身。待考。

明為西洋藥「依弗哪」，用起來卻是狗皮膏藥的路子。

西體中用一例。

無事生「生」。

裡去？」小螺笑道：「我們二位姑娘都在林姑娘房裡呢。我如今也往那裡去。」寶玉聽了，轉步也同他往瀟湘館來。不但寶釵姊妹在此，且連邢岫煙也在那裡。四人圍坐在薰籠上敘家常。紫鵑倒坐在暖閣裡，臨窗作針線。一見他來，都笑說：「又來了一個！沒了你的坐處了。」寶玉笑道：「好一副『冬閨集艷圖』，可惜我遲來了一步，橫豎這屋子比各屋子暖，這椅子坐着並不冷。」說着，便坐在黛玉常坐的搭着灰鼠椅搭的一張椅上。因見暖閣之中有一玉石條盆，裡面攢三聚五栽着一盆單瓣水仙。寶玉便極口讚道：「好花！這屋子越暖，這花香的越濃。怎麼昨兒沒見？」黛玉笑道：「這是你家的大總管賴大奶奶送薛二姑娘的兩盆水仙，兩盆臘梅。他送了我一盆水仙，送了雲丫頭一盆臘梅。我原不要的，又恐辜負了他的心。你若要，我轉送你如何？」寶玉道：「我屋裡卻有兩盆，只是不及這個。琴妹妹送你的，如何又轉送人，這個斷斷使不得。」黛玉道：「我一日藥吊子不離火，我竟是藥培着呢，那裡還擱的住花香來薰？越發弱了。況且這屋子裡一股藥香，反把這花香攪壞了。不如你抬了去，這花兒倒清淨了，沒什麼雜味來攪他。」寶玉笑道：「我屋裡今兒也有個病人煎藥呢，你怎麼知道的？」黛玉笑道：「這說奇了，我原是無心話，誰知你屋裡的事？你不早來聽古記兒，[4]這會子來了，自驚自怪的。」

寶玉笑道：「咱們明兒下一社又有了題目了，就詠水仙臘梅。」黛玉聽了，笑道：「罷，罷！再不敢作詩了，作一回，罰一回，沒的怪羞的。」說着，便兩

寫盡繁花，不棄水仙。

手捂起臉來。寶玉笑道：「何苦來！又打趣我做什麼，我還不怕臊呢，你倒捂起臉來了。」寶釵因笑道：「下次我邀一社，四個詩題，四個詞題，每人四首詩，四個詞。頭一個詩題詠《太極圖》，[5]限一先的韻，五言排律，要把一先的韻都用盡了，一個不許剩。」寶琴笑道：「這一說，可知是姐姐不是真心起社了，這分明是難人。若論起來，也強扭的出來，不過顛來倒去，弄些《易經》[6]上的話生填，究竟有何趣味？我八歲的時節，跟我父親到西海沿上買洋貨，誰知有個真真國[7]的女孩子，才十五歲，那臉面就和那西洋畫上的美人一樣，也披着黃頭髮，打着聯垂，滿頭帶着都是瑪瑙、珊瑚、貓兒眼、祖母綠，身上穿着金絲織的鎖子甲，洋錦襖，帶着倭刀，[8]也是鑲金嵌寶的。實在畫兒上也沒他那麼好看。有人說他通中國的詩書，會講五經，能作詩填詞，因此我父親央煩了一位通官[9]煩他寫了一張字，就寫他作的詩。」眾人都稱奇道異。寶玉忙笑道：「好妹妹，你拿出來我們瞧瞧。」寶琴笑道：「在南京收着呢，此時那裡去取？」寶玉聽了，大失所望，便說：「沒福得見這世面。」黛玉笑拉寶琴道：「你別哄我們。我知道你這一來，你的這些東西未必放在家裡，自然都是要帶上來的。這會子又扯謊說沒帶來。他們雖信，我是不信的。」寶琴便紅了臉，低頭微笑不答。寶釵笑道：「偏這顰兒慣說這些話，你就伶俐的太過餘了。」黛玉笑道：「帶了來，就給我們見識見識也罷了。」寶釵笑道：「箱子籠子一大堆，還沒理清，知道在那個裡頭呢！等過日收拾清了，找出來大家再看就是了。」又向寶琴道：「你若記得，何不唸

寶釵的詩題怪異。不青春，不生活，不細膩，又不仁義道德地入世。令人覺得她在以毒攻毒，把做詩的事引入走火之魔，以便降溫。

寶琴亦明守拙抱樸之道。

唸我們聽聽。」寶琴答道：「記得他作的五言律一首。若論外國的女子，也就難為他了。」寶釵道：「你且別唸，等我把雲兒叫了來，也叫他聽聽。」說着，便叫小螺來吩咐道：「你到我那裡去，就說我們這裡有一個外國的美人來了，作的好詩，請你這『詩瘋子』來瞧去。再把我們『詩呆子』也帶來。」小螺笑着去了。

詩瘋子、詩呆子，「好溫馨的名字」！（語出汪明荃的電視廣告）

半日，只聽湘雲笑問：「那一個外國的美人來了？」一頭說，一頭走，和香菱來了。眾人笑道：「人未見形，先已聞聲。」寶琴等讓坐，遂把方才的話重訴了一遍。湘雲笑道：「快唸來聽聽。」寶琴因唸道：

因詩而生發開去，曹公幾乎收不住自己的筆。

昨夜朱樓夢，今宵水國吟。
島雲蒸大海，嵐氣接叢林。
月本無今古，情緣自淺深。
漢南春歷歷，焉得不關心。

此詩意趣果然不同，另是一路。無怪乎講什麼真真國女子，金髮美人。

眾人聽了，都道：「難為他，竟比我們中國人還強。」一語未了，只見麝月走來說：「太太打發了人來告訴二爺，明兒一早往舅舅那裡去，就說太太身上不大好，不得親身來。」寶玉忙站起來答應道：「是。」因問寶釵、寶琴：「你們二位可去？」寶釵道：「我們不去。昨兒單送了禮去了。」大家說了一回方散。

寶玉因讓諸姊妹先行，自己在後面。黛玉便又叫住他問道：「襲人到底多早晚回來？」寶玉道：「自然等送了殯才來呢。」黛玉還有說話，又不能出口，出了一回神，便說道：「你去罷。」寶玉也覺心裡有許多話，只是口裡不知要說什

渴望進一步的交流。綏德民歌《三十里鋪》

麼，想了一想，也笑道：「明兒再說罷。」一面下台階，低頭正欲邁步，復又忙回身問道：「如今夜越發長了，你一夜咳嗽幾次？醒幾遍？」黛玉道：「昨兒夜裡好了，只嗽了兩遍，卻只睡了四更一個更次，就再不能睡了。」寶玉又笑道：「正是有句要緊的話，這會子才想起來。」一面說，一面便挨近身來悄悄道：「我想寶姐姐送你的燕窩——」一語未了，只見趙姨娘走進來瞧黛玉，問：「姑娘這幾天可好了？」黛玉便知他從探春處來，從門前過，順路的人情，忙陪笑讓坐，說：「難得姨娘想着，怪冷的，親自走來。」又忙命倒茶，一面又使眼色與寶玉。寶玉會意，便走了出來。

正值吃晚飯時，見了王夫人，又囑咐他早去。寶玉回來，看晴雯吃了藥。此夕寶玉便不命晴雯挪出暖閣來，自己便在晴雯外邊。又命將薰籠抬至暖閣前，麝月便在薰籠上睡。一宿無話。

至次日，天未明，晴雯便叫醒麝月道：「你也該醒了，只是睡不夠。你出去叫人給他預備茶水，你叫醒他就是了。」麝月忙披衣起來道：「咱們叫他起來穿好衣服，抬過火箱去，再叫他們進來。老媽媽們已經說過，不叫他在這屋裡，怕過了病氣。[10]如今他們見咱們擠在一處，又該嘮叨了。」晴雯道：「我也是這麼說。」二人才叫時，寶玉已經醒了，忙起身披衣。麝月先叫進小丫頭子來收拾妥了，才命秋紋等進來，一同伏侍寶玉梳洗畢。麝月道：「天又陰陰的，只怕有雪，

云：「有心說上幾句話，又怕人笑話。」

順路人情也罷，趙黛大面上還過得去。從權力格局上看，趙寧可是要團結黛的，她們反正都不沾權字。

賈府富則富矣，取暖設備則還是太落後貧乏了。

穿一套氈子的罷。」寶玉點頭，即時換了衣服。小丫頭便用小茶盤捧了一蓋碗建蓮[11]紅棗湯來，寶玉喝了兩口。麝月又捧過一小碟法製紫薑[12]來，寶玉噙了一塊。又囑咐了晴雯一回，便往賈母處來。

賈母猶未起來，知道寶玉出門，便開了房門，命寶玉進去。寶玉見賈母身後寶琴面向裡睡着未醒。賈母見寶玉身上穿着荔枝色哆囉呢的箭袖，大紅猩猩氈盤金彩繡石青妝緞沿邊的排穗褂。賈母道：「下雪呢麼？」寶玉道：「天陰着，還沒下呢。」賈母便命鴛鴦來：「把昨兒那一件孔雀毛的氅衣給他罷。」鴛鴦答應，走去果取了一件來。寶玉看時，金翠輝煌，碧彩閃灼，又不似寶琴所披之鳧靨裘。只聽賈母笑道：「這叫作『雀金呢』，這是俄羅斯國拿孔雀毛拈了線織的。前兒那件野鴨子的給了你小妹妹，這件給你罷。」寶玉磕了一個頭，便披在身上。賈母笑道：「你先去給你娘瞧瞧去再去。」寶玉答應了，便出來，只見鴛鴦站在地下揉眼睛。因自那日鴛鴦發誓絕婚之後，他總不和寶玉說話。寶玉正自日夜不安，此時見他又要迴避，寶玉便上來笑道：「好姐姐，你瞧瞧我穿着這個好不好？」鴛鴦一摔手，便進賈母房中來了。寶玉只得到了王夫人房中，與王夫人看了。然後又回至園中，與晴雯麝月看過，來回覆賈母說：「太太看了，只說可惜了的，叫我仔細穿，別遭塌了。」賈母道：「就剩了這一件，你遭塌了也再沒了。這會子特給你做這個也是沒有的事。」說着，又囑咐：「不許多吃酒，早些回來。」寶玉應了幾個「是」。

「呢麼」云云，不甚合語法，口語中確有這樣用的，讀如nama，音極短促，輕讀。

孔雀毛拈線問題：存疑。孔雀生活於亞熱帶或熱帶，似不在俄羅斯，也未必防寒。

鴛鴦的決心，畢竟不足喜慶。

老嬤嬤跟至廳上，只見寶玉的奶兄、王和榮、張若錦、趙亦華、錢啟、周瑞六個人，帶着焙茗、伴鶴、鋤藥、掃紅四個小廝，揹着衣包，拿着坐褥，籠着一匹雕鞍彩轡的白馬，早已伺候多時了。老嬤嬤又囑咐他們些話，六個人忙應了幾個「是」，忙捧鞍墜蹬。寶玉慢慢的上了馬。李貴、王和榮籠着嚼環，錢啟、周瑞二人在前引導，張若錦、趙亦華在兩邊緊貼寶玉身後。寶玉在馬上笑道：「周哥，錢哥，咱們打這角門走罷，省了到老爺的書房門口又下來。」周瑞側身笑道：「老爺不在書房裡，天天鎖着，爺可以不用下來罷了。」寶玉笑道：「雖鎖着也要下來的。」錢啟、李貴都笑道：「爺說的是。便託懶不下來，倘或遇見賴大爺、林二爺，雖不好說爺，也要勸兩句，所有的不是都派在我們身上，又說我們不教給爺禮了。」周瑞、錢啟便一直出角門來。

正說話時，頂頭見賴大進來。寶玉忙籠住馬，意欲下來。賴大忙上來抱住腿。寶玉便在鐙上站起來，笑着攜手說了幾句話。接着又見個小廝帶着二三十人拿着掃帚簸箕進來，見了寶玉，順牆垂手立住，獨為首的小廝打了個千兒，說：「請爺安。」寶玉不知名姓，只微笑點頭兒。馬已過去，那人方帶人去了。於是出了角門，外有李貴等六人的小廝並幾個馬夫，早預備下十來匹馬專候。一出角門，李貴等各上馬前引，一陣煙去了，不在話下。

這裡晴雯吃了藥仍不見病退，急的亂罵大夫，說：「只會騙人的錢，一劑好藥也不給人吃。」麝月笑勸他道：「你太性急了。俗語說『病來如山倒，病去如

寫到哪兒有哪兒，要哪兒有哪兒。生活經驗爛熟於胸，自然俯拾即是，俯拾即真，俯拾即真像那麼回事。

這些細節最增可信性。

寫到哪兒「像」到哪兒。

實不該這樣急。

抽絲』。又不是老君的仙丹，那有這樣靈藥！你只靜養幾天，自然好了。你越急越着手。」晴雯又罵小丫頭子們：「那裡攢沙[13]去了！瞅我病了，都大膽子走了，明兒我好了，一個一個的才揭了你們的皮呢！」唬的小丫頭子定兒忙進來問：「姑娘做什麼？」晴雯道：「別人都死了，就剩了你不成？」說着，只見墜兒也蹭了進來。晴雯道：「你瞧瞧這小蹄子，不問他還不來呢。這裡又放月錢了，又散果子了，你該跑在頭裡了。你往前些，我是老虎吃了你！」墜兒只得往前湊了幾步。晴雯便冷不防欠身一把將他的手抓住，向枕邊拿起一丈青，[14]向他手上亂戳，口內罵道：「要這爪子做什麼？拈不得針，拿不動線，只會偷嘴吃，眼皮子又淺，爪子又輕，打嘴現世的，不如戳爛了。」墜兒疼的亂喊。麝月忙拉開，按着晴雯躺下道：「你才出了汗，又作死。等你好了，要打多少打不得？這會子鬧什麼！」晴雯便命人叫宋嬤嬤進來，說道：「寶二爺才告訴了我，叫我告訴你們，墜兒很懶，寶二爺當面使他，他撥嘴兒不動，連襲人使他，他也背地罵他，今兒務必打發他出去，明兒寶二爺親自回太太就是了。」宋嬤嬤聽了，心下便知鐲子事發，因笑道：「雖如此說，也等花姑娘回來知道了，再打發他。」晴雯說：「寶二爺今兒千叮嚀萬囑咐的，什麼『花姑娘』『草姑娘』的，我們自然有道理。你只依我的話，快叫他家的人來領他出去。」麝月道：「這也罷了。早也是去，晚也是去，早帶了去早清淨一日。」

宋嬤嬤聽了，只得出去喚了他母親來，打點了他的東西，又見了晴雯等，

一級壓一級，一級唬一級。

即便晴雯的這種表現歸入「嫉惡如仇」一類，也忒急躁了些。晴雯如掌了大權，對「下面」不會好到哪兒去。她分明在死力維護主子的法度與利益。她的可愛，並不是非戴上「叛逆」的桂冠才算的。某些做法，近於鳳姐而不是旁人——一張手便可施人肉刑，狠得可以。

說道：「姑娘們怎麼了，你侄女兒不好，你們教導他，怎麼攆他出去？也到底給我們留個臉兒。」晴雯道：「這話只等寶玉來問他，與我們無干。」那媳婦冷笑道：「我有膽子問他去！他那一件事不是聽姑娘們的調停？他縱依了，姑娘們不依也未必中用。比如方才說話，雖背地裡，姑娘就直叫他的名字。在姑娘們就使得，在我們就成了野人了。」晴雯聽說，越發急紅了臉，說道：「我叫了他的名字了，你在老太太、太太跟前告我去，說我野，也攆我出去。」麝月道：「嫂子，你只管帶了人出去，有話再說。這個地方豈有你叫喊講禮的？你見誰和我們講過禮？別說嫂子你，就是賴大奶奶林大娘也得擔待我們三分。便是叫名字，從小兒直到如今都是老太太吩咐過的，你們也知道的，恐怕難養活，巴巴的寫了他的小名兒，各處貼着叫萬人叫去，為的是好養活。連挑水挑糞花子都叫得，何況我們！連昨兒林大娘叫了一聲『爺』，老太太還說呢，此是一件。二則，我們這些人常回老太太、太太話去，可不叫着名回話，難道也稱『爺』？那一日不把『寶玉』兩字叫二百遍，偏嫂子又來挑這個了！過一日嫂子閒了，在老太太、太太跟前，聽聽我們當着面兒叫他就知道了。嫂子原也不得在老太太、太太跟前當些體統差使，成年家只在三門外頭混，怪不得不知道我們裡頭的規矩。這裡不是嫂子久站的，再一會，不用我們說話，就有人來問你了。有什麼分證的話，且帶了他去，你回了林大娘，叫他來找二爺說話。家裡上千的人，他也跑來，我也跑來，我們認人問姓還認不清呢。」說着，便叫小丫頭子拿了擦地的布來擦地。那媳婦聽了，

實話。

越被寵愛越被包圍，越易受近侍們的影響。

都是這樣的嘴上功夫，了得，了不得！

無言可對，亦不敢久站，賭氣帶了墜兒就走。宋嬤嬤忙道：「怪道你這嫂子不知規矩，你女兒在屋裡一場，臨去時也給姑娘們磕個頭。沒有別的謝禮，他們也不稀罕，不過磕個頭，盡心罷咧，怎麼說走就走？」墜兒聽了，只得翻身進來，給他兩個磕頭，又找秋紋等，他們也並不睬他。那媳婦嗐聲嘆氣，口不敢言，抱恨而去。

晴雯方才又閃了風，着了氣，反覺更不好了。翻騰至掌燈，剛安靜了些。只見寶玉回來，進門就嗐聲頓足。麝月忙問原故。寶玉道：「今兒老太太歡歡喜喜的給了這件褂子，誰知不防，後衿子上燒了一塊，幸而天晚了，老太太、太太都不理論。」一面脫下來，麝月瞧時，果然有指頂大的燒眼，說：「這必定是手爐裡的火迸上了。這不值什麼，趕着叫人悄悄拿出去，叫個能幹織補匠人織上就是了。」說着，便用包袱包了，叫了一個嬤嬤送出去，說：「趕天亮就有才好，千萬別給老太太、太太知道。」婆子去了半日，仍舊拿回來說：「不但織補匠，能幹裁縫繡匠並做女工的問了，都不認的這是什麼，都不敢攬。」麝月道：「這怎麼樣呢？明兒不穿也罷了。」寶玉道：「明兒是正日子，老太太、太太說了，還叫穿過這個去呢。偏頭一日就燒了，豈不掃興。」晴雯聽了半日，忍不住翻身說道：「拿來我瞧瞧罷。沒那福氣穿就罷了。」

說着，便遞與晴雯，又移過燈來細瞧了一瞧。晴雯道：「這是孔雀金線的，如今咱們也拿孔雀金線就像界線[15]似的界密了，只怕還可混的過去。」麝月笑

墜兒與乃母何等可憐。晴雯、麝月，何等刁惡！賞晴雯者，不能視而不見。

平日只見晴雯嬌縱偷懶使性。畢竟是有真本

*晴雯補裘一節，素為評者稱道，讚不絕口。

余心有戚戚焉。讚什麼呢？逐墜補裘，忠勇可嘉？士為知己者用？與「文死諫，武死戰」又有什麼區別？無非是寶玉不肯（不贊成）自己為「上」而死，卻不反對丫頭們為他而死罷了。

不覺可讚，只覺可憐，可惜，可悲，可嘆。

終於無話可說。

道：「孔雀線現成的，但這裡除你，還有誰會界線？」晴雯道：「說不的，我掙命罷了。」寶玉忙道：「這如何使得！才好了些，如何做得活。」晴雯道：「不用你蠍蠍螫螫的，我自知道。」一面說，一面坐起來，挽了一挽頭髮，披了衣裳，只覺頭重身輕，滿眼金星亂迸，實實撐不住。待不做，又怕寶玉着急，少不得狠命咬牙捱着，便命麝月只幫着拈線。晴雯先拿了一根比一比，笑道：「這雖不狠像，若補上也不狠顯。」寶玉道：「這就狠好，那裡又找俄羅斯的裁縫去。」晴雯先將裡子拆開，用茶杯口大小一個竹弓釘綳在背面，再將破口四邊用金刀刮的散鬆鬆的，然後用針縫了兩條，分出經緯，亦如界線之法，先界出地子來，後依本紋回來織補。補兩針，又看看，織補不上三五針，便伏在枕上歇一會。寶玉在旁，一時又問：「吃些滾水不吃？」一時又命：「歇一歇。」一時又拿一件灰鼠斗篷替他披在背上，一時又拿個枕頭與他靠着。急的晴雯央告道：「小祖宗！你只管睡罷，再熬上半夜，明兒眼睛摳摟了，那可怎麼好！」寶玉見他着急，只得胡亂睡下，仍睡不着。一時只聽自鳴鐘已敲了四下，剛剛補完，又用小牙刷慢慢的剔出氄毛[16]來。麝月道：「這就很好，若不留心，再看不出的。」寶玉忙要了瞧瞧，笑說：「真真一樣了。」晴雯已嗽了幾陣，好容易補完了，說了一聲：「補雖補了，到底不像，我也再不能了！」噯喲了一聲，便身不由主倒下了。要知端的，且看下回分解。

事、有絕活的，故而恃才傲物。

這也是獻身。一切為了、一切獻給寶二爺。

藉此寫到針線活計，真「博學」多能也。

1 **蝦鬚鐲**：一種用細如蝦鬚的金絲編成的手鐲。

2 **雀毛裘**：用孔雀毛織品製成裘衣。

3 **囟門**：腦門、頂門，即頭頂正中微凹處。

4 **古記兒**：即「故事」。

5 **《太極圖》**：北宋周敦頤根據《易傳》，兼取道家學說，繪製的圖解宇宙萬物生成變化的圖。

6 **《易經》**：即《周易》，儒家經典之一。

7 **真真國**：其說不一，或是作者虛擬的國名。

8 **倭刀**：古代日本國製造的佩刀。

9 **通官**：通事，即翻譯官。

10 **過了病氣**：把病體染給了別人的意思。

11 **建蓮**：福建建寧縣產的蓮子，故稱「建蓮」。

12 **法製紫薑**：一種保健食品，其主要成份是嫩薑。「法製」是依照一定方法製作的意思。

13 **攢沙**：本意是魚攢（鑽）沙裡不易尋找，這裡比喻小丫頭們擅自離開。

14 **一丈青**：一種細長的簪子，一邊有小勺，俗呼「耳挖子」。

15 **界線**：手工刺繡工藝中所用的一種縱橫線織法。

16 **氄毛**：細軟鬆散的絨毛。

第五十三回 寧國府除夕祭宗祠 榮國府元宵開夜宴

話說寶玉見晴雯將雀裘補完，已使得力盡神危，忙命小丫頭子來替他捶着，彼此捶打了一會歇下。沒一頓飯的工夫，天已大亮，且不出門，只叫：「快請大夫。」一時王太醫來了，診了脈，疑惑說道：「昨日已好了些，今日如何反虛浮微縮[1]起來？敢是吃多了飲食？不然就是勞了神思。外感卻倒輕了，這汗後失了調養非同小可。」一面說，一面出去開了藥方進來。寶玉看時，已將疏散驅邪諸藥減去，倒添了茯苓、地黃、當歸等益神養血之劑。寶玉一面忙命人煎去，一面嘆說：「這怎麼處！倘或有個好歹，都是我的罪孽。」晴雯睡在枕上嗐道：「好二爺！你幹你的去罷，那裡就得了癆病了呢。」寶玉無奈，只得去了。至下半天，說身上不好就回來了。晴雯此症雖重，幸虧他素昔是個使力不使心的，再者素昔飲食清淡，飢飽無傷，這賈宅中的秘法，無論上下，只一略有些傷風咳嗽，總以淨餓為主，次則服藥調養，故於前一日病時就餓了兩三日，又謹慎服藥調養，如今雖勞碌了些，又加倍培養了幾日，便漸漸的好了。近日園中姊妹皆各在房中吃飯，炊爨飲食甚便，寶玉自能要湯要羹調停，不必細說。

力盡神危，殊可嗟嘆。作為一個沒落世家的子弟，雪芹筆筆都流露出真誠的勸世心願：不可太努力，不可太要強，不可不留地步……他寧願相信並鼓吹一種消極陰柔的（老莊式的）辯證法。

晴雯的病情寫到這裡恰到好處。太輕了就不會被折騰死了。太重了則反正沒有救，死定了。

襲人送母殯後，業已回來。麝月便將墜兒一事，並晴雯攆逐出去，也曾回過寶玉等語，一一的告訴襲人。襲人也沒說別的，只說太性急了。只因李紈亦因時氣感冒；邢夫人正害火眼，迎春、岫煙皆過去朝夕侍藥；李紈之弟又接了李嬸娘、李紋、李綺家去住幾日；寶玉又見襲人常常思母含悲，晴雯又未大癒：因此詩社一事，皆未有人作興，便空了幾社。

也是樂極生悲。如蘆雪亭聯詩般一聚，此生難再矣。

當下已是臘月，離年日近，王夫人與鳳姐兒治辦年事。王子騰升了九省都檢點，[2]賈雨村補授了大司馬，[3]協理軍機，參贊朝政，不題。

且說賈珍那邊，開了宗祠，着人打掃，收拾供器，[4]請神主，[5]又打掃上房，以備懸供遺真影像。[6]此時榮寧二府，內外上下皆是忙忙碌碌。這日寧府中尤氏正起來同賈蓉之妻打點送賈母這邊的針線禮物，正值丫頭捧了一茶盤押歲錁子進來，回說：「興兒回奶奶，前兒那一包碎金子共是一百五十三兩六錢七分，裡頭成色不等，總傾[7]了二百二十個錁子。」說着遞上去。尤氏看了一看，也有梅花式的，也有海棠式的，也有筆定如意的，也有八寶聯春的。尤氏命：「收拾起來，叫興兒將銀錁子快快交了進來。」丫鬟答應去了。

講究。

一時賈珍進來吃飯，賈蓉之妻迴避了。賈珍因問尤氏：「咱們春祭的恩賞[8]可領了不曾？」尤氏道：「我今日打發蓉兒關[9]去了。」賈珍道：「咱們家雖不等這幾兩銀子使，多少是皇上天恩。早關了來給那邊老太太送過去，置辦祖宗的

天恩祖德，本是好話。但這樣一講，本人則完

供，上領皇上的恩，下則是託祖宗的福。咱們那怕用一萬銀子供祖宗，到底不如這個有體面，又是沾恩錫福。除咱們這樣一二家之外，那些世襲窮官兒家，若不仗着這銀子，拿什麼上供過年？真正皇恩浩蕩，想得周到。」尤氏道：「正是這話。」

二人正說着，只見人回：「哥兒來了。」賈珍便命：「叫他進來。」只見賈蓉捧了一個小黃布口袋進來。賈珍道：「怎麼去了這一日？」賈蓉陪笑回說：「今兒不在禮部關領了，又在光祿寺[10]庫上，因又到了光祿寺才領下來了。光祿寺官兒們都說問父親好，多日不見，都着實想念。」賈珍笑道：「他們那裡是想我。這又到了年下了，不是想我的東西，就是想我的戲酒了。」一面說，一面瞧那黃布口袋上有封條，就是「皇恩永錫」四個大字。那一邊又有禮部祠祭司的印記，一行小字道是：「寧國公賈演榮國公賈法恩錫永遠春祭賞共二分，淨折銀若干兩，某年月日龍禁尉候補侍衛賈蓉當堂領訖，值年寺丞某人」，下面一個朱筆花押。

賈珍看了，吃過飯，盥漱畢，換了靴帽，命賈蓉捧着銀子跟了來，回過賈母、王夫人，又至這邊回過賈赦、邢夫人，方回家去。取出銀子，命將口袋向宗祠大爐內焚了，又命賈蓉道：「你去問問你那邊二嬸娘，正月裡請吃年酒的日子擬了沒有。若擬定了，叫書房裡明日開了單子來，咱們再請時，就不能重複了。舊年不留神，重了幾家人，不說咱們不留心，倒像兩宅商議定了送虛情怕費事的

全是依賴寄生吃老本沾天光的了。天恩祖德講得愈響，賈府就愈沒人努力奮鬥了。

略可想見「今上」那裡也是拆東牆補西牆，捉襟見肘。

如此細密籌劃，收效甚微（見後）。

一樣。」賈蓉忙答應去了。一時，拿了請人吃年酒的日期單子來了。賈珍看了，命交與賴升去看了，請人別重了這上頭的日子。因在廳上看着小廝們抬圍屏，擦抹几案、金銀供器。只見小廝手裡拿着一個稟帖並一篇帳目，回說：「黑山村烏莊頭[11]來了。」

賈珍道：「這個老砍頭的，今兒才來。」賈蓉接過稟帖和帳目，忙展開捧着，賈珍倒背着兩手，向賈蓉手內看去，那紅稟上寫着：「門下莊頭烏進孝叩請爺、奶奶萬福金安，並公子小姐金安。新春大喜大福，榮貴平安，加官進祿，萬事如意。」賈珍笑道：「莊家人有些意思。」賈蓉也忙笑道：「別看文法，只取個吉利兒罷。」一面忙展開單子看時，只見上面寫着：「大鹿三十隻，獐子五十隻，麅子五十隻，暹豬二十個，湯豬二十個，龍豬二十個，野豬二十個，家臘豬二十個，野羊二十個，青羊二十個，家湯羊二十個，家風羊二十個，鱘鰉魚二百個，各色雜魚二百斤，活雞、鴨、鵝各二百隻，風雞、鴨、鵝二百隻，野雞、野兔各二百對，熊掌二十對，鹿筋二十斤，海參五十斤，鹿舌五十條，牛舌五十條，蟶乾二十斤，榛、松、桃、杏穰各二口袋，大對蝦五十對，乾蝦二百斤，銀霜炭上等選用一千斤，中等二千斤，柴炭三萬斤，御田胭脂米二擔，碧糯五十斗，白糯五十斗，粉粳五十斗，雜色糧穀各五十斗，下用常米一千擔，各色乾菜一車，外賣粱穀、牲口各項折銀二千五百兩。外門下孝敬哥兒頑意兒活鹿兩對，白兔四對，黑兔四對，活錦雞兩對，西洋雞兩對。」

又開起清單來了。不知有沒有點什麼「新聞主義」「新新聞主義」的意思。

當然都是剝削農民而得的。

賈珍看完説帶他進來。一時，只見烏進孝進來，只在院內磕頭請安。賈珍命人拉起他來，笑説：「你還硬朗。」烏進孝笑道：「不瞞爺説，小的們走慣了，不來也悶的慌，他們可不是都願意來見見天子脚下世面？他們到底年輕，怕路上有閃失，再過幾年就可以放心了。」賈珍道：「你走了幾日？」烏進孝道：「回爺的話，今年雪大，外頭都是四五尺深的雪，前日忽然一暖一化，路上竟難走得狠，耽擱了幾日。雖走了一個月零兩日，日子有限，怕爺心焦，可不趕着來了。」賈珍道：「我説呢，怎麼今兒才來。我才看那單子上，今年你這老貨又來打擂台來了。」烏進孝忙進前兩步回道：「回爺説，今年年成實在不好，從三月下雨，接連着直到八月，竟沒有一連晴過五六日。九月一場碗大的雹子，方近二三百里地方，連人帶房並牲口、糧食打傷了上千上萬的，所以才這樣，小的並不敢説謊。」賈珍皺眉道：「我算定你至少有五千銀子來，這夠做什麼的！如今你們一共只剩了八九個莊子，今年倒有兩處報了旱澇，你們又打擂台，真正是叫別過年了。」烏進孝道：「爺的這地方還算好呢。我兄弟離我那裡只一百多地，竟又大差了。他現管着那府八處莊地，比爺這邊多着幾倍，今年也是這些東西，不過二三千兩銀子，也是有饑荒打呢。」賈珍道：「正是呢。我這邊倒可，已沒什麼外項大事，不過是一年的費用。我受用些就費些，我受些委曲就省些。再者年例送人請人，我把臉皮厚些也就完了。比不得那府裡這幾年添了許多花錢的事，一定不可免是要花的，卻又不添些銀子產業，這一二年裡賠了許多，不和你們要，

毛澤東很強調這一節，認為它寫的是階級鬥爭。作者並未十分着力寫這些，但要忠於真實，就不能不寫這些，恰恰成為與賈府奢靡揮霍生活相比的鮮明對照。當然，是階級壓迫，階級剝削。暫時尚未看到多少鬥爭。

儘管是草草寫到，仍叫人看到想到賈府以外的民苦民瘼。

只能往下壓，往下榨。

這裡有一種理所當然的流氓腔調，強盜口吻。倚勢壓人，巧取豪奪與流氓強盜實質無異。

找誰去！」烏進孝笑道：「那府裡如今雖添了事，有去有來，娘娘和萬歲爺豈不賞呢！」賈珍聽了，笑向賈蓉等道：「你們聽聽，他說的可笑不可笑？」賈蓉等忙笑道：「你們山坳海沿子上的人那裡知道這道理。娘娘難道把皇上的庫給我們不成！他心裡縱有這心，他不能做主。豈有不賞之理，按時按節不過是些彩緞古董頑意兒。就是賞也不過一百兩金子，才值一千多兩銀子，夠什麼？這二年那一年不賠出幾千兩銀子來！頭一年省親連蓋花園子，你算算那一注花了多少，就知道了。再二年再省一回親，只怕就精窮了。」賈珍笑道：「所以他們莊客老實人，外明不知裡暗的事，黃柏木作了磬搥子，——外頭體面裡頭苦。」賈蓉又說又笑向賈珍道：「果真那府裡窮了。前兒我聽見二嬸娘和鴛鴦悄悄商議，要偷老太太的東西去當銀子呢。」賈珍笑道：「那又是鳳姑娘的鬼，那裡就窮到如此。他必定是見去路大了，實在賠得狠了，不知又要省那一項的錢，先設出這法子來使人知道，說窮到如此了。我心裡卻有個算盤，還不至此田地。」說着，便命人帶了烏進孝出去，好生待他，不在話下。

這裡賈珍吩咐將方才各物留出供祖宗的來，將各樣取了些，命賈蓉送過榮府裡去。然後自己留了家中所用的，餘者派出等第，一分一分的堆在月台底下，命人將族中子侄喚來分與他們。接着榮國府也送了許多供祖之物及與賈珍之物。賈珍看着收拾完備供器，趿着鞋，披着一件猞猁猻[12]大皮襖，命人在廳柱下石階上太陽中鋪了一個大狼皮褥子，負暄[13]閒看各子弟們來領取年物。因見賈芹亦來領

大有大的難處，高有高的難處，皇親國戚有皇親國戚的難處。好比墳地裡的楊樹，心已空了。

在上之人，都有這種慨嘆。

窮也要加以利用，做出有利於己的文章。

賈珍親自抓這些，卻不見他抓別的重要的事。也算抓了芝麻，丟了西瓜。

物，賈珍叫他過來，說道：「你做什麼也來了？誰叫你來的？」賈芹垂手回說：「聽見大爺這裡叫我們領東西，我沒等人去就來了。」賈珍道：「我這東西原是給你那些閒着無事沒進益的叔叔兄弟們的。那二年你閒着，我也給過你的。你如今在那府裡管事，家廟裡管和尚道士們，一月又有你的分例外，這些和尚的分例銀錢都從你手裡過來，你還來取這個來，太也貪了！你自己瞧瞧，你穿的可像個手裡使錢辦事的？先前你說沒進益，如今又怎麼了？比先前倒不像了。」賈芹道：「我家裡原人口多，費用大。」賈珍冷笑道：「你又支吾我。你在家廟裡幹的事，打諒我不知呢。你到了那裡自然是爺了，沒人敢抗違你，你手裡又有了錢，離着我們又遠，你就為王稱霸起來，夜夜招聚匪類，賭錢養老婆小子。這會子花得這個形象，你還敢領東西來？領不成東西，領一頓馱水棍[14]去才罷。等過了年，我必和你二叔說，換回你來。」賈芹紅了臉，不敢答言。人回：「北府王爺送了對聯荷包來了。」賈珍聽說，忙命賈蓉出去款待，「只說我不在家。」賈蓉去了。這裡賈珍攆走賈芹，看着領完東西，回房與尤氏吃畢晚飯，一宿無話。至次日，更忙，不必細說。

已到了臘月二十九日了，各色齊備，兩府中都換了門神、聯對、掛牌，新油了桃符，[15]煥然一新。寧國府從大門、儀門、大廳、暖閣、內廳、內三門、內儀門並內塞門，[16]直到正堂，一路正門大開，兩邊階下一色朱紅大高燭，點的兩條金龍一般。次日，由賈母有封誥者，皆按品級着朝服，先坐八人大轎，帶領眾人

賈珍認出了一個賈芹，算是賈芹晦氣。誰知道這些來領禮物的人，還有誰與賈芹一樣乃至更惡劣？

上樑不正下樑歪。

順便交待幾句，見其從上爛到下的情形。

進宮朝賀，行禮領宴畢，回來便到寧府暖閣下轎。諸子弟有未隨入朝者，皆在寧府門前排班伺候，然後引入宗祠。且説寶琴是初次進賈祠觀看，一面細細留神打諒這宗祠。原來寧府西邊另一個院子黑油柵欄內，五間大門上面懸一匾，寫着是「賈氏宗祠」四個字，旁書「特晉爵太傅前翰林掌院事王希獻書」。兩邊有一副長聯，寫道：

肝腦塗地，兆姓賴保育之恩；
功名貫天，百代仰蒸嘗[17]之盛。

也是王太傅所書。進入院中，白石甬路兩邊皆是蒼松翠柏。月台上設着古銅鼎彝等器。抱廈前面懸一塊九龍金匾，寫道：

星輝輔弼[18]

乃先皇御筆。兩邊一副對聯，寫道是：

勳業有光昭日月，
功名無間及兒孫。

也是御筆。五間正殿前懸一塊鬧龍填青匾，寫道是：

慎終追遠[19]

旁邊一副對聯，寫道是：

已後兒孫承福德，
至今黎庶念榮寧。

行禮如儀。虛應故事。

何等好話！卻又何等脫離實際！

兒孫承福德——坐享其成，一代不如一代。

*封建社會這種把功名富貴賞賜給功臣後代的做法，確實培養出一大批寄生蟲，爛透了的貨。這種做法的腐蝕性實在太大了。

俱是御筆。裡邊燈燭輝煌，錦幛繡幕，雖列着些神主，卻看不真切。只見賈府人分了昭穆[20]排班立定。賈敬主祭，賈赦陪祭，賈珍獻爵，賈璉、賈琮獻帛，寶玉捧香，賈菖、賈菱展拜墊，守焚池。青衣樂奏三獻爵，興拜畢，焚帛奠酒，禮畢，樂止，退出。眾人圍隨賈母至正堂上，影前錦帳高掛，彩屏張護，香燭輝煌，上面正房中懸着寧榮二祖遺像，皆是披蟒腰玉；兩邊還有幾軸列祖遺像。賈荇、賈芷等從內儀門挨次列站，直到正堂廊下。檻外方是賈敬賈赦，檻內是各女眷。眾家人小廝皆在儀門之外。每一道菜至，傳至儀門，賈荇、賈芷等便接了，按次傳至階下賈敬手中。賈蓉係長房長孫，獨他隨女眷在檻裡。每賈敬捧菜至，傳與賈蓉，賈蓉便傳與他媳婦，又傳與鳳姐尤氏諸人，直傳至供桌前，方傳與王夫人。王夫人傳與賈母，賈母方捧放在桌上。邢夫人在供桌之西，東向立，同賈母供放。直至將菜、飯、湯、點、酒、茶傳完，賈蓉方退出去，歸入賈芹階位之首。當時凡從文旁之名者，賈敬為首；下則從玉者，賈珍為首；再下從草頭者，賈蓉為首；左昭右穆，男東女西；俟賈母拈香下拜，眾人方一齊跪下，將五間大廳，三間抱廈，內外廊檐，階上階下兩丹墀內，花團錦簇，塞的無一些空地，鴉雀無聞，只聽鏗鏘叮噹，金鈴玉珮微微搖曳之聲，並起跪靴履颯沓之響。一時禮畢，賈敬賈赦等便忙退出，至榮府專候與賈母行禮。

尤氏上房地下鋪滿紅氈。當地放着象鼻三足泥鰍流金琺琅大火盆，正面炕上鋪着新猩紅氈，設着大紅彩繡雲龍捧壽的靠背引枕坐褥外，另有黑狐皮的袱子搭

興拜祭奠時就無一人慚愧嗎？

儀式隆重威嚴，程序一絲不苟，實際腐爛頽敗，不過走一遍空洞的形式而已。

場面極好，內容全無。反面文章正面做，寫得何等輝煌漂亮。

在上面，大白狐皮坐褥，請賈母上去坐了。兩邊又鋪皮褥，讓賈母一輩的兩三個妯娌坐了。這邊橫頭排插[21]之後小炕上，也鋪了皮褥，讓邢夫人等坐了。地下兩面相對十二張雕漆椅上，都是一色灰鼠椅搭小褥，每一張椅下一個大銅腳爐，讓寶琴等姐妹坐。尤氏用茶盤親捧茶與賈母，賈蓉媳婦捧與眾老祖母，然後尤氏又捧與邢夫人等，賈蓉媳婦又捧與眾姊妹。鳳姐李紈等只在地下伺候。茶畢，邢夫人等便先起身來侍賈母吃茶。賈母與年老妯娌們閒話了兩三句，便命看轎。鳳姐兒忙上去攙起來。尤氏笑回說：「已經預備下老太太的晚飯。每年都不肯賞些體面用過晚飯再過去，果然我們就不濟鳳丫頭不成？」鳳姐兒攙着賈母笑道：「老祖宗走罷，咱們家去吃去，別理他。」賈母笑道：「你這裡供着祖宗，忙得什麼似的，那裡還擱得住我鬧。況且我每年不吃，你們也要送去的。不如還送了來，我吃不了留着明兒再吃，豈不多吃些。」說得眾人都笑了。又吩咐他：「好生派妥當人夜裡坐着看香火，不是大意得的。」尤氏答應了。一面走出來至暖閣前，尤氏等閃過屏風，小廝們才領轎夫，請了轎出大門。尤氏亦隨邢夫人等同至榮府。

這裡轎出大門，這一條街上東一邊設立着寧國公的儀仗執事樂器，來往行人皆屏退，不從此過。一時來至榮府，也是大門正門一直開到裡頭，如今便不在暖閣下轎了，過了大廳，轉彎向西，至賈母這邊正廳上下轎。眾人圍隨同至賈母正室之中，亦是錦茵繡屏，煥然一新。當地火盆內焚着松柏香、百合草。賈母歸了坐，老嬤嬤來回：「老太太們來行禮。」賈母忙起身要迎，只見兩三個老妯娌已

一切都符合強化上下尊卑秩序的要求。雖有表面的秩序，並無任何盡忠報效或守業振興的思路、檢討、規劃，並無一個有責任心有眼光的人才。這樣的秩序歸根結底是保持不住的。

賈母畢竟不同，說什麼都是舉重若輕，兒戲一般。

進來了。大家挽手，笑了一回，讓了一回，吃茶去後，賈母只送至儀門內便回來，歸了正坐。賈敬賈赦等領了諸子弟進來。賈母笑道：「一年價難為你們，不行禮罷。」一面男一起，女一起，俱行過了禮。左右設下交椅，然後又按長幼挨次歸坐受禮。兩府男女小廝丫鬟亦按差役上中下行禮畢，然後散了押歲錢並荷包、金銀錁等物，擺上合歡宴來。男東女西歸坐，獻屠蘇酒、[22]合歡湯、吉祥果、如意糕畢，賈母起身進內間更衣，眾人方各散出。那晚各處佛堂灶王前焚香上供，王夫人正房院內設着天地紙馬香供，大觀園正門上挑着角燈，兩旁高照，各處皆有路燈。上下人等打扮的花團錦簇，一夜人聲雜沓，語笑喧闐，爆竹起火絡繹不絕。

帶有團拜性質。只是那時極奢靡。

至次日五鼓，賈母等人按品大妝，擺全副執事，進宮朝賀，兼祝元春千秋。領宴回來，又至寧府祭過列祖，方回來受禮畢，便換衣歇息。所有賀節來的親友一概不會，只和薛姨媽、李嬸娘二人說話取便，或同寶玉、寶釵等姊妹趕圍棋摸牌作戲。王夫人與鳳姐天天忙着請人吃年酒，那邊廳上與院內皆是戲酒親友，絡繹不絕。一連忙了七八日才完了。早又元宵將近，寧榮二府皆張燈結彩。十一日是賈赦請賈母等，次日賈珍又請賈母。王夫人和鳳姐兒也連日被人請去吃年酒，不能勝記。

大人物也要活得輕鬆。

至十五這一晚上，賈母便在大花廳上命擺幾席酒，定一班小戲，滿掛各色花燈，帶領榮寧二府各子侄孫男孫媳等家宴。賈敬素不飲酒茹葷，因此不去請他。

賈敬何苦如是之消極遁世？「紅」的描寫實際

十七日祀祖已完，他便出城修養，就是這幾日在家，也只靜室默處，一概無聞，不在話下。賈赦領了賈母之賞，告辭而去。賈母知他在此不便，也隨他去了。賈赦到家中與眾門客賞燈吃酒，笙歌聒耳，錦繡盈眸，其取樂與這裡不同。

避開了他。

這裡賈母花廳之上擺了十來席，每席旁邊設一几，几上設爐瓶三事，焚着御賜百合宮香。又有八寸來長四五寸寬二三寸高點綴着山石的小盆景，俱是新鮮花卉。又有小洋漆茶盤，放着舊窯十錦小茶杯。又有紫檀雕嵌的大紗透繡花草詩字的瓔珞。各色舊窯小瓶中都點綴着「歲寒三友」「玉堂富貴」等鮮花。

隨便寫到擺設，也是成龍配套，氣象不凡，令讀者凡夫俗子張大嘴巴，艷羨讚嘆得閉不上嘴。

上面兩席是李嬸娘薛姨媽坐。東邊單設一席，乃是雕夔龍護屏矮足短榻，靠背引枕皮褥俱全。榻上設一個輕巧洋漆描金小几，几上放着茶碗、漱盂、洋巾之類，又有一個眼鏡匣子。賈母歪在榻上與眾人說笑，一回又取眼鏡向戲台上照，一回又說：「恕我老了骨頭疼，容我放肆些歪着相陪罷。」又命琥珀坐在榻上，拿着美人拳[23]捶腿。榻下並不擺席面，只一張高几，設着高架瓔珞花瓶香爐等物。外另設一小高桌，擺着杯箸。旁邊一席，命寶琴、湘雲、黛玉、寶玉四人坐着，每饌果菜來，先捧與賈母，賈母看喜則留在小桌上嚐一嚐，仍撤了放在席上，只算他四個跟着賈母坐。下面方是邢夫人、王夫人之位，下邊便是尤氏、李紈、鳳姐、賈蓉之妻。西邊便是寶釵、李紋、李綺、岫煙、迎春姊妹等。兩邊大樑上掛着聯三聚五玻璃彩穗燈。每席前豎着倒垂荷葉一柄，柄上有彩燭插着。這荷葉乃是洋鏨琺瑯，活信可以扭轉向外，將燈影逼住，照着看戲分外真切。窗格門戶一

賈母還是講禮貌的，請求允許與原諒在先。

生活的程序化，實際是生活的異化。

*從賈母、鳳姐這邊來說，「差人去請眾族中男女」，她們做得已經夠好了，已經是講團結，顧大局，惜老憐貧，屈尊俯就了。偏偏眾人並不買帳，隔閡既深，積怨又多，孤家寡人，並不上門打腫臉充胖子。其實是慘兮兮的。

齊摘下，全掛彩穗各種宮燈。廊檐內外及兩邊遊廊罩棚，將羊角、玻璃、戳紗、料絲，或繡，或畫，或絹，或紙諸燈掛滿。廊上几席便是賈珍、賈璉、賈環、賈琮、賈蓉、賈芹、賈菖、賈菱等。

賈母也曾差人去請從族中男女，奈他們有年老的懶於熱鬧；有家內沒有人，又有疾病淹留，欲來竟不能來；有一等妒富愧貧不肯來的；更有憎畏鳳姐之為人賭氣不來的；更有羞手羞腳，不慣見人，不敢來的：因此族中雖多女眷，來者不過賈藍之母婁氏帶了賈藍來。男人只有賈芹、賈芸、賈菖、賈菱四個現在鳳姐麾下辦事的來了。當下人雖不全，在家庭小宴也算熱鬧的了。

當下又有林之孝之妻帶了六個媳婦，抬了三張炕桌，每一張上搭着一條紅氈，放着選淨一般大、新出局的銅錢，用大紅繩串穿着，每二人搭一張，共三張。林之孝家的叫將那兩張擺至薛姨媽、李嬸娘的席下，將一桌送至賈母榻下。賈母便說：「放在當地罷。」這媳婦素知規矩，放下桌子，一並將錢都打開，將紅繩抽去，堆在桌上。此時正唱《西樓．樓會》[24]，這齣將終，于叔夜賭氣去了，那文豹便發科諢道：「你賭氣去了，恰好今日正月十五，榮國府中老祖宗家宴，待我騎了這馬趕進去討些果子吃是要緊的。」說畢，引得賈母等都笑了。薛姨媽等都說：「好個鬼頭孩子，可憐見的。」鳳姐便說：「這孩子才九歲了。」賈母笑說：「難為他說得巧。」便說了一個「賞」字。早有三個媳婦已經手下預備下小笸籮，聽見一個「賞」字，走上去將桌

並不得人心。自己關上門大講排場，實際無人領情無人賞光，歸根結底還是沒有威風起來。

用盡心思，挖空心思，極盡喜慶吉祥之能事。福壽昌隆，時運永濟，何等強烈的願望！可惜最後不過是水中撈月而已。

上散堆錢每人撮了一笸籮走出來，向戲台說：「老祖宗、姨太太、親家太太賞文豹買果子吃的。」說畢，向台一撒，只聽豁啷啷滿台的錢響。賈珍賈璉已命小廝們抬大笸籮的錢預備，未知怎生賞去，且聽下回分解。

＊一面是華麗雍容，莊嚴肅穆，一絲不苟，煞有介事，冠冕堂皇，排場講究。一面是腐爛頹敗，勢孤力單，蠅蠅苟苟，鬼鬼祟祟，捉襟見肘。於是華麗中見空洞，莊嚴中見虛偽，嚴格中見呆木，堂皇中顯露出無可挽回的頹勢來。

一枝筆，既寫了大面上的良辰美景氣勢煊赫，又順手一擊，暴露出了裡子上的爛洞。

內裡空了爛了，只剩下了表面的行禮如儀。

1 **虛浮微縮**：中醫診斷脈象的術語，指脈搏微弱無力，說明病情已十分危重。

2 **都檢點**：官名。五代後唐設置，為禁軍最高統帥。宋初廢，這裡借指高級武官。

3 **大司馬**：官名。西漢武帝時設置，隋以後廢。後世用作兵部尚書的別稱。

4 **供器**：指置於供桌上的器皿，包括香爐、香筒、蠟插等。

5 **神主**：為奉祀死者而製成的木牌位，中書死者名諱、官銜，最後寫「神主」二字。上旁寫生卒年月日，下旁寫奉祀人姓名。

6 **遺真影像**：祖先生前肖像，通稱「遺像」。

7 **傾**：將金銀熔化倒入模子，鑄造成錁子、元寶，這一工藝叫作「傾」。

8 **春祭的恩賞**：舊曆年前，皇帝賜給大臣的祭祖銀兩。

9 **關**：領的意思。

10 **光祿寺**：掌管皇室膳食的官署。

11 **莊頭**：管理莊園的代理人。負責監督佃戶生產、催收地租、攤派勞役等。

12 **猞猁猻**：一名土豹，產於我國東北的一種稀有珍獸，皮毛尤其珍貴。

13 **負暄**：曬背取暖叫「負暄」。

14 **領一頓馱水棍**：招一頓打的意思。「馱水棍」本指揹水時用的支撐的木棒，這裡指打人的棍子。

15 **桃符**：舊時立桃木板於門，上繪神像或書寫祈福禳災的詞句，名「桃符」。除日或正旦須更換或油飾一新。

16 **內塞門**：位於內儀門與正堂之間的屏門。

17 **蒸嘗**：古代祭祀名。《爾雅．釋天》：「秋祭曰嘗，冬祭曰蒸」。

18 **星輝輔弼**：指輔佐帝王的重臣。

19 **慎終追遠**：語出《論語．學而》，意為料理父母喪事要鄭重盡禮，對待祖先要虔誠祭祀。

20 **昭穆**：古代宗法制度對於輩次排列的規定。始祖為「昭」，下一代為「穆」。以此類排，左昭右穆，以區別輩份關係。祭祀時子孫也按照這個次序排列。

21 **排插**：室內一種較窄的板壁隔斷。

22 **屠蘇酒**：舊俗於正月初一飲屠蘇酒。屠蘇酒是用中草藥泡製的一種藥酒。

23 **美人拳**：一種木製長柄小錘，外裹皮革，用以捶打腰腿，可代拳頭。

24 **《西樓．樓會》**：明末清初袁于令作《西樓記》傳奇，寫于叔夜和妓女穆素徽的故事。

第五十四回 史太君破陳腐舊套 王熙鳳效戲彩斑衣[1]

卻說賈珍賈璉暗暗預備下大笸籮的錢，聽見賈母說「賞」，忙命小廝們快撒錢。只聽滿台錢響，賈母大悅。

二人遂起身，小廝們忙將一把新暖銀壺捧來，遞與賈璉手內，隨了賈珍趨至裡面。賈珍先到李嬸娘席上，躬身取下杯來，回身，賈璉忙斟了一盞；然後便至薛姨媽席上，也斟了。二人忙起身笑說：「二位爺請坐着罷了，何必多禮。」於是除邢王二夫人，滿席都離了席，也俱垂手旁侍。賈珍等至賈母榻前，因榻矮，二人便屈膝跪了。賈珍在前捧盞，賈璉在後捧壺。雖只二人捧酒，那賈琮弟兄等卻也是排班按序，一溜隨着他二人進來，見他二人跪下，都一溜跪下，寶玉也忙跪下。湘雲悄推他笑道：「你這會子又幫着跪下做什麼？有這樣，你也去斟一巡酒豈不好？」寶玉悄笑道：「再等一會再斟去。」說着，等他二人斟完起來，又與邢王夫人斟過了。賈珍笑說：「妹妹們怎麼樣呢？」賈母等都說道：「你們去罷，他們倒便宜些。」說了，賈珍等方退出。

當下天未二鼓，戲演的是《八義・觀燈》[2]八齣。正在熱鬧之際，寶玉因下

一副撒不完的家業的氣勢。

「紅」寫這些禮貌性舉動、應對十分細緻準確，堪稱是以禮治家。唯禮變成了過場、形式，虛化為空洞無用。

席往外走。賈母問：「往那裡去？外頭炮仗利害，仔細天上掉下火紙來燒着。」寶玉笑回說：「不往遠去，只出去就來。」賈母命婆子們好生跟着。於是寶玉出來，只有麝月秋紋幾個小丫頭隨着。賈母因說：「襲人怎麼不見？他如今也有些拿大了，單支使小女孩兒出來。」王夫人忙起身笑回道：「他媽前日歿了，因有熱孝，[3]不便前頭來。」賈母點頭，又笑道：「跟主子卻講不起這孝與不孝。若是他還跟我，難道這會子也不在這裡？這些竟成了例了。」鳳姐兒忙過來笑回道：「今晚便沒孝，那園子裡頭也須得看着，燈燭花炮最是擔險的。這裡一唱戲，園子裡的誰不來偷瞧瞧。他還細心，各處照看。況且這一散後，寶兄弟回去睡覺，各色都是齊全的。若他再來了，眾人又不經心，散了回去，鋪蓋也是冷的，茶水也不齊全，便各色都不便宜，所以我叫他不用來。老祖宗要叫他來，我就叫他就是了。」賈母聽了這話，忙說：「你這話很是，比我想得周到，快別叫他了。但只他媽幾時沒了，我怎麼不知道？」鳳姐兒笑道：「前兒襲人去親自回老太太的，怎麼倒忘了。」賈母想了想，笑道：「想起來了。我的記性竟平常了。」眾人都笑說：「老太太那裡記得這些事。」賈母因又嘆道：「我想着，他從小兒伏侍我一場，又伏侍了雲兒，末後給了個魔王，與他魔了這好幾年。他又不是咱們家根生土長的奴才，沒受過咱們什麼大恩典。他娘沒了，我想着要給他幾兩銀子發送他娘，也就忘了。」鳳姐兒道：「前兒太太賞了他四十兩銀子，就是了。」賈母聽說，點頭道：「這還罷了。正好前兒鴛鴦的娘也死了，我想他老子娘都在南邊，

厲害。

看來老規矩更嚴格，之後慢慢鬆懈了。

真有人替襲人說話。這也好比是「朝裡有人好做官」了。

我也沒叫他家去守孝。如今他兩處全禮，何不叫他二人一處作伴去。」又命婆子：「拿些果子菜饌點心之類與他二人吃去。」琥珀笑道：「還等這會子，他早就去了。」說着，大家又吃酒看戲。

且說寶玉一徑來至園中，眾婆子見他回房，便不跟去，只坐在園門裡茶房內烤火，和管茶的女人偷空飲酒鬥牌。寶玉至院中，雖是燈光燦爛，卻無人聲。麝月道：「他們都睡了不成？咱們悄悄進去嚇他們一跳。」於是大家躡足潛蹤，進了鏡壁一看，只見襲人和一個人對歪在地炕上。那一頭有三個老嬤嬤打盹。寶玉只當他兩個睡着了，才要進去，忽聽鴛鴦嘆了一聲，說道：「天下事可知難定。論理你單身在這裡，父母在外頭，每年他們東去西來，沒個定準，想來你是再不能送終的了，偏生今年就死在這裡，你倒出去送了終。」襲人道：「正是。我也想不到能夠看着父母殯殮。回了太太，又賞了四十兩銀子。這倒也算養我一場，我也不敢妄想了。」寶玉聽了，忙轉身悄向麝月等道：「誰知他也來了。我這一進去，他又賭氣走了，不如咱們回去罷，讓他兩個清清淨淨的說一回。襲人正一個悶着，幸他來得好。」說着，仍悄悄出來。

寶玉走過山石之後去站着撩衣，麝月秋紋皆站住背過臉去，口內笑說：「蹲下再解小衣，仔細風吹了肚子。」後面兩個小丫頭知是小解，忙先出去茶房內預備水去了。這裡寶玉剛過來，只見兩個媳婦迎面來了，又問：「是誰？」秋紋道：「寶玉在這裡呢，大呼小叫，仔細嚇着罷。」那媳婦們忙笑道：「我們不知，大

鴛鴦終有嗟嘆。聯繫上文她娘也死了來讀，便知她對自己的奴才地位終於有了遺憾之心。

照料至此，「少爺」至此。

節下來惹禍了。姑娘們可連日辛苦了。」說着，已到跟前。麝月等問：「手裡拿着什麼？」媳婦道：「是老太太賞金、花二位姑娘吃的。」秋紋笑道：「外頭唱的是《八義》，沒唱《混元盒》，[4]那裡又跑出『金花姑娘』來了。」寶玉命：「揭起來我瞧瞧。」秋紋麝月忙上去將兩個盒子揭開。兩個媳婦忙蹲下身子。寶玉看了兩個盒內都是席上所有的上等果品茶點，點了一點頭就走。麝月等忙胡亂擲了盒蓋跟上來。寶玉笑道：「這兩個女人倒和氣，會說話，他們天天乏了，倒說你們連日辛苦，倒不是那矜功自伐[5]的。」麝月道：「這兩個就好，那不知理的是太不知理。」寶玉道：「你們是明白人，擔待他們是粗夯可憐的人就完了。」一面說，一面就走出了園門。那幾個婆子雖吃酒鬥牌，卻不住出來打探，見寶玉出來，也都跟上。到了花廳後廊上，只見那兩個小丫頭一個捧着個小盆，又一個搭着手巾，又拿着漚子[6]小壺兒在那裡久等。秋紋先忙伸手向盆內試了試，說道：「你越大越粗心了，那里弄得這冷水。」小丫頭笑道：「姑娘瞧瞧這個天，我怕水冷，倒的是滾水，這還冷了。」正說着，可巧見一個老婆子提着一壺滾水走來。小丫頭便說：「好奶奶，過來給我倒上些。」那婆子道：「姐姐，這是老太太泡茶的，勸你走去舀了罷，那裡就走大了腳呢。」秋紋道：「憑你是誰的，你不給，我管把老太太的茶吊子倒了洗手。」那婆子回頭見了秋紋，忙提起壺來倒了些。秋紋道：「夠了。你這麼大年紀也沒見識，誰不知是老太太的！要不着的就敢要了。」婆子笑道：「我眼花了，沒認出這姑娘來。」寶玉洗了手，那小丫頭子拿

「矜功自伐」云云，該不是暗指李嬤嬤等人吧？

「服務」至此，只覺囉嗦無聊。

婆子提出老太太來，本是「鎮了」。不想寶二爺就在等着使，寶二爺的面子和地位決定了他有權分享老太太的熱水。這也類似「護官符」的事理。如來要拜，觀音韋陀彌勒以及十八羅漢，都是得罪不得的。為奴難！

小壺兒倒了漚子在他手內。寶玉漚了，秋紋麝月也趁熱水洗了一回，跟進寶玉來。

寶玉便要了一壺暖酒，也從李嬸娘斟起，他二人也笑讓坐。賈母便說：「他小人家兒，讓他斟去，大家倒要乾過這杯。」說着，便自己乾了。邢王二夫人也忙乾了。薛姨媽李嬸娘也只得乾了。賈母又命寶玉道：「你連姐姐妹妹的一齊斟上，不許亂斟，都要叫他乾了。」寶玉聽說，答應着，一一按次斟上了。至黛玉前，他偏不飲，拿起杯來，放在寶玉唇邊。寶玉一氣飲乾。黛玉笑說：「多謝！」寶玉替他斟上一杯。鳳姐兒便笑道：「寶玉，別喝冷酒，仔細手顫，明兒寫不的字，拉不的弓。」寶玉道：「沒有吃冷酒。」鳳姐兒笑道：「我知道沒有，不過白囑咐你。」然後寶玉將裡面斟完，只除賈蓉之妻是命丫頭們斟的。復出至廊下，又與賈珍等斟了，坐了一回，方進來仍舊歸坐。

一時上湯之後，又接着獻元宵。賈母便命將戲暫歇：「小孩子們可憐見的，也給他們些滾湯熱菜的，吃了再唱。」又命將各樣果子元宵等物拿些與他們吃。一時歇了戲，便有婆子帶了兩個門下常走的女先兒進來，放了兩張杌子在那一邊。賈母命他們坐了，將弦子琵琶遞過去。賈母便問李薛二人聽什麼書，他二人都回說：「不拘什麼都好。」賈母便問：「近來可又添些什麼新書？」兩個女先兒回說：「倒有一段新書，是殘唐五代的故事。」賈母問：「是何名？」女先兒回說：「這叫《鳳求鸞》。」賈母道：「這個名字倒好，不知因什麼起的，你先說大概，若好再說。」女先兒道：「這書上乃是說殘唐之時有一位鄉紳，本是金

陵人氏，名喚王忠，曾作兩朝宰輔，如今告老還家，膝下只有一位公子，名喚王熙鳳。」眾人聽了，笑將起來。賈母笑道：「這不重了我們鳳丫頭了。」媳婦忙上去推他說：「是二奶奶的名字，少混說。」賈母道：「你只管說罷。」女先兒忙笑着站起來說：「我們該死了，不知是奶奶的諱。」鳳姐兒笑道：「怕什麼，你說罷，重名重姓的多着呢。」女先兒又說道：「那年王老爺打發了王公子上京趕考，那日遇了大雨，到了一個莊子上避雨。誰知這莊上也有個鄉紳姓李，與王老爺是世交，便留下這公子住在書房裡。這李鄉紳膝下無兒，只有一位千金小姐。這小姐芳名叫作雛鸞，琴棋書畫無所不通。」賈母忙道：「怪道叫作《鳳求鸞》，不用說了，我已經猜着了，自然是王熙鳳要求這雛鸞小姐為妻了。」女先兒笑道：「老祖宗原來聽過這回書。」眾人都道：「老太太什麼沒聽見過！就是沒聽見，也猜着了。」賈母笑道：「這些書就是一套子，左不過是些才子佳人，最沒趣兒。把人家女兒說的這麼壞，還說是佳人，編的連影兒也沒有了。開口都是鄉紳門第，父親不是尚書就是宰相，一個女兒必是愛如珍寶。這小姐必是通文知禮，無所不曉，竟是絕代佳人。只見了一個清俊男人，不管是親是友，想起他的終身大事來，父母也忘了，書也忘了，鬼不成鬼，賊不成賊，那一點兒像個佳人？就是滿腹文章，做出這樣事來，也算不得是佳人了。比如一個男人家滿腹的文章去做賊，難道那王法就看他是個才子，不入賊情一案了不成？可知那編書的是自己堵自己的嘴。再者，既說是世宦書香，大家小姐都知禮讀書，連夫人都知書識禮，就是告

令人想起警幻仙子的妹妹表字可卿來。

賈母也是外圓內方。平常說話做事相當隨和變通，並不教條。遇到女人的道德戒律這樣她所認為的「原則問題」上，她毫不客氣，沒有商量餘地。

*或謂老太太這一番道理是警告林黛玉的。

不排除這種可能性。但也不排除她藉機宣傳與捍衛她的老規矩與老傳統的動機。一上來就襲人守孝問題，老太太已有一種規矩不如過去嚴了的慨嘆與不滿。

她似乎已有一種批評一下什麼的意思。

終於進行了文藝批評。通過批評文藝來理論一下思想觀念，不直接點什麼名什麼事，不失為一種好辦法。

老還家，自然這樣大家人口，奶媽丫鬟伏侍小姐的人也不少，怎麼這些書上凡有這樣的事，就只小姐和緊跟的一個丫頭？你們白想想，那些人都是管做什麼的？可是前言不答後語不是？」眾人聽了，都笑說：「老太太這一說，是謊都批出來了。」賈母笑道：「有個原故：編這樣書的人有一等妒人家富貴的，或者有求不遂心，所以編出來遭塌人家。再有一等人，他自己看了這些書看邪了，想着得一個佳人才好，所以編出來取樂兒。何嘗他知道那世宦讀書家的道理！別說那書上那些世宦書禮大家，如今眼下拿着咱們這中等人家說起來，也沒那樣的事，別叫他謅掉了下巴頦子罷！所以我們從不許說這些書，連丫頭們也不懂這些話。這些年我老了，他們姊妹們住的遠，我偶然悶了，說幾句聽聽，他們一來就忙着止住了。」李薛二人都笑說：「這正是大家子的規矩，連我們家也沒有這些雜話叫孩子們聽見。」

鳳姐兒走上來斟酒，笑道：「罷，罷，酒冷了，老祖宗喝一口潤潤嗓子再掰謊。[7] 這一回就叫作《掰謊記》，就出在本朝本地本年本月本日本時，老祖宗『一張口難說兩家話』，『花開兩朵，各表一枝』，『是真是謊且不表，再整觀燈看戲的人』。老祖宗且讓這二位親戚吃杯酒，看兩齣戲着，再從逐朝話言掰起如何？」一面說，一面斟酒，一面笑，未說完，眾人俱已笑倒了。兩個女先兒也笑個不住，都說：「奶奶好剛口。[8] 奶奶要一說書，真連我們吃飯的地方都沒了。」薛姨媽笑道：「你少興頭些，外面有人，比不得往常。」

賈母的創作發生學創作心理學雖不友好，卻不無些許道理，說明了創作特別是虛構的心理補償功能。

從她的動機來說，自然也是「關心保護下一代」。

鳳姐兒言談極高明。這一段似嫌過分了些。

鳳姐兒笑道：「外頭只有一位珍大哥哥。我們還是論哥哥妹妹，從小兒一處淘氣淘了這麼大。這幾年因做了親，我如今立了多少規矩了，便不是從小兒兄妹，只論大伯子小嬸兒，那《二十四孝》上『斑衣戲彩』，他們不能來『戲彩』引老祖宗笑一笑，我這裡好容易引得老祖宗笑一笑，多吃了一點東西，大家喜歡，都該謝我才是，難道反笑我不成？」賈母笑道：「可是這兩日我竟沒有痛痛的笑一場，倒是虧他才一路說笑的，我這裡痛快了些。我再吃鍾酒。」吃着酒，又命寶玉：「來敬你姐姐一杯。」鳳姐兒笑道：「不用他敬，我討老祖宗的壽罷。」說着，便將賈母的杯拿起來，將半盞剩酒吃了，將杯遞與丫鬟，另將温水浸的杯換一個上來。於是各席上的都撤去，另將温水浸着的代換，斟了新酒上來，然後歸坐。

王熙鳳的知識也還夠用。

　　女先兒回說：「老祖宗不聽這書，或者彈一套曲子聽聽罷。」賈母道：「你們兩個對一套〈將軍令〉[9]罷。」二人聽說，忙合弦按調撥弄起來。賈母因問：「天有幾更了？」眾婆子忙回：「三更了。」賈母道：「怪道寒浸浸起來。」早有眾人丫鬟拿了添換的衣裳送來。王夫人起身陪笑道：「老太太不如挪進暖閣裡地炕上倒也罷了。這二位親戚也不是外人，我們陪着就是了。」賈母聽說，笑道：「既這樣說，不如大家都挪進去，豈不暖和？」王夫人道：「恐怕裡頭坐不下。」賈母道：「我有道理。如今也不用這些桌子，只用兩三張拼起來，大家坐在一處，擠着又親熱，又暖和。」眾人都道：「這才有趣兒。」說着，便起了席。眾媳婦忙撤去殘席，裡面直順拼了三張大桌，又添換了果饌擺好。賈母便說：「都別拘

夜寒襲人，有一種沒落感。

禮，聽我分派。你們就坐才好。」說着，便讓薛李正面上坐，自己西向坐了，叫寶琴黛玉湘雲皆緊依左右坐下，向寶玉說：「你挨着你太太。」於是邢夫人王夫人之中夾着寶玉，寶釵等姐妹在西邊，挨次下去便是婁氏帶着賈藍，尤氏李紈夾着賈蘭，下面橫頭便是賈蓉之妻。賈母便說：「珍阿哥帶着你兄弟們去罷，我也就睡了。」

賈蓉之妻。一直沒有姓名。連極不相干人物，曇花一現人物也有名姓，獨不給賈蓉之妻起名，不知何故。

賈珍等忙答應，又都進來聽吩咐。賈母道：「快去罷，不用進來！才坐好了，又都起來。你快歇着罷，明兒還有大事呢。」賈珍忙答應了，又笑道：「留下蓉兒斟酒才是。」賈母笑道：「正是忘了他。」賈珍應了一個「是」，便轉身帶領賈璉等出來。二人自是歡喜，便命人將賈琮、賈璜各自送回家去，便約了賈璉去追歡買笑，不在話下。

這裡賈母笑道：「我正想着，雖然這些人取樂，必得重孫一對雙全的在席上才好。蓉兒這可全了。蓉兒和你媳婦坐在一處，倒也團圓了。」因有家人媳婦呈上戲單。賈母笑道：「我們娘兒們正說得興頭，又要吵起來。況且那孩子們熬夜怪冷的，也罷，叫他們歇歇，把咱們的女孩子們叫了來，就在這台上唱兩齣罷，也給他們瞧瞧。」媳婦子們聽了，答應出來，忙的一面着人往大觀園去傳人，一面二門口去傳小廝們伺候。小廝們忙至戲房將班中所有大人一概帶出，只留下小孩子們。

一時，梨香院的教習帶了文官等十二人，從遊廊角門出來。婆子們抱着幾個軟包，因不及抬箱，料着賈母愛聽的三五齣戲的彩衣包了來。婆子們帶了文官等進去見過，只垂手站着。賈母笑道：「大正月裡，你師父也不放你們出來逛逛。你們如今唱什麼？才剛八齣《八義》鬧的我頭疼，咱們清淡些好。你瞧瞧薛姨太太這李親家太太都是有戲的人家，不知聽過多少好戲的。這些姑娘們都比咱們家的姑娘見過好戲，聽過好曲子。如今這小戲子又是那有名頑戲的人家的班子，雖是小孩子，卻比大班子還強。咱們好歹別落了褒貶，少不得弄個新樣兒的。叫芳官唱一齣《尋夢》，[10]只用簫和笙笛，餘者一概不用。」文官笑道：「老太太說的是。我們的戲自然不能入姨太太和親家太太姑娘們的眼，不過聽我們一個髮脫口齒，再聽個喉嚨罷了。」賈母笑道：「正是這話了。」李嬸娘薛姨媽喜的笑道：「好個靈透孩子，你也跟着老太太打趣我們。」賈母笑道：「我們這原是隨便的頑意兒，又不出去做買賣，所以竟不大合時。」說着，又叫：「葵官唱一齣《惠明下書》，[11]也不用抹臉。只用這兩齣叫他們二位太太聽個助興兒罷了。若省了一點兒力，我可不依。」文官等聽了，出來忙去扮演上台，先是《尋夢》，次是《下書》。眾人鴉雀無聞。薛姨媽笑道：「實在戲也看過幾百班，人沒見過只用簫管的。」賈母道：「也有。只是像方才《西樓．楚江晴》[12]一支，多有小生吹簫合的。這合大套的實在少，這也在人講究罷了。這算什麼出奇？」指湘雲道：「我像他這麼大的時候兒，他爺爺有一班小戲，偏有一個彈琴的湊了《西廂記》的《聽琴》，[13]《玉簪記》的《琴挑》，[14]《續琵琶》的《胡笳十八拍》，[15]竟成了真

百科全書進入了戲劇科。

的了，比這個更如何？」眾人都道：「這更難得了。」賈母於是叫過媳婦們來，吩咐文官等，叫他們吹彈一套《燈月圓》。[16]媳婦們領命而去。

當下賈蓉夫妻二人捧酒一巡，鳳姐兒因賈母十分高興，便笑道：「趁着女先兒們在這裡，不如咱們傳梅，行一套『春喜上梅梢』的令如何？」賈母笑道：「這是個好令，正對時景。」忙命人取了一面黑漆銅釘花腔令鼓來，與女先兒們擊着，席上取了一枝紅梅。賈母笑道：「若到了誰手裡住了鼓，吃一杯，也要說些什麼才好。」鳳姐兒笑道：「依我說，誰像老祖宗要什麼有什麼呢。我們這不會的，豈不沒意思。依我說也要雅俗共賞，不如誰住了誰說個笑話兒罷。」眾人聽了，都知道他素日善說笑話，最是肚內有無限新鮮趣令。今兒如此說，不但在席的諸人喜歡，連地下伏侍的老小人等無不歡喜。那小丫頭子們都忙去找姐姐喚妹妹的告訴他們：「快來聽，二奶奶又說笑話兒了。」眾丫頭子們便擠了一屋子。於是戲完樂罷。賈母將些湯細點果與文官等吃去，便命響鼓。那女先兒們都是慣熟的，或緊或慢，或如殘漏之滴，或如迸豆之急，或如驚馬之馳，或如疾電之光，忽然暗其鼓聲，那梅方遞至賈母手中，鼓聲恰住。大家哈哈大笑，賈蓉忙上來斟了一杯。眾人都笑道：「自然老太太先喜了，我們才託賴些喜。」賈母笑道：「這酒也罷了，只是這笑話兒倒有些難說。」眾人都說：「老太太的比鳳姑娘說的還好，賞一個，我們也笑一笑。」賈母笑道：「並沒有新鮮招笑兒的，少不得老臉厚皮的說一個罷。」因說道：「一家子養了十個兒子，娶了十房媳婦兒，惟有第十房媳婦兒聰明伶俐，心乖嘴巧，公婆最疼，成日家説那九個不孝順。這九個媳婦兒委屈，便商議説：『咱們九個心裡孝順，只是不像那小蹄子兒嘴巧，所以公公婆婆只説他好。這委曲向誰訴去？』有主意的説道：『咱們明兒到閻王廟去燒香，和閻王爺説去，問他一問，叫我們託生為人，怎麼單單給那小蹄子兒一張乖嘴，我們都入了夯嘴裡頭。』那八個聽了都喜歡，説這個主意不錯。第二日便都往閻王廟來燒香。九個都在供桌底下睡着了。九個魂專等閻王駕到。左等不來，右等也不到，正着急，只見孫行者駕着筋斗雲來了，看見九個魂，便要拿金箍棒打來，唬得九個魂忙跪下央求。孫行者問起原故來，九個人忙細細的告訴了他。孫行者聽了，把腳一跺，嘆了一口氣道：『這原故幸虧遇見我，等着閻王來了，他也不得知道。』九個人聽了，就求説：『大聖發個慈悲，我們就好了。』孫行者笑道：「卻也不難。那日你們妯娌十個託生時，可巧我到閻王那裡去，因為撒了一泡尿在地下，你那個小嬸兒他吃了。你們如今要伶俐嘴乖，有的是尿，再撒泡你們吃就是了。」説畢，大家都笑起來。鳳姐兒笑道：「好的呀，幸而我們都是夯嘴夯腮的，不然也就吃了猴兒尿了。」尤氏婁氏都笑向李紈道：「咱們這裡頭誰是吃過猴兒尿的，別裝沒事人兒。」薛姨媽笑道：「笑話兒在對景就發笑。」

說着，又擊起鼓來。小丫頭子們只要聽鳳姐兒的笑話，便悄悄的和女先兒説明，以咳嗽為記。須臾傳至兩遍，剛到了鳳姐兒手裡，小丫頭子們故意咳嗽，女先兒便住了。眾人齊笑道：「這可拿住他了。快吃了酒，説一個好的，別太逗人笑得腸子疼。」鳳姐兒想一想，笑道：「一家子也是過正月節，合家賞燈吃酒，真真的熱鬧非常，祖婆婆、太婆婆、婆婆、媳婦、孫子媳婦、重孫子媳婦、親孫子媳婦、侄孫子、重孫子、灰孫子，滴里搭拉的孫子、孫女兒、外孫女兒、姨表孫女兒、姑表孫女兒……噯喲喲，真好熱鬧！」眾人聽他說着，已經笑了，都說：「聽這數貧嘴的，又不知要編派那一個呢？」尤氏笑道：「你要招我，我可撕你的嘴。」鳳姐兒起身拍手笑道：「人家這裡費力，你們緊着混，我就不說了。」賈母笑道：「你說你的，底下怎麼樣？」鳳姐兒想了一想，笑道：「底下就團團的坐了一屋子，吃了一夜酒就散了。」眾人見他正言厲色的說了，也都再無別話，怔怔的還等往下說，只覺他冰冷無味的就住了。史湘雲看了他半日。鳳姐兒笑道：「再說一個過正月節的。幾個人拿着房子大的炮仗往城外放去，引了上萬的人跟着瞧去。有一個性急的人等不得，便偷着拿香點着。只聽見『噗哧』的一聲，眾人哄然一笑都散了。這抬炮仗的人抱怨賣炮仗的捍的不結實，沒等放就散了。」湘雲道：「難道本人沒聽見？」鳳姐兒道：「本人原是個聾子。」眾人聽說，想一回，不覺失聲都大笑起來。又想着先前那一個沒完的，問他道：「先前那一個到底怎麼樣？也該說完了。」鳳姐兒將桌子一拍道：「好囉唆，到了第二日是十六日，年也完了，節也完了，我看人忙着收東西還鬧不清，那裡還知道底下事了。」眾人聽說，復又笑起來。鳳姐兒笑道：「外頭已經四更多了，依我說，

這個故事有一種不祥感、慘淡感。

*鳳姐講的第一個「笑話」甚奇。「正言厲色」，是一奇。有始無終，是二奇。講完「聾子放炮仗」的故事大家追問，又不知所云地講了幾句，是三奇。鳳姐突然卡殼，講不出笑話來了？講着講着突然覺得不好，失言了，便來了個緊刹車？另有深意？寓意深刻？反正是虎頭蛇尾，有始無終。留下了令人回味的空白。

＊消寒消夜，快樂中令人感到疲倦乃至清冷。

特別是鳳姐的「笑語」，欲笑不能，神龍見首不見尾，令人狐疑，令人不安。若有深意，文章後面似又有文章。

「紅」書整個寫得相當實在，過年、過元宵節諸事歷歷在目。但作者沒有忘記非紀實的玄虛手段。

老祖宗也乏了，咱們也該『聾子放炮仗——散了』罷。」尤氏等用手帕握着嘴，笑得前仰後合，指他說道：「這個東西，真會數貧嘴。」賈母笑道：「真真這鳳丫頭越發貧嘴了。」一面說，一面吩咐道：「他提起炮仗來，咱們也把煙火放了，解解酒。」

賈蓉聽了，忙出去帶着小廝們就在院子內安下屏架，將煙火設吊齊備。這煙火俱係各處進貢之物，雖不甚大，卻極精緻，各色故事俱全，夾着各色花炮。林黛玉稟氣虛弱，不禁劈拍之聲，賈母便摟他在懷內。薛姨媽便摟湘雲。湘雲笑道：「我不怕。」寶釵笑道：「他專愛自己放大炮仗，還怕這個呢。」王夫人便將寶玉摟入懷內。鳳姐笑道：「我們是沒人疼的。」尤氏笑道：「有我呢，我摟着你。你這會子又撒嬌兒了，聽見放炮仗就像吃了蜜蜂兒屎的，今兒又輕狂了。」鳳姐兒笑道：「等散了，咱們園子裡放去，我比小廝們還放得好呢。」說話之間，外面一色色的放了又放，又有許多「滿天星」、「九龍入雲」、「平地一聲雷」、「飛天十響」之類的零星小炮仗。放罷，然後又命小戲子打了一回「蓮花落」，[17]撒得滿台的錢。那些孩子們滿台的搶錢取樂。上湯時，賈母說：「夜長，不覺得有些餓了。」鳳姐忙回說：「有預備的鴨子肉粥。」賈母道：「我吃些清淡的罷。」鳳姐兒忙道：「也有棗兒熬的粳米粥，預備太太們吃齋的。」賈母道：「倒是這個還罷了。」說着，已命撤去殘席，內外另設各種精緻小菜。大家隨意吃了些，用過漱口

散了吧，散了吧的聲音，從此不絕於篇。

茶，方散。

十七日一早，又過寧府行禮，伺候掩了祠門，收過影像，方回來。此日便是薛姨媽家請吃年酒。賈母連日覺得身上乏了，坐了半日回來了。自十八日以後，親友來請，或來赴席的，賈母一概不會，有王夫人、邢夫人、鳳姐三人料理。連寶玉只除王子騰家去了，餘者亦皆不去，只說是賈母留下解悶。閒言不提，當下元宵已過，要知端的，且聽下回分解。

1 **戲彩斑衣**：即老萊子故事，「二十四孝」之一。老萊子，春秋時人，有孝行，年七十，着五彩斑斕衣，作嬰兒啼，以娛雙親。後以「戲彩斑衣」表示孝行。

2 **《八義‧觀燈》**：明徐元據「趙氏孤兒」故事作《八義記》傳奇。為趙家出力的，先後有八個義士，故名。《觀燈》指該劇第五齣《宴賞元宵》。

3 **熱孝**：父母喪後百日稱「熱孝」。

4 **《混元盒》**：明末清初一部神魔劇。劇中有水神金花娘娘與張真人鬥法情節。

5 **矜功自伐**：居功自誇的意思。「伐」誇耀之意。

6 **漚子**：一種潤膚香蜜。

7 **掰謊**：戳穿謊言。「掰」，分開之意。

8 **剛口**：口齒清楚爽利的意思。

9 **〔將軍令〕**：樂曲名，原為軍中發令時所用之曲。

10 **《尋夢》**：《牡丹亭》第十二齣。

11 **《惠明下書》**：《西廂記》第二本第一折。

12 **《西樓‧楚江晴》**：《西樓記》第八齣有《楚江晴》一曲。

13 **《西廂記》的《聽琴》**：《聽琴》是《西廂記》第二本第五折。

14 **《玉簪記》的《琴挑》**：《玉簪記》是明代高濂的傳奇劇本，寫女尼陳妙常與書生潘必正的故事。《琴挑》是第十六齣。

15 **《續琵琶》的《胡笳十八拍》**：《續琵琶》是清人傳奇，一說曹雪芹祖父曹寅所撰。寫東漢蔡文姬的故事。《胡笳十八拍》本古琴曲名，據傳蔡文姬曾為填詞。劇中有《製拍》一齣。

16 **《燈月圓》**：應是樂曲名，或是作者杜撰。詞曲牌中有《人月圓》。

17 **蓮花落**：曲藝之一種，也叫「落子」。原為乞兒所唱，後出現專業藝人。

第五十五回 辱親女愚妾爭閒氣 欺幼主刁奴蓄險心

且說榮府中剛將年事忙過，鳳姐兒因年內年外操勞太過，一時不及檢點，便小月[1]了，不能理事，天天兩三個太醫用藥。鳳姐兒自恃強壯，雖不出門，然籌劃計算，想起什麼事來，便命平兒去回王夫人，任人諫勸，他只不聽。王夫人便覺失了膀臂，一人能有多少精神？凡有了大事，便自己主張，將家中瑣碎之事，一應都暫令李紈協理。李紈本是個尚德不尚才的，未免逞縱了下人。王夫人便命探春合同李紈裁處，只說過了一月，鳳姐將息好了，仍交與他。誰知鳳姐稟賦氣血不足，兼年幼不知保養，平生爭強鬥智，心力更虧，故雖係小月，竟着實虧虛下來，一月之後，又添了下紅之症。他雖不肯說出來，眾人看他面目黃瘦，便知失於調養。王夫人只令他好生服藥調養，不令他操心。他自己也怕成了大症，遺笑於人，便想偷空調養，恨不得一時復舊如常。誰知服藥調養直到三月間，才漸漸的起復過來，下紅也漸漸止了。此是後話。

中國式的整體思維模式：把一個人的健康狀況與其秉性、人格、處境緊密聯繫起來評析。這是其高明處，也是其模糊乃至不着邊際處。

如今且說目今王夫人見他如此，探春與李紈暫難謝事，園中人多，又恐失於照管，特請了寶釵來，託他各處小心。因囑咐他：「老婆子們不中用，得空兒吃酒鬥牌，白日裡睡覺，夜裡鬥牌，我都知道的。鳳丫頭在外頭，他們還有個怕懼，如今他們又該取便了。好孩子，你還是個妥當人，你兄弟妹妹們又小，我又沒工夫，你替我辛苦兩天，照看照看，凡有想不到的事，你來告訴我，別等老太太問出來，我沒話回。那些人不好了，你只管說。他們不聽，你來回我。別弄出大事來才好。」寶釵聽說，只得答應了。

時屬季春，黛玉又犯了咳嗽。湘雲亦因時氣所感，亦臥病於蘅蕪苑，一天醫藥不斷。探春同李紈相住間隔，二人近日同事，不比往年，來往回話人等亦甚不便。故二人議定，每日早晨皆到園門口南邊的三間小花廳上去會齊辦事。吃過早飯於午錯方回。這三間廳原係預備省親之時眾執事太監起坐之處，故省親以後也用不着了，每日只有婆子們上夜。如今天已和暖，不用十分修飾，只不過略略的陳設了，便可他二人起坐。這廳上也有一處匾，題着「補仁諭德」[2]四字，家下俗呼皆只叫「議事廳兒」。如今他二人每日卯正至此，午正方散，凡一應執事的媳婦等來往回話者，絡繹不絕。

疾病亦是「紅」中的一個重要角色。生老病死，病居其一。病是命運，更是命運的徵兆，是主觀慾望與意志的一個強有力的對立物。

眾人先聽見李紈獨辦，各各心中暗喜，以為李紈素日是個厚道多恩無罰的，自然比鳳姐兒好搪塞。便添了一個探春，也都想着不過是個未出閨閣的年輕小姐，且素日也最平和恬淡，因此都不在意，比鳳姐兒前便懈怠了許多。只三四日後，幾件事過手，漸覺探春精細處不讓鳳姐，只不過是語言安靜，性情和順而已。可巧連日有王公侯伯世襲官員十幾處，皆係榮寧非親即世交之家，或有升遷，或

這就證明，鳳姐是必要的與合理的。

有點降，或有婚喪紅白等事，王夫人賀吊迎送，應酬不暇，前邊更無人照管。他二人便一日皆在廳上起坐。寶釵便一日在上房監察，至王夫人回方散。每於夜間針線暇時，臨寢之前，先坐了轎，帶領園中上夜人等各處巡察一次。他三人如此一理，更覺比鳳姐兒當權時倒更謹慎了些。因而裡外下人都暗中抱怨說：「剛剛的倒了一個『巡海夜叉』，又添了三個『鎮山太歲』，越發連夜裡偷着吃酒頑的工夫都沒了。」

由鳳姐的鐵腕管理變成李、探、釵的三套馬車體制。

這日王夫人正是往錦鄉侯府去赴席，李紈與探春早已梳洗，伺候出門去後，回至廳上坐了。剛吃茶時，只見吳新登的媳婦進來回說：「趙姨娘的兄弟趙國基昨日出了事，已回過老太太，太太說知道了，叫回姑娘來。」說畢，便垂手旁侍，再不言語。彼時來回話者不少，都打聽他二人辦事如何：若辦得妥當，大家則安個畏懼之心；若少有嫌隙不當之處，不但不畏服，一出二門還說出許多笑話來取笑。吳新登的媳婦心中已有主意，若是鳳姐前，他便早已獻殷勤，說出許多主意，又查出許多舊例來，任鳳姐揀擇施行。如今他藐視李紈老實，探春是年輕的姑娘，所以只說出這一句話來，試他二人有何主見。探春便問李紈。李紈想了一想，便道：「前日襲人的媽死了，聽見說賞銀四十兩。這也賞他四十兩罷了。」吳新登的媳婦聽了，忙答應了個是，接了對牌就走。探春道：「你且回來。」吳新登家的只得回來。探春道：「你且別支銀子。我且問你：那幾年老太太屋裡的幾位老姨奶奶也有家裡的，也

即使在嚴格的等級制度下面，仍然存在着事實上的自下而上的監督。在上者不可不慎。或者可以說是，存在着隨時犯上、欺上，直至作亂的危險。故居高位者戰戰兢兢……

＊這麼大一個家，這麼多頭緒，誰治得了呢？管理危機比財政危機還危機。關鍵還是人的問題。

有外頭的，有兩個分別。家裡的若死了人是賞多少，外頭的死了人是賞多少，你且說兩個我們聽聽。」一問，吳新登家的便都忘了，忙陪笑回說道：「這也不是什麼大事，賞多賞少誰還敢爭不成。」探春笑道：「這話胡鬧，依我說，賞一百倒好。若不按例，別說你們笑話，明兒也難見你二奶奶。」吳新登家的笑道：「既這麼說，我查舊帳去，此時卻不記得。」探春笑道：「你辦事辦老了的，還不記得，倒來難我們。你素日回你二奶奶也現查去？若有這道理，鳳姐姐還不算利害，也就算是寬厚了！還不快找了來我瞧。再遲一日，不說你們粗心，倒像我們沒主意了。」吳新登家的滿面通紅，忙轉身出來。眾媳婦們都伸舌頭，這裡又回別的事。

一時，吳家的取了舊帳來。探春看時，兩個家裡的賞過皆二十兩，兩個外頭的皆賞過四十兩外，還有兩個外頭的，一個賞過一百兩，一個賞過六十兩。這兩筆底下皆有原故：一個是隔省遷父母之柩，外賞六十兩；一個是現買葬地，外賞二十兩。探春便遞與李紈看了。探春便說：「給他二十兩銀子。把這帳留下，我們細看。」吳新登家的去了。

忽見趙姨娘進來，李紈探春忙讓坐。趙姨娘開口便說道：「這屋裡的人都踹下我的頭去還罷了。姑娘你也該想一想，該替我出氣才是。」一面說，一面便眼淚鼻涕哭起來。探春忙道：「姨娘這話說誰，我竟不懂。誰踹姨娘的頭？說出來我替姨娘出氣。」趙姨娘道：「姑娘現踹我，我告訴誰去！」探春聽說，忙站起來說道：「我並不敢。」李紈也忙站起來勸。趙姨娘道：「你們請坐下，聽我說。

例漸漸成為制度。按例辦的好處是避免紛爭。

探春精細，注意與舊制的銜接。

交接一事，最忌否定一切，自我做古。

趙姨娘一張口便出彩，不倫不類。

同樣的事情，換一個說法做法，也可能收到不同的效果。

趙姨娘粗鄙、赤裸裸，因而無法與探春對話。

我這屋裡熬油似的熬了這麼大年紀，又有你兄弟，這會子連襲人都不如了，我還有什麼臉？連你也沒臉面，別說是我呀！」探春笑道：「原來為這個，我說我並不敢犯法違禮。」一面便坐了，拿帳翻與趙姨娘瞧，又唸與他聽，又說道：「這是祖宗手裡舊規矩，人人都依着，偏我改了不成？這也不但襲人，將來環兒收了外頭的，自然也是同襲人一樣，這原不是什麼爭大爭小的事，講不到有臉沒臉的話上。他是太太的奴才，我是按着舊規矩辦。說辦的好，領祖宗的恩典，太太的恩典；若說辦的不均，那是他糊塗不知福，也只好憑他抱怨去。太太連房子賞了人，我有什麼有臉之處？一文不賞，我也沒什麼沒臉之處。依我說，太太不在家，姨娘安靜些養神罷了，何苦只要操心。太太滿心疼我，因姨娘每每生事，幾次寒心。我但凡是個男人，可以出得去，我必早走了，立一番事業，那時自有我一番道理。偏我是女孩兒家，一句多話也沒我亂說的。太太滿心裡都知道。如今因看重我，才叫我照管家務，還沒有做一件好事，姨娘倒先來作踐我。倘或太太知道了，怕我為難，不叫我管，那才正經沒臉呢，連姨娘真也沒臉了！」一面說，一面不禁滾下淚來。

趙姨娘沒了別話答對，便說道：「太太疼你，你越發拉扯拉扯我們。你只顧討太太的疼，就把我們忘了。」探春道：「我怎麼忘了？叫我怎麼拉扯？這也問他們各人，那一個主子不疼出力得用的人？那一個好人用人拉扯的？」李紈在旁只管勸說：「姨娘別生氣。也怨不得姑娘，他滿心裡要拉扯，口裡

*讀「紅」，常常覺得趙姨娘的形象不夠立體豐滿，甚至覺得曹公對這個人物有成見，把她漫畫化了，厭惡之情溢於筆端，沒有深度。何至於一張口一舉手便覺傻鄙陋至此！只是近一兩年，這種想法略有變化。有什麼辦法呢，生活中就是有這樣的人，生活就是這樣的啊！

趙這話個別說說尚可，偏偏在探春執行任務時到議事廳來當着李紈的面講，豈非自討沒趣！

李紈此話更將了探春的軍。

怎麼說的出來。」探春忙道：「這大嫂子也糊塗了。我拉扯誰？誰家姑娘們拉扯奴才了？他們的好歹，你們該知道，與我什麼相干。」趙姨娘氣得問道：「誰叫你拉扯別人去了？你不當家，我也不來問你。你如今現在說一是一，說二是二。如今你舅舅死了，你多給了二三十兩銀子，難道太太就不依你？分明太太是好太太，都是你們尖酸刻薄，可惜太太有恩無處使。姑娘放心，這也使不着你的銀子。明日等出了閣，我還想你額外照看趙家呢。如今沒有長翎毛兒就忘了根本，只揀高枝兒飛去了。」探春沒聽完，已氣得臉白氣噎，抽抽咽咽的一面哭，一面問道：「誰是我舅舅？我舅舅年下才升了九省檢點，那裡又跑出一個舅舅來？我倒素昔按禮尊敬，越發敬出這些親戚來了。既這麼說，每日環兒出去為什麼趙國基又站起來，又跟他上學，為什麼不拿出舅舅的款來？何苦來，誰不知道我是姨娘養的，必要過兩三個月尋出由頭來，徹底來翻騰一陣，怕人不知道，故意表白表白，也不知道是誰給誰沒臉？幸虧我還明白，但凡糊塗不知禮的，早急了。」李紈急得只管勸，趙姨娘只管還嘮叨。

忽聽有人說：「二奶奶打發平姑娘說話來了。」趙姨娘聽說，方把嘴止住。只見平兒走來。趙姨娘忙陪笑讓坐，又忙問：「你奶奶好些？我正要瞧去，就只沒得空兒。」李紈見平兒進來，因問他來做什麼。平兒笑道：「奶奶說，趙姨娘奶奶的兄弟沒了，恐怕奶奶和姑娘不知有舊例。若照常例只得

＊主奴關係與母女關係的相悖相聯是探春的最大心病。

此節趙姨娘極蠢濁，這種蠢濁之人的蠢濁之理倒也沒的說。不能說趙姨娘鬧得多麼出格。實際上賈府的貓膩多着呢。

偏偏探春心性高強，鐵面無私，益發要捍衛自己的主子身份而與醜惡的奴才親娘劃清界限。

這二人互為因果，互為條件，趙姨娘愈赤裸裸探春愈要劃清界線，反之亦然。

趙姨娘的特點是話怎麼不合適怎麼說，怎麼醜怎麼傻怎麼說。

編一個趙姨娘言行錄，以為粗鄙者戒！

二十兩，如今請姑娘裁度着，再添些也使得。」探春早已拭去淚痕，忙說道：「又好好的添什麼，誰又是二十四個月養的，不然也是出兵放馬揹着主人逃出命來過的人不成？你主子真個倒巧，叫我開了例，他做好人，拿着太太不心疼的錢，樂得做人情。你告訴他，我不敢添減，混出主意。他添他施恩，等他好了出來，愛怎麼添怎麼添。」平兒一來時已明白了對半，今聽這話，越發會意，見探春有怒色，便不敢以往日喜樂之時相待，只一邊垂手默侍。

探春未能在趙姨娘面前使出主子威風，便在平兒前找補了回來。

時值寶釵也從上房中來，探春等忙起身讓坐。未及開言，又有一個媳婦進來回事。因探春才哭了，便有三四個小丫鬟捧了臉盆、巾帕、靶鏡等物來。此時探春因盤膝坐在矮板榻上，那捧盆丫鬟走至跟前，便雙膝跪下，高捧臉盆，那兩個丫鬟也都在旁屈膝捧着巾帕並靶鏡脂粉之飾。平兒見侍書不在這裡，便忙上來與探春挽袖卸鐲，又接過一條大手巾來，將探春面前衣襟掩了。探春方伸手向臉盆中盥沐。媳婦便回道：「奶奶姑娘，家學裡支環爺和蘭哥兒一年的公費。」平兒先道：「你忙什麼！你睜着眼看見姑娘洗臉，你不出去伺候着，倒先說話來。二奶奶跟前你也這樣沒眼色來着？姑娘雖恩寬，我去回了二奶奶，只說你們眼裡都沒姑娘，你們都吃了虧，可別怨我。」唬得那個媳婦忙陪笑說：「我粗心了。」一面說，一面忙退出去。

平兒的崇高地位與美好形象依賴於她有明確的奴才意識。好比老臣盡忠，擁立新主。（當然只是暫時代理。）

探春一面勻臉，一面向平兒冷笑道：「你遲了一步，沒見還有可笑的：連吳姐姐這麼個辦老了事的，也不查清楚了，就來混我們，幸虧我們問他，他竟有臉說忘了。我說他回二奶奶事也忘了再找去，我料着你主子未必有耐性兒等他去找。」平兒笑道：「他有這麼一次，包管腿上的筋早折了兩根。姑娘別信他們，那是他們瞅着大奶奶是個菩薩，姑娘又是靦腆小姐，固然是託懶來混。」說着，又向門外說道：「你們只管撒野，等奶奶大安了，咱們再說。」門外的眾媳婦都笑道：「姑娘，你是個最明白的人，俗語說，『一人作罪一人當』，我們並不敢欺蔽主子。如今主子是嬌客，[3]若認真惹惱了，死無葬身之地。」平兒冷笑道：「你們明白就好了。」又陪笑向探春道：「姑娘知道，二奶奶本來事多，那裡照看得這些，保不住不忽略。俗語說，『旁觀者清』，這幾年姑娘冷眼看着，或有該添該減的去處，二奶奶沒行到，姑娘竟一添減，頭一件與太太有益，第二件也不枉姑娘待我們奶奶的情義了。」話未說完，寶釵李紈皆笑道：「好丫頭，真怨不得鳳丫頭偏疼他！本來無可添減的事，如今聽你一說，倒要找出兩件來斟酌斟酌，不辜負你這話。」探春笑道：「我一肚子氣，正要拿他奶奶出氣去，偏他碰了來，說了這些話，叫我也沒了主意了。」一面說，一面叫進方才那媳婦來問：「環爺和蘭哥家學裡這一年的銀子，是做那一項用的？」那媳婦便回說：「一年學裡吃點心或者買紙筆，每位有八兩銀子的使用。」探春道：「凡爺們的使用都是各屋裡支月錢的。環哥的是姨娘領二兩，寶玉的老太太屋裡襲人領二兩，蘭哥兒是大奶奶屋裡領。怎麼學裡每人多這八兩？原來上學去的是為這八兩銀子！從今日起把這一項蠲了。平兒回去告訴你奶奶，說我的話，把這一條務必免了。」

軟的欺負硬的怕，這樣的人眾是產生強硬乃至專制的管理人員的根源，反之亦然。素日愈是強硬專制，人眾愈沒有責任感、同情心、認同感，愈站在對立面——光站在岸上，油瓶倒了不扶……愈難管理。

探春空有補天志，補天之才。

平兒笑道：「早就該免。舊年奶奶原說要免的，因年下忙就忘了。」那個媳婦只得答應着去了。就有大觀園中媳婦捧了飯盒子來。

侍書素雲早已抬過一張小飯桌來，平兒也忙着上菜。探春笑道：「你說完了話幹你的去罷，在這裡又忙什麼。」平兒笑道：「我原沒事的，二奶奶打發了我來，一則說話，二則恐這裡人不方便，原是叫我幫着妹妹們伏侍奶奶姑娘的。」探春因問：「寶姑娘的怎麼不端來一處吃？」丫鬟們聽說忙出至檐外，命媳婦們去說：「寶姑娘如今在廳上一處吃，叫他們把飯送了這裡來。」探春聽說，便高聲說道：「你別混支使人，那都是辦大事的管家娘子們，你們支使他要飯要菜的，連個高低都不知道！平兒這裡站着，叫他叫去。」

平兒忙答應了一聲出來。那些媳婦們都悄悄的拉住笑道：「那裡用姑娘去叫，我們已有人叫去了。」一面說，一面用手帕撣石磯上說：「姑娘站了半天乏了，這太陽地裡且歇歇。」平兒便坐下，又有茶房裡的兩個婆子拿了個坐褥鋪下說：「石頭冷，這是極乾淨的，姑娘將就坐一坐兒罷。」平兒忙陪笑道：「多謝。」一個又捧了一碗精緻新茶出來，也悄悄笑說道：「這不是我們常用的茶，原是伺候姑娘們的，姑娘且潤一潤罷。」平兒忙欠身接了。因指眾媳婦悄悄說道：「你們太鬧的不像了。他是個姑娘家，不肯發威動怒，這是他尊重，你們就藐視欺侮他。果然招他動了大氣，不過說他一個粗糙就完了，你們就現吃不了的虧。他撒個嬌，太太也得讓他一二分，二奶奶也不敢怎麼樣。你們就這麼大膽子小看他，可是雞蛋往石頭上碰。」眾人都忙道：「我們何嘗敢大膽了，都是趙姨娘鬧的。」平兒也悄悄的道：「罷了，好奶奶們。『牆倒眾人推』，那趙姨奶奶原有些顛倒着三不着兩，有了事都就賴他。你們素日那眼裡沒人，心術利害，我這幾年難道還不知道？二奶奶若是略差一點兒的，早被你們這些奶奶們治倒了。饒這麼着，得一點空兒，還要難他一難，好幾次沒落了你們的口聲。眾人都道他利害，你們都怕他，惟我知道他心裡也就不算不怕的。前日我們還議論到這裡，再不能依頭順尾，必有兩場氣生。那三姑娘雖是個姑娘，你們都橫看[4]了他。二奶奶在這些大姑子小姑子裡頭，也就只單怕他五分。你們這會子倒不把他放在眼裡了。」

正說着，只見秋紋走來。眾媳婦忙趕着問好，又說：「姑娘也且歇一歇，裡頭擺飯呢。等撤下飯桌子來，再回話去。」秋紋笑道：「我比不得你們，我那裡等得。」說着，便直要上廳去。平兒忙叫：「快回來。」秋紋回頭見了平兒，笑道：「你又在這裡充什麼外圍子的防護？」一面回身便坐在平兒褥上。平兒悄問：「回什麼？」秋紋道：「問一問寶玉的月錢我們的月錢多早晚才領。」平兒道：「這什麼大事。你快回去告訴襲人，說我的話，憑有什麼事今日都別回。若回一件，管駁一件；回一百件，管駁一百件。」秋紋聽了，忙問道：「這是為什麼？」平兒與眾媳婦等都忙告訴他原故，又說：「正要找幾件利害事與有體面的人來開例作法子，鎮壓與眾人作榜樣呢，何苦你們先來碰在這釘子上。你這一去說了，他們若拿你們也作一二件榜樣，又礙着老太太、太太；若不拿着你們做一二件，人

平兒立論何其公正持平。

以惡制惡惡更惡。

通過平兒之口，介紹了事物的這一面：這些管事辦事的媳婦婆子，也是極難纏的。

此前，強調的是鳳姐的鐵腕。鐵有鐵的道理與難處。

都是不得已。鳳姐是不得已，平兒是不得已，趙姨娘是不得已，探春更是不得已。

不要往槍口上撞！

家又說偏一個向一個，仗着老太太、太太威勢的就怕，不敢動，只拿着軟的做鼻子頭。你聽聽罷，二奶奶的事，他還要駁兩件才壓得眾人口聲呢。」秋紋聽了，伸了伸舌頭，笑道：「幸而平姐姐在這裡，沒得臊一鼻子灰。趁早知會他們去。」說着，便起身走了。

平兒，聖之時者也。

接着寶釵的飯至，平兒忙進來伏侍。那時趙姨娘已去，三人在板床上吃飯。寶釵面南，探春面西，李紈面東。眾媳婦皆在廊下靜候，裡頭只有他們緊跟常侍的丫鬟伺候，別人一概不敢擅入。這些媳婦們都悄悄的議論說：「大家省事罷，別安着沒良心的主意，連吳大娘才都討了沒意思，咱們又是什麼有臉的。」他們一邊悄議，等飯完回事，只覺裡面鴉雀無聞，並不聞碗箸之響。一時只見一個丫頭將簾櫳高揭，又有兩個將桌抬出，茶房內有三個丫鬟捧着三個沐盆兒，見飯桌已出，三人便進去了。一回又捧出沐盆並漱盂來，方有侍書、素雲、鶯兒三個人，每人用茶盤捧了三蓋碗茶進去。一時等他三人出來，侍書命小丫頭子：「好生伺候着，我們吃飯來換你們，可別又偷坐着去。」眾媳婦們方慢慢的安分回事，不敢如先前輕慢疏忽了。

壓下去了。

經過一番較量，探春的威信初步建立。工作人員的素質造成了管理人員向強悍威猛型發展。

探春氣方漸平。因向平兒道：「我有一件大事早要和你奶奶商議，如今可巧想起來。你吃了飯快來。寶姑娘也在這裡，咱們四個人商議了，再細細的問你奶奶可行可止。」平兒答應回去。

從反面證明了好人的無用。好人＝無用。

鳳姐因問：「為何去這半日？」平兒便笑着將方才的原故細細說與他聽了。

鳳姐兒笑道：「好，好，好個三姑娘！我説不錯，只可惜他命薄，沒投在太太肚裡。」平兒笑道：「奶奶也説糊塗話了。他便不是太太養的，難道誰敢小看他，不與別的一樣看待麼？」鳳姐嘆道：「你那裡知道，雖然庶出一樣，女兒卻比不得男人，將來攀親時，如今有一種輕狂人，先要打聽姑娘是正出是庶出，多有為庶出不要的。殊不知別説庶出，便是我們的丫頭比人家的小姐還強呢。將來不知那個沒造化的為挑庶正誤了事呢，也不知那個有造化的不挑庶正的得了去。」説着，又向平兒笑道：「你知道我這幾年生了多少省儉的法子，一家子大約也沒個背地裡不恨我的。我如今也是騎上老虎了。雖然看破些，無奈一時也難寬放；二則家裡出去的多，進來的少。凡百大小事兒仍是照着老祖宗手裡的規矩，卻一年進的產業又不及先時多。省儉了，外人又笑話，老太太、太太也受委屈，家下也抱怨刻薄；若不趁早兒料理省儉之計，再幾年就都賠盡了。」平兒道：「可不是這話！將來還有三四位姑娘，還有兩三個小爺們，一位老太太，這幾件大事未完呢。」鳳姐兒笑道：「我也慮到這裡，倒也夠了：寶玉和林妹妹他兩個一娶一嫁，可以使不着官中錢，老太太自有體己拿出來。二姑娘是大老爺那邊的，也不算。剩了三四個，滿破着每人花上一萬銀子。環哥娶親有限，花上三千兩銀子，若不夠，那裡省一抿子[5]也就夠了。老太太的事出來，一應都是全了的，不過零星雜項，便費些，滿破三五千兩。如今再儉省些，陸續就夠了。只怕如今平空再生出一兩件事來，可就了不得了。——咱們且別慮後事，你且吃了飯，快聽他們商議

天不做美。人無完人。

「騎上老虎」云云，鳳姐有退步意了。這是首例。可能與生病有關，人一病，難免消極，難免從另外的思路審視一下自己的行事。病也是必要的。病也有益。

什麼。這正碰了我的機會，我正愁沒個膀臂。雖有個寶玉，他又不是這裡頭的貨，縱收伏了他也不中用。大奶奶是個佛爺，也不中用。二姑娘更不中用，亦且不是這屋裡的人。四姑娘小呢。蘭小子與環兒更是個燎毛的小凍貓子，只等有熱灶火炕讓他鑽去罷。真真一個娘肚子裡跑出這樣天懸地隔的兩個人來，我想到那裡就不服。再者林丫頭和寶姑娘他兩個人倒好，偏又都是親戚，又不好管咱們家務事。況且一個是美人燈兒，風吹吹就壞了；一個是拿定了主意，『不干己事不張口，一問搖頭三不知』，也難十分去問他。倒只剩了三姑娘一個，心裡嘴裡都也來得，又是咱家的正人，太太又疼他，雖然面上淡淡的，皆因是趙姨娘那老東西鬧的，心裡卻是和寶玉一樣呢。比不得環兒，實在令人難疼，要依我的性子早攆出去了。如今他既有這主意，正該和他協同，大家做個膀臂，我也不孤不獨了。按正禮天理良心上論，咱們有他這一個人幫着，咱們也省些心，與太太的事也有益。若按私心藏奸上論，我也太行毒了，也該抽回退步。回頭看看，再要窮追苦克，人恨極了，他們笑裡藏刀，咱們兩個才四個眼睛兩個心，一時不防，倒弄壞了。趁着緊溜之中，他出頭一料理，眾人就把往日咱們的恨暫可解了。還有一件，我雖知你極明白，恐怕你心裡挽不過來，如今囑咐你：他雖是姑娘家，心裡卻事事明白，不過是言語謹慎；他又比我知書識字，更利害一層了。如今俗語說『擒賊必先擒王』，他如今要作法，開端一定是先拿我開端。倘或他要駁我的事，你可別

＊探春的精明，探春的厲害，探春的難處；趙姨娘的愚蠢，趙姨娘的可憐；平兒的乖覺，平兒的尊重；鳳姐的知人，鳳姐在病中的比平日的浮躁要深沉多了的思考；眾下人的刁、惡、賴，欺軟怕硬；以及賈府的赤字問題，都在這一回得到了合情合理的表現。

寶釵現在什麼都不是，自然不宜妄動妄言。如果她當上了寶玉夫人呢，也許令人刮目相看。

能認識到這一點還是不錯的。然已騎虎難下。何其清醒也！已大不似往日「協理寧國府」「弄權鐵檻寺」時矣。

鳳姐能夠尊重知識和人才，能知道自己的不足，並非一味膨脹。可讚可敬！也有惺惺相惜的意思。

分辯，你只越恭敬，越說駁的是才好。千萬別想着怕我沒臉，和他一強，就不好了。」平兒不等說完，便笑道：「你太把人看糊塗了，我才已經行在先了，這會子才囑咐我。」鳳姐兒笑道：「我是恐怕你心裡眼裡只有了我，一概沒有他人之故，不得不囑咐。既已行在先，更比我明白了。這不是你又急了，滿嘴裡你呀我的起來了。」平兒道：「偏說『你』！你不依，這不是嘴巴子，再打一頓。難道這臉上還沒嚐過的不成！」鳳姐兒笑道：「你這小蹄子兒，要掂多少過兒才罷。看我病的這個樣兒，還來慪我呢。過來坐下，橫竪沒人來，咱們一處吃飯是正經。」

說着，豐兒等三四個小丫頭子進來放小炕桌。鳳姐只吃燕窩粥，兩碟子精緻小菜，每日分例菜已暫減去。豐兒便將平兒的四樣分例菜端至桌上，與平兒盛了飯來，平兒屈一膝於炕沿之上，半身猶立於炕下，陪着鳳姐兒吃了飯，伏侍漱口畢，吩咐了豐兒些話，方往探春處來。只見院中寂靜，人已散出，要知端的，且聽下回分解。

號稱你我，畢竟是一時脫口而出。如何坐法，座席問題，則是大事，何敢逾禮！

1 **小月：**即小產。

2 **補仁諭德：**補仁愛之不足，宣揚倫理道德。

3 **嬌客：**一般指女婿，也指未出嫁的女兒。

4 **橫看：**即小看、錯看。

5 **一抿子：**一點兒。

第五十六回

敏探春興利除宿弊　賢寶釵小惠全大體

話説平兒陪着鳳姐兒吃了飯，伏侍盥漱畢，方往探春處來。只見院中寂靜，只有丫鬟婆子諸內壼近人在窗外聽候。

平兒進入廳中，他姊妹姑嫂三人正議論些家務，説的便是年內賴大家請吃酒，他家花園中事故。見他來了，探春便命他腳踏上坐了，因説道：「我想的事不為別的，只想着我們一月所用的頭油脂粉又是二兩的事。我想我們一月已有了二兩月銀，丫頭們又另有月錢，可不是又同剛才學裡的八兩一樣，重重疊疊。這事雖小，錢有限，看起來也不妥當。你奶奶怎麼就沒想到這個？」平兒笑道：「這有個原故：姑娘們所用的這些東西，自然該有分例，每月每處買辦買了，令女人們交送我們收管，不過預備姑娘們使用就罷了，沒有個我們天天各人拿着錢找人買這些去的，所以外頭買辦總領了去，按月使女人按房交與我們。至於姑娘們每月的這二兩，原不是為買這些的，為的是一時當家的奶奶、太太或不在家，或不得閒，姑娘們偶然要個錢使，省得找人去。這不過是恐怕姑娘們受委曲意思。如今我冷眼看着，各房裡我

探春立馬發現問題，是精明卻也帶稚氣。

*鳳姐「政躬違和」是一件大事。因為，沒有一個人能像她那樣玩得轉。

疾病是天災也是氣數，從此，鳳姐便漸漸有些心勞力絀的架式，再沒有此前那種遊刃有餘的威風與瀟灑。

但此事也有積極的一面，給三套馬車特別是探春以一顯身手的機會。

而哪怕是臨時的

「人事調整」在帶來危機的同時也帶來新的思路，新的點子。於是，在鳳姐大力支持下，探春開始了某些新政。

們的姐妹都是現拿錢買這些東西的，竟有了一半子。我就疑惑，不是買辦脱了空，就是買的不是正經貨。」探春李紈都笑道：「你也留心看出來了。脱空是沒有的，只是遲些日子；催急了，不知那里弄些來，不過是個名兒，其實使不得，依然還得現買。就用二兩銀子另叫別人的奶媽子的弟兄兒子買來方才使得。若使官中的人去，依然是那一樣的，不知他們是什麼法子。」平兒便笑道：「買辦買的是那樣，別人買了好的來，買辦的也不依他，又説他使壞心要奪他的買辦了。所以他們寧可得罪了裡頭，不肯得罪了外頭辦事的。若是姑娘們使了奶媽子們，他們也就不敢説閒話了。」探春道：「因此我心裡不自在。饒費兩起兒錢，東西又白丟一半，不如竟把買辦的這一項每月蠲了為是。此是第一件。第二件，年裡往賴大家去，你也去的，你看他那小園子比咱們這個如何？」平兒笑道：「還沒有咱們這一半大，樹木花草也少多着呢。」探春道：「我因和他們家的女孩兒説閒話，見他説，這園子除他們帶的花兒、吃的筍菜魚蝦，一年還有人包了去，年終足有二百兩銀子剩。從那日我才知道，一個破荷葉，一根枯草根子，都是值錢的。」

寶釵笑道：「真真膏粱紈袴之談。你們雖是千金，原不知道這些事，但只你們也都唸過書識過字的，竟沒看見過朱夫子有一篇《不自棄》[2]的文麼？」探春笑道：「雖也看過，不過是勉人自勵，虛比浮詞，那裡都真有的？」寶釵道：「朱子都有了虛比浮詞了？那句句都是有的，你才辦了兩天

大鍋飯難以保證質量，難以及時供貨，難以監督明察。

這裡分析得深刻。這裡也有一個網狀結構，不允許競爭，只可以互相維持庇護。官官相護的風氣下面，必然有吏吏相護、民民相護、奴奴相護的一面。

吸收先進經驗，樹立經營意識，財富意識。

事，就利慾薰心，把朱子都看虛浮了。你再出去見了那些利弊大事，越發連孔子也都看虛了呢。」探春笑道：「你這樣一個通人竟沒看見《姬子》書？[3] 當日《姬子》有云：『登利祿之場，處運籌之界者，窮堯舜之詞，背孔孟之道。』」寶釵笑道：「底下一句呢？」探春笑道：「如今斷章取義，唸出底下一句，我自己罵我自己不成？」寶釵道：「天下沒有不可用的東西；既可用，便值錢。難為你是個聰明人，這大節目正事，竟沒經歷。」李紈笑道：「叫人家來了，又不說正事，你們且對講學問。」寶釵道：「學問中便是正事，若不拿學問提着，便都流入市俗去了。」三人取笑了一回，便仍談正事。

探春又接說道：「咱們這個園子只算比他們的多一半，加一倍算起來，一年就有四百銀子的利息。若此時也出脫生發銀子，自然小器，不是咱們這樣人家的事。若派出兩個一定的人來，既有許多值錢之物，一味任人作踐，也似乎暴殄天物。不如在園子裡所有的老媽媽中，揀出幾個本分老成能知園圃的，派他們收拾料理，也不必要他們交租納稅，只問他們一年可以孝敬些什麼。一則園子有專定之人修理花木，自然一年好似一年的，也不用臨時忙亂；二則也不至作踐，白辜負了東西；三則老媽媽們也可藉此小補，不枉年日在園中辛苦；四則亦可以省了這些花兒匠、山子匠並打掃人等的工費。將此有餘，以補不足，未為不可。」寶釵正在地下看壁上的字畫，聽如此說，便點頭笑道：「善哉，三年之內無饑饉矣！」李紈道：「好主意。果然這麼行，太太必喜歡。省錢事小，園子有人打掃，

以虛帶實，以虛隱實。利祿運籌，經世致用，沒有這些不過是書呆子、字紙簍子。堯舜孔孟，沒有這些哪裡還有大旗、道義的自信與依據？這裡的學問大矣深矣！

沒有理論的實踐是盲目的實踐，沒有實踐的理論是空洞的理論。

此言說明揹着寄生官僚的包袱，放不下來。

這也是一種承包責任制，比大鍋飯起碼分工專細了些。

寶釵的不斷轉文，是有意保持距離，不真正介入投入，半似客卿，半似清客，最佳身份，最佳（也最狡獪）狀態。

專司其職，又許他去賣錢，使之以權，動之以利，再無不盡職的了。」平兒道：「這件事須得姑娘說出來。我們奶奶雖有此心，未必好出口。此刻姑娘們在園裡住着，不能多弄些頑意兒陪襯，反叫人去監管修理，圖省錢，這話斷不好出口。」寶釵忙走過來，摸着他的臉笑道：「你張開嘴，我瞧瞧你的牙齒舌頭是什麼做的。從早起來到這會子，你說了這些話，一套一個樣子，也不奉承三姑娘，也不說你們奶奶才短想不到。三姑娘說一套話出來，你就有一套話回奉；總是三姑娘想到的，你們奶奶也想到了，只是必有個不可辦的原故。這會子又是因姑娘們住的園子，不好因省錢令人去監管。你們想想這話，若果真交與人弄錢去的，那人自然是一枝花也不許掐，一個果子也不許動了，姑娘們分中自然是不敢講究，天天和小姑娘們就吵不清。他這遠愁近慮，不亢不卑。他們奶奶便不是和咱們好，聽他這一番話，也必要自愧的變好了。」探春笑道：「我早起一肚子氣，聽他來了，忽然想起他主子來，素日當家使出來的好撒野的人，我見了他更生氣了。誰知他來了避貓鼠兒似的，站了半日，怪可憐的。接着又說了那些話，不說他主子待我好，倒說『不枉姑娘待我們奶奶素日的情意了』。這一句話不但沒了氣，我倒愧了，又傷起心來。我細想，我一個女孩兒家，自己還鬧得沒人疼沒人顧的，我那裡還有好處去待人。」口內說到這裡，不免又流下淚來。李紈等見他說得懇切，又想他素日趙姨娘每生誹謗，在王夫人跟前亦為趙姨娘所累，亦都不免流下淚來，都忙勸他：「趁今日清淨，大家商議兩件興利剔弊的事情，也不枉太太委

這就叫各有各的局限性。

平兒有兩個堅決：一，堅決忠於鳳姐，二，堅決支持和尊重探春的新政。因此便能辯證地歷史地分析問題，不搞是今非昨，也不搞是昨非今。

寶釵盛讚平兒，也有引為同道的含義。三套車中的寶釵這匹「馬」，何等輕鬆風涼！

平兒分析問題、談問題，確實很有講究。與那種以勢壓人、咄咄逼人、得理不讓人的人大不相同，收效便大不一樣。

託一場。又提這沒要緊的事做什麼？」平兒忙道：「我已明白了。姑娘竟說誰好，竟一派人就完了。」探春道：「雖如此說，也須得回你奶奶一聲。我們這裡搜剔小利已經不當，皆因你奶奶是個明白人，我才這樣行，若是糊塗多蠱多妒的，我也不肯，倒像抓他的乖一般了，豈可不商議了行的。」平兒笑道：「既這樣，我去告訴一聲兒。」說着去了，半日方回來，笑道：「我說是白走一趟，這樣好事，奶奶豈有不依的。」

探春尊重前任，鳳姐支持（代理）繼任，堪稱模範。設想一下，如不是這樣，只能是兩敗俱傷！

探春聽了，便和李紈將園中所有婆子的名單要來，大家參度，大概定了幾個人。又將他們一齊傳來。李紈大概告訴他們，眾人聽了無不願意，也有說：「那片竹子單交給我，一年工夫，明年又是一片。除了家裡吃的筍，一年還可交些錢糧。」這一個說：「那一片稻地交給我，一年這些頑的大小雀鳥的糧食不必動官中錢糧，我還可以交錢糧。」探春才要說話，人回：「大夫來了，進園瞧史姑娘去。」眾婆子只得去領大夫。平兒忙說：「單你們有一百個也不成個體統，難道沒有兩個管事的頭腦帶進大夫來？」回事的那人說：「有吳大娘和單大娘，他兩個在西南角上聚錦門等着呢。」平兒聽說，方罷了。

眾婆子去後，探春問寶釵如何。寶釵笑答道：「幸於始者怠於終，善其辭者嗜其利。」[4] 探春聽了，點頭稱讚，便向冊上指出幾個來，與他三人看。平兒忙去取筆硯來。他三人說道：「這一個老祝媽是個妥當的，況他老頭子和他兒子代代都是管打掃竹子，如今竟把這所有的竹子交與他。這一個老田媽本是種莊稼

寶釵保持清醒頭腦，不使探春陶醉於自己的改革方案，有功。

的，稻香村一帶凡有菜蔬稻稗之類，雖是頑意兒，不必認真大治大耕，也須得他去，再細細按時加些植養，豈不更好？」探春又笑道：「可惜蘅蕪苑和怡紅院這兩處大地方竟沒有出息之物。」李紈忙笑道：「蘅蕪苑裡更利害，如今香料舖並大市大廟賣的各處香料香草兒，都不是這些東西？算起來比別的利息更大。怡紅院別說別的，單只說春夏二季玫瑰花，共下多少花朵？還有一帶籬笆上薔薇、月季、寶相、金銀花、藤花這幾色的草花乾了，賣到茶葉舖藥舖去，也值好些錢。」探春笑道：「原來如此。只是弄香草的沒有在行的人。」平兒笑道：「跟寶姑娘的鶯兒他媽就是會弄這個的，上回他還採了些曬乾了編了花籃葫蘆給我頑呢，姑娘倒忘了不成？」寶釵笑道：「我才讚你，你倒來捉弄我了。」三人都詫異，問道：「這是為何？」寶釵道：「斷斷使不得！你們這裡多少得用的人，一個個閒着沒事辦，這會子我又弄個人來，叫那起人連我也看小了。我倒替你們想出一個人來：怡紅院有個老葉媽，他就是焙茗的娘。那是個誠實老人家，他又和我們鶯兒媽極好，不如把這事交與葉媽，他有不知的，不必咱們說給他，就找鶯兒的娘去商議了。那怕葉媽全不管，竟交與那一個，這是他們私情兒，有人說閒話，也就怨不到咱們身上。如此一行，你們辦得又至公於事，又甚妥。」李紈平兒都道：「是極。」探春笑道：「雖如此，只怕他們見利忘義呢。」平兒笑道：「不相干，前日鶯兒還認了葉媽做乾娘，請吃飯吃酒，兩家和厚得狠呢。」探春聽了，方罷了。又共斟酌出幾人來，俱是他四人素昔冷眼取中的，用筆圈出。

曹公對各種經營亦不外行。

用人也要避嫌。

已經估計到了這種可能。

平兒此話，不懂得經濟利益的厲害了。

一時婆子們來回大夫已去，將藥方送上去。三人看了，一面遣人送出外邊去取藥，監派調服，一面探春與李紈明示諸人：某人管某處，按四季除家中定例用多少外，餘者任憑你們採取了去取利，年終算帳。探春笑道：「我又想起一件事：若年終算帳歸錢時，自然歸到帳房，仍是上頭又添一層管主，還在他們手心裡，又剝一層皮。這如今我們興出這事來，派了你們，已是跨過他們的頭去了，心裡有氣，只說不出來。你們年終去歸帳，他還不捉弄你們等什麼？再者，這一年間管什麼的，主子有一全分，他們就得半分。這是每常的舊規，人所共知的。如今這園子是我的新創，竟別入他們的手，每年歸帳竟歸到裡頭來才好。」寶釵笑道：「依我說，裡頭也不用歸帳。這個多了，那個少了，倒多了事。不如問他們誰領這一分的，他就攬一宗事去。不過是園裡的人動用。我替你們算出來了，有限的幾宗事：不過是頭油、胭脂、香紙，每一位姑娘幾個丫頭都是有定例的；再者，各處笤帚、簸箕、撢子並大小禽鳥、鹿、兔吃的糧食，不過這幾樣，都是他們包了去，不用帳房去領錢，你算算就省下多少來？」平兒笑道：「這幾宗雖小，一年通共算了，也省得下四百兩銀子。」寶釵笑道：「卻又來，一年四百，二年八百兩，打租的房子也能多買幾間，薄沙地也可以添幾畝了。雖然還有敷餘，但他們既辛苦一年，也要叫他們剩些貼補自家。雖是興利節用為綱，然亦不可太嗇。縱再省上二三百銀子，失了大體統也不像。所以如此一行，外頭帳房裡一年少出四五百銀子，也不覺得狠艱嗇了。他們裡頭卻也得些小補。這些沒營生的媽

「改革」必然與舊體制發生矛盾。

事小理大。

媽們也寬裕了，園子裡花木也可以每年滋長繁盛，如此你們也得了可使之物。這庶幾不失大體。若一味要省時，那裡不搜尋出幾個錢來。凡有些餘利的，一概入了官中，那時裡外怨聲載道，豈不失了你們這樣人家的大體？如今這園裡幾十個老媽媽們，若只給了這個，那剩的也必抱怨不公。我才說的，他們只供給這個幾樣，也未免太寬裕了，一年竟除這個之外，他每人不論有餘無餘，只叫他拿出若干吊錢來，大家湊齊，單散與這些園中的媽媽們。他們雖不料理這些，卻日夜也自在園中照看當差之人，關門閉户，起早睡晚，大雨大雪，姑娘們出入抬轎子，撐船，拉冰床，[5]一應粗重活計，都是他們的差使。一年在園裡辛苦到頭，這園內既有出息，也是分內該沾帶些的。還有一句至小的話，越發說破了：你們只管了自己寬裕，不分與他們些，他們雖不敢明怨，心裡卻不服，只用假公濟私的多摘你們幾個果子，多掐幾枝花兒，你們有冤還沒處訴呢。他們也沾帶些利息，你們有照顧不到的，他們就替你們照顧了。」

眾婆子聽了這個議論，又去了帳房受轄制，又不與鳳姐兒去算帳，一年不過多拿出若干吊錢來，各各歡喜異常，都齊聲說：「願意。強如出去被他們揉搓着，還得拿出錢來呢。」那不得管地的，聽了每年終無故得錢，也都喜歡起來，口內說：「他們辛苦收拾，是該剩些錢貼補的。我們怎麼好『穩吃三注』[6]呢？」寶釵笑道：「媽媽們也別推辭了，這原是分內應當的。你們只要日夜辛苦些，別躲懶縱放人吃酒賭錢就是了。不然，我也不該管這事；你們也知道，我姨娘親口囑

利益分配，統籌兼顧，求得和諧太平。但這樣搞，太照顧人際的平順了，終難於調動個人的積極性。

減少中間層次。

＊作為一部巨著，「紅」有自己的平衡原則。前面已評述到閒與忙，緩與急，情感纏綿與勾心鬥角之間的交替、變化、平衡。

下面表現的是虛實的變化平衡。探春理家一節，寫得實是太真太實太細，太形而下了。

緊接着來一個甄寶玉，來一個寶玉的夢，一切敘寫大大地形而上化了。

曹雪芹確實是大才、全才。

託我三五回，說大奶奶如今又不得閒，別的姑娘又小，託我照看照看。我若不依，分明是叫姨娘操心。你們太太又多病，家務也忙。我原是個閒人，便是街坊鄰居也要個幫忙的，何況是姨娘託我。講不起眾人嫌我。倘或我只想沽名釣譽的，那時酒醉賭輸了生出事來，我怎麼見姨娘？你們那時後悔也遲了，就連你們素昔的老臉也都丟了。這些姑娘小姐們，這麼一所大花園，都是你們照管，皆因看得你們是三四代的老媽媽，最是循規蹈矩，原該大家齊心，顧些體統。你們反縱放別人任意吃酒賭博，姨娘聽見了，教訓一場猶可；倘若被那幾個管家娘子聽見了，他們也不用回姨娘，竟教導你們一場。你們這年老的，反受了小的教訓，雖是他們是管家，管得着你們，何如自己存些體統，他們如何得來作踐呢？所以我如今替你們想出這個額外的進益來，也為的是大家齊心，把這園裡周全得謹謹慎慎的，使那些有權執事的看見這般嚴肅謹慎，且不用他們操心，他們心裡豈不敬服，也不枉替他們籌劃些進益了。你們去細細想想這話。」眾人都歡喜說：「姑娘說的狠是。從此姑娘奶奶只管放心，姑娘奶奶這樣疼顧我們，我們再要不體上情，天地也不容了。」

剛說着，只見林之孝家的進來說：「江南甄府裡家眷昨日到京，今日進宮朝賀。此刻先遣人來送禮請安。」說着，將禮單送上去。探春接了，看道是：「上用的妝緞蟒緞十二匹，上用雜色緞十二匹，上用各色紗十二匹，上

寶釵的這一番話是除了承包以外還要強調臉面與自覺自律，有幾分以禮治天下的意思。這本是最理想的昇平之道，比嚴刑峻法高明得多也仁厚得多的昇平之道。問題是，冰凍三尺非一日，即使主觀上大家接受這一番道理，做起來卻各顧各，烏眼雞，最後還是做不成。理想主義最後常常失敗。

說得甚好，也基本屬實，唯這種感激之情代替不了也消解不了各種尖銳化複雜化的利益衝突與人際矛盾。

寶玉之外有寶玉，長安之外有南京（兩個地方都不是實指的而是象徵的），賈外有甄。設想一下，另外還有一個你（或你的對應者、虛像、

模擬者）在遠方生活，你能不激動嗎？你能不浮想聯翩嗎？

用宮綢十二匹，官用各色緞紗綢綾二十四匹。」李紈探春看過說：「用上等封兒賞他。」因又命人去回了賈母。賈母命人叫李紈、探春、寶釵等都過來，將禮物看了。李紈收過一邊，吩咐內庫上人說：「等太太回來看了再收。」賈母因說：「這甄家又不與別家相同，上等封兒賞男人，只怕展眼又打發女人來請安，預備下尺頭。」一語未了，果然人回：「甄府四個女人來請安。」賈母聽了，忙命人帶進來。

那四個人都是四十往上年紀，穿戴之物，皆比主子不大差別。請安問好畢，賈母便命拿了四個腳踏來，他四人謝了坐，等着寶釵坐了，方都坐下。賈母便問：「多早晚進京的？」四人忙起身，回說：「昨兒進的京。今兒太太帶了姑娘進宮請安去了，所以叫女人們來請安問候姑娘們。」賈母笑問道：「這些年沒進京，也不想到就來。」四人也都笑回道：「正是，今年是奉旨喚進京的。」賈母問道：「家眷都來了？」四人回說：「老太太和哥兒、兩位小姐並別位太太都沒來，就只太太帶了三姑娘來了。」賈母道：「有人家沒有？」四人道：「還沒有呢。」賈母笑道：「你們大姑娘和二姑娘這兩家，都和我們家甚好。」四人笑道：「正是。每年姑娘們有信回來說，全虧府上照看。」賈母笑道：「什麼照看，原是世交，又是老親，原應當的。你們二姑娘更好，不自尊大，所以我們才走的親密。」四人笑道：「這是老太太過謙了。」賈母又問：「你這哥兒也跟着你們老太太？」四人回說：「也跟着

*人類的意識首先在於主觀與客觀的分離，在於分辨何者為物，何者為我。物是林林總總的大千世界。我呢？我在哪裡？我是什麼？我是意識的主體，也是意識的對象。當我成為意識的對象的時候，我與我，主體與主體也開始分離了，一個是思想着意識着的我，一個是被思考、被意識着的我。所以你至少有兩個我。如果一個是假我，一個就是真我了。反之亦然。自我批評就是我批評我。自我欣賞就是我欣賞我。

*因為是小說，也因為寶玉沒出息，所以此一寶玉只能是假（賈）。他面對的那個我、那個寶玉呢？便是真，姑妄言之為真（甄）了。假（賈寶玉）做真（實的小說人物）時，真（甄寶玉）亦假（設的小說人物）。

老太太呢。」賈母道：「幾歲了？」又問：「上學不曾？」四人笑說：「今年十三歲。因長得齊整，老太太狠疼。自幼淘氣異常，天天逃學，老爺太太也不便十分管教。」賈母笑道：「也不成了我們家的了！你這哥兒叫什麼名字？」四人道：「因老太太當作寶貝一樣，他又生得白，老太太便叫作寶玉。」賈母笑向李紈道：「偏也叫個寶玉。」李紈等忙欠身笑道：「從古至今，同時隔代重名的很多。」四人也笑道：「起了這小名兒之後，我們上下都疑惑，不知那位親友家也倒是曾有一個的。只是這十來年沒進京來，卻記不真了。」賈母笑道：「那就是我的孫子。人來。」眾媳婦丫頭答應了一聲，走近幾步。賈母笑道：「園裡把咱們的寶玉叫了來，給這四位管家娘子瞧瞧，比他們的寶玉如何？」

重名固多，性格模樣也相仿的則罕見。

眾媳婦聽了，忙去了，半刻圍了寶玉進來。四人一見，忙起身笑道：「唬了我們一跳。若是我們不進府來，倘若別處遇見，還只當我們的寶玉後趕着也進了京呢。」一面說，一面都上來拉他的手，問長問短。寶玉忙也笑問好。賈母笑道：「比你們的長的如何？」李紈等笑道：「四位媽媽才一說，可知是模樣兒相仿了。」賈母笑道：「那有這樣巧事？大家子孩子們再養得嬌嫩，除了臉上有殘疾十分醜的，大概看去都是一樣齊整。這也沒有什麼怪處。」四人笑道：「如今看來，模樣是一樣。據老太太說，淘氣也一樣。我們看來，這位哥兒性情卻比我們的好些。」賈母忙問：「怎見得？」四人笑道：「方才我們拉哥兒的手説話便知道了。若是我們那一個，只説我們糊塗，慢説拉手，他的東西我們略動一動也不依。所使喚的人都是女孩子們。」四人未説完，李紈姊妹等禁不住都失聲笑出來。賈母也笑道：「我們這會子也打發人去見了你們寶玉，若拉他的手，他也自然勉強忍耐着。不知你我這樣人家的孩子，憑他們有什麼刁鑽古怪的毛病，見了外人必是要還出正經禮數來的。若他不還正經禮數，也斷不容他刁鑽去了。就是大人溺愛的，也因為他一則生的得人意兒，二則見人禮數竟比大人行出來的更不錯，使人見了可愛可憐，背地裡所以才縱得一點子。若一味他只管沒裡沒外，不與大人爭光，憑他生得怎樣，也是該打死的。」四人聽了，都笑説：「老太太這話正是。雖然我們寶玉淘氣古怪，有時見了客，規矩禮數比大人還有趣。所以無人見了不愛，只説為什麼還打他。殊不知他在家裡無法無天，大人想不到的話偏會説，想不到的事偏會行，所以老爺太太恨的無法。就是任性，也是小孩子的常情，胡亂花費，也是公子哥兒的常情，怕上學，也是小孩子的常情，都還治得過來。第一，天生下來這一種刁鑽古怪的脾氣，如何使得。」一語未了，人回：「太太回來了。」王夫人進來問過安。他四人請了安，大概説了兩句。賈母便命歇歇去罷。王夫人親捧過茶，方退出去。四人告辭了賈母，便往王夫人處來，説了一會子家務，打發他們回去，不必細説。

這裡賈母喜的逢人便告訴，也有一個寶玉，也都一般行景。眾人都想着，

這話重要。説明：一、賈母等家長溺愛縱容寶玉，並非不講原則，「打死」云云，可見無可商議。二、寶玉雖然「混鬧」，大節並無閃失。

*甄寶玉是賈寶玉的意識的產物，是賈寶玉的假設，是一次賈寶玉的令人毛骨聳然的自我想像、自我欣賞、自我嗟嘆、自我分離、自我批評、自我邂逅。讀者能讀甄寶玉而怦然心動，庶有望矣。這不僅是一個人物、一段故事（作為人物與故事，甄寶玉寫得既不成功也不要緊）。這更是一個方法論。如果以這種方法審視一切人物包括讀者自己呢？

天下的世宦大家，同名的這也很多，祖母溺愛孫子也是常事，不是什麼罕事，皆不介意。獨寶玉是個迂闊呆公子的心性，自為是那四人承悦賈母之詞。後至園中去看湘雲病去，史湘雲因説他：「你放心鬧罷，先還『單絲不成線，獨樹不成林』，如今有了個對子，鬧急了，再打狠了，你好逃走，到南京找那一個去。」寶玉道：「那裡的謊話你也信了，偏又有寶玉了？」湘雲道：「怎麼列國有個藺相如，漢朝又有個司馬相如[7]呢？」寶玉笑道：「這也罷了，偏又模樣兒也一樣，這是沒有的事。」湘雲道：「怎麼匡人看見孔子，只當是陽貨呢[8]？」寶玉笑道：「孔子陽貨雖同貌，卻不同名；藺與司馬雖同名，而又不同貌，偏我和他就兩樣俱同不成？」湘雲沒了話答對，因笑道：「你只會胡攪，我也不和你分證，有也罷，沒也罷，與我無干。」説着便睡下了。

寶玉心中便又疑惑起來：若説必無，也似必有；若説必有，又並無目睹。心中悶悶，回到房中榻上默默盤算，不覺昏昏睡去，竟到一座花園之內。寶玉詫異道：「除了我們大觀園，竟又有這一個園子？」正疑惑間，忽從那邊來了幾個女孩兒，都是丫鬟。寶玉又詫異道：「除了鴛鴦、襲人、平兒之外，也竟還有這一干人？」只見那些丫鬟笑道：「寶玉怎麼跑到這裡來？」寶玉只當是説他，忙來陪笑説道：「因我偶步到此，不知是那位世交的花園，姐姐們，帶我逛逛。」眾丫鬟都笑道：「原來不是我們家的寶玉。他生得也還乾淨，嘴兒也倒乖覺。」寶玉聽了，忙道：「姐姐們，這裡也竟還有個寶玉？」丫鬟們忙道：「寶玉二字，

這種心情幾近於地球人之驚異於（思念於、追尋於）另一個載負着生命的「地球」。

我們家是奉老太太、太太之命，為保佑他延年消災，我們叫他，他聽見喜歡。你是那裡遠方來的小廝，也亂叫起來。仔細你的臭肉，不打爛了你的。」又一個丫鬟笑道：「咱們快走罷，別叫寶玉看見，又説同這臭小子説了話，把咱們薰臭了。」説着，一徑去了。

寶玉納悶道：「從來沒有人如此荼毒[9]我，他們竟這樣的？莫不真也有我這樣一個人不成？」一面想，一面順步早到了一所院內。寶玉詫異道：「除了怡紅院，也竟還有這麼一個院落。」忽上了台階，進入屋內，只見榻上有一個人臥着，那邊有幾個女兒做針線，或有嘻笑頑耍的。只見榻上那個少年嘆了一聲。一個丫鬟笑問道：「寶玉，你不睡，又嘆什麼？想必為你妹妹病了，你又胡愁亂恨呢。」寶玉聽説，心下也便吃驚。只見榻上少年説道：「我聽見老太太説，長安都中也有個寶玉，和我一樣的性情，我只不信。我才做了一個夢兒，竟夢中到了都中一個花園子裡頭，遇見幾個姐姐，都叫我臭小廝，不理我。好容易找到他房裡，偏他睡覺，空有皮囊，真性不知往那裡去了。」寶玉聽説，忙説道：「我因找寶玉來到這裡。原來你就是寶玉。」榻上的忙下來，拉住笑道：「原來你就是寶玉？這可不是夢裡了。」寶玉道：「這如何是夢？真而又真的。」一語未了，只見人來説：「老爺叫寶玉。」唬得二人皆慌了。一個寶玉就走，一個便忙叫：「寶玉快回來！寶玉快回來！」

此寶玉到了彼處，便是臭肉、臭小子矣。

誰能認識「我」，接受「我」？誰能不荼毒「我」？

這寧可說是靈魂出竅，自己（飛翔在天空的）審視自己（臥在榻上的）。自由的想像中的自我，審視現實的，總和着社會關係的我。想像中的被審視的我中，又生出一個自由的想像的我。

恰如鏡中有我，鏡中有鏡中之我，鏡中有鏡中的鏡中之我——兩個鏡子相對而照我，產生出一種無限的長廊效應。

*此節是天才之作，真正的小說！真正的想像！真正的靈性！

設想我之外另有一我，這是偉大的想像，這個想像很可能來自鏡子的啟示。這個想像也來自莊生化蝶的典故的啟示。不同的是，這次賈寶玉沒有化成蝴蝶，而是在夢中看到了另一個寶玉。甄寶玉是寶玉的對應，也是寶玉的虛像，是假賈（假）寶玉，假假——否定之否定——遂成真實。

跳出來，跳出來，跳出來！一部「紅樓」，就是要教給你從現實的

「我」中跳出來。跳出來後才知道那個自由的想像的我——且稱之為靈我——在實我那裡其實是陌生的、不被接受乃至被排斥的。靈我無處容身。靈我漂泊，無枝可棲。

靈我恐懼着實我，實我派生着新的孤獨的靈我，這正是生存、存在與存在意識的大悲哀處。

於是乎有宗教，有哲學，有藝術，有小說，有「紅樓」。

愈思愈悲（乃至毛骨聳然）。何曹公思、悲之深也！

襲人在旁聽他夢中自喚，忙推醒他，笑問道：「寶玉在那裡？」此時寶玉雖醒，神意尚恍惚，因向門外指說：「才去了不遠。」襲人笑道：「那是你夢迷了。你揉眼細瞧，是鏡子裡照的你的影兒。」寶玉向前瞧了一瞧，原是那嵌的大鏡對面相照，自己也笑了。早有丫鬟捧過漱盂、茶滷[10]來，漱了口。麝月道：「怪道老太太常囑咐說小人屋裡不可多有鏡子。人小魂不全，有鏡子照多了，睡覺驚恐做胡夢。如今倒在大鏡子那裡安了一張床。有時放下鏡套還好；往前去，天熱睏倦，那裡想得到放他，比如方才就忘了。自然先躺下照着影兒頑來着，一時合上眼，自然是胡夢顛倒的；不然如何叫起自己的名字來呢？不如明日挪進床來是正經。」一語未了，只見王夫人遣人來叫寶玉，不知有何話說，且聽下回分解。

果然是鏡子！

鏡子是天下第一奇物！鏡子可以使我面對着我的映像。何等奇妙！

1 **內壺**：即內室。

2 **《不自棄》**：見南宋朱熹《朱子文集大全類編》卷二十一《庭訓》。是朱熹訓誡子弟的文章。

3 **《姬子》書**：可能是作者假託的書名。

4 **幸於始者怠於終，善其辭者嗜其利**：意為一開始就懷僥倖心理去辦事的人，最終必然會懈怠，對一件事大加讚美的人是想從中獲利。

5 **冰床**：即冰車，冰上交通工具。

6 **穩吃三注**：不費力而穩得錢財的意思。本賭博術語，「三注」指在天門、上門、下門三個位置下賭注。

7 **藺相如、司馬相如**：藺相如，戰國時趙國上卿，司馬相如，西漢武帝時文人。

8 **匡人、陽貨**：「匡」春秋時衛國地名，在今河南。「陽貨」即陽虎，春秋時魯國人。

9 **荼毒**：挖苦的意思。

10 **茶滷**：濃釅茶汁。

第五十七回 慧紫鵑情辭試莽玉　慈姨媽愛語慰癡顰

話說寶玉聽王夫人喚他，忙至前邊來，原來是王夫人要帶他拜甄夫人去。寶玉自是歡喜，忙去換衣服，跟了王夫人到那裡。見其家形景自與榮寧不甚差別，或有一二稍盛者。細問，果有一寶玉。甄夫人留席，竟一日方回，寶玉方信。因晚間回家來，王夫人又吩咐預備上等的席面，定名班大戲，請過甄夫人母女。後二日，他母女便不作辭，回任去了，無話。

粗粗表過。畢竟是鏡花水月，幻想的產物，不好也不必鋪開細寫。

＊以現實主義的尺度來量度，有關甄家的段落純屬蛇足、敗筆。滿紙荒唐言……誰解其中味？可見，極偉大之主義也框不住《紅樓夢》。傑作比任何創作理論創作方法都更豐富，更新鮮，更傑出。

這日寶玉因見湘雲漸癒，然後去看黛玉。正值黛玉才歇午覺，寶玉不敢驚動，因紫鵑正在迴廊上手裡做針線，便上來問他：「昨日夜裡咳嗽的可好了？」紫鵑道：「好些了。」寶玉笑道：「阿彌陀佛！寧可好了罷。」紫鵑笑道：「你也唸起佛來，真是新聞！」寶玉笑道：「所謂『病急亂投醫』了。」一面說，一面見他穿着彈墨綾薄棉襖，外面只穿着青緞夾背心。寶玉便伸手向他身上摸了一摸，說道：「穿這樣單薄還在風口裡坐着，時氣又不好，你再病了，越發難了。」紫鵑便說道：「從此咱們只可說話，別動手動腳的，一年大二年小的，叫人看着不尊重。打緊的那起混帳行子們背地裡說你，你總不留心，還自管和小時一般行為，如何使得？姑娘常吩咐我們，不叫和你說笑。你近來瞧他遠着你還恐遠不及呢。」說着，便起身，攜了針線進別的房裡去了。

寶玉見了這般景況，心中像澆了一盆冷水一般，只瞅着竹子發了一回呆。因祝媽正在那裡刨土種竹掃竹葉子，頓覺一時魂魄失守，隨便坐在一塊山石上出神，不覺滴下淚來。直呆了一頓飯工夫，千思萬想，總不知如何是可。偶值雪雁從王夫人房中取了人參來，從此經過，忽扭頭看見桃花樹下石上一人手托着腮頰正出神呢，不是別人，卻是寶玉。雪雁疑惑道：「怪冷的，他一個人在這裡做什麼？春天凡有殘疾的人肯犯病，敢是他也犯了呆病了？」一邊想，一邊便走過來，蹲下笑道：「你在這裡做什麼呢？」寶玉忽見了雪雁，便說道：「你又做什麼來找我？你難道不是女兒？他既防嫌，不許你們理我，你又來尋我，倘被人看見，豈不又生口舌？你快家去罷了。」雪雁聽了，只當是他又受了黛玉的委曲，只得回至房中。

筆觸又轉到寶黛愛情上來了。

太平了一陣子，該出事了。寶玉至情至真，便是瘋傻了。

取笑了。

黛玉未醒，將人參交與紫鵑。紫鵑因問他：「太太做什麼呢？」雪雁道：「也歇中覺呢，所以等了這半日。姐姐你聽笑話兒：我因等太太的工夫，和玉釧姐坐在下房裡說話兒，誰知道趙姨奶奶招手兒叫我。我只當有什麼話說，原來他和太太告了假，出去給他兄弟伴宿坐夜，明兒送殯去。跟他的小丫頭子小吉祥兒沒衣裳，要借我的月白綾子襖兒。我想，他們一般也有兩件子的，往這地方去恐怕弄壞了自己的，捨不得穿，故此借別人的。借我的弄壞了也是小事，只是我想，他素日有什麼好處到咱們跟前，所以我說了：『我的衣裳簪環都是姑娘叫紫鵑姐姐收着呢，如今先得去告訴他，還得回姑娘，費多少事，別誤了你老人家出門，不如再轉借罷。』」紫鵑笑道：「你這個小東西兒倒也巧，你不借給他，你往我和姑娘身上推，叫人怨不着你。他這會子就去呀，還是等明日一早才去呢？」雪雁道：「這會子就去的，只怕此時已去了。」紫鵑點頭。雪雁道：「姑娘還沒醒呢，是誰給了寶玉氣受，坐在那裡哭呢。」紫鵑聽了，忙問在那裡。雪雁道：「在沁芳亭後頭桃花底下呢。」

鄙吝至此，亦可嘆觀止。

雪雁也機伶。

紫鵑聽說，忙放下針線，又囑咐雪雁好生聽叫，「若問我，答應我就來。」說着，便出了瀟湘館，一徑來尋寶玉。走至寶玉跟前，含笑說道：「我不過說了那兩句話，為的是大家好，你就一氣跑了這風地裡來哭，弄出病來還了得。」寶玉忙笑道：「誰賭氣了！我因為聽你說得有理，我想你們既這樣說，自然別人也是這樣說，將來漸漸的都不理我了，我所以想到這裡自己傷起心來了。」紫鵑也便挨他坐着。寶玉笑道：「方才對面說話你尚走開，這會子如何又來挨我坐着？」紫鵑道：「你都忘了，幾日前，你們姊妹兩個正說話，趙姨娘一頭走了進來。我才聽見他不在家，所以我來問你。正是前日你和他才說了一句『燕窩』就歇住了，總沒提起，我正想着問你。」寶玉道：「也沒什麼要緊，不過我想着寶姐姐也是客中，既吃燕窩，又不可間斷，若只管和他要，也太託實。[1]雖不便和太太要，

「漸漸不理」云云，人們在年齡漸長的過程中，也會產生一種懷念往日的天真爛漫，不願意長大的情緒。擴而大之，這也是嘆惜：「逝者如斯夫，不捨晝夜。」

我已經在老太太跟前略露了個風聲，只怕老太太和鳳姐姐說了。我告訴他的，竟沒告訴完。如今我聽見一日給你們一兩燕窩，這也就完了。」紫鵑道：「原來是你說了，這又多謝你費心。我們正疑惑，老太太怎麼忽然想起來叫人每一日送一兩燕窩來呢？這就是了。」寶玉笑道：「這要天天吃慣了，吃上三二年就好了。」紫鵑道：「在這裡吃慣了，明年家去，那裡有這閒錢吃這個。」寶玉聽了，吃了一驚，忙問：「誰家去？」紫鵑道：「妹妹回蘇州去。」寶玉笑道：「你又說白話。蘇州雖是原籍，因沒了姑母，無人照看才就了來的。明年回去找誰？可見撒扯謊。」紫鵑冷笑道：「你太看小了人。你們賈家獨是大族，人口多的，除了你家，別人只得一父一母，房族中真個再無人了不成？我們姑娘來時，原是老太太心疼他年小，雖有叔伯，不如親父母，故此接來住幾年。大了該出閣時，自然要送還林家的。終不成林家女兒在你賈家一世不成？林家雖貧到沒飯吃，也是世代書香人家，斷不肯將他家的人丟與親戚，落的恥笑。所以早則明年春天，遲則秋天，這裡縱不送去，林家亦必有人來接的。前日夜裡姑娘和我說了，叫我告訴你：將從前小時頑的東西，有他送你的，叫你都打點出來還他。他也將你送他的打點在那裡呢。」寶玉聽了，便如頭頂上響了一個焦雷一般。紫鵑看他怎麼回答，等了半天，見他只不作聲。才要再問，只見晴雯找來說：「老太太叫你呢，誰知在這裡。」紫鵑笑道：「他這裡問姑娘的病症，我告訴了他，半日他只不信，你倒拉他去罷。」說着，自己便走回房去了。

寶玉當然是關照細心。但他畢竟不掌權，此事後果到底如何，有沒有早先黛玉顧慮到的那些問題，殊堪掛慮。

紫鵑雖是戲言，卻也句句字字真切合理。說明不僅寶黛，而且命運依附於黛玉的紫鵑，已經考慮到了進一步的事情。到了動真格的時候了。

晴雯見他呆呆的，一頭熱汗，滿臉紫脹，忙拉他的手，一直到怡紅院中。襲人見了這般，慌起來了，只說時氣所感，熱身被風撲了。無奈寶玉發熱事猶小可，更覺兩個眼珠兒直直的起來，口角邊津液流出，皆不知覺。給他個枕頭，他便睡下；扶他起來，他便坐着；倒了茶來，他便吃茶。眾人見了這樣，一時忙亂起來，又不敢造次去回賈母，先便差人去請李嬤嬤來。

一時李嬤嬤來了，看了半日，問他幾句話，也無回答，用手向他脈上摸了摸，嘴唇人中上着力掐了兩下，掐得指印如許來深，竟也不覺疼。李嬤嬤只說了一聲「可了不得了」，「呀」的一聲便摟頭放聲大哭起來，急得襲人忙拉他說：「你老人家瞧瞧，可怕不怕？且告訴我們去回老太太、太太去。你老人家怎麼先哭起來？」李嬤嬤搥床搗枕說：「這可不中用了，我白操了一世的心了。」襲人因他年老多知，所以請他來看，如今見他這般一說，都信以為實，也哭起來了。

晴雯便告訴襲人，方才如此這般。襲人聽了，便忙到瀟湘館來，見紫鵑正伏侍黛玉吃藥，也顧不得什麼，便走上來問紫鵑道：「你才和我們寶玉說了些什麼話？你瞧瞧他去，你回老太太去，我也不管了。」說着，便坐在椅上。黛玉忽見襲人滿面急怒，又有淚痕，舉止大變，更不免也着了忙，因問：「怎麼了？」襲人定了一回，哭道：「不知紫鵑姑奶奶說了些什麼話，那個呆子眼也直了，手腳也冷了，話也不說了，李媽媽掐着也不疼了，已死了大半個了！連媽媽也說不中用了，那裡放聲大哭，只怕這會子都死了！」黛玉聽此言，李媽媽乃久經老嫗，

進入「休克」狀態。紫鵑用的是休克檢驗術。寶玉的心理健康狀況，確有可疑之處。此前（被馬道婆妖術所侵）亦有一次這種精神失常、感情障礙狀況。

愛者，至大矣！可死可生，生死攸關！喜劇性的言談（情節）描寫之中包含着悲劇性的內容，讀之笑而後淚下。

說不中用了，可知必不中用。「哇」的一聲，將所服之藥一口嘔出，抖腸搜肺，炙胃搧肝的啞聲大嗽了幾陣，一時面紅髮亂，目腫筋浮，喘的抬不起頭來。紫鵑忙上來捶背，黛玉伏枕喘息了半晌，推紫鵑道：「你不用捶，你竟拿繩子來勒死我是正經！」紫鵑哭道：「我並沒說什麼，不過是說了幾句頑話，他就認真了。」襲人道：「你還不知道他那傻子，每每頑話認了真。」黛玉道：「你說了什麼話，趁早兒去解說，他只怕就醒過來了。」紫鵑聽說，忙下床同襲人到了怡紅院。

紫鵑是個有心人。用心亦良苦矣！

誰知賈母、王夫人等已都在那裡了。賈母一見了紫鵑便眼內出火，罵道：「你這小蹄子和他說了什麼？」紫鵑忙道：「並沒敢說什麼，不過說幾句頑話。」誰知寶玉見了紫鵑，方「噯呀」了一聲，哭出來了。眾人一見都放下心來。賈母便拉住紫鵑，只當他得罪了寶玉，所以拉紫鵑命他陪罪。誰知寶玉一把拉住紫鵑，死也不放，說：「要去，連我帶了去。」眾人不解，細問起來，方知紫鵑說「要回蘇州去」一句頑話引出來的。賈母流淚道：「我當有什麼要緊大事，原來是這句頑話。」又向紫鵑道：「你這孩子素日是個伶俐聰敏的，你又知道他有個呆根子，平白的哄他做什麼？」薛姨媽勸道：「寶玉本來心實，可巧林姑娘又是從小兒來的，他姊妹兩個一處長得這麼大，比別的姊妹更不同。這會子熱刺刺的說一個去，別說他是個實心的傻孩子，便是冷心腸的大人也要傷心。這並不是什麼大病，老太太和姨太太只管萬安，吃一兩劑藥就好了。」

解鈴還須繫鈴人。

對紫鵑未再責罵，態度慈祥。

正說着，人回林之孝家的賴大家的都來瞧哥兒來了。賈母道：「難為他們想着，叫他們來瞧瞧。」寶玉聽了一個「林」字，便滿床鬧起來說：「了不得了，林家的人接他們來了，快打出去罷！」賈母聽了，也忙說：「打出去罷。」又忙安慰說：「那不是林家的人。林家的人都死絕了，沒人來接他的，你只放心罷。」寶玉哭道：「憑他是誰，除了林妹妹，都不許姓林的。」賈母道：「沒姓林的來，凡姓林的都打出去了。」一面吩咐眾人：「以後別叫林之孝家的進園來，你們也別說『林』字。孩子們，你們聽了我這一句話罷！」眾人忙答應，又不敢笑。一時寶玉又一眼看見了十錦格子上陳設的一雙金西洋自行船，便指着亂說：「那不是接他們來的船來了，灣在那裡呢。」賈母忙命拿下來。襲人忙拿下來，寶玉伸手要，襲人遞過去，寶玉便掖在被中，笑道：「這可去不成了！」一面說，一面死拉着紫鵑不放。

這裡既有錯亂一面似亦有裝瘋賣傻一面。他「鬧」的傾向性、目的性極明確的。

溺愛之情，舐犢之狀，可憐煞也。

一時人回大夫來了，賈母忙命快進來。王夫人、薛姨媽、寶釵等避入裡間。賈母便端坐在寶玉身旁。王太醫進來見許多的人，忙上去請了賈母的安，拿了寶玉的手診了一回。那紫鵑少不得低了頭。王太醫也不解何意，起身說道：「世兄這症乃是急痛迷心。古人曾云：『痰迷有別。有氣血虧柔，飲食不能熔化痰迷者；有怒惱中痰急而迷者；有急痛壅塞者。』此亦痰迷之症，係急痛所致，不過一時壅蔽，較諸痰迷似輕。」賈母道：「你只說怕不怕，誰同你背藥書呢。」王太醫忙躬身笑道：「不妨，不妨。」賈母道：「果真不妨？」王太醫道：「實在不妨，都在晚生身上。」賈母道：「既如此，請到外面坐，開藥方。若吃好了，我另外

知道「不妨」了，說話便放鬆了。小有噱頭。

預備好謝禮，叫他親自捧了送去磕頭；若耽誤了，我打發人去拆了太醫院的大堂。」王太醫只躬身陪笑說：「不敢，不敢。」竟未聽見賈母後來說拆太醫院之戲語，猶說「不敢」，賈母與眾人反倒笑了。一時，按方煎藥，藥來服下，果覺比先安靜。無奈寶玉只不肯放紫鵑，只說他去了，便是要回蘇州去了。賈母、王夫人無法，只得命紫鵑守着他，另將琥珀去伏侍黛玉。

黛玉不時遣雪雁來探消息。這晚間寶玉稍安，賈母、王夫人等方回去了。一夜還遣人來問信幾次。李奶媽帶宋媽等幾個年老人用心看守，紫鵑、襲人、晴雯等日夜相伴。有時寶玉睡去，必從夢中驚醒，不是哭了說黛玉已去，便是說有人來接。每一驚時，必得紫鵑安慰一番方罷。彼時賈母又命將祛邪守靈丹及開竅通神散各樣上方秘製諸藥，按方飲服。次日又服了王太醫藥，漸次好了起來。寶玉心下明白，因恐紫鵑回去，倒故意作出佯狂之態。紫鵑自那日也着實後悔，如今日夜辛苦，並沒有怨意。襲人等皆心安神定，因向紫鵑笑道：「都是你鬧的，還得你來治。也沒見我們這呆子聽了風就是雨，往後怎麼好。」暫且按下。

佯狂與真狂其實難以分辨。佯狂之為狂，無疑無異，故也是狂。

且說此時湘雲之症已癒，天天過來瞧看，見寶玉明白了，便將他病中狂態形容與他瞧，引得寶玉自己伏枕而笑。原來他起先那樣竟是不知的，如今聽人說還不信。無人時紫鵑在側，寶玉又拉他的手問道：「你為什麼唬我？」紫鵑道：「不過是哄你頑的，你就認真。」寶玉道：「你說的那樣有情有理，

＊誰鬧的誰治，哪兒出的問題哪兒解決，這樣一種追本溯源式的醫學（不只醫學）思路，很有特點。其實，因與果的關係並非如此簡單直接。

如何是頑話呢。」紫鵑笑道：「那些頑話都是我編的。林家實沒了人口，縱有也是極遠的。族中也都不在蘇州住，各省流寓不定。縱有人來接，老太太也必不放去的。」寶玉道：「便老太太放去，我也不依。」紫鵑笑道：「果真的不依？只怕是口裡的話。你如今也大了，連親也定下了，過二三年再娶了親，你眼睛裡還有誰了？」寶玉聽了，又驚問：「誰定了親？定了誰？」紫鵑笑道：「年裡我就聽見老太太說，要定了琴姑娘呢。不然那麼疼他？」寶玉笑道：「人人只說我傻，你比我更傻。不過是句頑話，他已經許給梅翰林家了。果然定下了他，我還是這個形景了？先是我發誓賭咒砸這勞什子，你都沒勸過，說我瘋的？剛剛的這幾日才好了，你又來慪我！」一面說，一面咬牙切齒的，又說：「我只願這會子立刻我死了，把心迸出來，你們瞧見了，然後連皮帶骨一概都化成一股灰，再化成一股煙，一陣大風，吹得四面八方登時散了，這才好！」一面說，一面又滾下淚來。紫鵑忙上來捂他的嘴，替他擦眼淚，又忙笑解釋道：「你不用着急。這原是我心裡着急，故來試你。」寶玉聽了，更又詫異，問道：「你又着什麼急？」紫鵑笑道：「你知道，我並不是林家的人，我也和襲人鴛鴦是一夥的，偏把我給了林姑娘使，偏生他又和我極好，比他蘇州帶來的還好十倍，一時一刻我們兩個離不開。我如今心裡卻愁，他倘或要去了，我必要跟了他去的。我是合家在這裡，我若不去，辜負了我們素日的情長；若去，又棄了本家。所以我疑惑，故說出這謊話來問你，誰知你就傻鬧起來。」寶玉笑道：「原來是你愁這個，所以你是傻子。從此後再

這樣說其實繞開了矛盾。

心是看不見的。心是不容易被人知的。知心最可貴。心不被知最痛苦。

掬誠相告。

繞開了愛情談婚姻的可能性。

回想一下我們的先輩是生活在一種嚴禁愛情的文化傳統道德標準下面的，不禁毛骨聳然。

別愁了。我告訴你一句打蕙兒的話：活着，咱們一處活着；不活着，咱們一處化灰化煙，如何？」紫鵑聽了，心下暗暗籌劃。忽有人回：「環爺蘭哥兒問候。」寶玉道：「就說難為他們，我才睡了，不必進來。」婆子答應去了。紫鵑笑道：「你也好了，該放我回去瞧瞧我們那一個去了。」寶玉道：「正是這話。我昨夜就要叫你去的，偏又忘了。我已經大好了，你就去罷。」紫鵑聽說，方打疊鋪蓋妝奩之類。寶玉笑道：「我看見你文具裡頭有兩三面鏡子，你把那面小菱花的給我留下罷。我擱在枕頭旁邊，睡着好照，明日出門帶着也輕巧。」紫鵑聽說，只得與他留下，先命人將東西送過去，然後別了眾人，自回瀟湘館來。

林黛玉近日聞得寶玉如此形景，未免又添些病症，多哭幾場。今見紫鵑來了，問其原故，已知大癒，仍遣琥珀去伏侍賈母。夜間人靜後，紫鵑已寬衣臥下之時，悄向黛玉笑道：「寶玉的心倒實，聽見咱們去就那樣起來。」黛玉不答。紫鵑停了半晌，自言自語的說道：「一動不如一靜。我們這裡就算好人家，別的都容易，最難得的是從小兒一處長大，脾氣情性都彼此知道的了。」黛玉啐道：「你這幾天還不乏，趁這會子不歇一歇，還嚼什麼蛆。」紫鵑笑道：「倒不是白嚼蛆，我倒是一片真心為姑娘。替你愁了這幾年了，無父母無兄弟，誰是知冷知熱的人？趁早兒老太太還明白硬朗的時節，作定了大事要緊。俗語說，『老健春寒秋後熱』，[2]倘或老太太一時有個好歹，那時雖也完事，只怕耽誤了時光，還不得趁心如意呢。公子王孫雖多，那一個不是三房五妾，今日朝東，明日朝西，

宣誓了。然而，這仍然不是婚姻的許諾與保證。紫鵑的「暗暗籌劃」仍然是太早了；而且是一廂情願。

寶黛感情，已不僅是兩小無猜，也不僅是海誓山盟了。能不能結成理想的良緣，這個現實問題已經提到了議事日程上了。

娶一個天仙來，也不過三夜五夜，也就丟在脖子後頭了，甚至於憐新棄舊反目成仇的。若娘家有人有勢的還好些，若姑娘這樣的人，有老太太一日還好一日，若沒了老太太，也只是憑人去欺負罷了。所以說，拿主意要緊。姑娘是個明白人，豈不聞俗語說的：『萬兩黃金容易得，知心一個也難求。』」黛玉聽了，便說道：「這丫頭今日可瘋了，怎麼去了幾日，忽然變了一個人？我明日必回老太太退回你去，我不敢要你了。」紫鵑笑道：「我說的是好話，不過叫你心裡留神，並沒叫你去為非作歹，何苦回老太太，叫我吃了虧，又有什麼好處？」說着，竟自己睡了。黛玉聽了這話，口內雖如此說，心內未嘗不傷感。待他睡了，便直哭了一夜，至天明方打了個盹兒。次日勉強盥漱了，吃了些燕窩粥，便有賈母等親來看視了，又囑咐了許多話。

勢甚可危。

紫鵑真忠臣也。

目今是薛姨媽的生日。自賈母起，諸人皆有祝賀之禮。黛玉亦只得備了兩色針線送去。是日也定了一班小戲，請賈母與王夫人等，獨有寶玉與黛玉二人不曾去得。至晚散時，賈母等順路又瞧了他二人一遍，方回房去。次日，薛姨媽家又命薛蝌陪諸夥計吃了一天酒，連忙了三四天方才完結。

「只得」何意？不情願乎？

因薛姨媽看見邢岫煙生得端雅穩重，且家道貧寒，是個釵荊裙布[3]的女兒，便欲說與薛蟠為妻。因薛蟠素昔行止浮奢，又恐遭塌了人家女兒。正在躊躇之際，忽想起薛蝌未娶，看他二人恰是一對天生地設的夫妻，因謀之於鳳姐兒。鳳姐兒

找媳婦時眼睛適當往下看。蓋夫貴即可妻榮，妻隨夫走，找個貧寒的正好。

鳳姐不敢隨意與太太（邢夫人）打交道。

笑道：「姑媽素知我們太太有些左性的，這事等我慢謀。」因賈母去瞧鳳姐兒時，鳳姐兒便和賈母說：「薛姑媽有一件事求老祖宗，只是不好啟齒的。」賈母忙問何事，鳳姐便將求親一事說了。賈母笑道：「這有什麼不好啟齒？這是極好的好事，等我和你婆婆說了，怕他不依？」回房來，即刻就命人請了邢夫人過來，硬作保山。[4]邢夫人想了一想：薛家根基不錯，且現今大富，薛蝌生得又好，且賈母又作保山，將計就計便應了。賈母十分喜歡，忙命人請了薛姨媽來。二人見了，自然有許多謙辭。邢夫人即刻命人去告訴邢忠夫婦。他夫婦原是此來投靠邢夫人的，如何不依，早極口的說妙極。賈母笑道：「我最愛管閒事，今日又管成了一件事，不知得多少謝媒錢？」薛姨媽笑道：「這是自然的。縱抬了整萬銀子來，只怕不希罕。但只一件，老太太既是作媒，還得一位主親才好。」賈母笑道：「別的沒有，我們家折腿爛手的人還有兩個。」說着，便命人去叫過尤氏婆媳二人來。賈母告訴他原故，彼此忙都道喜。賈母吩咐道：「咱們家的規矩你是盡知的，從沒有兩親家爭禮爭面的。如今你算替我在當中料理，不可太省，也不可太費，把他兩家的事周全了回我。」尤氏忙答應了。薛姨媽喜之不盡，回家命寫了請帖補送過寧府。尤氏深知邢夫人性情，本不欲管，無奈賈母親自囑咐，只得應了，惟忖度邢夫人之意行事。薛姨媽是個無可無不可的人，倒還易說。這且不在話下。

如今薛姨媽既定了邢岫煙為媳，合宅皆知。邢夫人本欲接出岫煙去住。賈母因說：「這又何妨，兩個孩子又不能見面，就是姨太太和他一個大姑子，一個小

這裡用「將計就計」四字令人覺得好笑。反正邢夫人「左性」，接受同意也最多是個「將計就計」。

這樣，寶釵的婚事問題就排到前面來了。

姑子，又何妨？況且都是女孩兒，正好親近些呢。」邢夫人方罷。

那薛蝌、岫煙二人前次途中曾有一面之遇，大約二人心中皆如意。只是那岫煙未免比先時拘泥了些，不好與寶釵姐妹共處閒談；又兼湘雲是個愛取笑的，更覺不好意思。幸他是個知書達禮的，雖是女兒，還不是那種佯羞詐鬼，一味輕薄造作之輩。寶釵自那日見他起，想他家業貧寒，二則別人的父母皆是年高有德之人，獨他的父母是酒糟透了的人，於女兒分中平常；邢夫人也不過是臉面之情，亦非真心疼愛；且岫煙為人雅重，迎春是個老實人，連他自己尚未照管齊全，如何能管到他身上，凡閨閣中家常一應需用之物，或有虧乏，無人照管，他又不與人張口。寶釵倒暗中每相體貼接濟，也不敢與邢夫人知道，也恐怕是多心閒話之故。如今卻是眾人意料之外奇緣作成這門親事。岫煙心中先取中寶釵。有時仍與寶釵閒話，寶釵仍以姊妹相呼。

何奇之有？親上做親，封閉循環，造成退化的一個因素。

這日寶釵因來瞧黛玉，恰值岫煙也來瞧黛玉，二人在半路相遇。寶釵含笑喚他到跟前，二人同走至一塊石壁後，寶釵笑問他：「這天還冷的很，你怎麼倒全換了夾的了？」岫煙見問，低頭不答。寶釵便知道又有了原故，因又笑問道：「必定是這個月的月錢又沒得。鳳丫頭如今也這樣沒心沒計了。」岫煙道：「他倒想着，不錯日子給的，因姑媽打發人和我說，一個月用不了二兩銀子，叫我省一兩給爹媽送出去，要使什麼橫豎有二姐姐的東西，能着些搭着就使了。姐姐想，二姐姐是個老實人，也不大留心，我使他的東西，他不說什麼，他那些媽媽丫頭那一個是省事的，那一個是嘴裡不尖的？我雖在那屋裡，卻不敢狠使喚他們，過三天五天我倒得拿些錢出來給他們打酒買點心吃才好。因此一個月二兩銀子還不夠使，如今又去了一兩。前日我悄悄的把棉衣服叫人當了幾吊錢盤纏。」寶釵聽了，愁嘆道：「偏梅家又合家在任上，後年才進來。若是在這兒，琴兒過去了，好再商議你這事，離了這裡就完了。如今不完了他妹妹的事，也斷不敢先娶親的。如今倒是一件難事，再遲兩年，我又怕你熬煎出病來。等我和媽媽再商議。」寶釵又指他裙上一個碧玉珮，問道：「這是誰給你的？」岫煙道：「這是三姐姐給的。」寶釵點頭道：「他見人人皆有，獨你一個沒有，怕人笑話，故此送一個。這是他聰明細緻之處。」岫煙又問：「姐姐此時那裡去？」寶釵道：「我到瀟湘館去。你且回去把那當票子叫丫頭送來我那裡，悄悄的取出來，晚上再悄悄的送給你去，早晚好穿，不然風閃着還了得。但不知當在那裡了？」岫煙道：「叫作什麼『恆舒』，是鼓樓西大街的。」寶釵笑道：「這鬧在一家去了，夥計們倘或知道了，好說『人沒過來，衣裳先到了。』」岫煙聽說，便知是他家的本錢，也不答，紅了臉一笑，二人走開。

寶釵就往瀟湘館來，恰正值他母親也來瞧黛玉，正說閒話呢。寶釵笑道：「媽媽多早晚來的，我竟不知道。」薛姨媽道：「我這幾日忙，總沒來瞧瞧寶玉和他，所以今日瞧他兩人，都也好了。」黛玉忙讓寶釵坐了，因向寶釵道：「天下的事真是人想不到的，拿着姨媽和大舅母說起，怎麼又作一門親家。」薛姨媽道：「我

為奴難，為主豈易？任何關係都有它的內情。外面看去，則是只知其一，不知其二。

寶釵廣結善緣，又得一（當）票。

薛家未來的兒媳跑到薛家的當舖當東西。命運就是這樣善與人開玩笑。

的兒，你們女孩兒家那裡知道，自古道：『千里姻緣一線牽』。管姻緣的有一位月下老人，預先注定，暗裡只用一根紅絲把這兩個人的腳絆住，憑你兩家那怕隔着海國呢，若有姻緣的，終久有機會作了夫婦。這一件事都是出人意料之外，憑父母本人都願意了，或是年年在一處，以為是定了的親事，若是月下老人不用紅線拴的，再不能到一處。比如你姐妹兩個的婚姻，此刻也不知在眼前，也不知在山南海北呢。」寶釵說：「惟有媽媽，說動話就拉上我們。」一面說，一面伏在母親懷裡笑說：「咱們走罷。」黛玉就笑道：「你瞧，這麼大了，離了姨媽他就是個最老到的，見了姨媽他就撒嬌兒。」薛姨媽將手摩弄着寶釵，向黛玉嘆道：「你這姐姐就和鳳哥兒在老太太跟前一樣，着了正經事就有話和他商量，沒有了事幸虧他開我的心。我見了他這樣，有多少愁不散的。」黛玉聽說，流淚嘆道：「他偏在這裡這樣，分明是氣我沒娘的人，故意來形容我。」寶釵笑道：「媽媽，你瞧他這輕狂樣兒，倒說我撒嬌兒。」薛姨媽道：「也怨不得他傷心，可憐沒父母，到底沒個親人。」又摩挲黛玉笑道：「好孩子，別哭，你見我疼你姐姐你傷心，你知我心裡更疼你呢。你姐姐雖說沒父親，到底有我，有親哥哥，這就比你強了。我每每和你姐姐說，心裡狠疼你，只是外面不好帶出來的。你這裡人多嘴雜，說好話的人少，說歹話的人多，不說你無依無靠，為人做人可配人疼，只說我們看老太太疼你，我們也洑上水[5]去了。」黛玉笑道：「姨媽既這麼說，我明日就認姨媽做娘，姨媽若是嫌棄，便是假意疼我。」薛姨媽道：「你不厭我，就認了。」

有意無意地向黛玉進行服從命運、莫可如何的「教育」。

薛姨媽一大堆話，雖不虛偽，仍嫌浮泛。此種顧慮就很難說服人：薛的處境很好，對黛玉好一點，不會產生高攀的意思，何「洑上水」之有？

*薛姨媽素日似不見有這麼多話，連紫鵑也打趣上了。

是她心情特別愉快嗎？岫煙的親做成了，幾個家族的關係越發牢不可破了。

顯得話多而且有些油滑。

影響了她的話的真誠可信的程度。

至少客觀上，事後回想起來，她的這些話變成了得便宜賣乖，甚至變成了戲弄，有點殘酷。

但我寧願相信她無惡意。

無意的殘酷，更殘酷。

寶釵忙道：「認不得的。」黛玉道：「怎麼認不得？」寶釵笑道：「我且問你，我哥哥還沒定親事，為什麼反將邢妹妹先說與我兄弟了，是什麼道理？」黛玉道：「他不在家，或是屬相生日不對，所以先說與兄弟了。」寶釵笑道：「不是這樣。我哥哥已經相準了，只等來家就放定，也不必提出人來，我說你認不得娘，你細想去。」說着便和他母親擠眼兒發笑。黛玉聽了，便一頭伏在薛姨媽身上說道：「姨媽不打他，我不依。」薛姨媽摟着他，笑道：「你別信你姐姐的話，他是和你頑呢。」寶釵笑道：「真個，媽媽明日和老太太求了，聘作媳婦，豈不比外頭尋的好？」黛玉便攏上來要抓他，口內說：「你越發瘋了。」薛姨媽忙笑勸，用手分開方罷。又向寶釵道：「連邢姑娘我還怕你哥哥遭塌了他，所以給你兄弟。別說這孩子，我也斷不肯給他。前日老太太要把你妹妹說給寶玉，偏生又有了人家，不然倒是門子好親事。前日我說定了邢姑娘，老太太還取笑說：『我原要說他的人，誰知他的人沒到手，倒被他說了我們一個去了。』雖是頑話，細想來倒也有些意思。我想寶琴雖有了人家，我雖無人可給，難道一句話也不說。我想，你寶兄弟老太太那樣疼他，他又生的那樣，若要外頭說去，老太太斷不中意。不如把你林妹妹定與他，豈不四角俱全。」黛玉先還怔怔的聽，後來見說到自己身上，便啐了寶釵一口，紅了臉，拉着寶釵笑道：「我只打你！為什麼招出姨媽這些老沒正經的話來？」寶釵笑道：「這可奇了！媽媽說你，為什麼打我？」紫鵑忙

說得倒好，誰來做主呢？於是，便成了空話廢話，說說而已。

甚至難保沒有試探之意。她對釵許配與寶玉的可能性更不可能沒考慮過，只是故意不說罷了。

＊薛蝌岫煙的婚事，不費吹灰之力就定下來了，而且各方滿意。

岫煙雖有困難，但因終身有靠，也便都能克服過去。

他們沒有什麼愛不愛、知心不知心的問題，所以輕鬆「幸福」。

寶黛則只能為之死去活來，瘋去傻來。紫鵑與寶、黛，薛姨媽與黛說得這樣明白透徹了，然而，一點也不中用。

紫鵑對黛玉婚事之關切，更反襯出黛玉婚事無人做主的苦況。

跑來笑道：「姨太太既有這主意，為什麼不和太太說去？」薛姨媽笑道：「這孩子，急什麼，想必催着姑娘出了閣，你也要早些尋一個小女婿子去了。」紫鵑也紅了臉笑道：「姨太太真個倚老賣老的。」說着，便轉身去了。黛玉先罵：「又與你這蹄子什麼相干？」後來見了這樣，也笑道：「阿彌陀佛！該，該，該！也臊了一鼻子灰去了。」薛姨媽母女及婆子丫鬟都笑起來。

一語未了，忽見湘雲走來，手裡拿着一張當票，口內笑道：「這是什麼帳篇子？」黛玉瞧了，不認得。地下婆子都笑道：「這可是一件好東西。這個乖不是白教的。」寶釵忙一把接了看時，正是岫煙才說的當票子，忙摺了起來。薛姨媽忙說：「那必是那個媽媽的當票子失落了，回來急得他們找。那裡得的？」湘雲道：「什麼是當票子？」眾人都笑道：「真真是個呆子，連當票子也不知道。」薛姨媽嘆道：「怨不得他，真真是侯門千金，而且又小，那裡知道這個？那裡去看這個？便是家下人有這個，他如何得見？別笑他是呆子，若給你們家的姑娘看了，也都成了呆子。」眾婆子笑道：「林姑娘方才也不認得，別說姑娘們，就如寶玉倒是外頭常走出去的，這怕也還沒見過呢。」薛姨媽忙將原故講明，湘雲黛玉二人聽了方笑道：「這人也太會想錢了。姨媽家當舖也有這個不成？」眾人笑道：「這又呆了。『天下老鴰一般黑』，豈有兩樣的？」薛姨媽因又問：「是那裡拾的？」湘雲方欲說時，寶釵忙說：「是一張死了沒用的，不知是那年勾了帳的。香菱拿着哄他們頑

可見是浮泛空話，傻紫鵑當了真，被取笑了。

說說笑笑中把這個婚姻大事的安排問題擺出來了。

可見，寶黛做親的可能性也是人人心中都有。心中皆有，卻無人上心真正去辦，這是黛玉的處境的可悲處。那時女子不能自主，出嫁之前如無父母操持，何等悽惶！

的。」薛姨媽聽了此話是真，也就不問了。一時人來回：「那府裡大奶奶過來請姨太太說話呢。」薛姨媽起身去了。

這裡屋內無人時，寶釵方問湘雲何處拾的。湘雲笑道：「我見你令弟媳的丫頭篆兒悄悄的遞與鶯兒，鶯兒便隨手夾在書裡，只當我沒看見。我等他們出去了，我偷着看，竟不認得，知道你們都在這裡，所以拿來大家認認。」黛玉忙問：「怎麼他也當衣裳不成？既當了，怎麼又給你？」寶釵見問，不好隱瞞他兩個，便將方才之事都告訴了他二人。黛玉便說：「兔死狐悲，物傷其類。」不免也要感嘆起來了。史湘雲聽了便動了氣說：「等我問着二姐姐去！我罵那起老婆子丫頭一頓，給你們出氣何如？」說着，便要走出去。寶釵忙一把拉住笑道：「你又發瘋了，還不給我坐下呢。」黛玉笑道：「你要是個男人，出去打一個抱不平兒。你又充什麼荊軻聶政，[6]真真好笑。」湘雲道：「既不叫問他去，明日也可把他接到咱們院裡一處住去，豈不是好？」寶釵笑道：「明日再商量。」說着，人報：「三姑娘四姑娘來了。」三人聽說，忙掩了口不提此事。要知端詳，且聽下回分解。

1 **託實：**實心眼兒，過於當真的意思。

2 **老健春寒秋後熱：**形容老年人的健康情況猶如春寒秋熱一樣沒有保障。

3 **釵荊裙布：**穿布衣裙戴荊枝為釵，形容女子服飾的簡樸和寒素。

4 **保山：**中保人，這裡指媒人。

5 **泭上水：**游向上游，比喻巴結權勢。

6 **荊軻、聶政：**皆為戰國時刺客，歷來被視作重義輕生、慷慨赴死的俠義之士。

第五十八回

杏子陰假鳳泣虛凰　茜紗窗真情揆[1]癡理

話說他三人因見探春等進來，忙將此話掩住不提。探春等問候過，大家說笑了一回方散。

誰知上回所表的那位老太妃已薨，[2]凡誥命等皆入朝隨班按爵守制。[3]敕諭天下：凡有爵之家一年內不得筵宴音樂，庶民皆三月不得婚姻。賈母婆媳祖孫等俱每日入朝隨祭，至未正已後方回。在大偏宮二十一日後方請靈入先陵，地名孝慈縣。這陵離都來往得十來日之功，如今請靈至此，還要停放數日，方入地宮，故得一月光景。寧府賈珍夫妻二人，也少不得是要去的。兩府無人，因此大家計議，家中無主，便報了尤氏產育，將他騰挪出來，協理榮寧兩處事件。因託了薛姨媽在園內照管他姊妹丫鬟。薛姨媽只得也挪進園來。因寶釵處有湘雲香菱；李紈處目今李嬸母女雖去，然有時亦來住三五日不定，賈母又將寶琴送與他去照管；迎春處有岫煙；探春因家務冗雜，且不時有趙姨娘賈環來嘈聒，甚不方便；惜春處房屋狹小；況賈母又千叮嚀萬囑咐託他照管林黛玉，薛姨媽素性也最憐愛他的，今既巧遇這事，便挪至瀟湘館來和黛玉同房，一應藥餌飲食十分經心。黛

這位老太妃的死或可令人想起元春的命運來。

可憶及鳳姐管理協理榮寧二府的盛況。此一協理已非彼一協理矣！

顛來倒去，就這麼幾個人，封閉生活，哪怕是天堂般的生活，終無趣味。

玉感戴不盡，以後便亦如寶釵之稱呼，連寶釵前亦直以姐姐呼之，寶琴前直以妹妹呼之，儼似同胞共出，較諸人更似親切。賈母見如此，也十分喜悅放心。薛姨媽只不過照管他姊妹，禁約的丫鬟輩，一應家中大小事務也不肯多口。尤氏雖天天過來，也不過應名點卯，亦不肯亂作威福，且他家內上下也只剩他一人料理，再者每日還要照管賈母王夫人的下處一應所需飲饌鋪設之物，所以也甚操勞。

當下榮寧兩處主人既如此不暇，並兩處執事人等或有人跟隨入朝的，或有朝外照理下處事務的，又有先踩踏[4]下處的，也都各各忙亂。因此兩處下人無了正經頭緒，也都偷安，或乘隙結黨，與權暫執事者竊弄威福。榮府只留得賴大並幾個管家照管外務。這賴大手下常用幾個人已去，雖另委人，都是些生的，只覺不順手。且他們無知，或賺騙無節，或呈告無據，或舉薦無因，種種不善，在在生事，也難備述。

又見各官宦家凡養優伶男女者，一概蠲免遣發，尤氏等便議定，待王夫人回家回明，也欲遣發十二個女孩子，又說：「這些人原是買的，如今雖不學唱，盡可留着使喚，只令其教習們自去也罷了。」王夫人因說：「這學戲的倒比不得使喚的，他們也是好人家的女兒，因無能賣了做這事，裝醜弄鬼的幾年。如今有這機會，不如給他們幾兩銀子盤費，各自去罷。當日祖宗手裡都是有這例的。咱們如今損陰壞德，而且還小器。如今雖有幾個老的還在，那是他們各有原故，不肯回去的，所以才留下使喚，大了配了我們家裡小廝們了。」尤氏道：「如今我

缺少自覺運轉、互相制約的機制。賈府事務運作，很大程度上靠高壓、手腕、精明與適度平衡的人治（基本上是賈母——王夫人——鳳姐之治），這樣，這種治理就很易受到削弱、干擾，直至破壞。風氣又壞，奈何。

文藝工作者的地位與下場。王夫人何等寬厚！與她後來的處理芳官成為對比。

們也去問他十二個，有願意回去的，就帶了信兒，叫他父母來親自領回去，給他們幾兩銀子盤纏方妥。倘若不叫上他的親人來，只怕有混帳人冒名領出去又轉賣了，豈不辜負了這恩典。若有不願意回去的，就留下。」王夫人笑道：「這話妥當。」尤氏等遣人告訴了鳳姐兒，一面說與總理房中，每教習給銀八兩，令其自便。凡梨香院一應物件，查清記冊收明，派人上夜。將十二個女孩子叫來當面細問，倒有一多半不願意回家的：也說父母雖有，他只以賣我們姊妹為事，這一去還被他賣了；也有父母已亡，或被叔伯兄弟所賣的；也有說無人可投的；也有說感恩不捨的。所願去者止四五人。王夫人聽了，只得留下。將去者四五人皆令其乾娘領回家去，單等他親父母來領。將不願去者分散在園中使喚。賈母便留下文官自使，將正旦芳官指與寶玉，將小旦蕊官送了寶釵，將小生藕官指與了黛玉，將大花面葵官送了湘雲，將小花面豆官送了寶琴，將老外艾官與了探春，尤氏便討了老旦茄官去。當下各得其所，就如倦鳥出籠，每日園中遊戲。眾人皆知他們不能針黹，不慣使用，皆不大責備。其中或有一二個知事的，愁將來無應時之技，亦將本技丟開，便學起針黹紡績女工諸務。

一日正是朝中大祭，賈母等五更便去了下處，用些點心小食，然後入朝。早膳已畢，方退至下處歇息，用過早飯，略歇片刻，復入朝侍中晚二祭方出，至下處歇息，用過晚飯方回家。可巧這下處乃是一個大官的家廟，乃比丘尼焚修，房舍極多極淨。東西二院，榮府便賃了東院，北靜王府便賃了西院。太妃少妃每日

也是寧做奴隸。

表演藝術工作者自古面臨轉業問題。

晏息，見賈母等在東院，彼此同出同入，都有照應。外面諸事不消細述。

且說大觀園內因賈母王夫人天天不在家內，又送靈去一月方回，各丫鬟婆子皆有閒空，多在園裡遊玩。更又將梨香院內伏侍的眾婆子一概撤回，並散在園裡聽使，更覺園內人多了幾十個。因文官等一干人或心性高傲，或倚勢凌下，或揀衣挑食，或口角鋒芒，大概不安分守己者多。因此眾婆子含怨，只是口中不敢與他們分爭。如今散了學，大家趁了願，也有丟開手的，也有心地狹窄猶懷舊怨的，因將眾人皆分在各房名下，不敢來廝侵。

實是文藝工作者的通病。文藝者常有積怨，乃是隱患。

可巧這日乃是清明之日，賈璉已備下年例祭祀，帶領賈環、賈琮、賈蘭三人去往鐵檻寺祭柩燒紙。寧府賈蓉也同族中人各處祭祀前往。因寶玉病未大癒，故不曾去得。飯後發倦，襲人因說：「天氣甚好，你且出去逛逛，省得丟下粥碗就睡，存在心裡。」寶玉聽說，只得拄了一支杖，趿着鞋，走出院來。因近日將園中分與眾婆子料理，各司各業，皆在忙時，也有修竹的，也有剔樹[5]的，也有栽花的，也有種豆的。池中間又有駕娘們行着船夾泥[6]的，種藕的。湘雲、香菱、寶琴與些丫鬟等都坐在山石上瞧他們取樂。寶玉也慢慢行來。湘雲見了他來，忙笑說：「快把這船打出去，他們是接林妹妹的。」眾人都笑起來。寶玉紅了臉，也笑道：「人家的病，誰是好意的，他也形容着取樂兒。」湘雲笑道：「病也比人家另一樣，原招笑兒，反說起人來。」說着，寶玉便也坐下，看着眾人忙亂了一回。湘雲因說：「這裡有風，石頭上又冷，坐坐去罷。」

寶玉也正要去瞧黛玉，起身拄拐辭了他們，從沁芳橋一帶堤上走來，只見柳垂金線，桃吐丹露，山石之後，一株大杏樹，花已全落，葉稠陰翠，上面已結了豆子大小的許多小杏。寶玉因想道：「能病了幾天，竟把杏花辜負了！不覺到『綠葉成蔭子滿枝』[7]了。」因此仰望杏子不捨，又想起了邢岫煙已擇了夫婿一事，雖說男女大事，不可不行，但未免又少了一個好女兒。不過二年，便也要「綠葉成蔭子滿枝」了。再過幾日，這杏樹子落枝空，再幾年，岫煙也不免烏髮如銀，紅顏似縞了，因此不免傷心，只管對杏歎息。正想嘆時，忽有一個雀兒飛來，落於枝上亂啼。寶玉又發了呆性，心下想道：「這雀兒必定是杏花正開時他曾來過，今見無花空有了葉，故也亂啼，這聲韻必是啼哭之聲，可恨公冶長[8]不在眼前，不能問他。但不知明年再發時，這個雀兒可還記得飛到這裡來與杏花一會不能？」

正胡思間，忽見一股火光從山石那邊發出，將雀兒驚飛。寶玉吃了一驚，又聽外邊有人喊道：「藕官，你要死，怎麼弄些紙錢進來燒？我回奶奶們去，仔細你的肉！」寶玉聽了，越發疑惑起來，忙轉過山石看時，只見藕官滿面淚痕，蹲在那裡，手內還拿着火，守着些紙錢灰作悲。寶玉忙問道：「你與誰燒紙錢？快不要在這裡燒。你或是為父母兄弟，你告訴我名姓，外頭去叫小廝們打了包袱寫上名姓去燒。」藕官見了寶玉，只不作一聲。寶玉數問不答，忽見一個婆子惡狠

賈寶玉對光陰流逝十分敏感。至情在我，兼及杏、及鳥、及人。此大悲之心，詩人之心，情聖之心，也是瘋癲之狀。

時間是一個變量。永無止息，永無循環，永無重複。

狠的走來拉藕官，口內說道：「我已經回了奶奶們，奶奶們氣得了不得。」藕官聽了，終是孩氣，怕辱沒了沒臉，便不肯去。婆子道：「我說你們別太興頭過餘了，如今還比得你們在外頭亂鬧呢。這是尺寸地方兒。」[9] 指着寶玉道：「連我們的爺還守規矩呢，你是什麼阿物兒，跑來胡鬧。怕也不中用，跟我快走罷！」寶玉忙道：「他並沒燒紙錢，原是林妹妹叫他燒那爛字紙的。你沒看真，反錯告了他。」藕官正沒了主意，見了寶玉也添了畏懼，忽聽他反替遮掩，心內轉憂成喜，也便硬着口說道：「狠看，真是紙錢子麼？我燒的是林姑娘寫壞的字紙！」那婆子便彎腰向紙灰中揀出不曾化盡的遺紙在手內，說道：「你還嘴硬，有證又有憑，只和你廳上講去。」說着，拉了袖子，拽着要走。寶玉忙拉藕官，又用拄杖隔開那婆子的手，說道：「你只管拿了回去。實告訴你，我昨夜做了一夢，夢見杏花神和我要一掛白錢，不可叫本房人燒，另叫生人替燒，我的病就好得快了。所以我請了白錢，巴巴的煩他來替我燒了。我今日才能起來，偏你又看見了，這會子又不好了，都是你衝了！還要告他去。藕官，你只管見他們去，就依着這話說。」藕官聽了，越得主意，反拉着要走。那婆子忙丟下紙錢，陪笑央告寶玉說道：「我原不知道，若回太太，我這人豈不完了？」寶玉道：「你也不許再回，我便不說。」婆子道：「我已經回了，原叫我帶他，只好說他被林姑娘叫去了。」寶玉點頭應允，婆子自去。

寶玉細問藕官：「為誰燒紙？必非父母兄弟，定有私自的情理。」藕官因方才護庇之情，心中感激，知他是自己一流人物，況再難隱瞞，便含淚說道：「我這事除了你屋裡的芳官和寶姑娘的蕊官，並沒第三個人知道。今日被你撞見，這意思少不得也告訴了你，只不許再對一人言講。」又哭道：「我也不便和你面說，你只回去背人悄悄問芳官就知道了。」說畢，怏怏而去。

寶玉聽了，心下納悶，只得踱到瀟湘館，瞧黛玉越發瘦的可憐，問起來，比往日大好了些。黛玉見他也比先大瘦了，想起往日之事，不免流下淚來。些微談了一談，便催寶玉去歇息調養。寶玉只得回來。因記掛着要問芳官原委，偏有湘雲香菱來了，正和襲人芳官一處說笑，不好叫他，恐人又盤詰，只得耐着。

一時芳官又跟了他乾娘去洗頭。他乾娘偏又先叫他親女兒洗過，才叫芳官洗。芳官見了這般，便說他偏心，「把你女兒的剩水給我洗。我一個月的月錢都是你拿着，沾我的光不算，反倒給我剩東剩西的。」他乾娘惱羞變成怒，便罵他：「不識抬舉的東西！怪不得人人都說戲子沒一個好纏的，憑你什麼好的，入了這一行，都學壞了。這一點子小崽子，也挑幺挑六，鹹嘴淡舌，咬群的騾子似的！」娘兒兩個吵起來。襲人忙打發人去說：「少亂嚷，瞅着老太太不在家，一個個連句安靜話也都不說了。」晴雯因說：「這是芳官不省事，不知狂的什麼，也不過是會兩齣戲，倒像殺了賊王，擒過反叛來的。」襲人道：「一個巴掌拍不響，老的也太不公些，小的也太可惡些。」寶玉道：「怨不得芳官。自古說：『物不平則鳴』。[10]他失親少眷的，在這裡沒人照看。賺了他的錢，又作踐他，如何

此句最妙。

如果說黛玉此生是「還淚」的，寶玉此生便是「還魂」的了，他的魂靈，一點點渡給黛玉了也。

我們有鄙薄藝術從業人員的悠久傳統。

晴雯也不忿！「殺」、「擒」云云，指的是戰功。唱功如何與戰功比！

*寶玉、姑娘、婆子的關係有趣。姑娘中，幾乎沒有一個可厭的。包括被逐出的偷東西的墜兒，亦不引起人的反感。婆子則沒有一個好的。

婆子最恨年輕的女孩子們。寶玉最愛女孩子們。寶玉便與婆子們對立。

寶玉之愛女孩子並不佔理，上不得台面，婆子們則常常擺出「教育」女孩子們的架式。

誰的「弗洛伊德」？婆子的？寶玉的？雪芹的？寫成了這種格局。

怪得。」又向襲人說：「他到底一月多少錢？以後不如你收了過來照管他，豈不省事？」襲人道：「我要照看他那裡不照看了，又要他那幾個錢才照看他？沒的討人罵去了。」說着，便起身至那屋裡取了一瓶花露油、雞蛋、香皂、頭繩之類，叫了一個婆子來送給芳官去，叫他另要水自洗，不要吵鬧了。

也是香波、潤絲的雛形。

他乾娘越發羞愧，便說芳官「沒良心，只說我剋扣你的錢」。便向他身上拍了幾下。芳官便哭起來。寶玉便走出來，襲人忙勸：「做什麼？我去說他。」晴雯忙先過來，指他乾娘說道：「你這麼大年紀太不懂事。你不給他好好的洗，我們才給他東西，你自己不臊，還有臉打他。他要是還在學裡學藝，你也敢打他不成！」那婆子便說：「一日叫娘，終身是母。他排揎我，我就打得。」襲人喚麝月道：「我不會和人拌嘴，晴雯性太急，你快過去震嚇他兩句。」麝月聽了，忙過來說道：「你且別嚷。我且問你，別說我們這一處，你看滿園子裡誰在主子屋裡教導過女兒的？就是你的親女兒，既經分了房，有了主子，自有主子打罵，再者大些的姑娘姐姐們也可以打得罵得，誰許你娘老子又半中間管起閒事來了？都這樣管，又要叫他們跟着我們學什麼？越老越沒了規矩！你見前日墜兒的媽來吵，你如今也來跟他學？你們放心，因連日這個病那個病，再老太太又不得閒，所以我也沒有去回。等兩日咱們去痛回一回，大家把這威風煞一煞兒才好呢。況且寶玉才好了些，連我們也不敢說話，你反打的人狼號鬼哭的。上頭出了幾日門，你們就無法無天的，眼珠子裡就沒了人了，再兩天，你們就該打我們了。他也不要你這乾娘，怕糞草埋了他不成？」寶玉恨得拿拄杖打着門檻子說道：「這些老婆子都是鐵心石腸似的，真是大奇事。不能照看，反倒折挫他們，地久天長，如何是好！」晴雯道：「什麼如何是好，都攆了出去，不要這些中看不中吃的！」那婆子羞愧難當，一言不發。那芳官只穿着海棠紅的小棉襖，底下綠綢灑花夾褲，敞着褲腿，一頭烏油似的頭髮披在腦後，哭的淚人一般。麝月笑道：「把個鶯鶯小姐，反弄成個才拷打完的紅娘了！這會子又不妝扮了，還是這麼着。」晴雯因走過去拉了他，替他洗淨了髮，用手巾擰乾，鬆鬆的挽了一個慵妝髻，[11]命他穿了衣服過這邊來。

接着司內廚的婆子來問：「晚飯有了，可送不送？」小丫頭聽了，進來問襲人。襲人笑道：「方才胡吵了一陣，也沒留心聽得幾下鐘了？」晴雯道：「這勞什子，又不知怎麼了，又得去收拾。」說着，拿過錶來，瞧了一瞧，說道：「再略等半鍾茶的工夫就是了。」小丫頭去了。麝月笑道：「提起淘氣來，芳官也該打兩下兒。昨日是他擺弄了那墜子，半日就壞了。」說話之間，便將食具打點現成。一時小丫頭子捧了盒子進來站住。晴雯麝月揭開看時，還是這四樣小菜。晴雯笑道：「已經好了，還不給兩樣清淡菜吃。這稀飯鹹菜鬧到多早晚！」一面擺好，一面又看那盒中卻有一碗火腿鮮筍湯，忙端了放在寶玉跟前。寶玉便就桌上喝了一口，說道：「好湯！」眾人都笑道：「菩薩，能幾日沒見葷腥兒，饞得這樣起來。」一面說，一面端起來，輕輕用口吹着。因見芳官在側，便遞與芳官說

動輒說什麼「攆出去」，最後被攆出去的卻是自己。不也是「現世報」嗎？

道：「你也學些伏侍，別一味傻頑傻睡。口兒輕些，別吹上唾沫星兒。」他乾娘也端飯在門外伺候。向裡忙跑進來笑道：「他不老成，仔細打了碗，讓我吹罷。」一面說，一面就接。晴雯忙喊道：「快出去！你讓他砸了碗，也輪不到你吹。你什麼空兒跑到裡槅兒來了？」一面又罵小丫頭們：「瞎了眼的，他不知道，你們也該說給他！」小丫頭們都說：「我們攆他不出去，說他又不信。如今帶累我們受氣，這是何苦呢！你可信了？我們到的地方兒有你到的一半兒，那一半兒是你到不去的呢。何況又跑到我們到不去的地方還不算，又去伸手動嘴的了。」一面說，一面推他出去。階下幾個等空盒傢伙的婆子見他出來，都笑道：「嫂子也沒有用鏡子照一照，就進去了。」羞得那婆子又恨又氣，只得忍耐下去了。

芳官吹了幾口，寶玉笑道：「你嚐嚐好了沒有？」芳官當是頑話，只是笑着看襲人等。襲人道：「你就嚐一口何妨。」晴雯笑道：「你瞧我嚐。」說着，便喝一口。芳官見如此，他便嚐了一口說：「好了。」遞與寶玉，喝了半碗，吃了幾片筍，又吃了半碗粥就罷了。眾人便收出去。小丫頭捧沐盆，漱盥畢，襲人等去吃飯。寶玉使個眼色與芳官，芳官本來伶俐，又學了幾年戲，何事不知？便裝肚子痛，不吃飯了。襲人道：「既不吃，在屋裡作伴兒，把粥留下，你餓了再吃。」說着去了。

寶玉將方才見藕官如何謊言護庇，如何藕官叫我問你，細細的告訴一遍，

這種「伏侍」的小兒科性質着實可笑。

寶玉對女孩子們的寵愛，使女孩子們處於一個極遭嫉恨的位置。

*當人被各種利益計算、事務計算所佔據，當人與人的關係日益成為互相利用或互相爭鬥的關係的時候，出現一點匪夷所思的奇想，出現一點原生狀態的情性，也算是一種平衡，一種需要。也是文學的一個重要功能。文學可以促進社會的發展演化，也可以彌補社會組織的完善過程所帶來的空白與遺憾，抵禦「進步」帶來的某種寂寞和（內心世界的）荒蕪。為之一笑一悲，就夠了。不是提倡，不是榜樣。

你當然不能像藕官般行事，我們都不能那樣，所以更需要小說中的藕官故事。

又問他祭的果係何人。芳官聽了，眼圈兒一紅，又嘆一口氣道：「這事說來藕官兒也是胡鬧。」寶玉忙問：「如何？」芳官道：「他祭的就是死了的菂官兒。」寶玉道：「他們兩個也算朋友，也是應當的。」芳官道：「那裡又是什麼朋友哩，那都是傻想頭！他是小生，菂官是小旦，往常時他們扮作兩口兒，每日唱戲的時候都裝着那麼親熱，一來二去兩個人就裝糊塗了，倒像真的一樣兒。後來兩個竟是你疼我，我愛你。菂官兒一死，他就哭的死去活來，到如今不忘，所以每節燒紙。後來補了蕊官，我們見他也是那樣，就問他為什麼得了新的，就把舊的忘了。他說：『不是忘了。比如人家男人死了女人，也有再娶的，只是不把死的丟過不提，就是有情分了。』你說他是傻不是呢？」寶玉聽了這呆話，獨合了他的呆性，不覺又喜又悲，又稱奇道絕，拉着芳官囑咐道：「既如此說，我有一句話囑咐你，須得你告訴他：以後斷不可燒紙。逢時按節只備一爐香，一心虔誠，就能感應了。我那案上也只設着一個爐，我有心事，不論日期，時常焚香，隨便新水新茶就供一盞，或有鮮花鮮果，甚至葷腥素菜都可，只在敬心，不在虛名。以後快命他不可再燒紙。」芳官聽了，便答應着。一時吃過粥，有人回：「老太太回來了。」要知端的，且看下回分解。

一個是同性戀，以同性為異性。一個是幻想，以戲做真，以幻想的假做真。反映了這些女孩子的感情苦悶，性苦悶。故合了寶玉的呆性。在這樣一個蠅營狗苟的家庭裡，能這樣苦悶、幻想、多情，倒也有幾分可愛。

也是一份純情。

1 **揆**：推測、揣度的意思。

2 **薨**：《禮記．曲禮下》：「天子死曰崩，諸侯曰薨。」

3 **守制**：按禮儀制度守喪，稱「守制」。

4 **踩踏**：實地察看的意思。

5 **[鳥刂]樹**：修整樹枝，使樹另發新條。

6 **夾泥**：即罱泥，撈取河底爛泥用作肥料。

7 **綠葉成蔭子滿枝**：唐杜牧《嘆花》詩句，喻少女成婚生子。

8 **公冶長**：春秋魯人（一說齊人），孔子的學生，據說他通鳥語。

9 **尺寸地方兒**：意指講規矩法度的地方。

10 **物不平則鳴**：語本唐韓愈《送孟東野序》，是說受到不公平待遇就要發出不滿的呼聲。

11 **慵妝髻**：一種鬆散的髮髻。

第五十九回 柳葉渚邊嗔鶯叱燕 絳芸軒裡召將飛符

話說寶玉聞聽賈母等回來，隨多添了一件衣服，拄了杖前邊來，都見過了。賈母等因每日辛苦，都要早些歇息，一宿無話，次日五鼓，又往朝中去。

離送靈日不遠，鴛鴦、琥珀、翡翠、玻璃四人都忙着打點賈母之物，玉釧、彩雲、彩霞皆打點王夫人之物，當面查點與跟隨的管事媳婦們。跟隨的一共大小六個丫鬟，十個老婆媳婦子，男人不算。連日收拾馱轎器械。鴛鴦與玉釧兒皆不隨去，只看屋子。一面先幾日預備帳幔鋪陳之物，先有四五個媳婦並幾個男子領了出來，坐了幾輛車繞道先至下處，鋪陳安插等候。

無事忙，卻也辛苦。

賈母帶着賈蓉媳婦坐一乘馱轎，[1] 王夫人在後亦坐一乘馱轎，賈珍騎馬率領眾家丁圍護。又有幾輛大車與婆子丫鬟等坐，並放些隨換的衣包等件。是日薛姨媽尤氏率領諸人直送至大門外方回。賈璉恐路上不便，一面打發他父母起身，趕上了賈母王夫人馱轎，自己也隨後帶領家丁押後跟來。

榮府內賴大添派人丁上夜，將兩處廳院都關了，一應出入人等皆走西邊小角門。日落時，便命關了儀門，不放人出入。園中前後東西角門亦皆關鎖，只留王

國不可一日無君，家不可一日無主。於是亂了起來。

夫人大房之後常係他姊妹出入之門，東邊通薛姨媽的角門，這兩門因在裡院，不必關鎖。裡面鴛鴦和玉釧兒也將上房關了，自領丫鬟婆子下房去歇。每日林之孝家的帶領十來個老婆子上夜，穿堂內又添了許多小廝打更，已安插得十分妥當。

一日清曉，寶釵春睏已醒，搴帷下榻，微覺輕寒，及啟戶視之，見苑中土潤苔青，原來五更時落了幾點微雨。於是喚起湘雲等人來，一面梳洗，湘雲因說兩腮作癢，恐又犯了杏斑癬，[2]因問寶釵要些薔薇硝[3]擦。寶釵道：「前日剩的都給了妹子了。」因說：「顰兒配了許多，我正需要他些來，因今年竟沒發癢，就忘了。」因命鶯兒去取些來。鶯兒應了才去時，蕊官便說：「我同你去，順便瞧瞧藕官。」說着，一徑同鶯兒出了蘅蕪院。

二人你言我語，一面行走，一面說笑，不覺到了柳葉渚，順着柳堤走來。因見葉才點碧，絲若垂金，鶯兒便笑道：「你會拿這柳條子編東西不會？」蕊官笑道：「編什麼東西？」鶯兒道：「什麼編不得？頑的使的都可，等我摘些下來，帶着這葉子編一個花籃，採了各色花兒放在裡頭才是好頑呢。」說着，且不去取硝，且伸手採了許多嫩條，命蕊官拿着。他卻一行走一行編花籃，隨路見花便採一二枝，編出一個玲瓏過樑的籃子。枝上自有本來翠葉滿佈，將花放上，卻也別致有趣，喜得蕊官笑說：「好姐姐，給了我罷。」鶯兒道：「這一個咱們送林姑娘，回來咱們再多採些，編幾個大家頑。」說着，來至瀟湘館中。

純美如詩。天趣。

黛玉也正晨妝，見了這籃子便笑說：「這個新鮮花籃是誰編的？」鶯兒說：「我編了送與姑娘頑的。」黛玉接了，笑道：「怪道人人讚你的手巧，這頑意兒卻也別致。」一面瞧，一面便叫紫鵑掛在那裡。鶯兒又問候薛姨媽，方和黛玉要硝。黛玉忙命紫鵑去包了一包，遞與鶯兒。黛玉又說道：「我好了，今日要出去逛逛。你回去說與姐姐不用過來問候媽了，也不敢勞他過來，我梳了頭同媽都往你那裡去吃飯，大家熱鬧些。」鶯兒答應了出來，便到紫鵑房中找蕊官，只見蕊官卻與藕官二人正說得高興，不能相捨。鶯兒便笑說：「姑娘也去呢，藕官先同去等着豈不是好？」紫鵑聽見如此說，便也說道：「這話倒是，他這裡淘氣的可厭。」一面說，一面便將黛玉的匙箸用了一塊洋布包了，交與藕官道：「你先帶了這個去，也算一趟差了。」

藕官接了，笑嘻嘻同他二人出來，一徑順着柳堤走來。鶯兒便又採些柳條，索性坐在山石上編起來，又命蕊官送了硝去再來。他二人只顧愛看他編，那裡捨得去。鶯兒只管催說：「你們再不去，我也不編了。」藕官便說：「同你去了，再快回來。」二人方去了。

這裡鶯兒正編，只見何媽的女兒春燕走來，笑問：「姐姐編什麼呢？」正說着，蕊官藕官也到了。春燕便向藕官道：「前日你到底燒了什麼紙？被我姨媽看見了，要告你沒告成，倒被寶玉賴了他好些不是，氣得他一五一十告訴我媽。你們在外頭二三年了，積了些什麼仇恨，如今還不解開？」藕官冷笑道：「有什麼仇恨？他們不知足，反怨我們了。在外頭這兩年，不知賺了我們多少東西，你說說可有的沒的？」春燕笑道：「他是我的姨媽，也不好向着外人反說他的。怨不得寶玉說：『女孩兒未出嫁是顆無價寶珠，出了嫁不知怎麼就變出許多不好的毛病兒來；再老了，更不是珠子，竟是魚眼睛了。』分明一個人，怎麼變出三樣來？這話雖是混帳話，想起來真不錯。別人不知道，只說我媽和姨媽他老姐兒兩個，如今越老了越把錢看的真了。先是老姐兒兩個在家抱怨沒個差使進益，幸虧有了這園子，把我挑進來，可巧把我分到怡紅院。家裡省了我一個人的費用不算外，每月還有四五百錢的餘剩，這也還說不夠。後來老姐兒兩個都派到梨香院去照看他們，藕官認了我姨媽，芳官認了我媽，這幾年着實寬綽了。如今挪進來也算撂開手了，還只無厭。你說好笑不好笑？接着，我媽和芳官又吵了一場，又要給寶玉吹湯，討個沒趣兒。幸虧園裡的人多，沒人記得清楚誰是誰的親故。若有人記得，我們一家子叫人家看着什麼意思呢？你這會子又跑了來弄這個，這一帶地方上的東西都是我姑媽管着，他一得了這地，每日起早睡晚，自己辛苦了還不算，每日逼着我們來照看，生怕有人遭塌，我又怕誤了我的差使。如今我們進來了，老姑嫂兩個照看得謹謹慎慎，一根草也不許人亂動。你還掐這些好花兒，又折他的嫩樹枝子，他們即刻就來，仔細他們抱怨。」鶯兒道：「別人折掐使不得，獨我使得。自從分了地基之後，各房裡每月皆有分例的，不用算，單弄花草頑意兒，誰管什麼，每日誰就把各房裡姑娘丫頭戴的，必要各色送些折枝去，另有插瓶的。

寶玉高論。

入世未深的女孩子，當然可愛。

承包喚起了責任感。

惟有我們姑娘說了：『一概不用送，等要什麼再和你要。』究竟總沒要過一次。我今便掐些，他們也不好意思說的。」

一語未了，他姑媽果然拄了拐杖走來。鶯兒春燕等忙讓坐。那婆子見採了許多嫩柳，又見藕官等採了許多鮮花，心裡便不受用。看着鶯兒編弄，又不好說什麼，便說春燕道：「我叫你來照看照看，你就貪着頑不去了。倘或叫起你來，你又說我使你了，拿我作隱身草兒，[4]你來樂。」春燕道：「你老人家又使我，又怕，這會子反說我。難道把我劈八瓣子不成？」鶯兒笑道：「姑媽，你別信小燕兒的話，這都是他摘下來煩我給他編，我攆他，他不去。」春燕笑道：「你可少頑兒，你只顧頑，他老人家就認真的。」那婆子本是愚夯之輩，兼之年邁昏眊，[5]惟利是命，一概情面不管，正心疼肝斷，無計可施，聽鶯兒如此說，便倚老賣老，拿起拄杖向春燕身上擊了幾下，罵道：「小蹄子，我說着你，你還和我強嘴兒呢。你媽恨得牙癢癢，要撕你的肉吃呢，你還和我梆子似的。」打得春燕又愧又急，因哭道：「鶯兒姐姐頑話，你就認真打我。我媽為什麼恨我？我又沒燒糊了洗臉水，[6]有什麼不是！」鶯兒本是頑話，忽見婆子認真動了氣，忙上前拉住笑道：「我才是頑話，你老人家打他，這不是臊我了嗎！」那婆子道：「姑娘，你別管我們的事，難道為姑娘在這裡，不許我們管孩子不成？」鶯兒聽這般蠢話，便賭氣紅了臉，撒了手冷笑道：「你要管，那一刻管不得，偏我說了一句頑話就管他了。我看你管去！」說着，便坐下仍編柳籃子。

詩意都是脆弱的。極易被鄙俗所吞噬。

偏又春燕的娘出來找他，喊道：「你不來舀水，在那裡做什麼？」這婆子便接聲兒道：「你來瞧瞧，你女孩兒連我也不服了，在這裡排揎我呢。」那婆子一面走過來說：「姑奶奶，又怎麼了？我們丫頭眼裡沒娘罷了，連姑媽也沒了不成？」鶯兒見他娘來了，只得又說原故。他姑媽那裡容人說話，便將石上的花柳與他娘瞧道：「你瞧瞧，你女孩兒這麼大孩子頑的，他領着人遭塌我，我怎麼說人？」他娘也正為芳官之氣未平，又恨春燕不遂他的心，便走上來打了個耳刮子，罵道：「小娼婦，你能上了幾年台盤，你也跟着那起輕蕩浪小婦學，怎麼就管不得你們了？乾的我管不得，你是我自己生出來的，難道也不敢管你不成！既是你們這起蹄子到的去的地方我到不去，你就死在那裡伺候，又跑出來浪漢子。」一面又抓起柳條子來，直送到他臉上問道：「這叫做什麼？這編的是你娘的什麼！」鶯兒忙道：「那是我們編的，你別指桑罵槐的。」那婆子深妒襲人晴雯一干人，早知道凡房中大些的丫鬟都比他們有些體統權勢，凡見了這一干人，心中又畏又讓，未免又氣又恨，亦且遷怒於眾，復又看見了藕官，又是他姐姐的冤家，四處湊成一股怨氣。

特殊的「代溝」現象。

除了老婆子與女孩子之爭妒以外，這裡還有一個利益承包與人情的矛盾。從人情上說，鶯、燕掐枝條編籃，說說笑笑，本極可愛，婆子們一管，就覺可厭。但如一味講這些，就搞不成園子的承包與管理了。

那春燕啼哭着往怡紅院去了。他娘又恐問他為何哭，怕他又說出來，又要受晴雯等的氣，不免趕着來喊道：「你回來！我告訴你再去。」春燕那裡肯回來，急得他娘跑了去要拉他。春燕回頭看見，便也往前飛跑。他娘只顧趕他，不防腳下被青苔滑倒，引得鶯兒三個人反都笑了。鶯兒賭氣將花柳擲於河中，自回房去。

這裡把個婆子心疼的只唸佛，又罵：「促狹小蹄子！遭塌了花兒，雷也是要劈的。」自己且掐花與各房送去。

卻說春燕一直跑入院中，頂頭遇見襲人往黛玉處問安去。春燕便一把抱住襲人說：「姑娘救我！我媽又打我呢。」襲人見他娘來了，不免生氣，便說道：「三日兩頭兒打了乾的打親的，還是賣弄你女孩兒多，還是認真不知王法？」這婆子來了幾日，見襲人不言不語是個好性兒的，便說道：「姑娘，你不知道，別管我們閒事！都是你們縱的，還管什麼？」說着，便又趕着打。襲人氣得轉身進來，見麝月正在海棠下晾手巾，聽得如此喊鬧，便說：「姐姐別管，看他怎樣。」一面使眼色與春燕，春燕便會意，直奔了寶玉去。眾人都笑說：「這可是從來沒有的事，今兒都鬧出來了。」麝月向婆子道：「你再略煞一煞氣兒，難道這些人的臉面，和你討一個情還討不出來不成？」那婆子見他女兒奔到寶玉身邊去，又見寶玉拉了春燕的手說：「你別怕，有我呢。」春燕一行哭，一行將方才鶯兒等事都說出來。寶玉越發急起來說：「你只在這裡鬧也罷了，怎麼連親戚也都得罪起來？」麝月又向婆子及眾人道：「怨不得這嫂子說我們管不着他們的事，我們雖無知錯管了，如今請出一個管得着的人來管一管，嫂子就心服口服，也知道規矩了。」便回頭命小丫頭子：「去把平兒給我叫來！平兒不得閒，就把林大娘叫了來。」那小丫頭子應了便走。眾媳婦上來笑說：「嫂子，快求姑娘們叫回那孩子來罷。平姑娘來了，可就不好了。」那婆子說道：「憑是那個姑娘來了，也要評個理，沒有見個娘管女孩兒大家管着娘的。」眾人笑道：「你當是那個平姑娘？是二奶奶屋裡的平姑娘。他有情麼，你說兩句；他一翻臉，嫂子你吃不了兜着走！」

說着，只見那個小丫頭回來說：「平姑娘正有事呢，問我做什麼，我告訴了他。他說：『既這樣，且攆他出去，告訴林大娘在角門打四十板子就是了。』」那婆子聽見如此說了，嚇得淚流滿面，央告襲人等說：「好容易我進來了，況且我是寡婦家，沒有壞心，一心在裡頭伏侍姑娘們。我這一去，不知苦到什麼地步。」襲人見他如此說，又心軟了，便說：「你既要在這裡，又不守規矩，又不聽話，又亂打人。那里弄你這個不曉事的人來天天鬥口齒，也叫人笑話。」晴雯道：「理他呢，打發他去了正經。那裡那麼大工夫和他對嘴對舌的。」那婆子又央眾人道：「我雖錯了，姑娘們吩咐了，以後改過。姑娘們那不是行好積德。」一面又央告春燕：「原是為打你起的，饒沒打成你，我如今反受了罪！好孩子，你好夕替我求求罷。」寶玉見如此可憐，便命留下，不許再鬧，再鬧一定打了攆出去。他婆子一一謝過下去。

只見平兒走來，問係何事。襲人等忙說：「已完了，不必再提。」平兒笑道：「『得饒人處且饒人』，得將就的就省些事罷。但只聽得各屋大小人等都作起反來了，一處不了又一處，叫我不知管那一處是。」襲人笑道：「我只說我們這裡反了，原來還有幾處。」平兒笑道：「這算什麼事。這三四日的工夫，一共大小出了八九件呢，比這裡的還大，可氣可笑。」不知平兒說出何事，下回分解。

*曹公顯然是站在寶玉的這邊，大體上以寶玉的眼光來寫這些「代溝」衝突事件的。如果站在婆子們這邊呢？幾個屁事不懂的小女孩，狗仗人勢，輕薄浮浪，暴殄天物，不敬親娘，也許更該捱板子吧？「上邊」因有事或其他原因略一寬鬆，底下就「作起反」來了。竟是四面着火、八方冒煙架式。

都有默契。

四十板還未打，彎子就轉過來了。所謂愚夯之人，只聽得進板子的語言。按照寶玉的邏輯，二十年後，這些女孩子便也這樣愚夯可惡了。何前倨而後恭焉？在人屋檐下，焉得不低頭！

1 **馱轎**：用兩匹牲口馱着走的轎子，轎廂較寬大，適合長途旅行。

2 **杏斑癬**：一種因春季花粉過敏導致的皮膚症。

3 **薔薇硝**：一種含藥物成份的護膚品。

4 **隱身草兒**：原是仙家迷信之說，這裡是擋箭牌的意思。

5 **昏眊**：原指視力模糊，這裡是昏亂糊塗的意思。

6 **燒糊了洗臉水**：比喻不可能發生的事、不可能發生的錯誤。

第六十回 茉莉粉[1]替去薔薇硝　玫瑰露引出茯苓霜[2]

＊矛盾此起彼伏，故事絲絲入扣，情理鞭闢透裡，讀之大長見識。決不簡單化。不是黑白兩種臉譜，不是正反兩種判斷。這一兩回讀罷，令圖解生活者愧死！

話說襲人因問平兒，何事這等忙亂。平兒笑道：「都是世人想不到的，說來也好笑，等過幾日告訴你，如今沒頭緒呢，且也不得閒兒。」一語未了，只見李紈的丫鬟來了說：「平姐姐可在這裡，奶奶等你，你怎麼不去了？」平兒忙轉身出來，口內笑說：「來了，來了。」襲人等笑道：「他奶奶病了，他又成了香餑餑了，都搶不到手。」平兒去了不提。

這裡寶玉便叫春燕：「你跟了你媽去，到寶姑娘房裡給鶯兒句好話兒聽聽，也不可白得罪了他。」春燕答應了，和他媽出去。寶玉又隔窗說道：「不可當着寶姑娘說，仔細反叫鶯兒受教導。」

寶玉十七個字補住了漏洞。此書此處天衣無縫矣。

娘兒兩個應了出來，一邊走着，一面說閒話兒。春燕因向他娘道：「我素日勸你老人家再不信，何苦鬧出沒趣來才罷。」他娘笑道：「小蹄子，你走罷，俗語道：『不經一事，不長一智。』我如今知道了。你又該來支問[3]着我了。」春燕笑道：「媽，你若好生安分守己，在這屋裡長久了，自有許多好處。我且告訴你句話：寶玉常說，這屋裡的人，無論家裡外頭的，一應我們這些人，他都要回太太全放出去，與本人父母自便呢。你只說這一件可好不好？」他娘聽說，喜的忙問：「這話果真？」春燕道：「誰可扯謊做什麼？」婆子聽了便唸佛不絕。

寶玉要搞「解放農奴」麼？

當下來至蘅蕪苑中，正值寶釵、黛玉、薛姨媽等吃飯。鶯兒自去泡茶。春燕便和他媽一徑到鶯兒前陪笑說：「方才言語冒撞，姑娘莫嗔莫怪，特來陪罪。」鶯兒也笑了，讓他坐，又倒茶。他娘兒兩個說有事，便作辭回來。忽見蕊官趕出叫：「媽媽姐姐，略站一站。」一面走上遞了一個紙包兒與他們，說是薔薇硝，帶與芳官去擦臉。春燕笑道：「你們也太小氣了，還怕那裡沒這個，巴巴兒的又弄一包給他去。」蕊官道：「他是他的，我送的是我送的。姐姐千萬帶回去罷。」春燕只得接了。娘兒兩個回來，正值賈環賈琮二人來問候寶玉，也才進去。春燕便問他娘說：「只我進去罷，你老人家不用去。」他娘聽了，自此百依百隨的，不敢倔強了。

一場風波，起於青萍之末，起於蕊官之一點好心。

春燕進來，寶玉知道回覆了，便先點頭。春燕知意，便不再說一語，略站了一站，便轉身出來，使眼色與芳官。芳官出來，春燕方悄悄的說與他蕊官之事，並與了他硝。寶玉並無與琮、環可談之語，因笑問芳官手裡是什麼。芳官便忙遞與寶玉瞧，又說是擦春癬的薔薇硝。寶玉笑道：「難為他想得到。」賈環聽了，便伸着頭瞧了一瞧，又聞得一股清香，便彎腰向靴統內掏出一張紙來托着，笑道：「好哥哥，給我一半兒。」寶玉只得要給他。芳官心中因是蕊官之贈，不

寶玉問個什麼勁兒？陰差陽錯。

手足之情，環兒要之有理。

肯給別人，連忙攔住笑說道：「別動這個，我另拿些來。」寶玉會意，忙笑道：「且包上，拿去。」芳官接了這個，自去收好，便從奩中去尋自己常使的。啟奩看時，盒內已空，心中疑惑，早上還剩了些，如何就沒了？因問人時，都說不知。麝月便說：「這會子且忙着問這個，不過是這屋裡人一時短了使了。你不管拿些什麼給他們，那裡看得出來，快打發他們去了，咱們好吃飯。」芳官聽說，便將些茉莉粉包了一包拿來。賈環見了，喜的就伸手來接。芳官便忙向炕上一擲。賈環見了，也只得向炕上拾了，揣在懷內，方作辭而去。

原來賈政不在家，且王夫人等又不在家，賈環連日也便裝病逃學。如今得了硝，興興頭頭來找彩雲，正值彩雲和趙姨娘閒談。賈環笑嘻嘻向彩雲道：「我也得了一包好的，送你擦臉。你常說薔薇硝擦癬比外頭買的銀硝強。你看看，是這個不是？」彩雲打開一看，嗤的一笑，說道：「你是和誰要來的？」賈環便將方才之事說了一遍。彩雲笑道：「這是他們哄你這鄉老兒呢。這不是硝，這是茉莉粉。」賈環看了一看，果見比先的帶些紅色，聞聞也是噴香，因笑道：「這是好的，硝粉一樣，留着擦罷，橫豎比外頭買的高便好。」彩雲只得收了。趙姨娘便說：「有好的給你！誰叫你要去了，怎麼怨他們耍你！依我，拿了去照臉摔給他去，趁着這會子撞屍的撞屍去了，挺床的挺床，吵一齣子，大家別心淨，也算是報報仇。莫不成兩個月之後，還找出這個碴

*人必自重而後人重之。

趙姨娘、賈環行事，頗有教訓意味。

但事已至此，亦難分是非。麝月、芳官對待賈環，確也不太對頭。雪芹反正是一寫到這母子，必讓他們出洋相的。何至於斯！

芳官這樣想，並非無理。

麝月有輕視賈環意。

一副小兔羔子的可憐相兒。

趙姨娘腔口極佳，張口就是爭、鬧、賴、怨。然而又不能說她的忿然毫無道理。這也是惡性循環，自輕自賤則人侮之，侮而後怨之爭之，怨爭失態，皆得輕之賤之。

兒來問你不成？就問你，你也有話說。寶玉是哥哥，不敢衝撞他罷了，難道他屋裡的貓兒狗兒也不敢去問問！」賈環聽了，便低了頭。彩雲忙說：「這又是何苦來，不管怎樣忍耐些罷了。」趙姨娘道：「你也別管，橫豎與你無干。趁着抓住了理，罵那些浪娼婦們一頓也是好的。」又指賈環道：「呸！你這下流沒剛性的，也只好受這些毛丫頭的氣！平白我說你一句兒，或無心中錯拿了一件東西給你，你倒會扭頭暴筋瞪着眼蹾摔[4]娘。這會子被那些毛崽子耍弄倒就罷了。你明白還想這些家裡人怕你呢。你沒有什麼本事，我也替你恨。」賈環聽了，不免又愧又急，又不敢去，只摔手說道：「你這麼會說，你又不敢去，支使了我去鬧他們，倘或往學裡告去我捱了打，你敢自不疼的。遭遭調唆我去，鬧出事來，我捱了打罵，你一般也低了頭。這會子又調唆我和毛丫頭們去鬧。你不怕三姐姐，你敢去，我就服你。」一句話戳了他娘的肺，便嚷道：「我腸子裡爬出來的，我再怕了，這屋裡越發有得活了。」一面說，一面拿了那包子，便飛也似的往園中去了。彩雲死勸不住，只得躲入別房。賈環便也躲出儀門，自去頑耍。

趙姨娘直進園子，正是一頭火，頂頭遇見藕官的乾娘夏婆子走來，瞧見趙姨娘氣得眼紅面青的走來，因問：「姨奶奶那裡去？」趙姨娘拍着手道：「你瞧瞧，這屋裡連三日兩日進來唱戲的小粉頭們，都三般兩樣掂人的分量放小菜兒了。若是別一個，我還不惱，若叫這些小娼婦捉弄了，還成了什麼了！」夏婆子聽了，正中己懷，忙問因什麼事。趙姨娘遂將以粉作硝輕侮賈環之事說了一回。夏婆子

水平如是，又難怨別人輕之賤之了。

瘋狗一般，咬人咬群又互咬亂咬。

揭老底。

戳痛處。無師自通。

——莫非真是從腸子裡帶出來的？

「在野派」的統一戰線，往往比「主流派」還

*趙姨娘的位置不能算太低，至少不比平兒、襲人低，更比芳官等「小粉頭」高。她的難處在於她的素質太低，即使在等級森嚴，位置幾乎可以決定一切的封建家庭中，僅有位置沒有素質也是不行的。且莫以為有了位置便可以發號施令。

其次是，她沒有走靠攏主流派的路線，而是走了靠攏在野派的路子。從鳳姐那裡就煩她，眾人便都輕賤她。

其實，趙姨娘單槍匹馬地鬥，實有點造反精神。

道：「我的奶奶，你今日才知道，這算什麼事，連昨日這個地方他們私自燒紙錢，寶玉還攔在頭裡。人家還沒拿進個什麼兒來，就說使不得，不乾不淨的東西忌諱，這燒紙倒不忌諱？你想一想，這屋裡除了太太，誰還大似你？你自己撐不起；但凡撐的起來，誰還不怕你老人家？如今我想，趁這幾個小粉頭都不是正經貨，就得罪他們也有限的，快把這兩件事抓着理，紥個筏子，我幫着你作證見，你老人家把威風也抖一抖，以後也好爭別的。就是奶奶姑娘們，也不好為那起小粉頭子說你老人家的不是。」趙姨娘聽了這話越發有理，便說：「燒紙的事我不知道，你細細告訴我。」夏婆子便將前事一一的說了，又說：「你只管說去，倘或鬧起來，還有我們幫着你呢。」趙姨娘聽了越發得了意，仗着膽子便一徑到了怡紅院中。

可巧寶玉往黛玉那裡去了。芳官正與襲人等吃飯，見趙姨娘來了，忙都起身讓：「姨奶奶吃飯，有什麼事這等忙？」趙姨娘也不答話，走上來便將粉照芳官臉上摔來，手指着芳官罵道：「小娼婦養的！你是我們家銀子錢買了來學戲的，不過娼婦粉頭之流，我家裡下三等奴才也比你高貴些，你都會看人下菜碟兒。寶玉要給東西，你攔在頭裡，莫不是要了你的了？拿這個哄他，你只當他不認得呢！好不好，他們是手足，都是一樣的主子，那裡有你小看他的？」芳官那裡禁得住這話，一行哭，一行便說：「沒了硝，我才把這個給他的。若說沒了，又怕不信，難道這不是好的？我便學戲，也沒往外

壯大。

問題恰恰在於：硬是撐不起來。越是硬撐，越是撐不起來。

火上加油，藉機報私仇，挑唆趙火中取栗。夏婆子亦精通利用矛盾，借刀殺人，亦有一番陰謀政客的本事。

優娼同流，低人四等——所以比三等奴才還低賤。

這幾句話都不算寃枉。

頭唱去。我一個女孩兒家，知道什麼粉頭面頭的！姨奶奶犯不着來罵我，我又不是姨奶奶家買的。『梅香拜把子——都是奴才』[5]罷咧，這是何苦來呢！」襲人忙拉他說：「休胡說！」趙姨娘氣的發怔，便上來打了兩個耳刮子。襲人等忙上來拉勸說：「姨奶奶不要和他小孩子一般見識，等我們說他。」芳官捱了兩下打，那裡肯依，便打滾撒潑的哭鬧起來，口內便說：「你打的着我麼？你照照你那模樣兒再動手！我叫你打了去，也不用活着了！」撞在他懷內叫他打。眾人一面勸，一面拉，晴雯悄拉襲人說：「不要管他們，讓他們鬧去，看怎麼開交！如今亂為王了，什麼你也來打，我也來打，都這樣起來還了得呢！」

芳官也照準穴位用針。

趙的憋氣亦非打一處來，不過發作在芳官這裡了。

外面跟趙姨娘來的一干人聽見如此，心中各各趁願，都唸佛說：「也有今日！」又有那一干懷怨的老婆子，見打了芳官，也都趁願。

各有各的喝彩觀眾。

當下藕官、蕊官等正在一處頑。湘雲的大花面葵官，寶琴的豆官兩個聽見此信，忙找着他兩個說：「芳官被人欺負，咱們也沒趣兒，須得大家破着大鬧一場，方爭的過氣來。」四人終是小孩子心性，只顧他們情分上義憤，便不顧別的，一齊跑入怡紅院中。豆官先就照着趙姨娘撞了一頭，幾乎不曾將趙姨娘撞了一交。那三個也便擁上來，放聲大哭，手撕頭撞，把個趙姨娘裹住。晴雯等一面笑，一面假意去拉。急得襲人拉起這個，又跑了那個，口內只說：「你們要死啊！有委曲只管好說，這樣沒道理還了得了！」趙姨娘反沒了主意，只好亂罵。蕊官藕官兩個，一邊一個抱住左右手，葵官豆官前後頭頂住，只說：「你打死我們四個就

鐵姐們兒，磁姐們兒。不失孩子氣。

你有你的打法，我有我的打法。

大觀園裡「東風吹，戰鼓擂，誰也不怕誰！」

*到現在為止，除請馬道婆做妖法這一不經之事外，趙姨娘愚夯粗鄙則愚夯粗鄙矣，論起狠毒陰險，則不及鳳姐十分之一。但趙姨娘的形象特別醜陋不堪。皆因她缺少自信自尊，自己降低了自己。而鳳姐心計、容貌、口才、經驗、意志，特別是地位，都壓人一頭。上者為尊。這種閱讀效果自然與作者的傾向性有關。

罷！」芳官直挺挺躺在地下，哭的死過去。

正沒開交，誰知晴雯早遣春燕回了探春。當下尤氏、李紈、探春三人帶着平兒與眾媳婦走將來，忙把四個喝住，問起原故來。趙姨娘氣的瞪着眼粗了筋，一五一十說個不清。尤李兩個不答言，只喝禁他四人。探春便嘆氣說道：「這是什麼大事，姨娘太肯動氣了！我正有一句話要請姨娘商議，怪道丫頭們說不知在那裡，原來在這裡生氣呢，快同我來。」尤氏李紈都笑說：「請姨娘到廳上來，咱們商量。」

趙姨娘無法，只得同他三人出來，口內猶說長說短。探春便說：「那些小丫頭子們原是頑意兒，喜歡呢，和他說說笑笑，不喜歡，可以不理他就是了。他不好了，如同貓兒狗兒抓咬了一下子，可恕就恕，不恕時，也只該叫管家媳婦們說給他去責罰，何苦自不尊重，大吆小喝，也失了體統。你瞧周姨娘，怎麼沒人欺他，他也不尋人去。我勸姨娘且回房去煞煞性兒，別聽那說瞎話的混帳人調唆，惹人笑話，自己呆，白給人家做活。心裡有二十分的氣，也忍耐這幾天，等太太回來自然料理。」一席話說得趙姨娘閉口無言，只得回房去了。

探春之言，雖稱金玉良言，但骨子裡的冷酷，尤甚於傻鬧渾攪。

這裡探春氣的和李紈尤氏說：「這麼大年紀，行出來的事總不叫人敬服。這是什麼意思，也值得吵一吵，並不留體統，耳朵又軟，心裡又沒有算計，這又是那起沒臉面的奴才們調唆的，作弄出個呆人替他們出氣。」越想越氣，

此話替她娘留了地步。如此說來，也只是個沒

因命人查是誰調唆的。媳婦們只得答應着，出來相視而笑，都說是「大海裡那裡撈針去？」只得將趙姨娘的人並園中人喚來盤詰，都說不知道，眾人也無法，只得回探春：「一時難查，慢慢的訪，凡有口舌不妥的，一總來回了責罰。」

探春氣漸漸平服方罷。可巧艾官便悄悄的回探春說：「都是夏媽素日和這芳官不對，每每的造出些事來。前日藕官燒紙，幸虧是寶二爺自己應了，他才沒話。今日我與姑娘送手帕去，看見他和姨奶奶在一處說了半天，嘁嘁喳喳的，見了我來才走開了。」探春聽了，雖知情弊，亦料定他們皆一黨，本皆淘氣異常，便只答應，也不肯據此為證。

誰知夏婆的外孫女兒小蟬兒便是探春處當差的，時常與房中丫鬟們買東西，眾女孩兒皆待他好。這日飯後，探春正上廳理事，翠墨在家看屋子，因命小蟬出去叫小幺兒買糕去。小蟬便笑說：「我才掃了個大院子，腰腿生疼的，你叫別的人去罷。」翠墨笑說：「我又叫誰去？你趁早兒去，我告訴你一句好話，你到後門順路告訴你老娘防着些兒。」說着，便將艾官告他老娘的話告訴了他。小蟬聽說，忙接了錢道：「這個小蹄子也要捉弄人，等我告訴去。」說着，便起身出來。至後門邊，只見廚房內此刻手閒之時，都坐在台階上說閒話呢，夏婆亦在其內。小蟬便命一個婆子出去買糕，他且一行罵，一行說，將方才的話告訴了夏婆子。夏婆子聽了，又氣又怕，便欲去找艾官

心沒肺、上當受騙的傻子罷了。

暫時無人舉報夏婆子。這樣其實於探春也有利。這種事只能淡化。

若果真揪出夏婆子來，處理一通，於事何補？反而加深了挑起了探春與眾婆子及趙姨娘的矛盾。

艾官來舉，探春氣已漸平，看問題已較客觀了。不了了之，難得糊塗。還能怎麼樣呢？

到處有耳目。有長舌。長舌是一種「業餘愛好」，「為藝術而藝術」，未必都有敵友關係。所以是非越發多上加多。

*趙姨娘氣的是她與賈環，特別是賈環得不到應有的尊重。

按主子身份來說，賈環有權要求尊重，趙氣得有理。問題是尊重不是可以鬧來的，越是計較，越是亂鬧，越得不到尊重。

行事不能服人，建立不起威信來，大喊大叫大吵又有何益？徒增笑柄而已。

問他，又要往探春前去訴冤。蟬姐忙攔住說：「你老人家去怎麼說呢？這話怎麼知道的？可又叨登不好了。說給你老人家防着就是了，那裡忙在一時兒。」正說着，忽見芳官走來，扒着院門笑向廚房中柳家媳婦說道：「柳嬸子，寶二爺說了，晚飯的素菜要一樣涼涼的酸酸的東西，只不要擱上香油弄膩了。」柳家的笑道：「知道。今兒怎麼又打發你來告訴這麼句要緊的話呢？你不嫌腌臢，進來逛逛。」芳官才進來，忽有一個婆子手裡托了一碟子糕來，芳官戲說：「誰買的熱糕，我先嚐一塊兒。」小蟬一手接了道：「這是人家買的，你們還希罕這個。」柳家的見了，忙笑道：「芳姑娘，你愛吃這個，我這裡有才買下給你姐姐吃的，他沒有吃，還收在那裡，乾乾淨淨沒動的。」說着，便拿了一碟子出來，遞與芳官，又說：「你等着，我替你炖口好茶來。」一面進去，現通開火炖茶。芳官便拿着那糕，舉到小蟬臉上說：「誰希罕吃你那糕，這個不是糕不成？我不過說着頑罷了，你給我磕頭，我還不吃呢。」說着，便把手內的糕掰了一塊，擲着逗雀兒玩，口內笑說道：「柳嬸子，你別心疼，我回來買二斤給你。」小蟬氣的怔怔的瞅着說道：「雷公老爺也有眼睛，怎麼不打這作孽的人！」眾人都說道：「姑娘們，罷喲，天天見了就咕唧。」有幾個伶透的，見了他們拌起嘴來，又怕生事，都拿起腳來各自走開。當下小蟬也不敢十分說話，一面咕噥着去了。

這裡柳家的見人散了，忙出來和芳官說：「前日那話說了沒有？」芳官道：「說了。等一兩天再提這事。偏那趙不死的又和我鬧了一場。前日那玫瑰露姐姐

地位、人緣、對待，自是三六九等，因是憤憤不平，火山隨時準備爆發。

芳官恃寵傲物，必致其禍。

芳官到寶玉處時間不長，已有了相當地位了。

吃了沒有？他到底可好些？」柳家的道：「可不都吃了。他愛的什麼似的，又不好和你再要。」芳官道：「不值什麼，等我再要些來給他就是了。」

原來這柳家的有個女兒，今年才十六歲，雖是廚役之女，卻生得人物與平、襲、鴛、紫相類。因他排行第五，便叫他五兒，因素有弱疾，故沒得差使。近因柳家的見寶玉房中丫鬟差輕人多，且又聞得寶玉將來都要放他們，故如今要送到那裡去應名。正無路頭，可巧這柳家的是梨香院的差使，他最小意殷勤，伏侍得芳官一干人比別的乾娘還好，芳官等待他也極好。如今便和芳官說了，央芳官去與寶玉說。寶玉雖是依允，只是近日病着，又有事，尚未得說。

說明柳家的投靠寶玉及其親信丫頭一邊。

前言少述，且說當下芳官回至怡紅院中，回覆了寶玉。這裡寶玉正為趙姨娘吵鬧心中不悅，說又不是，不說又不是，只等吵完了，打聽着探春勸了他去後，方又勸了芳官一陣。因使他到廚房說話去，今見他回來，又說還要些玫瑰露與柳五兒吃去，寶玉忙道：「有着呢，我又不大吃，你都給他吃去罷。」說着，命襲人取了出來，見瓶中也不多，遂連瓶與了芳官。

寶玉做人情，芳官做人情並顯示自己在寶玉處的地位。

芳官便自攜了瓶與他去。正值柳家的帶進他女兒來散悶，在那邊犄角子一帶地方逛了一回，便回到廚房內正吃茶歇腳兒，見芳官拿了一個五寸來高的小玻璃瓶來，迎亮照着，裡面有半瓶胭脂一般的汁子，還當是寶玉吃的西洋葡萄酒。母女兩個忙說：「快拿鏇子[6]燙滾了水，你且坐下。」芳官笑道：「就剩了這些，連瓶子給你罷。」五兒聽說，方知是玫瑰露，忙接了，又謝芳官，因說道：「今

一個人做一件事的時候，難以預料後果。

日好些，進來逛逛。這後邊一帶也沒什麼意思，不過是些大石頭大樹和房子後牆，正經好景致也沒看見。」芳官道：「你為什麼不往前去？」柳家的道：「我沒叫他往前去，姑娘們也不認得他，倘有不對眼的人看見了，又是一番口舌。明日託你攜帶他，有了房頭兒，[7]怕沒人帶着逛呢，只怕逛膩了的日子還有呢。」芳官聽了笑道：「怕什麼，有我呢。」柳家的忙道：「噯喲喲，我的姑娘，我們的頭皮兒薄，比不得你們。」說着，又倒了茶來。芳官那裡吃這茶，只漱了一口便走了。柳家的說：「我這裡佔着手呢，五丫頭送送。」

已經這樣膨脹了麼？

五兒便送出來，因見無人，又拉着芳官說道：「我的話到底說了沒有？」芳官笑道：「難道哄你不成？我聽見屋裡正經還少兩個人的窩兒，並沒補上。一個是小紅的，璉二奶奶要了去還沒給人來；一個是墜兒的，也沒補。如今要你一個也不算過分。皆因平兒每每和襲人說，凡有動人動錢的事，得捱的且捱一日。如今三姑娘正要拿人作筏子呢，連他屋裡的事都駁了兩三件，如今正要尋我們屋裡的事沒尋着，何苦來往網裡碰去。倘或說些話駁了，那時候老了，倒難再回轉。且等冷一冷兒，老太太、太太心閒了，憑是天大的事，先和老的兒一說，沒有不成的。」五兒道：「雖如此說，我卻性兒急，等不得了。趁如今挑上了，頭宗給我媽爭口氣，也不枉養我一場；二宗我添了月錢，家裡又從容些；三宗我開開心，只怕這病就好了。便是請大夫吃藥，也省了家裡的錢。」芳官說：「你的話我都知道了，你只管放心。」說畢，芳官自去了。

走後門走到芳官頭上。說明芳官已經可以的了。

暫時凍結。

也是前程，而且是這種女孩子的最佳前程。

單表五兒回來，與他娘深謝芳官之情。他娘因說：「再不承望得了這些東西，雖然是個尊貴物兒，卻是多吃了也動熱。竟把這個倒些送個人去，也是大情。」五兒問：「送誰？」他娘道：「送你姑舅兄弟一點兒，他那熱病，也想這些東西吃。我倒半盞給他去。」五兒聽了，半日沒言語，隨他媽倒了半盞去，將剩的連瓶便放在傢伙廚內。五兒冷笑道：「依我說，竟不給他也罷了，倘或有人盤問起來，又是一場是非。」他娘道：「那裡怕起這些來，還了得。我們辛辛苦苦的，裡頭賺些東西也是應當的。難道是作賊偷的不成？」說着不聽，一徑去了。直至外邊他哥哥家中，他侄兒正躺着，一見這個，他哥哥嫂子侄兒無不歡喜。現從井上取了涼水，吃了一碗，心中爽快，頭目清涼。剩的半盞，用紙蓋着，放在桌上。

無事生非。

柳家的有賣弄之意，不懂得見好就收，幾招大禍。

婦人之見，竟不如女兒之見。

可巧又有家中幾個小廝同他侄兒素日相好的伴兒，走來看他的病，內中有一個叫作錢槐，是趙姨娘之內親，他父母現在庫上管帳，他本身又派跟賈環上學。因他手頭寬裕，尚未娶親，素日看上柳家的五兒標致，一心和父母說了，娶他為妻。也曾央中保媒人再四求告。柳家父母卻也情願，爭奈五兒執意不從，雖未明言，卻已中止，他父母未敢應允。近日又想往園內去，越發將此事丟開，只待三五年後放出，自向外邊擇婿了。錢槐家中人見如此也就罷了，爭奈錢槐不得五兒，心中又氣又愧，發恨定要弄取成配，方了此願。今日也同人來看望柳氏的侄兒，不期柳家的在內。

留下了伏筆。

柳家的見一群人來了，內中有錢槐，便推說不得閒，起身走了。他哥哥嫂子

*過年、祭祀、元宵才過，大觀園裡已是矛盾重重，危機四伏。趙姨娘大打出手，芳官潑鬧一場，柳五兒走芳官的門子，柳家的左拉右扯，夏婆子煽風點火，艾官舉報又被小蟬掌握，你爭我奪，你嫉我妒，加上此前的春燕娘的抗爭與醜態，承包後的新矛盾……大觀園無寧日矣。內亂是衰敗的姊妹。互為原因，互為結果。

忙說：「姑媽怎麼不吃茶就走？倒難為姑媽記掛着。」柳家的因笑道：「只怕裡面傳飯，再閒了出來瞧侄兒罷。」他嫂子因向抽屜內取了一個紙包兒出來，拿在手內，送了柳家的出來，至牆角邊遞與柳家的，又笑道：「這是你哥哥昨日在門上該班兒，誰知這五日的班兒一個外財沒發。只有昨日有廣東的官兒來拜，送了上頭兩小簍子茯苓霜，餘外給了門上人一簍作門禮，你哥哥分了這些。昨兒晚上我打開看了看，怪俊雪白的，說拿人奶和了，每日早起吃一鍾最補人的，沒人奶就用牛奶，再不得，就是滾白水也好。我們想着，正是外甥女兒吃得的。上半天原打發小丫頭子送了家去，他說鎖着門，連外甥女兒也進去了。本來我要瞧瞧他去，給他帶了去的，又想着主子們不在家，各處嚴緊，我又沒什麼差使，跑什麼。況且這兩日風聞得裡頭家反作亂的，倘或沾帶了，倒值多了。姑媽來得正好，親自帶去罷。」

門官厲害，雁過拔毛。

柳氏道了生受，作別回來。剛走到角門前，只見一個小幺兒笑道：「你老人家那裡去了？裡頭三次兩趟叫人傳呢，叫我們三四個人各處都找到了。你老人家從那裡來了？這條路又不是家去的路，我倒要疑心起來了。」那柳家的笑道：「好小猴兒崽子，你也和我胡說起來了，回來問你。」要知端的，下回分解。

1 **茉莉粉**：一種藥物護膚品。

2 **玫瑰露**：一種飲品。**茯苓霜**：一種補品。

3 **支問**：指問、指責的意思。

4 **蹾摔**：頓足摔手，發脾氣的意思。

5 **梅香拜把子——都是奴才**：歇後語，「梅香」是婢女的代稱，「拜把子」是結成兄弟姐妹。

6 **鏇子**：溫酒用具。

7 **房頭兒**：指奴婢被分配到了某一主子房裡。

第六十一回 投鼠忌器[1]寶玉瞞贓 判冤決獄平兒行權

話說那柳家的聽了這小幺兒一夕話，笑道：「好猴兒崽子，你親嬸子找野老兒去了，你豈不多得一個叔叔，有什麼疑的！不要討我把你頭上的榪子蓋[2]揪下來，還不開門讓我進去呢。」小廝且不推門，且拉着笑道：「好嬸子，你這一進去，好歹偷幾個杏兒出來賞我吃，我這裡老等。你若忘了，日後半夜三更打酒買油的，我不給你老人家開門，也不答應你，隨你乾叫去。」柳氏啐道：「發了昏的，今年還比往年？把這些東西都分給了眾媽媽了，一個個的不像抓破了臉的，人打樹底下一過，兩眼就像那黧雞[3]似的，還動他的果子！可是你舅母、姨娘兩三個親戚都管着，怎不和他們要去，倒和我來要。這可是『倉老鼠問老鴰去借糧——守着的沒有，飛着的倒有』。」小廝笑道：「噯喲喲，沒有罷了，說上這些閒話！我看你老人家從今以後就用不着我了，就是姐姐有了好地方，將來呼喚我們的日子多着呢，只要我們多答應他些就有了。」柳氏聽了笑道：「你這個小猴兒精又搗鬼了，你姐姐有什麼好地方了？」那小廝笑道：「不用哄我了，早已知道了，單是你們有內縴，難道我們就沒有內縴不成？我雖在這裡聽差，裡頭卻也有兩個

什麼人，什麼腔口，如聞其聲。

都是賈家的奴才，都給賈家當差。但每個人都利用自己的差事與別人做交易，以差謀私。

利益原則的威力。與自然經濟的情面原則相悖。

此話重要。所以什麼事也瞞不住。信息傳播是規律，大路不通便各擇小道。

姐姐成個體統的，什麼事瞞了我們！」

正說着，只聽門內又有老婆子向外叫：「小猴兒，快傳你柳嬸子去罷，再不來可就誤了。」柳家的聽了，不顧和小廝們說話，忙推門進去，笑說：「不必忙，我來了。」一面來至廚房——雖有幾個同伴的人，他們都不敢自專，單等他來調停分派——一面問眾人：「五丫頭那裡去了？」眾人都說：「才往茶房裡找他們姐妹去了。」

柳家的聽了，便將茯苓霜擱起，且按着房頭分派菜饌。忽見迎春房裡小丫頭蓮花兒走來說：「司棋姐姐說，要碗雞蛋，炖的嫩嫩的。」柳家的道：「就是這一樣兒尊貴，不知怎麼今年雞蛋短的很，十個錢一個還找不出來。昨日上頭給親戚家送粥米去，四五個買辦出去，好容易才湊了二千個來。我那裡找去？你說給他，改日吃罷。」蓮花兒道：「前日要吃豆腐，你弄了些餿的，叫他說了我一頓。今日要雞蛋又沒有了。什麼好東西，我就不信連雞蛋都沒有了，不要叫我翻出來。」一面說，一面真個走來，揭起菜箱一看，只見裡面果有十來個雞蛋，說道：「這不是？你就這麼利害！吃的是主子分給我們的分例，你為什麼心疼？又不是你下的蛋，怕人吃了。」柳家的忙丟了手裡的活計，便上來說道：「你少滿嘴裡渾唚！你媽才下蛋呢！通共留下這幾個預備菜上的澆頭，[4]姑娘們不要還不做上去呢，預備遇急兒的。你們吃了，倘或一聲要起來，沒有好的，連雞蛋都沒了。你們深宅大院，水來伸手，飯來張口，只知雞蛋是平常物件，那裡知道外頭

＊雞蛋風波說明：
一、廚房裡確有艱窘的一面。
二、柳家的「看人下菜碟」，對不得煙抽的迎春小山頭輕視冷落。
三、太不平衡了就會遭到激烈的反抗，反抗愈激烈她就愈抵擋不住。
四、進行激烈反抗的司棋也不可能全勝，而是留下隱患，付出了代價。

買賣的行市呢。別說這個，有一年連草棍子還沒了的日子還有呢。我勸他們，細米白飯，每日肥雞大鴨子，將就些兒也罷了。吃膩了腸子，天天又鬧起故事來了。雞蛋，豆腐，又是什麼麵筋，醬蘿蔔炸兒，敢自倒換口味。只是我又不是答應你們的，一處要一樣，就是十來樣，我倒不要伺候頭層主子，只預備你們二層主子了。」蓮花兒聽了，便紅了臉，喊道：「誰天天要你什麼來？你說上這兩車子話！叫你來，不是為便宜卻為什麼。前日春燕來說『晴雯姐姐要吃蘆蒿』，你怎麼忙得還問肉炒雞炒？春燕說『葷的因不好，才另叫你炒個麵筋兒，少擱油才好』。你忙的倒說『自己發昏』，趕着洗手炒了，狗顛屁股兒似的親捧了去。今日反倒拿我作筏子，說我給眾人聽。」柳家的忙道：「阿彌陀佛！這些人眼見的。不要說前日一次，就從舊年以來，凡各房裡偶然間不論姑娘姐兒們要添一樣半樣，誰不是先拿了錢來另買另添。有的沒的，名聲好聽，算着連姑娘帶姐兒們四五十人，一日也只管要兩隻雞，兩隻鴨子，十來斤肉，一吊錢的菜蔬。你們算，夠做什麼的？連本項兩頓飯還撐持不住，還擱的住這個點這樣，那個點那樣，買來的又不吃，又要別的去。既這樣，不如回了太太，多添些分例。也像大廚房裡預備老太太的飯，把天下所有菜蔬用水牌[5]寫了，天天轉着吃，到一個月現算倒好。連前日三姑娘和寶姑娘偶然商量了要吃個油鹽炒菜芽兒來，現打發個姐兒拿着五百錢給我。我倒笑起來了，說：『二位姑娘就是大肚子彌勒佛也吃不了五百錢的。

是經驗也是預言。

矛盾就在這裡。對晴雯和司棋擺不平。

地位愈低的人說話愈生動。這也是「卑賤者最聰明」吧。

看來有標準飯、自點飯兩種。後者要交一點錢。

*一波未平，一波又起。

狗扯羊腸子，沒結沒完。

所有關節都帶有偶然性，但發生這些問題並非偶然：

趙姨娘、賈環（拉扯上彩雲）與主流派的矛盾並非偶然。柳氏母女與其他奴才的重重矛盾並非偶然，物資管理漏洞很多（也是吃大鍋飯的結果）不是偶然，紀律鬆弛或時緊時鬆也不是偶然，人員眾多，管理力量薄弱也不是偶然。

所以一定要出事的。

這二三十個錢的事，還備的起。』趕着我送回錢去，到底不收，說賞我打酒吃。又說『如今廚房在裡頭，保不住屋裡的人不去叨登，一鹽一醬，那不是錢買的。你不給又不好，給了你又沒的賠。你拿着這個錢，權當還了他們素日叨登的東西窩兒』。這就是明白體下的姑娘，我們心裡只替他唸佛。沒的趙姨奶奶聽了又氣不忿，反說太便宜了我，隔不了十天，也打發個小丫頭子來尋這樣尋那樣，我倒好笑起來。你們竟成了例，不是這個，就是那個，我那裡有這些賠的。」

正亂時，只見司棋又打發人來催蓮花兒，說他「死在這裡，怎麼就不回去？」蓮花兒賭氣回來，便添了一篇話，告訴了司棋。司棋聽了，不免心頭火起。此刻伺候迎春飯罷，帶了小丫頭們走來，見了許多人正吃飯，見他來得勢頭不好，都忙起身陪笑讓坐。司棋便喝命小丫頭子動手，「凡箱櫃所有的菜蔬只管丟出去餵狗，大家賺不成。」小丫頭子們巴不得一聲，七手八腳搶上去，一頓亂翻亂擲，慌得眾人一面拉勸，一面央告司棋說：「姑娘不要誤聽了小孩子的話，柳嫂子有八個頭也不敢得罪姑娘。說雞蛋難買是真，我們才也說他不知好歹，憑是什麼東西，也少不得變法兒去。他已經悟過來了，連忙蒸上了。姑娘不信，瞧那火上。」

司棋被眾人一頓好言語，方將氣勸的漸平了。小丫頭子們也沒得摔完東西，便拉開了。司棋連說帶罵，鬧了一回，方被眾人勸去。柳家的只好摔碗

探春寶釵行事自會周到些。但柳家的愈這樣說，司棋就愈發火了。

生活培養惡人。打砸搶既是「造反有理」又是源遠流長。

丟盤，自己咕唧了一回，蒸了一碗雞蛋令人送去。司棋全潑了地下。那人回來也不敢說，恐又生事。

只剩了自己咕唧的份兒了。

柳家的打發他女兒喝了一回湯，吃了半碗粥，又將茯苓霜一節說了。五兒聽罷，便心下要分些贈芳官。遂用紙另包了一半，趁黃昏人稀之時，自己花遮柳隱的來找芳官。且喜無人盤問，一徑到了怡紅院門首，不好進去，只在一簇玫瑰花前站立，遠遠的望着。有一盞茶時候，可巧春燕出來，忙上前叫住。春燕不知是那一個，到跟前方看真切，因問做什麼？五兒笑道：「你叫出芳官來，我和他說話。」春燕悄笑道：「姐姐太性急了，橫豎等十來日就來了，只管找他做什麼。方才使了他往前頭去了，你且等他一等。不然，有什麼話告訴我，等我告訴他。恐怕你等不得，只怕關了園門。」五兒便將茯苓霜遞與春燕，又說這是茯苓霜，如何吃，如何補益，「我得些送他的，煩你遞與他就是了。」說畢，便走回來。

「小人」得志，橫向串聯，拉扯彌寬，自找麻煩。鬼鬼祟祟，不是賊也成賊。

正走蓼漵一帶，忽迎見林之孝家的帶着幾個婆子走來。五兒藏躲不及，只得上來問好。林家的問道：「我聽見你病了，怎麼跑到這裡來？」五兒陪笑說道：「因這兩日好些，跟我媽進來散散悶。才因我媽使我到怡紅院送傢伙去。」林之孝家的說道：「這話岔了。方才我見你媽出去，我才關門。既是你媽使了你去，他如何不告訴我說你在這裡呢，竟出去讓我關門，是何主意？可是你撒謊。」五兒聽了，沒話回答，只說：「原是我媽一早教我取去的，我忘了，捱到這時我才想起來了。只怕我媽錯認我先去了，所以沒和大娘說得。」

何苦這樣做賊？五兒興奮過度，抑制不住自己了。

林之孝家的聽他詞鈍意虛，又因近日玉釧兒說那邊正房內失落了東西，幾個丫頭對賴，沒主兒，心下便起了疑。可巧小蟬、蓮花兒並幾個媳婦子走來，見了這事，便說道：「林奶奶倒要審審他。這兩日他往這裡頭跑的不像，鬼鬼祟祟的，不知幹些什麼事。」小蟬又道：「正是。昨日玉釧姐姐說，太太耳房裡的櫃子開了，少了好些零碎東西。璉二奶奶打發平姑娘和玉釧姐姐要些玫瑰花露，誰知也少了罐子。若不是尋露，還不知道呢。」蓮花兒笑道：「這我沒聽見，今日我倒看見一個露瓶子。」林之孝家的正因這事沒主兒，每日鳳姐兒使平兒催逼他，一聽此言，忙問在那裡。蓮花兒便道：「在他們廚房裡呢。」林之孝家的聽了，忙命打了燈籠，帶着眾人來尋。五兒急得便說：「那原是寶二爺屋裡的芳官給我的。」林之孝家的便說：「不管你方官圓官，現有贓證，我只呈報了，憑你主子前辯去。」一面說，一面進入廚房。蓮花兒帶着，取出露瓶。恐還偷有別物，又細細搜了一遍，又得了一包茯苓霜，一並拿了，帶了五兒來回李紈與探春。

又是有曲折舊怨之人。

林之孝家的邏輯很有意思：是露瓶子就是贓，其他一概不管，基本思路仍是不准申辯，我說你是贓就是贓。是一種獨斷主義。

那時李紈正因蘭兒病了，不理事務，只命去見探春。探春已歸房。人回進去，丫鬟們都在院內納涼，探春在內盥沐，只有侍書回進去。半日，出來說：「姑娘知道了，叫你們找平兒回二奶奶去。」林之孝家的只得領出來。到鳳姐那邊先找着平兒，進去回了鳳姐。鳳姐方才歇下，聽見此事，便吩咐：「將他娘打四十板子攆出去，永不許進二門。把五兒打四十板子，立刻交給莊子上，或賣或配人。」平兒聽了出來，依言吩咐了林之孝家的。五兒嚇的哭哭啼啼，給平兒跪着，細訴

草菅人「運」。

*五兒相好一個芳官，便急於鑽營，欲速不達，自取其辱。當初得到半瓶子玫瑰露，就自己用了好了，柳家的偏要拿出去做文章。得到茯苓霜後，又急着還芳官的情，一點穩重沒有，小家子氣。

芳官之事。平兒道：「這也不難，等明日問了芳官便知真假。但這茯苓霜前日人送了來，還等老太太、太太回來看了，才敢打動，這不該偷了去。」五兒見問，忙又將他舅舅送的一節說了出來。平兒聽了，笑道：「這樣說，你竟是個平白無辜之人，拿你來頂缸[6]的。此時天晚，奶奶才進了藥歇下，不便為這點子小事去絮叨。如今且將他交給上夜的人看守一夜，等明日我回了奶奶再作道理。」林之孝家的不敢違拗，只得帶了出來交與上夜的媳婦們看守，自己便去了。

幸有平兒明察。恐怕也有平兒對寶玉山頭的人的關照因素。

這裡五兒被人軟禁起來，一步不敢多走。又兼眾媳婦也有勸他說，不該做這沒行止的事；也有報怨說，正經更還坐不上來，又弄個賊來給我們看守，倘或眼不見尋了死，或逃走了，都是我們的不是。又有素日一干與柳家不睦的人，見了這般，十分趁願，都來奚落嘲戲他。這五兒心內又氣又委曲，竟無處可訴。且本來怯弱有病，這一夜思茶無茶，思水無水，思睡無衾枕，嗚嗚咽咽直哭了一夜。

誰知和他母女不和的那些人，巴不得一時就攆他出門去，生恐次日有變。大家先起了個清早，都悄悄的來買轉平兒，送了些東西，一面又奉承他辦事簡斷，一面又講述他母親素日許多不好處。平兒一一的都應着，打發他們去了，卻悄悄的來訪襲人，問他可果真芳官給他玫瑰露了。襲人便說：「露卻是給了芳官，芳官轉給何人我卻不知。」於是又問芳官。芳官聽了，唬了一

可見柳氏母女積怨太多。

出了點事，都跟着瞎忙活，實際上又不起作用。到頭來都是「為他人做嫁衣裳」！

跳，忙應是自己送他的。芳官便又告訴了寶玉。寶玉也慌了，說：「露雖有了，若勾起茯苓霜來，他自然也實供，若聽見了是他舅舅門上得的，他舅舅又有了不是，豈不是人家的好意，反被咱們陷害了。」因忙和平兒計議：「露的事雖完，然這霜也是有不是的。好姐姐，你只叫他說也是芳官給他的就完了。」平兒笑道：「雖如此，只是他昨晚已經同人說是他舅舅給的了，如何又說你給的？況且那邊所丟之霜正沒主兒，如今有贓證的白放了，又去找誰？誰還肯認？眾人也未必心服。」晴雯走來笑道：「太太那邊的露再無別人，分明是彩雲偷了給環哥兒去了，你們可瞎亂說。」平兒笑道：「誰不知這個原故，但今玉釧兒急的哭，悄悄問着他，他若應了，玉釧兒也罷了，大家也就混着不問了。難道我們好意兜攬這事不成！可惜彩雲不但不應，他還擠玉釧兒，說他偷了去了。兩個人窩裡炮，[7]先吵得闔府皆知，我們如何裝沒事人。少不得要查的。殊不知告失盜的就是賊，又沒贓證，怎麼說他。」寶玉道：「也罷，這件事我也應起來，就說是我嚇他們頑的，悄悄的偷了太太的來了。兩件事都完了。」襲人道：「也倒是一件陰騭事，保全人的賊名，只是太太聽見，又說你小孩子氣，不知好歹了。」平兒笑道：「也倒是小事。如今便從趙姨娘屋裡起了贓來也容易，我只怕又傷着一個好人的體面。別人都不要管，只這一個人豈不又生氣。我可憐的是他，不肯為打老鼠傷了玉瓶。」說着，把三個指頭一伸。襲人等聽說，便知他說的是探春。大家都忙說：「可是這話。竟是我們這裡應了起來的為是。」平兒又笑道：「也須得把彩雲和

有諸多事上不得台盤，卻又實際普遍存在。不追究就沒有事，一追究都是事。這樣，一方面是紀律鬆弛，弊病百出，一方面是嚴刑峻法，草菅人命。

主子不想把事情搞大，偏偏下面鬥個不休。

玉釧兒兩個孽障叫了來，問準了他方好。不然他們得了意，不說為這個，倒像我沒有本事問不出來。就是這裡完事，他們以後越發偷的偷，不管的不管了。」襲人等笑道：「正是，也要你留個地步。」

該放的要放，該抓的要抓。寬嚴有度。

平兒便命一個人叫了他兩個來，說道：「不用慌，賊已經有了。」玉釧兒先問：「賊在那裡？」平兒道：「現在二奶奶屋裡呢。問他什麼應什麼。我心裡明白，知道不是他偷的，可憐他害怕，都承認了。這裡寶二爺不過意，要替他認一半。我待要說出來，但只是這做賊的素日又是和我好的一個姐妹，窩主卻是平常，裡面又傷了一個好人的體面，因此為難，少不得央求寶二爺應了，大家無事。如今反要問你們兩個，還是怎樣？若從此以後，大家小心存體面，這便求寶二爺應了；若不然，我就回了二奶奶，不要冤屈了人。」彩雲聽了，不覺紅了臉，一時羞惡之心感發，便說道：「姐姐放心，也不要冤屈好人，我說了罷。傷體面偷東西原是趙姨奶奶央告我再三，我拿了些與環哥兒是情真。連太太在家我們還拿過，各人去送人也是常有的。我原說嚷過兩天就罷了。如今既冤屈了好人，我心也不忍。姐姐竟帶了我回奶奶去，一概應了完事。」眾人聽了這話，一個個都詫異，他竟這樣有肝膽。寶玉忙笑道：「彩雲姐姐果然是個正經人。如今也不用你應，我只說我悄悄的偷的嚇你們頑，如今鬧出事來，我原該承認。我只求姐姐們以後省些事，大家就好了。」彩雲道：「我幹的事為什麼叫你應，死活我該去受。」平兒、襲人忙道：「不是這樣說，你一應了，未免又叨登出趙姨奶奶來，那時三

這也是將心比心，人的羞惡之心畢竟尚存，何況是面對着平兒這樣的「法官」。這是平兒的道德力量與分寸感的勝利。

*鳳姐鷹派，平兒鴿派，與她們的個性有關，也與她們的不同地位有關。鳳姐是大拿，是特命全權總管，她傾向於保持震懾，保持張力，寧可掛誤，不可疏漏。平兒帶有承上啟下，亦主亦奴的性質，她要忠於主子，又要保護奴才，更要照顧平衡左右。如果她也這麼強硬，她很可能「吃不了兜着走」。平兒的「鴿」既幫助了鳳姐，為之補台，又在客觀上反襯了鳳姐的不得人心。她起的作用也是一分為二的。

姑娘聽了，豈不又生氣。竟不如寶二爺應了，大家無事。且除這幾個人皆不得知道，這樣何等的乾淨。但只以後千萬大家小心些就是了。要拿什麼，好歹等太太到家，那怕連房子給了人，我們就沒干係了。」彩雲低頭想了一想，方依允。

於是大家商議妥貼，平兒帶了他兩個並芳官來至上夜房中，叫了五兒，將茯苓霜一節也悄悄的教他說係芳官所贈，五兒感謝不盡。平兒帶他們來至自己這邊，已見林之孝家的帶領了幾個媳婦，押解着柳家的等夠多時。林之孝家的又向平兒說：「今日一早押了他來，恐園裡沒人伺候姑娘們飯，我暫且將秦顯的女人派了去伺候姑娘們的飯呢。」平兒道：「秦顯的女人是誰？我不大相熟。」林之孝家的道：「他是園裡南角子上夜的，白日裡沒什麼事，所以姑娘不大認識。高高兒的孤拐，[8]大大的眼睛，最乾淨爽利的。」玉釧兒道：「是了。姐姐，你怎麼忘了，他是跟三姑娘的司棋的嬸子。司棋的父親雖是大老爺那邊的人，他這叔叔卻是咱們這邊的。」平兒聽了，方想起來，笑道：「哦，你早說是他，我就明白了。」又笑道：「也太派急了些。如今這事八下裡水落石出了，連前日太太屋裡丟的也有了主兒。是寶玉那日過來和這兩個孽障不知道要什麼的，偏這兩個孽障慪他頑，說太太不在家不敢拿。寶玉便瞅他兩個不提防時節，自己進去拿了些什麼出來。這兩個孽障不知道，就唬慌了。如今寶玉聽見帶累了別人，方細細的告訴了我，拿出東西來我瞧，

「最乾淨」云云，透露了林之孝家的乘機舉薦自己的友好的傾向。恰好是柳家的對立面。

她完全沒有一點為自己留地步的意圖嗎？未可說得太絕對了，雖然，至今看不出她對鳳姐有一絲一毫的不忠。

一件不差。那茯苓霜也是寶玉外頭得了的，也曾賞過許多人，不獨園內人有，連媽媽子們討了出去給親戚們吃，又轉送人。襲人也曾給過芳官一流的人。他們私情各自來往，也是常事。前日那兩簍還擺在議事廳上，好好的原封沒動，怎麼就混賴起人來。等我回了奶奶再說。」說畢，抽身進了臥房，將此事照前言回了鳳姐兒一遍。鳳姐兒道：「雖如此說，但寶玉為人，不管青紅皂白愛兜攬事情，別人再求求他去，他又擱不住人兩句好話，給他個炭簍子戴上，[9]什麼事他不應承。咱們若信了，將來若大事也如此，如何治人。還要細細的追求才是。依我的主意，把太太屋裡的丫頭都拿來，雖不便擅加拷打，只叫他們墊着磁瓦子[10]跪在太陽底下，茶飯也不要給他們吃，一日不說跪一日，便是鐵打的，一日也管招了。」又道：「『蒼蠅不抱沒縫兒的雞蛋』，雖然這柳家的沒偷，到底有些影兒，人才說他。雖不加賊刑，也革出不用。朝廷原有掛誤[11]的，到底不算委屈了他。」平兒道：「何苦來操這心！得放手時須放手，什麼大不了的事，樂得施恩呢。依我說，總在這屋裡操上一百分心，終久是回那邊屋裡去的，沒的結些小人仇恨，使人含恨抱怨。況且自己又三災八難的，好容易懷了一個哥兒，到了六七個月還掉了，焉知不是素日操勞太過，氣惱傷着的。如今趁早兒見一半不見一半的，也倒罷了。」一夕話說得鳳姐兒倒笑了，道：「隨你們罷，沒的慪氣。」平兒笑道：「這不是正經話！」說畢，轉身出來，一一發放。要知端的，下回分解。

寶玉最是好好先生。這與他吃涼不管酸的處境有關。

冤案有理論。

1 **投鼠忌器**：比喻作事有所顧忌。《漢書．賈誼傳》：「里諺曰『欲投鼠而忌器』，此善喻也。鼠近於器，尚憚不投，恐傷於器，況於貴臣之近主乎！」

2 **馬子蓋**：即馬桶蓋，這裡指舊時兒童的一種髮式，四圍剃淨，只留中央短髮，猶如馬桶蓋。

3 **黧雞**：鳥名，又名黑黎雞。兇猛善鬥，有較強的自衛能力。繁殖季節遇有其他鳥侵入其巢附近，即眼色不寧，有驚恐狀，並飛起追逐。

4 **澆頭**：指澆在菜餚上的點綴。

5 **水牌**：一種白漆木牌，臨時記事，隨時可以擦去。

6 **頂缸**：代人受過的意思。

7 **窩裡炮**：指內部互相攻訐。

8 **孤拐**：這裡指顴骨。

9 **炭簍子戴上**：指戴高帽，恭維、奉承人的手段。

10 **磁瓦子**：碎瓷片。

11 **掛誤**：出錯、受牽累之意。

第六十二回 憨湘雲醉眠芍藥茵[1] 呆香菱情解石榴裙[2]

*局部戰爭硝煙四起，鬧了一陣子。又該少爺小姐姑娘們享受生活，及時行樂了。

話說平兒出來吩咐林之孝家的道：「大事化為小事，小事化為沒事，方是興旺之家。若是一點子小事便揚鈴打鼓亂折騰起來，不成道理。如今將他母女帶回，照舊去當差。將秦顯家的仍舊追回。再不必提此事。只是每日小心巡察要緊。」說畢，起身走了。柳家的母女忙向上磕頭。林家的就帶回園中，回了李紈探春，二人都說：「知道了，寧可無事，很好。」

司棋等人空興頭了一陣，那秦顯家的好容易等了這個空子鑽了來，只興頭了半天。在廚房內正亂接收傢伙米糧煤炭等物，又查出許多虧空來，說：「糧米短了兩擔，常用米又多支了一個月的，炭也欠着額數。」一面又打點送林之孝的禮，悄悄的備了一簍炭，一擔粳米在外邊，就遣人送到林家去了；又打點送帳房兒的禮；又備幾樣菜蔬請幾位同事的人，說：「我來了，全仗你們列位扶持，自今以後都是一家人了，我有照顧不到的，好歹大家照顧些。」正亂着，忽有人來說：「你看完了這一頓早飯就出去罷。柳嫂兒原無事，如今還交與他管了。」秦顯家的聽了，轟去了魂魄，垂頭喪氣，登時掩

非常短命的一次奪權事件。

旗息鼓，捲包而去。送人之物白白去了許多，自己倒要折變了賠補虧空。連司棋都氣了個直眉瞪眼，無計挽回，只得罷了。

趙姨娘正因彩雲私贈了許多東西，被玉釧兒吵出，生恐查問出來，每日捏着一把汗，偷偷的打聽信兒。忽見彩雲來告訴說：「都是寶玉應了，從此無事。」趙姨娘方把心放下來。誰知賈環聽如此說，便起了疑心，將彩雲凡私贈之物都拿了出來，照着彩雲臉上摔了來，說：「你這兩面三刀的東西！我不希罕。你不和寶玉好，他如何肯替你應。你既有擔當給了我，原該不與一個人知道。如今你既然告訴了他，我再要這個也沒趣兒。」彩雲見如此，急得賭咒發誓，至於哭了。百般解說，賈環執意不信，說：「不看你素日，我索性去告訴二嫂子，就說你偷來給我，我不敢要。你細想去罷。」說畢，摔手出去了。急的趙姨娘罵：「沒造化的種子，這是怎麼說。」氣得彩雲哭了個淚乾腸斷。趙姨娘百般的安慰他：「好孩子，他辜負了你的心，我橫豎看的真。我收起來，過兩日他自然回轉過來了。」說着，便要收東西。彩雲賭氣一頓捲包起來，趁人不見，來至園中，都撇在河內，順水沉的沉漂的漂了。自己氣得夜間在被內暗哭了一夜。

當下又值寶玉生日已到，原來寶琴也是這日，二人相同。王夫人不在家，也不曾像往年熱鬧。只有張道士送了四樣禮，換的寄名符兒；還有幾處僧尼廟的和尚姑子送了供尖兒，[3]並壽星紙馬疏頭，並本宮星官值年太歲周年換的鎖兒。家中常走的男女先日來上壽。王子騰那邊仍是一套衣服，一雙鞋襪，一百壽桃，

柳家的本不是好貨，只因小說追身寫她，反使讀者更討厭起秦顯家的來了。

不能說賈環疑得一點理都沒有。都是這種水平，誰能比誰高去？彩雲情有獨鍾於環，又應趙之請偷玫瑰露，也很難說怎麼樣。

矛盾重重，小氣上再加小氣，醜態中又添醜態。

氣量狹小的人永遠痛苦，永無幸福。

奇怪，過個生日也要成雙捉對。

一百束上用銀絲掛麪。薛姨娘處減一半。其餘家中尤氏仍是一雙鞋襪，鳳姐兒是一個宮製四面和合荷包，裡面裝一個金壽星，一件波斯國[4]的玩器。各廟中遣人去放堂[5]捨錢。又另有寶琴之禮，不能備述。姊妹中皆隨便，或有一扇的，或有一字的，或有一畫的，或有一詩的，聊為應景兒而已。

這日寶玉清晨起來，梳洗已畢，冠帶起來。至前廳院中，已有李貴等四個人在那裡設下天地香燭，寶玉炷了香。行了禮，奠茶焚紙後，便至寧府中宗祠祖先堂兩處行畢了禮，出至月台上，又朝上遙拜過賈母、賈政、王夫人等。一順到尤氏上房，行過禮，坐了一回，方回榮府。先至薛姨媽處，再三拉着，然後又見過薛蝌，讓一回，方進園來。晴雯麝月二人跟隨，小丫頭夾着氈子，從李氏起，一一挨着，比自己長的房中到過。復出二門，至四個奶媽家讓了一回，方進來。雖眾人要行禮，也不曾受。回至房中，襲人等只都來說一聲就是了。王夫人有言，不令年輕人受禮，恐折了福壽，故此皆不磕頭。

沒完沒了的禮。

一時賈環賈蘭來了，襲人連忙拉住，坐了一坐，便去了。寶玉笑道：「走乏了。」便歪在床上，方吃了半盞茶，只聽外頭咭咭呱呱，一群丫頭笑了進來，原來是翠墨、小螺、翠縷、入畫、邢岫煙的丫頭篆兒，並奶子抱着巧姐兒、彩鸞、繡鸞八九個人，都抱着紅氈子，笑着進來說：「拜壽的擠破了門了，快拿麪來我們吃。」剛進來時，探春、湘雲、寶琴、岫煙、惜春也都來了。寶玉忙迎出來，笑說：「不敢起動，快預備好茶。」進入房中，不免推讓一回，大家歸坐。襲人等捧過茶來，才吃了一口，平兒也打扮的花枝招展的來了。寶玉忙迎出來，笑說：「我方才到鳳姐姐門上，回進去，說不能見我，我又打發人進去讓姐姐的。」平兒笑道：「我正打發你姐姐梳頭，不得出來回你。後來聽見又說讓我，我那裡禁當的起，所以特給二爺來磕頭。」寶玉笑道：「我也禁當不起。」襲人早在門外安了坐，讓他坐。平兒便拜下去，寶玉作揖不迭。平兒便跪下去，寶玉也忙還跪下，襲人連忙攙起來。又拜了一拜，寶玉又還了一揖。襲人笑推寶玉：「你再作揖。」寶玉道：「已經完了，怎麼又作揖？」襲人笑道：「這是他來給你拜壽，今日也是他的生日，你也該給他拜壽。」寶玉喜的忙作揖，笑道：「今日也是姐姐的好日子。」平兒趕着也還了禮。湘雲拉寶琴、岫煙說：「你們四個人對拜壽，直拜一天才是。」探春忙問：「原來邢妹妹也是今日，我怎麼就忘了。」忙命丫頭：「去告訴二奶奶，趕着補了一分禮，與琴姑娘的一樣，送到二姑娘屋裡去。」丫頭答應着去了。岫煙見湘雲直口說出來，少不得要到各房去讓讓。

探春笑道：「倒有些意思，一年十二個月，月月有幾個生日。人多了，便這等巧，也有三個一日的，兩個一日的。大年初一也不白過，大姐姐佔了去，怨不得他福大，生日比別人就佔先。又是太祖太爺的生日冥壽。過了燈節，就是老太太和寶姐姐，他們娘兒兩個遇的巧。三月初一是太太的，初九是璉二哥哥。二月沒人。」襲人道：「二月十二是林姑娘，怎麼沒人？只不是咱家的人。」探春笑道：「你看我這個記性兒！」寶玉笑指襲人道：「他和林妹妹是一日，他所以記

光兩個還不夠，又添了第三個。過生日也扎堆。

又一個。

這又是哪個冷鍋裡冒的熱氣？是怕人們忘了黛

得。」探春笑道：「原來你兩個倒是一日。每年連頭也不給我們磕一個。平兒的生日我們也不知道。這也是才知道的。」平兒笑道：「我們是那牌兒名上的人，生日也沒拜壽的福，又沒受禮的職分，可吵嚷什麼，可不悄悄兒的就過去了嗎。今日他又偏吵出來了，等姑娘回房，我再行禮去罷。」探春笑道：「也不敢驚動，只是今日倒要替你過個生日，我心裡才過得去。」寶玉、湘雲等一齊都說：「很是。」探春便吩咐了丫頭：「去告訴他奶奶說，我們大家說了，今日一天不放平兒出去，我們也大家湊了分子過生日呢。」丫頭笑着去了，半日，回來說：「二奶奶說了，多謝姑娘們給他臉。不知過生日給他些什麼吃，只別忘了二奶奶，就不絮聒他了。」眾人都笑了。

玉嗎？

探春因說道：「可巧今日裡頭廚房不預備飯，一應下面弄菜，都是外頭收拾。咱們就湊了錢，叫柳家的來領了去，只在咱們裡頭收拾倒好。」眾人都說很好。探春一面遣人去請李紈、寶釵、黛玉，一面遣人去傳柳家的進來，吩咐他內廚房中快收拾兩桌酒席。柳家的不知何意，因說外廚房都預備了。探春笑道：「你原來不知道，今日是平姑娘的好日子，外頭預備的是上頭的，這如今我們私下又湊了分子，單為平姑娘預備兩桌請他，你只管揀新巧的菜蔬預備了來，開了帳我那裡領錢。」柳家的笑道：「今日又是平姑娘的千秋，我們竟不知道。」說着，便向平兒磕頭，慌的平兒拉他起來。柳家的忙去預備酒席。

果然湊了錢給柳家。

柳家的理應磕頭。

這裡探春又邀了寶玉，同到廳上去吃麵。等到李紈、寶釵一齊來全，又遣人去請薛姨媽與黛玉。因天氣和暖，黛玉之疾漸瘉，故也來了。花團錦簇，擠了一廳的人。

誰知薛蝌又送了巾扇香帛四色壽禮與寶玉，寶玉於是過去陪他吃麵。兩家皆辦了壽酒，互相酬送，彼此同領。至午間，寶玉又陪薛蝌吃了兩杯酒。寶釵帶了寶琴過來，與薛蝌行禮把盞畢，寶釵因囑咐薛蝌：「家裡的酒也不用送過那邊去，這虛套竟收了。你只請夥計們吃罷。我們和寶兄弟進去，還要待人去呢，也不能陪你了。」薛蝌忙說：「姐姐兄弟只管請，只怕夥計們也就好來了。」寶玉忙又告過罪，方同他姊妹回來。

一進角門，寶釵便命婆子將門鎖上，把鑰匙要了自己拿着。寶玉忙說：「這一道門何必關，又沒多的人走。況且姨娘、姐姐、妹妹都在裡頭，倘或要家去取什麼，豈不費事。」寶釵笑道：「小心沒過逾的。你們那邊這幾日七事八事，竟沒有我們那邊的人，可知是這門關得有功效了。若是開着，保不住那起人圖順腳，走近路，從這裡走，攔誰的是？不如鎖了，連媽媽和我也禁着些，大家別走。縱有了事，就賴不着這邊的人了。」寶玉笑道：「原來姐姐也知道我們那邊近日丟了東西？」寶釵笑道：「你只知道玫瑰露和茯苓霜兩件，乃因人而及物。若不是裡頭有人，你是連這兩件還不知道呢。殊不知還有幾件比這兩件大的呢。若以後叨登不出來，是大家的造化；若叨登出來了，不知裡頭連累多少人呢。你也是不管事的人，我才告訴你。平兒是個明白人，我前日也告訴了他，皆因他奶奶不在

獨善其身，自掃門前雪。寶釵的鎖門主義有理。

什麼事？舉一反多，漫延無邊。留下猜測想像餘地。

外頭，所以使他明白了。若不犯出來，大家樂得丟開手。若犯出來，他心裡已有了稿兒，自有頭緒，就冤屈不着平人了。你只聽我說，以後留神小心就是了。這話也不可告訴第二個人。」

知之方，處之圓。知則明察秋毫，處則不見輿薪，難得精明，難得糊塗，不自恃精明，不是真糊塗，寶釵真完人也。

說着，來到沁芳亭邊，只見襲人、香菱、侍書、晴雯、麝月、芳官、蕊官、藕官十來個人都在那裡看魚頑呢。見他們來了，都說：「芍藥欄裡預備下了，快去上席罷。」寶釵等隨了他們同到芍藥欄中紅香圃三間小敞廳內。連尤氏已請過來了，諸人都在那裡，只沒平兒。

原來平兒出去，有賴、林諸家送了禮來，連三接四上中下三等家人拜壽送禮的不少。平兒忙着打發賞錢道謝，一面又色色的回明了鳳姐兒，不過留下幾樣，也有不受的，也有受下即刻賞與人的。忙了一回，又直等鳳姐兒吃過麵，方換了衣裳往園裡來。

剛進了園，就有幾個丫鬟來找他，一同到了紅香圃中，只見筵開玳瑁，褥設芙蓉。眾人都笑說：「壽星全了。」上面四座定要讓他們四個人坐。四人皆不肯。薛姨媽說：「我老天拔地，不合你們的群兒，我倒拘的慌，不如我到廳上隨便躺躺去倒好。我又吃不下什麼去，又不大吃酒，這裡讓他們倒便宜。」尤氏等執意不從。寶釵道：「這也罷了。倒是讓媽媽在廳上歪着自如些。有愛吃的送些過去，倒自在了。且前頭沒人在那裡，又可照看了。」探春笑道：「既這樣，恭敬不如從命。」因大家送到議事廳上，眼看着命小丫頭們鋪了一個錦褥並靠背引枕之類，又囑咐「好生給姨太太搥腿，要茶要水別推三拉四的。回來送了東西來，姨太太吃了賞你們吃，只別離了這裡」。小丫頭子們都答應了。

探春等方回來。終久讓寶琴岫煙二人在上，平兒面西坐，寶玉面東坐。探春又接了鴛鴦來，二人並肩對面相陪。西邊一桌，寶釵、黛玉、湘雲、迎春、惜春依序，一面又拉了香菱玉釧兒二人打橫。三桌上尤氏李紈，又拉了襲人彩雲陪坐。四桌上便是紫鵑、鶯兒、晴雯、小螺、司棋等人圍坐。當下探春等還要把盞，寶琴等四人都說：「這一鬧，一日也坐不成了。」方才罷了。兩個女先兒要彈詞上壽。眾人都說：「我們沒人要聽那些野話，你廳上去說給姨太太解悶兒去罷。」一面又將各色吃食揀了，命人送與薛姨媽去。

寶玉便說：「雅坐無趣，須要行令才好。」眾人中有的說行這令好，又有那個說行那個令才好。黛玉道：「依我說，拿了筆硯將各色令都寫了，拈成鬮兒，咱們抓出那個來，就是那個。」眾人都道妙極。即命拿了一副筆硯花箋。香菱近日學了詩，又天天學寫字，見了筆硯便巴不得，連忙起來說：「我寫。」眾人想了一回，共得十來個，唸着，香菱一一寫了，搓成鬮兒，擲在一個瓶中。探春便命平兒拈。平兒向內攪了一攪，用箸夾了一個出來，打開一看，寫着「射覆」[6]二字。寶釵笑道：「把個令祖宗拈出來了。『射覆』從古有的，如今失了傳，這是後纂的，比一切的令都難。這裡頭倒有一半是不會的，不如毀了，另拈一個雅俗共賞的。」探春笑道：「既拈了出來，如何再毀？如今再拈一個，若是

這也要囑咐。

原來不僅是《水滸傳》，《紅樓夢》裡也是沒完沒了地排座次。後人讀之，殊可笑也。笑者能釋然嗎？能解脫自己嗎？能不爭座次嗎？

雅俗共賞的，便叫他們行去，咱們行這一個。」說着，又叫襲人拈了一個，卻是「拇戰」。[7]史湘雲笑着說：「這個簡斷爽利，合了我的脾氣，我不行這個『射覆』，沒的垂頭喪氣悶人，我只猜拳去了。」探春道：「惟有他亂令，寶姐姐，快罰他一鍾。」寶釵不容分說，便灌湘雲一杯。

探春說：「我吃一杯，我是令官，也不用宣，只聽我分派。」取了令骰令盆來，「從琴妹妹擲起，挨着擲下去，對了點的，二人射覆。」寶琴一擲，是個三，岫煙寶玉等皆擲的不對，直到香菱方擲了個三。寶琴笑道：「只好室內生春，[8]若說到外頭去，可太沒頭緒了。」探春道：「自然。三次不中者，罰一杯。你覆，他射。」寶琴想了一想，說了個「老」字。香菱原生於這令，一時想不到，滿室滿席都不見有與「老」字相連的成語。湘雲先聽了，便也亂想，忽見門斗上貼着「紅香圃」三個字，便知寶琴覆的是「吾不如老圃」[9]的「圃」字。見香菱射不着，眾人擊鼓又催，便悄悄的拉香菱，教他說「藥」字。黛玉偏看見了，說：「快罰他，又在那裡傳遞呢。」鬧得眾人都知道了，忙又罰了一杯，恨的湘雲拿筷子敲黛玉的手。於是罰了香菱一杯。下則寶釵和探春對了點子。探春便覆了一「人」字。寶釵笑道：「這個『人』字泛得很。」探春笑道：「添一個字，兩覆一射也不泛了。」說着，便又說了一個「窗」字。寶釵一想，因見席上有雞，便射着他是用「雞窗」[10]「雞人」二典了。因射了一個「塒」字。探春知他射着，用了「雞棲於塒」[11]的典。二人一笑，各飲一口門杯。

湘雲等不得，早和寶玉「三」「五」亂叫，猜起拳來。那邊尤氏和鴛鴦隔着席也「七」「八」亂叫，搳起拳來。平兒襲人也作了一對，叮叮噹噹，只聽得腕上鐲子響。一時湘雲贏了寶玉，襲人贏了平兒，二人限酒底酒面，湘雲便說：「酒面要一句古文，一句舊詩，一句骨牌名，一句曲牌名，還要一句時憲書[12]上有的話，共總成一句話。酒底要關人事的果菜名。」眾人聽了，都說：「惟有他的令比人嘮叨，倒也有些意思。」便催寶玉快說。寶玉笑道：「誰說過這個，也等想一想兒。」黛玉便道：「你多喝一鍾，我替你說。」寶玉真個喝了酒，聽黛玉說道：

落霞與孤鶩齊飛，[13]風急江天過雁哀，[14]卻是一枝折腳雁，[15]叫的人九迴腸，[16]這是鴻雁來賓。[17]

說的大家笑了。眾人說：「這一串子倒有些意思。」黛玉又拈了一個榛瓤，說酒底道：

榛子非關隔院砧，[18]何來萬戶擣衣聲。

令完，鴛鴦襲人等皆說的是一句俗語，都帶一個「壽」字，不須多贅。

大家輪流亂了一陣，這上面湘雲又和寶琴對了手，李紈和岫煙對了點子。李紈便覆了一個「瓢」字，岫煙便射了一個「綠」字。[19]二人會意，各飲一口。湘雲的拳卻輸了，請酒面酒底。寶琴笑道：「請君入甕。」大家笑起來，說：「這個典用得當。」湘雲便說道：

奔騰澎湃，[20]江間波浪兼天湧，[21]須要鐵索纜孤舟，[22]既遇着一江風，[23]不

猜拳場面，何等可愛。

「腕上鐲子響」五字，側面烘托，最為傳神。令人神往。

這種集句，令人想起西方新潮派的「撲克牌文

宜出行。[24]

說的眾人都笑了，說：「好個謅斷了腸子的。怪道他出這個令，故意惹人笑。」又催他快說酒底兒。湘雲吃了酒，夾了一塊鴨肉，呷口酒，忽見碗內有半個鴨頭，遂夾了出來吃腦子。眾人催他「別只顧吃，你到底快說了」。湘雲便用箸子舉着說道：

這鴨頭不是那丫頭，頭上那有桂花油？

眾人越發笑起來，引得晴雯小螺等一干人都走過來說：「雲姑娘會開心，拿着我們取笑兒，快罰一杯才罷。怎見得我們就該擦桂花油的？倒得每人給一瓶子桂花油擦擦。」黛玉笑道：「他倒有心給你們一瓶子油，又怕掛誤着打竊盜官司。」眾人不理論，寶玉卻明白，忙低了頭。彩雲心裡有病，不覺的紅了臉。寶釵忙暗暗的瞅了黛玉一眼。黛玉自悔失言，原是打趣寶玉的，就忘了趣了彩雲了，自悔不及，忙一頓的行令猜拳岔開了。

底下寶玉可巧和寶釵對了點子。寶釵便覆了一個「寶」字。寶玉想了一想，便知是寶釵作戲指着自己的通靈玉說的，便笑道：「姐姐拿我作雅謔，我卻射着了。說出來姐姐別惱，就是姐姐的諱『釵』字就是了。」眾人道：「怎麼解？」寶玉道：「他說『寶』，底下自然是『玉』字。我射『釵』字，舊詩曾有『敲斷玉釵紅燭冷』，[25]豈不射着了。」湘雲說道：「這用時事卻使不得，兩個人都該

學」。

文學當然不僅僅是或者主要不是形式。但形式的排列組合委實迷人。迷到令人走火入魔的程度。

雖是諧音玩笑，並無用意，卻令讀者過目不忘。余幼時讀「紅」，各種酒令都記不住，唯薛蟠的「大馬猴」「往裡戳」與此「桂花油」句不忘。俗能勝雅，奈何？

寶釵似乎有點套近乎的意思。

罰。」香菱道：「不止時事，這也是有出處的。」湘雲道：「『寶玉』二字並無出處，不過是春聯上或有之，詩書記載並無，算不得。」香菱道：「前日我讀岑嘉州[26]五言律，現有一句說『此鄉多寶玉』，怎麼你倒忘了？後來又讀李義山七言絕句，又有一句『寶釵無日不生塵』，[27]我還笑說他兩個名字都原來在唐詩上呢。」眾人笑說道：「這可問住了，快罰一杯。」湘雲無話，只得飲了。大家又該對點搳拳。這些人因賈母、王夫人不在家，沒了管束，便任意取樂，呼三喝四，喊七叫八。滿廳中紅飛翠舞，玉動珠搖，真是十分熱鬧。頑了一回，大家方起席散了，卻忽然不見了湘雲，只當他外頭自便就來，誰知越等越沒了影兒，使人各處去找，那裡找得着。

接着林之孝家的同着幾個老婆子來，一則恐有正事呼喚，二則恐丫鬟們年輕，趁王夫人不在家，不服探春等約束，恣意痛飲，失了體統，故來請問有事無事。探春見他們來了，便知其意，忙笑道：「你們又不放心，來查我們來了。我們並沒有多吃酒，不過是大家頑笑，將酒作引子，媽媽們別耽心。」李紈尤氏都也笑說：「你們歇着去罷，我們也不敢叫他們多吃了。」林之孝家的等人笑說：「我們知道，連老太太讓姑娘們吃酒姑娘們還不肯吃呢，何況太太們不在家，自然頑罷了。我們怕有事，來打聽打聽；二則天長了，姑娘們頑一回子，還該點補些小食兒，素日又不大吃雜項東西，如今吃一兩杯酒，若不多吃些東西，怕受傷。」探春笑道：「媽媽說的是，我們也正要吃呢。」回頭命取點心來。兩旁丫

香菱也這麼大學問了？真是立竿見影。雪芹藉香菱之口炫耀才學。

一個大家庭，彼此合作，也相互制約，相互妨礙，關係有趣。

*這一個光明單純青春的鏡頭照出了所有的「紅樓夢女子」的可憐，也照出了此後湘雲自己的命運的可憐。

這是「黑暗王國的一線光明」，這是如詩如夢的剎那高峰體驗，這是空谷足音，這是人生本來應該過得如何自由而且快樂的轉瞬即逝的「閃過」。從此，一去不復返矣！哀哉！

鬟們齊聲答應了，忙去傳點心。探春又笑讓：「你們歇着去，或是姨媽那裡說話兒去。我們即刻打發人送酒你們吃去。」林之孝家的等人笑回：「不敢領了。」又站了一回，方退了出來。平兒摸着臉笑道：「我的臉都熱了，也不好意思見他們。依我說，竟收了罷，別惹他們再來，倒沒意思了。」探春笑道：「不相干，橫豎咱們不認真喝酒就罷了。」

正說着，只見一個小丫頭笑嘻嘻的走來說：「姑娘們快瞧雲姑娘，吃醉了圖涼快，在山子後一塊青石板凳上睡着了。」眾人聽說，都笑道：「快別吵嚷。」說着，都走來看時，果見湘雲臥於山石僻處一個石凳子上，業經香夢沉酣，四面芍藥花飛了一身，滿頭臉衣襟上皆是紅香散亂，手中的扇子在地下也半被落花埋了，一群蜜蜂蝴蝶鬧嚷嚷的圍着，又用鮫帕包了一包芍藥花瓣枕着。眾人看了，又是愛，又是笑，忙上來推喚攙扶。湘雲口內猶作睡語說酒令，嘟嘟嚷嚷說：

泉香酒洌……[28]醉扶歸，[29]
宜會親友。[30]

眾人笑推他說道：「快醒醒兒，吃飯去，這潮凳上還睡出病來呢。」湘雲慢啟秋波，見了眾人，又低頭看了一看自己，方知是醉了。原是納涼避靜的，不覺因多罰了兩杯酒，嬌弱不勝，便睡着了，心中反覺自愧。早有小丫鬟端了一盆洗臉水，一個捧着鏡奩。眾人等着，他便在石凳上重新勻了臉，攏了

一副自然之子、光明之子的形象。女孩子本來是天生光明純美的，卻封閉在那樣一個外面光裡面爛的環境之中，只是在醉臥之後，極其偶然地曇花般地一現自由人的光輝。這樣的女孩子卻要被一再荼毒下去，令人怎生不慨嘆。

鬟，連忙起身，同着來至紅香圃中，又吃了兩盞濃茶。探春忙命將醒酒石拿來給他銜在口內，一時又命他吃了些酸湯，方覺得好了些。

當下又選了幾樣果菜與鳳姐兒送去，鳳姐兒也送了幾樣來。寶釵等吃過點心，大家也有坐的，也有立的，也有在外觀花的，也有倚欄看魚的，各自取便，説笑不一。探春便和寶琴下棋，寶釵岫煙觀局，林黛玉和寶玉在一簇花下唧唧噥噥不知説些什麼。只見林之孝家的和一群女人帶了一個媳婦進來。那媳婦愁眉淚眼，也不敢進廳來，到階上便朝上跪下磕頭。探春因一塊棋受敵，算來算去總得了兩個眼，便折了官着兒，兩眼只瞅着棋盤，一隻手伸在盒內只管抓棋子作想。林之孝家的站了半天，因回頭要茶時才看見，問：「什麼事？」林之孝家的便指那媳婦説：「這是四姑娘屋裡小丫頭彩兒的娘，現是園內伺候的人，嘴很不好，才是我聽見了問着他，他説的話也不敢回姑娘，竟要攆出去才是。」探春道：「怎麼不回大奶奶？」林之孝家的道：「方才大奶奶往廳上姨太太處去，頂頭看見，我已回明白了，叫回姑娘來。」探春道：「怎麼不回二奶奶？」平兒道：「不回去也罷，我回去説一聲就是了。」既這麼着，就攆他出去，等太太回來再回。請姑娘定奪。」探春點頭，仍又下棋。這裡林之孝家的帶了那人出去不提。

黛玉和寶玉二人站在花下，遙遙盼望。黛玉便説道：「你家三丫頭倒是個乖人。雖然叫他管些事，倒也一步不肯多走。差不多的人就早作起威福來了。」寶玉道：「你不知道呢。你病着時，他幹了幾件事。這園子也分了人管，如今多掐

林之孝家的是忠臣也是鷹犬，到頭來卻是搬起石頭砸自己的腳（見後）。

令人想起「文革」中的判決佈告，犯有「惡攻罪」的人的具體「惡攻」內容，都是用××××表示的，而根據××××，甚至可判極刑。

一根草也不能了，又蠲了幾件事，單拿我和鳳姐姐做筏子。最是心裡有算計的人，豈止乖呢。」黛玉道：「要這樣才好，咱們也太費了。我雖不管事，心裡每常閒了，替他們一算，出的多進的少，如今若不省儉，必致後手不接。」寶玉笑道：「憑他怎麼後手不接，也不短了咱們兩個人的。」黛玉聽了，轉身就往廳上尋寶釵說笑去了。

連黛玉都看出問題來了。寶玉還這樣渾然無覺，自吃自樂。可惱！

寶玉正欲走時，只見襲人走來，手內捧着一個小連環洋漆茶盤，裡面可式放着兩鍾新茶，因問：「他往那裡去了？我見你兩個半日沒吃茶，巴巴的倒了兩鍾來，他又走了。」寶玉道：「那不是他，你給他送去。」說着，自拿了一鍾。襲人便送了那鍾去，偏和寶釵在一處，只得一鍾茶，便說：「那位渴時那位先接了，我再倒去。」寶釵笑道：「我倒不喝，只要一口漱漱就是了。」說着，先拿起來喝了一口，剩了半杯遞在黛玉手內。襲人笑說：「我再倒去。」黛玉笑道：「你知道我這病，大夫不許多吃茶，這半鍾盡夠了，難為你想得到。」說畢，飲乾，將杯放下。襲人又來接寶玉的。寶玉因問：「這半日不見芳官，他在那裡呢？」襲人四顧一瞧說：「才在這裡幾個人鬥草頑，這會子不見了。」

寶玉聽說，便忙回至房中，果見芳官面向裡睡在床上。寶玉推他說道：「快別睡覺，咱們外頭頑去，一會子好吃飯。」芳官道：「你們吃酒不理我，叫我悶了半日，可不來睡覺罷了。」寶玉拉了他起來，笑道：「咱們晚上家裡再吃。回來我叫襲人姐姐帶了你桌上吃飯，何如？」芳官道：「藕官蕊官都不上去，單我在那裡也不好，我也不慣吃那個麵條子，早起也沒好生吃。才剛餓了，我已告訴了柳嬸子，先給我做一碗湯，盛半碗粳米飯送來，我這裡吃了就完事。若是晚上吃酒，不許叫人管着我，我要盡力吃夠了才罷。我先在家裡吃二三斤好惠泉酒呢。如今學了這勞什子，他們說怕壞嗓子，這幾年也沒聞見，趁今日我可是要開齋了。」寶玉道：「這個容易。」

說着，只見柳家的果遣人送了一個盒子來。春燕接着揭開看時，裡面是一碗蝦丸雞皮湯，又是一碗酒釀清蒸鴨子，一碟醃的胭脂鵝脯，還有一碟四個奶油松瓤捲酥，並一大碗熱騰騰碧瑩瑩綠畦香稻粳米飯。春燕放在案上，走來安小菜碗箸，過來撥了一碗飯。芳官便說：「油膩膩的，誰吃這些東西。」只將湯泡飯，吃了一碗，揀了兩塊醃鵝就不吃了。寶玉聞着，倒覺比往常之味又勝些似的，遂吃了一個捲酥，又命春燕也撥了半碗飯，泡湯一吃，十分香甜可口。春燕和芳官都笑了。吃畢，春燕便將剩的要交回。寶玉道：「你吃了罷，若不夠再要些來。」春燕道：「不用要，這就夠了。方才麝月姐姐拿了兩盤子點心給我們吃了，我再吃了這個儘夠了，不用再吃了。」說着，便站在桌旁一頓吃了。又留下兩個捲酥，說：「這個留着給我媽吃。晚上要吃酒，給我兩碗酒吃就是了。」寶玉笑道：「你也愛吃酒？等着咱們晚上痛喝一陣，你襲人姐姐和晴雯姐姐的量也好，也要喝，只是每日不好意思。趁今日大家開齋。還有一件事想着囑咐你，竟忘了，此刻才想起來。以後芳官全要你照看他。他或有不到處，你提他。襲人照顧不過這些人

芳官已相當恃寵驕縱了。不祥。

來。」春燕道：「我都知道，不用你操心。但只五兒的事怎麼樣？」寶玉道：「你和柳家的説去，明日直叫他進來罷，等我告訴他們一聲就完了。」芳官聽了，笑道：「這倒是正經事。」春燕又叫兩個小丫頭進來，伏侍洗手倒茶，自己收了傢伙，交與婆子，也洗手，便去找柳家的，不在話下。

小丫頭自有其關係網。

寶玉便出來，仍往紅香圃尋姊妹，芳官在後拿着巾扇，剛出了院門，只見襲人晴雯二人攜手回來。寶玉問：「你們做什麼？」襲人道：「擺下飯了，等你吃飯呢。」寶玉便笑着將方才吃飯的一節告訴了他兩個。襲人笑道：「我説你是貓兒食。雖然如此，也該上去陪他們，多少應個景兒。」晴雯用手指戳在芳官額上，説道：「你就是狐媚子，什麼空兒跑了去吃飯，兩個怎麼約下了，也不告訴我們一聲兒。」襲人笑道：「不過是誤打誤撞的遇見，説約下可是沒有的事。」晴雯道：「既這麼着，要我們無用，明日我們都走了，讓芳官一個人就夠使了。」襲人笑道：「我們都去了使得，你卻去不得。」晴雯道：「惟有我是第一個要去，又懶又夯，性子又不好，又沒用。」襲人笑道：「倘或那孔雀褂子襟再燒了窟窿，你去了，誰可會補呢。你倒別和我拿三搬四的，我煩你做個什麼，把你懶的，橫針不拈，豎線不動。一般也不是我的私活煩你，橫豎都是他的，你就都不肯做。怎麼我去了幾天，你病的七死八活，一夜連命也不顧，給他做了出來，這又是什麼原故？你到底説話呀，怎麼裝憨兒？和我笑，那也當不了什麼。」晴雯笑着啐了一口。大家説着，來至廳上。薛姨媽也來了，依序坐下吃飯。寶玉只用茶泡了

既嫉妒，又友誼，既嗔怨，又耍笑，既攻守，又開心。這個勁兒拿得準，寫得巧。左添一分便成了爭風吃醋姨太太打架；右添一分便成了一堆廢話。

半碗飯，應景而已。一時吃畢，大家吃茶閒話，又隨便頑笑。

外面小螺和香菱、芳官、蕊官、藕官、豆官等四五人，滿園頑了一回，大家採了些花草來兜着，坐在花草堆中鬥草。這一個說：「我有觀音柳。」那一個說：「我有羅漢松。」那一個又說：「我有君子竹。」這一個又說：「我有美人蕉。」這個又說：「我有星星翠。」那個又說：「我有月月紅。」這個又說：「我有《牡丹亭》上的牡丹花。」那個又說：「我有《琵琶記》裡的琵琶果。」豆官便說：「我有姊妹花。」眾人沒了，香菱便說：「我有夫妻蕙。」豆官說：「從來沒聽見有個夫妻蕙。」香菱道：「一個箭兒一個花兒，叫做蘭；一個箭兒幾個花兒，叫作蕙。上下結花的為兄弟蕙，並頭結花的為夫妻蕙。我這枝並頭的，怎麼不是夫妻蕙。」豆官沒得說了，便起身笑道：「依你說，若是這兩枝一大一小，就是老子兒子蕙了。若是兩枝背面開的，就是仇人蕙了。你漢子去了大半年，你想他了？便扯拉着蕙上也有了夫妻了，好不害羞！」香菱聽了，紅了臉，忙要起身擰他，笑罵道：「我把你這個爛了嘴的小蹄子！滿口裡放屁胡說。」豆官見他要站起來，怎肯容他，便連忙伏身將他壓住，回頭笑着央告蕊官等：「來幫我擰他這張嘴。」兩個人滾在地下。眾人拍手笑說：「了不得了，那是一窪子水，可惜弄了他的新裙子。」豆官回頭一看，果見旁邊有一汪積雨，香菱的半條裙子都污濕了，自己不好意思，忙奪手跑了。眾人笑個不住，怕香菱拿他們出氣，也都笑着一鬨而散。

香菱起身，低頭一瞧，見那裙上猶滴滴點點流下綠水來。正恨罵不絕，可巧

植物科，花草篇。雪芹真個是「能不夠」也。

寶玉見他們鬥草，也尋了些草花來湊戲，忽見眾人跑了，只剩了香菱一個低頭弄裙，因問：「怎麼散了？」香菱便説：「我有一枝夫妻蕙，他們不知道，反説我謅，因此鬧起來，把我的新裙子也遭塌了。」寶玉笑道：「你有夫妻蕙，我這裡倒有一枝並蒂菱。」口內説着，手裡真個拈着一枝並蒂菱花，又拈了那枝夫妻蕙在手內。香菱道：「什麼夫妻不夫妻，並蒂不並蒂，你瞧瞧這裙子。」寶玉便低頭一瞧，噯呀了一聲，説：「怎麼就拉在泥裡了？可惜這石榴紅綾最不禁染。」香菱道：「這是前日琴姑娘帶了來的。姑娘做了一條，我做了一條，今日才上身。」寶玉跌腳嘆道：「若你們家，一日遭塌這麼一條也不值什麼。只是頭一件既係琴姑娘帶來的，你和寶姐姐每人才一件，他的尚好，你的先弄壞了，豈不辜負他的心。二則姨媽老人家嘴碎，饒這麼樣，我還聽見常説你們不知過日子，只會遭塌東西，不知惜福呢。這叫姨媽看見了，又説個不清。」香菱聽了這話，卻碰在心坎兒上，反倒喜歡起來，因笑道：「就是這話，我雖有幾條新裙子，都不和這一樣，若有一樣的，趕着換了，也就好了。過後再説。」寶玉道：「你快休動，只站着方好，不然連小衣膝褲鞋面都要弄上泥水了。我有主意，襲人上月做了一條和你這個一模一樣的。他因有孝，如今也不穿，竟送了你，換下這個來，如何？」香菱笑着搖頭説：「不好，倘或他們聽見了倒不好。」寶玉道：「這怕什麼。等他孝滿了，他愛什麼，難道不許你送他別的不成？你若這樣，不是你素日為人了！況且不是瞞人的事，只管告訴寶姐姐也可，只不過怕姨媽老人家生氣罷了。」香菱想了一

寶玉為何對姨媽有此反應？未知其詳。

想有理，點頭笑道：「就是這樣罷了，別辜負了你的心。等着你，千萬叫他親自送來才好。」

寶玉聽了，喜歡非常，答應了，忙忙的回來。心下暗想：「可惜這麼一個人，沒父母，連自己本姓也忘了，被人拐出來，偏又賣與這個霸王。」因又想起上日平兒也是意外想不到的，今日更是意外之意外的事了。一面胡思亂想，來至房中，拉了襲人，細細告訴了他緣故。香菱之為人，無人不憐愛的。襲人又本是個手中撒漫[31]的，況與香菱相好，一聞此信，忙就開箱取了出來摺好，隨了寶玉來尋香菱，見他還站在那裡等呢。襲人笑道：「我說你太淘氣了，總要淘出個故事來才罷。」香菱紅了臉，笑說：「多謝姐姐了！誰知那起促狹鬼使的黑心。」說着，接了裙子，展開一看，果然和自己的一樣。又命寶玉背過臉去，自己向內解下來，將這條繫上。襲人道：「把這腌臢了的交與我拿回去，收拾了給你送來。你若拿回去，看見了又是要問的。」香菱道：「好姐姐，你拿去不拘給那個妹妹罷。我有了這個，不要他了。」襲人道：「你倒大方得很。」香菱忙又拜了兩拜道謝襲人，一面襲人拿了那條泥污了的裙子就走。

香菱見寶玉蹲在地下，將方才夫妻蕙與並蒂菱用樹枝兒挖了一個坑，先抓些落花來鋪墊了，將這菱蕙安放上，又將些落花來掩了，方撮土掩埋平伏。香菱拉他的手笑道：「這又叫做什麼，怪道人人說你慣會鬼鬼祟祟，使人肉

*此回題云「呆香菱情解石榴裙」。其實應是呆寶玉情贈石榴裙。香菱或亦有情，主要是寶玉，寶玉處處有情。連續四回（五十八—六十一）寫大觀園裡的紛爭，趙姨娘大打出手，柳家的摘權半日，司棋打砸搶，五兒拘留審察……這一回又緩下來了。四面雖起火，天下仍太平。

像好萊塢的鏡頭。男女純情，美在天真，令人嚮往，令人愛戀。細想起來，卻擺脫不了性意識與性暗示……而一旦「性」起來，這種天真的純情又失落了。人間諸事，實難兩全。

麻呢。你瞧瞧，你這手弄得泥污苔滑的，還不快洗去。」寶玉笑着，方起身走了去洗手。香菱也自走開。二人已走了數步，香菱復轉身回來，叫住寶玉。寶玉不知有何話說，扎煞着兩隻泥手，笑嘻嘻的轉來問：「作什麼？」香菱紅了臉，只管笑，嘴裡卻要說什麼又說不出口來。因那邊他的小丫頭臻兒走來說：「二姑娘等你說話呢。」香菱臉又一紅，方向寶玉道：「裙子的事可別和你哥哥說就完了。」說畢，即轉身走了。寶玉笑道：「可不我瘋了，往虎口裡探頭兒去呢！」說着，也回去了。不知端詳，下回分解。

此話似不必說，（正如寶玉所說「可不我瘋了」）或許是想說句體己的感謝話，又不知怎麼說好吧？

1 **芍藥茵**：用芍藥的落花當褥子。「茵」是褥子、坐墊。

2 **石榴裙**：紅色的裙子。

3 **供尖兒**：即蜜供。用油炸短寬的麵條拌蜜而成，堆成塔形以供神稱「供尖兒」。

4 **波斯國**：古國名，即今伊朗。

5 **放堂**：舊時施主在寺廟中佈施僧眾，叫「放堂」。

6 **射覆**：一種猜謎式的酒令。覆為設謎，射為猜謎。覆者以古詩舊典為據說出一字，隱喻另一字，射者也用古詩舊典隱喻同一個字，即為射中。

7 **拇戰**：即豁拳、划拳。

8 **室內生春**：指酒令限於室內事物。

9 **吾不如老圃**：語見《論語．子路》。「老圃」種菜老農。

10 **雞窗**：南朝宋劉義慶《幽明錄》載：晉兖州刺史宋處宗買得一長鳴雞，置雞籠於窗，雞作人語，與處宗交談，極有言智，處宗因此學問大進。後人以「雞窗」代稱書房。

11 **雞棲於塒**：見《詩經．王風．君子於役》。「塒」鑿壁而成的雞窩。

12 **時憲書**：即曆書。

13 **落霞與孤鶩齊飛**：語出唐王勃《滕王閣序》。

14 **風急江天過雁哀**：化用南宋陸游《寒夕》詩「風急江天無過雁」句。

15 **折腳雁**：一副骨牌名。

16 **九迴腸**：曲牌名。

17 **鴻雁來賓**：語見《禮記．月令》。舊時曆書經常引此語，指秋季。

18 **砧**：搗衣石。

19 **李紈便覆了一個「瓢」字，岫煙便射了一個「綠」字**：李紈覆「瓢」隱寓「樽」（用宋蘇轍《九日三首》詩之一「瓢樽空掛壁」句）。岫煙射「綠」也隱寓「樽」（用唐劉希夷《送友人之新豐》詩「愁向綠樽生」句）。

20 **奔騰澎湃**：宋歐陽修《秋聲賦》「忽奔騰而澎湃」。

21 **江間波浪兼天湧**：語見唐杜甫《秋興八首》之一。

22 **鐵索纜孤舟**：一副骨牌名。

23 **一江風**：曲牌名。

24 **不宜出行**：曆書上經常用的話頭。

25 **敲斷玉釵紅燭冷**：宋鄭谷《題邸間壁》詩中句。「玉釵」指燭花。

26 **岑嘉州**：唐詩人岑參曾任嘉州刺史，故稱。下文「此鄉多寶玉」出自岑參《送張子尉南海》詩。

27 **寶釵無日不生塵**：語見唐李商隱《殘花》詩，原句為「寶釵何日不生塵」。

28 **泉香酒洌**：語本宋歐陽修《醉翁亭記》「泉香而酒洌」。

29 **醉扶歸**：曲牌名。

30 **宜會親友**：曆書套語。

31 **撒漫**：大手大腳，沒有算計的意思。

第六十三回　壽怡紅群芳開夜宴　死金丹獨艷理親喪

話說寶玉回至房中洗手，因與襲人商議：「晚間吃酒，大家取樂，不可拘泥。如今吃什麼好，早說給他們備辦去。」襲人笑道：「你放心，我和晴雯、麝月、秋紋四個人，每人五錢銀子，共是二兩。芳官、碧痕、春燕、四兒四個人，每人三錢銀子，他們有假的不算，共是三兩二錢銀子，早已交給了柳嫂子，預備四十碟果子。我和平兒說了，已經抬了一罈好紹興酒藏在那邊了。我們八個人單替你做生日。」寶玉聽了，喜的忙說：「他們是那裡的錢，不該叫他們出錢才是。」晴雯道：「他們沒錢，難道我們是有錢的！這原是各人的心。那怕他偷的呢，只管領他的情就是了。」寶玉聽了，笑說：「你說的是。」襲人笑道：「你這個人一天不捱他兩句硬話村你，你再過不去。」晴雯笑道：「你如今也學壞了，專會調三窩四。」說着，大家都笑了。寶玉說：「關了院門罷。」襲人笑道：「怪不得人說你是『無事忙』，這會子關了門，人倒疑惑起來；索性再等一等。」寶玉點頭，因說：「我出去走走，四兒舀水去，春燕一個跟我來罷。」說着，走至外邊，因見無人，便問五兒

與給鳳姐過生日的路子有同有不同。

快人快語。

＊又一次狂歡。這麼多狂歡，怎麼得了？對於普通人來說，人生能有幾次（狂）歡？

之事。春燕道：「我才告訴了柳嫂子，他倒喜歡得很，只是五兒那夜受了委屈煩惱，回去又氣病了，那裡來得，只等好了罷。」寶玉聽了，未免後悔長嘆，因又問：「這事襲人知道不知道？」春燕道：「我沒告訴，不知芳官可說了不曾。」寶玉道：「我卻沒告訴過他，也罷，等我告訴他就是了。」說畢，復走進來，故意洗手。

好事多磨。

已是掌燈時分，聽得院門前有一群人進來，大家隔窗悄視，果見林之孝家的和幾個管事的女人走來，前頭一人提着大燈籠。晴雯悄笑道：「他們查上夜的人來了。這一出去，咱們就好關門了。」只見怡紅院凡上夜的人都迎了出去。林之孝家的看了不少，又吩咐「別耍錢吃酒，放倒頭睡到大天亮，我聽見是不依的」。眾人都笑說：「那裡有這麼大膽子的人。」林之孝家的又問：「寶二爺睡下了沒有？」眾人都回不知道。襲人忙推寶玉，寶玉靸了鞋，便迎出來，笑道：「我還沒睡呢，媽媽進來歇歇。」又叫：「襲人倒茶來。」林之孝家的忙進來，笑說：「還沒睡呢？如今天長夜短，該早些睡，明日方起得早。不然到了明日起遲了，人家笑話不是個讀書上學的公子了，倒像那起挑腳漢了。」說畢，又笑。寶玉忙笑道：「媽媽說得是，我每日都睡的早。媽媽每日進來可都是我不知道的，已經睡了。今日因吃了麵，怕停食，所以多頑一回。」林之孝家的又向襲人等笑說：「該沏些普洱茶吃。」襲人晴雯二人忙說：「沏了一茶缸子女兒茶，[2]已經吃過兩碗了，大娘也嚐一碗，都是現成的。」說着，晴雯便倒了來。林家的站起接了，又笑道：「這些時我聽見二爺嘴裡都換了字眼，趕着這幾位大姑娘們竟叫起名字來，雖然

很負責。

也是你有政策我有對策，你說你的，我活我的。

在這屋裡，到底是老太太、太太的人，還該嘴裡尊重些才是。若一時半刻偶然叫一聲使得，若只管順口叫起來，怕以後兄弟侄兒照樣，便惹人笑話這家子的人眼裡沒有長輩。」寶玉笑道：「媽媽說的是。我不過是一時半刻的偶然叫一句是有的。」襲人晴雯都笑說：「這可別委屈了他。直到如今，他可姐姐沒離了嘴，不過頑的時候叫一聲半聲名字，若當着人卻是和先一樣。」林之孝家的笑道：「這才好呢，這才是讀書知禮的。越自己謙遜越尊重，別說是三五代的陳人，現從老太太、太太屋裡撥過來的，便是老太太、太太屋裡的貓兒狗兒，輕易也傷不得他，這才是受過調教的公子行事。」說畢，吃了茶，便說：「請安歇罷，我們走了。」寶玉還說：「再歇歇。」那林之孝家的已帶了眾人，又查別處去了。

這裡晴雯忙命關了門，進來笑說：「這位奶奶那裡吃了一杯來了，嘮三叨四的，又排揚了我們一頓去了。」麝月笑道：「他也不是好意的，少不得也要常提着些兒，也提防着，怕走了大褶兒的意思。」說着，一面擺上酒果。襲人道：「不用高桌，咱們把那張花梨圓炕桌子放在炕上坐，又寬綽，又便宜。」說着，大家果然抬來。麝月和四兒那邊去搬果子，用兩個大茶盤，做四五次方搬運了來。兩個老婆子蹲在外面火盆上篩酒。寶玉說：「天熱，咱們都脫了大衣裳才好。」眾人笑道：「你要脫你脫，我們還要輪流安席呢。」寶玉笑道：「這一安席就要到五更天了，知道我最怕這些俗套，在外人跟前不得已的，這會子還慪我就不好了。」眾人聽了，都說：「依你。」於是先不上坐，忙着卸妝寬衣。

林之孝家的也是語出必教訓，一副教師奶奶的面孔。

常提着些兒，提防着，怕走了大褶兒，對於實際很難貫徹卻又奉為金科玉律的東西，就要這樣多下嘴皮子上的功夫。

安席大約是一種很正式的客氣，猶如領導講話，然後大家舉杯。不拘形式。

一時將正妝卸去，頭上只隨便挽着鬢兒，身上皆是長裙短襖。寶玉只穿着大紅綿紗小襖兒，下着綠綾彈墨夾褲，散着褲腳，繫着一條汗巾，靠着一個各色玫瑰芍藥花瓣裝的玉色夾紗新枕頭，和芳官兩個先搳拳。當時芳官滿口嚷熱，只穿着一件玉色紅青駝絨三色緞子鬥的水田小夾襖，[3]束着一條柳綠汗巾，底下是水紅灑花夾褲，散着褲腿。頭上齊額編着一圈小辮，總歸至頂心，結一根粗辮拖在腦後。右耳根內只塞着米粒大小的一個小玉塞子，[4]左耳上單一個白果大小的硬紅鑲金大墜子，[5]越顯得面如滿月猶白，眼似秋水還清。引得眾人笑說：「他兩個倒像一對雙生的弟兄。」襲人等一一斟上酒來說：「且等一等再搳拳，雖不安席，在我們每人手裡吃一口罷了。」於是襲人為先，端在唇上吃了一口，其餘依次下去，一一吃過，大家方團圓坐了。春燕四兒因炕沿坐不下，便端了兩張椅子近炕放下。那四十個碟子皆是一色白彩定窯[6]的，不過只有小茶碟大，裡面不過是山南海北乾鮮水陸的酒饌果菜。寶玉因說：「咱們也該行個令才好。」襲人道：「斯文些才好，別大呼小叫，叫人聽見。二則我們不識字，可不要那些文的。」麝月笑道：「拿骰子咱們搶紅[7]罷。」寶玉道：「沒趣，不好。咱們占花名兒好。」晴雯笑道：「正是。早已想弄這個頑意兒。」襲人道：「這個頑意雖好，人少了沒趣。」春燕笑道：「依我說，咱們竟悄悄的把寶姑娘、雲姑娘、林姑娘請了來頑一回子，到二更天再睡不遲。」襲人道：「又開門闔户的鬧，倘或遇見巡夜的問。」寶玉道：「怕什麼，咱們三姑娘也吃酒，再請他一聲才好。還有琴姑娘。」

這種性別代換的說法有趣。

衆人都道：「琴姑娘罷了，他在大奶奶屋裡，叨登的大發了。」寶玉道：「怕什麼，你們就快請去。」春燕四兒都巴不得一聲，二人忙命開門，分頭去請。

晴雯、麝月、襲人三人又説：「他兩個去請，只怕寶、林兩個不肯來，須得我們請去，死活拉他來。」於是襲人、晴雯忙又命老婆子打個燈籠，二人又去。果然寶釵説夜深了，黛玉説身上不好。他二人再三央求，「好歹給我們一點體面，略坐坐再來」。衆人聽了，卻也歡喜。因想：「不請李紈，倘或被他知道了倒不好。」便命翠墨同了春燕也再三的請了李紈和寶琴二人，會齊，先後都到了怡紅院中。襲人又死活拉來了香菱來。炕上又並了一張桌子，方坐開了。

寶玉忙説：「林妹妹怕冷，過這邊靠板壁坐。」又拿了個靠背墊着些。襲人等都端了椅子在炕沿下陪着。黛玉卻離桌遠遠的，靠着靠背，因笑向寶釵、李紈、探春等道：「你們日日説人家夜歡聚賭，今日我們自己也如此，以後怎麼説人。」李紈笑道：「有何妨礙。一年之中不過生日節間如此，並沒夜夜如此，這倒也不怕。」説着，晴雯拿了一個竹雕的籤筒來，裡面裝着象牙花名籤子，搖了一搖，放在當中。又取過骰子來，盛在盒內，搖了一搖，揭開一看，裡面是六點，數至寶釵。寶釵便笑道：「我先抓，不知抓出個什麼來。」説着將筒搖了一搖，伸手掣出一籤，大家一看，只見籤上畫着一枝牡丹，題着「艷冠群芳」四字，下面又有鐫的小字，一句唐詩，道是：

*反映了寶玉也反映了作者對於釵、黛的選擇上的困惑，乃至遺憾。似釵似黛（見第五回）才算「兼美」。對於黛玉的定情，並不妨礙對於寶釵的高度評價、艷羨。寶釵畢竟也是一種極致，一種理想，正像黛玉是另一種。作者理想的女性似應是二者的兼美，實際上又做不到，實際上常常是顧此失彼，重此輕彼。作者鍾愛的女性當然是黛玉。作者欽佩的女性卻是寶釵。

任是無情也動人。[8]

又註着：「在席共賀一杯，此為群芳之魁，隨意命人不拘詩詞雅謔或新曲一支為賀。」眾人都笑說：「巧得狠，你也原配牡丹花。」說着，大家共賀了一杯。寶釵吃過，便笑說：「芳官唱一支我們聽罷。」芳官道：「既這樣，大家吃了門杯好聽。」於是大家吃酒。芳官便唱：「壽筵開處風光好。」[9] 眾人都道：「快打回去。這會子很不用你來上壽，揀你極好的唱來。」芳官只得細細的唱了一支〈賞花時〉：[10]

翠鳳翎毛扎帚叉，閒踏天門掃落花。

才罷。寶玉卻只管拿着那籤，口內顛來倒去唸「任是無情也動人」，聽了這曲子，眼看着芳官不語。湘雲忙一手奪了，撂與寶釵。寶釵又擲了一個十六點，數到探春。探春笑道：「還不知得個什麼。」伸手掣了一根出來，自己一瞧便撂在桌上，紅了臉笑道：「這東西，不該行這令，這原是外頭男人們行的令，許多混話在上頭。」眾人不解。襲人等忙拾了起來，眾人看上面是一枝杏花，那紅字寫着「瑤池仙品」四字，詩云：

日邊紅杏倚雲栽。[11]

註云：「得此籤者，必得貴婿，大家恭賀一杯，共同飲一杯。」眾人笑說道：「我們說是什麼呢。這籤原是閨閣中取笑的，除了這兩三根有這話的，並無雜話，這有何妨。我們家已有了王妃，難道你也是王妃不成。大喜，大喜。」說着大家來敬，

把寶釵定為「群芳之魁」，說她「任是無情也動人」倒也當之無愧。

寶釵也是一種理想，是人所不可缺少的一種心理機制的化身。

探春那裡肯飲，卻被史湘雲、香菱、李紈等三四個人強死強活灌了一鍾才罷。探春只命蠲了這個，再行別的，眾人斷不肯依。湘雲拿着他的手，強擲了個十九點出來，便該李氏掣。李氏搖了一搖，掣出一根來，一看笑道：「好極，你們瞧瞧，這行子竟有些意思。」眾人瞧那籤上畫着一枝老梅，是寫着「霜曉寒姿」四字，那一面舊詩是：

竹籬茅舍自甘心。[12]

註云：「自飲一杯，下家擲骰。」李紈笑道：「真有趣，你們擲去罷，我只自吃一杯，不問你們的廢與興。」說着便吃酒，將骰過與黛玉。黛玉一擲是十八點，便該湘雲掣。湘雲笑着，揎拳擄袖的伸手掣了一根出來。大家看時，一面畫着一枝海棠，題着「香夢沉酣」四字，那面詩道是：

只恐夜深花睡去。[13]

黛玉笑道：「『夜深』二字，改『石涼』兩個字。」眾人便知他打趣白日間湘雲醉眠的事，都笑了。湘雲笑指那自行船與黛玉看，又說：「快坐上那船家去罷，別多說了。」眾人都笑了。因看註云：「既云『香夢沉酣』，掣此籤者不便飲酒，只令上下兩家各飲一杯。」湘雲拍手笑道：「阿彌陀佛，真真好籤！」恰好黛玉是上家，寶玉是下家，二人斟了兩杯，只得要飲。寶玉先飲了半杯，瞅人不見，遞與芳官，芳官即便端起來，一仰脖喝了。黛玉只管和人說話，將酒全折在漱盂內了。湘雲便抓起骰子來一擲個九點，數去該

不問廢興本是政治語言。中國有以政治語言表述生活瑣事乃至遊戲的傳統。

香夢沉酣，豈止湘雲？

芳官好可愛。天真如個半大小子。

*是酒令，是花名，也是一些朦朦朧朧的詩句。

是花，是詩，是謎，是象徵。

狂歡中不無淒涼：任是無情，紅杏倚雲，夜深花睡，花了送春，莫怨東風，又見一春，低吟短唱，餘音繞樑，誰能解破，誰能自已？

*這才是小說，高明的小說。寶玉情感，或有專注，二人麗質，難分軒輊。寶玉的情感，又明白又不明白，又掰得開又掰不開，又專一又不那麼專一。嗚呼，此為小說筆墨也。如果把其中一個看成「第三者插足」，看成陰謀家、壞蛋，那種人物、故事，與「紅」首回便嘲笑的三流傳奇又有什麼兩樣？

麝月。麝月便掣了一根出來。大家看時，這面是一枝荼蘼花，題着「韶華勝極」四字，那邊寫着一句舊詩，道是：

開到荼蘼花事了。[14]

註云：「在席各飲三杯送春。」麝月問：「怎麼講？」寶玉皺眉忙將籤藏了說：「咱們且喝酒。」說着，大家吃了三口，以充三杯之數。麝月一擲個十點，該香菱。香菱便掣了一根並蒂花，題着「聯春繞瑞」，那面寫着一句舊詩，道是：

連理枝頭花正開。[15]

註云：「共賀掣者三杯，大家陪飲一杯。」香菱便又擲了個六點，該黛玉。黛玉默默的想道：「不知還有什麼好的被我掣着方好。」一面伸手取了一根。只見上面畫着一枝芙蓉花，題着「風露清愁」四字，那面一句舊詩，道是：

何必認真？太放不開了。

莫怨東風當自嗟。[16]

註云：「自飲一杯，牡丹陪飲一杯。」眾人笑說：「這個好極，除了他別人不配做芙蓉。」黛玉也自笑了，於是飲了酒，便擲了個二十點，該着襲人。襲人便伸手取了一枝出來，卻是一枝桃花，題着「武陵別景」四字，那一面寫着舊詩，道是：

牡丹陪飲。難解難分。

桃紅又見一年春。[17]

註云：「杏花陪一盞，坐中同庚者陪一盞，同姓者陪一盞。」眾人笑道：「這一回熱鬧有趣。」大家算來，香菱、晴雯、寶釵三人皆與他同庚，黛玉與他同辰，只無同姓者。芳官忙道：「我也姓花，我也陪他一鍾。」於是大家斟了酒。黛玉因向探春笑道：「命中該招貴婿的，你是杏花，快喝了，我們好喝。」探春笑道：「這是什麼話，大嫂子順手給他一巴掌。」李紈笑道：「人家不得貴婿反捱打，我也不忍得。」眾人都笑了。

襲人才要擲，只聽有人叫門。老婆子忙出去問時，原來是薛姨媽打發人來了，接黛玉的。眾人因問幾更了，人回：「二更以後了，鐘打過十一下了。」寶玉猶不信，要過錶來瞧了一瞧，已是子初二刻十分了。黛玉便起身說：「我可撐不住了，回去還要吃藥哩。」眾人說：「也都該散了。」寶玉等還要留着眾人，李紈探春等都說：「夜太深了不像，這已是破格了。」襲人道：「既如此，每位再吃一杯再走。」說着，晴雯等已都斟滿了酒，每人吃了，都命點燈。襲人等都送過沁芳河那邊方回來。

關了門，大家復又行起令來。襲人等又用大鍾斟了幾鍾，用盤子攢了各樣果菜與地下的老媽媽們吃。彼此有了三分酒，便搳拳贏唱小曲兒。那天已四更時分，老媽媽們一面明吃，一面暗偷，酒缸已罄，眾人聽了，方收拾盥漱睡覺。芳官吃得兩腮胭脂一般，眉梢眼角添了許多丰韻，身子圖不得，[18]便睡在襲人身上說：「姐姐，我心跳得狠。」襲人笑道：「誰叫你盡力灌呢。」春燕四兒也圖不得，

時過境遷，悲涼無盡，於是往日一切笑語皆成讖語，一切鬨鬧皆成喪音，豈不哀哉！

早睡了。晴雯還只管叫。寶玉道：「不用叫了，咱們且胡亂歇一歇。」自己便枕了那紅香枕，一歪就睡着了。襲人見芳官醉得狠，恐鬧他唾酒，只得輕輕起來，就將芳官扶在寶玉之側，由他睡了。自己卻在對面榻上倒下。

大家黑甜一覺，不知所之，及至天明，襲人睜眼一看，只見天色晶明，忙說：「可遲了！」向對面床上瞧了一瞧，只見芳官頭枕着炕沿上，睡猶未醒，連忙起來叫他。寶玉已翻身醒了，笑道：「可遲了！」因又推芳官起身。那芳官坐起來，猶發怔揉眼睛。襲人笑道：「不害羞，你吃醉了，怎麼也不揀地方兒亂挺下了。」芳官聽了，瞧一瞧，方知是和寶玉同榻，忙笑的下地來說：「我怎麼吃的不知道了。」寶玉笑道：「我竟也不知道了。若知道，給你臉上抹些黑墨。」說着，丫頭進來伺候梳洗。寶玉笑道：「昨日有擾，今日晚上我還席。」襲人笑道：「罷，罷，罷，今日可別鬧了，再鬧就有人說話了。」寶玉道：「怕什麼，不過才兩次罷了。咱們也算會吃酒的了，那一罈子酒，怎麼就吃光了。正是有趣，偏又沒了。」襲人笑道：「原要這樣才有趣，必致興盡了，反無後味。昨日都好上來了。晴雯連臊也忘了，我記得他還唱了一個曲兒。」四兒笑道：「姐姐忘了，連姐姐還唱了一個呢。在席的誰沒唱過！」眾人聽了，俱紅了臉，用兩手握住笑個不住。

青春行樂圖。

忽見平兒笑嘻嘻的走來，說：「我親自來請昨日在席的人，今日我還東，短一個也使不得。」眾人忙讓坐吃茶。晴雯笑道：「可惜昨夜沒他。」平兒忙問：「你們夜裡做什麼來？」襲人便說：「告訴不得你，昨日夜裡熱鬧非常，連往日老太太、太太帶着眾人頑也不及昨日這一頑。一罈酒我們都鼓搗光了，一個個喝得把臊都丟了，又都唱起來。四更多天才橫三豎四的打了一個盹兒。」平兒笑道：「好，白和我要了酒來，也不請我，還說着給我聽，氣我。」晴雯道：「今日他還席，必自來請你的，等着罷。」平兒笑問道：「他是誰？誰是他？」晴雯聽了，把臉飛紅了，趕着打，笑說道：「偏你這耳朵尖，聽的真。」平兒笑道：「呸，不害臊的丫頭，這會子有事不和你說，我幹事去了。回來再打發人來請，一個不到，我是打上門來的。」寶玉等忙留，他已經去了。

這裡寶玉梳洗了正吃茶，忽然一眼看見硯台底下壓着一張紙，因說道：「你們這麼隨便混壓東西也不好。」襲人晴雯等忙問：「又怎麼了，誰又有了不是了？」寶玉指道：「硯台下是什麼？一定又是那位的樣子忘記收的。」晴雯忙啟硯拿了出來，卻是一張字帖兒，遞與寶玉，看時，原來是一張粉紅箋，紙上面寫着「檻外人妙玉恭肅遙叩芳辰」。寶玉看畢，直跳了起來，忙問：「是誰接了來的？也不告訴。」襲人晴雯見了這般，不知當是那個要緊的人來的帖子，忙一齊問：「昨日誰接下了一個帖子？」四兒忙飛跑進來，笑說：「昨日妙玉並沒親來，只打發個媽媽送來，我就擱在這裡，誰知一頓酒喝的就忘了。」眾人聽了道：「我當是誰，大驚小怪。這也不值得。」寶玉忙命：「快拿紙來。」當下拿了紙，研了墨，看他下着「檻外人」三字，自己竟不知回帖上回個什麼字樣才相敵。只管提筆出神，半天仍沒主意。因又想：「若問寶釵去，他必又批評怪誕，不如問黛

滿腔春意關不住，一個「他」字出冂來。

玉去。」想罷，袖了帖兒，徑來尋黛玉。

剛過了沁芳橋，忽見岫煙顫顫巍巍的迎面走來。寶玉忙問：「姐姐那裡去？」岫煙笑道：「我找妙玉說話。」寶玉聽了詫異，說道：「他為人孤癖，不合時宜，萬人不入他的目，原來他推重姐姐，竟知姐姐不是我們一流俗人。」岫煙笑道：「他也未必真心重我，但我和他做過十年的鄰居，只一牆之隔。他在蟠香寺修煉，我家原寒素，賃房居住，就賃了他的廟裡房子，住了十年，無事到他廟裡去作伴。我所認得的字都是承他所授。我和他又是貧賤之交，又有半師之分。因我們投親去了，聞得他因不合時宜，權勢不容，竟投到這裡來。如今又天緣湊合，我們得遇，舊情竟未改易。承他青目，更勝當日。」寶玉聽了，恍如聽了焦雷一般，喜的笑道：「怪道姐姐舉止言談，超然如野鶴閒雲，原本有來歷。我正因他的一件事為難，要請教別人去。如今遇見姐姐，真是天緣湊合，求姐姐指教。」說着，便將拜帖取與岫煙看。岫煙笑道：「他這脾氣竟不能改，竟是生成這等放誕詭僻了。從來沒見拜帖上下別號的，這可是俗語說的『僧不僧，俗不俗，女不女，男不男』，成個什麼理數。」寶玉聽說，忙笑道：「姐姐不知道，他原不在這些人中算，他原是世人意外之人。因取了我是個些微有知識[19]的，方給我這帖子。我因不知回什麼字樣才好，竟沒了主意，正要去問林妹妹，可巧遇見了姐姐。」岫煙聽了寶玉這話，且只管用眼上下細細打量了半日，方笑道：「怪道俗語說的『聞名不如見面』，又怪不得妙玉竟下這帖子給你，又怪不得上年竟給你那些梅花，

小說人物，分分合合，岫煙本似節外生枝，卻又在這裡與妙玉會合。

一種扭曲，可嘆。

通過岫煙之口，透露出妙玉對寶玉的某些特殊

對待的信息。

既連他這樣，少不得我告訴你原故。他常說：『古人中自漢晉五代唐宋以來，皆無好詩，只有兩句好，說道『縱有千年鐵門檻，終須一個土饅頭』。[20]所以他自稱『檻外之人』。又常讚文是莊子的好，故又或稱為『畸人』。[21]他若帖子上是自稱『畸人』的，你就還他個『世人』。畸人者，他自稱是畸零之人；你謙自己乃世中擾擾之人，他便喜了。如今他自稱『檻外之人』，是自謂蹈於鐵檻之外了；故你如今只下『檻內人』，便合了他的心了。」寶玉聽了，如醍醐灌頂，[22]噯喲了一聲，方笑道：「怪道我們家廟說是『鐵檻寺』呢，原來有這一說。姐姐就請，讓我去寫回帖。」岫煙聽了，便自往櫳翠庵來。寶玉自回房寫了帖子，上面只寫『檻內人寶玉薰沐謹拜』幾字，親自拿了到櫳翠庵，只隔門縫兒投進去，便回來了。

因飯後平兒還席，說紅香圃太熱，便在榆蔭堂中擺了幾席新酒佳餚。可喜尤氏又帶了佩鳳偕鸞二妾過來遊玩。這二妾亦是青年嬌憨女子，不常過來的，今既入了這園，再遇見湘雲、香菱、芳、蕊一干女子，所謂「方以類聚，物以群分」二語不錯。只見他們說笑不了，也不管尤氏在那裡，只憑丫鬟們去服役，且同眾人一一的遊玩。

閒言少述，且說當下眾人都在榆蔭堂中以酒為名，大家頑笑，命女先兒擊鼓。平兒採了一枝芍藥，大家約二十來人傳花為令，熱鬧了一回。因人回說：「甄家有兩個女人送東西來了。」探春和李紈尤氏三人出去議事廳相見，這裡眾人且出來散一散。佩鳳偕鸞兩個去打鞦韆頑耍，寶玉便說：「你兩個上去，讓我送。」慌的佩鳳說：「罷了，別替我們鬧亂子。」忽見東府中幾個人慌慌張張跑來說：「老爺賓天了。」

寶玉太不落空子了。

眾人聽了，嚇了一大跳，忙都說：「好好的，並無疾病，怎麼就沒了？」家人說：「老爺天天修煉，定是功成圓滿升仙去了。」尤氏一聞此言，又見賈珍父子並賈璉等皆不在家，一時竟沒個着己的男子來，未免忙了。只得忙卸了妝飾，命人先到元真觀將所有的道士都鎖了起來，等大爺來家審問。一面忙忙坐車帶了賴升一干老人媳婦出城。又請太醫看視，到底係何病症。大夫們見人已死，何處診脈來，素知賈敬導氣之術，[23]總屬虛誕，更至參星禮斗，守庚申，[24]服靈砂等，妄作虛為，過於勞神費力，反因此傷了性命的。如今雖死，腹中堅硬似鐵，面皮嘴唇燒的紫絳皺裂。便向媳婦回說：「係道教中吞金服砂，燒脹而沒。」眾道士慌的回道：「原是秘製的丹砂吃壞了事。小道們也曾勸說『功夫未到，且服不得』，不承望老爺於今夜守庚申時悄悄的服了下去，便升仙去了。這是虔心得道，已出苦海，脫去皮囊了。」尤氏也不便聽，只命鎖着，等賈珍來發放，且命人飛馬報信。一面看視，裡面窄狹，不能停放，橫豎也不能進城的，忙裝裹好了，用軟轎抬至鐵檻寺來停放。掐指算來，至早也得半月的工夫賈珍方能來到。目今天氣炎熱，不能相待，遂自行主持，命天文生[25]擇了日期入殮。壽木早年已經備

不問青紅皂白，先鎖起來。

賈敬的死仍覺突然。不能排除他是自殺的可能性。

徵候確實像自殺。學道修煉已久，為什麼忽一日吞丹而歿？

下寄在此廟的，甚是便宜。三日後便破孝開弔，一面且做起道場來。

因那邊榮府中鳳姐兒出不來，李紈又照顧姊妹，寶玉不識事體，只得將外頭事務暫託了幾個家中二等管事人。賈𤨣、賈珖、賈珩、賈瓔、賈菖、賈菱等各有執事。尤氏不能回家，便將他繼母接來在寧府看家。這繼母只得將兩個未出嫁的女孩兒帶來，一並住着才放心。

且說賈珍聞了此信，急忙告假，並賈蓉是有職人員。禮部見當今隆敦孝悌，不敢自專，具本請旨。原來天子極是仁孝過天的，且更隆重功臣之裔。一見此本，便詔問賈敬何職。禮部代奏：「係進士出身，祖職已蔭其子賈珍。賈敬因年邁多疾，常養靜於都城之外元真觀，今因疾歿於觀中。其子珍，其孫蓉，現因國喪隨駕在此，故乞假歸殮。」天子聽了，忙下額外恩旨曰：「賈敬雖無功於國，念彼祖父之忠，追賜五品之職。令其子孫扶柩由北下門入都，恩賜私第殯殮。任子孫盡喪禮畢扶柩回籍外，着光祿寺按上例賜祭。朝中由王公以下准其祭弔。欽此。」此旨一下，不但賈府中人謝恩，連朝中所有大臣皆嵩呼[26]稱頌不絕。

賈珍父子星夜馳回，半路中又見賈𤨣、賈珖二人領家丁飛騎而來，看見賈珍，一齊滾鞍下馬請安。賈珍忙問：「做什麼？」賈𤨣回說：「嫂子恐哥哥侄兒來了，老太太路上無人，叫我們兩個來護送老太太的。」賈珍聽了，讚聲不絕。又問家中如何料理。賈珖等便將如何拿了道士，如何挪至家廟，怕家內無人，如何接了親家母和兩個姨奶奶在上房住着。賈蓉當下也下了馬，聽見兩個姨娘來了，喜的笑容滿面。賈珍連忙說了幾聲「妥當」，加鞭便走，店也不投，連夜換馬飛馳。一日到了都門，先奔入鐵檻寺。那天已是四更天氣，坐更的聞知，忙喝起眾人來。賈珍下了馬，和賈蓉放聲大哭，從大門外便跪爬進來，至棺前稽顙泣血，[27]直哭到天亮喉嚨都哭啞了方住。尤氏等都一齊見過。賈珍父子忙按禮換了凶服，在棺前俯伏，無奈自要理事，竟不能目不視物，耳不聞聲，少不得減了些悲戚，好指揮眾人。因將恩旨備述給眾親友聽了，一面先打發賈蓉家中來料理停靈之事。

賈蓉巴不得一聲兒，便先騎馬跑來到家，忙命前廳收桌椅，下槅扇，掛孝幔子，門前起鼓手棚牌樓等事，又忙着進來看外祖母兩個姨娘。原來尤老安人年高喜睡，常常歪着，他二姨娘三姨娘都和丫頭們做活計，見他來了都道煩惱。賈蓉且嘻嘻的望他二姨娘笑說：「二姨娘，你又來了，我父親正想你呢。」尤二姐紅了臉，罵道：「好蓉小子，我過兩日不罵你幾句，你就過不得了，越發連個體統都沒了。還虧你是大家公子哥兒，每日唸書學禮的，越發連那小家子的也跟不上。」說着，順手拿起一個熨斗來，兜頭就打，嚇得賈蓉抱着頭滾到懷裡告饒。尤三姐便轉過臉去說道：「等姐姐來家再告訴他。」賈蓉忙笑着跪在炕上求饒。因又和他二姨娘搶砂仁吃，那二姐兒嚼了一嘴渣子，吐了他一臉，賈蓉用舌頭都舔着吃了。眾丫頭看不過，都笑說：「熱孝在身上，老娘才睡了覺，他兩個雖小，到底是姨娘家，你太眼裡沒有奶奶了。回來告訴爺，你吃不了兜着走。」賈蓉撇下他姨娘，便抱着那丫頭親嘴說：「我的心肝，你說的是，咱們饞他們兩個。」

尤二姐也很有風塵氣，江湖氣，倒是個訓練有素、身手不凡的樣兒。

丫頭們忙推開他，恨的罵：「短命鬼，你一般有老婆丫頭，只和我們鬧。知道的説是頑；不知道的人，再遇見那髒心爛肺的愛多管閒事嚼舌頭的人，吵嚷到那府裡背地嚼舌説咱們這邊混帳。」賈蓉笑道：「各門另户，誰管誰的事。都夠使的了。從古至今，連漢朝和唐朝人還説髒唐臭漢，何況咱們這宗人家。誰家沒風流事，別叫我説出來。連那邊大老爺這麼利害，璉二叔還和那小姨娘不乾淨呢。鳳嬸子那樣剛強，瑞大叔還想他的帳。那一件瞞了我。」

完全不講道學，連遮羞布都撕光了。

典故尚多。

賈蓉只管信口開河，胡言亂道，三姐兒沉了臉，早下炕，進裡間叫醒尤老娘。這裡賈蓉見他老娘醒了，忙去請安問好。又説：「老祖宗勞心，又難為兩位姨娘受委曲，我們爺兒們感激不盡。惟有等事完了，我們闔家大小登門磕頭去。」尤老安人點頭道：「我的兒，倒是你會説話。親戚們原是該的。」又問：「你父親好？幾時得了信趕到的？」賈蓉笑道：「剛才趕到的，先打發我瞧你老人家來了，好歹求你老人家事完了再去。」説着，又和他二姨娘擠眼兒。尤二姐便悄悄咬牙罵道：「很會嚼舌頭的猴兒崽子，留下我們給你爹做媽不成？」賈蓉又與尤老娘道：「放心罷，我父親每日為兩位姨娘操心，要尋兩個有根基，又富貴，又年輕，又俏皮的兩位姨父，好聘嫁這二位姨娘。這幾年總沒揀着，可巧前日路上才相準了一個。」尤老娘只當是真話，忙問：「是誰家的？」尤二姐丟了活計，一頭笑，一頭趕着打，説：「媽媽別信這混帳孩子的話。」三姐兒道：「蓉兒，你説是説，別只管嘴裡這麼不清不渾

*封建道學講得愈是高尚，禮節儀式愈是莊嚴隆重，就愈是脫離實際，脫離生活。實不若平易近人一點，承認人的基本慾望，並給以必要的引導約束，反貼近一點，真一點。遠離了生活實際人性實際的道德只能是偽道德。

的。」說着，人來回話說：「事已完了，請哥兒出去看了回爺的話去呢。」那賈蓉方笑嘻嘻的出來。不知如何，且看下回分解。

*生日過完就是喪事。生死亦大矣。喪事一開始，寧府的加倍腐爛的氣息便散出來了。寶玉等人的天真文雅的遊戲結束了，賈珍賈蓉的下三濫遊戲開場了。這也是交替作業，清濁循環，周而復始，天道有定。

1 **村**：搶白的意思。

2 **女兒茶**：雲南普洱茶之一種。清張泓《滇南新語》載：「普洱珍品，則有毛尖、芽茶、女兒之號。」

3 **玉色紅青駝絨三色緞子鬥的水田小夾襖**：用玉色、紅青、駝絨三種顏色的緞子小塊拼接一起製成的小夾襖。「玉色」即淡青色。「紅青」是黑裡透紅的顏色，一稱天青色。「駝絨」指橙紅色。「鬥」，兩種以上顏色或衣料拼接一起稱「鬥」。「水田」即「水田衣」，零碎衣料連綴一起製成衣服，形似水田界划，故名。

4 **玉塞子**：玉製耳環，俗呼「耳塞」。

5 **硬紅鑲金大墜子**：紅寶石或紅珊瑚鑲嵌的金耳飾。

6 **白彩定窯**：宋代定窯燒製的白彩瓷器。定窯以白瓷為主，名「粉定」，亦稱「白定」。

7 **搶紅**：擲骰為戲，以得紅點多者為勝。

8 **任是無情也動人**：唐羅隱《牡丹》詩中句。

9 **壽筵開處風光好**：明代戲文《牧羊記．慶壽》的第一支曲子〔山花子〕。

10 **〔賞花時〕**：明湯顯祖《邯鄲記．度世》中的一支曲子。

11 **日邊紅杏倚雲栽**：唐高蟾《下第後上永崇高侍郎》詩句。

12 **竹籬茅舍自甘心**：宋王淇《梅》詩中句子。

13 **只恐夜深花睡去**：宋蘇軾《海棠》詩中句。

14 **開到荼蘼花事了**：宋王淇《春暮遊小園》詩。

15 **連理枝頭花正開**：宋朱淑貞《落花》詩。

16 **莫怨東風當自嗟**：宋歐陽修《明妃曲．再和王介甫》詩。

17 **桃紅又見一年春**：宋謝枋德《慶全庵桃花》詩。

18 **圖不得**：支持不住的意思。

19 **知識**：佛教語言，是覺悟的意思。

20 **「縱有」二句**：宋范成大《重九日行營壽藏之地》詩。

21 **畸人**：語見《莊子．大宗師》。行事乖僻，不與世俗為偶的人。

22 **醍醐灌頂**：佛教用語，頓然悟徹的意思。

23 **導氣之術**：即導引之術，道教修煉之術。

24 **守庚申**：一種道教迷信說法，即庚申日徹夜不眠，可得長生。

25 **天文生**：欽天監職掌推測時日的人。

26 **嵩呼**：封建時代臣子祝頌皇帝，高呼萬歲，叫「嵩呼」。

27 **稽顙泣血**：以額觸地，悲痛哀號。

第六十四回

幽淑女悲題五美吟　浪蕩子情遺九龍珮

＊「紅」中生日做了不知多少次，一次幾乎比一次紅火。喪事這是第二次，卻寫不出多少風光來了。

話說賈蓉見家中諸事已妥，連忙趕至寺中回明賈珍。於是連夜分派各項執事人役，並預備一切應用幡槓等物。擇於初四日卯時請靈柩進城，一面使人知會諸位親友。是日，喪儀焜耀，賓客如雲，自鐵檻寺至寧府，夾路看的何止數萬人。內中有嗟嘆的，也有羨慕的，又有一等半瓶醋的讀書人，說是「喪禮與其奢易莫若儉戚」[1]的，一路紛紛議論不一。至未申時方到，將靈柩放正堂之內。供奠舉哀已畢，親友漸次散回，只剩族中人分理迎賓送客等事。近親只有邢舅太爺相伴未去。賈珍賈蓉此時為禮法所拘，不免在靈旁藉草枕塊，[2]恨苦居喪。人散後，仍乘空尋他小姨子們廝混。寶玉亦每日在寧府穿孝，至晚人散方回園裡。鳳姐身體未癒，雖不能時常在此，或遇開壇誦經親友上祭之日，亦扎掙過來，相幫尤氏料理。

寫得簡略還是辦得簡略？遠無秦氏葬禮的氣派。

一日，供畢早飯，因此時天氣尚長，賈珍等連日勞倦，不免在靈旁假寐。寶玉見無客至，遂欲回家看視黛玉，因先回至怡紅院中。進入門來，只見院中寂靜無人，有幾個老婆子與小丫頭們在迴廊下取便乘涼，也有睡臥的，也有坐着打盹的。寶玉也不去驚動，只有四兒看見，連忙上前來打簾子。將掀起時，只見芳官自內帶笑跑出，幾乎與寶玉撞個滿懷。一見寶玉，方含笑站着，說道：「你怎麼來了，你快與我攔住晴雯，他要打我呢。」一語未了，只聽得屋內嘻嘻嘩喇的亂響，不知是何物撒了一地。隨後晴雯趕來罵道：「我看你這小蹄子往那裡去，輸了不叫打。寶玉不在家，我看你有誰來救你。」寶玉連忙帶笑攔住道：「你妹子小，不知怎麼得罪了你，看我的分上饒他罷。」晴雯也不想寶玉此時回來，乍一見不覺好笑，遂笑說道：「芳官竟是個狐狸精變的，竟是會拘神遣將的，符咒也沒有這樣快。」又笑道：「就是你真請了神來，我也不怕。」遂奪手仍要捉拿芳官。芳官早已藏在寶玉身後。寶玉遂一手拉了晴雯，一手攜了芳官，進入屋內看時，只見西邊炕上麝月、秋紋、碧痕、春燕等正在那裡抓子兒贏瓜子兒[3]呢，卻是芳官輸與晴雯，芳官不肯叫打，跑了出去。晴雯因趕芳官，將懷內的子兒撒了一地。寶玉歡喜道：「如此長天，我不在家，正恐你們寂寞，吃了飯睡覺睡出病來，大家尋件事頑笑消遣甚好。」因不見襲人，又問道：「你襲人姐姐呢？」晴雯道：「襲人麼？越發道學了，獨自個在屋裡面壁呢。這好一會我們沒進去，不知他做什麼呢，一些聲氣也聽不見，你快瞧瞧去罷。或者此時參悟了，也未可定。」

寶玉聽說，一面笑，一面走至裡間，只見襲人坐在近窗床上，手中拿着一根

芳官是個天真無邪嬌縱的小精靈。秋紋、碧痕等等對於企圖「上進」的無名小輩本來是嫉厭有加的，而芳官居然不久便與她們幾乎平起平坐乃至超出了，不凡。

灰色條子，正在那裡打結子呢。見寶玉進來，連忙站起笑道：「晴雯這東西編派我什麼呢。我因要趕着打完了這結子，沒工夫和他們瞎鬧，因哄他道：『你們頑去罷，趁着二爺不在家，我要在這裡靜坐一坐，養一養神。』他就編派了我這些混話，什麼『面壁了』，『參禪了』的，等一會我不撕他那嘴。」寶玉笑着挨近襲人坐下，瞧他打結子，問道：「這麼長天，你也該歇息歇息，或和他們頑笑，要不瞧瞧林妹妹去也好。怪熱的，打這個那裡使？」襲人道：「我見你帶的扇套還是那年東府裡蓉大奶奶的事情上作的。那個青東西除族中或親友家夏天有喪事方帶得着，一年遇着帶一兩遭，平常又不犯做。如今那府裡有事，這是要過去天天帶的，所以我趕着另作一個。等打完了結子給你換下那舊的來。你雖然不講究這個，若叫老太太回來看見，又該說我們躲懶，連你的穿帶之物都不經心了。」寶玉笑道：「這真難為你想的到。只是也不可過於趕，熱着了倒是大事。」說着，芳官早托了一杯涼水內新湃的茶來。因寶玉素昔秉賦柔脆，雖暑月不敢用冰，只以新汲井水將茶連壺浸在盆內，不時更換，取其涼意而已。寶玉就芳官手內吃了半盞，遂向襲人道：「我來時已吩咐了焙茗，若珍大哥那邊有要緊的客來時，叫他即刻送信；若無要緊的事，我就不過去了。」說畢，遂出了房門，又回頭向碧痕等道：「如有事，往林姑娘處來找我。」於是一徑往瀟湘館來看黛玉。

將過了沁芳橋，只見雪雁領着兩個老婆子，手中都拿着菱藕瓜果之類。寶玉忙問雪雁道：「你們姑娘從來不吃這些涼東西的，拿這些瓜果何用？不是要請那

這裡眾丫頭的氣氛還是不錯的，團結、祥和、活潑。

有意提醒人們回憶那起喪事。

芳官已是近侍了。回想小紅為之倒茶，受到何等打擊？

位姑娘奶奶麼？」雪雁笑道：「我告訴你，可不許你對姑娘說去。」寶玉點頭應允。雪雁便命兩個婆子先將瓜果送去，「交與紫鵑姐姐，他要問我，你就說我做什麼呢，就來」。那婆子答應着去了。雪雁方說道：「我們姑娘這兩日方覺身上好些了，今日飯後，三姑娘來會着要瞧二奶奶去，姑娘也沒去。又不知想起了什麼來，自己哭了一回，提筆寫了好些不知是詩是詞。叫我傳瓜果去時，又聽叫紫鵑將屋內擺着小琴桌上的陳設搬下來，將桌子挪在外間當地，又叫將那龍文鼎放在桌上，等瓜果來時聽用。若說是請人呢，不犯先忙着把個爐擺出來。若說點香呢，我們姑娘素日屋內除擺新鮮花果木瓜之類，又不大喜熏衣服，就是點香，亦當點在常坐臥之處。難道是老婆子們把屋子熏臭了，要拿香熏熏不成？究竟連我也不知何故。」說畢，便連忙的去了。

寶玉這裡不由的低頭心內細想道：「據雪雁說來，必有原故。若是同那一位姊妹們閒坐，亦不必如此先設饌具。或者是姑爹姑媽的忌辰，但我記得每年到此日期，老太太都吩咐另外整理餚饌送去林妹妹私祭，此時已過。大約必是七月因為瓜果之節，家家都上秋季的墳，林妹妹有感於心，所以在私室自己奠祭，取《禮記》：『春秋薦其時食』之意，也未可定。但我此刻走去，見他傷感，必極力勸解，又怕他煩惱鬱結於心；若不去，又恐他過於傷感無人勸止。兩件皆足致疾。莫若先到鳳姐姐處一看，在彼稍坐即回。如若見林妹妹傷感，再設法開解，既不至使其過悲，哀痛稍申，亦不至抑鬱致病。」想畢，遂出了園門，一徑到鳳姐處來。

寶玉想得過細。

心理醫學，不無道理，亦取中庸之道。

正有許多執事婆子們回事畢，紛紛散出。鳳姐兒正倚着門和平兒説話呢。一見了寶玉，笑道：「你回來了麼。我才吩咐了林之孝家的，叫他使人告訴跟你的小廝，若沒什麼事，趁便請你回來歇息歇息。再者那裡人多，你那裡禁得住那些氣味，不想恰好你倒來了。」寶玉笑道：「多謝姐姐記掛。我也因今日沒事，又見姐姐這兩日沒往那府裡去，不知身上可大癒否，所以回來看視。」鳳姐道：「左右也不過是這樣，三日好兩日不好的。老太太、太太不在家，這些大娘們，嗳，那一個是安分的，每日不是打架，就拌嘴，連賭博偷盜的事情都鬧出來了兩三件了。雖説有三姑娘幫着辦理，他又是個沒出閣的姑娘，也有叫他知道得的，也有往他説不得的事，也只好強扎掙着罷了。總不得心靜一會兒。別説想病好，求其不添也就罷了。」寶玉道：「姐姐雖如此説，姐姐還要保重身體，少操些心才是。」説畢，又説了些閒話，別了鳳姐，一直往園中走來。

鳳姐身體一直不見好。

進了瀟湘館院門看時，只見爐裊殘煙，奠餘玉醴。紫鵑正看着人往裡收桌子，搬陳設呢。寶玉便知已經祭奠完了。走入屋內，只見黛玉面向裡歪着，病體懨懨，大有不勝之態。紫鵑連忙説道：「寶二爺來了。」黛玉方慢慢的起來，含笑讓坐。寶玉道：「妹妹這兩天可大好些了？氣色倒覺靜些，只是為何又傷心了？」黛玉道：「可是你沒的説了，好好的，我多早晚又傷心了？」寶玉笑道：「妹妹臉上現有淚痕，如何還哄我呢。只是我想，妹妹素日本來多病，凡事當各自寬解，不可過作無益之悲。若作踐壞了身子，使我……」説到這裡，覺得以下的話有些難

這一回這些地方寫得略感拖沓。

說，連忙噤住。只因他雖說和黛玉一處長大，情投意合，又願同生死，卻只是心中領會，從來未曾當面說出。況兼黛玉心多，每每說話造次，得罪了他。今日原為的是來勸解，不想把話又說造次了，接不下去，心中一急，又怕黛玉惱他。又想一想自己的心實在的是為好，因而轉念為悲，早已滾下淚來。黛玉起先原惱寶玉說話不論輕重，如今見此光景，心有所感，本來素昔愛哭，此時亦不免無言對泣。

卻說紫鵑端了茶來，打諒二人又為何事角口，因說道：「姑娘身上才好些，寶二爺又來慪氣了，到底是怎麼樣？」寶玉一面拭淚，笑道：「誰敢慪妹妹了。」一面搭訕着起來閒步。只見硯台底下微露一紙角，不禁伸手拿起。黛玉忙要起身來奪，已被寶玉揣在懷內笑央道：「好妹妹，賞我看看罷。」黛玉道：「不管什麼，來了就混翻。」一語未了，只見寶釵走來，笑道：「寶兄弟要看什麼？」寶玉因未見上面是何言詞，又不知黛玉心中如何，未敢造次，卻望着黛玉笑。黛玉一面讓寶釵坐，一面笑說道：「我曾見古史中有才色的女子終身遭際令人可欣可羨可悲可嘆者甚多。今日飯後無事，因欲擇出數人，胡亂湊幾首詩以寄感慨，可巧探丫頭來會我瞧鳳姐姐去，我也身上懶懶的，沒同他去。才剛作了五首，一時睏倦起來，撂在那裡，不想二爺來了就瞧見了。其實給他看也倒沒有什麼，但只我嫌他是不是的寫給人看去。」寶玉忙道：「我多早晚給人看來呢。昨日那把扇子，原是我愛那幾首白海棠的詩，所以我自己用小楷寫了，不過為的是拿在手中，

無言對泣：黛玉還淚的過程中，又欠下了新淚。淚是還不完的啊！

看着便易。我豈不知閨閣中詩詞字跡是輕易往外傳誦不得的。自從你說了，我總沒拿出園子去。」寶釵道：「林妹妹這慮的也是，你既寫在扇子上，偶然忘記了，拿在書房裡去被相公們看見了，豈有不問是誰作的呢。倘或傳揚開了，反為不美。自古道『女子無才便是德』，總以貞靜為主，女工還是第二件。其餘詩詞不過是閨中遊戲，原可以會，可以不會。咱們這樣人家的姑娘，倒不要這些才華的名譽。」因又笑向黛玉道：「拿出來，給我看看無妨，只不叫寶兄弟拿出去就是了。」黛玉笑道：「既如此說，連你也可以不必看了。」又指着寶玉笑道：「他早已搶了去了。」寶玉聽了，方自懷內取出，湊至寶釵身旁一同細看。只見寫道：

處處都是約束，令人喘不過氣來。

西施

一代傾城逐浪花，
吳宮空自憶兒家。
效顰莫笑東村女，
頭白溪邊尚浣紗。

虞姬[4]

腸斷烏[5]啼夜嘯風，
虞兮[6]幽恨對重瞳。[7]
黥彭[8]甘受他年醢，[9]

飲劍[10]何如楚帳中。

明妃[11]

絕艷驚人出漢宮，
紅顏命薄古今同。
君王縱使輕顏色，
予奪權何畀畫工？[12]

綠珠[13]

瓦礫明珠一例拋，
何曾石尉[14]重嬌嬈。
都緣頑福前生造，
更有同歸慰寂寥。

紅拂[15]

長劍雄談態自殊，
美人巨眼識窮途。
尸居餘氣[16]楊公幕，

*插進一段五美吟，未見十分佳妙。頗覺可有可無。

豈得羈縻[17]女丈夫。

寶玉聽了，讚不絕口，又說道：「妹妹這詩恰好只作了五首，何不就命曰《五美吟》。」於是不容分說，便提筆寫在後面。寶釵亦說道：「作詩不論何題，只要善翻古人之意，若要隨人腳蹤走去，縱使字句精工，已落第二藝，究竟算不得好詩。即如前人所詠昭君之詩甚多，有悲輓昭君的，有怨恨延壽[18]的，又有譏漢帝不能使畫工圖貌賢臣而畫美人的，紛紛不一。後來王荊公復有『意態由來畫不成，當時枉殺毛延壽』；[19]永叔[20]有『耳目所見尚如此，萬里安能制夷狄』。二詩俱能各出己見，不與人同。今日林妹妹這五首詩，亦可謂命意新奇，別開生面了。」

幾首詩平平，何至讚不絕口？

為翻而翻，亦非大道。

仍欲往下說時，只見有人回道：「璉二爺回來了。適才外間傳說往東府裡去了好一會兒了，想必就回來的。」寶玉聽了，連忙起身，迎至大門以內等待，恰好賈璉自外下馬進來。於是寶玉先迎着賈璉跪下，口中給賈母、王夫人等請了安，又給賈璉請了安。二人攜手走了進來。只見李紈、鳳姐、寶釵、黛玉、迎、探、惜等早在中堂等候，一一相見已畢。因聽賈璉說道：「老太太明日一早到家，一路身體甚好。今日先打發了我來回家看視，明日五更仍要出城迎接。」說畢，眾人又問了些路途的景況。因賈璉是遠歸，遂大家別過，讓賈璉回房歇息。一宿晚景，不必細述。

至次日飯時前後，果見賈母、王夫人等到來。眾人接見已畢，略坐了一坐，吃了一杯茶，便領了王夫人等過寧府中來。只聽見裡面哭聲震天，卻是賈赦、賈璉送賈母到家，即過這邊來了。當下賈母進入裡面，早有賈赦賈璉率領族中人哭着迎了出來。他父子一邊一個挽了賈母，走至靈前。又有賈珍賈蓉跪着撲入賈母懷中痛哭。賈母暮年人，見此光景，亦摟了珍蓉等痛哭不已。賈赦賈璉在旁苦勸，方略略止住。又轉至靈右，見了尤氏婆媳，不免又相持大痛一場。哭畢，眾人方上前一一請安問好。賈珍因賈母才回家來，未得歇息，坐在此間看着，未免要傷心，遂再三的勸。賈母不得已，方回來了。果然年邁的人禁不住風霜傷感，至夜間便覺頭悶心酸，鼻塞聲重，連忙請了醫生來診脈下藥，足足的忙亂了半夜一日。幸而發散的快，未曾傳經，[21] 至三更天，些須發了點汗，脈靜身涼，大家方放了心。至次日仍服藥調理。

亦真亦假，亦真情亦做作。

賈母之病，不排除躲避賈敬白事的因素。

又過了數日，乃賈敬送殯之期，賈母猶未大癒，遂留寶玉在家侍奉。鳳姐因未曾甚好，亦未去。其餘賈赦、賈璉、邢夫人、王夫人等率領家人僕婦都送至鐵檻寺，至晚方回。賈珍尤氏並賈蓉仍在寺中守靈，等過百日後方扶柩回籍。家中仍託尤老娘並二姐兒三姐兒照管。

卻說賈璉素日既聞尤氏姐妹之名，恨無緣得見，近因賈敬停靈在家每日與二姐兒三姐兒相認已熟，不禁動了垂涎之意。況知與賈珍賈蓉等素有聚麀[22]之誚，因而乘機百般撩撥，眉目傳情。那三姐兒卻只是淡淡相對，只有二姐兒也十分有意。但只是眼目眾多，無從下手。賈璉又怕賈珍吃醋，不敢輕動，只好二人心領神會而已。此時出殯以後，賈珍家下人少，除尤老娘帶領二姐兒三姐兒的幾個粗使的丫鬟老婆子在正室居住外，其餘婢妾都隨在寺中，外面僕婦不過晚間巡更，日間看守門户。白日無事亦不進裡面去。所以賈璉便欲趁此時下手。遂託相伴賈珍為名，亦在寺中住宿，又時常藉着替賈珍料理家務，不時至寧府中來勾搭二姐兒。

一日，有小管家俞祿來回賈珍道：「前者所用棚槓孝布並請槓人青衣，共使銀一千一百十兩，除給銀五百兩外，仍欠六百零十兩。昨日兩處買賣人俱來催討，奴才特來討爺的示下。」賈珍道：「你且向庫上領去就是了，這又何必來回我。」俞祿道：「昨日已曾上庫去領，但只是老爺殯天以後，各處支領甚多，所剩還要預備百日道場及廟中用度，此時竟不能發給。所以奴才今日特來回爺，或者爺內庫裡暫且發給或者挪借何項，吩咐了奴才好辦。」賈珍笑道：「你還當是先呢，有銀子放着不使。你無論那裡借了給他罷。」俞祿笑回道：「若說一二百，奴才還可巴結，這五六百，奴才一時那裡辦得來。」賈珍想了一回，向賈蓉道：「你問你娘去，昨日出殯以後，有江南甄家送來打祭銀五百兩未曾交到庫上去，家裡再找找，湊齊了給他去罷。」賈蓉答應了，連忙過這邊來，回了尤氏，復轉來回他父親道：「昨日那項銀子已使了二百兩，下剩的三百兩令人送至家中交老娘收了。」賈珍道：「既然如此，你就帶了他去向你老娘要了出來交給他，再也瞧瞧

成語妙用。現今心領神會四字絕少用在男女調情上。

財政已是捉襟見肘。幾近窮途末路。可見賈府每況愈下，呼喇喇大厦將傾。

家中有事無事，問你兩個姨娘好。下剩的俞祿先借了添上罷。」

賈蓉與俞祿答應了，方欲退出，只見賈璉走了進來。俞祿忙上前請了安。賈璉便問何事，賈珍一一告訴了。賈璉心中想道：「趁此機會正可至寧府尋二姐見一面。」遂說道：「這有多大事，何必向人借去。昨日我方得了一項銀子還沒有使呢，莫若給他添上，豈不省事。」賈珍道：「如此甚好，你就吩咐了蓉兒，一並令他取去。」賈璉忙道：「這必得我親身取去。再我這幾日沒回家了，還要給老太太、老爺、太太們請請安。」賈珍笑道：「只是又勞動你，我心裡倒不安。」賈璉也笑道：「自家兄弟，這有何妨呢。」賈珍又吩咐賈蓉道：「你跟了你叔叔去，也到那邊給老太太、老爺、太太們請安，說我和你娘都請安，打聽打聽老太太身上可大安了？還服藥呢沒有？」賈蓉一一答應了，跟隨賈璉出來，帶了幾個小廝，騎上馬一同進城。

在路叔侄閒話。賈璉有心，便提到尤二姐，因誇說如何標致，如何做人好，舉止大方，言語温柔，無一處不令人可敬可愛。「人人都說你嬸子好，據我看，那裡及你二姨兒一個零兒呢。」賈蓉揣知其意，便笑道：「叔叔既這麼愛他，我給叔叔作媒，說了做二房，何如？」賈璉笑道：「你這是頑話，還是正經話？」賈蓉道：「我說的是當真的話。」賈璉又笑道：「敢自好，只是怕你嬸子不依，再也怕你老娘不願意。況且我聽見說你二姨兒已有了人家了。」賈蓉道：「這都無妨。我二姨兒三姨兒都不是我老爺養的，原是我老娘帶了來的。聽見說，我老娘在那一家時就把我二姨兒許給皇糧莊頭張家，指腹為婚。後來張家遭了官司敗落了，我老娘又自那家嫁了出來，如今這十數年，兩家音信不通。我老娘時常抱怨，要與他家退婚。我父親也要將姨兒轉聘，只等有了好人家，不過令人找着張家，給他十幾兩銀子，寫上一張退婚的字兒。想張家窮極了的人，見了銀子有什麼不依的。再他也知道咱們這樣的人家，也不怕他不依。又是叔叔這樣人說了做二房，我管保我老娘和我父親都願意，倒只是嬸子那裡卻難。」賈璉聽到這裡，心花都開了，那裡還有什麼話說，只是一味呆笑而已。賈蓉又想了一想，笑道：「叔叔若有膽量，依我的主意管保無妨，不過多花幾個錢。」賈璉忙道：「好孩子，你有什麼主意，只管說給我聽聽。」賈蓉道：「叔叔回家一點聲色也別露，等我回明了我父親，向我老娘說妥，然後在咱們府後方近左右買上一所房子及應用傢伙，再撥兩窩子家人過去伏侍。擇了日子，人不知鬼不覺娶了過去，囑咐家人不許走漏風聲。嬸子在裡面住着，深宅大院，那裡就得知道。叔叔兩下裡住着，過個一年半載，即或鬧出來，不過捱上老爺一頓罵。叔叔只說嬸子總不生育，原是為子嗣起見，所以私自在外面作成此事。就是嬸子見生米做成熟飯，也只得罷了。再求一求老太太，沒有不完的事。」自古道「慾令智昏」，賈璉只顧貪圖二姐美色，聽了賈蓉一篇話，遂為計出萬全，將現今身上有服，並停妻再娶，嚴父妒妻種種不妥之處，皆置之度外了。卻不知賈蓉亦非好意，素日因同他姨娘有情，只因賈珍在內，不能暢意。如今若是賈璉娶了，少不得在外居住，趁賈璉不在時，

看來尤氏亦非大家出身。如何「混入」寧府的呢？

先搞個據點，再徐圖由遠及近，由外及內，由暗及明。

好去鬼混之意。賈璉那裡思想及此，遂向賈蓉致謝道：「好侄兒，你果然能夠說成了，我買兩個絕色的丫頭謝你。」說着，已至寧府門首。賈蓉說道：「叔叔進去，向我老娘要出銀子來就交給俞祿罷。我先給老太太請安去。」賈璉含笑點頭道：「老太太跟前別說我和你一同來的。」賈蓉道：「知道。」又附耳向賈璉道：「今日要遇見二姨兒可別性急了，鬧出事來，往後倒難辦了。」賈璉笑道：「少胡說，你快去罷，我在這裡等你。」於是賈蓉自去給賈母請安。

賈璉進入寧府，早有家人頭兒率領家人等請安，一路圍隨至廳上。賈璉一一的問了些話，不過塞責而已，便命家人散去，獨自往裡面走來。原來賈璉賈珍素日親密，又是弟兄，本無可避忌之人，自來是不等通報的。於是走至上房，早有廊下伺候的老婆子打起簾子讓賈璉進去。賈璉進入房中一看，只見南邊炕上只有尤二姐帶着兩個丫鬟一處做活，卻不見尤老娘與三姐兒。賈璉忙上前問好相見。二姐含笑讓坐，便靠東邊排插兒坐下。賈璉仍將上首讓與二姐兒，說了幾句見面情兒，便笑問道：「親家太太和三妹妹那裡去了，怎麼不見？」尤二姐笑道：「才有事往後頭去了，也就來的。」此時伺候的丫鬟因倒茶去，無人在眼前，賈璉不住的拿眼瞟着二姐兒。二姐兒低了頭，只含笑不理。賈璉又不敢造次動手動腳，因見二姐兒手中拿着一條拴着荷包的絹子擺弄，便搭訕着往腰裡摸了摸，說道：「檳榔荷包也忘記帶了來，妹妹有檳榔賞我一口吃。」二姐道：「檳榔倒有，就只是我的檳榔從來不給人吃。」賈璉便笑着欲近身來拿。二姐兒怕有人來看見不

通同做弊，狼狽為奸，一丘之貉。

雅，便連忙一笑，撂了過來，賈璉接在手中，都倒了出來，揀了半塊吃剩的撂在口中吃了。又將剩下的都揣了起來。剛要把荷包親身送過去，只見兩個丫頭倒了茶來。賈璉一面接了茶吃茶，一面暗將自己帶的一個漢玉九龍珮解了下來，拴在手絹上，趁丫鬟回頭時，仍撂了過去。二姐兒亦不去拿，只裝看不見，坐着吃茶。只聽後面一陣簾子響，卻是尤老娘三姐兒帶着小丫鬟自後面走來。賈璉送目與二姐兒，令其拾取。這尤二姐亦只是不理。賈璉不知二姐何意，甚是着急，只得迎上來與尤老娘三姐兒相見，一面又回頭看二姐兒時，只見二姐兒笑着，沒事人似的；再又看一看，絹子已不知那裡去了，賈璉方放了心。

於是大家歸坐後，敘了些閒話。賈璉說道：「大嫂子說，前日有一包銀子交給親家太太收起來了，今日因要還人，大哥令我來取。再也看看家裡有事無事。」尤老娘聽了，連忙使二姐兒拿鑰匙去取銀子。這裡賈璉又說道：「我也要給親家太太請安，瞧瞧二位妹妹。親家太太臉面倒好，只是二位妹妹在我們家裡受委曲。」尤老娘笑道：「咱們都是至親骨肉，說那裡的話。在家裡也是住着，在這裡也是住着。不瞞二爺說，我們家裡自從先夫去世，家計也着實艱難了，全虧了這裡姑爺幫助。如今姑爺家裡有了這樣大事，我們不能別的出力，白看一看家，還有什麼委曲了的呢。」正說着，二姐兒已取了銀子來，交與尤老娘。尤老娘便遞與賈璉。賈璉叫一個小丫頭叫了一個老婆子來，吩咐他道：「你把這個交給俞祿，叫他拿過那邊去等我。」老婆子答應了出去。

這套調情方略，實在貧乏可憐。一是文化素質問題，一是性觀念問題。一面將性視為骯髒罪惡，一面又迷戀貪婪不捨，於是只能做賊弄鬼，沒有男女情感中的美好情操與豐富交往。

只聽得院內是賈蓉的聲音說話，須臾進來，給他老娘姨娘請了安，又向賈璉笑道：「才剛老爺還問叔叔呢，說是有什麼事情要使喚，原要使人到廟裡去叫，我回老爺說叔叔就來。老爺還吩咐我，路上遇見叔叔叫快去呢。」賈璉聽了，忙要起身，又聽賈蓉和他老娘說道：「那一次我和老太太說的，我父親要給二姨兒說的姨父就和我這叔叔的面貌身量差不多兒。老太太說好不好？」一面說着，又悄悄的用手指着賈璉，和他二姨兒努嘴。二姐兒倒不好意思說什麼，只見三姐兒似笑非笑、似惱非惱的罵道：「壞透了的小猴兒崽子！沒了你娘的說了！多早晚我才撕他那嘴呢！」賈蓉早笑着跑了出去。賈璉也笑着辭了出來。走至廳上，又吩咐了家人們不可耍錢吃酒等話，又悄悄的央賈蓉回去加速和他父親說。一面便帶了俞祿過來，將銀子添足交給他拿去。一面給賈赦請安，又給賈母去請安不提。

卻說賈蓉見俞祿跟了賈璉去取銀子，自己無事，便仍回至裡面，和他兩個姨娘嘲戲一回，方起身。至晚到寺，見了賈珍回道：「銀子已經交給俞祿了。老太太已大癒了，如今已經不服藥了。」說畢，又趁便將路上賈璉要娶尤二姐做二房之意說了。又說如何在外面置房子住，不使鳳姐知道，「此時總不過為的是子嗣艱難起見。為的是二姨兒是見過的，親上做親，比別處不知道的人家說了來的好。所以二叔再三央我對父親說」。只不說是他自己的主意。賈珍想了想，笑道：「其實倒也罷了，只不知你二姨娘心中願意不願意。明日你先去和你老娘商量，叫你老娘問準了你二姨娘再作定奪。」於是又教了賈蓉一篇話，便走過來將此事告訴了尤氏。尤氏卻知此事不妥，因而極力勸止。無奈賈珍主意已定，素日又是順從慣了的，況且他與二姐兒本非一母，不便深管，因而也只得由他們鬧去了。

前面描寫的尤氏，並非軟弱之人，她主辦鳳姐的祝壽活動，也很有主張。為何此事竟一無作用？是否她潛意識裡也有對鳳姐的不滿，想通過尤二姐最終取而代之呢？

至次日一早，果然賈蓉復進城來，見他老娘將他父親之意說了。又添上許多話，說賈璉做人如何好，目今鳳姐身子有病，已是不能好的了，暫且買了房子在外面住着，過個一年半載，只等鳳姐一死，便接了二姨兒進去做正室。又說他父親此時如何聘，賈璉那邊如何娶，如何接了你老人家養老，往後三姨兒也是那邊應了替聘，說得天花亂墜，不由得尤老娘不肯。況且素日全虧賈珍周濟，此時又是賈珍作主替聘，而且妝奩不用自己置買，賈璉又是青年公子，強勝張家，遂忙過來與二姐兒商議。二姐兒又是水性人兒，在先已和姐夫不妥，又常怨恨當時錯許張華，致使後來終身失所，今見賈璉有情，況是姐夫將他聘嫁，有何不肯，也便點頭依允。當下回覆了賈蓉，回了他父親。

因邪及邪，相生更邪。

次日命人請了賈璉到寺中來，賈珍當面告訴了他尤老娘應允之事。賈璉自是喜出望外，感謝賈珍賈蓉父子不盡。於是二人商量着使人看房子打首飾，給二姐兒置買妝奩及新房中應用床帳等物。不過幾日，早將諸事辦妥，已於寧榮街後二里遠近小花枝巷內買定一所房子，共二十餘間，又買了兩個小丫鬟。只是府裡家人不敢擅動，外頭買人又怕不知心腹，走漏了風聲。忽然想起家人鮑二來，當初因和他女人偷情，被鳳姐兒打鬧了一陣含羞吊死了。賈璉給了一百銀子，叫他另娶一個。那鮑二向來就和廚子多渾蟲的媳婦多姑娘有一手兒，後來多渾蟲酒癆死

利用矛盾，利用主要對立面的對立面。

了，這多姑娘兒見鮑二手裡從容了，便嫁了鮑二。且這多姑娘兒也和賈璉好的，此時都搬出外頭住着。賈璉一時想起來，便叫了他兩口兒到新房子裡來，預備二姐兒過來時伏侍。那鮑二兩口子聽見這個巧宗兒如何不來呢？再說張華之祖原當皇糧莊頭，後來死去。至張華父親時仍充此役，因與尤老娘前夫相好，所以將張華與尤二姐指腹為婚。後來不料遭了官司，敗落了家產，弄得衣食不周，那裡還娶得起媳婦呢。尤老娘又自那家嫁了出來，兩家有十數年音信不通，今被賈府家人喚至逼他與二姐兒退婚，心中雖不願意，無奈懼怕賈珍等勢焰，不敢不依，只得寫了一張退婚文約。尤老娘與了二十兩銀子，兩家退親不提。這裡賈璉等見諸事已妥，遂擇了初三黃道吉日，以便迎娶二姐兒過門。下回分解。

＊璉及珍蓉，固是濫淫之徒。璉與尤二姐的婚事安排，不無寧府孤立鳳姐乃至覬覦鳳姐位置的客觀含義。

曹公好身手，小說過半，才給寧府的一些人、事派上了用場，納入了鳳姐興廢的主線中去。好比是一支預備隊，終於起用了。駕馭統帥諸人諸事，曹公真帥才也。

1 **喪禮與其奢易莫若儉戚**：語出《論語．八佾》。

2 **藉草枕塊**：古時禮制，居父母之喪，孝子睡乾草，枕土塊。

3 **贏瓜子兒**：贏家打輸家的手心，要打出響聲，稱「瓜子兒」。

4 **虞姬**：秦末西楚霸王項羽的愛姬。

5 **烏**：指項羽的坐騎烏騅馬。

6 **虞兮**：項羽被圍垓下，夜聞楚歌，知大勢已去，作歌有「虞兮虞兮奈若何」一句。

7 **重瞳**：項羽目有雙瞳，「重瞳」代指項羽。

8 **黥彭**：黥布和彭越。黥布原為項羽部將，後降劉邦，因謀反，被劉邦所殺。彭越本劉邦部將，曾從劉邦滅項羽，後被劉邦所殺。

9 **醢**：把人剁成肉醬的古代酷刑。

10 **飲劍**：用劍自刎。這裡指虞姬在項羽兵敗後自殺於項羽帳中。

11 **明妃**：即漢王昭君。

12 **畀**：交給、授予的意思。這句是說漢元帝為什麼把選擇美女的權利交給畫工呢。

13 **綠珠**：晉代石崇的寵妾。

14 **石尉**：石崇做過南蠻校尉，故稱。

15 **紅拂**：唐杜光庭《虬髯客傳》中的女主人公。為隋楊素的執拂侍女，後私奔李靖。

16 **尸居餘氣**：形容人的老朽衰落。

17 **羈縻**：束縛的意思。

18 **延壽**：即漢元帝時宮廷畫工毛延壽。曾為漢元帝繪美人像選美。

19 **「意態」二句**：出宋王安石《明妃曲》二首之一。

20 **永叔**：即歐陽修。下文「耳目」二句出歐陽修《明妃曲．再和王介甫》詩。

21 **傳經**：中醫術語。病通過經絡由表症變為裡症，病勢發展加重的意思。

22 **聚麀**：指父子共同佔有一個女子的惡行。麀：母鹿。

第六十五回

賈二舍[1]偷娶尤二姨　尤三姐思嫁柳二郎

話說賈璉賈珍賈蓉等三人商議，事事妥帖，至初二日，先將尤老娘和三姐兒送入新房。尤老娘看了一看，雖不似賈蓉口內之言，倒也十分齊備，母女二人已算稱了心願。鮑二兩口子見了如一盆火兒，趕着尤老娘一口一聲叫老娘，又或是老太太；趕着三姐兒叫三姨兒，或是姨娘。至次日五更天，一乘素轎[2]將二姐兒抬來，各色香燭紙馬並鋪蓋，以及酒飯，早已預備的十分妥當。賈璉素服坐了小轎來了，拜過了天地，焚了紙馬。那尤老娘見了二姐兒身上頭上煥然一新，不似在家模樣，十分得意。攙入洞房。是夜賈璉同他顛鸞倒鳳，百般恩愛，不消細說。

那賈璉越看越愛，越瞧越喜，不知要怎麼奉承這二姐兒才過得去。乃命鮑二等人不許提三説二，直以奶奶稱之，自己也稱奶奶，竟將鳳姐一筆勾倒。有時回家，只說在東府有事，鳳姐因知他和賈珍好，有事相商，也不疑心。家下人雖多，都也不管這些事，便有那遊手好閒專打聽小事的人，也都去奉承賈璉，乘機討些便宜，誰肯去露風。於是賈璉深感賈珍不盡。賈璉一月出十五兩銀子做天天的供給。若不來時，他母女三人一處吃飯；若賈璉來，他夫妻二人一處吃，他母女便

「事事妥帖」云云，不是諷刺嗎？

回房自吃。賈璉又將自己積年所有的體己，一並搬來與二姐兒收着，又將鳳姐兒素日之為人行事，枕邊衾裡盡情告訴了他，只等一死，便接他進去。二姐兒聽了，自然是願意的了。當下十來個人，倒也過起日子來，十分豐足。

眼見已是兩月光景。這日賈珍在鐵檻寺做完佛事，晚間回家時，與他姊妹久別，竟要去探望探望。先命小廝去打聽賈璉在與不在。小廝回來說不在那裡。賈珍歡喜，將家人一概先遣回去，只留兩個心腹小童牽馬。一時，到了新房子裡，已是掌燈時候，悄悄進去，兩個小廝將馬拴在圈內，自往下房去聽候。

肚裡有鬼。

賈珍進來，屋裡才點燈，先看過尤氏母女，然後二姐兒出來相見。賈珍見了二姐兒，滿臉的笑容，一面吃茶，一面笑說：「我做的保山如何？若錯過了，打着燈籠還沒處尋，過日你姐姐還備禮來瞧你們呢。」說話之間，二姐兒已命人預備下酒饌。關起門來，都是一家人，原無避諱。那鮑二來請安。賈珍便說：「你還是個有良心的，所以二爺叫你來伏侍，日後自有大用你之處，不可在外頭吃酒生事，我自然賞你。倘或這裡短了什麼，你二爺事多，那裡人雜，你只管去回我。我們弟兄不比別人。」鮑二答應道：「小的知道。若小的不盡心，除非不要這腦袋了。」賈珍笑着點頭道：「你知道就好。」當下四人一處吃酒。二姐兒此時恐怕賈璉一時走來，彼此不雅，吃了兩鍾酒，便推故往那邊去了。賈珍此時也無可奈何，只得看着二姐兒自去，剩下尤老娘同三姐兒相陪。那三姐兒雖向來也和賈

忠不忠的問題乃是腦袋問題。

珍偶有戲言，但不似他姐姐那樣隨和兒，所以賈珍雖有垂涎之意，卻也不肯造次了，致討沒趣。況且尤老娘在旁邊陪着，賈珍也不好意思太露輕薄。

卻說跟的兩個小廝都在廚下和鮑二飲酒，那鮑二的女人多姑娘上灶。忽見兩個丫頭也走了來嘲笑，要吃酒。鮑二因說：「姐兒們不在上頭伏侍，也偷着來了。一時叫起來沒人，又是事。」他女人罵道：「糊塗渾嗆了的忘八！你撞喪那黃湯罷。撞喪醉了，夾着你那腦袋挺你的屍去。叫不叫，與你什麼相干！一應有我承當呢，風啊雨的橫豎淋不到你頭上來。」這鮑二原因妻子之力在賈璉前十分有臉。近日他女人越發在二姐兒跟前殷勤服侍，他便自己除賺錢吃酒之外，一概不管，一聽他女人吩咐，百依百隨，且吃夠了便去睡覺。這裡鮑二女人陪着這些丫鬟小廝吃酒，又和那幾個小廝們打牙撂嘴兒的頑笑，討他們的好，準備在賈珍前討好兒。

腦袋怎樣夾？

「風氣」一壞到底，叫作「爛透了」。

四人正吃的高興，忽聽見扣門的聲兒。鮑二的女人忙出來開門，看時見是賈璉下馬，問有事無事。鮑二女人便悄悄的告訴他說：「大爺在這裡西院裡呢。」賈璉聽了，便至臥房，見尤二姐和兩個小丫頭在房中，見他來了，臉上卻有些訕訕的。賈璉反推不知，只命：「快拿酒來，咱們吃兩杯好睡覺。我今日乏了。」二姐兒忙忙陪笑，接衣捧茶，問長問短。賈璉喜的心癢難受。一時鮑二的女人端上酒來，二人對飲，兩個小丫頭在地下伏侍。

未免不堪。

賈璉的心腹小童隆兒拴馬去，瞧見了一匹馬。細瞧一瞧，知是賈珍的，心下會意，也來廚下。只見喜兒壽兒兩個正在那裡坐着吃酒，見他來了，也都會意，笑道：「你這會子來得巧，我們因趕不上爺的馬，恐怕犯夜，[3]往這裡來借個地方兒睡一夜。」隆兒便笑道：「我是二爺使我送月銀的，交給了奶奶，我也不回去了。」鮑二的女人便道：「咱們這裡有的是炕，為什麼不大家睡呢。」喜兒便說：「我們吃多了，你來吃一鍾。」隆兒才坐下，端起酒來，忽聽馬棚內鬧將起來，原來二馬同槽，不能相容，互蹶蹄起來。（賈珍賈璉倒能相容。）隆兒等慌得忙放下酒杯，出來喝馬，好容易喝住，另拴好了，進來。鮑二的女人笑說：「你三人就在這裡罷，茶也現成了，我可去了。」說着，帶門出去。這裡喜兒喝了幾杯，已是愣子眼了。隆兒壽兒關了門，回頭見喜兒直挺挺的仰臥炕上，二人便推他說：「好兄弟，起來好生睡，只顧你一個人舒服，我們就苦了。」那喜兒便說道：「咱們今兒可要公公道道貼一爐子燒餅了。」隆兒壽兒見他醉了，也不便多說，只得吹了燈，將就臥下。（上下全是流氓痞子。）

尤二姐聽見馬鬧，心下着實不安，只管用言語混亂賈璉。那賈璉吃了幾杯，春興發作，便命收了酒果，掩門寬衣。尤二姐只穿着大紅小襖，散挽烏雲，滿臉春色，比白日更增了顏色，賈璉摟着他笑道：「人人都說我們那夜叉婆整齊，如今我看來，給你拾鞋也不要。」二姐兒道：「我雖標致，卻無品行，看來到底是不標致的好。」賈璉忙說：「如何說這話，我卻不懂。」尤二姐滴淚說道：「你們拿我作糊塗人待，什麼事我不知道。我如今和你作了兩個月夫妻，日子雖淺，我也知你不是糊塗人。我生是你的人，死是你的鬼，如今既做了夫妻，終身我靠你，豈敢瞞藏一字。我算是有倚有靠了，將來我妹子卻如何結果？據我看來，這個形景恐非常策，要作長久之計方可。」賈璉聽了，笑道：「你且放心，我不是那拈酸吃醋的人。你前頭的事我都知道了，你不必驚慌。如今你跟了我來，大哥跟前自然倒要拘起形跡來了。依我的主意，不如叫三姨兒也合大哥成了好事，彼此兩無拘束，索性大家作個通家之好，你的意思怎麼樣？」尤二姐一面拭淚，一面說道：「雖然你有這個好意，頭一件三妹妹脾氣不好；第二件也怕大爺臉上下不來。」賈璉道：「這個無妨，我這會子就過去，索性破了例。」說着走了，便至西院中來，只見窗內燈燭輝煌。

賈璉便推門進去，說：「大爺在這裡呢，兄弟來請安。」賈珍聽是賈璉的聲音，倒唬了一跳。見賈璉進來，不覺羞慚滿面。尤老娘也覺不好意思。賈璉笑道：「何必做如此景象，咱們弟兄從前是如何樣來！大哥為我操心，我今日粉身碎骨感激不盡。大哥若多心，我倒不安了。從此以後，還求大哥照常方好，不然兄弟寧可絕後，再不敢到此處來了。」說着，便要跪下。慌得賈珍連忙攙起，只說：「兄弟怎麼說，我無不從命。」賈璉忙命人：「看酒來，我和大哥吃兩杯。」因又笑嘻嘻的向三姐兒道：「三妹妹為什麼不和大哥吃個雙鍾兒，我也敬一杯，給大哥和三妹妹道喜。」三姐兒聽了這話就跳起來，站在炕上指着賈璉冷笑道：「你不用和我花馬吊嘴[4]的，咱們清水下雜麪，你吃我看。[5]提着影戲人子上場兒，好歹別戳破這層紙兒。你別糊塗油蒙了心，打諒我們不知道你府上的事呢。這會

情深意長。

痞子有痞子之義氣。

強中更有強中手，能人背後有能人！

＊這段描寫膾炙人口，讀之痛快淋漓，雖是一時盡興，在「紅」中也是絕無僅有。在女性深受幾方面的壓抑的條件下，尤三姐能夠以毒攻毒，把兩個色狼的氣焰壓下去，着實難能可貴。

粗有粗的魅力，野有野的迷人，強有強的威勢，三姐簡直是光芒萬丈！

子花了幾個臭錢，你們哥兒兩個拿着我們姊妹兩個權當粉頭來取樂兒，你們就打錯了算盤了。我也知道，你那老婆太難纏，如今把我姐姐拐了來做了二房，偷來的鑼鼓兒打不得。我也要會會那鳳奶奶去，看他是幾個腦袋幾隻手。若大家好，取和兒便罷；倘若有一點叫人過不去，我有本事先把你兩個的牛黃狗寶[6]掏出來，再和那潑婦拚了這條命！喝酒怕什麼，咱們就喝！」說着，自己拿起壺來斟了一杯，自己先喝了半盞，揪過賈璉來就灌，說：「我倒不曾和你哥哥吃過，今日倒要和你吃一吃。咱們也親近親近。」唬得賈璉酒都醒了。賈珍也不承望尤三姐這等拉的下臉來。弟兄兩個本是風流場中耍慣的，不想今日反被這個閨女一席話說的不能搭言。尤三姐看了這樣，越發一疊聲又叫：「將姐姐請來，要樂，咱們四個大家一處樂。俗語說的『便宜不過當家』，你們是哥哥兄弟，我們是姐姐妹妹，又不是外人，只管上來。」尤二姐反不好意思起來。賈珍得便就要溜，尤三姐那裡肯放。賈珍此時反後悔，不承望他是這種人，與賈璉反不好輕薄起來。

何等豪邁！可惜「壯志未酬身先死」！

這尤三姐索性卸了妝飾，脫了大衣服，鬆鬆的挽個鬢兒，身上只穿着大紅襖兒，半掩半開，故意露蔥綠抹胸，一痕雪脯。底下綠褲紅鞋，鮮艷奪目，忽起忽坐，忽喜忽叱，沒半刻斯文。兩個墜子就和打鞦韆一般，燈光之下，越顯得柳眉籠翠，檀口含丹。本是一雙秋水眼，再吃了幾杯酒，越發橫波入鬢，轉盼流光，真把那珍璉二人弄的欲近不敢，欲遠不捨，迷離恍惚，落魄垂涎，再加方才一席話，直將二人禁住。弟兄兩個竟全然無一點兒能為，別說調情鬥口，竟連一句響亮話都沒了。尤三姐自己高談闊論，任意揮霍，村俗流言，灑落一陣，由着性兒拿他弟兄二人嘲笑取樂。一時他的酒足興盡，更不容他弟兄多坐，竟攆了出去，自己關門睡去了。

以我為主，充分發揮主體性。

自此後，或略有丫鬟婆子不到之處，便將賈珍賈璉賈蓉三個厲言痛罵，說他爺兒三個誆騙他寡婦孤女。賈珍回去之後，也不敢輕易再來。那三姐兒有時高興，又命小廝來找，及至到了這裡，也只好隨他的便，乾瞅着罷了。看官，聽說這尤三姐天生脾氣，和人異樣詭僻，只因他的模樣兒風流標致，他又偏愛打扮的出色，另式另樣做出許多萬人不及的風情體態來。那些男子們，別說賈珍賈璉這樣風流公子，便是一般老到人鐵石心腸，看見了這般光景也要動心的。及至到他跟前，他那一種輕狂豪爽，目中無人的光景，早又把人的一團高興逼住，不敢動手動腳。所以賈珍向來和二姐兒無所不至，漸漸的俗了，卻一心注定在三姐兒身上，便把二姐兒樂得讓給賈璉，自己卻和三姐兒捏合。偏那三姐一般和他頑笑，別有一種令人不敢招惹的光景。他母親和二姐兒也曾十分相勸，他反說：「姐姐糊塗，咱們金玉一般的人，白叫這兩個現世寶沾污了去，也算無能。而且他家現放着個極利害的女人，如今瞞着自然是好的。倘或一日他知道了，豈肯干休，勢必有一場大鬧。你二人不知誰生誰死。這如何便當作安身樂業的去處！」他母女聽他這話，料着難

風情體態，這就是中國式的「性感」吧。

這種境界相當高。不是寡婦臉式的道學，也不是潘金蓮式的淫蕩。

* 「紅」與一般傳統小說不同，並不以戲劇性傳奇性見長，所以「紅樓戲」遠不如「三國戲」「水滸戲」「西遊戲」那樣多。把「紅」搬上舞台，難度很大。唯「紅樓二尤」一節，戲劇性強，性格對比與性格轉變鮮明強烈，故事大開大合。但也正因如此，它們缺少「紅」的其他部分的那種生活實感，而多了傳奇性。

勸，也只得罷了。那尤三姐天天挑揀穿吃，打了銀的，又要金的；有了珠子，又要寶石；吃着肥鵝，又宰肥鴨；或不稱心，連桌一推；衣裳不如意，不論綾緞新整，便用剪刀剪碎，撕一條，罵一句，究竟賈珍等何曾隨意了一日，反花了許多昧心錢。

以歪治歪，充分發揮優勢。

賈璉來了，只在二姐房內，心中也漸漸的悔上來了。無奈二姐兒倒是個多情人，以為賈璉是終身之主了，凡事倒還知疼着熱。若論温柔和順，卻較着鳳姐還有些體度；就論起那標致來，以及言談行事，也不減於鳳姐。但已經失了腳，有了一個「淫」字，憑他什麼好處也不算了。偏這賈璉又說：「誰人無錯，知過必改就好。」故不提已往之淫，只取現今之善，便如膠似漆，一心一計誓同生死，那裡還有鳳平二人在意了？二姐在枕邊衾內也常勸賈璉說：「你和珍大爺商議商議，揀個相熟的把三丫頭聘了罷，留着他不是常法子，終久要生事故。」賈璉道：「前日我也曾回大哥的，他只是捨不的。我還說，『就是塊肥羊肉，無奈燙的慌；玫瑰花兒可愛，刺多扎手。咱們未必降的住，正經揀個人聘了罷。』他只意意思思[7]的，就丟開手了。你叫我有什麼法兒。」二姐兒道：「你放心，咱們明日先勸三丫頭，他肯了，讓他自己鬧去。鬧的無法，少不得聘他。」賈璉聽了說：「這話極是。」

至次日，二姐兒另備了酒，賈璉也不出門，至午間，特請他妹妹過來，與他母親上坐。尤三姐便知其意，剛斟上酒，也不用他姐姐開口，便先滴淚說道：「姐姐今日請我，自然有一番大道理要說。但只我也不是糊塗人，也不用絮絮叨叨的。從前的事情我已盡知，說也無益。既如今姐姐也得了好處安身，媽媽也有了安身之處，我也要自尋歸結去，方是正理。但終身大事，一生至一死，非同兒戲。向來人家看着咱們娘兒們微息，[8]都安着不知什麼心，我所以破着沒臉，人家才不敢欺負。這如今要辦正事，不是我女孩兒家沒羞恥，必得我揀一個素日可心如意的人方跟他。若憑你們揀擇，雖是有錢有勢的，我心裡進不去，白過了這一世。」賈璉笑道：「這也容易。憑你說是誰就是誰，一應彩禮都有我們置辦，母親也不用操心。」三姐兒道：「姐姐橫豎知道，不用我說。」賈璉笑問二姐兒是誰，二姐兒一時想不起來。賈璉料定必是此人無疑了，便拍手笑道：「我知道這人了，果然好眼力。」二姐兒笑道：「是誰？」賈璉笑道：「別人他如何進得去，一定是寶玉。」二姐兒與尤老娘聽了，也以為必然是寶玉了。三姐兒便啐了一口說：「我們有姊妹十個，也嫁你弟兄十個不成。難道除了你家，天下就沒有好男人了不成！」眾人聽了都詫異：「除了他，還有那一個？」三姐兒道：「別只在眼前想，姐姐只在五年前想就是了。」

正說着，忽見賈璉的心腹小廝興兒走來請賈璉說：「老爺那邊緊等着叫爺呢。小的答應往舅老爺那邊去了，小的連忙來請。」賈璉又忙問：「昨日家裡問我來着麼？」興兒說：「小的回奶奶，爺在家廟裡同珍大爺商議做百日的事，只怕不能來。」賈璉忙命拉馬，隆兒跟隨去了，留下興兒答應人。

＊這是繼冷子興演說榮國府後又一次「小興兒演說榮國府」。興兒是下人，愈是下人說話愈生動，天生的直觀形象，找得準感覺。當然，有他這下人的角度。

尤二姐便要了兩碟菜來，命拿大杯斟了酒，就命興兒在炕沿下站着吃，一長一短向他說話兒，問他家裡奶奶多大年紀，怎麼個利害的樣子，老太太多大年紀，姑娘幾個，各樣家常等話。興兒笑嘻嘻的在炕沿下一頭吃，一頭將榮府之事備細告訴他母女。又說：「我是二門上該班的人，我們共是兩班，一班四個，共是八個人。有幾個是奶奶的心腹，有幾個是爺的心腹。奶奶的心腹我們不敢惹，爺的心腹奶奶卻敢惹。提起來我們奶奶的事，告訴不得奶奶，他心裡歹毒，口裡尖快。我們二爺也算是個好的，那裡見得他。倒是跟前平姑娘為人狠好，雖然和奶奶一氣，他倒背着奶奶常做些好事。小的們有了不是，奶奶是容不過的，只求求他去就完了。如今闔家大小，除了老太太、太太兩個，沒有不恨他的，只不過面子情兒怕他。皆因他一時看的人都不及他，只一味哄着老太太、太太兩個人喜歡。他說一是一，說二是二，沒人敢攔他。又恨不得把銀子錢省了下來堆成山，好叫老太太、太太說他會過日子，殊不知苦了下人，他討好兒。或有好事，他就不等別人去說，他先抓尖兒；或有不好的事，或他自己錯了，他便一縮頭推到別人身上來，他還在旁邊撥火兒。如今連他正經婆婆太太都嫌了他，說他『雀兒揀着旺處飛』，『黑母雞一窩兒』，自家的事不管，倒替人家去瞎張羅！若不是老太太在頭裡，早叫過他去了。」尤二姐笑道：「你背着他這等說他，將來你又不知怎麼樣說我呢。我又差他一層兒，越發有得說了。」興兒忙跪下說道：「奶奶要這樣

小至於斯，有「線」劃分。

從興兒這話亦可看出平兒所行的雙重意義：幫助了鳳姐卻也反襯了鳳姐的不得人心。

得寵而致眾怨，天下之至險也。其下場不堪設想。

這個信息極為重要，是鳳姐面臨的主要危險。

說，小的不怕雷劈嗎？但凡小的要有造化，起先娶奶奶時若得了這樣的人，小的們也少捱些打罵，也少提心吊膽的。如今跟爺的幾個人，誰不是背前背後稱揚奶奶盛德憐下。我們商量着叫二爺要出來，情願來伺候奶奶呢。」尤二姐笑道：「你這小猾賊兒，還不起來。說句頑話兒就唬的這個兒。你們做什麼往這裡來，我還要找了你奶奶去呢。」興兒連忙搖手說：「奶奶千萬不要去。我告訴奶奶，一輩子別見他才好。嘴甜心苦，兩面三刀；上頭笑着，腳底下就使絆子；明是一盆火，暗是一把刀：都佔全了。只怕三姨兒的這張嘴還說不過他呢。奶奶這樣斯文良善人，那裡是他的對手！」尤氏笑道：「我只以禮待他，他敢怎麼樣我！」興兒道：「不是小的喝了酒放肆胡說，奶奶便用着禮讓，他看見奶奶比他標致，又比他得人心兒，他就肯善罷干休了？人家是醋罐子，他是醋缸醋甕。凡丫頭們二爺多看一眼，他有本事當着爺打個爛羊頭似的。雖然平姑娘在屋裡，大約一年間兩個有一次在一處，他還要嘴裡掂十來個過兒呢。氣的平姑娘性子上來哭鬧一陣說：『又不是我自己尋來的，你逼着我，我原不願意，又說我反了，這會子又這樣。』他一般的也罷了，倒央告平姑娘。」尤二姐笑道：「可是撒謊？這樣一個夜叉，怎麼反怕屋裡的人呢？」興兒道：「就是俗語說的『三人抬不過一個理字去了』。這平姑娘原是他自幼兒的丫頭，陪了過來一共四個，死的嫁的，只剩下這個心腹，收了屋裡一則顯他的賢良，二則又拴爺的心。那平姑娘又是個正經人，從不會挑三窩四的，倒一味忠心赤膽伏侍他，所以才容下了。」

尤二姐現在斯文了，原來似也不怎麼斯文。

尤二姐笑道：「原來如此。但只我聽見你們還有一位寡婦奶奶和幾位姑娘。他這樣利害，這些人如何依他？」興兒拍手笑道：「原來奶奶不知道。我們家這位寡婦奶奶，第一個善德人，不管事的，只教姑娘們看書寫字、針線道理，這是他的事情。前日因為他病了，這大奶奶暫管了幾日事，總是按着老例兒行，不像他那麼多事逞才的。我們大姑娘不用說是好的了。二姑娘混名兒叫『二木頭』。三姑娘的混名兒叫『玫瑰花兒』，又紅又香，無人不愛，只是有刺扎手。可惜不是太太養的，『老鴰窩裡出鳳凰』。四姑娘小，正經是珍大爺的親妹子，太太抱過來的，養了這麼大，也是一位不管事的。奶奶不知道，我們家的姑娘不算外，還有兩位姑娘真是天下少有。一位是我們姑太太的女孩兒，姓林。一位是姨太太的女孩兒，姓薛。這兩位姑娘都是美人兒一樣，又都知書識字的。或出門上車，或園子裡遇見，我們連氣兒也不敢出。」尤二姐笑道：「你們家規矩大，小孩子進得去撞見姑娘們，原該遠遠的藏躲着，敢出什麼氣兒呢。」興兒搖手道：「不是那麼不敢出氣兒，是怕這氣兒大了，吹倒了林姑娘；氣兒暖了，又吹化了薛姑娘。」說得滿屋裡都笑了，要知尤三姐要嫁何人，下回分解。

賈璉說過尤三姐像玫瑰花兒。

拉開距離，指點評論，便覺輕鬆幽默。真加入進去，就沒有這份生動活潑了。

1 **二舍**：「舍」即舍人，原係官名。宋元以來俗稱官僚子弟為舍人。「二舍」如同二少爺、二公子。

2 **素轎**：本為喪事用的白色轎子。這裡娶親用素轎，是因為賈璉在服賈敬之喪。下文「素服」云云，也是這個意思。

3 **犯夜**：觸犯宵禁的法令。古時有禁止夜行的法令。

4 **花馬掉嘴**：即花言巧語耍貧嘴。

5 **清水下雜麵，你吃我看**：雜麵以綠豆麵為主，煮時如不加油則味澀難吃，說清水下麵意謂看你怎麼吃。這句歇後語意為「我看你要做什麼」。

6 **牛黃狗寶**：兩種中藥。一為牛膽中的結石，一為狗腹中的凝結物。這裡用來罵人，喻人的壞心思。

7 **意意思思**：猶猶豫豫不能決斷的意思。

8 **微息**：弱息，孤弱沒有倚靠的意思。

第六十六回 情小妹恥情歸地府 冷二郎一冷入空門

話說興兒說怕吹倒了林姑娘，吹化了薛姑娘，大家都笑了。那鮑二家的打他一下子，笑道：「原有些真，到了你嘴裡越發沒了捆兒了。[1]你倒不像跟二爺的人，這些話倒像是寶玉的人。」尤二姐才又要問，忽見尤三姐笑問道：「可是你們家那寶玉，除了上學，他做些什麼？」興兒笑道：「三姨兒別問他，說起來三姨兒也未必信。他長了這麼大，獨他沒有上過正經學。我們家從祖宗直到二爺，誰不是學裡的師老爺嚴嚴的管着唸書，偏他不愛唸書。是老太太的寶貝。老爺先還管，如今也不敢管了。成天家瘋瘋顛顛的，說話人也不懂，幹的事人也不知。外頭人人看好清俊模樣兒，心裡自然是聰明的，誰知裡頭更糊塗，見了人一句話也沒有。所有的好處，雖沒上過學，倒難為他認得幾個字。每日又不習文，又不學武，又怕見人，只愛在丫頭群兒裡鬧。再者也沒個剛氣兒，有一遭見了我們，喜歡時沒上沒下，大家亂頑一陣；不喜歡各自走了，他也不理人。我們坐着臥着，見了他也不理他，他也不責備。因此沒人怕他，只管隨便，都過的去。」尤三姐笑道：「主子寬了，你們又這樣；嚴了，又抱怨，可知你們難纏。」尤二姐道：

1 不符合社會規範，連興兒也瞧不起。

「我們看他倒好，原來這樣。可惜了一個好胎子。」尤三姐道：「姐姐信他胡說，咱們也不是見過一面兩面的，行事言談吃喝，原有些女兒氣的，自然是天天只在裡頭慣了的。若說糊塗，那些兒糊塗？姐姐記得，穿孝時咱們同在一處，那日正是和尚們進來繞棺，[2]咱們都在那裡站着，他只站在頭裡擋着人。人說他不知禮，又沒眼色。過後他沒悄悄的告訴咱們說：『姐姐們不知道，我並不是沒眼色。想和尚們的那樣腌臢，只恐怕氣味熏了姐姐們。』接着他吃茶，姐姐又要茶。那個婆子就拿了他的碗去倒，他趕忙說：『我吃腌臢了的，另洗了再斟來。』這兩件上，我冷眼看去，原來他在女孩兒跟前不管什麼都過的去，只不大合外人的式，所以他們不知道。」尤二姐聽說，笑道：「依你說，你兩個已是情投意合了，竟把你許了他，豈不好？」三姐見有興兒，不便說話，只低了頭磕瓜子。興兒笑道：「若論模樣兒行為，倒是一對兒好人，只是他已經有了人了。只是沒有露形兒，將來準是林姑娘定了的，因林姑娘多病，二則都還小，所以還沒辦呢。再過三二年，老太太便一開言，那是再無不準的了。」大家正說話，只見隆兒又來了，說：「老爺有事，是件機密大事，要遣二爺往平安州去，不過三五日就起身，來回得十五六天的工夫，今日不能來了。請老奶奶早和二姨兒定了那件事，明日爺來，好作定奪。」說着，帶了興兒也回去了。

這裡尤二姐命掩了門，早睡下了，盤問他妹子一夜。至次日午後，賈璉方來了。尤二姐因勸他說：「既有正事，何必忙忙又來，千萬別為我誤事。」賈璉道：

三姐更能不受輿論與既有規範的拘束，用自己的眼睛看人。

從不同的角度刻畫敘述同一人同一事，給人以十分立體的感覺。

「也沒什麼事，只是偏偏的又出來了一件遠差，出了月兒就起身，得半月工夫才來。」尤二姐道：「既如此，你只管放心前去，這裡一應不用你記掛。三妹妹他從不會朝更暮改的，他已擇定了人，你只依他就是了。」賈璉忙問是誰。尤二姐笑道：「這人此刻不在這裡，不知多早晚才來，也難為他的眼力。他自己說了，這人一年不來，他等一年，十年不來等十年；若這人死了，再不來了，他情願剃了頭當姑子去，吃常齋唸佛，再不嫁人。」賈璉問：「到底是誰，這樣動他的心？」二姐兒笑道：「說來話長。五年前，我們老娘家做生日，媽媽帶我們到那裡與老娘拜壽。他家請了一起頑戲的人，也都是好人家子弟，裡頭有個裝小生的叫作柳湘蓮，如今要是他才嫁。舊年聞得這人惹了禍逃走了，不知回來了不曾？」賈璉聽了道：「怪道呢！我說是個什麼人，原來是他！果然眼力不錯。你不知道那柳老二，那樣一個標致人，最是冷面冷心的，差不多的人，他都無情無義。他最和寶玉合的來。去年因打了薛呆子，他不好意思見我們的，不知那裡去了，一向沒來。聽見有人說來了，不知是真是假。一問寶玉的小廝們就知道了。倘或不來時，他是萍蹤浪跡，知道幾年才來，豈不白耽擱了？」尤二姐道：「我們這三丫頭，說的出來，幹的出來，他怎麼說，只依他便了。」

二人正說之間，只見尤三姐走來，說道：「姐夫，你也不知道我們是什麼人，今日和你說罷。你只放心，我們不是那心口兩樣的人，說什麼是什麼。若有了姓柳的來，我便嫁他。從今日起，我吃齋唸佛，只伏侍母親，等來了，嫁了他去。

突然變成了貞節烈女？還是反映三姐的帶有任性特點的激情？

無情無義，冷面冷心，為何最與寶玉合得來？

若一百年不來，我自己修行去了。」説着，將頭上一根玉簪拔下來，磕作兩段，説：「一句不真，就和這簪子一樣。」説着，回房去了，真個竟「非禮不動，非禮不言」[3]起來。賈璉無了法，只得和二姐商議了一回家務，復回家與鳳姐商議起身之事。一面着人問焙茗，焙茗説：「竟不知道。大約沒來，若來了，必是我知道的。」一面又問他的街坊，也説沒來。賈璉只得回復了二姐兒。至起身之日已近，前兩天便説起身，卻先往二姐兒這邊來住兩夜，從這裡再悄悄的長行。果見三姐兒竟像又換了一個人的似的。又見二姐兒持家勤慎，自是不消記掛。

是日一早出城，竟奔平安州大道，曉行夜住，渴飲飢餐，方走了三日。那日正走之間，頂頭來了一群馱子，內中一夥主僕，十來匹馬，走的近了一看時，不是別人，就是薛蟠和柳湘蓮來了。賈璉深為奇怪，忙伸馬迎了上來，大家一起相見，説些別後寒温，便入一酒店歇下，共敘談敘談。賈璉因笑道：「鬧過之後，我們忙着請你兩個和解，誰知柳二弟蹤跡全無，怎麼你們兩個今日倒在一處了？」薛蟠笑道：「天下竟有這樣奇事。我同夥計販了貨物自春天起身往回裡走，一路平安，誰知前日到了平安州地面，遇見一夥強盜，已將東西劫去，不想柳二弟從那邊來了，方把賊人趕散，奪回貨物，還救了我們的性命。我謝他，又不受，所以我們結拜了生死弟兄，如今一路進京。從此後我們是親弟兄一般。到前面岔口上分路，他就分路往南二百里有他一個姑媽，他去望候望候。我先進京去，安置了我的事，然後給他尋一所房子，尋一門好親事，大家過起來。」賈璉聽了道：

似嫌過於黑白分明、戲劇化了。

這固是尤三姐的血性，卻也是尤三姐自己進了封建規範的框套，以她的性格和過去，這樣做豈能見容？豈能被接納？豈能不自投羅網，自取滅亡？

這是一種近似浪漫主義的寫法，令人想起雨果的《悲慘世界》中的冉阿讓。

更為奇巧。

這位眠花宿柳、吹歌彈唱的沒落少爺，竟扮演了大俠角色。

「原來如此，倒好，只是我們白懸了幾日心。」因又說道：「方才說起給柳二弟提親，我正有一門好親事堪配二弟。」說着，便將自己娶尤氏，如今又要發嫁小姨子一節說了出來，只不說尤三姐自擇之語。又囑薛蟠且不可告訴家裡，等生了兒子，自然是知道的。薛蟠聽了大喜，說：「早該如此，這都是舍表妹之過。」湘蓮忙笑說：「你又忘情了，還不住口。」薛蟠忙止住不語，便說：「既是這等，這門親事定要做的。」湘蓮道：「我本有願，定要一個絕色的女子，如今既是貴昆仲高誼，顧不得許多了，任憑定奪，我無不從命。」賈璉笑道：「如今口說無憑，等柳二弟一見便知，我這內娣[4]的品貌是古今有一無二的了。」湘蓮聽了，大喜說：「既如此說，等弟探過姑母，不過月中就進京的，那時再定如何？」賈璉笑道：「你我一言為定。只是我信不過柳二弟。你乃是萍蹤浪跡，倘然去了不來，豈不誤了人家一輩子的大事。須得留一個定禮。」湘蓮道：「大丈夫豈有失信之理。小弟素係寒貧，況且客中，那裡能有定禮。」薛蟠道：「我這裡現成，就備一分，二哥帶去。」賈璉道：「也不用金銀珠寶，須是柳二弟親身自有的東西，不論貴賤，不過帶去取信耳。」湘蓮道：「既如此說，弟無別物，囊中還有一把鴛鴦劍，乃弟家中傳代之寶，弟也不敢擅用，只是隨身收藏着，二哥就請拿去為定。弟縱係水流花落之性，亦斷不捨此劍。」說畢，大家又飲了幾杯，方各自上馬作別，起程去了。

薛蟠也不站在鳳姐一邊。

不敢擅用，並非實戰武器。實戰武器怎好作聘禮？

且說賈璉一日到了平安州，見了節度，完了公事，因又囑咐他十月前後務要還來一次，賈璉領命。次日連忙取路回家，先到尤二姐那邊。且說二姐兒操持家務十分謹肅，每日關門閉户，一點外事不聞。那三姐兒果是個斬釘截鐵之人，每日侍奉母親之餘，只和姐姐一處作些活計。雖賈珍趁賈璉不在家，也來鬼混了兩次，無奈二姐兒只不兜攬，推故不見。那三姐兒的脾氣賈珍早已領過教的，那裡還敢招惹他去，所以蹤跡益發疏闊了。

卻說這日賈璉進門，看見二姐兒三姐兒這般景況，喜之不盡，深念二姐兒之德。大家敘些寒温，賈璉便將路遇柳湘蓮一事說了一回，又將鴛鴦劍取出，遞與三姐兒。三姐兒看時，上面龍吞夔護，[5]珠寶晶瑩，及至拿出來看時，裡面卻是兩把合體的。一把上面鏨一「鴛」字，一把上面鏨一「鴦」字，冷颼颼，明亮亮，如兩痕秋水一般。三姐兒喜出望外，連忙收了，掛在自己繡房床上，每日望着劍，自喜終身有靠。賈璉住了兩天，回去覆了父命，回家合宅相見。那時鳳姐已大愈，出來理事行走了。賈璉又將此事告訴了賈珍。賈珍因近日又搭上了新相知，二則正惱他姐妹們無情，把這事丟過了，全不在心上，任憑賈璉裁奪，只怕賈璉獨力不能，少不得又給他幾十兩銀子。賈璉拿來交與二姐預備妝奩。

誰知八月內湘蓮方進了京，先來拜見薛姨媽，又遇見薛蝌，方知薛蟠不慣風霜，不服水土，一進京時便病倒在家，請醫調治。聽見湘蓮來了，請入臥室相見。薛姨媽也不念舊事，只感救命之恩，母子們十分稱謝。又說起親事一節，凡一應

個個是空喜一場。人生就是這樣的一個騙局嗎？

＊寫一個人雖然懺悔但不得見容的故事，古今中外都有。例如法國電影《推向斷頭台》。

東西皆置辦妥當，只等擇日。湘蓮也感激不盡。

次日又來見寶玉，二人相會，如魚得水。湘蓮因問賈璉偷娶二房之事。寶玉笑道：「我聽見焙茗說，我卻未見，我也不敢多管。我又聽見焙茗說，璉二哥哥着實問你，不知有何話說？」湘蓮就將路上所有之事一概告訴寶玉。寶玉笑道：「大喜，大喜！果然是個古今絕色，堪配你之為人。」湘蓮道：「既是這樣，他那少了人物，如何只想到我。況且我又素日不甚和他相厚，也關切不至於此。路上忙忙的就那樣再三要求定下，難道女家反趕着男家不成？我自己疑惑起來，後悔不該留下這劍作定。後來想起你來，可以細細問了底裡才好。」寶玉道：「你原是個精細人，如何既許了寶禮又疑惑起來？你原說只要一個絕色的，如今既得了個絕色的便罷了，何必再疑？」湘蓮道：「你既不知他來歷，如何又知是絕色？」寶玉道：「他是珍大嫂子的繼母帶來的兩個妹子。我在那裡和他們混了一個月，怎麼不知？真真一對尤物，他又姓尤。」湘蓮聽了，跌足道：「這事不好，斷乎做不得。你們東府裡除了那兩個石頭獅子乾淨罷了。」寶玉聽說，紅了臉。湘蓮自慚失言，連忙作揖說：「我該死胡說。你好歹告訴我，他品行如何？」寶玉笑道：「你既深知，又來問我做什麼？連我也未必乾淨了。」湘蓮笑道：「原是我自己一時忘情，好歹別多心。」寶玉笑道：「何必再提，這倒似有心了。」湘蓮作揖，告辭出來，心中想着，若找薛蟠，一則他病着，二則他又浮躁，不如去要回定禮。

寶玉無法為三姐辯護，反而坐實了湘蓮對三姐的疑心。

湘蓮自己乾淨嗎？也是男女有別，男人自可拈花惹草，不足為病，反稱風流；而女人就不同了。

主意已定，便一徑來找賈璉。

賈璉正在新房中，聞湘蓮來了，喜之不盡，忙迎出來，讓到內室，與尤老娘相見。湘蓮只作揖稱老伯母，自稱晚生，賈璉聽了詫異。吃茶之間，湘蓮便說：「客中偶然忙促，誰知家姑母於四月訂了弟婦，使弟無言可回。若從了二哥，背了姑母，似不合理。若係金帛之定，弟不敢索取，但此劍係祖父所遺，請仍賜回為幸。」賈璉聽了，心中自是不自在，便道：「二弟，這話你說錯了。定者，定也。原怕反悔所以為定，豈有婚姻之事，出入隨意的？這個斷乎使不得。」湘蓮笑道：「如此說，弟願領責領罰，然此事斷不敢從命。」賈璉還要饒舌，湘蓮便起身說：「請兄外坐一敘，此處不便。」那尤三姐在房明明聽見，好容易等了他來，今忽見反悔，便知他在賈府中聽了什麼話來，把自己也當作淫奔無恥之流，不屑為妻。今若容他出去和賈璉說退親，料那賈璉不但無法可處，就是爭辯起來，自己也無趣味。一聽賈璉要同他出去，連忙摘下劍來，將一股雌鋒隱在肘後出來，便說：「你們也不必出去再議，還你的定禮。」一面淚如雨下，左手將劍並劍鞘送與湘蓮，右手回肘只往項上一橫，可憐：

揉碎桃花紅滿地，
玉山傾倒再難扶。

當下唬的眾人急救不迭。尤老娘一面嚎哭，一面大罵湘蓮。賈璉揪住湘蓮，

＊如何能自刎得這般爽快？劍如此鋒利？尤三姐用劍如此熟練，二人連撲救都沒有？

試看寫各種生活場面飲酒、祝壽、吟詩、賞花、賞雪、醫療、喪葬、上學……是何等細緻豐滿。可見，那些描寫曹公有自己的親身經驗依據。而三姐故事，出自想像或道聽途說，反正不是第一手經驗。

原來勇鬥賈珍賈璉的英勇豪邁哪裡去了？可見與「敵人」鬥易，與自己人（特別是自己欽佩心愛的人）的偏見冤枉鬥難。

失去了精神支柱，失去了「改惡從善」的前途了。這實是執著精神的失敗。卻也塑造了一種特殊的「烈女」形象。

這兩句引用得太隔也太京劇化了。反減弱了人道主義力量。

*又是陰魂招引，又是一僧一道。自二十五回「通靈玉蒙蔽遇雙真」以來，此僧此道久違了。然而他們的法力無處不在。他們為現實生活蒙上了陰影，也為現實生活破開了一個黑洞，給予了無出路的出路。

不了了之。是人生的不了了之，是愛情的不了了之，是柳湘蓮的不了了之，也是小說的不了了之。再寫下去，反為不美。

命人捆了送官。二姐兒忙止淚，反勸賈璉：「人家並沒威逼他，是他自尋短見，你便送他到官，又有何益，反覺生事出醜，不如放他去罷。」賈璉此時也沒了主意，便放了手，命湘蓮快去。湘蓮反不動身，拉下手絹拭淚道：「我並不知道是這等剛烈人，真真可敬，是我沒福消受。」大哭一場。等買了棺木，眼看着入殮，又撫棺大哭一場，方告辭而去。

出門正無所之，昏昏默默，自想方才之事，原來這樣標致人，又這等剛烈，自悔不及，信步行來，也不自知了。正走之間，只聽得隱隱一陣環佩之聲，尤三姐從那邊來了，一手捧着鴛鴦劍，一手捧着一卷冊子，向湘蓮哭道：「妾癡情待君五年，不期君果冷心冷面，妾以死報此癡情。妾今奉警幻仙姑之命，前往太虛幻境修注案中所有一干情鬼，妾不忍相別，故來一會，從此再不能相見矣。」說畢，又向湘蓮灑了幾點眼淚，便要告辭而行。湘蓮不捨，忙欲上來拉住問時，那尤三姐一摔手便自去了。

這裡柳湘蓮放聲大哭，不覺自夢中哭醒，似夢非夢，睜眼看時，竟是一座破廟，旁邊坐着一個瘸腿道士捕虱。湘蓮便起身稽首相問：「此係何方？仙師何號？」道士笑道：「連我也不知道此係何方，我係何人，不過暫來歇足而已。」湘蓮聽了，冷然如寒冰侵骨，掣出那股雄劍來，將萬根煩惱絲一揮而盡，便隨那道士，不知往那裡去了。要知端的，且看下回分解。

不死就不剛烈，就骯髒了。為什麼道德規範常常需要用死來證明自身、實現自身？

1 **沒了捆兒了：**沒了拘束，信口開河。

2 **繞棺：**迷信習俗，人死後請和尚拈香繞棺誦經以超度亡魂。

3 **非禮不動，非禮不言：**語見《論語．顏淵》，原文為「非禮勿言，非禮勿動」。

4 **內娣：**妻子之妹。娣即女弟，妹之意。

5 **龍吞夔護：**一種夔龍紋的裝飾圖形。夔是傳說中的龍形神獸。

第六十七回 見土儀顰卿思故里 聞秘事鳳姐訊家童

話說尤三姐自盡之後，尤老娘和二姐兒、賈珍、賈璉等俱不勝悲慟，自不必說，忙令人盛殮，送往城外埋葬。湘蓮見尤三姐身亡，痴情眷戀，卻被道人數句冷言打破迷關，竟自截髮出家，跟隨道人飄然而去，不知何往。暫且不表。

且說薛姨媽聞知湘蓮已說定了尤三姐為妻，心中甚喜，正是高高興興要打算替他買房子，治傢伙，擇吉迎娶，以報他救命之恩。忽有家中小廝吵嚷「三姐兒自盡了」，被小丫頭們聽見，告知薛姨媽。薛姨媽不知為何，心甚歎息。正在猜疑，寶釵從園裡過來，薛姨媽便對寶釵說道：「我的兒，你聽見了沒有？你珍大嫂子的妹妹三姑娘，他不是已經許定給你哥哥的義弟柳湘蓮了麼，不知為什麼自刎了。那柳湘蓮也不知往那裡去了。真正奇怪的事，叫人意想不到。」寶釵聽了，並不在意，便說道：「俗語說的好『天有不測風雲，人有旦夕禍福』。這也是他們前生命定。前日媽媽為他救了哥哥，商量着替他料理，如今已經死的死了，走的走了。依我說，也只好由他罷了，媽媽也不必為他們傷感了。倒是自從哥哥打江南回來了一二十日，販了來的貨物，想來也該發完了。那同伴去的夥計們辛辛

好夢難圓。

為何如此不在意？連好奇心都沒有了麼？不僅冷面冷心，而且冷血了。剛說過她「艷冠群芳」，如何又用春秋筆法貶損之？或者可以解釋為寶釵潔身自好，自來就對湘蓮這種風流人物不感興趣，更對他與尤三姐的婚事不感興趣。

苦苦的，回來幾個月了，媽媽和哥哥商議商議，也該請一請，酬謝酬謝才是。別叫人家看着無理似的。」

母女正説話間，薛蟠自外面而入，眼中尚有淚痕。一進門來便向他母親拍手説道：「媽媽可知道柳二哥尤三姐的事麼？」薛姨媽説：「我才聽見説，正在這裡和你妹妹説這件公案呢。」薛蟠道：「媽媽可聽見説柳湘蓮跟着一個道士出了家了麼？」薛姨媽道：「這越發奇了。怎麼柳相公那樣一個年輕的聰明人，一時糊塗，就跟着道士去了呢？我想，你們好了一場，他又無父母兄弟，隻身一人在此，你該各處找找他才是。靠那道士能往那裡遠去，左不過是在這方近左右的廟裡寺裡罷了。」薛蟠説：「何嘗不是呢。我一聽見這個信兒，就連忙帶了小廝們在各處尋找，連一個影兒也沒有。又去問人，都説沒看見。」薛姨媽説：「你既找尋過沒有，也算把你作朋友的心盡了。焉知他這一出家，不是得了好處去呢。只是你如今也該張羅張羅買賣，二則把你自己娶媳婦應辦的事情倒早些料理料理。咱們家沒人，俗語説的『夯雀兒先飛』，省得臨時丟三落四的不齊全，令人笑話。再者你妹妹才説，你也回家半個多月了，想貨物也該發完了，同你去的夥計們，也該擺桌給他們道道乏才是。人家陪着你走了二三千里的路程，受了四五個月的辛苦，而且在路上又替你擔了多少的驚怕沉重。」薛蟠聽説，便道：「媽媽説的很是，倒是妹妹想的周到。我也這樣想着，只因這些日子為各處發貨，鬧的腦袋都大了。又為柳二哥的事忙了這幾日，反倒落了一個空，白張羅了一會子，

薛蟠的表現比乃妹強多了。

薛蟠本是個罪行（乃至血債）纍纍的惡霸，但他給歷代評家的印象並不太壞（至少比赦、珍、璉、蓉、芸輩強得多），一是因他心直口快，陰謀詭計不多，壞也壞在明處，二則是在這些事上，他很講交情。

到把正經事都誤了。要不然定了明兒後兒下帖兒請罷。」薛姨媽道：「由你辦去罷。」

話猶未了，外面小廝進來回說：「管總的張大爺差人送了兩箱子東西來，說這是爺各自買的，不在貨帳裡面。本要早送來，因貨物箱子壓着沒得拿；昨兒貨物發完了，所以今日才送來了。」一面說，一面又見兩個小廝搬進了兩個夾板夾的大棕箱。薛蟠一見，說：「噯喲，可是我怎麼就糊塗到這步田地了！特特的給媽和妹妹帶來的東西都忘了，沒拿了家裡來，還是夥計送了來了。」寶釵說：「虧你說，還是特特的帶來的，才放了一二十天，若不是特特的帶來，大約要放到年底下才送來呢。我看你也諸事太不留心了。」薛蟠笑道：「想是在路上叫人把魂嚇掉了，還沒歸竅呢。」說着，大家笑了一回，便向小丫頭說：「出去告訴小廝們，東西收下，叫他們回去罷。」薛姨媽同寶釵因問：「到底是什麼東西，這樣捆着綁着的？」薛蟠便命叫兩個小廝進來，解了繩子，去了夾板，開了鎖看時，這一箱都是綢緞綾錦洋貨等家常應用之物。薛蟠笑着道：「那一箱是給妹妹帶的。」親自來開。母女二人看時，卻是些筆墨紙硯、各色箋紙、香袋、香珠、扇子、扇墜、花粉、胭脂等物；外有虎丘[1]帶來的自行人、酒令兒，水銀灌的打筋斗小小子，沙子燈，[2]一齣一齣的泥人兒的戲，用青紗罩的匣子裝着；又有在虎丘山上泥捏的薛蟠的小像，與薛蟠毫無相差。寶釵見了，別的都不理論，倒是薛蟠的小像拿着細細看了一看，又看看他哥哥，不禁笑起來了。因叫鶯兒帶着幾個老婆子將這些東西連箱子送到園裡去。又和母親哥哥說了一回閒話兒，才回園裡去了。這裡薛姨媽將箱子裡的東西取出，一分一分的打點清楚，叫同喜送給賈母並王夫人等處不提。

且說寶釵到了自己房中，將那些頑意兒一件一件的過了目，除了自己留用之外，一分一分配合妥當，也有送筆墨紙硯的，也有送香袋扇子香墜的，也有送脂粉頭油的，有單送頑意兒的。只有黛玉的比別人不同，且又加厚一倍。一一打點完畢，使鶯兒同着一個老婆子跟着送往各處。

這邊姊妹諸人都收了東西，賞賜來使，說見面再謝。惟有林黛玉看見他家鄉之物，反自觸物傷情，想起父母雙亡，又無兄弟，寄居親戚家中，那裡有人也給我帶些土物？想到這裡，不覺的又傷起心來了。紫鵑深知黛玉心腸，但也不敢說破，只在一旁勸道：「姑娘的身子多病，早晚服藥，這兩日看着比那些日子略好些。雖說精神長了一點兒，還算不得十分大好。今兒寶姑娘送來的這些東西，可見寶姑娘素日看得姑娘很重。姑娘看着該喜歡才是，為什麼反倒傷起心來。這不是寶姑娘送東西來倒叫姑娘煩惱了不成？就是寶姑娘聽見，反覺臉上不好看。再者這裡老太太們為姑娘的病體千方百計請好大夫配藥診治，也為是姑娘的病好。這如今才好些，又這樣哭哭啼啼，豈不是自己遭塌了自己身子，叫老太太看着添了愁煩了麼？況且姑娘這病，原是素日憂慮過度，傷了血氣，姑娘的千金貴體也別自己看輕了。」紫鵑正在這裡

＊添一分則過，性格化的結果有時收效適得其反。劉備、宋江直至寶釵，都令人疑其偽。

太「正確」了就像假的。這是不是人性惡的表現？抑是性惡論的影響？惡人、偏執人比善人、全人更可信。不可嘆乎？

*傷心則一切傷心——黛玉，體貼則一切（女子）體貼——寶玉，冷靜則一切冷靜——寶釵，尷尬則一切尷尬——趙姨娘，孤僻則一切孤僻——妙玉，平順則一切平順——平兒……人物的性格化原則在某種意義上說也就是小說化原則，蓋這樣的人物鮮明生動，活靈活現，卻只有在小說中才結識得着，實際生活中，很難把人的個性提純到這種程度。

勸解，只聽見小丫頭子在院內說：「寶二爺來了。」紫鵑忙說：「請二爺進來罷。」

只見寶玉進房來了。黛玉讓坐畢，寶玉見黛玉淚痕滿面，便問：「妹妹，又是誰氣着你了？」黛玉勉強笑道：「誰生什麼氣。」旁邊紫鵑將嘴向床後桌上一努，寶玉會意，往那裡一瞧，見堆着許多東西，就知道是寶釵送來的，便取笑說道：「那裡這些東西，不是妹妹要開雜貨舖啊？」黛玉也不答言。紫鵑笑着道：「二爺還提東西呢，因寶姑娘送了些東西來，姑娘一看就傷起心來了。我正在這裡勸解，恰好二爺來的很巧，替我們勸勸。」寶玉明知黛玉是這個緣故，卻也不敢提頭兒，只得笑說道：「你們姑娘的緣故，想來不為別的，必是寶姑娘送來的東西少，所以生氣傷心。妹妹，你放心，等我明年叫人往江南去，與你多多的帶兩船來，省得你淌眼抹淚的。」黛玉聽了這些，也知寶玉是為自己開心，也不好推，也不好任，因說道：「我任憑怎麼沒見世面，也到不了這步田地，因送的東西少就生氣傷心。我又不是兩三歲的小孩子，你也忒把人看得小氣了。我有我的緣故，你那裡知道。」說着，眼淚又流下來了。寶玉忙走到床前，挨着黛玉坐下，將那些東西一件一件拿起來擺着細瞧，故意問這是什麼，叫什麼名字；那是什麼做的，這樣整齊；這是什麼，要他做什麼使用。又說這一件可以擺在面前；又說那一件可以放在條桌上當古董兒倒好呢。一味的將些沒要緊的話來廝混。黛玉見寶玉如此，

傷心則無事不傷心，無物不傷心。

以傷心觀照萬事萬物。當然可以解釋黛玉的傷心：父母雙亡、寄人籬下、終身無靠等等。但最好是不去解釋，依黛玉的心性，沒有這些苦處也會為別的事情而傷心。自來傷心。

其實如果送得少了或沒有送也是要傷心的。

寶玉確好。

能這樣細心耐心對待一個女孩子，確實與那些淫人不同。

黛玉知此感此，亦無怨矣。

自己心裡倒過不去，便說：「你不用在這裡混攪了，咱們到寶姐姐那邊去罷。」寶玉巴不得黛玉出去散散悶，解了悲痛，便道：「寶姐姐送咱們東西，咱們原該謝謝去。」黛玉道：「自家姊妹，這倒不必。只是到他那邊，薛大哥回來了，必然告訴他些南邊的古跡兒，我去聽聽，只當回了家鄉一趟的。」說着，眼圈兒又紅了。寶玉便站着等他。黛玉只得同他出來，往寶釵那裡去了。

且說薛蟠聽了母親之言，急下了請帖，辦了酒席。次日請了四位夥計，俱已到齊，不免說些販賣帳目發貨之事。不一時，上席讓坐，薛蟠挨次斟了酒，薛姨媽又使人出來致意。大家喝着酒說閒話兒。內中一個道：「今日這席上短兩個好朋友。」眾人齊問是誰，那人道：「還有誰，就是賈府上的璉二爺和大爺的盟弟柳二爺。」大家果然都想起來，問着薛蟠：「怎麼不請璉二爺合柳二爺來？」薛蟠聞言，把眉一皺，嘆口氣道：「璉二爺又往平安州去了，頭兩天就起了身的。那柳二爺竟別提起，真是天下頭一件奇事。什麼是柳二爺，如今不知那裡作柳道爺去了。」眾人都詫異道：「這是怎麼說？」薛蟠便把湘蓮前後事體說了一遍。眾人聽了越發駭異，因說道：「怪不的前日我們在店裡仿仿佛佛也聽見人吵嚷，說有一個道士三言兩語把一個人度了去了，又說一陣風颳了去了。只不知是誰。我們正發貨，那裡有閒工夫打聽這個事去，到如今還是似信不信的，誰知就是柳二爺呢。早知是他，我們大家也該勸他勸才是。任他怎麼着，也不叫他去。」內中一個道：「別是這麼着罷？」眾人問怎麼樣，那人道：「柳二爺那樣個伶俐人，未必是真跟了道士去罷。他原會些武藝，又有力量，或看破那道士的妖術邪法，特意跟他去，在背地擺佈他，也未可知。」薛蟠道：「果然如此，倒也罷了。世上這些妖言惑眾的人，怎麼沒人治他一下子。」眾人道：「那時難道你知道了，也沒找尋他去？」薛蟠說：「城裡城外那裡沒有找到？不怕你們笑話我，我找不着他，還哭了一場呢。」說畢，只是長吁短嘆，無精打采的，不像往日高興。眾夥計見他這樣光景，自然不便久坐，不過隨便喝了幾杯酒，吃了飯，大家散了。

且說寶玉同着黛玉到寶釵處來。寶玉見了寶釵，便說道：「大哥哥辛辛苦苦的帶了東西來，姐姐留着使罷，又送我們。」寶釵笑道：「原不是什麼好東西，不過是遠路帶來的土物兒，大家看着新鮮些就是了。」黛玉道：「這些東西我們小時候倒不理會，如今看見真是新鮮物兒了。」寶釵因笑道：「妹妹知道，這就是俗語說的『物離鄉貴』，其實可算什麼呢。」寶玉聽了這話正對了黛玉方才的心事，連忙拿話岔道：「明年好歹大哥哥再去時，替我們多帶些來。」黛玉瞅了他一眼，便道：「你要你只管說，不必拉扯上人。姐姐你聽，寶哥哥不是給姐姐來道謝，竟又要定下明年的東西來了。」說的寶釵寶玉都笑了。三個人又閒話了一回，因提起黛玉的病來。寶釵勸了一回，因說道：「妹妹若覺着身子不爽快，倒要自己勉強扎掙着出來各處走走逛逛，散散心，比在屋裡悶坐着到底好些。我那兩日不是覺着發懶，渾身發熱，只是要歪着，也因為時氣不好，怕病，因此尋些事情自己混着。這兩日才覺着好些了。」黛玉道：「姐姐說的何嘗不是，我也

發生了一件什麼事情，人們就做成各種傳聞與解釋，隔靴搔癢，以訛傳訛。

救世渡人，從另一面解釋，恰是妖言惑眾。

這次致謝宴請得不成功，反襯出寶釵的不近人情。眾人都關心，除寶釵例外。

鄉愁如酒。愁也是一種美。

從傷感到幽默，這其實是一種健康化和成熟化的表現。

是這麼想着呢。」大家又坐了一會子方散。寶玉仍把黛玉送至瀟湘館門首，才各自回去了。

且説趙姨娘因見寶釵送了賈環些東西，心中甚是喜歡，想道：「怨不得別人都説那寶丫頭好，會做人，很大方，如今看起來果然不錯。他哥哥能帶了多少東西來，他挨門兒送到，並不遺漏一處，也不露出誰薄誰厚，連我們這樣沒時運的他都想到了。若是那林丫頭，他把我們娘兒們正眼也不瞧，那裡還肯送我們東西？」一面想，一面把那些東西翻來覆去的擺弄瞧看一回。忽然想到寶釵係王夫人的親戚，為何不到王夫人跟前賣個好兒呢。自己便蝎蝎螫螫的拿着東西走至王夫人房中，站在旁邊陪笑説道：「這是寶姑娘才剛給環哥兒的，難為寶姑娘這麼年輕的人，想的這麼周到，真是大户人家的姑娘，又展樣，[3]又大方，怎麼叫人不敬服呢。怪不得老太太和太太成日家都誇他疼他。我也不敢自專就收起來，特拿來給太太瞧瞧，太太也喜歡喜歡。」王夫人聽了，早知道來意了，又見他説的不倫不類，也不便不理他，説道：「你自管收了去給環哥頑罷。」趙姨娘來時興興頭頭，誰知抹了一鼻子灰，滿心生氣，又不敢露出來，只得訕訕的出來了。到了自己房中，將東西丟在一邊，嘴裡咕咕噥噥，自言自語道：「這個又算了個什麼兒呢。」一面坐着，各自生了一回悶氣。

卻説鶯兒帶着老婆子們送東西回來，回覆了寶釵，將眾人道謝的話並賞

趙姨娘難得對主流派親屬產生此種美好情緒。一碗水端平，方能令人折服。

不能算「不倫不類」。趙姨娘感謝寶釵，到王夫人處說一說，自是討好之意，起碼並無不良動機。卻也「抹了一鼻子灰」，對趙氏，未免太苛刻了。

＊王夫人對趙的態度實在太不友好。此節她至少應該禮貌禮貌，對付對付。人家來表示對你的外甥女的感謝稱頌，你怎麼一句人話也不說呢？作者的傾向也完全是肯定王而嘲弄趙。

賜的銀錢都回完了，那老婆子便出去了。鶯兒走近前來一步，挨着寶釵悄悄的説道：「剛才我到璉二奶奶那邊，看見二奶奶一臉的怒氣，我送下東西出來時，悄悄的問小紅，説剛才二奶奶從老太太屋裡回來不似往日歡天喜地的，叫了平兒去唧唧咕咕的不知説了些什麼。看那個光景倒像有什麼大事的似的。姑娘沒聽見那邊老太太有什麼事？」寶釵聽了，也自己納悶，想不出鳳姐是為什麼有氣，便道：「各人家有各人的事，咱們那裡管得。你去倒茶去罷。」鶯兒於是出來，自去倒茶不提。

小紅長舌。

此話好。

且說寶玉送了黛玉回來，想着黛玉的孤苦，不免也替他傷感起來，因要將這話告訴襲人，進來時卻只有麝月秋紋在房中。因問：「你襲人姐姐那裡去了？」麝月道：「左不過在這幾個院裡，那裡就丢了他。一時不見，就這樣找。」寶玉笑着道：「不是怕丢了他。因我方才到林姑娘那邊，見林姑娘又正傷心呢，問起來卻是為寶姐姐送了他東西，他看見是他家鄉的土物，不免對景傷情。我要告訴你襲人姐姐，叫他閒時過去勸勸。」正説着，晴雯進來了，因問寶玉道：「你回來了，你又要叫勸誰？」寶玉將方才的話説了一遍。晴雯道：「襲人姐姐才出去，聽見他説要到璉二奶奶那邊去，保不住還到林姑娘那裡。」寶玉聽了，便不言語。秋紋倒了茶來，寶玉漱了一口，遞給小丫頭子，心中着實不自在，就隨便歪在床上。

卻說襲人因寶玉出門，自己作了回活計，忽想起鳳姐身上不好，這幾日也沒有過去看看，況聞賈璉出門，正好大家說說話兒。便告訴晴雯：「好生在屋裡，別都出去了，叫寶玉回來抓不着人。」晴雯道：「嗳喲，這屋裡單你一個人記掛着他，我們都是白閒着混飯吃的。」襲人笑着，也不答言就走了。

剛來到沁芳橋畔，那時正是夏末秋初，池中蓮藕新殘相間，紅綠離披。襲人走着，沿堤看頑了一回。猛抬頭看見那邊葡萄架底下有人拿着撣子在那裡撣什麼呢，走到跟前，卻是老祝媽。那老婆子見了襲人，便笑嘻嘻的迎上來說道：「姑娘怎麼今日得工夫出來逛逛？」襲人道：「可不是。我要到璉二奶奶家瞧瞧去。你在這裡做什麼呢？」那婆子道：「我在這裡趕蜜蜂兒，今年三伏裡雨水少，這果子樹上都有蟲子，把果子吃的疤瘌流星的，掉了好些下來。姑娘還不知道呢，這馬蜂最可惡的，一嘟嚕上只咬破三兩個兒，那破的水滴到好的上頭，連這一嘟嚕都是要爛的。姑娘你瞧，咱們說話的空兒沒趕，就落上許多了。」襲人道：「你就是不住手的趕，也趕不了許多。你倒是告訴買辦，叫他多多做些小冷布口袋兒，一嘟嚕套上一個，又透風，又不遭塌。」婆子笑道：「倒是姑娘說的是。我今年才管上，那裡知道這個巧法兒呢。」因又笑說道：「今年果子雖遭塌了些，味兒倒好，不信摘一個姑娘嚐嚐。」襲人正色道：「這那裡使得。不但沒熟吃不得，就是熟了，上

承包激發出來的積極性。

＊山雨欲來風滿樓。大鬧寧國府前夕，先是鶯兒向寶釵報信兒，寶釵雖說不管閒事，懸念已給讀者造成。接着襲人也感到了異常氣氛，雖是若無其事地說閒話，卻更給人以風暴前的平靜的感覺。

襲人來鳳處的路上插一段防蜂護果的插曲，雖似信手拈來的閒筆，實則既略補補園子承包後的景象描寫，又進一步烘托了風暴欲來，陰雲密佈，而眾人萬物尚無察覺的氣氛，欲擒故縱，大家風度。

*以此回為例，先追光寶釵薛姨媽，聯繫到薛蟠，轉到薛蟠身上，然後薛蟠送禮，追光轉到黛玉處，寶玉來安慰黛玉，追光在寶玉身上。寶玉派襲人，又追襲人。襲人至鳳姐，這才打開大燈把戲有聲有色地圍繞鳳姐表演出來。長篇小說，視角變幻，方見全景，亦似散點透視，領着讀者且行且看地逛大觀園。這種結構方法頗有氣派，唯需作者確有多方洞察，寫到哪兒都有把握，都不「手軟」。

頭還沒有供鮮，咱們倒先吃了。你是府裡使老了的，難道連這個規矩都不懂了？」老祝忙笑道：「姑娘說得是。我見姑娘很喜歡，我才敢這麼說，可就把規矩錯了。我可是老糊塗了。」襲人道：「這也沒有什麼。只是你們有年紀的老奶奶們，別先領着頭兒這麼着就好了。」說着，遂一徑出了園門，來到鳳姐這邊。

一到院裡，只聽鳳姐說道：「天理良心，我在這屋裡熬的越發成了賊了。」襲人聽見這話，知道有原故了，又不好回來，又不好進去，遂把腳步放重些，隔着窗子問道：「平姐姐在家裡呢麼？」平兒忙答應着迎出來。襲人便問：「二奶奶也在家裡呢麼？身上可大安了？」說着，已走進來。鳳姐裝着在床上歪着呢。見襲人進來，也笑着站起來說：「好些了，叫你惦着。怎麼這幾日不過我們這邊坐坐？」襲人道：「奶奶身上欠安，本該天天過來請安才是，但只怕奶奶身上不爽快，倒要靜靜兒的歇歇兒，我們來了，倒吵的奶奶煩。」鳳姐笑道：「煩是沒的話。倒是寶兄弟屋裡雖然人多，也就靠着你一個照看他，也實在的離不開。我常聽見平兒告訴我說，你背地裡還惦着我，常常問我，這就是你盡心了。」一面說着，叫平兒挪了張杌子放在床邊，讓襲人坐下。豐兒端進茶來，襲人欠身道：「妹妹坐着罷。」一面說閒話兒，只見一個小丫頭子在外間屋裡悄悄的和平兒說：「旺兒來了，在二門上伺候着呢。」又聽見平兒也悄悄的道：「知道了。叫他先去，回來再來，

果然堅持規範。

只靠一人，太寵太過了。

不忘致敬。

致敬學也是一門學問，與名單學、座次學一樣，不可不察。

別在門口兒站着。」襲人知道他們有事，又說了兩句話，便起身要走。鳳姐道：「閒來坐坐，說說話兒，我倒開心。」因命平兒：「送送你妹妹。」平兒答應着送出來。只見兩三個小丫頭子都在那裡屏聲息氣齊齊的伺候着。襲人不知何事，便自去了。

「他們有事」四字，把讀者的心亦高高吊起。

卻說平兒送出襲人進來，回道：「旺兒才來了，因襲人在這裡，我叫他先到外頭等等兒，這會子還是立刻叫他呢，還是等着？請奶奶的示下。」鳳姐道：「叫他來。」平兒忙叫小丫頭去傳旺兒進來。這裡鳳姐又問平兒：「你到底是怎麼聽見誰說的？」平兒道：「就是頭裡那小丫頭子的話。他說他在二門裡頭聽見外頭兩個小廝說：『這個新二奶奶比咱們舊二奶奶還俊呢，脾氣兒也好。』不知是旺兒是誰，吆喝了一頓，說：『什麼新奶奶舊奶奶的，還不快悄悄兒的呢，叫裡頭知道了，把你的舌頭還割了呢。』」平兒正說着，只見一個小丫頭進來回說：「旺兒在外頭伺候着呢。」鳳姐聽了，冷笑了一聲，說：「叫他進來。」那小丫頭出來說：「奶奶叫呢。」旺兒連忙答應着進來。旺兒請了安，在外間門口垂手侍立。鳳姐兒道：「你過來，我問你話。」旺兒才走到裡間門旁站着。鳳姐兒道：「你二爺在外頭弄了人，你知道不知道？」旺兒又打着千兒回道：「奴才天天在二門上聽差事，如何能知道二爺外頭的事呢。」鳳姐冷笑道：「你自然不知道。你要知道，你怎麼攔人呢。」旺兒見這話，知道剛才的話已經走了風了，料着瞞不過，便又跪回道：「奴才實在不知，就是頭裡興兒和喜兒兩個人在那裡混說，奴才吆

注意：最早打報告的不是別的惡人，而是平兒。這說明，平兒確實忠於鳳姐。其次，當一個「好人」忠於另一個惡人的時候，這個好人究竟會起什麼作用？思之怵然。第三，此後平兒又十分同情與幫助尤二姐，這不也是自相矛盾乃至人格分裂嗎？

喝了他們兩句，內中深情底裡奴才不知道，不敢妄回。求奶奶問興兒，他是長跟二爺出門的。」鳳姐兒聽了，下死勁啐了一口，罵道：「你們這一起沒良心的混帳忘八崽子！都是一條藤兒，打量我不知道呢。先去給我把興兒那個忘八崽子叫了來，你也不許走。問明白了他，回來再問你。好，好，好，這才是我使出來的好人呢！」旺兒只得連聲答應幾個是，爬起來出去叫興兒。

卻說興兒正在帳房兒裡和小廝們頑呢，聽見說二奶奶叫，先唬了一跳，卻也想不到是這件事發作了，連忙跟着旺兒進來。旺兒先進去回說：「興兒來了。」鳳姐兒厲聲道：「叫他！」那興兒聽見這個聲音兒早已沒了主意了，只得乍着膽子進來。鳳姐兒一見便說：「好小子啊！你和你爺辦的好事啊！你只實說罷！」興兒一聞此言，又看見鳳姐兒氣色及兩邊丫頭們的光景，早唬軟了，不覺跪下，只是磕頭。鳳姐兒道：「論起這事來，我也聽見說不與你相干，但只你不早來回我知道，這就是你的不是了。你要實說了，我還饒你；再有一字虛言，你先摸摸你腔子上幾個腦袋瓜子！」興兒戰兢兢的朝上磕頭道：「奶奶問的是什麼事，奴才同爺辦壞了？」鳳姐聽了，一腔火都發作起來，喝令：「打嘴巴！」旺兒過來，才要打時，鳳姐罵道：「什麼糊塗忘八崽子！叫他自己打，用你打嗎！一會子你再各人打你那嘴巴子還不遲呢。」那興兒真個自己左右開弓，打了自己十幾個嘴巴。鳳姐兒喝聲「站住」，問道：「你二爺外頭娶了什麼新奶奶舊奶奶的事，你大概不知道啊。」興兒見說出這件事來越發着了慌，連忙把帽子抓下來，在磚地

「沒良心」云云，可嘆。鳳姐要求別人對她講良心，實際仍是要求單向效忠。

網開一面。

坦白從寬。

抗拒從嚴。

這個場面很有某種特色或意味。主子讓奴才自打嘴巴，個中似亦有一種權力的鋪展，權力的自我欣賞與自我滿足。

上咕咚咕咚碰的頭山響，口裡說道：「只求奶奶超生，奴才再不敢撒一個字兒的謊。」鳳姐道：「快說！」興兒直蹶蹶的跪起來回道：「這事頭裡奴才也不知道。就是這一天東府裡大老爺送了殯，俞祿往珍大爺廟裡去領銀子。二爺同着蓉哥兒到了東府裡，道兒上爺兒兩個說起珍大奶奶那邊的二位姨奶奶來。二爺誇他好。蓉哥兒哄着二爺，說把二姨奶奶說給二爺。」鳳姐聽到這裡，使勁啐道：「呸，沒臉的忘八蛋！他是你那一門子的姨奶奶！」興兒忙又磕頭說：「奴才該死！」往上瞅着，不敢言語。鳳姐兒道：「完了嗎？怎麼不說了？」興兒方才又回道：「奶奶恕奴才，奴才才敢回。」鳳姐啐道：「放你媽的屁，這還什麼恕不恕了，你好生給我往下說，好多着呢。」興兒又回道：「二爺聽見這話就喜歡了。後來奴才也不知道怎麼就弄真了。」鳳姐微微冷笑道：「這個自然麼，你可那裡知道呢！你知道的只怕都煩了呢。是了，說底下的罷！」興兒回道：「後來就是蓉哥兒給二爺找了房子。」鳳姐忙問道：「如今房子在那裡？」興兒道：「就在府後頭。」鳳姐兒道：「哦。」回頭瞅着平兒道：「咱們都是死人哪。你聽聽！」平兒也不敢作聲。興兒又回道：「珍大爺那邊給了張家不知多少銀子，那張家就不問了。」鳳姐道：「這裡頭怎麼又扯拉上什麼張家，李家咧呢？」興兒回道：「奶奶不知道，這二奶奶……」剛說到這裡，又自己打了個嘴巴，把鳳姐兒倒慪笑了，兩邊的丫頭也都抿嘴兒笑。興兒想了想，說道：「那珍大奶奶的妹子……」

＊這場「鬥爭」，對於鳳姐來說亦非易事。蓋男權中心，賈璉本有權三妻四妾。故鳳姐需要盡知始末過節，方能抓住對方弱點，發起一場攻擊。

拉平兒。平兒的彙報中不排除她自身的嫉妒因素。賈璉當時如果不瞞平兒，把平兒拉住穩住，可能情況還好一些。

*鳳姐盛怒中保持着冷靜，「審案子」的時候有威猛亦有清醒策略，注意弄清情況以使自己立於不敗之地，然後訂出來連環妙計，棋看許多步以外，着實有兩下子。她的這些本事，都不是讀書讀出來的，而是天才加鍛煉，經驗加自信的產物。書呆子們給鳳姐提鞋，也不夠格兒！

鳳姐兒接着道：「怎麼樣？快說呀。」興兒道：「那珍大奶奶的妹子原來從小兒有人家的，姓張，叫什麼張華，如今窮的待好討飯。珍大爺許了他銀子，他就退了親了。」鳳姐兒聽到這裡，點了點頭兒，回頭便望丫頭們，說道：「你們都聽見了？小忘八崽子，頭裡他還說他不知道呢！」興兒又回道：「後來二爺才叫人裱糊了房子，娶過來了。」鳳姐道：「打那裡娶過來的？」興兒回道：「就在他老娘家抬過來的。」鳳姐道：「好罷咧。」又問：「沒人送親麼？」興兒道：「就是蓉哥兒。還有幾個丫頭婆子們，沒別人。」鳳姐道：「你大奶奶沒來嗎？」興兒道：「過了兩天，大奶奶才拿了些東西來瞧的。」鳳姐兒笑了一笑，回頭向平兒道：「怪道那兩天二爺稱讚大奶奶不離嘴呢。」掉過臉來又問興兒：「誰服侍呢？自然是你了。」興兒趕着碰頭不言語。鳳姐又問：「前頭那些日子說給那府裡辦事，想來辦的就是這個了。」興兒回道：「也有辦事的時候，也有往新房子裡去的時候。」鳳姐又問道：「誰和他住着呢？」興兒道：「他母親和他妹子。昨兒他妹子各人抹了脖子了。」鳳姐兒道：「這又為什麼？」興兒隨將柳湘蓮的事說了一遍。鳳姐道：「這個人還算造化高，省了當那出名兒的忘八。」因又問道：「沒了別的事了麼？」興兒道：「別的事奴才不知道。奴才剛才說的字字是實，一字虛假，奶奶問出來只管打死奴才，奴才也無怨的。」鳳姐低了一回頭，便又指着興兒說道：「你這個猴兒崽子就該打死。這有什麼瞞着我的？你想着瞞了我，

抓住了破綻，直覺地認定已經有了由頭，所以才點頭。

從鳳姐的評論，可以想像柳湘蓮不得不退婚時的思想壓力。

就在你那糊塗爺跟前討了好兒了，你新奶奶好疼你。我不看你剛才還有點怕懼兒，不敢撒謊，我把你的腿不給你砸折了呢。」說着，喝聲「起去」。興兒磕了個頭，才爬起來，退到外間門口，不敢就走。鳳姐兒道：「過來，我還有話呢。」興兒趕忙垂手敬聽。鳳姐道：「你忙甚麼，新奶奶等着賞你什麼呢？」興兒也不敢抬頭。鳳姐道：「你從今日不許過去。我什麼時候叫你，你甚麼時候到。遲一步兒你試試！出去罷。」興兒忙答應幾個是，退出門來。鳳姐又叫道：「興兒！」興兒趕忙答應回來。鳳姐道：「快出去告訴你二爺去，是不是啊？」興兒回道：「奴才不敢。」鳳姐道：「你出去提一個字兒，提防你的皮！」興兒連忙答應着才出去了。鳳姐又叫：「旺兒呢？」旺兒連忙答應着過來。鳳姐把眼直瞪瞪的瞅了兩三句話的工夫，才說道：「好，旺兒，很好，去罷！外頭有人提一個字兒，全在你身上。」旺兒答應着也出去了。

鳳姐便叫倒茶。小丫頭子們會意，都出去了。這裡鳳姐才和平兒說：「你都聽見了？這才好呢。」平兒也不敢答言，只好陪笑兒。鳳姐越想越氣，歪在枕上只是出神，忽然眉頭一皺，計上心來，便叫：「平兒來。」平兒連忙答應過來。鳳姐道：「我想這件事竟該這麼着才好，也不必等你二爺回來再商量了。」未知鳳姐如何辦理，下回分解。

放一步又叫回來一次，這種拉鋸法使興兒深刻意識到自己已是鳳姐貓爪下的一隻老鼠，很有心理威懾震服的作用。

無言威脅。也算善於以威壓人。

1 **虎丘：**山名，在江蘇蘇州，據載吳王闔閭葬此，葬三日有白虎踞其上，故名。

2 **沙子燈：**一種玻璃玩具燈。

3 **展樣：**指人的風度氣派開展得體。

第六十八回　苦尤娘賺入大觀園　酸鳳姐大鬧寧國府

話說賈璉起身去後，偏值平安節度使巡邊在外，約一個月方回。賈璉未得確信，只得住在下處等候。及至回來相見，將事辦妥，回程已是將近兩個月的限了。

誰知鳳姐早已心下算定，只待賈璉前腳走了，回來便傳各色匠役收拾東廂房三間，照依自己正室一樣裝飾陳設。至十四日便回明賈母王夫人，說十五日一早要到姑子廟進香去，只帶了平兒、豐兒、周瑞媳婦、旺兒媳婦四人，未曾上車，便將原故告訴了眾人，又吩咐眾男人素衣素蓋，一徑前來。

興兒引路，一直到了門前扣門。鮑二家的開了。興兒笑道：「快回二奶奶去，大奶奶來了。」鮑二家的聽了這句，頂樑骨走了真魂，忙飛跑進去報與尤二姐。尤二姐雖也一驚，但已來了，只得以禮相見。於是忙整理衣服，迎了出來。至門前，鳳姐方下車進來。尤二姐一看，只見頭上都是素白銀器，身上月白緞子襖，青緞子掐銀線的褂子，白緞素裙。眉彎柳葉，高昂兩梢，目橫丹鳳，神凝三角。俏麗若三春之桃，清素若九秋之菊。周瑞旺兒二女人攙進院來。尤二姐陪笑，忙迎上來拜見，張口便叫姐姐，說：「今日實在不知姐姐下降，不曾遠接，求姐姐

風度儀表，居高臨下，壓人一頭。

*鳳姐這一套，堂堂正正，親親熱熱，端的是威力強大的糖衣炮彈！不說謊，辦不了事？

寬恕。」說着，便拜下去。鳳姐忙陪笑還禮不迭，趕着拉了二姐兒的手同入房中。

鳳姐上坐，尤二姐忙命丫鬟拿褥子便行禮說：「妹子年輕，一從到了這裡，諸事都是家母和家姐商議主張。今日有幸相會，若姐姐不棄寒微，凡事求姐姐的指教。情願傾心吐膽，只伏侍姐姐。」說着，便行下禮去。鳳姐忙下坐還禮，口內忙着：「皆因我也年輕，向來總是婦人的見識，一味的只勸二爺保重，別在外邊眠花宿柳，恐怕叫太爺太太耽心。這都是你我的癡心，誰知二爺倒錯會了我的意。若是外頭包佔人家姐妹，瞞着家裡也罷了；如今娶了妹妹作二房這樣正經大事，也是人家大禮，卻不曾和我說。我也勸過二爺早辦這件事，果然生個一男半女連我後來都有靠。不想二爺反以我為那等妒忌不堪的人，私自辦了，真真叫我有冤沒處訴。我的這個心惟有天地可表。頭十天裡，我就風聞着知道了，只怕二爺又錯想了，遂不敢先說。目今可巧，二爺走了，所以我親自過來拜見。還求妹妹體諒我的苦心，起動大駕，挪到家中，你我姊妹同居同處，彼此合心合意的諫勸二爺，謹慎世務，保養身子，這才是大禮呢。要是妹妹在外頭，我在裡頭，妹妹白想想，我心裡怎麼過的去呢。再者叫外人聽着，不但我的名聲不好聽，就是妹妹的名兒也不雅。況且二爺的名聲更是要緊的，倒是談論咱們姐兒們還是小事。至於那起下人小人之言，未免見我素昔持家太嚴，背地裡加減些話，也是常情。妹妹想，自

以子之矛，攻子之盾。與你想到一處去了，請君入甕吧。

這個楔子打得有意思，更使一切珠圓玉潤。

料事如神，句句字字入轂合韻。

古說的『當家人，惡水缸』，我要真有不容人的地方兒，上面三層公婆，當中好幾位姐姐妹妹妯娌們，怎麼容的我到今兒。就是今兒二爺私娶妹妹在外頭住着，我自然不願意見妹妹，我如何還肯來呢？拿着我們平兒說起，我還勸着二爺收他呢。這都是天地神佛不忍我叫這些小人們遭塌，所以才叫我知道了。我如今來求妹妹進去，和我一樣兒，住的，使的，穿的，帶的，你我總是一樣兒。妹妹這樣伶透人，若肯真心幫我，我也得個膀臂。不但那起小人堵了他們的嘴，就是二爺回來一見，他也從今後悔。我並不是那種吃醋調歪的人，你我三人更加和氣。所以妹妹還是我的大恩人呢。要是妹妹不和我去，我也願意搬出來陪着妹妹住。只求妹妹在二爺跟前替我好言方便方便，留我個站腳的地方兒；就叫我服侍妹妹梳頭洗臉，我也是願意的。」說着，便嗚嗚咽咽哭將起來。尤二姐見了這般，也不免滴下淚來。

二人對見了禮，分序坐下。平兒忙也上來要見禮。尤二姐見他打扮不凡，舉止品貌不俗，料定是平兒，連忙親身攙住，只叫：「妹子快別這麼着，你我是一樣的人。」鳳姐兒忙也起身笑說：「折死了他，妹妹只管受禮，他原是咱們的丫頭，以後快別如此。」說着，又命周瑞家的從包袱裡取出四匹上色尺頭，四對金珠簪環為拜見禮。尤二姐忙拜受了，二人吃茶，對訴以往之事。鳳姐口內全是自怨自錯，「怨不得別人，如今只求妹妹疼我。」尤二姐見了這般，便認作他是個極好的人，小人不遂心誹謗主子亦是常理，故傾心吐膽，敘了一回，竟把鳳姐認

此話不無道理。總不能由興兒旺兒們推舉「當家人」。

天命可依，高屋建瓴。

不忘辯誣。

此話軟中含硬，有威脅性。

這樣說，能滿足尤二姐的虛榮。尤二姐能同意嫁賈璉，本身就有攀附因素，她的悲劇，從她這方面找原因，恐在這裡。

尤二姐似不至如此天真。

成了白癡！

為知己。又見周瑞家等媳婦在旁邊稱揚鳳姐素日許多善政，只是吃虧心太癡了，反惹人怨；又說已經預備了房屋，奶奶進去一看便知。尤氏心中早已要進去同住方好，今又見如此，豈有不允之理，便說：「原該跟了姐姐去，只是這裡怎麼樣？」鳳姐兒道：「這有何難，妹妹的箱籠細軟只管着小廝搬了進去。這些粗夯貨要他無用，還叫人看着。妹妹說誰妥當，就叫誰在這裡。」尤二姐忙說：「今日既遇見姐姐，這一進去凡事只憑姐姐料理，我也來的日子淺，也不曾當過家，事不明白，如何敢作主。這幾件箱櫃拿進去罷。我也沒有什麼東西，那也不過是二爺的。」鳳姐聽了，便命周瑞家的記清，好生看管着，抬到東廂房去。於是催着尤二姐急忙穿戴了，二人攜手上車，又同坐一處，又悄悄的告訴他：「我們家的規矩大，這事老太太、太太一概不知，倘或知道二爺孝中娶你，管把他打死了。如今且別見老太太、太太。我們有一個花園子極大，姊妹們住着，輕易沒人去的。你這一去且在花園裡住兩天，等我設個法子回明白了，那時再見方妥。」尤二姐道：「任憑姐姐裁處。」那些跟車的小廝們皆是預先說明的，如今不進大門，只奔後門來。

早要進去是關鍵。否則，至少你可以等賈璉回來再定奪。

抓住弱點，設計了大圈套中的小圈套。

下了車，趕散眾人。鳳姐便帶了尤氏進了大觀園的後門，來到李紈處相見了。彼時大觀園中十停人已有九停人知道了，今忽見鳳姐帶了進來，引動眾人來看問。尤二姐一一見過。眾人見了他標致和悅，無不稱揚。鳳姐一一的吩咐了眾人：「都不許在外走了風聲，若老太太、太太知道，我先叫你們死。」園中婆子先控制住。問題是尤二姐不可能沒有察覺沒有反應。

丫鬟都素懼鳳姐的，又係賈璉國孝家孝中所行之事，知道關係非常，都不管這事。鳳姐悄悄的求李紈收養幾日，「等回明了，我們自然過去的。」李紈見鳳姐那邊已收拾房屋，況在服中，不好倡揚，自是正理，只得收下權住。鳳姐又變法將他的丫頭一概退出，又將自己的一個丫頭送他使喚，暗暗吩咐他園中媳婦們：「好生照看着他。若有走失逃亡，一概和你們算帳。」自己又去暗中行事不提。

且說合家之人都暗暗的納罕說：「看他如何這等賢惠起來了。」那尤二姐得了這個所在，又見園中姊妹各各相好，倒也安心樂業的自為得所。誰知三日之後，丫頭善姐便有些不服使喚起來。尤二姐因說：「沒了頭油了，你去回一聲大奶奶拿些個來。」善姐兒便道：「二奶奶，你怎麼不知好歹沒眼色。我們奶奶天天承應了老太太，又要承應這邊太太，那邊太太。這些姑娘妯娌們，上下幾百男女，天天起來，都等他的話。一日少說，大事也有一二十件，小事還有三五十件。外頭的從娘娘算起，以及王公侯伯家多少人情，家裡又有這些親友的調度。銀子上千錢上萬，一日都從他一個手一個心一個嘴裡調度，那裡為這點子小事去煩瑣他。我勸你能着些兒罷。咱們又不是明媒正娶來的，這是他亙古少有的一個賢良人才這樣待你，若差些兒的人，聽見了這話，吵嚷起來，把你丟在外，死不死，活不活，你又敢怎麼樣呢！」一席話，說的尤氏垂了頭，自為有這一說，少不得將就些罷了。那善姐漸漸

*看第六十三、六十四兩回，尤二姐並非善類，而今上套後一切聽任擺佈宰殺，完全成了麵捏的。即使一隻老鼠，打死也還要吱一聲，況這樣一個人！一個原因是作者追求情節的戲劇化效果，以尤二姐的百依百順反襯鳳姐的陰毒狠辣與機關算盡。

再一個解釋就是尤二姐從一開始就有以低攀高、以賤附貴、以污逐清的弱勢、心理障礙，硬氣不起來。

的連飯也怕端來與他吃，或早一頓，晚一頓，所拿來的東西皆是剩的。尤二姐說過兩次，他反瞪着眼叫喚起來。尤二姐又怕人笑他不安本分，少不得忍着。隔上五日八日見鳳姐一面，那鳳姐卻是和容悅色，滿嘴裡好妹妹不離口。又說：「倘有下人不到之處，你降不住他們，只管告訴我，我打他們。」又罵丫頭媳婦說：「我深知你們軟的欺，硬的怕，背着我的眼，還怕誰。倘或二奶奶告訴我一個不字，我要你們的命。」二姐見他這般好心，「既有他，我又何必多事。下人不知好歹，是常情，我若告了，他們受了委曲，反叫人說我不賢良。」因此反替他們遮掩。

鳳姐一面使旺兒在外打聽這尤二姐的底細，皆已深知。果然已有了婆家的，女婿現在才十九歲，成日在外賭博，不理世業，家私花盡，父母攆他出來，現在賭錢場存身。父親得了尤婆子二十兩銀子退了親的，這女婿尚不知道。原來這小伙子名叫張華。鳳姐都一一盡知原委，便封了二十兩銀子與旺兒，悄悄命他將張華勾來養活，着他寫一張狀子，只要往有司衙門中告去，就告璉二爺「國孝家孝的裡頭，背旨瞞親，仗財倚勢，強逼退親，停妻再娶」。這張華也深知利害，先不敢造次。旺兒回了鳳姐，鳳姐氣的罵道：「真是他娘的話，怨不得俗語說『癩狗扶不上牆的』。你細細說給他，就告我們家謀反也沒事的。不過是藉他一鬧，大家沒臉。若告大了，我這裡自然能夠平服

*鳳姐此次行事，是一個高峰，也是一個轉折。她想得周密，做得有條不紊，有理有利，且陰且毒，能放能收，兼軟兼硬，亦文亦武，又哭又鬧，簡直是藝術！害人的藝術，坑人的藝術。應把此節編成教材供有志整人的人學習。她大獲全勝，所向無敵；然而，她還是錯了。

所謂瞪着眼睛說瞎話。

借刀殺人，反充好人，陰損的看家本領。

到處都有流氓痞子，專門充任為鳳姐這樣的人打前鋒的角色。

尤二姐的經驗與智商不應在張華之下。

「藉他一鬧，大家沒臉」八字，不失為一種「鬥

的。」旺兒領命，只得細說與張華。鳳姐又吩咐旺兒：「他若告了，你就和他對詞去。」如此如此，「我自有道理。」旺兒聽了有他做主，便又命張華狀子上添上自己，說：「你只告我來旺過付，[1]一應調唆二爺做的。」張華便得了主意，和旺兒商議定了，寫了一張狀子，次日便往都察院[2]處喊了冤。

爭方式」。

察院坐堂，看狀子是告賈璉的事，上面有家人旺兒一人，只得遣人去賈府傳旺兒來對詞。青衣[3]不敢擅入，只命人帶信。那旺兒正等着此事，不用人帶信，早在這條街上等候。見了青衣，反迎上去，笑道：「起動眾位弟兄，必是兄弟的事犯了。說不得，快來套上。」眾青衣不敢，只說：「好哥哥，你去罷，別鬧了。」於是來至堂前跪了。察院命將狀子與他看。旺兒故意看了一遍，碰頭說：「這事小的盡知的，主人實有此事。但這張華素與小的有仇，故意拉小的在內，其中還有人，求老爺再問。」張華碰頭道：「雖還有，小人不敢告他，所以只告他下人。」旺兒故意的說：「糊塗東西，還不快說出來！這是朝廷公堂之上，憑是主子，也要說出來。」張華便說出賈蓉來。察院聽了無法，只得去傳賈蓉。鳳姐又差了慶兒暗中打聽告了起來，便忙將王信喚來，告訴他此事，命他託察院只要虛張聲勢驚唬而已，又拿了三百銀子與他去打點。是夜王信到了察院私宅，安了根子。那察院深知原委，收了贓銀。次日回堂，只說張華無賴，因拖欠了賈府銀兩，妄捏虛詞，誣賴良人。都察院素與王子騰相好，王信也只到家說了一聲，況是賈府之人，巴不得了事，便也不提此事，且都收下，只傳賈蓉對詞。

旺兒亦頗有身手。

總導演！

*賈珍、賈璉、賈蓉確實下流，而且大大地輸了理。罵罵鬧鬧他們，好。只是最後犧牲的是弱者尤二姐，令人不忍。作者欲表現鳳姐陰毒，選取了這個情節。但這個情節的處理卻帶有男權中心的腐朽觀念，鳳姐酸，珍、璉、蓉之輩則既爛且醜。怎能反忽略了他們的罪責呢？

且說賈蓉等正忙着賈璉之事，忽有人來報信說有人告你們，如此如此，這般這般，快作道理。賈蓉慌忙來回賈珍。賈珍說：「我卻早防着這一着，倒難為他這麼大膽子。」即刻封了二百銀子着人去打點察院，又命家人去對詞。正商議，又報：「西府二奶奶來了。」賈珍聽了這話，倒吃了一驚，忙要同賈蓉藏躲。不想鳳姐已經進來了，說：「好大哥哥，帶着兄弟們幹的好事！」賈蓉忙請安，鳳姐拉了他就進來。賈珍還笑說：「好生伺候你嬸娘，吩咐他們殺牲口備飯。」說了，忙命備馬，躲往別處去了。

這裡鳳姐帶着賈蓉走來上房，尤氏也迎了出來，見鳳姐氣色不善，忙說：「什麼事情這等忙？」鳳姐照臉一口唾沫啐道：「你尤家的丫頭沒人要了，偷着只往賈家送！難道賈家的人都是好的，普天下死絕了男人了！你就願意給，也要三媒六證，大家說明，成了體統才是。你痰迷了心，脂油蒙了竅，國孝家孝兩重在身，就把個人送來了。這會子被人告我們，連官場中都知道我利害吃醋，如今指名提我，要休我。我到了你家，幹錯了什麼不是，你這等害我？或是老太太、太太有了話在你心裡，使你們做這圈套，要擠我出去。如今咱們兩個一同去見官，分證明白。回來咱們請了合族中人，大家覿面[4]說個明白。給我休書，我就走。」一面說，一面大哭，拉着尤氏只要去見官。急的賈蓉跪在地下碰頭，只求「嬸娘息怒。」鳳姐一面又罵賈蓉：「天打雷劈五鬼分屍的沒良心的種子！不知天有多高，地有多厚，成日家調三窩四，

「國孝家孝」四字，把他們壓得大氣也不敢出。

罵也是功夫。

幹出這些沒臉面，沒王法，敗家破業的營生。你死了的娘陰靈兒也不容你，祖宗也不容你，你還敢來勸我！」一面罵着，揚手就打。唬得賈蓉忙碰頭說：「嬸娘別動氣，只求嬸娘別看這一時，侄兒千日的不好，還有一日的好。實在嬸娘氣不平，何用嬸娘打，讓我自己打。嬸娘只別生氣。」說着，就自己舉手左右開弓自己打了一頓嘴巴子，又自己問着自己說：「以後可還再顧三不顧四的不了？以後還單聽叔叔的話不聽嬸娘的話不了？嬸娘是怎麼樣待你，你這樣沒天理沒良心的！」眾人又要勸，又要笑，又不敢。

鳳姐直把他們批了個體無完膚。

比興兒更下流。這樣的人渣，什麼壞事做不出來！

鳳姐兒滾到尤氏懷裡，嚎天動地，大放悲聲，只說：「給你兄弟娶親我不惱。為什麼使他違旨背親，將混帳名兒給我揹着？咱們只去見官，省得捕快皂隸來拿。再者咱們過去只見了老太太、太太和眾族人，等大家公議了，我既不賢良，又不容丈夫買妾，只給我一紙休書，我即刻就走。你妹妹我也親身接了來家，生怕老太太、太太生氣，也不敢回。現在三茶六飯金奴銀婢的住在園裡。我這裡趕着收拾房子，和我一樣的，只等老太太知道了。原說下接過來大家安分守己的，我也不提舊事了。誰知又是有了人家的，不知你們幹的什麼事，我一概又不知道。如今告我，我昨日急了，總然我出去見官，也丟的是你賈家的臉，少不得偷把太太的五百兩銀子去打點。如今把我的人還鎖在那裡。」說了又哭，哭了又罵，後來又放聲大哭起「祖宗爺娘」來，又要尋死撞頭。把個尤氏揉搓成一個麵糰兒，衣服上全是眼淚鼻涕，並無別話，只罵賈蓉：「混帳種子！和你老子做的好事！

「滾」字傳神。

*尤氏本與鳳姐關係尚好，這次當了靶子。還是女人可憐，固是賈珍躲了鳳姐，卻也說明鳳姐放了賈珍。如她與賈珍直接鬧，諸多不便。於是拉出尤氏頂缸，也是柿子撿軟的捏。

我當初就說使不得。」鳳姐兒聽說這話，哭着搬着尤氏的臉問道：「你發昏了？你的嘴裡難道有茄子塞着？不就是他們給你嚼子銜上了？為什麼你不來告訴我去？你若告訴了我，這會子不平安了？怎麼得驚官動府，鬧到這步田地，你這會子還怨他們。自古說『妻賢夫禍少』，『表壯不如裡壯』。你但凡是個好的，他們怎敢鬧出這些事來！你又沒才幹，又沒口齒，鋸了嘴子的葫蘆，就只會一味瞎小心，應賢良的名兒。」說着啐了幾口。尤氏也哭道：「何曾不是這樣。你不信問問跟的人，我何曾不勸的，也要他們聽，聽我怎麼樣呢，怨不得妹妹生氣，我只好聽着罷了。」

窮寇更追，批深批爛。

眾姬妾丫頭媳婦等已是黑壓壓跪了一地，陪笑求說：「二奶奶最聖明的，雖是我們奶奶的不是，奶奶也作踐夠了。當着奴才們，奶奶們素日何等的好來，如今還求奶奶給留點臉兒。」說着，捧上茶來，鳳姐也摔了，一回止了哭，挽頭髮，又喝罵賈蓉：「出去，請你父親來，我當面問他，問親大爺的孝才五七，[5]侄兒娶親，這個禮我竟不知道。我問問也好學着，日後教導你們。」賈蓉只跪着磕頭說：「這事原不與父母相干，都是侄兒一時吃了屎，調唆着叔叔做的。我父親也並不知道。嬸娘若鬧起來了，侄兒也是個死。只求嬸娘責罰侄兒，侄兒謹領。這官司還求嬸娘料理，侄兒竟不能幹這大事。嬸娘是何等樣人，豈不知俗語說的『胳膊折了在袖子裡』。侄兒糊塗死了，既做了不肖的事，就和那貓兒狗兒一般。少不得還要嬸娘費心費力，將外頭的事壓

蓉明知「官司」亦是鳳一手導演的。

住了才好。只當嬸娘有這個不肖的兒子，就惹了禍，少不得委曲，還要疼他呢。」說着，又磕頭不絕。

鳳姐兒見了賈蓉這般，心裡早軟了，只是礙着眾人面前又難改過口來，因嘆了一口氣，一面拉起來，一面拭淚向尤氏道：「嫂子也別惱我，我是年輕不知事的人，一聽見有人告訴了，把我嚇昏了，不知方才怎麼得罪了嫂子。可是蓉兒說的『胳膊折了往袖子裡藏』，少不得嫂子要體諒我。還得嫂子在哥哥跟前替說，先把這官司按下去才好。」尤氏賈蓉一齊都說：「嬸娘放心，橫豎一點兒連累不着叔叔。嬸娘方才說用過了五百兩銀子，少不得我們娘兒們打點五百兩銀子與嬸娘送過去，好補上。不然豈有教嬸娘又添上虧空的，越發我們該死了。但還有一件，老太太、太太們跟前，嬸娘還要周全方便，別提這些話方好。」鳳姐又冷笑道：「你們饒壓着我的頭幹了事，這會子反哄着我替你們周全。我就是個傻子也傻不到如此。嫂子的兄弟是我的什麼人？嫂子既怕他絕了後，我難道不更比嫂子更怕絕後？嫂子的妹子就和我的妹子一樣，我一聽見這話，連夜喜歡的連覺也睡不成，趕着傳人收拾了屋子，就要接進來同住。倒是奴才小人的見識，他們倒說：『奶奶太性急。若是我們的主意，先回了老太太、太太，看是怎麼樣，再收拾房子去接也不遲。』我聽了這話，叫我要打要罵的，才不言語了。誰知偏不稱我的意，偏偏的打嘴，半空裡又跑出一個張華來告了一狀。我聽見了，嚇的兩夜沒合眼

如何能軟？與賈蓉有什麼特殊關係？

有節制。大步進退。

經濟補償，在任何時候任何事情上都是可行的。

他們知道，老太太、太太那裡，還是鳳說得上話，鳳的優勢在這裡。

＊鳳姐一面借刀殺人，一面親臨前線，並非一味躲在後面，這倒還不失強人本色。

兒，又不敢聲張，只得求人去打聽這張華是什麼人，這樣大膽。打聽了兩日，誰知是個無賴的花子。小子們說：『原是二奶奶許了他的。他如今急了，凍死餓死也是個死；現在有這個理他抓住，縱然死了，死的倒比凍死餓死還值些，怎麼怨的他告呢。這事原是爺做的太急了。國孝一層罪，家孝一層罪，背着父母私娶一層罪，停妻再娶一層罪。俗語說：『拚着一身剮，敢把皇帝拉下馬。』他窮瘋了的人，什麼事做不出來，況且他又拿着這滿理，不告，等請不成。』嫂子說，我就是個韓信張良，聽了這話，也把智謀嚇回去了。你兄弟又不在家，又沒個人商量，少不得拿錢去墊補，誰知越使錢越叫人拿住刀靶兒，越發來訛。我是耗子尾巴上長瘡，——多少膿血兒。所以又急又氣，少不得來找嫂子。」尤氏賈蓉不等說完，都說：「不必操心，自然要料理的。」賈蓉又道：「那張華不過是窮急，故捨了命才告。咱們如今想了一個法兒，竟許他些銀子，只叫他應個妄告不實之罪，咱們替他打點完了官司。他出來時，再給他些銀子就完了。」鳳姐兒咂着嘴兒笑道：「難為你想！怨不得你顧一不顧二的做出這些事來。原來你竟是這麼個糊塗東西，我往日錯看了你了。若你說的這話他暫且依了，且打出官司來，又得了銀子，眼前自然了事。這些人既是無賴的小人，銀子到手三天五天一光了，他又來找事訛詐，再要叨登起來，咱們雖不怕，終久耽心。擱不住他說既沒毛病，為什麼反給他銀子。」賈蓉原是個明白人，聽如此一說，便笑道：「我還有個主意，『來是是非人，去是是非者』，[6]這事還得我了才好。如今我竟問張華個主

紅衛兵造反精神的濫觴，源遠流長，「紅」已有之。

也是韓、張一流人物。中國有一種尚計謀的傳統。（這裡叫作「智謀」。）

要哭就哭，要笑就笑，要滾就滾，要咂嘴就咂嘴。鳳姐有表演情緒的天賦。

意，或是他定要人，或是他願意了事，得錢再娶。他若說一定要人，少不得我去勸我二姨娘，叫他出來仍嫁他去；若說要錢，我們這裡少不得給他。」鳳姐兒忙道：「雖如此說，我斷捨不得你姨娘出去，我也斷不肯使他出去。他若出去了，咱們家的臉在那裡呢？依我說，只寧可多給錢為是。」賈蓉深知鳳姐兒口雖如此，心卻是巴不得只要本人出來，他卻做賢良人。如今怎麼說，只好怎麼依。鳳姐兒歡喜了，又說：「外頭好處了，家裡終久怎麼樣？你也同我過去回明了老太太、太太才是。」尤氏又慌了，拉鳳姐兒討主意，如何撒謊才好。鳳姐冷笑道：「既沒這本事，誰叫你幹這樣事。這會子這個腔兒，我又看不上。待要不出個主意，我又是個心慈面軟的人，憑人撮弄我，我還是一片傻心腸兒，說不得讓我應起來。如今你們只別露面，我只領了你妹妹去給老太太、太太們磕頭，只說原係你妹妹我看上了狠好。正因我不大生長，原說買兩個人放在屋裡的，今既見了你妹妹很好，而且又是親上做親的，我願意娶來做二房。皆因家中父母姊妹親近一概死了，日子又難，不能度日，若等百日之後，無奈無家無業，實在難等。就算我的主意，接了進來，已經廂房收拾了出來，暫且住着，等滿了孝再圓房兒。[7]仗着我這不害臊的臉，死活賴去，有了不是也尋不着你們了。你們娘兒兩個想想，可使得？」尤氏賈蓉一齊笑說：「到底是嬸娘寬洪大量，足智多謀，等事妥了，少不得我們娘兒們過去拜謝。」鳳姐兒道：「罷呀，還說什麼拜謝不拜謝。」又指着賈蓉道：「今日我才知道你了。」說着把臉卻一紅，眼圈兒也紅了，似有多少委曲的光景。

亦是知音，默契。

要傻就傻，得心應手，十八般武藝，使全了掄圓了。

畢竟鳳姐佔理，充分發揮佔理優勢。事到如此，實際上包括賈蓉、尤氏，已準備犧牲尤二姐了。

＊此事其實鳳姐佔盡優勢。勢高，理正，上下內外都有親信，有膽識有想像力。於是她發揮盡了優勢。勢不可擋，誰能不服？然而，優勢用盡，也就沒有優勢了。

賈蓉忙陪笑道：「罷了，嬸娘少不得饒恕我這一次！」說着，忙又跪下。鳳姐兒扭過臉去不理他，賈蓉才笑着起來了。

這裡尤氏忙命丫頭們舀水取妝奩，伏侍鳳姐兒梳洗了，趕忙又命預備晚飯。鳳姐兒執意要回去，尤氏攔着道：「今日二嬸子要這麼走了，我們什麼臉還過那邊去呢。」賈蓉旁邊笑着勸道：「好嬸娘，親嬸娘，以後蓉兒要不真心孝順你老人家，天打雷劈！」鳳姐瞅了他一眼，啐道：「誰信你這……」說到這裡，又嚥住了，一面老婆丫頭們擺上酒菜來。尤氏親自遞酒佈菜，賈蓉又跪着敬了一鍾酒。鳳姐便和尤氏吃了飯，丫頭們遞了漱口茶，又捧上茶來。鳳姐喝了兩口，便起身回去。賈蓉親身送過來，才回去了。

不無女性魅力。

且說鳳姐進園中，將此事告訴了尤二姐，又說我怎麼操心，又怎麼打聽，須得如此如此，方保的眾人無罪，「少不得咱們按着這個法兒來才好。」不知鳳姐又變出什麼法兒來，且聽下回分解。

1 **過付：**雙方交易，由掮客經手交付錢物，謂之「過付」。

2 **都察院：**官署名，為舊時最高監察機關。

3 **青衣：**這裡是指皂役，因着黑衣，故稱。

4 **覿面：**當面、對面的意思。

5 **五七：**指人死後第五個七天，即三十五天。舊時居喪，每七日一祭，稱頭七、三七、五七等。

6 **來是是非人，去是是非者：**誰惹的是非，還得誰來了結的意思。

7 **圓房兒：**舊時女子因故先到男家，雖有夫妻名分而不與丈夫同房，待一定時候與丈夫同居，稱為「圓房」。

第六十九回 弄小巧用借劍殺人 覺大限[1]吞生金自逝

話説尤二姐聽了又感謝不盡，只得跟了他來。尤氏那邊怎好不過來的，少不得也過來跟着鳳姐去回，方是大禮。鳳姐笑説：「你只別説話，等我去説。」尤氏道：「這個自然。但有了不是，往你身上推就是了。」説着，大家先至賈母房中。

尤二姐益發白癡化了。

全部掌握在手心裡。

正值賈母和園中姐妹們説笑解悶，忽見鳳姐帶了一個標致小媳婦進來，忙覷着眼瞧，説：「這是誰家的孩子，好可憐見兒的！」鳳姐上來笑道：「老祖宗倒細細的看看，好不好？」説着，忙拉二姐兒説：「這是太婆婆，快磕頭。」二姐兒忙行了大禮，展拜起來。又指着眾姊妹説，這是某人某人，你先認了，太太瞧過了再見禮。二姐兒聽了，一一又從新故意的問過，垂頭站在旁邊。賈母上下瞧了一遍，因又笑問：「你姓什麼？今年十幾歲了？」鳳姐忙又笑説：「老祖宗且別問，只説比我俊不俊？」賈母又戴上了眼鏡，命鴛鴦琥珀：「把那孩子拉過來，我瞧瞧肉皮兒。」眾人都抿着嘴兒笑着推他上去。賈母細瞧了一遍，又命琥珀：「拿出他的手來我瞧瞧。」賈母瞧畢，摘下眼鏡來，笑説道：「竟是個齊全孩子，我看比你還俊些呢。」鳳姐聽説，笑着忙跪下，將尤氏那邊所編之話一五一十細

即使是表演，亦不大易。

像審視一個物品。這種說法和做法是源於對人身依附關係即自己是這些人的主子的確認。

細的説了一遍，「少不得老祖宗發慈心，先許他進來住，一年後再圓房。」賈母聽了道：「這有什麼不是。既你這樣賢良，很好。只是一年後方可圓得房。」鳳姐聽了，叩頭起來，又求賈母，着兩個女人帶去見太太們，説是老祖宗的主意。賈母依允，遂使二人帶去見了邢夫人等。王夫人正因他風聲不雅，深為憂慮，見他會行此事，豈有不樂之理。於是尤二姐自此見了天日，挪到廂房居住。

鳳姐以退為進，以讓尤見天日為代價達到一年內使之不得圓房的目的。不怕付出代價，方能行事。

鳳姐一面使人暗暗調唆張華，只叫他要原妻，這裡還有許多賠送，外還給他銀子安家過活。張華原無膽無心告賈家的，後來又見賈蓉打發了人對詞，那人原説的：「張華先退了親。我們原是親戚，接到家裡住着是真，並無娶之説。皆因張華拖欠我們的債務，追索不給，方誣賴小的主兒。」那個察院都和賈王兩處有瓜葛，況又受了賄，只説張華無賴，以窮訛詐，狀子也不收，打了一頓趕出來。慶兒在外打點，也沒打重，又調唆張華説：「這親原是你家定的，你只要親事，官必斷給你。」於是又告。王信那邊又透了消息與察院。察院便批：「張華借欠賈宅之銀，令其限內按數交還；其所定之親，仍令其有力時娶回。」又傳了他父親來，當堂批准。他父親亦係慶兒説明，樂得人財兩進，便去賈家領人。

賈蓉這種人最惡劣，原來怎麼「幫」賈璉和尤二姐，現在又怎麼「幫」鳳。

鳳姐一面嚇的來回賈母，説如此這般，都是珍大嫂子幹事不明，那家並沒退准，惹人告了，如此官斷。賈母聽了，忙喚尤氏過來，説他做事不妥，「既

亂中取勝，亂中利用局勢達到自己的目的，固奸雄的常用辦法。

＊通過大鬧寧國府，其實做好了交易。尤氏、賈蓉等犧牲尤二姐，唯鳳之命是從，然後與鳳修好。

你妹子從小與人指腹為婚，又沒退斷，使人告了，這是什麼事。」尤氏聽了只得說：「他連銀子都收了，怎麼沒准。」鳳姐在旁說：「張華的口供上現說沒見銀子，也沒見人去。他老子又說：『原是親家說過一次，並沒應准。親家死了，你們就接進去做二房。』如此沒有對證話，只好由他去混說。幸而璉二爺不在家，不曾圓房，這還無妨。只是人已來了，怎好送回去，豈不傷臉。」賈母道：「又沒圓房，沒的強佔人家有夫之人，名聲也不好，不如送給他去。那裡尋不出好人來。」尤二姐聽了，又回賈母說：「我母親實於某年某月某日給了他二十兩銀子退准的。他因窮急了告，又翻了口。我姐姐原沒錯辦。」賈母便說：「可見刁民難惹。既這樣，鳳丫頭去料理料理。」鳳姐聽了無法，只得應着回來，只命人去找賈蓉。賈蓉深知鳳姐之意，若要使張華領回，成何體統，便回了賈珍，暗暗遣人去說張華：「你如今既有許多銀子，何必寧要原人，若只管執定主意，豈不怕爺們一怒，尋出一個由頭，你死無葬身之地。你有了銀子，回家去什麼好人尋不出來。你若走呢，還賞你些路費。」張華聽了，心中想了一想，這倒是好主意，和父母商議已定，約共也得了有百金，父子次日起了五更，便回原籍去了。

賈母也如傀儡般被鳳牽着線行動。

賈蓉打聽得真了，來回了賈母鳳姐，說：「張華父子妄告不實，懼罪逃走，官府亦知此情，也不追究，大事完畢。」鳳姐聽了，心中一想：若必定着張華帶回二姐兒去，未免賈璉回來再花幾個錢包佔住，不怕張華不依。還是二姐兒不去，自己拉絆着還妥當，且再作道理。只是張華此去不知何往，倘或他再將此事告訴

倒完全沒有賈珍的事了。

勢要做足，事要適可而止。

了別人，或日後再尋出這由頭來翻案，豈不是自己害了自己。原先不該如此將刀靶付與外人去的。因此悔之不迭。復又想了一個主意出來，悄命旺兒遣人尋着了他，或訛他做賊，和他打官司，將他治死，或暗使人算計，務將張華治死，方剪草除根，保住自己的名譽。旺兒領命出來，回家細想：人已走了完事，何必如此大做，人命關天，非同兒戲，我且哄過他去，再作道理。因此在外躲了幾日，回來告訴鳳姐，只說張華因有幾兩銀子在身上，逃去第三日，在京口地界，五更天，已被截路打悶棍的打死了。他老子唬死在店房，在那裡驗尸掩埋。鳳姐聽了不信，說：「你要撒謊，我再使人打聽出來，敲你的牙！」自此方丟過不究。鳳姐和尤二姐和美非常，竟比親姊妹還勝幾倍。

那賈璉一日事畢回來，先到了新房中，已經靜悄悄的關鎖，只有一個看房子的老頭兒。賈璉問起原故，老頭子細說原委。賈璉只在鐙中跺足，少不得來見賈赦與邢夫人，將所完之事回明。賈赦十分歡喜，說他中用，賞了他一百兩銀子，又將房中一個十七歲的丫鬟名喚秋桐，賞他為妾。賈璉叩頭領去，喜之不盡。見了賈母閤家眾人，回來見了鳳姐，未免臉上有些愧色。誰知鳳姐反不似往日容顏，同尤二姐一同出來，敘了寒溫。賈璉將秋桐之事說了，未免臉上有些得意驕矜之色。鳳姐聽了，忙命兩個媳婦坐車在那邊接了來。心中一刺未除，又平空添了一刺，說不得且吞聲忍氣，將好顏面換出來遮飾。一面又命擺酒接風，一面帶了秋桐來見賈母與王夫人等。賈璉心中也暗暗的納罕。

卸磨殺驢，殺人滅口。

你糊弄我，我糊弄你。旺兒的謊近小兒科，鳳姐不太可能丟手。

賈璉並非沒有任何保護尤二姐的辦法，除非他並不想如此。正如尤氏、賈蓉一般，賈璉也未必願意為尤二姐真格的得罪元配夫人、王夫人侄女、老祖宗寵物、大拿王熙鳳。

可見，底下的事並非鳳姐一手牽線。她把尤二姐弄進來一為便於控制，二為洗刷自己的醋名。至於進一步整死尤二姐，尚無計劃。

且說鳳姐在家，外面待尤二姐自不必說的，只是心中又懷別意。無人處只和尤二姐說：「妹妹的聲名很不好聽，連老太太、太太們都知道了，說妹妹在家做女孩子就不乾淨，又和姐夫來往太密，『沒人要的你揀了來，還不休了再尋好的』。我聽見這話，氣的什麼兒似的。後來打聽是誰說的，又查不出來。這日久天長，這些奴才們跟前怎麼說嘴。我反弄了魚頭來拆。」[2]說了兩遍，自己已氣病了，茶飯也不吃，除了平兒，眾丫頭媳婦無不言三語四，指桑說槐，暗相譏刺。

且說秋桐自以為係賈赦之賜，無人僭他的，連鳳姐平兒皆不放在眼裡，豈容那「先姦後娶沒漢子要的婦女」。鳳姐聽了暗樂。自從裝病，便不和尤二姐吃飯，每日只命人端了菜飯到他房中去吃，那茶飯都係不堪之物。平兒看不過，自拿了錢出來弄菜與他吃，或是有時只說和他園中去頑，在園中廚內另做了湯水與他吃，也無人敢回鳳姐。只有秋桐撞見了，便去說舌，告訴鳳姐說：「奶奶名聲生是平兒弄壞了的，這樣好菜好飯浪着不吃，卻往園裡去偷吃。」鳳姐聽了，罵平兒說：「人家養貓拿耗子，我的貓只倒咬雞。」平兒不敢多說，自此也要遠着了。又暗恨秋桐。

園中姊妹一干人暗為二姐耽心，雖都不敢多言，卻也可憐。每常無人處說起話來，尤二姐淌眼抹淚，又不敢抱怨鳳姐兒，因無一點壞形。賈璉來家時，見了鳳姐賢良，也便不留心。況素昔見賈赦姬妾丫鬟最多，賈璉每懷不軌之心，只未

確有辮子可抓。

「無不言三語四」云云，與後文有矛盾。

敢下手。今日天緣湊巧，竟把秋桐賞了他，真是一對烈火乾柴，如膠投漆，燕爾新婚，連日那裡拆得開。賈璉在二姐身上之心也漸漸淡了，只有秋桐一人是命。鳳姐雖恨秋桐，且喜借他先可發脫二姐，用「借刀殺人」之法，「坐山觀虎鬥」，等秋桐殺了尤二姐，自己再殺秋桐。主意一定，沒人處常又私勸秋桐說：「你年輕不知事。他現是二房奶奶，你爺心坎兒上的人，我還讓他三分，你去硬碰他，豈不是自尋其死？」那秋桐聽了這話，越發惱了，天天大口亂罵，說：「奶奶是軟弱人，那等賢惠，我卻做不來。奶奶把素日的威風怎麼都沒了。奶奶寬洪大量，我卻眼裡揉不下沙子去。讓我和這娼婦做一回，他才知道呢。」鳳姐兒在屋裡只裝不敢出聲兒，氣得尤二姐在房裡哭泣，連飯也不吃，又不敢告訴賈璉。次日，賈母見他眼睛紅紅的腫了，問他又不敢說。秋桐正是抓乖賣俏之時，他便悄悄的告訴賈母王夫人等說：「他專會作死，好好的成天喪聲嚎氣，背地裡咒二奶奶和我早死了，好和二爺一心一計的過。」賈母聽了便說：「人太生嬌俏了，可知心就嫉妒了。鳳丫頭倒好意待他，他倒這樣爭風吃醋，可知是個賤骨頭。」因此漸次便不大喜歡。眾人見賈母不喜，不免又往上踐踏起來，弄得這尤二姐要死不能，要生不得。還是虧了平兒，時常背着鳳姐與他排解。

那尤二姐原是花為腸肚雪作肌膚的人，如何經得這般折磨，不過受了一月的暗氣，便懨懨得了一病，四肢懶動，茶飯不進，漸次黃瘦下去。夜來合上眼，只見他妹妹手捧鴛鴦寶劍前來說：「姐姐，你為人一生心癡意軟，終吃了這虧。休

這才是尤二姐必死的主要原由。

事情的發展未免太直線太一邊倒了。尤二姐百依百順，除平兒偶一為之無一人對尤做一點好事等等，略顯簡單化了。

信那妒婦花言巧語，外作賢良，內藏奸狡。他發恨定要弄你一死方罷。若妹子在也，斷不肯令你進來，就是進來，亦不容他這樣。此亦係理數應然，只因你前生淫奔不才，使人家喪倫敗行，故有此報。你速依我將此劍斬了那妒婦，一同歸至警幻案下，聽其發落。不然，你則白白的喪命，且無人憐惜。」尤二姐哭道：「妹妹，我一生品行既虧，今日之報既係當然，何必又生殺戮之冤。」三姐兒聽了，長嘆而去。尤二姐驚醒，卻是一夢。等賈璉來看時，因無人在側，便哭着和賈璉說：「我這病不能好了。我來了半年，腹中已有身孕，但不能預知男女。倘老天可憐生了下來還可，若不然，我的命還不能保，何況於他。」賈璉亦哭說：「你只放心，我請名人來醫治。」於是出去即刻請醫生。

每遇生死關頭，便有神魔夢幻。

誰知王太醫此時也病了，亦謀幹了軍前效力，回來好討蔭封[3]的。小廝們走去，便仍舊請了那年給晴雯看病的太醫胡君榮來診視了，說是經水不調，全要大補。賈璉便說：「已是三月庚信[4]不行，又常嘔酸，恐是胎氣。」胡君榮聽了，復又命老婆子請出手來，再看了半日，說：「若論胎氣，肝脈自應洪大，然木盛則生火，經水不調亦皆因肝木所致。醫生要大膽，須得請奶奶將金面略露一露，醫生觀看氣色，方敢下藥。」賈璉無法，只得命將帳子掀起一縫。尤二姐露出臉來，胡君榮一見，早已魂飛天外，那裡還能辨氣色。一時掩了帳子。賈璉陪他出來，問是如何。胡太醫道：「不是胎氣，只是瘀血凝結，如今只以下瘀通經要緊。」於是寫了一方，作辭而去。賈璉令人送了藥禮，抓了藥來，調服下去。只

胡君榮也來起一大鬨。尤二姐氣數已盡，才碰上這樣的醫生。

半夜光景，尤二姐腹痛不止，誰知竟將一個已成形的男胎打了下來。於是血行不止，二姐就昏迷過去。賈璉聞知，大罵胡君榮，一面遣人再去請醫調治，一面命人去找胡君榮。胡君榮聽了，早已捲包逃走。這裡太醫便說：「本來血氣虧弱，受胎以來，想是着了些氣惱，鬱結於中。這位先生誤用虎狼之劑，如今大人元氣十傷八九，一時難保就癒。煎丸二藥並行，還要一些閒言閒事不聞，庶可望好。」說畢而去。也開了個煎藥方子，並調元散鬱的丸藥方子去了。急的賈璉便查誰請的姓胡的來，一時查出，便打了個半死。

鳳姐比賈璉更急十倍，只說：「咱們命中無子，好容易有了一個，遇見這樣沒本事的大夫來。」於是天地前燒香禮拜，自己通誠禱告說：「我情願有病，只求尤氏妹子身體大癒，再得懷胎生一男子，我願吃常齋唸佛。」賈璉眾人見了，無不稱讚。賈璉與秋桐在一處，鳳姐又做湯做水的着人送與二姐。又叫人出去算命打卦，偏算命的回來又說：「係屬兔的陰人衝犯了。」大家算將起來，只有秋桐一人屬兔，說他衝的。秋桐見賈璉請醫調治，打人罵狗，為尤二姐十分盡心，他心中早浸了一缸醋在內了。今又聽見如此說他衝了，鳳姐兒又勸他說：「你暫且別處躲幾日再來。」秋桐便氣得哭罵道：「理那起餓不死的雜種混嚼舌根！我和他『井水不犯河水』，怎麼就衝了他！好個愛八哥兒，在外頭什麼人不見，偏來了就衝了。我還要問問他呢，到底是那裡來的孩子？他不過哄我們那個棉花耳朵的爺罷了。縱有孩子，也不知張姓王姓的。奶奶希罕那雜種羔子，我不喜歡！

「眾人」專信虛言佞語。

越鬧越粗鄙，越鬧越荒誕。

誰不會養！一年半載養一個，倒還是一點攙雜沒有的呢。」眾人又要笑，又不敢笑。可巧邢夫人過來請安，秋桐便告訴邢夫人說：「二爺二奶奶要攆我回去，我沒了安身之處，太太好歹開恩。」邢夫人聽說，便數落了鳳姐兒一陣，又罵賈璉：「不知好歹的種子！憑他怎樣，是你父親給的，為個外來的攆他，連老子都沒了。」說着，賭氣去了。秋桐更又得意，越發走到窗户根底下大罵起來。尤二姐聽了，不免更添煩惱。

晚間，賈璉在秋桐房中歇了，鳳姐已睡，平兒過尤二姐那邊來勸慰了一番，尤二姐哭訴了一回，平兒又囑咐了幾句，夜已深了，方去安息。這裡尤二姐心中自思：「病已成勢，日無所養，反有所傷，料定必不能好。況胎已經打下，無甚懸心，何必受這些零氣，不如一死倒還乾淨。常聽見人說，生金子可以墜死，豈不比上吊自刎又乾淨。」想畢，扎掙起來，打開箱子，找出一塊生金，也不知多重，哭了一回，外邊將近五更天氣。那二姐咬牙狠命便吞入口中，幾次直脖方嚥了下去。於是趕忙將衣服首飾穿戴整齊，上炕躺下。當下人不知，鬼不覺。到第二日早晨，丫鬟媳婦們見他不叫人，樂得自己梳洗。鳳姐秋桐都上去了。平兒看不過，說丫頭們：「就只配沒人心的打着罵着使也罷了。一個病人也不知可憐可憐。他雖好性兒，你們也該拿出個樣兒來，別太過逾了，牆倒眾人推。」丫鬟聽了，急推房門進來看時，卻穿戴的齊齊整整，死在炕上。於是方嚇慌了，喊叫起來。平兒進來瞧見，不禁

*尤二姐一役，鳳姐八面來風，八面威風，大獲全勝。但這是從戰役上說的。從戰略上說，鳳犯了大錯誤，她經過此事徹底得罪了賈璉，留下了隱患。最終，此事誰也不會原諒她了。從戰略上說，她的主要危險是非主流派的她的婆婆邢夫人，她本應團結住賈璉才能立穩腳步。所以說「機關算盡太聰明，反算了卿卿性命」。畢竟是婦人之見，意氣用事，又太逞能了。

賈璉何等人模狗樣，揭開面紗，竟是這樣粗鄙赤裸，下賤不堪！

尤二姐一事，充分表現出賈府的徹底亂套。

據科普雜誌載文稱，吞金不能達到自殺的結果。

紅樓二尤故事更多戲劇性，不足為實。

大哭。眾人雖素昔懼怕鳳姐，然想起尤二姐實在溫和憐下，如今死去，誰不傷心落淚，只不敢與鳳姐看見。

當下闔宅皆知。賈璉進來，摟屍大哭不止。鳳姐也假意哭道：「狠心的妹妹，你怎麼丟下我去了，辜負了我的心！」尤氏賈蓉等也都來哭了一場，勸住賈璉。賈璉便回了王夫人，討了梨香院停放五日，挪到鐵檻寺去，王夫人依允。賈璉忙命人去往梨香院收拾停靈，將二姐兒抬上去，用衾單蓋了。八個小廝和八個媳婦圍隨抬往梨香院來。那裡已請下天文生，擇定明日寅時入殮大吉，五日出不得，七日方可。賈璉道：「竟是七日。因家叔家兄皆在外，小喪不敢久停。」天文生應諾，寫了殃榜[5]而去。寶玉一早過來陪哭一場。眾族人也都來了。

賈璉忙進去找鳳姐要銀子治辦喪禮。鳳姐兒見抬了出去，推有病，回：「老太太、太太說我病着，忌三房，[6]不許我去，我因此也不出來穿孝。」且往大觀園中來。繞過群山，至北界牆根下，往外聽了一言半語，回來又回賈母說如此這般。賈母道：「信他胡說，誰家癆病死的孩子不燒了，也認真開喪破土起來。既是二房一場，也是夫妻情分，停五七日抬出來，或一燒或亂葬埂上埋了完事。」鳳姐笑道：「可是這話，我又不敢勸他。」正說着，丫鬟來請鳳姐說：「二爺在家等着奶奶拿銀子呢。」鳳姐兒只得來了，便問他：「什麼銀子？家裡近日艱難，你還不知道？咱們的月例一月趕不上一月，

眾人既承認尤溫和憐下，不可能全都牆倒眾人推。成也平兒，敗也平兒。第一名告密者是平兒，平兒對此毫無懺悔嗎？國人果真毫無懺悔的傳統嗎？

此前鳳姐很注意表演，為何現在如此赤膊？尤二姐已死，秋桐已是主要對立面了，更不必如此了。嫌過分了。

*尤二姐之死，小說着重渲染鳳姐之陰毒，將鳳作為主兇。其實，主兇是賈璉，其次賈珍、賈蓉，其次鳳姐、秋桐，以及一些旁人——包括胡君榮醫生。評點者揣摸，尤二姐故事是雪芹年輕時聽說的一個糊塗故事，未知其詳，頗為之悲，又痛恨鳳式人物之毒，便生發連續編纂了這一悲劇故事。當然，不論誰是主兇，從中足以見封建制度封建家庭之吃人性質。

昨兒我把兩個金項圈當了三百銀，用剩了還有二十幾兩，你要就拿去。」說着，命平兒拿了出來，遞與賈璉，指着賈母有話又去了。恨得賈璉無話可說，只得開了尤氏箱籠，去拿自己體己。及開了箱櫃，一點無存，只有些折簪爛花並幾件半新不舊的綢絹衣裳，都是尤二姐素日穿的，不禁又傷心哭了。想着他死得不分明，又不敢說，只得自己用個包袱一齊包了，也不用小廝丫鬟來拿，自己提着來燒。

平兒又是傷心，又是好笑，忙將二百兩一包碎銀偷了出來，悄遞與賈璉說：「你別言語才好。你要哭，外頭有多少哭不得，又跑了這裡來點眼」。[7]賈璉便說道：「你說得是。」接了銀子，又將一條漢巾遞與平兒，說：「這是他家常繫的，你好生替我收着，做個念心兒。」[8]平兒只得接了，自己收去。賈璉有了銀子，命人買板進來，連夜趕造。一面分派了人口守靈，晚上自己也不進去，只在這裡伴宿。要知端的，且聽下回分解。

1 **大限**：壽數，這裡是指死期。

2 **魚頭來拆**：處理難辦的事情，叫拆魚頭。

3 **蔭封**：因功勳封及子女。

4 **庚信**：即女子月經。

5 **殃榜**：由陰陽先生給死者寫的通關文書，上寫死者年壽等語。

6 **忌三房**：舊時迷信習俗，病人不得進入新房、產房、靈房，稱「忌三房」。

7 **點眼**：刺眼的意思。

8 **念心兒**：紀念品。

第七十回 林黛玉重建桃花社 史湘雲偶填柳絮詞

*果然，狠毒奸詐血腥髒臭的一頁掀過去，又要雅一雅、飄一飄了。真是全方位的展現，全色調的渲染，全姿態的表演。波瀾起伏，變化無窮。大哉曹子！

話說賈璉自在梨香院伴宿七日夜，天天僧道不斷做佛事。賈母喚了他去，吩咐不許送往家廟中，賈璉無法，只得又和時覺說了，就在尤三姐之上點了一個穴，破土埋葬。那日送殯只不過族中人與王信夫婦、尤氏婆媳而已。鳳姐一應不管，只憑他自去辦理。

賈母如此幫兇，亦不無人為處理痕跡。

說了也就了了。

又因年近歲逼，諸事煩雜不算外，又有林之孝開了一個人單子來回，共有八個二十五歲的單身小廝應該娶妻成房的，等裡面有該放的丫頭好求指配。鳳姐看了，先來回賈母和王夫人，大家商議，雖有幾個應該發配的，奈各人皆有緣故：第一個鴛鴦發誓不去。自那日之後，一向未與寶玉說話，也不盛妝濃飾。眾人見他志堅，也不好相強。第二個琥珀，現又有病，這次不能了。彩雲因近日和賈環分崩，也染了無醫之症。只有鳳姐兒和李紈房中粗使的大丫頭發出去了，其餘年紀未足，令他們外頭自娶去了。

原來這一向因鳳姐兒病了，李紈探春料理家務，不得閒暇，接着過年過節許多雜事，竟將詩社擱起。如今仲春天氣，雖得了工夫，爭奈寶玉因柳湘蓮遁跡空門，又聞得尤三姐自刎，尤二姐被鳳姐逼死，又兼柳五兒自那夜監禁之後，病越重了。連連接接，閒愁胡恨，一重不了一重添。弄得情色若癡，語言常亂，似染怔忡之病。[1]慌的襲人等又不敢回賈母，只百般逗他頑笑。

非詩的生活排擠着、冷落着詩。

怔忡之病，現已露頭。此後便要一再怔忡，益發怔忡。

這日清晨方醒，只聽得外間屋內咭咭呱呱笑聲不斷。襲人因笑說：「你快出去拉拉罷，晴雯和麝月兩個人按住芳官那裡膈肢呢。」寶玉聽了，忙披上灰鼠長襖出來一瞧，只見他三人被褥尚未疊起，大衣也未穿，那晴雯只穿着蔥綠杭綢小襖，紅綢子小衣兒，披着頭髮，騎在芳官身上。麝月是紅綾抹胸，披着一身舊衣，在那裡抓芳官的肋肢。芳官卻仰在炕上，穿着撒花緊身兒，紅褲綠襪，兩腳亂蹬，笑的喘不過氣來。寶玉忙笑說：「兩個大的欺負一個小的，等我來撓你們。」說着，也上床來膈肢晴雯。晴雯觸癢，笑的忙丟下芳官來和寶玉對抓。芳官趁勢將晴雯按倒。襲人看他四人滾在一處倒好笑。因說道：「仔細凍着了，可不是頑的。都穿上衣裳罷。」

厄運到來之前，玩吧。

寶玉常站在芳官一邊。

忽見碧月進來說：「昨兒晚上奶奶在這裡把塊手絹子忘了，不知可在這裡沒有？」春燕忙應道：「有，我在地下撿起來，不知是那一位的，才洗了剛晾着，還沒有乾呢。」碧月見他四人亂滾，因笑道：「倒是你們這裡熱鬧，大清早起就咭咭呱呱的頑到一處。」寶玉笑道：「你們那裡人也不少，怎麼不頑？」碧月道：「我們奶奶不頑，把兩個姨娘和姑娘也都拘住了。如今琴姑娘跟了老太太前頭去，更冷冷清清的了。兩個姨娘到明年冬天也都家去了，更那才冷清呢。你瞧瞧寶姑娘那裡，出去了一個香菱，就像短了多少人似的，把個雲姑娘落了單。」

正說着，見湘雲又打發了翠縷來請，說：「請二爺快出去瞧好詩。」寶玉聽了，忙梳洗出來，果見黛玉、寶釵、湘雲、寶琴、探春都在那裡，手裡拿着一篇詩看。見他來時，都笑道：「這會子還不起來！咱們的詩社散了一年，也沒有一個人作興作興。如今正是初春時節，萬物更新，正該鼓舞另立起來才好。」湘雲笑道：「一起詩社時是秋天，就不應發達的。如今卻好萬物逢春，咱們重新整理起這個社來，自然要有生趣兒。況這首桃花詩又好，就把海棠社改作桃花社，豈不大妙。」寶玉聽着點頭說：「很好。」且忙着要詩看。眾人都又說：「咱們此時就訪稻香老農去，大家議定好起社。」說着，一齊站起來，都往稻香村來。寶玉一壁走，一壁看，寫着是：

除寶玉之怔忡外，這些個青春少女，對於各種變故人命，竟毫無反應，照舊吟詩行樂嗎？

又抓振興創作了。

桃花行[2]

桃花簾外東風軟，桃花簾內晨妝懶。
簾外桃花簾內人，人與桃花隔不遠。
東風有意揭簾櫳，花欲窺人簾不捲。
桃花簾外開仍舊，簾中人比桃花瘦。
花解憐人花也愁，隔簾消息風吹透。
風透簾櫳花滿庭，庭前春色倍傷情。

也是一種跳蕩。從秋桐的粗話跳到《桃花行》上來，令人覺得它雅得泄氣。在粗野面前，文雅顯得何等蒼白！何等條條道道！

閒苔院落門空掩，斜日欄杆人自憑。
憑欄人向東風泣，茜裙[3]偷傍桃花立。
桃花桃葉亂紛紛，花綻新紅葉凝碧。
樹樹煙封一萬株，烘照樓壁紅模糊。
天機[4]燒破鴛鴦錦，春酣欲醒移珊枕。
侍女金盆進水來，香泉飲蘸胭脂冷。
胭脂鮮艷何相類，花之顏色人之淚；
若將人淚比桃花，淚自長流花自媚。
淚眼觀花淚易乾，淚乾春盡花憔悴。
憔悴花遮憔悴人，花飛人倦易黃昏。
一聲杜宇[5]春歸盡，寂寞簾櫳空月痕！

寶玉看了並不稱讚，癡癡呆呆竟要滾下淚來。又怕眾人看見，忙自己拭了。因問：「你們怎麼得來？」寶琴笑道：「你猜是誰作的？」寶玉笑道：「自然是瀟湘子的稿子。」寶琴笑道：「現是我作的呢。」寶玉笑道：「我不信。這聲調口氣，迥乎不像。」寶釵笑道：「所以你不通。難道杜工部首首都作『叢菊兩開他日淚』[6]之句不成！一般的也有『紅綻雨肥梅』[7]『水荇牽風翠帶長』[8]等語。」寶玉笑道：「固然如此，但我知道，姐姐斷不許妹妹有此傷悼語句，妹妹本有此才，卻也斷不肯作的。比不得林妹妹曾經離喪，作此哀音。」

這是詩教理論。

眾人聽説，都笑了。

已至稻香村中，將詩與李紈看了，自不必説稱賞不已。説起詩社，大家議定明日乃三月初二日，就起社，便改「海棠社」為「桃花社」，黛玉為社主。明日飯後，齊集瀟湘館。因又大家擬題。黛玉便説：「大家就要桃花詩一百韻。」寶釵道：「使不得。古來桃花詩最多，縱作了必落套，比不得你這一首古風。須得再擬。」正説着，人回：「舅太太來了。請姑娘們出去請安。」因此大家都往前頭來。見王子騰的夫人，陪着説話。飯畢，又陪着入園中來遊玩一遍，至晚飯後掌燈方去。

次日乃是探春的壽日。元春早打發了兩個小太監送了幾件頑器，闔家皆有壽禮，自不必細説。飯後，探春換了禮服，各處行禮。黛玉笑向眾人道：「我這一社開的又不巧了，偏忘了這兩日是他的生日。雖不擺酒唱戲，少不得都要陪他在老太太、太太跟前頑笑一日，如何能得閒空兒。」因此改至初五。

這日眾姊妹皆在房中侍早膳畢，便有賈政書信到了。寶玉請安，將請賈母的安稟拆開唸與賈母聽，上面不過是請安的話，説六月準進京等語。其餘家信事物之帖，自有賈璉和王夫人開讀。眾人聽説六七月回京，都喜之不盡。偏生這日王子騰之女許與保寧侯之子為妻，擇於五月間過門。鳳姐兒又忙着張羅，常三五日不在家。這日王子騰的夫人又來接鳳姐兒，一並請眾甥男甥女閒樂一日。賈母和王夫人命寶玉、探春、林黛玉、寶釵四人同鳳姐去。眾人不敢違拗，只得回房去

這一笑，便有排遣閒愁的作用了。

有點題材（甚至詩題）決定論。不是高明的詩論。但或與舊體詩的形式限制相關，多陳陳相因，缺少開拓創造的空間。

還要抻抻拖拖，攙兑清水，把閱讀的心弦徹底鬆下來。

另妝飾了起來。五人去了一日，掌燈方回。

寶玉進入怡紅院歇了半刻，襲人便乘機見景勸他收一收心，閒時把書理一理，預備着。寶玉屈指算一算說：「還早呢。」襲人道：「書還是第二件，到那時縱然你有了書，你的字寫的在那裡呢？」寶玉笑道：「我時常也有寫了的好些，難道都沒收着？」襲人道：「何曾沒收着。你昨兒不在家，我就拿出來統共數了一數，才有五百六十幾篇。這三四年的工夫，難道只有這幾張字不成。依我說，明日起把別的心都收了起來，天天快臨幾張字補上，雖不能按日都有，也要大概看的過去。」寶玉聽了，忙得自己又親檢了一遍，實在搪塞不過，便說：「明日為始，一天寫一百字才好。」說話時大家睡下。

至次日起來梳洗了，便在窗下恭楷臨帖。賈母因不見他，只當病了，忙使人來問。寶玉方去請安，便說寫字之故，因此出來遲了。賈母聽說，十分歡喜，就吩咐他：「以後只管寫字唸書，不用出來也使得。你去回你太太知道。」寶玉聽說便往王夫人房中來說明。王夫人便道：「臨陣磨槍也不中用。有這會子着急，天天寫寫唸唸，有多少完不了的。這一趕，又趕出病來才罷。」寶玉回說：「不妨事。」寶釵、探春等都笑說：「太太不用着急。書雖替不得他，字都替得的。我們每日每人臨一篇給他，搪塞過這一步兒去就完了。一則老爺不生氣，二則他也急不出病來。」王夫人聽說，喜之不盡。

原來林黛玉聞得賈政回家，必問寶玉的功課，寶玉一向分心，到臨期自然要

幫助作弊。

吃虧。因自己只裝不耐煩，把詩社更不提起。探春、寶釵二人每日也臨一篇楷書字與寶玉，寶玉自己每日也加功，或寫二百三百不拘。至三月下旬，便將字又積了許多。這日正等着再得五十篇，也就搪得過了。誰知紫鵑走來，送了一卷東西。寶玉拆開看時，卻是一色去油紙[9]上臨的鍾王[10]蠅頭小楷，字跡且與自己十分相類。喜的寶玉和紫鵑作了一個揖，又親自來道謝。接着湘雲、寶琴二人也都臨了幾篇相送。湊成雖不足功課，亦可搪塞了。寶玉放了心，於是將應讀之書，又溫理過幾次。正是天天用功。可巧近海一帶海嘯，又遭塌了幾處生民，地主官題本奏聞，奉旨就着賈政順路查看賑濟回來。如此算去，至七月底方回。寶玉聽了，便把書字又丟過一邊，仍是照舊遊蕩。

詩社又不提了。

這一段賈政回家前寶玉「磨槍」一事為七十三回類似情節作鋪墊。

時值暮春之際，湘雲無聊，因見柳花飄舞，便偶成一小令，[11]調寄《如夢令》，[12]其詞曰：

豈是繡絨才吐，捲起半簾香霧，纖手自拈來，空使鵑啼燕妒。且住，且住！莫使春光別去。

自己作了，心中得意，便用一條紙兒寫好，與寶釵看了，又來找黛玉。黛玉看畢，笑道：「好新鮮有趣兒，我卻不能。」湘雲說道：「咱們這幾社總沒有填詞。你明日何不起社填詞，豈不新鮮些。」黛玉聽了，偶然興動，便說：「這話也倒是。」湘雲道：「咱們趁今日天氣好，為什麼不就是今日？」黛玉道：「也使得。」說着，一面吩咐預備了幾色果點，一面就打發人分頭去請。這裡二人便擬了柳絮為

詩鬧了幾陣子了，便再敷衍詞。

題，又限幾個調來，寫了粘在壁上。

眾人來看時，以柳絮為題，限各色小調。又都看了湘雲的，稱賞了一回。寶玉笑道：「這詞我倒平常，少不得也要胡謅起來。」於是大家拈鬮，寶釵炷了一支夢甜香，大家思索起來。一時黛玉有了，寫完。接着寶琴也忙寫出來。寶釵笑道：「我已有了，瞧了你們的，再看我的。」探春笑道：「今兒這香怎麼這樣快，我才有了半首。」因又問寶玉：「你可有了？」寶玉雖作了些，自己嫌不好，又都抹了，要另作。回頭看，香已盡了。李紈等笑道：「寶玉又輸了。蕉丫頭的呢？」

一貫落後。

探春聽了，寫了出來。眾人看時，上面卻只半首《南柯子》，寫道是：

空掛纖纖縷，徒垂絡絡絲，也難綰繫也難羈，一任東西南北各分離。

李紈笑道：「這卻也好，何不再續上？」寶玉見香沒了，情願認輸，不肯勉強塞責，將筆擱下，來瞧這半首。見沒完時，反倒動了興，乃提筆續道：

落去君休惜，飛來我自知，鶯愁蝶倦晚芳時，縱是明春再見隔年期！

仍是觸景傷情，悲嘆人生，並預示分離。

眾人笑道：「正經你分內的又不能，這卻偏有了。縱然好，也算不得。」說着，看黛玉的，是一闋《唐多令》：

粉墮百花洲，香殘燕子樓。一團團逐隊成球。飄泊亦如人命薄，空繾綣，說風流。　草木也知愁，韶華竟白頭！嘆今生誰拾誰收？嫁與東風春不管，憑爾去，忍淹留。

一味愁下去，反不如先動人。

眾人看了，俱點頭感嘆，說：「太作悲了，好是果然好的。」因又看寶琴的《西江月》：

漢苑零星有限，隋堤點綴無窮。三春事業付東風，明月梅花一夢。　幾處落紅庭院，誰家香雪簾櫳？江南江北一般同。偏是離人恨重！

眾人都說：「到底是他的聲調悲壯。『幾處』『誰家』兩句最妙。」寶釵笑道：「終不免過於喪敗。我想柳絮原是一件輕薄無根的東西，依我的主意，偏要把他說好了，才不落套。所以我謅了一首來，未必合你們的意思。」眾人笑道：「不要太謙。自然是好的，我們賞鑑賞鑑。」因看這一闋《臨江仙》道：

偏要說好，當非好辦法。為翻案而翻案，又有什麼意思呢？

白玉堂前春解舞，東風捲得均勻。

湘雲先笑道：「好一個『東風捲得均勻』！這一句就出人之上了。」

蜂圍蝶陣亂紛紛。幾曾隨逝水，豈必委芳塵。　萬縷千絲終不改，任他隨聚隨分。韶華休笑本無根，好風憑藉力，送我上青雲。

這倒是。柳絮詞唯此首給人留下印象。

眾人拍案叫絕，都說：「果然翻得好，自然這首為尊。纏綿悲戚，讓瀟湘子；情致嫵媚，卻是枕霞；小薛與蕉客今日落第，要受罰的。」寶琴笑道：「我們自然受罰，但不知交白卷子的又怎麼罰？」李紈道：「不用忙，這定要重重的罰他，下次為例。」

一語未了，只聽窗外竹子上一聲響，恰似窗屜子倒了一般，眾人嚇了一跳。丫鬟們出去瞧時，簾外丫頭子們回道：「一個大蝴蝶風箏掛在竹梢上了。」眾丫鬟笑道：「好一個齊整風箏！不知是誰家放的斷了線，咱們拿下他來。」寶玉等

這樣天真快樂。

聽了，也都出來看時，寶玉笑道：「我認得這風箏。這是大老爺那院裡嫣紅姑娘放的，拿下來給他送過去罷。」紫鵑笑道：「難道天下沒有一樣的風箏，單他有這個不成？二爺也太死心眼兒了。我不管，我且拿起來。」探春笑道：「紫鵑也太小器了。你們一般有，這會子拾人走了的，也不嫌個忌諱。」黛玉笑道：「可是呢，把咱們的拿出來，咱們也放放晦氣。」

丫頭們聽見放風箏，巴不得一聲兒，七手八腳都忙着拿出來。也有美人兒的，也有沙雁兒的。丫頭們搬高墩，捆剪子股兒，[13] 一面撥起籰子[14]來。寶釵等立在院門前，命丫頭們在院外敞地下放去。寶琴笑道：「你這個不好看，不如三姐姐的一個軟翅子大鳳凰好。」寶釵回頭向翠墨笑道：「你去把你們的拿來也放放。」寶玉又興頭起來，也打發個小丫頭子家去，說：「把昨日賴大娘送的那個大魚取來。」小丫頭去了半天，空手回來，笑道：「晴雯姑娘昨兒放走了。」寶玉道：「我還沒放一遭兒呢。」探春笑道：「橫豎是給你放晦氣罷了。」寶玉道：「再把大螃蟹拿來罷。」丫頭去了。同了幾個人扛了一個美人並籰子來。回說：「襲姑娘說，昨兒把螃蟹給了三爺了。這一個是林大娘才送來的，放這一個罷。」寶玉細看了一回，只見這美人做的十分精緻，心中歡喜，便叫放起來。此時探春的也取了來了，丫頭們在那山坡上已放起來。寶琴叫丫頭放起一個大蝙蝠來。寶釵也放起個一連七個大雁來。獨有寶玉的美人再放不起來。寶玉說丫頭們不會放，自己放了半天，只起房高便落下來了。急得寶玉頭上的汗都出來了。眾人又笑。寶玉

上天不容。

曹雪芹精通風箏。

又是春光依舊。如春日行樂圖。在當時條件下，各種樂也享受盡了。何悲慘之有？還愁些什麼？

有美人卻放不起來，也是諷喻嗎？

＊二尤事的強烈濃聚後，此回淡淡的。做功課，卻也不忙。桃花詩，並無後文。柳絮詞，寫好寫壞，無關大體，帶有文字遊戲性質。放風箏，最後飛去。又是大戰之前的平靜了。二尤故事後，諸雅女們的生活單調得令人哈欠。

恨得擲在地下，指着風箏說道：「若不是個美人，我一頓腳踩個稀爛。」黛玉笑道：「那是頂線[15]不好。拿去叫人換好了就好放了。再取一個來放罷。」寶玉等大家都仰面看天上這幾個風箏起在空中。

一時風緊，眾丫鬟都用手帕墊手。黛玉果見風力緊大，過去將籰子一鬆，只聽得一陣豁喇喇響，登時線盡，風箏隨風去了。黛玉因讓眾人來放。眾人都說：「林姑娘的病根兒都放了去了。咱們大家都放了罷。」於是丫頭們拿過一把剪子來鉸斷了線，那風箏都飄飄搖搖的隨風而去，一時只有雞蛋大，一展眼只剩了一點黑星兒，一會兒就不見了。眾人仰面說道：「有趣，有趣。」說着，有丫頭來請吃飯，大家方散。

風箏隨風而去，可喜？可戀？可憐？多少暢快，多少淒淒。

所去茫茫，引人遐想。

從此寶玉的功課也不敢像先，竟擱在脖子後頭了，有時寫寫字，有時唸唸書；悶了，也出來和姊妹們頑笑半天，或往瀟湘館去閒話一回。眾姊妹都知他功課虧欠，大家自去吟詩取樂，或講習針黹之事，也不肯去招他。便是黛玉，更怕賈政回來寶玉受氣，每每推睡，不大兜攬他。寶玉也只得在自己屋裡，隨便用些功課。展眼間已是夏末秋初。

一日，賈母處兩個小丫頭匆匆忙忙來叫寶玉。不知何事，下回分解。

1 **怔忡之病**：病名，患者心跳加速，鬱悶不寧。

2 **桃花行**：唐樂曲名，這裡借用舊題。

3 **茜裙**：紅裙。

4 **天機**：指天上織女的織機。

5 **杜宇**：即杜鵑鳥。

6 **叢菊兩開他日淚**：見唐杜甫《秋興》八首之一。

7 **紅綻雨肥梅**：見唐杜甫《陪鄭廣文遊何將軍山林》十首之五。

8 **水荇牽風翠帶長**：唐杜甫《曲江對雨》詩句。

9 **去油紙**：大約是原書紙一類的習字紙。

10 **鍾王**：指漢末鍾繇和東晉王羲之。

11 **小令**：體制短小的詞。

12 **《如夢令》**：詞牌名。下文《南柯子》、《唐多令》、《西江月》、《臨江仙》也都是詞牌。

13 **剪子股兒**：放風箏用的工具，用叉頭竹竿挑高拉線。叉頭竹竿形同剪刀，故名。

14 **籰子**：繞線的手車子。

15 **頂線**：風箏骨子中間用三線連接，這三條線稱「頂線」。

第七十一回　嫌隙人有心生嫌隙　鴛鴦女無意遇鴛鴦

＊邢夫人整鳳姐，是重要關節。讀了這回，才能理解搜檢大觀園的突變。這一回又帶有過渡性，向着「天下大亂」過渡。

話説賈母處兩個丫頭匆匆忙忙來找寶玉，口裡説道：「二爺快跟着我們走罷，老爺家來了。」寶玉聽了，又喜又愁，只得忙忙換了衣服，前來請安。賈政正在賈母房中，連衣服未換，看見寶玉進來請安，心中自是歡喜，卻又有些傷感之意。又敘了些任上的事情，賈母便説：「你也乏了，歇歇去罷。」賈政忙站起來，笑着答應了個「是」，又略站着説了幾句話，才退出來。寶玉等也都跟過來。賈政自然問問他的功課，也就散了。

原來賈政回京覆命，因是學差，故不敢先到家中。珍、璉、寶玉頭一天便迎出一站去接見了，賈政先請了賈母的安，便命都回家伺候。次日，面聖[1]諸事完畢，才回家來，又蒙恩賜假一月在家歇息。因年景漸老，事重身衰，又近因在外幾年，骨肉離異，今得宴然復聚，自覺喜幸不盡，一應大小事務一概亦付之度外，只是看書，悶了便與清客們下棋吃酒，或日間在裡邊母子夫妻共敘天倫之樂。

因今歲八月初三日乃賈母八旬大慶，又因親友全來，恐筵宴排設不開，

賈政也是吃涼不管酸，對於家中諸事，一無作用，一籌莫展，廢物一個，終於一敗塗地。

便早同賈赦及賈璉等商議，議定於七月二十八日起至八月初五日止，榮寧兩處齊開筵宴，寧國府中單請官客，榮國府中單請堂客，大觀園中收拾出綴錦閣並嘉蔭堂等幾處大地方來做退居。[2]二十八日請皇親駙馬王公諸王郡主王妃公主國君太君夫人等，二十九日便是閣府督鎮及誥命等，三十日便是諸官長及誥命並遠近親友及堂客。初一日是賈赦的家宴，初二日是賈政，初三日是賈珍賈璉，初四日是賈府中閤族長幼大小共湊家宴。初五日是賴大林之孝等家下管事人等共湊一日。

大慶！

自七月上旬送壽禮者便絡繹不絕。禮部奉旨，欽賜金玉如意一柄，彩緞四端，金玉杯各四件，帑銀五百兩。元春又命太監送出金壽星一尊，沉香拐一支，伽楠珠一串，福壽香一盒，金錠一對，銀錠四對，彩緞十二匹，玉杯四隻。

禮單開來開去，怎不令人絮煩！富貴何等累人！

餘者自親王駙馬以及大小文武官員家凡所來往者，莫不有禮，不能勝記。堂屋內設下大桌案，鋪了紅氈，將凡有精細之物都擺上，請賈母過目。先一二日還高興過來瞧瞧，後來煩了，也不過目，只說：「叫鳳丫頭收了，改日悶了再瞧。」

果然煩了。

至二十八日，兩府中俱懸燈結彩，屏開鸞鳳，褥設芙蓉，笙簫鼓樂之音，通衢越巷。寧府中本日只有北靜王、南安郡王、永昌駙馬、樂善郡王並幾位世交公侯蔭襲，榮府中南安王太妃、北靜王妃並世交公侯誥命。賈母等皆是按品大妝迎接，大家廝見，先請至大觀園內嘉蔭堂，茶畢更衣，方出至榮慶堂上拜壽入席。大家謙遜半日，方才入席。上面兩席是南北王妃，下面依序便是眾公侯命婦，左邊下手一席陪客是錦鄉侯誥命與臨昌伯誥命，右邊下手方是賈母主位。邢夫人王夫人帶領尤氏鳳姐並族中幾個媳婦兩溜雁翅站在賈母身後侍立。林之孝賴大家的帶領眾媳婦都在竹簾外面伺候上菜上酒。周瑞家的帶領幾個丫鬟在圍屏後伺候呼喚。凡跟來的人，早又有人款待別處去了。一時參了場，[3]台下一色十二個未留髮的小丫頭，都是小廝打扮，垂手伺候。須臾一個捧了戲單至階下，先遞與回事的媳婦，這媳婦接了，才遞與林之孝家的。林之孝家的用小茶盤托上，挨身入簾來遞與尤氏的侍妾佩鳳。佩鳳接了，才奉與尤氏。尤氏托着走至上席，南安太妃謙讓了一回，點了一齣吉慶戲文，然後又讓北靜王妃，也點了一齣。眾人又讓了一回，命隨便揀好的唱罷了。少時，菜已四獻，湯始一道，跟來各家的放了賞。大家便更衣復入園來，另獻好茶。

南安太妃因問寶玉，賈母笑道：「今日幾處廟裡唸保安延壽經，他跪經[4]去了。」又問眾小姐們，賈母笑道：「他們姊妹們病的病，弱的弱，見人靦腆，所以叫他們給我看屋子去了。有的是小戲子，傳了一班在那邊廳上陪着他姨娘家姊妹們也看戲呢。」南安太妃笑道：「既這樣，叫人請來。」賈母回頭命了鳳姐兒：「去把史薛林四位小姐帶來，再只叫你三妹妹陪着來罷。」鳳姐答應了，來至賈母這邊，只見他姊妹們正吃果子看戲，寶玉也才從廟裡跪經回來。鳳姐說了，寶釵姊妹與黛玉湘雲五人來至園中，見了大眾俱請安問好。內中也有見過的，還有一兩家不曾見過的，都齊聲誇讚不絕。其中湘雲最熟，南安太妃因笑道：「你在這裡，聽見我來了還不出來，還等請去。我明兒和你叔叔算帳。」一手拉着探春，一手拉着寶釵，問十幾歲了，又連聲誇讚。因又鬆了他兩個，又拉着黛玉寶琴，也着實細看，極誇一回，又笑道：「都是好的，不知叫我誇那一個的是。」早有人將備用禮物打點出幾分來：金玉戒指各五個，腕香珠五串。南安太妃笑道：「你姊妹們別笑話，留着賞丫頭們罷。」五人忙拜謝過。北靜王妃也有五樣禮物，餘者不必細說。

吃了茶，園中略逛了一逛，賈母等因又讓入席。南安太妃便告辭，說身上不快，「今日若不來，實在使不得，因此恕我竟先要告別了。」賈母等聽說，也不便強留，大家又讓了一回。送至園門，坐轎而去。接着北靜王妃略坐了一坐，也就告辭了。餘者也有終席的，也有不終席的。

賈母勞乏了一日，次日便不見人，一應卻是邢夫人款待。有那些世家子弟拜壽的，只到廳上行禮。賈赦、賈政、賈珍還禮，看待至寧府坐席，不在話下。

這幾日，尤氏晚間也不回那府去，白日間待客，晚間陪賈母頑笑，又幫着鳳姐料理出入大小器皿，以及收放禮物。晚間在園內李氏房中歇宿。這日晚間，伏侍過賈母晚飯後，因說：「你們也乏了，我也乏了，早些尋一點子吃了歇歇去。明兒還要起早呢。」尤氏答應着退了出去，來到鳳姐兒房裡來吃飯。鳳姐兒在樓上看着人收送來的圍屏呢，只有平兒在房裡與鳳姐疊衣服。尤氏想起二姐兒在時多承平兒照應，便點着頭兒說道：「好丫頭，你這樣好心人兒，難為你在這裡

有規模，有講究，有程序。只是缺了精神，缺了趣味。還不如前幾次小慶能給人以深刻印象呢。

＊這段故事曲曲折折，小題大做，無事生非，可與玫瑰露、茯苓霜一回類比。

熬。」平兒眼圈一紅，拿別的話岔過去。尤氏因笑回道：「你們奶奶吃了飯了沒有？」平兒笑道：「吃飯豈不請奶奶去的。」尤氏笑道：「既這樣，我別處找吃的去罷，餓的我受不得了。」説着就走。平兒忙笑道：「奶奶請回來，這裡有點心，且點補些兒，回來再吃飯。」尤氏笑道：「你們忙得這樣，我園裡和他姊妹鬧去。」一面説，一面就走。平兒留不住，只得罷了。

且説尤氏一徑來至園中，只見園中正門與各處角門仍未關好，猶吊着各色彩燈，因回頭命小丫頭叫該班的女人，那丫鬟走入班房中，竟沒一個人影，回來回了尤氏。尤氏便命傳管家的女人。這丫頭應了，便出去到二門外鹿頂內，乃是管事的女人議事取齊之所。到了這裡，只有兩個婆子分果菜吃。因問：「那一位管事的奶奶在這裡？東府裡的奶奶立等一位，有話吩咐。」這兩個婆子只顧分菜果，又聽見是東府裡的奶奶，不大在心上，因就回説：「管家奶奶們才散了。」小丫頭道：「既散了，你們家裡傳他去。」婆子道：「我們只管看屋子，不管傳人。姑娘要傳人再派傳人的去。」小丫頭聽了道：「噯喲，這可反了！怎麼你們不傳去？你哄新來的，怎麼哄起我來了！素日你們不傳誰傳去！這會子打聽了體己信兒，或是賞了那位管家奶奶的東西，你們爭着狗顛屁股兒的傳去了，不知誰是誰呢。璉二奶奶要傳，你們可也這麼回？」這婆子一則吃了酒，二則被這丫頭揭着弊病，便惱羞成怒了，因回口道：「扯你的臊！我們的事，傳不傳不與你相干！你未曾揭挑我們，你想想，

紅眼圈何意？想起尤二姐來了麼？尤二姐的鬼魂，不可能一時間散去。

一副懈怠鬆弛景象。是否與前鳳姐大鬧寧國府，鬧得尤氏沒了行市有關？

都不是省事的。

既然是奴才，是為主子當差，就不會有什麼真正的責任心。

你那老子娘在那邊管家爺們跟前比我們還更會溜呢。各門各户的，你有本事排揎你們那邊的人去。我們這邊，你離着還遠些呢！」丫頭聽了，氣白了臉，因説道：「好，好，這話説得好！」一面轉身進來回話。

尤氏已早進園來，因遇見了襲人、寶琴、湘雲三人同着地藏庵的兩個姑子正説故事頑笑。尤氏因説餓了，先到怡紅院，襲人裝了幾樣葷素點心出來與尤氏吃。那小丫頭一徑找了來，氣狠狠的把方才的話都説了出來。尤氏聽了，冷笑道：「這是兩個什麼人？」兩個姑子笑推這丫頭道：「你這姑娘好氣性大，那糊塗老嬷嬷們的話，你也不該來回才是。咱們奶奶萬金之體，勞乏了幾日，黃湯辣水沒吃，咱們只有哄他歡喜的，説這些話做什麼。」襲人也忙笑拉他出去説：「好妹子，你且出去歇歇，我打發人叫他們去。」尤氏道：「你不要叫人，你去就叫這兩個婆子來，到那邊把他們家的鳳姐叫來。」襲人笑道：「我請去。」尤氏笑道：「偏不要你。」兩個姑子忙立起身來，笑説：「奶奶素日寬洪大量，今日老祖宗千秋，奶奶生氣，豈不惹人議論。」寶琴、湘雲二人也都笑勸，尤氏道：「不為老太太的千秋，我一定不依，且放着就是了。」

尤氏本應隱而不發，徐圖於後。

尤氏這話已對鳳姐不甚友好。等後面，她又一推六二五了。

説話之間，襲人早又遣了一個丫頭去到園門外找人，可巧遇見周瑞家的，這小丫頭子就把這話告訴他了。周瑞家的雖不管事，因他素日仗着王夫人的陪房，原有些體面，心性乖滑，專慣各處獻勤討好，所以各房主人都喜歡他。他今日聽了這話，忙跑入怡紅院，一面飛走，一面説：「可了不得，氣壞了奶奶了，偏我

襲人本不是惹事者，為何這次捲了進去？也是積極太過了麼？

出來個積極分子。

不在跟前，且打他們幾個耳刮子，再等過了這幾天算帳。」尤氏見了他，也便笑道：「周姐姐你來，有個理你說說。這早晚園門還大開着，明燈蠟燭，出入的人又雜，倘有不防的事，如何使得？因此叫該班的人吹燈關門，誰知一個人牙兒也沒有。」周瑞家的道：「這還了得！前日二奶奶還吩咐過的，今兒就沒了人。過了這幾日，必要打幾個才好。」尤氏又說小丫頭子的話。周瑞家的說：「奶奶不要生氣，待過了事，我告訴管事的，打他個臭死。只問他們，誰說『各門各户』的話！我已經叫他們吹燈關門呢，奶奶也別生氣了。」正亂着，只見鳳姐兒打發人來請吃飯。尤氏道：「我也不餓了，才吃了幾個餑餑，請你奶奶自己吃罷。」

一時周瑞家的出去，便把方才之事回了鳳姐。鳳姐便命：「將那兩個的名字記上，等過了這幾日，捆了送到那府裡憑大嫂子開發。或是打，或是開恩，隨他就完了，什麼大事。」周瑞家的聽了，巴不得一聲，素日因與這幾個人不睦，出來了，便命一個小廝到林之孝家去傳鳳姐的話，立刻叫林之孝家的進來見大奶奶；一面又傳人立刻捆起這兩個婆子來，交到馬圈裡派人看守。

鳳姐本要過了這幾日再處理，周瑞家的卻立刻捆上。

林之孝家的不知什麼事，忙坐車進來，先見鳳姐，至二門上傳話去，丫頭們出來說：「奶奶才歇下了，大奶奶在園內，叫大娘見見大奶奶就是了。」林之孝家的只得進園，來到稻香村，丫鬟們回進去，尤氏聽了，反過不去，忙喚進他來，因笑向他道：「我不過為找人找不着因問你，你既去了，也不是什麼大事，誰又把你叫進來，倒要你白跑一趟。不大的事，已經撂過手了。」林之孝家的也笑回

幫倒忙的積極分子。

道：「二奶奶打發人傳我，說奶奶有話吩咐。」尤氏道：「大約周姐姐說的，你家去歇着罷，沒有什麼大事。」李紈又要說原故，尤氏反攔住了。

林之孝家的見如此，只得便回身出園去。可巧遇見趙姨娘，因笑說：「噯喲喲，我的嫂子！這會子還不家去歇歇，跑什麼？」林之孝家的便笑說何曾不家去，如此這般進來了。趙姨娘便說：「這事也值一個屁！開恩呢，就不理論；心窄些兒，也不過打幾下就完了，也值得叫你進來，你快歇歇去，我也不留你吃茶了。」

說畢，林之孝家的出來。到了側門前，就有方才兩個婆子的女兒上來哭着求情。林之孝家的笑道：「你這孩子好糊塗，誰叫他好喝酒混說話，惹出事來，連我也不知道；二奶奶打發人捆他，連我還有不是呢，我替誰討情去。」這兩個小丫頭子才七八歲，原不識事，只管啼哭求告。纏的林之孝家的沒法，因說道：「糊塗東西！你放着門路不去求，卻纏我來。你姐姐現給了那邊大太太作陪房費大娘的兒子，你過去告訴你姐姐，叫親家娘和太太一說，什麼完不了的！」一語提醒了這一個。那一個還求，林之孝家的啐道：「糊塗攮的！他過去一說，自然都完了，沒有單放他媽，又打你媽的理。」說畢，上車去了。

這一個小丫頭子果然過來告訴了他姐姐，和費婆子說了。這費婆子原是個不大安靜的，便隔牆大罵一陣，便走來求邢夫人，說他親家「與大奶奶的

已經鬧起來了。

各種矛盾，本來是連環扣。一件小事，都乘機矛盾起來了，牽一髮而動全身。

林之孝家的這一指導，實在是穩、準、狠了。但又似並非有意為之，只是因小丫頭子磨得不行。

又一個不安定因素。

＊一件小事，沖了大慶氣氛。不祥之兆。

小丫頭白鬥了兩句話，周瑞家的挑唆了二奶奶現捆在馬圈裡，等過兩日還要打呢。求太太和二奶奶說聲饒他一次罷。」邢夫人自為要鴛鴦討了沒意思，賈母冷淡了他，且前日南安太妃來，賈母又單令探春出來，自己心內早已怨忿，又有在側一干小人心內嫉妒，挾怨鳳姐，便調唆得邢夫人着實憎惡鳳姐。如今又聽了如此一篇話，也不說長短。

至次日一早，見過賈母，眾族人到齊開戲。賈母高興，又今日都是自己族中子侄輩，只便裝出來，堂上受禮。當中獨設一榻，引枕靠背腳踏俱全，自己歪在榻上。榻之前後左右皆是一色的矮凳，寶釵、寶琴、黛玉、湘雲、迎春、探春、惜春姊妹等圍繞，因賈㻞之母也帶了女兒喜鸞，賈瓊之母也帶了女兒四姐兒，還有幾房的孫女，大小共有二十來個。賈母獨見喜鸞、四姐兒生得又好，說話行事與眾不同，心中歡喜，便叫他兩個也坐在榻前。寶玉卻在榻上與賈母捶腿。首席便是薛姨媽，下邊兩溜順着房頭輩數下去。簾外兩廊都是族中男客，也依次而坐。先是那女客一起一起行禮，後是男客行禮。賈母歪在榻上，只命人說「免了罷」。然後賴大等帶領眾家人從儀門直跪至大廳上磕頭。禮畢，又是眾家下媳婦，然後各房丫頭，足鬧了兩三頓飯時。然後又抬了許多雀籠來，在當院中放了生。賈赦等焚過天地壽星紙，方開戲飲酒。直到歇了中台，[5]賈母方進來歇息，命他們取便，因命鳳姐兒留下喜鸞四姐兒頑兩日再去。鳳姐兒出來便和他母親說。他兩個母親素日承鳳姐的照顧，願意在園內頑笑，當晚便不回去了。

邢夫人直至晚間散時，當着眾人陪笑和鳳姐求情說：「我昨日晚上聽見二奶奶生氣，打發周管家的娘子捆了兩個老婆子，可也不知犯了什麼罪。論理，我不該討情，我想老太太好日子，發狠的還要捨錢捨米，周濟貧老，咱們倒先磨折起老人家來了。便不看我的臉，權且看老太太，暫且竟放了他們罷。」說畢，上車去了。鳳姐聽了這話，又當着眾人，又羞又氣，一時找尋不着頭腦，逼得臉紫脹，回頭向賴大家的等冷笑道：「這是那裡的話。昨兒因為這裡的人得罪了那府的大嫂子，我怕大嫂子多心，所以盡讓他發放，並不為得罪了我。這又是誰的耳報神這麼快。」王夫人因問：「為什麼事？」鳳姐兒笑將昨日的事說了。尤氏也笑道：「連我並不知道，你原也太多事了。」鳳姐兒道：「我為你臉上過不去，所以等你開發，不過是個禮。就如我在你那裡有人得罪了我，你自然送了來儘我，憑他是什麼好奴才，到底錯不過這個禮去。這又不知誰過去沒的獻勤兒，這也當作一件事情去說。」王夫人道：「你太太說得是。就是珍阿哥媳婦也不是外人，也不用這些虛禮。老太太的千秋要緊，放了他們為是。」說着，回頭便命人去放了那兩個婆子。鳳姐由不得越想越氣越愧，不覺的一陣心灰，落下淚來。因賭氣回房哭泣，又不使人知覺。偏是賈母打發了琥珀來叫立等說話。琥珀見了，詫異道：「好好的，這是什麼原故？那裡立等你呢。」鳳姐聽了，忙擦乾了淚，洗面另施了脂粉，方同琥珀過來。

惡人陪笑，比猙獰面目還要猙獰。每句話都襯托鳳姐的霸道。

說畢上車，最是整人的法子，連討論也不討論。

王夫人要時刻擺出高高在上永遠正確而又嚴格要求自己的人的架式。可厭。

*其實此事很難怨鳳。邢夫人早等着整她。尤氏也不可能幫她。這一節，在「紅」中是首次，鳳姐如此窩囊憋氣。尤二姐事件，鳳的智、謀、潑、狠……都發揮到了極致。物極必反，從此鳳走下坡路了。

賈母因問道：「前兒這些人家送禮來的，共有幾家有圍屏？」鳳姐兒道：「共有十六家，有十二架大的，四架小的炕屏，內中只有甄家一架大屏，十二扇大紅緞子刻絲『滿床笏』，一面泥金『百壽圖』的，是頭等。還有粵海將軍鄔家的一架玻璃的還罷了。」賈母道：「即這樣，這兩架別動，好生擱着，我要送人的。」鳳姐兒答應了，鴛鴦忽然過來向鳳姐臉上細瞧，引得賈母問說：「你不認得他，只管瞧什麼？」鴛鴦笑道：「我看他的眼腫腫的，所以我詫異。」賈母便叫近來也細看着。鳳姐笑道：「才覺的發癢，揉腫了些。」鴛鴦笑道：「別又是受了誰的氣了罷？」鳳姐笑道：「誰敢給我氣受，便受了氣，老太太好日子，我也不敢哭的。」賈母道：「正是呢。我正要吃飯，你在這裡打發我吃，剩下的你和珍兒媳婦吃了。你兩個在這裡幫着兩個師父替我揀佛頭兒，[6]你們也積積壽。前兒你姊妹們和寶玉都揀了，如今也叫你們揀揀，別說我偏心。」說話時，先擺上一桌素的來，兩個姑子吃。然後擺上葷的，賈母吃畢，抬出外間。尤氏鳳姐二人正吃着，賈母又叫把喜鸞四姐兒二人叫來，跟他二人吃畢，洗了手，點上香，捧上一升豆子來。兩個姑子先唸了佛偈，然後一個一個的揀在一個笸籮內，明日煮熟了，令人在十字街結壽緣。賈母歪着聽兩個姑子說些因果。

因果俱在「紅」中，何勞姑子敘說？

鴛鴦早已聽見琥珀說鳳姐哭之一事，又和平兒前打聽得原故，晚間人散時，便回說：「二奶奶還是哭的。那邊大太太當着人給二奶奶沒臉。」賈母因問：「為什麼原故？」鴛鴦便將原故說了。賈母道：「這才是鳳丫頭知禮處。難道為了我

的生日，由着奴才們把一族中的主子都得罪了也不管罷。這是大太太素日沒好氣，不敢發作，所以今兒拿着這個作法，明是當着眾人給鳳姐兒沒臉罷了。」正說着，只見寶琴來了，也就不說了。

賈母忽想起留下的喜姐兒四姐兒，叫人：「吩咐園中婆子們，要和家裡的姑娘一樣照應，倘有人小看了他們，我聽見可不饒。」婆子答應了，方要走時，鴛鴦道：「我說去罷。他們那裡聽他的話。」說着，便一徑往園裡來。

先到稻香村中，李紈與尤氏都不在這裡，問丫鬟們，都說：「在三姑娘那裡呢。」鴛鴦回身，又來至曉翠堂，果見那園中人都在那裡說笑。見他來了，都笑說：「你這會子又跑到這裡做什麼？」又讓他坐。鴛鴦笑道：「不許我逛逛麼？」於是把方才的話說了一遍。李紈忙起身聽了，即刻就叫人把各處的頭兒喚了一個來，令他們傳與諸人知道。不在話下。這裡尤氏笑道：「老太太也太想得到，實在我們年輕力壯的人捆上十個也趕不上。」李紈道：「鳳丫頭仗着鬼聰明還離腳蹤兒不遠，咱們是不能的了。」鴛鴦道：「罷喲，還提鳳丫頭虎丫頭呢，他的為人也可憐見兒的。雖然這幾年沒有在老太太、太太跟前有個錯縫兒，暗裡也不知得罪了多少人。總而言之，為人是難做的：若太老實了，沒有個機變，公婆又嫌太老實了，家裡人也不怕；若有些機變，未免又治一經損一經。[7]如今咱們家更好，新出來的這些底下字號的奶奶們，一個個心滿意足，都不知道要怎樣才好，少有不得意，不是背地裡嚼舌根，就是挑三窩四的。我怕老太太生氣，一點兒也

幸有賈母知遇。

但也說明，即使有老祖宗知遇，也仍然處處陷阱。

一人之寵，萬人之怨，最險。

跟不上。

鴛鴦論做人之難，管事之難。雖說是代老太太立言，體貼開脫鳳姐的，卻也預言了鳳姐的必然敗滅。

＊寶玉不分場合事件，老講這些話。未免太「世界觀」化了，形而上化了。

他似與任何實際生活無關，吃飽了玩夠了渲染發作自己的虛無主義的「世界觀」。

不肯說。不然我告訴出來，大家別過太平日子。這不是我當着三姑娘說，老太太偏疼寶玉，有人背地怨言還罷了，算是偏心。如今老太太偏疼你，我聽着也是不好。這可笑不可笑？」探春笑道：「糊塗人多，那裡較量得許多。我說倒不如小人家，雖然寒素些，倒是天天娘兒們歡天喜地，大家快樂。我們這樣人家，人都看着我們，不知千金萬金，何等快樂，殊不知這裡說不出來的煩難，更利害。」寶玉道：「誰都像三妹妹好多心多事。我常勸你總別聽那些俗語，想那些俗事，只管安富尊榮才是。比不得我們沒這清福，應該混鬧的。」尤氏道：「誰都像你是一心無掛礙，只知道和姊妹們頑笑，餓了吃，睏了睡，再過幾年，不過是這樣，一點後事也不慮。」寶玉笑道：「我能夠和姊妹們過一日是一日，死了就完了，什麼後事不後事。」李紈等都笑道：「這可又是胡說了。就算你是個沒出息的，終老在這裡，難道他姊妹們都不出門的？」尤氏笑道：「怨不得人都說是假長了一個胎子，究竟是個又傻又呆的。」寶玉笑道：「人事莫定，誰死誰活，倘或我在今日明日、今年明年死了，也算是隨心一輩子了。」眾人不等說完，便說：「可是又瘋了，別和他說話才好。若和他說話，不是呆話，就是瘋話。」喜鸞因笑道：「二哥哥，你別這樣說，等這裡姐姐們果然都出了門，橫豎老太太、太太也寂寞，我來和你作伴兒。」李紈、尤氏等都笑道：「姑娘也別說呆話，難道你是不出門的？這話哄誰。」說得喜鸞也低了頭。當下已起更時分，大家各自歸房

小人家有小人家的難處，探春不知罷了。大家關係問題更難處，當然。誰難受，誰知道。

說着輕鬆罷了。

安歇不提。

且說鴛鴦一徑回來，剛至園門前，只見角門虛掩，猶未上栓。此時園內無人來往，只有該班的房內燈光掩映。微月半天，鴛鴦又不曾有伴，也不曾提燈，獨自一個，腳步又輕，所以該班的人皆不理會。偏要小解，因下了甬路，找微草處走動，行至一塊湘山石後大桂樹底下來。剛轉至石後，只聽一陣衣衫響，嚇了一驚不小。定睛一看，只見是兩個人在那裡，見他來了，便想往樹叢石後藏躲。鴛鴦眼尖，趁着半明的月色，早看見一個穿紅裙子梳鬅頭[8]高大豐壯身材的，是迎春房裡司棋。鴛鴦只當他和別的女孩子也在此方便，見自己來了，故意藏躲嚇着頑耍，因便笑叫道：「司棋，你不快出來，嚇着我，我就喊起來當賊拿了。這麼大丫頭，也沒個黑夜白日，只是頑不夠。」這本是鴛鴦戲語，叫他出來，誰知他賊人膽虛，只當鴛鴦已看見他的首尾了，生恐叫喊出來使眾人知覺更不好。且素日鴛鴦又和自己親厚，不比別人，便從樹後跑出來，一把拉住鴛鴦，便雙膝跪下，只說：「好姐姐，千萬別嚷！」鴛鴦反不知他為什麼，忙拉他起來，問道：「這是怎麼說？」司棋只不言語，拿手帕拭淚。鴛鴦越發不解，再瞧了一瞧，又有一個人影兒，恍惚像個小廝，心下便猜着了八九分，自己反羞的心跳耳熱，又怕起來。因定了一會，忙悄問：「那一個是誰？」司棋又跪下道：「是我姑表兄弟。」

＊此事作者原意可能是進一步說明賈府的下人們的違法亂紀，已經處處疵漏，防不勝防。從某種意義上說，這是搜檢大觀園的鋪墊與依據。

從另一個角度看，關着這麼多青春年少的丫頭，豈能沒有春色出牆入園？偶然，實是必然。

各種合力，已使大觀園亂了套了。賈母八旬大壽，大慶之中顯出了頹敗，給人以強弩之末之感。下人無禮，山頭互鬥，鳳姐吃憋，鴛鴦睹異，都是不祥之兆。大事漸漸不好。

「心跳耳熱」云云，性禁忌下的脆弱心態。越脆弱越易出事。

鴛鴦啐了一口，卻羞的一句話也說不出來。司棋又回頭悄叫道：「你不用藏着，姐姐已經看見了，快出來磕頭。」那小廝聽了，只得也從樹後跑出來，磕頭如搗蒜。鴛鴦忙要回身。司棋拉住苦求，哭道：「我們的性命都在姐姐身上，只求姐姐超生我們罷！」鴛鴦道：「你不用多說，快叫他去罷。橫豎我不告訴人就是了。你這是怎麼說呢。」一語未了，只聽角門上有人說道：「金姑娘已經出去了，角門上鎖罷。」鴛鴦正被司棋拉住，不得脫身，聽見如此說，便忙着接聲道：「我在這裡有事，且略等等兒，我出來了。」司棋聽了，只得鬆手讓他去了。要知端的，下回分解。

1 **面聖**：朝見皇帝。

2 **退居**：指賓客臨時休息之處。

3 **參了場**：喜慶日的演出，開戲前，全班演員登場排班致賀，叫「參場」。

4 **跪經**：參加誦經儀式。

5 **歇了中台**：戲演到一定時候，演員休息，叫「歇中台」。

6 **揀佛頭兒**：即一面宣佛號一面揀豆子，然後把豆子煮熟，在街口佈施，以求添壽。

7 **治一經損一經**：中醫術語，意為治好這一種病，可能會導致另一種病。引申到為人處事顧此失彼。

8 **鬅頭**：一種蓬鬆的髮髻。

第七十二回
王熙鳳恃強羞說病　來旺婦倚勢霸成親

且說鴛鴦出了角門，臉上猶熱，心內突突的亂跳，真是意外之事。因想這事非常，若說出來，奸盜相連，關係人命，還保不住帶累旁人。橫豎與自己無干，且藏在心內，不說與人知道。回房覆了賈母的命，大家安息不提。

壓抑與恐怖的重壓下的青春。

且說司棋因從小兒和他姑表兄弟一處頑笑，起初時小兒戲言，便都訂下將來不娶不嫁。近年大了，彼此又出落的品貌風流，常時司棋回家時，二人眉來眼去，舊情不斷，只不能入手。又彼此生怕父母不從，二人便設法彼此裡外買囑園內老婆子們留門看道，今日趁亂方從外進來初次入港。雖未成雙，卻也海誓山盟，私傳表記，已有無限風情，忽被鴛鴦驚散，那小廝早穿花度柳，從角門出去了。司棋一夜不曾睡着，又後悔不來。至次日見了鴛鴦，自是臉上一紅一白，百般過不去。心內懷着鬼胎，茶飯無心，起坐恍惚，捱了兩日，竟不聽見有動靜，方略放下了心。這日晚間，忽有個婆子來悄悄告訴道：「你兄弟竟逃走了，三四天沒上家，如今打發人四處找他呢。」司棋聽了，又急又氣又傷心，因想道：「縱然鬧出來，也該死在一處。真真男人沒情意，先就走了。」因此又添了一層氣。次日

這一類事，女性的壓力更大，女性更易抱一種孤注一擲的必死決心。而男性反不這樣執著。

便覺心裡不快，支持不住，一頭睡倒，懨懨的成了病了。

鴛鴦聞知那邊無故走了一個小廝，園內司棋病重，要往外挪，心下料定是二人懼罪之故，「生怕我說出來」。因此自己反過意不去，指着來望候司棋，支出人去，反自己賭咒發誓，與司棋說：「我若告訴一個人，立刻現死現報！你只管放心養病，別白遭塌了小命兒。」司棋一把拉住，哭道：「我的姐姐，咱們從小兒耳鬢廝磨，你不曾拿我當外人待，我也不敢怠慢了你。如今我雖一着走錯，你若果然不告訴一個人，你就是我的親娘一樣。從此以後我活一日是你給我一日，我的病要好了，把你立個長生牌位，我天天燒香磕頭，保佑你一輩子福壽雙全的。我若死了時，變驢變狗報答你。倘或咱們散了，以後遇見，我自有報答的去處。」一面說，一面哭。這一夕話反把鴛鴦說的心酸，也哭起來了，因點頭道：「你也是自家要作死喲！我作什麼管你這些事，壞你的名兒，我白去獻勤兒，況且這事我也不便開口向人說，你只放心。從此養好了，可要安分守己的，再別胡行亂鬧了。」司棋在枕上點首不絕。

唉！一個人的生存，依靠另一人的寬容恩惠，太悲慘了。

知恩必報，也是中國傳統道德極感人的一個原因。

鴛鴦又安慰了他一番方出來。因知賈璉不在家中，又因這兩日鳳姐兒聲色怠惰了些，不似往日一樣，便順路來問候。剛進入鳳姐院中，二門上的人見是他來，便站立待他進去。鴛鴦來至堂屋，只見平兒從裡頭出來，見了他來，便忙上來悄聲笑道：「才吃了一口飯，歇了午覺了。你且這屋裡略坐坐。」鴛鴦聽了，只得同平兒到東邊房裡來。小丫頭倒了茶來。鴛鴦悄問道：「你奶奶這兩日是怎麼了？我近來看着他懶懶的。」平兒見問，因房內無人，便嘆道：「他這懶懶的也不止今日了，這有一月之先便是這樣的。這幾日忙亂了幾天，又受了些閒氣，從新又勾起來，這兩日比先又添了些病，所以支不住，便露出馬腳來了。」鴛鴦道：「既這樣，怎麼不早請大夫治？」平兒嘆道：「我的姐姐，你還不知道他那脾氣的，別說請大夫來吃藥。我看不過，白問一聲身上覺怎麼樣，他就動了氣，反說我咒他病了。饒這樣，天天還是察三訪四，自己再不看破些且養身子。」鴛鴦道：「雖然如此，到底該請大夫來瞧瞧是什麼病，也都好放心。」平兒嘆道：「說起病來，據我看也不是什麼小症候。」鴛鴦忙道：「是什麼病呢？」平兒見問，又往前湊了一湊，向耳邊說道：「只從上月行了經之後，這一個月竟瀝瀝淅淅的沒有止住，這可是大病不是？」鴛鴦聽了，忙答應道：「噯喲！依這麼說，可不成了血山崩[1]了嗎？」平兒忙啐了一口，又悄笑道：「你女孩兒家，這是怎麼說，你倒會咒人的。」鴛鴦見說，不禁紅了臉，又悄笑道：「究竟我也不知什麼是崩不崩的，你倒忘了不成，先我姐姐不是害這病死了。我也不知是什麼病，因無心中聽見媽和親家媽說，我還納悶，後來聽見原故，才明白了一二分。」

二個正說着，只見小丫頭向平兒道：「方才朱大娘又來了，我們回了他奶奶才歇午覺，他往太太上頭去了。」平兒聽了點頭。鴛鴦問：「那一個朱大娘？」平兒道：「就是官媒婆朱嫂子，因有個什麼孫大人來和咱們求親，

注意疾病的心理原因。

過於逞強，只能害己。

用心太過，反不成功。

＊「紅」全書勸人「省些壽命筋力」，「不去謀虛逐念」（第一回），自然是就全書而言，但尤其是針對鳳姐的。作者通過鳳姐的形象，勸戒世人留有餘地，難得糊塗，戒驕戒躁，不可機關算盡，逞強到底。

鳳姐既是一個正面的形象也是一個反面的形象。其次是針對寶、黛的。

察三訪四的結果是一大混亂，一大糊塗。愛情追求的結果也是一場虛空。

所以他這兩日天天弄個帖子來鬧的人怪煩的。」一語未了，小丫頭跑來說：「二爺進來了。」說話之間，賈璉已走至堂屋門口，平兒忙迎出來。賈璉見平兒在東屋裡，便也過這間房內來，走至門前，忽見鴛鴦坐在炕上，便煞住腳笑道：「鴛鴦姐姐今兒貴腳幸踏賤地。」鴛鴦只坐着，笑道：「來請爺奶奶的安，偏又不在家的不在家，睡覺的睡覺。」賈璉笑道：「姐姐一年到頭辛苦伏侍老太太，我還沒看你去，那裡還敢勞動來看我們。」又說：「巧的很，我才要找姐姐去，因為穿着這袍子熱，先來換了夾袍子再過去找姐姐去，不想老天爺可憐，省我走這一趟。」一面說，一面在椅子上坐下。鴛鴦因問：「又有什麼說的？」賈璉未語先笑道：「因有一件事竟忘了，只怕姐姐還記得。上年老太太生日曾有一個外路和尚來孝敬一個臘油凍[2]的佛手，因老太太愛就即刻拿過來擺着了。因前日老太太生日，我看古董帳還有一筆在這帳上，卻不知此時這件着落在何處。古董房裡的人也回過了我兩次，等我問準了好註上一筆。所以我問姐姐，如今還是老太太擺着呢，還是交到誰手裡去了呢？」鴛鴦聽說，便說道：「老太太擺了幾日厭煩了，就給你們奶奶了。你這會子又問我來了。我連日子還記得，還是我打發了老王家的送來。你忘了，或是問你們奶奶和平兒。」平兒正拿衣服，聽見如此說，忙出來回說：「交過來了，現在樓上放着呢。奶奶已經打發人去說過，他們發昏，沒記上，又來叨登這些沒要緊的事。」賈璉聽說笑道：「既然給了你奶奶，我怎麼不知道，你們就昧下了。」平兒道：「奶奶告訴二爺，二爺還要送人，奶奶不肯，

鴛鴦來自老太太那裡，故而身份規格不同。也是所謂貓兒狗兒來自上輩人便不可怠慢之意。

好容易留下的，這會子自己忘了，倒說我們昧下。那是什麼好東西，比那強十倍的也沒昧下一遭兒，這會子就愛上那不值錢的咧！」賈璉垂頭含笑想了想，拍手道：「我如今竟糊塗了！丟三忘四惹人抱怨，竟大不像先了。」鴛鴦笑道：「也怨不得。事情又多，口舌又雜，你再喝上兩鍾酒，那裡記得許多。」一面說，一面起身要走。

實似有貓膩，不便認真追下去罷了。

賈璉忙也立起身來說道：「好姐姐，略坐一坐兒，兄弟還有一事相求。」說着，便罵小丫頭：「怎麼不沏好茶來！快拿乾淨蓋碗，把昨日進上的新茶沏一碗來。」說着，向鴛鴦道：「這兩日因老太太千秋，所有的幾千兩都使了。幾處房租地租統在九月才得，這會子竟接不上。明兒又要送南安府裡的禮，又要預備娘娘的重陽節，還有幾家紅白大禮，至少還得三二千兩銀子用，一時難去支借。俗語說的好，『求人不如求己』。[3]說不得，姐姐擔個不是，暫且把老太太查不着的金銀傢伙偷着運出一箱子來，暫押千數兩銀子支騰過去，不上半月的光景，銀子來了，我就贖了交還，斷不能叫姐姐落不是。」鴛鴦聽了笑道：「你倒會變法兒，虧你怎麼想了。」賈璉笑道：「不是我撒謊，若論除了姐姐，也還有人手裡管的起千數兩銀子，只是他們為人都不如你明白有膽量。我和他們一說反嚇住了他們，所以我『寧撞金鐘一下，不打鐃鈸三千』。」一語未了，賈母那邊小丫頭子忙忙走來找鴛鴦，說：「老太太找姐姐，這半日我那裡沒找到，卻在這裡。」鴛鴦聽說，忙的且去見賈母。

甚至採取這種辦法，而且是與鴛鴦聯手。說明鴛鴦亦深知這一家的財政困難。（不知這是不是她日後殉主的一個原因。）

邢岫煙典當，受到寶釵的阻攔與救援。這樣的大宗典押，誰來救援？

賈璉見他去了，只得回來瞧鳳姐。誰知鳳姐已醒了，聽他和鴛鴦借當，自己不便答話，只躺在榻上。聽見鴛鴦去了，賈璉進來，鳳姐因問道：「他可應准了？」賈璉笑道：「雖未應准，卻有幾分成了，須得你再去和他說一說，就十分成了。」鳳姐笑道：「我不管這些事，倘若說准了，這會子說着好聽，到了有錢的時節，你就丟在脖子後頭了，誰和你打饑荒去。倘或老太太知道了，倒把我這幾年的臉面都丟了。」賈璉笑道：「好人，你若說定了，我謝你。」鳳姐笑道：「你說謝我什麼？」賈璉笑道：「你說要什麼就有什麼。」平兒一旁笑道：「奶奶倒不要別的，剛才正說要做一件什麼事，恰少一二百銀子使，不如借了來，奶奶拿這麼一二百銀子，豈不兩全其美。」鳳姐笑道：「幸虧提起我來，就是這樣也罷了。」賈璉笑道：「你們太也狠了。你們這會子別說一千兩的當頭，就是現銀子要三五千，只怕也難不倒。我不和你們借就罷了。這會子煩你說一句話，還要個利錢，真真了不得。」鳳姐聽了，翻身起來說道：「我三千五千不是賺得你的，如今裡裡外外上上下下背着嚼說我的不少了，就短了你來說了，可知沒家親引不出外鬼來。我們看着你家什麼石崇鄧通。[4]把我王家的縫子掃一掃，就夠你們一輩子過的了。說出來的話也不害臊！現有對證：把太太和我的嫁妝細看看，比一比，我們那一樣是配不上你們的。」賈璉笑道：「說句頑話就急了。這有什麼這樣的，你要使一二百兩銀子值什麼，多的沒有，這還能夠，先拿進來，你使了再說去，如何？」鳳姐道：「我又不等着銜口墊背，[5]忙什麼。」賈璉道：「何苦來，

平兒也參加到巧取豪奪的勾當裡。

夫妻也不斷談判交易試探，討價還價。

王家厲害！這也是鳳受寵而且自我感覺特別好的一個依據。

不犯着這樣肝火盛。」鳳姐聽了，又笑起來：「不是我着急，你說的話戳人的心。我因為想着後日是尤二姐的周年，我們好了一場，雖不能別的，到底給他上個墳燒張紙，也是姊妹一場。他雖沒個男女留下，也別要『前人撒土迷了後人的眼』才是。」賈璉半晌方道：「難為你想的周全。」鳳姐一語倒把賈璉說沒了話，低頭打算說：「既是後日才用，若明日得了這個，你隨便使多少就是了。」

為何哪壺不開提哪壺？半晌想了些什麼？

一語未了，只見旺兒媳婦走進來。鳳姐便問：「可成了沒有？」旺兒媳婦道：「竟不中用。我說須得奶奶作主就成了。」賈璉便問：「又是什麼事？」鳳姐兒見問，便說道：「不是什麼大事。旺兒有個小子，今年十七歲了，還沒娶媳婦兒，因要求太太房裡的彩霞，不知太太心裡怎麼樣。前日太太見彩霞大了，二則又多病多災的，因此開恩打發他出去了，給他老子隨便自己擇女婿去罷。因此旺兒媳婦來求我。我想他兩家也就算門當户對了，一說去自然成的，誰知他這會子來了，說不中用。」賈璉道：「這是什麼大事，比彩霞好的多着呢。」旺兒家的便笑道：「爺雖如此說，連他家還看不起我們，別人越發看不起我們了。好容易相看準一個媳婦兒，我只說求爺奶奶的恩典，替作成了。奶奶又說他必是肯的，我就煩了人過去試一試，誰知白討了個沒趣兒。若論那孩子倒好，據我素日合意兒試他，心裡沒有什麼說的，只是他老子娘兩個老東西太心高了些。」一語戳動了鳳姐和賈璉，鳳姐因見賈璉在此，且不作一聲，只看賈璉的光景。賈璉心中有事，那裡把這點事放在心裡。待要不管，只是看着鳳姐兒的陪房，且素日出過力的，臉上實在過不去，因説：「什麼大事，只管咕咕唧唧的。你放心且去，我明日作媒，打發兩個有體面的人，一面説，一面帶着定禮去，就説是我的主意。他十分不依，叫他來見我。」旺兒家的看着鳳姐，鳳姐便努嘴兒。旺兒家的會意，忙爬下就給賈璉磕頭謝恩。賈璉忙道：「你只管給你姑娘磕頭。我雖如此説了這樣行，到底也得你姑娘打發人叫他女人上來，和他好説更好些，不然太霸道了，日後你們兩親家也難走動。」鳳姐忙道：「連你還這樣開恩操心呢，我反倒袖手旁觀不成。旺兒家的，你聽見了，這事説了，你也忙忙的給我完了事來。説給你男人，外頭所有的帳目，一概趕今年年底收了進來，少一個錢也不依。我的名聲不好，再放一年都要生吃了我呢。」旺兒媳婦笑道：「奶奶也太膽小了。誰敢議論奶奶，若收了時，我也是一場癡心白使了。」鳳姐道：「我真個還等錢做什麼，不過為的是日用出的多，進的少。這屋裡有的沒的，我和你姑爺一月的月錢，再連上四個丫頭的月錢，通共一二十兩銀子，還不夠三五天使用的呢。若不是我千湊萬挪的，早不知過到什麼破窯裡去了，如今倒落了一個放帳的名兒。既這樣，我就收了回來。我比誰不會花錢，咱們以後就坐着花到多早晚就是多早晚。這不是樣兒：前兒老太太生日，太太急了兩個月，想不出法兒來，還是我提了一句，後樓上現有些沒要緊的大銅錫傢伙四五箱子，拿出去弄了三百銀子，才把太太遮羞禮兒搪過去了。我是你們知道的，那一個金自鳴鐘賣了五百六十兩銀子。沒有半個月，大事小事沒十件，白填在裡頭。今兒外頭也短住了，不知是誰的主意，搜尋上老太

大事小事都是仗勢欺人，「官」大一級壓死人。（所謂「你要當家？『皇軍』要當你的家！」）

就是太霸道了。

一面「偷」老太太的東西去典押，一面放錢。實仍是損「公」肥私，中飽自己。

貪污有理論。

或謂高薪養廉？那麼能不能説低薪誘貪呢？

鳳有權，但不是最高人物，所以也將軍鬥氣。

已這樣拆東牆補西牆。

太了。明兒再過一年，便搜尋到頭面衣服，可就好了！」旺兒媳婦笑道：「那一位太太奶奶的頭面衣服折變了不夠過一輩子的。只是不肯罷了。」鳳姐道：「不是我說沒能耐的話，要像這樣，我竟不能了。昨兒晚上忽然作了一個夢，說來可笑，夢見一個人，雖然面善，卻又不知名姓，找我說娘娘打發他來要一百匹錦。我問他是那一位娘娘，他說的又不是咱們的娘娘。我就不肯給他，他就來奪。正奪着，就醒了。」旺兒家的笑道：「這是奶奶日間操心，常應候宮裡的事。」

夢中也在進行與宮廷的來往交易。此夢有預兆之意乎？

一語未了，人回：「夏太監打發了一個小內家[6]來說話。」賈璉聽了，忙皺眉道：「又是什麼話，一年他們也搬夠了。」鳳姐道：「你藏起來，等我見他，若是小事罷了，若是大事，我自有回話。」賈璉便躲入內套間去。這裡鳳姐命人帶進小太監來，讓他椅上坐了吃茶，因問何事。那小太監便說：「夏爺爺因今兒偶見一所房子，如今竟短二百兩銀子，打發我來問舅奶奶家裡有現成的銀子暫借一二百，這一兩日就送來。」鳳姐兒聽了笑道：「什麼是送來，有的是銀子，只管先兌了去。改日等我們短了，再借去也是一樣。」小太監道：「夏爺爺還說，上兩回還有一千二百兩銀子沒送來，等今年年底下自然一齊都送了過來。」鳳姐笑道：「你夏爺爺好小氣。這也值得放在心裡。我說一句話，不怕他多心，若都這樣記清了還我們，不知要還多少了。只怕我們沒有，若有只管拿去。」因叫旺兒媳婦來，「出去不管那裡先支二百銀來。」旺兒媳婦會意，因笑道：「我才因別處支不動，才來和奶奶支的。」鳳姐道：「你們只會裡頭來要錢，叫你們外頭

巧取豪奪，是權貴（包括太監）們的規律。

話說得爽快，心想的另樣。

弄去就不能了。」説着叫平兒：「把我兩個金項圈拿出去，暫且押四百兩銀子。」平兒答應了去，果然拿了一個錦盒子來，裡面兩個錦袱包着。打開時，一個金累絲攢珠的，那珍珠都有蓮子大小；一個點翠嵌寶石的。兩個都與宮中之物不離上下。一時拿去，果然拿了四百兩銀子來。鳳姐命與小太監打疊一半，那一半與了旺兒媳婦，命他拿去辦八月中秋的節。那小太監便告辭了。鳳姐命人替他拿着銀子，送出大門去了。這裡賈璉出來笑道：「這一起外祟何日是了！」鳳姐笑道：「剛説着，就來了一股子。」賈璉道：「昨兒周太監來，張口一千兩，我略慢應了些，他不自在，將來得罪人之處不少。這會子再發個三二百萬的財就好了。」一面説，一面平兒伏侍鳳姐另洗了臉，更衣往賈母處伺候晚飯。

　　這裡賈璉出來，剛至外書房，忽見林之孝走來。賈璉因問何事。林之孝説道：「方才打聽得雨村降了，卻不知因何事，只怕未必真。」賈璉道：「真不真，他那官兒未必保的長。只怕將來有事，咱們寧可疏遠着他好。」林之孝道：「何嘗不是，只是一時難以疏遠。如今東府大爺和他更好，老爺又喜歡他，時常來往，那個不知。」賈璉道：「横豎不和他謀事，也不相干。你去再打聽真了，是為什麼。」林之孝答應了，卻不動身，坐在椅子上，再説閒話。因又説起家道艱難，便趁勢説：「人口太眾了，不如揀個空日，回明老太太老爺，把這些出過力的老家人用不着的，開恩放幾家出去，一則他們各有營運，二則家裡一年也省口糧月錢。再者，裡頭的姑娘也太多。俗語説，『一時比不得一時』，如今説不得先時

可以想像他們的財政困難，種種計劃外非程序支出，十分嚇人。

的例了，少不得大家委曲些，該使八個的使六個，使四個的使兩個。若各房算起來，一年也可以省得許多月米月錢。況且裡頭的女孩子們一半都太了，也該配人的配人，成了房，豈不又滋生出人來。」賈璉道：「我也這樣想，只是老爺才回家來，多少大事未回，那裡議到這個上頭。前兒官媒拿了個庚帖[7]來求親，太太還說老爺才來家，每日歡天喜地的說骨肉完聚，忽然提起這事，恐老爺又傷心，所以且不叫提起。」林之孝道：「這也是正理，太太想的周到。」賈璉道：「正是，提起這話我想起一件事來。我們旺兒的小子要說太太房裡的彩霞，他昨兒求我。我想什麼大事，不管誰去說一聲去，就說我的話。」林之孝答應了，半晌笑道：「依我說，二爺竟別管這件事。旺兒的那小子雖然年輕，在外吃酒賭錢，無所不至。雖說都是奴才，到底是一輩子的事。彩霞這孩子這幾年我雖沒見，聽見說越發出挑的好了，何苦來白遭塌他一個人。」賈璉道：「他小兒子原會吃酒不成人麼？這樣那裡還給他老婆，且給他一頓棍鎖起來，再問他老子娘。」林之孝笑道：「何必在這一時，那是我錯了。等他再生事，我們自然回爺處治，如今且恕他。」賈璉不語，一時林之孝出去。

需要精簡。

照顧情緒高於一切。故許多應做的事不能做。

「我的話」云云，壓下來的勢頭。

晚間鳳姐已命人喚了彩霞之母來說媒。那彩霞之母滿心縱不願意，見鳳姐自和他說，何等體面，便心不由己的滿口應了出去。鳳姐又問賈璉可說了沒有，賈璉因說：「我原要說的，打聽得他小兒子大不成人，故還不曾說。若果然不成人，且管教他兩日，再給他老婆不遲。」鳳姐笑道：「我們王家的人，連我還不中你

山頭主義，宗派主義。

們的意，何況奴才呢。我已經和他娘說了，他娘已經歡天喜地，難道又叫進他來不要了不成？」賈璉道：「既你說了，又何必退，明日說給他老子好生管他就是了。」這裡說話不提。

且說彩霞因前日出去等父母擇人，心中雖與賈環有舊，尚未作准。今日又見旺兒每每來求親。早聞得旺兒之子酗酒賭博，而且容顏醜陋，不能如意，自此心中越發懊惱。惟恐旺兒仗勢作成，終身不遂，未免心中急躁。至晚間悄命他妹子小霞進二門來找趙姨娘問個端的。趙姨娘素日深與彩霞好，巴不得與了賈環，方有個膀臂，不承望王夫人又放了出去。每每調唆賈環去討，一則賈環羞口難開，二則賈環也不在意，不過是個丫頭，他去了，將來自然還有，遂遷延住不說，意思便丟開手。無奈趙姨娘又不捨，又見他妹子來問，是晚得空，便先求了賈政。賈政說道：「且忙什麼，等他們再唸一二年書再放人不遲。我已經看中了兩個丫頭，一個與寶玉，一個給環兒，只是年紀還小，又怕他們誤了唸書，再等一二年再提。」趙姨娘還要說話，只聽外面一聲響，不知何物，大家吃了一驚。未知如何，下回分解。

又是一件草菅人運。

趙姨娘本來吃不開，賈環本來吃不開，偏偏母子二人又不合作，還怎麼鬥與爭？

顯然賈政對趙還不錯，才能求得上話。

＊家道艱難，實有苦處，漏洞很多，蹇象叢生。做主子的有事事為人做「主」的癖好。也是一種權力賣弄慾。從來旺婦為兒子說親事，扯到趙姨娘，扯到寶玉。一場暴風雨開始準備醞釀。

1 **血山崩**：即女子經血不止，大量失血，又稱「血崩」。

2 **臘油凍**：一種蜜臘質感的半透明石，也稱「凍石」。

3 **求人不如求己**：本《文子．上德》「求諸人不如求之己」。

4 **石崇鄧通**：石崇是晉代富翁，鄧通是漢代富翁。

5 **銜口墊背**：舊時殮死人時，口中銜珠，背後墊錢，稱「銜口墊背」。

6 **內家**：宮裡太監。

7 **庚帖**：訂婚時，男女雙方互換的寫有年庚八字的柬帖。

第七十三回

癡丫頭誤拾繡春囊[1] 懦小姐不問累金鳳[2]

話説那趙姨娘和賈政説話，忽聽外面一聲響，不知何物。忙問時，原來是外間窗屜不曾扣好，滑了屈戌[3]掉下來。趙姨娘罵了丫頭幾句，自己帶領丫鬟上好，方進來打發賈政安歇，不在話下。

到底何物？

賈政由趙「打發安歇」，有點意思。

卻説怡紅院中寶玉方才睡下，丫鬟們正欲各散安歇，忽聽有人來敲院門。老婆子開了，見是趙姨娘房內的丫頭名喚小鵲的。問他什麼事，小鵲不答，直往房內來找寶玉。只見寶玉才睡下，晴雯等猶在床邊坐着，大家頑笑，見他來了，都問：「什麼事，這時候又跑來做什麼？」小鵲笑問寶玉道：「我來告訴你一個信兒。方才我們奶奶咕咕唧唧在老爺前不知説了你些什麼，我只聽見『寶玉』二字，我來告訴你，仔細明兒老爺向你説話，着實留神。」説着，回身去了。襲人命人留他吃茶，因怕關門，遂一直去了。

你中有我，我中有你。結果矛盾更增加了。方才政、趙談話聽到響動，是否與小鵲聽窗戶根有關？

這裡寶玉知道趙姨娘心術不端，和自己仇人似的，又不知他説些什麼，聽了便如孫大聖聽見了緊箍咒一般，登時四肢五內一齊皆不自在起來，想來想去別

寶玉也只是這點起色。

無他法，且理熟了書，預備明兒盤考。只能書不舛錯，便有他事也可搪塞。一面想罷，忙披衣起來要讀書。心中又自後悔，這些日子只說不提了，偏又丟生，早知該天天好歹温習些的。如今打算打算，肚子裡現可背誦的，不過只有「學」、「庸」、「二論」[4]是背的出來。至上本《孟子》就有一半是夾生的，若憑空提一句，斷不能背的；至「下孟」就有大半生的。算起五經來，因近來作詩，常把五經集些，雖不甚熟，還可塞責。別的雖不記得，素日賈政幸未叫讀的，縱不知，也還不妨。至於古文，這是那幾年所讀過的幾篇「左傳」、「國策」、「公羊」、「穀梁」、[5]漢唐等文，這幾年未曾讀得，不過一時之興，隨看隨忘，未曾下過苦功，如何記得。這是更難塞責的。更有時文八股一道，因平素深惡此道，原非聖賢之製撰，焉能闡發聖賢之奧，不過是後人餌名釣祿之階。雖賈政當日起身選了百十篇命他讀的，不過是後人的時文偶見其中一二股內或承起之中有作的精緻，或流蕩，或遊戲，或悲感，稍能動性者，偶爾一讀，不過供一時之興趣，究竟何曾成篇潛心玩索。如今若温習這個，又恐明日盤究那個；若温習那個，又恐盤駁這個。一夜之工，亦不能全然温習，因此越添了焦燥。自己讀書不知緊要，卻累着一房丫鬟們都不能睡。襲人等在旁剪燭斟茶，那些小的都睏倦起來，前仰後合。晴雯罵道：「什麼蹄子，一個個黑家白日挺屍挺不夠，偶然一次睡遲了些，就裝出這個腔調兒來了。再這樣，我拿針扎你們兩下子。」

話猶未了，只聽外面咕咚一聲，急忙看時，原來是一個小丫頭坐着打盹，一

太對了！寶玉一眼看穿，為何社會反看不穿？有此需要（如魯迅所說的瞞和騙的需要）罷了。

其實小鵲的情報不準確，這是第一個陰差陽錯的折騰。

沒事找事，沒事出事。一報有誤，一人折騰，便開始帶動一批人折騰。

左一聲咕咚，右一聲咕咚。假雷慢慢打成了真雷。

頭撞到壁上了，從夢中驚醒，卻正是晴雯説這話之時，他怔怔的只當是晴雯打了他一下，遂哭着央説道：「好姐姐，我再不敢了。」眾人都發起笑來。寶玉忙勸道：「饒他罷，原該叫他們睡去。你們也該替換着睡。」襲人道：「小祖宗，你只顧你的罷。統共這一夜的工夫，你把心暫且用在這幾本書上，等過了這一關，由你再張羅別的，也不算誤了什麼。」寶玉聽他説的懇切，只得又讀幾句。麝月斟了一杯茶來潤舌，寶玉接茶吃了。因見麝月只穿着短襖，解了裙子，寶玉道：「夜靜了，冷，到底穿一件大衣裳才是。」麝月笑指着書道：「你暫且把我們忘了，且把心對着他些罷。」

話猶未了，只聽春燕秋紋從後房門跑進來，口內喊説：「不好了，一個人從牆上跳下來了！」眾人聽説，忙問在那裡，即喝起人來，各處尋找。晴雯因見寶玉讀書苦惱，勞費一夜神思，明日也未必妥當，心下正要替寶玉想出一個主意來好脱此難，忽然逢着這一驚，便生計向寶玉道：「趁這個機會快裝病，只説嚇着了。」正中寶玉心懷，因而叫起上夜人等來，打着燈籠各處搜尋，並無蹤跡，都説：「小姑娘們想是睡花了眼出去，風搖的樹枝兒，錯認了人。」晴雯便道：「別放屁！你們查的不嚴，怕耽不是，還拿這話來支吾，剛才並不是一個人見的，寶玉和我們出去有事，大家親見的。如今寶玉嚇的顏色都變了，滿身發熱。我如今還要上房裡取安魂丸藥去。太太問起來是要回明白的，難道依你説就罷了不成。」眾人聽了，嚇的不敢則聲，只得又各處去找。晴雯和秋紋二人果出去要藥，故意

有大家哭的時候呢。

四書五經八股，哪如姑娘們關心動情。

又「咕咚」了。第二件陰差陽錯。

晴雯用計，最後石頭砸到自己腳上。

令人想起一個典故：文革中一農村馬棚失火，然後展開了「小駒踢燈（造成火災）」論與「階級敵人（破壞造成）」論的論戰。前者被批為右傾機會主義。

進一步折騰。玩火。應知折騰的結果只可能是一場災難。

*賈母聲氣如此凶惡、意外、不祥，也是眾人特別是晴雯帶頭折騰、玩火的結果。也說明，正如賈母自己說過的，當年她比如今的鳳姐還要「能」。能夠「能」，就不僅有享福、吃好、玩好、說笑話、寵孫子的一面，必然還有——尤其是對下人——兇神惡煞的一面。賈母的既這樣就保不住不那樣的莫須有擴大化，邏輯十分驚人，也十分兇險。按這種邏輯，必然遇事小題大作，雞飛狗跳。這種邏輯其實不符合起碼的邏輯規則，

鬧的眾人皆知寶玉着了驚，嚇病了。王夫人聽了，忙命人來看視給藥，又吩咐各上夜人仔細搜查，又一面叫查二門外鄰園牆上夜的小廝們。於是園內燈籠火把直鬧了一夜。至五更天，就傳管家的細看查訪。

「鬥」的氣氛漸漸造成。

賈母聞知寶玉被嚇，細問原由，不敢再隱，只得回明。賈母道：「我不料到有此事。如今各處上夜人都不小心，還是小事，只怕他們就是賊也未可知。」當下邢夫人並尤氏等都過來請安，鳳姐、李紈及姊妹等皆陪侍，聽賈母如此說，都默無所答。獨探春出位笑道：「近因鳳姐姐身子不好幾日，園裡的人比先放肆許多，先前不過是大家偷着一時半刻，或夜裡坐更時，三四個人聚在一處，或擲骰，或鬥牌，小小的頑意，不過為熬睏起見。邇來漸次放誕，竟開了賭局，甚有頭家局主，或三十吊五十吊的大輸贏，半月前竟有爭鬥相打之事。」賈母聽了，忙說：「你既知道，為何不早回我們來？」探春道：「我因想着太太事多，且連日不自在，所以沒回，只告訴大嫂子和管事的人們戒飭過幾次，近日好些。」賈母忙道：「你姑娘家如何知道這裡頭的利害。你自為賭錢常事，不過怕起爭端。殊不知夜間既耍錢，就保不住不吃酒；既吃酒，就未免門户任意開鎖。或買東西，其中夜靜人稀，趁便藏賊引盜，何等事做不出來。況且園內你姊妹們起居，所伴者皆係丫頭媳婦們，賢愚混雜，賊盜事小，倘有別事略沾帶些，關係非小。這事豈可輕恕。」探春聽說，便默然歸坐。鳳姐雖未大癒，精神未嘗稍減，今見賈母如此說話，

語出驚人，惡聲惡氣，與老太太的素日慈祥親切大不相同。

大家默不作聲，自有道理。獨探春積極響應，也是搬石砸腳。第三步陰差陽錯。

探春自找麻煩，使局面向惡化方面發展。

無限上綱，無限發揮。

現在她也默然了。

也就不符合事實，所以表面兒，實際解決不了問題而給壞人以可乘之機。形「左」的結果必定是實右。

便忙道：「偏生我又病了。」遂回頭命人速傳林之孝家的等總理家事的四個媳婦到來，當着賈母申飭了一頓。賈母命即刻查了頭家賭家來，有人出首者賞，隱情不告者罰。

林之孝家的等見賈母動怒，誰敢徇私，忙去園內傳齊，又一一盤查，雖然大家賴一回，終不免水落石出，查得大頭家三人，小頭家八人，聚賭者統共二十多人，都帶來見賈母，跪在院內磕頭求饒。賈母先問大頭家名姓和錢之多少。原來這大頭家，一個是林之孝家的兩姨親家，一個是園內廚房內柳家媳婦之妹，一個是迎春之乳母。這是三個為首的，餘者不能多記。賈母便命將骰子紙牌一並燒毀，所有的錢入官分散與眾人，將為首者每人打四十大板，攆出去，總不許再入；從者每人打二十板，革去三月月錢，撥入圊廁行[6]內。又將林之孝家的申飭了一番。林之孝家的見他的親戚又與他打嘴，自己也覺沒趣。迎春在坐，也覺沒意思。黛玉、寶釵、探春等見迎春的乳母如此，也是物傷其類的意思，遂都起身笑向賈母討情說：「這個奶奶素日原不頑的，不知怎麼也偶然高興。求看二姐姐面上，饒過這次罷。」賈母道：「你們不知道。大約這些奶子們，一個個仗着奶過哥兒姐兒，原比別人有些體面，他們就生事，比別人更可惡，專管調唆主子護短偏向。我都是經過的。況且要拿一個作法，恰好果然就遇見了一個。你們別管，我自有道理。」寶釵等聽說，只得罷了。

賈母動怒，鳳姐親抓，大事不好。陰差陽錯之四。其實都是小鵲謊報軍情、晴雯隨意玩火引起。當然，從必然的角度看，也是賈府矛盾重重、上下交惡的一種暴露。

林之孝家亦是搬石砸腳。

一直拉扯到迎春山頭，陰差陽錯到了第五步了。

賈母的這些話，分量極重。如此這般，出大事的氣氛已經造成了。

一時賈母歇晌，大家散出，都知賈母生氣，皆不敢回家，只得在此暫候。尤氏到鳳姐兒處來閒話了一回，因他也不自在，只得園內去閒談。邢夫人在王夫人處坐了一回，也要到園內走走，剛至園門前，只見賈母房內的小丫頭子名喚傻大姐的，笑嘻嘻走來，手內拿着個花紅柳綠的東西，低頭瞧着只管走，不防迎頭撞見邢夫人，抬頭看見方才站住。邢夫人因說：「這傻丫頭又得個什麼愛巴物兒，這樣歡喜？拿來我瞧瞧。」原來這傻大姐年方十四五歲，是新挑上來的；與賈母這邊專做粗活。只因他生的體肥面闊，兩隻大腳做粗活爽利簡捷，且心性愚頑，一無知識，出言可以發笑，賈母歡喜，便起名為傻大姐。若有錯失，也不苛責他，無事時，便入園內來頑耍。正往山石背後掏促織去，忽見一個五彩繡香囊，上面繡的並非花鳥等物，卻是兩個人赤條條的相抱，一面是幾個字。這癡丫頭原不認得是春意兒，心下打諒：「敢是兩個妖精打架，不就是兩口子打架呢。」左右猜解不來，正要拿去與賈母看呢，所以笑嘻嘻走回。忽見邢夫人如此說，便笑道：「太太真個說的巧，真是個愛巴物兒，太太瞧一瞧。」說着，便送過去。邢夫人接來一看，嚇得連忙死緊攥住，忙問：「你是那裡得的？」傻大姐道：「我掏促織兒在山子石後頭揀的。」邢夫人道：「快別告訴人。這不是好東西，連你也要打死呢。因你素日是個傻丫頭，以後再別提了。」這傻大姐聽了，反嚇的黃了臉，說：「再不敢了。」磕了頭，呆呆而去。邢夫人回頭看時，都是些女孩兒，不便遞與他們，自己便塞在袖裡，心內十分罕異，揣摩此物從何而來，且不形於聲色，

是陰差陽錯的第六步，也是一場糊塗世界大戰的開端。

撞到邢夫人，繡春囊算是得其主了。

不傻也會隱匿，不是邢夫人也會隱匿；如此看來，這場大戰簡直是天意！

或令人聯想到司棋，聯想到她被鴛鴦撞見與此後的強烈反應。

且到迎春房裡。

迎春正因他乳母獲罪，心中不自在，忽報母親來了，遂接入。奉茶畢。邢夫人因說道：「你這麼大了，你那奶媽子行此事，你也不說說他。如今別人都好好的，偏咱們的人做出這事來，什麼意思。」迎春低頭弄衣帶，半晌答道：「我說他兩次，他不聽也叫我無法兒。況且他是媽媽，只有他說我的，沒有我說他的。」邢夫人道：「胡說！你不好了他原該說，如今他犯了法，你就該拿出姑娘的身分來。他敢不依，你就回我去才是。如今直等外人共知，這可是什麼意思。再者，放頭兒，[7]還只怕他巧語花言的和你借貸些簪環衣服作本錢，你這心活面軟，未必不賙濟他些。若被他騙了去，我是一個錢沒有的，看你明日怎麼過節。」迎春不語，只低着頭。邢夫人見他這般，因冷笑道：「你是大老爺跟前的人養的，這裡探丫頭是二老爺跟前的人養的，出身一樣。你娘比趙姨娘強十分，你也該比探丫頭強才是。怎麼你反不及他一半！倒是我無兒女的一生乾淨，也不能惹人笑話。」人回：「璉二奶奶來了。」邢夫人聽了，冷笑兩聲，命人出去說：「請他自己養病，我這裡不用他伺候。」接着，又有探事的小丫頭來報說：「老太太醒了。」邢夫人方起身往前邊來，迎春送至院外方回。

繡桔因說道：「如何，前兒我回姑娘，那一個攢珠累金鳳不知那裡去了，回了姑娘，竟不問一聲兒。我說必是老奶奶拿去當了銀子放頭兒的，姑娘不

正好火上澆油，錯入第七步，錯入膏肓了。

山頭高於一切，事情本身反不重要了。真真令人懷疑：莫非賈母堅持從重處理迎春乳母，也有或隱或現的山頭意識做祟？

引出了更深刻的矛盾了。

你矛盾我，我矛盾你，戰爭是不可避免的了。你有你的打法，我有我的打法，邢自有道理。

又平空殺出一員小將繡桔。

＊邢夫人掌握了繡春囊，世界大戰的按鈕只待一按便爆發了。暫時按下不表，說說迎春這個不太重要的人物山頭裡的事。也是欲擒故縱，搖曳多姿，面面俱到。以大戰比喻，好比決戰前統帥刮鬍子，關心一下衛士的閒事。然後，廝殺開始，別的全顧不上了。

＊搜檢大戰前插入迎春事，入情入理。

客觀上，這是為邢夫人的抓辮子大將軍做鋪墊。迎春如此受氣，只能由乃（嫡）母出面鬧它一次。

信，只說司棋收着，叫問司棋。司棋雖病，心裡卻明白，說沒有收起來，還在書架上匣內放着，預備八月十五要戴呢。姑娘該叫人去問老奶奶一聲。」迎春道：「何用問，那自然是他拿了去搞了肩兒[8]了。我只說他悄悄的拿了出去，不過一時半晌，仍舊悄悄的放在裡頭，誰知他就忘了，今日偏又鬧出去，問他也無益。」繡桔道：「何曾是忘記！他是試準了姑娘性格，所以才這樣。如今我有個主意：走到二奶奶房裡，將此事回了，他或着人要，他或省事拿幾吊錢來替他贖了，如何？」迎春忙道：「罷，罷，罷，省事些好。寧可沒有了，又何必生事。」繡桔道：「姑娘怎這樣軟弱。都要省起事來，將來連姑娘還騙了去。我竟去的是。」說着便走。迎春便不言語，只好由他。

也是預兆。

誰知迎春的乳母之媳玉柱兒媳婦為他婆婆得罪，來求迎春去討情。他們正說金鳳一事，且不進去，也因素日迎春懦弱，他們都不放在心上。如今見繡桔立意去回鳳姐，又看這事脫不過去，只得進來，陪笑先向繡桔說：「姑娘，你別去生事。姑娘的金絲鳳原是我們老奶奶老糊塗了，輸了幾個錢沒的撈梢，[9]所以借去，不想今日弄出事來。雖然這樣，到底主子的東西，我們不敢遲誤，終久是要贖的。如今還要求姑娘看着從小兒吃奶的情常，往老太太那邊去討一個情，救出他來才好。」迎春便說道：「好嫂子，你趁早打了這妄想，要等我去說情兒，等到明年也是不中用的。方才連寶姐姐、林妹妹大伙兒說情，老太太還不依，何況是我一個人。我自己臊還臊不過來，還去

螳螂捕蟬，黃雀在後。隔牆有耳。

鳳姐嚴厲，手大捂不過天來，她嚴她的，下邊鬆懈貓膩下邊的。缺少層層負責、各有權責的分層管理機制。

討臊去。」繡桔便說：「贖金鳳是一件事，說情是一件事，別絞在一處。難道姑娘不去說情，你就不賠了不成？嫂子且取了金鳳來再說。」玉柱兒家的聽見迎春如此拒絕他，繡桔的話又鋒利，無可回答，一時臉上過不去，也明欺迎春素日好性，乃向繡桔發話道：「姑娘，你別太張勢了，你滿家子算一算，誰的媽媽奶奶不仗着主子哥兒姐兒多得些意，咱們就這樣丁是丁，卯是卯的，只許你們偷偷摸摸的哄騙了去。自從邢姑娘來了，太太吩咐一個月儉省出一兩銀子來與舅太太去，這裡饒添了邢姑娘的使費，反少了一兩銀子。常時短了這個，少了那個，那不是我們供給？誰又要去？不過大家將就些罷了。算到今日，少說也有三十兩了，我們這一向的錢，豈不白填了限呢。」繡桔不待說完，便啐了一口道：「做什麼你白填了三十兩，我且和你算算帳，姑娘要了些什麼東西？」迎春聽了這媳婦發邢夫人之私意，忙止道：「罷，罷，罷，不能拿了金鳳來，你不必拉三扯四亂嚷。我也不要那鳳了，便是太太們問時，我只說丟了，也妨礙不着你什麼，你出去歇息歇息倒好。」一面叫繡桔倒茶來。繡桔又氣又急，因說道：「姑娘雖不怕，我們是做什麼的，把姑娘的東西丟了。他倒賴說姑娘使了他們的錢，這如今竟要準折起來。倘或太太問姑娘為什麼使了這些錢，敢是我們就中取勢？這還了得！」一行說，一行就哭了。司棋聽不過，只得勉強過來幫着繡桔問着那媳婦。迎春勸止不住，自拿了一本《太上感應篇》[10]去看。

惡劣風氣已經形成，大家便向惡看齊，正經道理反成了「太張勢」了。

互抓短處，互捅傷疤。

妙。令人想到《子夜》的開頭。「太上」篇妙

*迎春這一套，從老觀點看，實是人生極高境界。從繡桔、司棋的眼光看，這樣的主子真正是窩囊廢！

三人正沒開交，可巧寶釵、黛玉、寶琴、探春等因恐迎春今日不自在，都約着來安慰。他們走至院中，聽見幾個人講究，探春從紗窗內一看，只見迎春倚在床上看書，若有不聞之狀。探春也笑了。小丫頭們忙打起簾子，報道：「姑娘們來了。」迎春放下書起身，那媳婦見有人來，且又有探春在內，不勸自止了，遂趁便就走。探春坐下，便問：「剛才誰在這裡說話？倒像拌嘴似的。」迎春笑道：「沒有什麼，左不過他們小題大做罷了。何必問他。」探春笑道：「我才聽見什麼『金鳳』，又是什麼『沒有錢只和我們奴才要』，誰和奴才要錢了？難道姐姐和奴才要錢不成？」司棋繡桔道：「姑娘說的是了。姑娘何曾和他們要什麼了。」探春笑道：「姐姐既沒有和他要，必定是我們和他們要了不成！你叫他進來，我倒要問問他。」迎春笑道：「這話又可笑。你們又無沾礙，何必如此。」探春道：「這倒不然。我和姐姐一樣，姐姐的事和我一般，他說姐姐即是說我。我那邊有人怨我，姐姐聽見也是和怨姐姐一樣。咱們是主子，自然不理論那些錢財小事，只知想起什麼要什麼也是有的。但不知金累絲鳳因何又夾在裡頭？」那玉柱媳婦生恐繡桔等告出他來，遂忙進來用話掩飾。探春深知其意，因笑道：「你們所以糊塗。如今你奶奶已得了不是，趁此求二奶奶，把方才的錢未曾散人的，拿出些來贖取就完了。比不得沒鬧出來，大家都藏着留臉面；如今既是沒了臉，趁此時縱有十個罪，也只一人受罰，沒有砍兩顆頭的理。你依我說，竟是和二奶奶趁便說去。在這裡大聲小氣，如何使得。」這媳婦被探春說出真病，也無可賴了，只

用無窮。

這「畫面」也是典型的。應該畫一幅迎春鬧中取靜讀「太上」篇圖。

不敢往鳳姐處自首。探春笑道：「我不聽見便罷，既聽見少不得替你們分解。」誰知探春早使了眼色與侍書，侍書出去了。

這裡正說話，忽見平兒進來。寶琴拍手笑道：「三姐姐敢是有驅神召將的符術？」黛玉笑道：「這倒不是道家玄術，倒是用兵最精的，所謂『守如處女，出如脫兔』[11]，『出其不備』[12]的妙策。」二人取笑，寶釵便使眼色與二人，遂以別話岔開。探春見平兒來了，遂問：「你奶奶可好些了？真是病糊塗了，事事都不在心上，叫我們受這樣委屈。」平兒忙道：「誰敢給姑娘氣受？姑娘吩咐我。」那玉柱兒媳婦方慌了手腳，遂上來趕着平兒叫：「姑娘坐下，讓我說原故，姑娘請聽。」平兒正色道：「姑娘這裡說話，也有你混插口的理！你但凡知禮，只該在外頭伺候。也有外頭的媳婦們無故到姑娘房裡來的？」繡桔道：「你不知我們這屋裡是沒禮的，誰愛來就來。」平兒道：「都是你們不是。姑娘好性兒，你們就該打出去，然後再回太太去才是。」柱兒媳婦見平兒出了言，紅了臉，方退出去。探春接着道：「我且告訴你，若是別人得罪了我，倒還罷了。如今這柱兒媳婦和他婆婆仗着是嬤嬤，又瞅着二姐姐好性兒，私自拿了首飾去賭錢，而且還捏造假帳逼着去討情，和這兩個丫頭在臥房裡大嚷大叫，二姐姐竟不能轄治，所以我看不過，才請你來問一聲：還是他本是天外的人，不知道理？還是有誰主使他如此，先把二姐姐制伏了，然後就要治我和四姑娘了？」平兒忙陪笑道：「姑娘怎

黛玉對這一套也不陌生。黛玉如生活在另一種條件下，會不會展現她精明乃至苛刻的那一面呢？

欲解決實質，先批評程序。一個程序（禮）的問題就把她壓扁了。

柱兒媳婦之流，不能給臉。不壓着她，她就要生事乃至欺訛別人。

＊此回探春未免好強太過，氣焰亦高，畢竟還是姑娘家，諳事未深，難稱老到。探春迎春一起寫，互相映襯，對比分明。各種矛盾露頭，如同暴風雨前烏雲自四面八方漸漸聚攏。

麼今日說出這話來？我們奶奶如何當得起！」探春冷笑道：「俗語說的，『物傷其類』，『齒竭唇亡』，[13]我自然有些驚心。」平兒問迎春道：「若論此事，極好處的，但他是姑娘的奶嫂，姑娘怎麼樣為是？」當下迎春只和寶釵看「感應篇」故事，究竟連探春之話亦不曾聞得，忽見平兒如此說，仍笑道：「問我，我也沒什麼法子。他們的不是，自作自受，我也不能討情，我也不去加責就是了。至於私自拿去的東西，送來我收下，不送來我也不要了。太太們要來問，我可以隱瞞遮飾的過去，是他的造化，若瞞不住，我也沒法兒，沒有個為他們反欺枉太太們的理，少不得直說。你們若說我好性兒，沒個決斷，有好主意可以八面周全，不叫太太們生氣，任憑你們處治，我也不管。」眾人聽了，都好笑起來。黛玉笑道：「真是『虎狼屯於階陛尚談因果』。[14]若使二姐姐是個男人，一家上下這些人，又如何裁治他們。」迎春笑道：「正是。多少男人尚且如此，何況我呢。」一語未了，只聽又有一人來了，不知是誰，下回分解。

鳳姐畢竟在位，有遷就對付的一面。探春只是協理，出了事她也將鳳姐的軍，使事態益發惡化。

也是按性格的濃聚化鮮明化來構思的。平兒一問，把球踢到迎春這邊了。

看來黛玉亦有鳳姐之才、智。唯鳳姐無黛玉之文化素養與情操。所以說書愈讀就愈蠢。下人向惡看齊，主子向弱、劣看齊。

1 **繡春囊**：繡有春宮圖的香囊。

2 **累金鳳**：金絲編成的鳳形首飾。

3 **屈戌**：門窗上的銅搭扣。

4 **「學」、「庸」、「二論」**：即《大學》、《中庸》和《論語》上下。

5 **「左傳」、「國策」、「公羊」、「穀梁」**：即《春秋左氏傳》、《戰國策》、《春秋公羊傳》、《春秋穀梁傳》。

6 **圊廁行**：清掃廁所的行當。

7 **放頭兒**：指聚賭作頭家抽頭兒的意思。

8 **摘了肩兒**：放下肩上的擔子的意思，這裡是說挪借財物，濟一時之需。

9 **撈梢**：即賭錢輸了，再賭撈本。

10 **《太上感應篇》**：作者不詳，偽託太上老君所作，內容是宣揚天人感應，勸善懲惡等等。

11 **守如處女，出如脫兔**：語出《孫子．九地》，原文為「是故始如處女，敵人開戶，後如脫兔，敵不及拒」。

12 **出其不備**：語見《孫子．計篇》，原文為「攻其無備，出其不意」。

13 **齒竭唇亡**：亦作「唇亡齒寒」，語見《左傳》僖公五年，比喻唇齒相依，共同的利害關係。

14 **虎狼屯於階陛尚談因果**：事見《南史．梁簡文帝諸子建平王傳》。是說南朝梁武帝蕭衍，在叛軍圍困京城時，還在奢談佛教因果。這裡是諷喻迎春對切身的事不聞不問。

第七十四回 惑奸讒抄檢大觀園 避嫌隙杜絕寧國府

話說平兒聽迎春說了，正自好笑，忽見寶玉也來了。原來管廚房柳家媳婦的妹子，也因放頭開賭得了不是。因這園中有素與柳家的不好的，便又告出柳家的來，說他和妹子是夥計，賺了平分。因此鳳姐要治柳家之罪。那柳家的聽得此信，便慌了手腳，因思素與怡紅院的人最為深厚，故走來悄悄的央求晴雯芳官等人，轉告了寶玉。寶玉因思內中迎春的嬤嬤也現有此罪，不若來約同迎春去討情，比自己獨去單為柳家的說情又更妥當，故此前來。忽見許多人在此，見他來時，都問道：「你的病可好了？跑來做什麼？」寶玉不便說出討情一事，只說來看二姐姐。當下眾人也不在意，且說些閒話。平兒便出去辦累金鳳一事。那玉柱兒媳婦緊跟在後，口內百般央求，只說：「姑娘好歹口內超生，我橫豎去贖了來。」平兒笑道：「你遲也贖，早也贖，既有今日，何必當初。你的意思得過就過。既是這樣，我也不好意思告人，趁早取了來交與我送去，一字不提。」玉柱兒媳婦聽說，方放下心來，就拜謝，又說：「姑娘自去貴幹，趕晚贖了來，先回了姑娘，再送去，如何？」平兒

＊曰「惑奸讒」，作者的傾向性是明顯的，是完全否定這一抄檢行動的。不抄檢又怎麼樣呢？四面起火，八方冒煙。

各有各的渠道。

平兒做事，壓你服了，給以出路，行好積德。也算既講原則又講靈活。

道：「趕晚不來，可別怨我。」說畢，二人方分路各自散了。

平兒到房，鳳姐問他：「三姑娘叫你做什麼？」平兒笑道：「三姑娘怕奶奶生氣，叫我勸着奶奶些，問奶奶這兩天可吃些什麼。」鳳姐笑道：「倒是他還記掛我。剛才又出來了一件事：有人來告柳二媳婦和他妹子通同開局，凡妹子所為都是他作主。我想你素日肯勸我『多一事不如省一事』，自己保養保養也是好的。我因聽不進去，果然應了，先把太太得罪了，而且反賺了一場病。如今我也看破了，隨他們鬧去罷，橫豎還有許多人呢。我白操一會子心，倒惹的萬人咒罵，不如且自家養養病，就是病好了，我也會做好好先生，得樂且樂，得笑且笑，一概是非都憑他們去罷。所以我只答應着知道了。」平兒笑道：「奶奶果然如此，那就是我們的造化了。」

實際是對寶玉線上的人的客氣。當然也有自己的考慮。如是另外線上的呢？不排除怒從心頭起，惡向膽邊生的可能性。

一語未了，只見賈璉進來，拍手嘆氣道：「好好的又生事，前兒我和鴛鴦借當，那邊太太怎麼知道了。才剛太太叫過我去，叫我不管那裡先借二百銀子，做八月十五節下使用。我回沒處借。太太就說：『你沒有錢就有地方挪移，我白和你商量，你就搪塞我，你就沒地方兒。前兒一千銀子的當是那裡的？連老太太的東西你都有神通弄出來，這會二百銀子，你就這樣難。虧我沒和別人說去。』我想太太分明不短，何苦來要尋事奈何人。」鳳姐兒道：「那日並沒個外人，誰走了這個消息。」平兒聽了，也細想那日有誰在此，想了半日，笑道：「是了，那日說話時沒人，但晚上送東西來的時節，老太

明明是自己的繼母，卻稱為「那邊太太」，親疏之意可見。那邊與這邊的矛盾日益激化。

*看平兒處理柱兒媳婦，鳳姐處理柳家的，似乎諸事可能平息。其實，大戰之勢已成，局面已不是鳳、平所能掌握的了。也是一種樹欲靜而風不止呢。

太那邊傻大姐兒的娘可巧來送漿洗衣服。他在下房裡坐了一回子，看見一大箱子東西，自然要問，必是小丫頭們不知道，說出來了，也未可知。」因此便喚了幾個小丫頭來問，那日誰告訴傻大姐的娘了。眾小丫頭慌了，都跪下賭神發誓，說：「自來也不敢多說一句話。有人凡問什麼，都答應不知道。這事如何敢說。」鳳姐詳情度理說：「他們必不敢多說一句話，倒別委曲了他們。如今把這事靠後，且把太太打發了去要緊，寧可咱們短些，又別討沒意思。」因叫平兒：「把我的金首飾再去押二百銀子來送去。」賈璉道：「越發多押二百，咱們也要使呢。」鳳姐道：「狠不必，我沒處使。這不知還指那一項贖呢。」平兒拿了去，吩咐旺兒媳婦領去。不一時拿了銀子來，賈璉親自送去，不在話下。

查也白查。

這裡鳳姐和平兒猜疑走風的人，「反叫鴛鴦受累，豈不是咱們過失。」正在胡想，人報：「太太來了。」鳳姐聽了詫異，不知何事，隨與平兒等忙迎出來。只見王夫人氣色更變，只帶一個貼己小丫頭走來，一語不發，走至裡間坐下。鳳姐忙捧茶，因陪笑問道：「太太今日高興到這裡逛逛。」王夫人喝命：「平兒出去！」平兒見了這般，不知怎麼了，忙應了一聲，帶着眾小丫頭一齊出去，在房門外站着，越發將房門掩了，自己坐在台階上，所有的人一個不許進去。鳳姐也着了慌，不知有何事。只見王夫人含着淚，從袖裡擲出一個香袋來，說：「你瞧。」鳳姐忙拾起一看，見是十錦春意香袋，也唬了一跳，忙問：「太太從那裡得來？」王夫人見問，越發淚如雨下，顫聲說道：「我從那裡得來！我天天坐在井裡，念

突發事件，鳳完全被動。

一句話等於宣佈了緊急狀態。

讓你平兒體面就體面，不讓你體面，老老實實當你的奴才去。

王夫人的道德情操感天動地。

「坐井」云云，此話失態。

你是個細心人，所以我才偷空兒。誰知你也和我一樣。這樣東西大天白日明擺在園裡山石上，被老太太的丫頭拾着，不虧你婆婆看見，早已送到老太太跟前去了。我且問你，這東西如何丟在那裡？」鳳姐聽得也更了顏色，忙問：「太太怎麼知道是我的？」王夫人又哭又嘆道：「你反問我！你想，一家子除了你們小夫小妻，餘者老婆子們，要這個何用？女孩子們是從那裡得來，自然是那璉兒不長進下流種子那裡弄來的。你們又和氣，當作一件頑意兒，年輕的人兒女閨房私意是有的，你還和我賴！幸而園內上下人還不解事，尚未揀得。倘或丫頭們揀着，你姊妹看見，這還了得。不然有那小丫頭們揀着出去，說是園內揀的，外人知道，這性命臉面要也不要？」鳳姐聽說，又急又愧，登時紫脹了面皮，便挨着床沿雙膝跪下，也含淚訴道：「太太說的固然有理，我也不敢辯，我並無這樣東西。但其中還要求太太細想：這香袋兒是外頭仿着內工繡的，帶連穗子一概是市賣的東西。我雖年輕不尊重，也不肯要這樣東西。再者，這也不是常帶着的，我縱有，也只好在私處擱着，焉肯在身上常帶各處逛去？況且又在園裡去，個個姊妹我們多肯拉拉扯扯，倘或露出來，不但在姊妹前看見，就是奴才看見，我有什麼意思？三則論主子內我是年輕媳婦，算起來，奴才比我更年輕的又不止一個了。況且他們也常在園走動，焉知不是他們掉的？再者除我常在園裡，還有那邊太太常帶過幾個小姨娘來，嫣紅、翠雲那幾個人也都是年輕的人，他們更該有這個了。還

驚慌失措，自己先起火冒煙。

「自然」云云，豈能自然？不重證據，不講邏輯，不察始末的想當然。

鳳姐成了罪魁禍首，被逼到了死角，只有自己含淚下跪申訴。

＊王夫人發火而且毫不懷疑地怪罪鳳姐，第八步錯，而且是大錯特錯了。鳳姐再惡、壞，賈府離了她就更一場糊塗。

*封建道德的不近人情，虛偽矯情，令人難解。實際上「扒灰」、「養小叔子」……倒不可怕，一個工藝品或玩物卻像是奇恥大辱、奇魔大怪一般。直把大觀園轟了個搖搖欲墜。

有那邊珍大嫂子，他也不算很老，也常帶過佩鳳他們來，又焉知不是他們的？況且園內丫頭太多，保不住都是正經的。或者年紀大些的，知道了人事，一刻查問不到偷了出去；或藉着因由和二門上小幺兒們打牙撂嘴兒，外頭得了來的，也未可知。不但我沒此事，就連平兒我也可以下保的，太太請細想。」王夫人聽了這一夕話很近情理，因嘆道：「你起來。我也知道你是大家子的姑娘出身，不至這樣輕薄，不過我氣激你的話。但只如今卻怎麼處？你婆婆才打發人封了這個給我瞧，把我氣了個死。」鳳姐道：「太太快別生氣，若被眾人覺察了，保不定老太太不知道。且平心靜氣暗暗訪察，才能得這個實在；縱然訪不着，外人也不能知道。如今惟有趁着賭錢的因由革了許多人這空兒，把周瑞媳婦、旺兒媳婦等四五個貼近不能走話的人安插在園裡，以查賭為由。再如今他們的丫頭也太多了，保不住人大心大，生事作耗，等鬧出來，反悔之不及。如今若無故裁革，不但姑娘們委曲煩惱，就連太太和我也過不去。不如趁此機會，以後凡年紀大些的，或有些咬牙難纏的，拿個錯兒攆出去配了人。一則保得住沒有別事，二則也可省些用度。太太想我這話如何？」王夫人嘆道：「你說的何嘗不是，但從公細想，你這幾個姊妹，每人只有兩三個丫頭像人，餘者竟是小鬼兒似的，如今再去了，不但我心裡不忍，只怕老太太未必就依。雖然艱難，也還窮不至此。我雖沒受過大榮華，比你們是強些。如今寧可省我些，別委曲了他們。你如今且叫人傳周瑞家的等人

鳳姐在極其不利的形勢下，鐵嘴鋼牙，有條不紊，入情入理地發表了辯護詞。

來勢洶洶，說改口又改口。常有理，把冤枉說成「氣激」。唉！

老太太知道了會怎麼樣？放火殺人不成？

鳳姐還是用自己的人。

鳳姐兒實想把主子間的矛盾轉嫁給奴才們。

進來，就吩咐他們快快暗訪這事要緊。」鳳姐即喚平兒進來，吩咐出去。

一時，周瑞家的與吳興家的、鄭華家的、來旺家的、來喜家的現在五家陪房進來。王夫人正嫌人少，不能勘察，忽見邢夫人的陪房王善保家的走來，正是方才是他送香袋來的。王夫人向來看視邢夫人之得力心腹人等原無二意，今見他來打聽此事，便向他說：「你去回了太太，也進園來照管照管，比別人強些。」王善保家的因素日進園去那些丫鬟們不大趨奉他，他心裡不自在，要尋他們的故事又尋不着，恰好生出這件事來，以為得了把柄。又聽王夫人委託他，正碰在心坎上，道：「這個容易。不是奴才多話，論理這事該早嚴緊些的。太太也不大往園裡去，這些女孩子們一個個倒像受了封誥似的，他們就成了千金小姐了。鬧下天來，誰敢哼一聲兒。不然就調唆姑娘們，說欺負了姑娘們了，誰還耽的起。」王夫人道：「這也有的常情，跟姑娘們的丫頭比別的嬌貴些。」王善保家的道：「別的還罷了，太太不知頭一個是寶玉屋裡的晴雯，那丫頭仗着他生的模樣兒比別人標致些，又生了一張巧嘴，天天打扮的像個西施樣子，在人跟前能說慣道，抓尖要強。一句話不投機，他就立起兩隻眼睛來罵人，妖妖調調，大不成個體統。」王夫人聽了這話，猛然觸動往事，便問鳳姐道：「上次我們跟了老太太進園逛去，有一個水蛇腰、削肩膀兒、眉眼又有些像你林妹妹的，正在那裡罵小丫頭。我心裡狠看不上那狂樣子。因同老太太走，我不曾說得。後來要問是誰，又偏忘了，今

＊把王善保家的吸收到查訪事務中來，是第九錯。從小說角度看，她是搜撿的急先鋒，是戲劇性的關鍵人物。她不來，就沒了戲了。

王夫人高姿態——實際是向邢夫人讓步。

小人得志，醜態百出，又一個搬起石頭砸自己的腳的。砸完了沒一個同情，小說人物和時至今日的讀者一致拍手稱快。這種效應，也不同尋常。

開始「官報私仇」，實乃事出有因。

「罵小丫頭」云云，確實有些狂。王夫人「心裡很看不上」，則除了道德觀念以外還有自己的弗洛伊德。

*王夫人太情緒化了。這樣易如反掌地「惑奸讒」，實說明她的思路、水平與邢夫人、王善保家的無異。但她又要做出一種仁義道德、高高在上、嚴格律己……的樣子。着實可嘆。

日對了檻兒，這丫頭想必就是他了。」鳳姐道：「若論這些丫頭們共總比起來，都沒晴雯生的好，論舉止言語他原輕薄些，方才太太說的倒狠像他。我也忘了那日的事，不敢亂說。」王善保家的便道：「不用這樣，此刻不難叫了他來太太瞧瞧。」王夫人道：「寶玉房裡常見我的只有襲人麝月，這兩個笨笨的倒好。若有這個，他自然不敢來見我的。我一生最嫌這樣的人，且又出來這個事，好好的寶玉，倘或叫這蹄子勾引壞了，那還了得。」因叫自己的丫頭來吩咐他道：「你去，只說我有話問他，留下襲人麝月伏侍寶玉不必來，有一個晴雯最伶俐，叫他即刻快來。你不許和他說什麼。」

小丫頭答應了，走入怡紅院。正值晴雯身上不自在，睡中覺起來，正發悶，聽如此說，只得隨了他來。素日晴雯不敢出頭，因連日不自在，並沒十分妝飾，自為無礙。及到了鳳姐房中，王夫人一見他釵嚲鬢鬆，衫垂帶褪，大有春睡捧心之態，而且形容面貌恰是上月的那人，不覺勾起方才的火來。王夫人便冷笑道：「好個美人兒！真像個病西施了。你天天作這輕狂樣兒給誰看？你幹的事，打量我不知道呢！我且放着你，自然明兒揭你的皮！寶玉今日可好些？」晴雯一聽如此說，心內大異，便知有人暗算了他，雖然着惱，只不敢作聲。他本是個聰敏過頂的人，見問寶玉可好些，他便不肯以實話答應，忙跪下回道：「我不大到寶玉房裡去，又不常和寶玉在一處，好歹我不能知，那都是襲人和麝月兩個人的事，太太問他們。」王夫人道：「這就該

「笨笨的倒好」，這是一種擇劣選拔的原則。「一生最嫌」，則帶有心理變態性質。「好好的寶玉」，有保護下一代的真意，但與實際情況相比，則如癡人說夢。

醜是絕對容納不了容忍不了美的。美在醜面前，確是罪大惡極。

晴雯隨機應變，然已無力回天。從晴這方面總結經驗，還是平時有失。

打嘴！你難道是死人，要你們做什麼！」晴雯道：「我原是跟老太太的人，因老太太說園裡空，太人少，寶玉害怕，所以撥了我去外間屋裡上夜，不過看屋子。我原回過我笨，不能伏侍，老太太罵了我，『又不叫你管他的事，要伶俐的做什麼』。我聽了，不敢不去才去的。不過十天半月之內，寶玉叫着了，答應幾句話就散了。至於寶玉的飲食起居，上一層有老奶奶老媽媽們，下一層有襲人麝月秋紋幾個人，我閒着還要做老太太屋裡的針線，所以寶玉的事竟不曾留心。太太既怪，從此後我留心就是了。」王夫人信以為實了，忙說：「阿彌陀佛！你不近寶玉，是我的造化，竟不勞你費心。既是老太太給寶玉的，我明兒回了老太太再攆你。」因向王善保家的道：「你們進去好生防他幾日，不許他在寶玉房裡睡覺。等我回過老太太再處治他。」喝聲「出去！站在這裡我看不上這浪樣兒，誰許你這樣花紅柳綠的妝扮！」晴雯只得出來，這氣非同小可，一出門便拿手帕子握臉，一頭走，一頭哭，直哭到園內去。

王夫人的智商、經驗如此！像個孩子。

遷怒到服裝上。封建道德的核心是禁慾。所謂「存天理滅人慾」，封建特權的要素是男性的縱慾。這樣，王夫人勢必心理變態。直至視晴雯為「妖精」。其實，這不是王夫人的發明，包括膾炙人口的「三打白骨精」，都告訴人們美女很可能是妖精。

這裡王夫人向鳳姐等自怨道：「這幾年我越發精神短了，照顧不到，這樣妖精似的東西竟沒看見，只怕這樣的還有，明日倒得查查。」鳳姐見王夫人盛怒之際，又因王善保家的是邢夫人的耳目，常時調唆着邢夫人生事，縱有千百樣言論，此刻也不敢說，只低頭答應着。王善保家的道：「太太且請息怒，這些小事只交與奴才。如今要查這個是極容易的，等到晚上園門關了

＊王夫人親自審察判斷晴雯之事，大災大難來了！一錯再錯，言行皆錯，無法再計數了。鳳姐的管理機制已經癱瘓，她已看出王夫人的不妥，但已無法進言。

＊王善保家的突然大搜檢方案，是一個禍園殃民、打擊一大片的方案，使原來散處於各個角落的「起火」「冒煙」，變成自上而下的大火濃煙。

鳳姐原來的暗暗查訪，藉機處理一批人的方案，其實更符合賈府的利益，但王夫人一味對王善保家的——邢夫人讓步，使鳳不起作用了。

的時節，內外不通風，我們竟給他們個冷不防，帶着人到各處丫頭們房裡搜尋。想來誰有這個斷不單有這個，自然還有別的，那時翻出別的來，自然這個也是他的了。」王夫人道：「這話倒是，若不如此，斷乎不能明白。」因問鳳姐如何。鳳姐只得答應，說：「太太說是就行罷了。」王夫人道：「這主意狠是。不然一年也查不出來。」於是大家商議已定。

至晚飯後，待賈母安寢了，寶釵等入園時，王家的便請了鳳姐一並進園，喝命將角門皆上鎖，便從上夜的婆子處來抄揀起，不過抄揀些多餘攢下蠟燭燈油等物。王善保家的道：「這也是贓，不許動的，等明日回過太太再動。」於是先就到怡紅院中，喝命關門。當下寶玉正因晴雯不自在，忽見這一干人來，不知為何直撲了丫頭們的房門去，因迎出鳳姐來，問是何故。鳳姐道：「丟了一件要緊的東西，因大家混賴，恐怕有丫頭們偷了，所以大家都查一查去疑兒。」一面說，一面坐下吃茶。王家的等搜了一回，又細問這幾個箱子是誰的，都叫本人來親自打開。襲人因見晴雯這樣，必有異事，又見這番抄揀，只得自己先出來打開了箱子並匣子，任其搜揀一番，不過平常通用之物。隨放下又搜別人的，挨次都一一搜過。到晴雯的箱子，因問：「是誰的，怎麼不打開叫搜？」襲人方欲代晴雯開時，只見晴雯挽着頭髮闖進來，豁啷一聲將箱子掀開，兩手提着底子，往地下一翻，將所有之物盡都倒出來，王善保家的也覺沒趣兒，便紫脹了臉，說道：「姑娘，你別生氣，我們並非私

她也是「自然」怎樣，與王夫人一個腔調，無證據，無邏輯，任意鋪展擴大，怎能不壞事。

鳳姐反成了王家的催撥（跟班）。

贓越多，她功才越大。

鳳姐勉為其難地進行說明。她的差也難當。

乾脆來痛快的。也是無辦法的辦法。

自就來的，原是奉太太的命來搜察。你們叫翻呢，我們就翻一翻；不叫翻，我們還許回太太去呢，那用急的這個樣子！」晴雯聽了這話，越發火上澆油，便指着他的臉説道：「你説你是太太打發來的，我還是老太太打發來的呢！太太那邊的人我也都見過，就只沒看見你這麼個有頭有臉大管事的奶奶！」鳳姐見晴雯説話鋒利尖酸，心中甚喜，卻礙着邢夫人的臉，忙喝住晴雯。那王善保家的又羞又氣，剛要還言，鳳姐道：「媽媽，你也不必和他們一般見識，你且細細搜你的，咱們還到各處走走呢，再遲了，走了風，我可擔不起。」王善保家的只得咬咬牙，且忍了這口氣，細細的看了一看，也無甚私弊之物。回了鳳姐，要別處去。鳳姐道：「你可細細的查，若這一番查不出來，難回話的。」衆人都道：「盡都細翻了，沒有什麼差錯東西，雖有幾樣男人物件，都是小孩子的東西，想是寶玉的舊物，沒甚關係的。」鳳姐聽了笑道：「既如此，咱們就走，再瞧別處去。」

說着，一徑出來，向王善保家的道：「我有一句話，不知是不是，要抄揀只抄揀咱們家的人，薛大姑娘屋裡斷乎抄揀不得的。」王善保家的笑道：「這個自然，豈有抄起親戚家來的。」鳳姐點頭道：「我也這樣説呢。」一頭説，一頭到了瀟湘館內。黛玉已睡了，忽報這些人來，不知為甚事，才要起來，只見鳳姐已走進來，忙按住他不叫起來，只説：「睡着罷，我們就走的。」這邊且説些閒話。那王善保家的帶了衆人到了丫鬟房中，也一一開箱倒籠抄揀了一番。因從紫鵑房中搜出兩副寶玉往常換下來的寄名符兒，一副束帶上的帔帶，兩個荷包並扇套，

狗仗人勢，藉以嚇人。

可悲的是，你已經得不到老太太的關照了。

鳳姐心態合理。

鳳姐的才能，只能發揮到這細處了。鳳姐也只好拉旗。

為什麼可以抄黛玉的呢？看來，邢夫人處寶釵也是做了工作，搞了平衡的。

＊探春的策略是，既不是好意，就乾脆尖銳，以使搜檢者承擔一切壓力與責任，打消她們又要整人又花言巧語地遮掩的企圖。

套內有扇子。打開看時皆是寶玉往日手內曾拿過的。王善保家的自為得了意，遂忙請鳳姐過來驗視，又說：「這些東西從那裡來的？」鳳姐笑道：「寶玉和他們從小兒在一處混了幾年，這自然是寶玉的舊東西。況且這符兒和扇子都是老太太和太太常見的，媽媽不信，咱們只管拿了去。」王家的忙笑道：「二奶奶既知道就是了。」鳳姐道：「這也不算什麼稀罕事，撂下再往別處去是正經。」紫鵑笑道：「直到如今我們兩下裡的帳也算不清。要問這一個，連我也忘了是那年月日有的了。」

少見多怪。

為何黛玉毫無反應？「促狹」「小性」都哪裡去了？從小說學角度看倒可以理解，此回重點不在黛。

這裡鳳姐和王善保家的又到探春院內。誰知早有人報與探春了。探春也就猜着必有原故，所以引出這等醜態來，遂命眾丫鬟秉燭開門而待。一時眾人來了。探春故問何事。鳳姐笑道：「因丟了一件東西，連日訪察不出來，恐怕旁人賴這些女孩子們，所以大家搜一搜，使人去疑兒，倒是洗淨他們的好法子。」探春笑道：「我們的丫頭自然都是些賊，我就是頭一個窩主。既如此，先來搜我的箱櫃，他們所偷了來的都交給我藏着呢。」說着，便命丫鬟們把箱一齊打開，將鏡奩、妝盒、衾袱、衣包若大若小之物一齊打開，請鳳姐去抄閱。鳳姐陪笑道：「我不過是奉太太的命來，妹妹別錯怪了我。」因命丫鬟們：「快快給姑娘關上。」平兒、豐兒等先忙着替侍書等關的關，收的收。探春道：「我的東西倒許你們搜閱，要想搜我的丫頭，這卻不能。我原比眾人歹毒，凡丫頭所有的東西我都知道，都在我這裡間收着，一針一

「這等醜態」四字，已做了結論。

鳳姐角色尷尬，可憐。

探春以退為進，與晴雯「噹哴」傾箱同一路數。關鍵時刻，衝上第一線，潛台詞是：「搜檢就是污辱我，我們就面對面地幹，少玩花活！」

就要怪你，錯也要怪你，誰讓你來了？一個也不原諒。

字字如刀割，擺出一副發狠的架式，不怕，迎頭痛擊。探春真好樣的也！

帶威脅性：你毒，我更毒。

線他們也沒得收藏，要搜，所以只來搜我。你們不依，只管去回太太，只説我違背了太太。該怎麼處治，我去自領。你們別忙，自然你們抄的日子有呢！你們今日早起不是議論甄家，自己盼着好好的抄家，果然今日真抄了。咱們也漸漸的來了。可知這樣大族人家，若從外頭殺來，一時是殺不死的，這可是古人説的『百足之蟲，死而不殭』，必須先從家裡自殺自滅起來，才能一敗塗地呢！」説着，不覺流下淚來。鳳姐只看着眾媳婦們。周瑞家的便道：「既是女孩子的東西全在這裡，奶奶且請到別處去罷，也讓姑娘好安寢。」鳳姐便起身告辭。探春道：「可細細搜明白了？若明日再來，我就不依了。」鳳姐笑道：「既然丫頭們的東西都在這裡，就不必搜了。」探春冷笑道：「你果然倒乖，連我的包袱都打開了，還説沒翻。明日敢説，我護着丫頭們，不許你們翻了。你趁早説明，若還要翻，不妨再翻一遍。」鳳姐知道探春素日與眾不同的，只得陪笑道：「已經連你的東西都搜察明白了。」探春又問眾人：「你們也都搜明白了沒有？」周瑞家的等都陪笑説：「都明白了。」那王善保家的本是個心內沒成算的人，素日雖聞探春的名，他想眾人沒眼色沒膽量罷了，那裡一個姑娘就這樣利害起來。況且又是庶出，他敢怎麼着。自己又仗着是邢夫人的陪房，連王夫人尚另眼相待，何況別人。只當是探春認真單惱鳳姐，與他們無干，他便要趁勢作臉，因越眾向前拉起探春的衣襟，故意一掀，嘻嘻的笑道：「連姑娘身上我都翻了，果然沒有什麼。」鳳姐見

至言也！字字血，聲聲淚，擲地有聲。

何人知憂？唯有探春。

窮追到底，不饒不依。

決不客氣。

探春變被動為主動。

作死！

傻貨！

＊探春這一段關於自殺自滅的言論，實為金石良言。思之深，哀之痛，憤之至，言之透闢，應該刻在石碑上以為窩裡鬥者戒。畢竟是有學問的人，才能有這種幾乎可以稱之為「政治家」的眼光。無怪乎鳳姐對她有「比我知書識字，更利（厲）害一層」的正確評價。但探春一下子這樣言重，仍略有突然感。此前未見她做過這樣根本性的思考。很可能，這裡邊有曹公的見解，藉探春口講出來了。大致還可以。

＊探春一個耳光，餘音繞樑，三日不絕，三百年不絕！

即使大勢已去，也不能讓惡人毫無忌憚。

整個「紅」，黏黏乎乎，紛紛亂亂，如麻如粥，此一耳光，卻有英勇豪邁氣概，金聲玉振，大快人心！

這一及時起板，大滅了小人的威風，大長了好人的志氣。

王善保家的之類的傢伙呀，你們不注意維護一下自己的嘴巴嗎？

他這樣，忙說：「媽媽走罷，別瘋瘋顛顛的。」一語未了，只聽「啪」的一聲，王家的臉上早着了探春一巴掌，探春登時大怒，指着王家的問道：「你是什麼東西，敢來拉扯我的衣裳！我不過看着太太的面上，你又有幾歲年紀，叫你一聲媽媽，你就狗仗人勢，天天作耗，在我們跟前逞臉。如今越發不得了，你索性往我動手動腳的了！你打諒我是同你們姑娘那麼好性兒，由着你們欺負，你就錯了主意了。你來搜檢東西我不惱，你不該拿我取笑兒。」說着，便親自要解鈕子，拉着鳳姐兒細細的翻，「省得你們叫奴才來翻我」。鳳姐、平兒等都忙與探春理裙整袂，口內喝着王善保家的說：「媽媽吃兩口酒就瘋瘋顛顛起來。前兒把太太也衝撞了，快出去，別再討臉了！」又忙勸探春：「好姑娘，別生氣！他算什麼？姑娘氣着倒值多了。」探春冷笑道：「我但凡有氣，早一頭碰死了！不然怎麼許奴才來我身上搜賊贓呢。明兒一早先回過老太太、太太，再過去給大娘賠禮，該怎麼着，我去領。」那王善保家的討了個沒臉，趕忙躲出窗外，只說：「罷了，罷了，這也是頭一遭捱打，我明兒回了太太，仍回老娘家去罷，這個老命還要他做什麼！」探春喝命丫鬟：「你們聽見他說話，還等我和他拌嘴去不成。」侍書聽說，便出去說道：「媽媽，你知點好歹兒，省一句兒罷。你果然回老娘家去，倒是我們的造化了。只怕你捨不得去。你去了叫誰討主子的好兒，調唆着察考姑娘，折磨我們呢。」鳳姐笑道：「好丫頭，真是有其主，必有其僕。」探春冷笑道：

物極必反。王善保家的太猖狂了，犯了規了，活該！

也抓住把柄了！

有身份。身先士卒，已獲大勝，下面的仗，可以由侍書之類的打了。

「我們作賊的人，嘴裡都有三言兩語的，就只不會背地裡調唆主子。」平兒忙也陪笑解勸，一面又拉了侍書進來。周瑞家的等人勸了一番，鳳姐直待伏侍探春睡下，方帶着人往對過暖香塢來。

彼時李紈猶病在床上，他與惜春是緊鄰，又與探春相近，故順路先到這兩處。因李紈才吃了藥睡着，不好驚動，只到丫鬟們房中一一的搜了一遍，也沒有什麼東西，遂到惜春房中來。因惜春年小，尚未識事，嚇的不知當有什麼事故。鳳姐少不得安慰他。誰知竟在入畫箱中尋出一大包銀錁子來，約共三四十個，為查姦情，反得賊贓。又有一副玉帶版子[1]並一包男人的靴襪等物。鳳姐也黃了臉，因問：「是那裡來的？」入畫只得跪下哭訴真情，說：「這是珍大爺賞我哥哥的。因我們老子娘都在南方，如今只跟着叔叔過日子。我叔叔嬸子只要吃酒賭錢，我哥哥怕交給他們又花了，所以每常得了，悄悄的煩老媽媽帶進來，叫我收着的。」惜春膽小，見了這個也害怕，說：「我竟不知道。這還了得！二嫂子，要打他好歹帶他出去打罷，我聽不慣的。」鳳姐笑道：「若果真呢，也倒可恕，只是不該私自傳送進來。這個可以傳遞，怕什麼不可傳遞。這倒是傳遞人的不是了。若這話不真，倘是偷來的，你可就別想活了。」入畫跪哭道：「我不敢撒謊。奶奶只管明日問我們奶奶和大爺去，若說不是賞的，就拿我和我哥哥一同打死無怨。」鳳姐道：「這個自然要問的。只是真賞的也有不是，誰許你私自傳送東西的！你且說是誰接應，我便饒你。下次萬萬不可。」惜春道：「嫂子別饒他。這裡人多，

鳳姐想說風涼話，也有解嘲的意思。但探春不容她又搜檢又風涼，故窮追不捨。

若不管了他，那些大的聽見了，又不知怎樣呢。嫂子若依他，我也不依。」鳳姐道：「素日我看他還使得。誰沒一個錯，只這一次。二次再犯，二罪俱罰。但不知傳遞是誰。」惜春道：「若說傳遞，再無別個，必是後門上的張媽。他常肯和這些丫頭鬼鬼祟祟的，這些丫頭們也都肯照顧他。」鳳姐聽說，便命人記下，將東西且交給周瑞家的暫且拿着，等明日對明再議。

惜春怯懦，所謂「潔身自好」，實為自私。表現出來竟比鳳姐更苛刻！實為人性奇觀！

誰知那老張媽原和王善保家有親，近因王善保家的在邢夫人跟前作了心腹人，便把親戚和伴兒們都看不到眼裡了。後來張家的氣不平，鬥了兩次口，彼此都不說話了。如今王家的聽見是他傳遞，碰在心坎兒上，更兼剛捱了探春的打，受了侍書的氣沒處發泄，聽見張家的這事，因攛掇鳳姐道：「這傳東西的事關係更大，想來那些東西自然也是傳遞進來的，奶奶倒不可不問。」鳳姐兒道：「我知道，不用你說。」於是別了惜春，方往迎春房內去。

迎春已經睡着了。丫鬟們也才要睡，眾人扣門半日才開。鳳姐吩咐：「不必驚動姑娘。」遂往丫鬟們房裡來。因司棋是王善保家的外孫女兒，鳳姐要看王家的可藏私不藏，遂留神看他搜檢。先從別人箱子搜起，皆無別物。及到了司棋箱子，隨意掏了一回，王善保家的說：「也沒有什麼東西。」才要關箱時，周瑞家的道：「這是什麼話，有沒有總要一樣看看才公道。」說着，便伸手掣出一雙男子的綿襪並一雙緞鞋。又有一個小包袱，打開看時，裡面是一個同心如意[2]並一個字帖兒，一總遞與鳳姐。鳳姐因理家常久，每每看帖看帳，也頗識得幾個字了。

你將我的軍，我還將你的軍呢！

那帖是大紅雙喜箋，便看上面寫道：「上月你來家後，父母已覺察你我之意。但姑娘未出閣，尚不能完你我之心願。若園內可以相見，你可託張媽給一信息。若得在園內一見，倒比來家好說話。千萬，千萬。再所賜香珠二串，今已查收外，特寄香袋一個，略表我心。千萬收好。表弟潘又安拜具。」鳳姐看罷，不怒而反樂，別人並不識字。王善保家的素日並不知道他姑表姊弟有這一節風流故事，見了這鞋襪，心內已是有些毛病，又見有一紅帖，鳳姐看着又笑，他便說道：「必是他們寫的帳目不成字，所以奶奶見笑。」鳳姐笑道：「正是這個帳竟算不過來。你是司棋的老娘，他的表弟也該姓王，怎麼又姓潘呢？」王善保家的見問得奇怪，只得勉強告道：「司棋的姑媽給了潘家，所以他姑表兄弟姓潘。上次逃走了的潘又安就是他。」鳳姐笑道：「這就是了。」因說：「我唸給你聽聽。」說着，從頭唸了一遍，大家都嚇一跳。這王家的一心只要拿人的錯兒，不想反拿住了他外孫女兒，又氣又臊。周瑞家的四人聽見鳳姐兒唸了，都吐舌頭，搖頭兒。周瑞家的道：「王大媽聽見了！這是明明白白，再沒得話說了。這如今怎麼樣呢？」王家的只恨無地縫兒可鑽。鳳姐只瞅着他抿着嘴兒嘻嘻的笑，向周瑞家的道：「這倒也好，不用他老娘操一點心兒，鴉雀不聞，就給他們弄了個好女婿來了。」周瑞家的也笑着湊趣兒。王家的無處煞氣，只好打着自己的臉罵道：「老不死的娼婦，怎麼造下孽了！說嘴打嘴，現世現報。」眾人見他如此，要笑又不敢笑，也有趁願的，也有心中感動報應不爽的。鳳姐見司棋低頭不語，也並無畏懼慚愧之

文化不高，幹這事卻夠用。

就王家的說，活該。就司棋說，可憐。主子一鬥，奴才一定遭殃。

這樣的表演，也是報應。

*搜檢事件，沒有勝利者。

王夫人沒有達到查出繡春囊及加強道德秩序的目的，而只是添了亂。

鳳姐大為丟人。

邢夫人將了軍，又得到了什麼呢？

王善保家的自取其辱。

大觀園吟詩作樂的氣氛沒有了，籠罩着的是猜疑，專橫，恐懼。

這是「紅」的最大事件。實是前八十回的終結，底下幾回是餘波。

意，倒覺可異。料此時夜深，且不必盤問，只怕他夜間自尋短志，[3]遂喚兩個婆子監守。且帶了人，拿了贓證回來歇息，等待明日料理。誰知夜裡下面淋血不止。

次日，便覺身體十分軟弱起來，遂撐不住，請醫診視，開方立案，說要保重而去。老嬤嬤們拿了方子回過王夫人，不免又添一番愁悶，遂將司棋之事暫且擱起。

可巧這日尤氏來看鳳姐，坐了一回，又看李紈等。忽見惜春遣人來，請尤氏到他房中。惜春便將昨夜之事細細告訴了，又命人將入畫的東西一概要來與尤氏過目。尤氏道：「實是你哥哥賞他哥哥的，只不該私自傳送，如今官鹽反成私鹽了。」因罵入畫「糊塗東西！」惜春道：「你們管教不嚴，反罵丫頭。這些姊妹獨我的丫頭沒臉，我如何去見人。昨兒叫鳳姐姐帶了他去，又不肯，今日嫂子來的恰好，快帶了他去，或打，或殺，或賣，我一概不管。」入畫聽說，跪地哀求，百般苦告，尤氏和奶媽等人也都十分解說：「他不過一時糊塗，下次再不敢的。看他從小兒伏侍一場。」誰知惜春年幼天性孤僻，任人怎說，只是咬定牙，斷乎不肯留着，更又說道：「不但不要入畫，如今我也大了，連我也不便往你們那邊去了。況且近日聞得多少議論，我若再去，連我也編派。」尤氏道：「誰敢議論什麼？又有什麼可議論的！姑娘是誰，我們是誰。姑娘既聽見人議論我們，就該問着他才是。」惜春冷笑道：「你這話問着我倒好，我一個姑娘家，只好躲是非的，我反尋是非，成個什麼人了！況且古人說得『善惡生死，父子不能有所勖[4]助』，何況你我二人之間，我只能保住自己就夠了，以後你們有事，好歹別累我。」尤氏聽了，又氣又好笑，因向地下眾人道：「怪道人人都說四姑娘年輕糊塗，我只不信。你們聽這些話，無原無故，又沒輕重，真真的叫人寒心。」眾人都勸說道：「姑娘年輕，奶奶自然該吃些虧的。」惜春冷笑道：「我雖年輕，這話卻不年輕。你們不看書不識字，所以都是呆子，倒說我糊塗。」尤氏道：「你是狀元，第一個才子。我們糊塗人，不如你明白。」惜春道：「據你這話就不明白，狀元難道沒有糊塗的？可知你們這些人都是世俗之見，那裡眼裡識得出真假，心裡分得出好歹來！你們要看真人，總在最初一步的心上看起，才能明白呢。」尤氏笑道：「好，才是才子，這會子又做大和尚，又講起參悟來了。」惜春道：「我也不是什麼參悟。我看如今人一概也都是入畫一般，沒有什麼大說頭兒。」尤氏道：「可知你真是個心冷嘴冷的人。」惜春道：「怎麼我不冷？我清清白白的一個人，為什麼叫你們帶累壞了！」尤氏心內原有病，怕說這些話，聽說有人議論，已是心中羞惱，只是今日惜春分中不好發作，忍耐了大半天。今見惜春又說這話，因按捺不住，便問道：「怎麼就帶累了你？你的丫頭的不是，無故說我，我倒忍了這半日，你倒越發得了意，只管

惜春這些話，也帶有變態性質。可能她受過一些刺激，目睹過一些她無法接受的事。惜春的不近人情的表現，也可理解為對搜檢這一兇險舉動的變態反應，變態抗議。

＊水至清則無魚，人至察則無徒。以惜春的冷嘴冷心為此回作結，最為恰當。也可以視為寫完搜檢一回後，曹公藉惜春之口表達他的厭惡絕望心情，通過這一兩回，把王夫人、三個春酣暢飽滿地寫了一回。寶、黛、釵等反退入後場去了。

說這些話。你是千金小姐，我們以後就不親近你，仔細帶累了小姐的美名兒。即刻就叫人將入畫帶了過去！」說着，便賭氣起身去了。惜春道：「你這一去，若果然不來，倒也省了口舌是非，大家倒還乾淨。」尤氏也不答應，一徑往前邊去了。不知後事如何，下回分解。

1 **玉帶版子：**男子腰帶上所嵌的玉版。

2 **同心如意：**為男女定情信物。

3 **自尋短志：**即自殺。

4 **勖：**勉勵的意思。

第七十五回 開夜宴異兆發悲音 賞中秋新詞得佳讖

話說尤氏從惜春處賭氣出來，正欲往王夫人處去。跟從的老嬤嬤們因悄悄的道：「回奶奶，且別往上房去。才有甄家的幾個人來，還有些東西，不知是做什麼機密事。奶奶這一去恐怕不便。」尤氏聽了道：「昨日聽見你老爺說，看見抄報[1]上甄家犯了罪，現今抄沒家私，調取進京治罪，怎麼又有人來？」老嬤嬤道：「正是呢。才來了幾個女人，氣色不成氣色，慌慌張張的，想必有什麼瞞人的事。」

尤氏聽了，便不往前去，仍奔李紈這邊來了。恰好太醫才診了脈去。李紈近日也覺精爽了些，擁衾倚枕，坐在床上，正欲人來說些閒話。因見尤氏進來，不似方才和藹，只呆呆的坐着。李紈因問道：「你過來了，可吃些東西？只怕餓了。」命素雲瞧有什麼新鮮點心拿來。尤氏忙止道：「不必，不必。你這一向病着，那裡有什麼新鮮東西。況且我也不餓。」李紈道：「昨日人家送來的好茶麵子，倒是對碗來你喝罷。」說畢，便吩咐去對茶。尤氏出神無語。跟來的丫鬟媳婦們因問：「奶奶今日中晌尚未洗臉，這會子趁便可淨一淨好？」尤氏點頭。李紈忙命素雲來取自己妝奩。素雲又將自己脂粉拿來，笑道：「我們奶奶就少這個。奶

搜檢大觀園是賈府終被查抄的預演。查抄事大，又通過甄家的被抄再預報一次。本來，甄家就是賈家的鏡中映像。甄賈互為虛像。

餘波，晦氣。

奶不嫌腌臢，能着用些。」李紈道：「我雖沒有，你就該往姑娘們那裡取去，怎麼公然拿出你的來。幸而是他，若是別人，豈不惱呢。」尤氏笑道：「這又何妨。」說着，一面洗臉。丫頭只彎腰捧着臉盆。李紈道：「怎麼這樣沒規矩。」那丫頭趕着跪下。尤氏笑道：「我們家下大小的人只會講外面假禮假體面，究竟做出來的事都夠使的了。」李紈聽如此說，便知他已知道昨夜的事，因笑道：「你這話有因，誰做事究竟夠使的了？」尤氏道：「你倒問我！你敢是病着死過去了！」

跪式服務，「紅」已有之。外禮外體，內亂內糟。

一語未了，只見人報：「寶姑娘來。」二人忙說快請時，寶釵已走進來。尤氏忙擦臉起身讓坐，因問：「怎麼一個人忽然走來，別的姊妹都不見？」寶釵道：「正是我也沒有見他們。只因今日我們奶奶身上不自在，家裡兩個女人也都因時症未起炕，別的靠不得，我今兒要出去伴着老人家夜裡作伴。要去回老太太、太太，我想，又不是什麼大事，且不用提，等好了，我橫豎進來的，所以來告訴大嫂子一聲。」李紈聽說，只看着尤氏笑。尤氏也看着李紈笑。一時尤氏盥洗已畢，大家吃麵茶。李紈因笑着向寶釵道：「既這樣，且打發人去請姨娘的安，問是何病。我也病着，不能親自來的。好妹妹，你去只管去，我且打發人去到你那裡去看屋子。你好歹住一兩天還進來，別叫我落不是。」寶釵笑道：「落什麼不是呢，也是人之常情，你又不曾賣放了賊。依我的主意，也不必添人過去，竟把雲丫頭請了來，你和他住一兩日，豈不省事。」尤氏道：「可是史大妹妹往那去了？」寶釵道：「我才打發他去找你們探丫頭去了，叫他同到這裡來，我也明白

尤氏、李紈、寶釵，都處於搜檢之外，但無不受到影響。

三十六計走為上。

苦笑而已。

一個好好的大觀園，經搜檢後變成了險地、泥淖、是非之地。

＊搜檢後情況如何？也是陌生化的辦法，通過尤氏的眼光寫。從對搜檢的追身寫，到尤氏的拉開距離寫。亦可算做鏡頭的變化與焦距的變化。

告訴他。」

正說着，果然報：「雲姑娘和三姑娘來了。」大家讓坐已畢。寶釵便說要出去一事。探春道：「很好。不但姨媽好了還來，就便好了不來也使得。」尤氏笑道：「這話奇怪，怎麼攆起親戚來了？」探春冷笑道：「正是呢，有別人攆的，不如我先攆。親戚們好，也不在必要死住着才好。咱們倒是一家子親骨肉呢，一個個不像烏眼雞似的，恨不得你吃了我，我吃了你。」尤氏忙笑道：「我今兒是那裡來的晦氣，偏都碰着你姊妹們氣頭上了。」探春道：「誰叫你趁熱灶火來了。」因問：「誰又得罪了你呢？」因又尋思道：「鳳丫頭也不犯和你慪氣，卻是誰呢？」尤氏只含糊答應。探春知他畏事，不肯多言，因笑道：「你別裝老實了。除了朝廷治罪，沒有砍頭的，你不必唬的這個樣兒，告訴你罷，我昨日把王善保家那老婆子打了，我還頂着罪呢，不過背地裡說我些閒話，難道也還打我一頓不成！」寶釵忙問因何又打他，探春悉把昨夜的事一一都說了出來。尤氏見探春已經說了出來，便把惜春方才的事也說了出來。探春道：「這是他向來的脾氣，孤介太過，我們再扭不過他的。」又告訴他們說：「今日一早不見動靜，打聽了鳳丫頭病着。就打發人四下打聽王善保家的是怎樣。回來告訴我說，王善保家的捱了一頓打，嗔着他多事。」尤氏、李紈道：「這倒也是正理。」探春冷笑道：「這種遮人眼目兒的事誰不會做，且再瞧就是了。」尤氏、李紈皆默無所答。一時丫頭

沉痛，也是抗議。

不知林彪名言「不是你吃掉我就是我吃掉你」是否受了這一段的啟發。

這話有種，說得透。如果橫下一條心，連砍頭都不怕呢？

孤介也沒治。

探春矛頭指向鳳姐，是對鳳的苦衷理解不夠，

們來請用飯，湘雲、寶釵回房打點衣衫，不在話下。

尤氏辭了李紈，往賈母這邊來。賈母歪在榻上，王夫人正說甄家因何獲罪，如今抄沒了家產，來京治罪等話。賈母聽地，心中甚不自在。恰好見他姊妹來了，因問：「從那裡來的？可知鳳姐兒妯娌兩個病着，今日怎麼樣？」尤氏等忙回道：「今日都好些。」賈母點頭嘆道：「咱們別管人家的事，且商量咱們八月十五賞月是正經。」王夫人笑道：「已預備下了，不知老太太揀那裡好？只是園裡恐夜晚風涼。」賈母笑道：「多穿兩件衣服何妨，那裡正是賞月的地方，豈可倒不去的。」說話之間，媳婦們抬過飯桌，王夫人、尤氏等忙上來放箸捧飯。賈母見自己幾色菜已擺完，另有兩大捧盒內盛了幾色菜，便是各房孝敬的舊規矩。賈母說：「我吩咐過幾次蠲了罷，都不聽，也只罷了。」王夫人笑道：「不過都是家常東西，今日我吃齋，沒有別的。那些麵筋豆腐老太太又不甚愛吃，只揀了一樣椒油蒓齏醬[2]來。」賈母笑道：「我倒也想這個吃。」鴛鴦聽說，便將碟子挪在跟前。寶琴一一的讓了，方歸坐。賈母便命探春來同吃。探春也都讓過了，便和寶琴對面坐下，侍書忙去取了碗箸。鴛鴦又指那幾樣菜道：「這兩樣看不出是什麼東西來，是大老爺孝敬的。這一碗是雞髓筍，是外頭老爺送上來的。」一面說，一面就將這碗筍送至桌上。賈母略嚐了兩點，便命：「將那幾樣着人都送回去，就說我吃了，以後不必天天送，我想吃什麼，自然着人來要。」媳婦們答應着仍送過去，不在話下。賈母因問：「拿稀飯來吃些罷。」尤氏早捧過一碗來，

這二位強人矛盾，更加不祥。

兔死狐悲。

裝聾作啞，以歪就歪，開始令人反感了。哪裡是人家的事？裡院都起火了。

園裡夜晚風涼，此語可視為雙關。天然雙關，比語帶機關更妙。

一方面都盡禮盡力地孝，一方面卻又各懷鬼胎。吃飯飲酒時亦不例外（見下）。

說是紅稻米粥。賈母接來吃了半碗，便吩咐：「將這粥送給鳳姐兒吃去。」又指着這一盤果子：「獨給平兒吃去。」又向尤氏道：「我吃了，你就來吃了罷。」尤氏答應着，待賈母漱口洗手畢，賈母便下地和王夫人說閒話行食。[3]尤氏告坐吃飯。賈母又命鴛鴦等來陪吃。賈母見尤氏吃的仍是白米飯，因問說：「怎麼不盛我的飯？」丫頭們回道：「老太太的飯完了，今日添了一位姑娘，所以短了些。」鴛鴦道：「如今都是可着頭做帽子了，要一點兒富餘也不能的。」王夫人忙回道：「這一二年旱澇不定，田上的米都不能按數交的，這幾樣細米更艱難，所以都是可着吃的做。」賈母笑道：「正是『巧媳婦做不出沒米兒粥來』。」眾人都笑起來。鴛鴦一面回頭向門外伺候媳婦們道：「既這樣，你們就去把三姑娘的飯拿來添上也是一樣。」尤氏笑道：「我這個就夠了，也不用去取。」鴛鴦道：「你夠了，我不會吃的？」媳婦們聽說，方忙着取去了。一時王夫人也用飯，這裡尤氏直陪賈母說話取笑到起更的時候。賈母說：「你也過去罷。」尤氏方告辭出來。走至二門外上了車。眾媳婦放下簾子來，四個小廝拉出來套上牲口，幾個媳婦帶着小丫頭子們先走到那邊大門口等着去了。這裡送的丫鬟們也回來了。尤氏在車內，因見自己門首兩邊獅子下放着四五輛大車，便知係來赴賭之人，向小丫頭銀蝶兒道：「你看，坐車的是這些，騎馬的又不知又幾個呢。」說着，進府，已到了廳上。賈蓉媳婦帶了丫鬟媳婦，也都秉着羊角手罩接了出來。尤氏笑道：「成日家我要偷着瞧瞧他們賭錢，也沒得便。今兒倒巧，順便打他們窗戶跟前走

艱窘之狀。

俗語「巧婦難為無米之炊」，這裡以粥代炊，說明了粥的重要。

你整頓你的，我爛我的。

過去。」眾媳婦答應着，提燈引路，又有一個先去悄悄的知會伏侍的小廝們不要失驚打怪。於是尤氏一行人悄悄的來至窗下，只聽裡面稱三讚四，耍笑之音雖多，又兼有恨五罵六，忿怨之聲亦不少。

原來賈珍近因居喪，不得遊玩，無聊之極，便生了個破悶的法子。日間以習射為由，請了幾位世家弟兄及諸富貴親友來較射。因說：「白白的只管亂射，終是無益，不但不能長進，且壞了式樣，必須立了罰約，賭個利物，大家才有勉力之心。」因此天香樓下箭道內立了鵠子，[4]皆約定每日早飯後時射鵠子。賈珍不好出名，便命賈蓉作局家。這些都是少年，正是鬥雞走狗，問柳評花的一干游俠紈袴。因此大家議定，每日輪流作晚飯之主，天天宰豬割羊，屠鵝殺鴨，好似臨潼鬥寶[5]的一般，都要賣弄自己家裡的好廚役好烹調。不到半月工夫，賈政等聽見這般，不知就裡，反說：「這才是正理。文既誤了，武也當習，況在武蔭[6]之屬。」遂也命寶玉、賈環、賈琮、賈蘭等四人於飯後過來，跟着賈珍習射一回，方許回去。

賈珍志不在此，再過幾日，便漸次以歇肩養力為由，晚間或抹骨牌，賭個酒東兒，至後漸次至錢。如今三四個月的光景，竟一日一日賭勝於射了，公然鬥葉[7]擲骰，放頭開局，大賭起來。家下人藉此各有些利益，巴不得如此，所以竟成了局勢。外人皆不知一字。近日邢夫人的胞弟邢德全也酷好如此，所以也在其中。又有薛蟠頭一個慣喜送錢與人的，見此豈不快樂。這邢德全雖係邢夫人的胞

錯就錯，迂更迂，賈政這種教條主義者確是百分之百的白癡，自我感覺良好的白癡。

弟，卻居心行事大不相同，他只知吃酒賭錢，眠花宿柳為樂，手中濫漫使錢，待人無心，因此都叫他「傻大舅」。薛蟠早已出名的「呆大爺」。今日二人湊在一處，都愛「搶快」，[8]便又會了兩家，在外間炕上「搶快」。又有幾個在當地下大桌子上「趕羊」。[9]裡間又有一起斯文些的，抹骨牌打天九。此間伏侍的小廝都是十五歲以下的孩子。此是前話。

且說尤氏潛至窗外偷看，其中有兩個陪酒的小幺兒都打扮得粉妝錦飾。今日薛蟠又擲輸了，正沒好氣，幸而後手裡漸漸翻過來了，除了沖帳的，反贏了好些，心中只是興頭起來。賈珍道：「且打住，吃了東西再來。」因問：「那兩處怎麼樣？」裡頭打天九趕老羊的未清，先擺下一桌，賈珍陪着吃。薛蟠興頭了，便摟着一個小幺兒吃酒，又命將酒去敬傻大舅。傻大舅輸家沒心腸，吃了兩碗，便有些醉意，嗔着陪酒的小幺兒只趕贏家，不理輸家了，因罵道：「你們這起兔子，真是些沒良心的忘八羔子。天天在一處，誰的恩你們不沾，只不過這會子輸了幾兩銀子，你們就這麼三六九等兒的了。難道從此以後再沒有求着我的事了！」眾人見他帶酒，那些輸家不便言語，只抿着嘴兒笑。那些贏家忙說：「大舅罵的狠是。這些小狗攮的們都是這個風俗兒。」因笑道：「還不給舅太爺斟酒呢！」兩個小孩子都是演就的圈套，忙都跪下奉酒，扶着傻大舅的腿，一面撒嬌兒說道：「你老人家別生氣，看着我們兩個小孩子罷！我們師父教的，不論遠近厚薄，只看一時有錢的就親近。你老人家不信，回來大大的下一注，贏了白瞧瞧我們兩個

傻大姐完了又出來傻大舅。

回憶傻大姐的突然出現與隨之而來的暴風雨，令人覺得那像是一個女巫。傻大舅呢？

「紅」也算「能上能下」，從怡紅院瀟湘館寫到這樣的陰暗腐爛角落。寫什麼像什麼。

是什麼光景兒。」說的眾人都笑了。這傻大舅撐不住也笑了，一面伸手接過酒來，一面說道：「我要不看着你們兩個素日怪可憐見的，我這一腳把你兩個的小蛋黃子踢出來。」說着，把腿一抬，兩個孩子趁勢兒爬起來，越發撒嬌撒癡，拿着灑花絹子托了傻大舅的手，把那鍾酒灌在傻大舅嘴裡。傻大舅哈哈的笑着，一仰脖兒把一鍾酒都乾了，因擰了那孩子的臉一下兒，笑說道：「我這會子看着又怪心疼的了。」說着，忽然想起舊事來，乃拍案對賈珍說道：「昨日我和你令伯母慪氣，你可知道麼？」賈珍道：「不曾聽見。」邢大舅嘆道：「就為錢這件東西。老賢甥，你不知我們邢家的底裡。我們老太太去世時，我還小呢，世事不知。他姊妹三個人，只有你令伯母居長。他出閣時把家私都帶了過來了。如今你二姨兒也出了閣了，他家裡也很艱窘；你三姨兒尚在家裡，一應用度都是這裡陪房王善保家的掌管。我就是來要幾個錢，也並不是要賈府裡的家私，我邢家的家私也就夠我花了。無奈竟不得到手，你們就欺負我沒錢。」賈珍見他酒醉，外人聽見不雅，忙用話解勸。

果然個個烏眼雞般，個個憤憤不平。

外面尤氏等聽的十分真切，乃悄向銀蝶兒等笑說：「你聽見了？這是北院裡大太太的兄弟抱怨他呢。可見他親兄弟還是這樣，就怨不得這些人了。」因還要聽時，正值趕老羊的那些人也歇住了要酒。有一個人問道：「方才是誰得罪了舅太爺，我們竟沒聽明白，且告訴我們評評理。」邢德全把兩個陪酒的孩子不理的話說了一遍。那人接過來就說：「可惱，怨不得舅太爺生氣。我問你，舅太爺不過輸了幾個錢罷咧，並沒有輸掉了𣬛𣯷，怎麼你們就不理他了？」說着，大家都笑起來，邢德全也噴了一地飯，說：「你這個東西，行不動兒就撒村搗怪的！」尤氏在外面，聽了這話悄悄的啐了一口，罵道：「你聽聽，這一起沒廉恥的小捱刀的，再灌喪了黃湯，還不知唚出什麼新樣兒的來呢。」一面便進去卸妝安歇。至四更時，賈珍方散，往佩鳳房裡去了。

次日起來，就有人回西瓜月餅都全了，只待分派送人，賈珍吩咐佩鳳道：「你請奶奶看着送罷，我還有別的事呢。」佩鳳答應去了，回了尤氏，一一分派遣人送去。一時佩鳳來說：「爺問奶奶，今兒出門不出門？說咱們是孝家，十五過不得節，今兒晚上倒好，可以大家應個景兒。」尤氏道：「我倒不願意出門呢，那邊珠大奶奶又病了，璉二奶奶也躺下了，我再不去越發沒個人了。」佩鳳道：「爺說，奶奶出門好歹早些回來，叫我跟了奶奶去呢。」尤氏道：「既這麼樣，快些吃了，我好走。」佩鳳道：「爺說，早飯在外頭吃，請奶奶自己吃罷。」尤氏問道：「今日外頭有誰？」佩鳳道：「聽見外頭有兩個南京新來的，倒不知是誰。」說畢，吃飯更衣，尤氏等仍過榮府來，至晚方回去。

果然賈珍煮了一口豬，燒了一腔羊，備了一桌菜蔬果品，在會芳園叢綠堂中，帶領妻子姬妾，先吃過晚飯，然後擺上酒，開懷作樂賞月。將一更時分，真是風清月朗，銀河微隱。賈珍因命佩鳳等四個人也都入席，下面一溜坐下，猜枚搳拳，飲了一回。賈珍有了幾分酒，高興起來，便命取了一支紫竹簫來，命佩鳳

其實尤氏聽窗戶根，不聽到這裡是不算完的。打「四書」兩句：「在親民，在止於至善。」尤氏得到了某種心理滿足。

零落之勢已有。

把這些寫在中秋賞月過程中，蓋時至中秋，月雖明而歲將寒，本來已有幾分淒清也。

吹簫，文花唱曲，喉清韻雅，真令人魄散魂消。唱罷復又行令。那天將有三更時分，賈珍酒已八分，大家正添衣喝茶，換盞更酌之際，忽聽那邊牆下有人長嘆之聲。大家明明聽見，都毛髮悚然，賈珍忙厲聲叱問：「誰在那邊？」連問幾聲，無人答應。尤氏道：「必是牆外邊家裡人也未可知。」賈珍道：「胡說，這牆四面皆無下人的房子，況且那邊又緊靠着祠堂，焉得有人。」一語未了，只聽得了一陣風聲竟過牆去了，恍惚聞得祠堂內槅扇開合之聲，只覺得風氣森森，比先更覺淒慘起來；看那月色時，也淡淡的，不似先前明朗。眾人都覺毛髮倒豎。賈珍酒已嚇醒了一半，只比別人撐得住些，心裡也十分警畏，便大沒興頭。勉強又坐了一會，也就歸房安歇去了。次日一早起來，乃是十五日，帶領眾子侄開祠行朔望之禮，[10] 細查祠內都仍是照舊好好的，並無怪異之跡。賈珍自為醉後自怪，也不提此事。禮畢，仍舊閉上門，看着鎖禁起來。

賈珍夫妻至晚飯後方過榮府來。只見賈赦、賈政都在賈母房裡坐着說閒話兒，與賈母取笑呢。賈璉、寶玉、賈環、賈蘭皆在地下侍立。賈珍來了，都一一見過，說了兩句話，賈珍方在挨門小杌子上告了坐，側着身子坐下。賈母笑問道：「這兩日你寶兄弟的箭如何了？」賈珍忙起身笑道：「大長進了。不但式樣好，而且弓也長了一個勁。」[11] 賈母道：「這也夠了，且別貪

＊此節設計得好。牆下長嘆，比任何好萊塢式的怪聲怪叫還要神秘逼人許多倍。怪聲怪叫怪相，雖能唬人一時，畢竟較小兒科，不若長嘆之令人毛骨聳然。這是雪芹的偉大，也是中國文學傳統的驕傲，我們早已運用超現實主義的手段補充、加強現實主義的表現力。

連問幾聲，無人答應，描寫簡單而引人入「境」。

或問，有神論乎？無神論乎？曰：敬神如神在，畏鬼如鬼在。信什麼有什麼，怕什麼來什麼。頹勢已成，病入膏肓，焉能無神鬼之驚？

一切建立在瞞和騙上。

*這就是「紅」的蒙太奇，「紅」的銜接結構妙術。賞月一節與搜檢一事無邏輯因果關係，不搭界。但連在一起寫，中間有一種形而上的、讓我們姑且稱為「小說感」的緊密連結。搜檢太兇了，大凶之後，必有異兆。

力，仔細努傷着。」賈珍忙答應了幾個「是」。賈母又道：「你昨日送來的月餅好；西瓜看着倒好，打開卻也罷了。」賈珍答應：「月餅是新來的一個專做點心的廚子，我試了試果然好，才敢做了孝敬來的。西瓜往年都還可以，不知今年怎麼就不好了。」賈政道：「大約今年雨水太勤之過。」賈母笑道：「此時月亮已上來了，咱們且去上香。」說着，便起身扶着寶玉的肩，帶領眾人齊往園中來。

賈政居然知道雨水勤傷瓜，失敬了。

當下園子正門俱已大開，吊着羊角燈。嘉蔭堂月台上焚着斗香，[12]秉着燭，陳設着瓜果月餅等物。邢夫人等皆在裡面久候。真是月明燈彩，人氣香煙，晶艷氤氳，不可形狀。地下鋪着拜毯錦褥。賈母盥手上香拜畢，於是大家皆拜過。賈母便說：「賞月在山上最好。」因命在那山上的大花廳上去。眾人聽說，就忙着在那裡鋪設。賈母且在嘉蔭堂中吃茶少歇，說些閒話。一時，人回：「都齊備了。」賈母方扶着人上山來。王夫人等因回說：「恐石上苔滑，還是坐竹椅上去。」賈母道：「天天打掃，況且極平穩的寬路，何必不疏散疏散筋骨。」於是賈赦、賈政等在前引導，又是兩個老婆子秉着兩把羊角手罩，鴛鴦、琥珀、尤氏等貼身攙扶，邢夫人等在後圍隨，從下逶迤不過百餘步，到了主山峰脊上，便是這座敞廳。因在山之高脊，故名曰凸碧山莊。廳前平台上列下桌椅，又用一架大圍屏隔作兩間。凡桌椅形式皆是圓的，特取團圓之意。上面居中賈母坐下，左邊賈赦、賈珍、賈璉、賈蓉，右

真是，禍到臨頭了，還富貴尊榮呢。

邊賈政、寶玉、賈環、賈蘭，團圓圍坐。只坐了半桌，下面還有半桌餘空。賈母笑道：「常日倒還不覺人少，今日看來，究竟咱們的人也甚少，算不得什麼。想當年過的日子，今夜男女三四十個，何等熱鬧。今日又這樣太少。如今叫女孩兒們來坐那邊罷。」於是令人向圍屏後邢夫人等席上將迎春、探春、惜春三個請過來。賈璉、寶玉等一起出坐，先儘他姊妹坐了，然後在下依次坐定。賈母便命折一枝桂花來，命一媳婦在屏後擊鼓傳花。若花在手中，飲酒一杯，罰說笑話一個。

於是先從賈母起，次賈赦，一一接過，鼓聲兩轉，恰恰在賈政手中住了，只得飲了酒。眾姊妹弟兄都你悄悄的扯我一下，我暗暗的又捏你一把，都含笑心裡想着倒要聽是何笑話兒。賈政見賈母歡喜，只得承歡，方欲說時，賈母又笑道：「若說的不笑了，還要罰。」賈政笑道：「只得一個，若不說笑了，也只好願罰。」賈母道：「你就說這一個。」賈政因說道：「一家子一個人最怕老婆。」只說了這一句，大家都笑了。因從沒聽見賈政說過，所以才笑。賈母笑道：「這必是好的。」賈政笑道：「若好，老太太先多吃一杯。」賈母笑道：「使得。」賈赦連忙捧杯，賈政執壺斟了一杯，賈赦仍舊遞給賈政。賈赦旁邊侍立，賈政奉上，安放在賈母面前，賈母飲了一口，賈赦、賈政退回本位。於是賈政又說道：「這個怕老婆的人從不敢多走一步。偏是那日是八月十五，到街上買東西，便見了幾個朋友，死活拉到家裡去吃酒，不

也是日薄西山的感慨。

「紅」中雖有刁婦形象，卻無怕老婆的男人形象。賈璉對鳳，也不是那種怕法。只是在賈政的笑話中，「怕老婆」云云，比較通俗有趣。

＊中國民間盛行怕老婆故事，連賈政也能講能記。

一、這種現象及這種故事，恰是對男權中心的一種反動。也可以說，絕對的男權中心道德，是對事實上（特別在庶民中間）怕老婆風氣的一種恐懼。

二、很可能是上層男權中心，下層連娶老婆都難，易怕。

三、這種故事是一種變相的「葷故事」，也是性壓抑的產物。

想吃醉了，便在朋友家睡着了。第二日醒了，後悔不及，只得來家陪罪，他老婆正洗腳，說：『既是這樣，你替我舔舔就饒你。』這男人只得給他舔，未免噁心要吐。他老婆便惱了，要打，說：『你這樣輕狂！』嚇得他男人忙跪下求說：『並不是奶奶的腳腌臢，只因昨兒喝多了黃酒，又吃了月餅餡子，所以今日有些作酸呢。』」說得賈母與眾人都笑了。賈政忙又斟了一杯，送與賈母。賈母笑道：「既這樣，快叫人取燒酒來，別叫你們有媳婦的人受累。」眾人又都笑起來。

於是又擊鼓，便從賈政傳起，可巧傳到寶玉手中鼓止。寶玉因賈政在坐，早已踧踖[13]不安，偏又在他手中，因想：「說笑話倘或說不好了又說沒口才。若說好了，又說正經的不會，只慣貧嘴，更有不是。不如不說好。」乃起身辭道：「我不能說笑話，求限別的罷。」賈政道：「既這樣，限一個『秋』字，就即景作一首詩。好，便賞你；若不好，明日仔細。」賈母忙道：「好好的行令，如何又作詩？」賈政陪笑道：「他能的。」賈母聽說，「既這樣就作。快命人取紙筆來。」賈政道：「只不許用這些水晶冰玉銀彩光明素等堆砌字樣，要另出主見，試試你這幾年情思。」寶玉聽了，碰在心坎兒上，遂立想了四句，向紙上寫了，呈與賈政看。賈政看了，點頭不語。賈母見這般，知無甚不好，便問：「怎麼樣？」賈政欲賈母喜歡，便說：「難為他。只是不肯唸書，到底詞句不雅。」賈母道：「這就罷了。就該獎勵，以後越發上心了。」賈政道：「正是。」因回頭命個老嬤嬤出去吩咐小廝們：「把我海南帶來的扇子取來給兩把與寶玉。」寶玉磕了一個頭，

令人覺得賈母的水平如此，賈政俯就。

今日賈政多有「突破」，說村俗笑話是一，賞

*疾風暴雨之後，閒談賞月之中，已無昇平祥和氣氛。傷口已經裂開，難以癒合矣。此回及以下數回，皆可做搜檢之裊裊餘音來讀。

仍復歸坐行令。當下賈蘭見獎勵寶玉，他便出席也做一首呈與賈政看。賈政看了喜不自勝，遂並講與賈母聽時，賈母也十分歡喜，也忙令賈政賞他。於是大家歸坐，復行起令來。

賜寶玉是二。

這次賈赦手內住了，只得吃了酒說笑話。因說道：「一家子一個兒子最孝順，偏生母親病了，各處求醫不得，便請了一個針灸的婆子來，這婆子原不知道脈理，只說是心火，一針就好了。這兒子慌了，便問：『心見鐵就死，如何針得？』婆子道：『不用針心，只針肋條就是了。』兒子道：『肋條離心遠着呢，怎麼就好了呢？』婆子道：『不妨事，你不知天下作父母的偏心的多着呢。』」眾人聽說，都笑起來。賈母也只得吃半杯酒，半日笑道：「我也得這婆子針一針就好了。」賈赦聽說，自知出言冒撞，賈母疑心，忙起身與賈母把盞，以別言解釋。賈母亦不好再提，且行令。

有心無心，無心有心，偏心平心，平心偏心，這裡並無多少道理多少笑話可講。

不料這花卻在賈環手裡。賈環近日讀書稍進，亦好外務，今見寶玉作詩受獎，他便技癢，只當着賈政不敢造次。如今可巧花在手中。便也索紙筆來立就一絕，呈與賈政。賈政看了，亦覺罕異，只見詞句中終帶着不樂讀書之意，遂不悅道：「可見是弟兄了。發言吐意總屬邪派。古人中有二難，[14]你兩個也可以稱二難了。就只不是那一個『難』字，卻是作難以教訓『難』字講才好。哥哥是公然温飛卿自居，如今兄弟又自為曹唐[15]再世了。」說的眾人都笑了。賈赦道：「拿詩來我瞧。」便連聲讚好道：「這詩據我看甚是有

難兄難弟。

氣骨。想來咱們這樣人家，原不必『寒窗螢火』，[16]只要讀些書，比人略明白些，可以做得官時就跑不了一個官兒的。何必多費了工夫，反弄出書呆子來。所以我愛他這詩，竟不失咱們侯門的氣概。」因回頭吩咐人去取自己的許多玩物來賞賜與他。因又拍着賈環的腦袋笑道：「以後就這樣做去，這世襲的前程就跑不了你襲了。」賈政聽說，忙勸說：「不過他胡謅如此，那裡就論到後事了。」

說着，便斟了酒，又行了一回令。賈母便說：「你們去罷。自然外頭還有相公們候着，也不可輕忽了他們。況且二更多了，你們散了，再讓姑娘們多樂一回子，好歇着了。」賈政等聽了，方止令起身，大家公進了一杯酒，方帶着子侄們出去了。要知端的，再聽下回分解。

賈赦的見解亦有理。也算讀（多）書無用論吧。

在野派向着在野派。

寫賦詩與別人對詩的評論卻不寫詩本身。可見，做詩也有無窮無盡的寫法。

1 **抄報**：即邸抄，又稱宮門抄，是朝廷的通報文書。

2 **蓴齏醬**：蓴菜碎切後製成的醬菜。

3 **行食**：飯後活動，以促進消化。

4 **鵠子**：即箭靶子，又稱「鵠的」。

5 **臨潼鬥寶**：明雜劇有《十八國臨潼鬥寶》，寫春秋時，秦穆公約請各國諸侯在臨潼鬥寶爭勝。

6 **武蔭**：因武功而得到的蔭封。

7 **鬥葉**：即鬥紙牌，也稱「葉子戲」。紙牌俗呼作葉子。

8 **搶快**：一種賭博遊戲，用六個骰子記點色。

9 **趕羊**：也是一種賭博方式。

10 **朔望之禮**：每逢朔日（初一）望日（十五）例行的祭祀禮儀。

11 **長了一個勁**：指拉弓的強度長了一個力。每十斤稱「一力」。

12 **斗香**：中秋節拜月時所焚一種大型特製的香。

13 **踧踖**：語見《論語．鄉黨》，南宋朱熹註「恭敬不寧之貌」。

14 **二難**：《世說新語．德行》載，東漢陳寔二子元方、季方才德俱優，有元方難為兄，季方難為弟之說。指兄弟難分高下。

15 **曹唐**：唐詩人，字堯賓，桂州人。曾為道士，多作遊仙詩。

16 **寒窗螢火**：比喻家境貧寒而苦志讀書。「寒窗」是指晉孫康寒夜藉

雪光讀書的故事。「螢火」是指晉車胤夏夜藉囊中螢火蟲之亮讀書的故事。

第七十六回 凸碧堂品笛感淒清　凹晶館聯詩悲寂寞

話說賈赦賈政帶領賈珍等散去不提。且說賈母這裡命將圍屏撤去，兩席並作一席，眾媳婦另行擦桌整果，更杯洗箸，陳設一番。賈母等都添了衣，盥漱吃茶，方又坐下，團團圍繞。賈母看時，寶釵姊妹二人不在坐內，知他家去圓月，且李紈鳳姐二人又病，少了這四個人，便覺冷清了好些。賈母笑道：「往年你老爺們不在家，咱們越發請過姨太太來，大家賞月，卻十分熱鬧。忽一時想起你老爺來，又不免想到母子夫妻不能一處，也都沒興。及至今年你老爺來了，正該大家團圓取樂，又不便請他們娘兒們來說笑說笑。況且他們今年又添了兩口人，也難丟了他們跑到這裡來。偏又把鳳丫頭病了，有他一人來說說笑笑，還抵得十個人的空兒，可見天下事總難十全。」說畢，不覺長嘆一聲，遂命拿大杯來斟熱酒。王夫人笑道：「今日得母子團圓，自比往年有趣。往年娘兒們雖多，終不似今年骨肉齊全的好。」賈母笑道：「正是為此我才高興拿大杯來吃酒。你們也換大杯才是。」邢夫人等只得換上大杯來。因夜深體乏，且不能勝酒，未免都有些倦意，無奈賈母興猶未闌，只得陪飲。

還蒙在鼓裡嗎？已不是一般的「事難十全」，而是千瘡百孔了。

樂得不免勉強。

賈母又命將氈毯鋪在階上，命將月餅西瓜果品等類都叫搬下去，令丫頭媳婦們也都團圓圍坐賞月。賈母因見月至中天，比先越發精彩可愛，因說：「如此好月，不可不聞笛。」因命又將十番上女子傳來。賈母道：「音樂多了，反失雅緻，只用吹笛的遠遠的吹起來就夠了。」說畢，剛才去吹時，只見跟邢夫人的媳婦走來，向邢夫人說了兩句話。賈母便問：「什麼事？」邢夫人便回說：「方才大老爺出去被石頭絆了一下，歪了腿。」賈母聽說，忙命兩個婆子快看去，又命邢夫人快去。邢夫人遂告辭起身。賈母便又說：「珍哥媳婦也趁着便就家罷，我也就睡了。」尤氏笑道：「我今日不回了，定要和老祖宗吃一夜。」賈母笑道：「使不得。你們小夫妻家今夜不要團團圓圓，如何為我耽擱了。」尤氏紅了臉笑道：「老祖宗說的我們太不堪了。我們雖是年輕，已經是二十來年的夫妻，也奔四十歲的人了。況且孝服未滿，陪老太太頑一夜是正理。」賈母聽說，笑道：「這話狠是，我倒也忘了孝未滿。可憐你公公已死了二年多了，可是我倒忘了，該罰我一大杯。既這樣，你就別送，竟陪着我罷。叫蓉兒媳婦送去，就順便回去罷。」尤氏說了，賈蓉媳婦答應着，送出邢夫人，一同至大門，各自上車回去。不在話下。

更不順了。

這裡眾人賞了一回桂花，又入席換暖酒來。正說閒話，猛不防那壁廂桂花樹下，嗚咽悠揚，吹出笛聲來，趁着這明月清風，天空地靜，真令人煩心頓釋，萬慮齊除，肅然危坐，默默相賞。聽約兩盞茶時，方才止住。大家稱讚不已。於是

此十二字說聽笛感受，很是。

＊悲、喜、寂、熱都是相輔相成的。如中秋十五，賞不成月，吃不成酒，反無大意思。現這樣最好，眾人病的病，倦的倦，不在的不在，敗興的敗興，偏賈母老祖宗興致盎然，各位孝子孝孫孝媳孝奴必須承歡，歡又歡不成，散又散不成，別有一股子難受的勁兒。

遂又斟上暖酒來。賈母笑道：「果然好聽麼？」眾人笑道：「實在可聽，我們也想不到這樣，須得老太太帶領着我們，也得開些心兒。」賈母道：「這還不大好，須得揀那曲譜越慢的，吹來越好聽。」便命斟一大杯酒，送給吹笛之人，慢慢的吃了，再細細的吹一套來。媳婦們答應了，方送去，只見方才看賈赦的兩個婆子回來説：「瞧了，右腳面上白腫了些，如今調服了藥，疼的好些了，也無甚大關係。」賈母點頭嘆道：「我也太操心。打緊説我偏心我反這樣。」説着，鴛鴦拿巾兜與大斗篷來説：「夜深了，恐露水下了，風吹了頭，坐坐也該歇了。」賈母道：「偏今兒高興，你又來催。難道我醉了不成，偏到天亮！」因命再斟酒來。一面戴上兜巾，披了斗篷，大家陪着又飲，説些笑話。只聽桂花蔭裡又發出一縷笛音來，果然比先越發淒涼。大家都寂然而坐。夜靜月明，眾人不禁傷感，忙轉身陪笑，發語解釋，又命換酒止笛。尤氏笑説道：「我也就學了一個笑話，説與老太太解胸悶。」賈母勉強笑道：「這樣更好，快説來我聽。」尤氏乃説道：「一家子養了四個兒子：大兒子只一個眼睛，二兒子只一個耳朵，三兒子只一個鼻子眼，四兒子倒都齊全，偏又是個啞巴。」正説到這裡，只見席上賈母已朦朧雙眼，似有睡去之態。尤氏方住了，忙和王夫人輕輕叫請。賈母睜眼笑道：「我不睏，白閉閉眼養神，你們只管説，我聽着呢。」王夫人等道：「夜已深了，風露也大，請老太太安歇罷了。明日再賞，十六月色也好。」賈母道：「什麼時

這些似乎可有可無的穿插，增加了生活實感，也給人以剎那禍福、諸事難順、難保（不）意外的傷感。

人從來都是不自由的。被孝、被伏侍就更不自由。

夜涼如水。只恐夜深花睡去。誰能阻擋黑夜？

夜深人乏，欲逗笑也逗不起來，就在這樣一個聾聾渺渺啞啞的氣氛中朦朧睡去，甚有氣氛。尤氏笑話，亦付闕如。

無頭公案，無尾笑話，人世諸事，又有什麼頭尾？

候？」王夫人笑道：「已交四更，他們姊妹們熬不過，都去睡了。」賈母聽說，細看了一看，果然都散了，只有探春一人在此。賈母笑道：「也罷。你們也熬不慣，況且弱的弱，病的病，去了倒省心。只是三丫頭可憐，尚還等着，你也去罷，我們散了。」說着，便起身吃了一口清茶，便坐竹椅小轎，兩個婆子搭起，眾人圍隨出園去了。不在話下。

說來歸齊，還是得散。

這裡眾媳婦收拾杯盤，卻少了個細茶杯，各處尋覓不見，又問眾人：「必是失手打了。撂在那裡，告訴我拿了磁瓦去交收，是證見，不然又說偷起來了。」眾人都說：「沒有打碎，只怕跟姑娘的人打了，也未可知。你細想想，或問問他們去。」一語提醒了那媳婦，笑道：「是了，那一會記得是翠縷拿着的，我去問他。」說着，便找時，剛到了甬道，就遇見紫鵑和翠縷來了。翠縷便問道：「老太太散了，可知我們姑娘那裡去了？」這媳婦道：「我來問你，一個茶鍾那裡去了，你倒問我要姑娘。」翠縷笑道：「我因倒茶給姑娘吃的，展眼回頭就連姑娘也沒了。」那媳婦道：「太太才說都睡覺去了。你不知那裡頑去了，還不知道呢。」翠縷和紫鵑道：「斷乎沒有悄悄睡去之理，只怕在那裡走了一走。如今老太太走了，趕過前邊送去，也未可知。我們且往前邊找去。有了姑娘，自然你的茶鍾也有了。你明日一早再找罷，有什麼忙的。」媳婦笑道：「有了下落就不必忙了，明兒和你要罷。」說畢，回去查收傢伙。這裡紫鵑和翠縷便往賈母住處來。不在話下。

賞月餘波，尋茶鍾，別一番懶洋洋、稀落落的樣子。

通過找茶鍾一件無聊的事，把聚光改到湘雲身上。

原來黛玉和湘雲二人並未去睡。只因黛玉見賈府中許多人賞月，賈母猶嘆人少，又提寶釵姊妹家去母女弟兄自去賞月，不覺對景感懷，自去倚欄垂淚。寶玉近因晴雯病勢甚重，諸務無心。王夫人再四遣他去睡，他從此去了。探春又因近日家事惱着，無心遊玩。雖有迎春惜春二人，偏又素日不大甚合。所以只剩湘雲一人寬慰他，因說：「你是個明白人，還不自己保養。可恨寶姐姐、琴妹妹天天說親道熱，早已說今年中秋要大家一處賞月，必要起詩社，大家聯句，到今日便棄了咱們，自己賞月去了。社也散了，詩也不作了。倒是他們父子叔侄縱橫起來。你可知宋太祖說的好：『臥榻之側，豈容他人酣睡。』[1]他們不來，咱們兩個竟聯起句來，明日羞他們一羞。」黛玉見他這般勸慰，也不肯負他的豪興，因笑道：「你看這裡這等人聲嘈雜，有何詩興。」湘雲笑道：「這山上賞月雖好，總不及近水賞月更妙。你知道這山坡底下就是池沿，山凹裡近水一個所在就是凹晶館，可知當日蓋這園子就有學問。這山之高處叫凸碧，山之低窪近水處就叫凹晶。這『凸』『凹』二字歷來用的人最少。如今直用作軒館之名，更覺新鮮，不落窠臼。可知這兩處一上一下，一明一暗，一高一矮，一山一水，竟是特因玩月而設此處。有愛那山高月小的，便往這裡來；有愛那皓月清波的，便往那裡去。只是這兩個字俗唸作『窪』『拱』二音，便說俗了，不大見用，只陸放翁用了一個『凹』字，『古硯微凹聚墨多』，還有人批他俗，豈不可笑。」黛玉道：「也不只放翁才用，

寶玉不是「喜聚不喜散」嗎？可見不是絕對的。

有意避開。

古人中用者太多，如《青苔賦》，[2]東方朔《神異經》，[3]以致《畫記》上云張僧繇畫一乘寺的故事，[4]不可勝舉。只是今人不知誤作俗字用了。實和你說罷，這兩個字還是我擬的呢。因那年試寶玉，寶玉擬了未妥，我們擬寫出來，送與大姐姐瞧了。他又帶出來，命給舅舅瞧過，所以都用了。如今咱們就往凹晶館去。」

不忘炫學。

補敘此事。

說着，二人同下山坡。只一轉彎就是。池沿上一帶竹欄相接，直通着那邊藕香榭的路徑。只有兩個婆子上夜。因知在凸碧山莊賞月與他們無干，早已息燈睡了。黛玉、湘雲見息了燈，都笑道：「倒是他們睡了好。咱們就在捲篷底下賞這水月何如？」二人遂在兩個竹墩上坐下。只見天上一輪皓月，池中一個月影，上下爭輝，如置身於晶宮鮫室之內。微風一過，粼粼然池面皺碧疊紋，真令人神氣清爽。湘雲笑道：「怎得這會子上船吃酒倒好。要是我家裡這樣，我就立刻坐船了。」黛玉道：「正是古人常說的『事若求全何所樂』。據我說，這也罷了，偏要坐船起來。」湘雲笑道：「得隴望蜀，人之常情。」

這大概與中國傳統文化有關。「紅」很少寫一個人獨處時的所行所思，我們確實缺少獨處(privacy)的觀念。寫到「雙處」也就相當於西洋小說裡的寫「獨處」了。

正說間，只聽笛韻悠揚起來。黛玉笑道：「今日老太太、太太高興了，這笛子吹的有趣，倒是助咱們的興趣了。咱兩個都愛五言，就還是五言排律罷。」湘雲道：「限何韻？」黛玉笑道：「咱們數這個欄杆上的直棍，這頭到那頭為止，他是第幾根就是第幾韻。」湘雲笑道：「這倒別緻。」於是二人起身，便從頭數至盡頭，止得十三根。湘雲道：「偏又是十三元了。這個韻可用的少，作排律只怕牽強不能押韻呢。少不得你先起一句罷了。」黛玉笑道：「倒要試試咱們誰強

與前半回共時。也是「花開兩朵，各表一支」。

誰弱，只是沒有紙筆記。」湘雲道：「明兒再寫。只怕這一點聰明還有。」黛玉道：「我先起一句現成的俗語罷。」因唸道：

三五中秋夕，

湘雲想了一想，道：

清遊擬上元。[5] 撒天箕斗[6]燦，

林黛玉笑道：

匝地管弦繁。幾處狂飛盞，

湘雲笑道：「這一句『幾處狂飛盞』有些意思，這倒要對的好呢。」想了一想，笑道：

誰家不啟軒。輕寒風剪剪，

黛玉道：「好對，比我的卻好。只是這句又說俗話了，就該加勁說去才是。」湘雲笑道：「詩多韻險，也要鋪陳些才是。總有好的，且留在後頭。」黛玉笑道：「到後頭沒有好的，我看你羞不羞。」因聯道：

良夜景暄暄。爭餅嘲黃髮，

湘雲笑道：「這句不好，杜撰，用俗事來難我了。」黛玉笑道：「我說你不曾見過書呢。吃餅是舊典，唐書唐誌你看了來再說。」湘雲笑道：「這也難不倒我，也有了。」因聯道：

分瓜笑緣媛。香新榮玉桂，

黛玉道：「這可是實實你的杜撰了。」湘雲笑道：「明日咱們對查了出來大家看看，這會子別耽擱工夫。」黛玉笑道：「既如此下句也不好，不犯着又用玉桂金黃等字樣來塞責。」因聯道：

色健茂金萱。[7]蠟燭輝瓊宴，

湘雲笑道：「『金萱』二字便宜了你，省了多少力。這樣現成的韻被你得了，只不犯着替他們頌聖去。況且下句你也是塞責了。」黛玉笑道：「你不說『玉桂』，我難道強對個『金萱』罷？再也要鋪陳些富麗，方是即景之實事。」湘雲只得又聯道：

觥籌[8]亂綺園。分曹尊一令，[9]

黛玉笑道：「下句好，只難對些。」因想了一想，聯道：

射覆聽三宣。骰彩紅成點，

湘雲笑道：「『三宣』有趣，竟化俗成雅了。只是下句又說上骰子。」少不得聯道：

傳花鼓濫喧。晴光搖院宇，

黛玉笑道：「對得卻好。下句又溜了，只管拿些風月來塞責。」湘雲道：「究竟沒說到月上，也要點綴點綴，方不落題。」黛玉道：「且姑存之，明日再斟酌。」因聯道：

素彩接乾坤。賞罰無賓主，

這種描敘，可以說也是一種「詩話」。

湘雲道：「又說到他們做什麼，不如說咱們。」因聯道：

吟詩序仲昆。[10]構思時倚檻，

黛玉道：「這可以入上你我了。」因聯道：

擬句或依門。酒盡情猶在，

湘雲道：「這時候了。」乃聯道：

更殘樂已諼。[11]漸聞語笑寂，

黛玉說道：「這時候可知一步難似一步了。」因聯道：

空剩雪霜痕。階露團朝菌，[12]

湘雲道：「這一句怎麼叶韻，讓我想想。」因起身負手想了一想，笑道：「夠了，幸而想出一個字來，不然幾乎敗了。」因聯道：

庭煙斂夕棔。[13]秋湍瀉石髓，

黛玉聽了，不禁也起身叫妙，說：「這促狹鬼，果然留下好的。這會子方說『棔』字，虧你想的出。」湘雲道：「幸而昨日看歷朝文選見了這個字，我不知是何樹，因要查一查。寶姐姐說不用查，這就是如今俗叫作朝開夜合的。我信不及，到底查了一查，果然不錯。看來寶姐姐知道的竟多。」黛玉笑道：「『棔』字用在此時更恰，也還罷了。只是『秋湍』一句虧你好想。只這一句，別的都要抹倒。我少不得打起精神來對這一句，只是再不能似這一句了。」因想了一想，道：

樂殘笑寂，霜痕朝菌，確實是衰敗下去了。

釵不在而猶在。

風葉聚雲根。[14]寶婺[15]情孤潔，

湘雲道：「這對的也還好。只是這一句你也溜了，幸而是景中情，不單用『寶婺』來塞責。」因聯道：

銀蟾[16]氣吐吞。藥催靈兔搗，

黛玉不語點頭，半日，隨唸道：

人向廣寒奔。[17]犯斗邀牛女，[18]

湘雲也望月點頭，聯道：

乘槎訪帝孫。[19]盈虛[20]輪莫定，

黛玉道：「對句不好，合掌，[21]下句推開一步，倒還是急脈緩炙法。」因又聯道：

晦朔[22]魄空存。壺漏聲將涸，

湘雲方欲聯時，黛玉指池中黑影與湘雲看道：「你看那河裡怎麼像個人到黑影裡去了，敢是個鬼？」湘雲笑道：「可是又見鬼了。我是不怕鬼的，等我打他一下。」因彎腰拾了一塊小石片向那池中打去，只聽打得水響，一個大圓圈將月影激蕩，散而復聚者幾次，只聽那黑影裡嘎的一聲，卻飛起一個白鶴來，直往藕香榭去了。黛玉笑道：「原是他，猛然想不到，反嚇了一跳。」湘雲笑道：「正是這個鶴有趣，倒助了我了。」因聯道：

窗燈焰已昏。寒塘渡鶴影，

＊果然對比鮮明。

搜檢一節與聯詩一節，非詩與詩，混亂熱鬧與冷冷清清，俗與雅，實與虛皆成對比。

一個詩，寫來寫去，寫出百般花樣。以此次聯詩與賞雪聯詩一節相比，也是映比鮮明。

使人產生一個怪念頭：「壞人」似乎生活豐富，智力及語言都生氣勃勃。而「好人」呢，除了做詩，行酒令，還是做詩，行酒令，能不淒清、寂寞嗎？

亦是暴風雨後的百花凋零景象。百花凋零，不一定都是風暴搞的，但都發生在風暴之後，更加莫可奈何。

惜哉！湘雲黛玉，似乎生活在脫離塵世的一個狹小的天地裡。

脫離了生活，必不能從生活獲得什麼。

林黛玉聽了，又叫好，又跺足，說：「了不得，這鶴真是助他的了！這一句更比『秋湍』不同，叫我對什麼才好？『影』字只有一個『魂』字可對，況且『寒塘渡鶴』何等自然，何等現成，何等有景且又新鮮，我竟要擱筆了。」湘雲笑道：「大家細想就有了，不然就放着明日再聯也可。」黛玉只看天，不理他，半日，猛然笑道：「你不必撈嘴，我也有了，你聽聽。」因對道：

冷月葬詩魂。

湘雲拍手讚道：「果然好極！非此不能對。好個『葬詩魂』！」因又嘆道：「詩固新奇，只是太頹喪了些。你現病着，不該作此過於淒清奇譎之語。」黛玉笑道：「不如此如何壓倒你。只為用功在這一句了。」一語未了，只見欄外山石後轉出一個人來，笑道：「好詩，好詩，果然太悲涼了。不必再往下作，若底下只這樣去，反不顯這兩句了，倒弄得堆砌牽強。」二人不防，倒嚇了一跳。細看時，不是別人，卻是妙玉。二人皆詫異，因問：「你如何到了這裡？」妙玉笑道：「我聽見你們大家賞月，又吹得好笛，我也出來玩賞這清池皓月。順腳走到這裡，忽聽見你們兩個吟詩，更覺清雅異常，故此就聽住了。只是方才我聽見這一首中有幾句雖好，只是過於頹敗淒楚。此亦關人之氣數而有，所以我出來止住。如今老太太都已早散了，滿園的人想俱已睡熟了，你兩個的丫頭還不知在那裡找你們呢。你們也不怕冷了？快同我來，到我那裡去吃杯茶，只怕就天亮了。」黛玉笑道：「誰知道就這個時候了。」

葬詩魂而出妙玉。

兩人對聯，既有趣又寂寞。乃出一妙玉，出一妙玉，反更寂寞矣。

此亦「鳥鳴山更幽」之法。

「氣數」云云，如在冥冥之中。形而下的生活描寫之中，出現了對於形而上的某種力量的感受。

三人遂一同來至櫳翠庵中。只見龕焰猶青，爐香未燼。幾個老嬤嬤也都睡了，只有小丫頭在蒲團上垂頭打盹。妙玉喚他起來，現烹茶。忽聽叩門之聲，小丫鬟忙去開門看時，卻是紫鵑、翠縷與幾個老嬤嬤來找他姊妹兩個。見他們正吃茶，因都笑道：「要我們好找，一個園裡走遍了，連姨太太那裡都找到了。那小亭裡找時，可巧那裡上夜的正睡醒了。我們問他們，他們說，方才亭外頭棚下兩個人說話，後來又添了一個人，聽見說大家往庵裡去。我們就知道是這裡了。」妙玉忙命丫鬟引他們到那邊去坐着歇息吃茶。自卻取了筆硯紙墨出來，將方才的詩命他二人唸着，遂從頭寫出來。黛玉見他今日十分高興，便笑道：「從來沒見你這樣高興。我也不敢唐突請教，這還可以見教否？若不堪時，便就燒了；若或可改，即請改正改正。」妙玉笑道：「也不敢妄評，只是這才有二十二韻。我意思想着你二位警句已出，再續時，到恐後力不加。我竟要續貂，又恐有玷。」黛玉從沒見妙玉作過詩，今見他高興如此，忙說：「果然如此，我們雖不好，亦可以帶好了。」妙玉道：「如今收結，到底還歸到本來面目上去，若只管丟了真情真事，且去搜奇撿怪，一則失了咱們的閨閣面目，二則也與題目無涉了。」林史二人皆道：「極是。」妙玉提筆一揮而就，遞與他二人道：「休要見笑。依我必須如此，方翻轉過來。雖前頭有淒楚之句，亦無甚礙了。」二人接了看時，只見他續道：

香篆[23]銷金鼎，冰脂凝玉盆。
簫憎嫠婦[24]泣，衾倩[25]侍兒溫。

妙玉十分高興，比她十分彆扭還不祥。

「紅」中少女，詩品皆高，不但能做，而且能評。但諸評論總都有些為做詩而做詩的意思。

*可以以本回寫笛聲的一些話頭形容這一回文字。搜檢時波譎雲詭，鐃鈸齊鳴；到此節，萬念俱寂，一片空明，只剩了一件樂器的獨奏。舞台轉換，角色轉換，佈景與燈光、效果皆別一個天地矣。於是黛玉湘雲，尤其是妙玉，成了主角。一個美貌的帶髮修行的才女——尼姑，提筆完成了聯詩，而且說到氣數。你能不憮然、默然嗎？讀後夜風月色，滯留心中，難以忘懷。

空帳悲金鳳，閒屏投彩鴛。
露濃苔更滑，霜重竹難捫。
猶步縈紆[26]沼，還登寂歷[27]原。
石奇神鬼縛，木怪虎狼蹲。
贔屭[28]朝光透，罘罳[29]露曉屯。
振林千樹鳥，啼谷一聲猿。
歧[30]熟焉忘徑，泉知不問源。
鐘鳴櫳翠寺，雞唱稻香村。
有興悲何極，無愁意豈煩。
芳情只自遣，雅趣向誰言。
徹旦休云倦，烹茶更細論。

後書：《右中秋夜大觀園即景聯句三十五韻》。

黛玉湘雲二人稱讚不已，說：「可見我們天天是捨近求遠。現有這樣詩人在此，卻天天去紙上談兵。」妙玉笑道：「明日再潤色。此時天已明了，到底也歇息歇息才是。」林史二人聽說，便起身告辭，帶領了丫鬟出來。妙玉送至門外，看他們去遠，方掩門進來。不在話下。

這裡翠縷問湘雲道：「大奶奶那裡還有人等着咱們睡去呢。如今還是那裡去好？」湘雲笑道：「你順路告訴他們，叫他們睡罷。我這一去，未免驚

也是天外有天之意。妙玉詩才，無法在賞雪賞梅的亂亂哄哄中一顯身手。正可在此時此處。

動病人，不如鬧林姑娘去罷。」說着，大家走至瀟湘館中，有一半人已睡去。二人進去，方卸妝寬衣，盥洗已畢，方上床安歇。紫鵑放下綃帳，移燈掩門出去。誰知湘雲有擇蓆[31]之病，雖在枕上，只怕睡不着。黛玉又是個心血不足，常常失眠的，今日又錯過睏頭，自然也是睡不着。二人在枕上翻來覆去。黛玉因問道：「怎麼還不睡着？」湘雲微笑道：「我有個擇蓆的病，況且走了睏，只好躺躺罷。你怎也睡不着？」黛玉嘆道：「我這睡不着，也並非一日了，大約一年之中，通共也只好睡十夜滿足的。」湘雲道：「你這病就怪不得了。」要知端底，下回分解。

夜深、人靜、無眠。中秋中秋，欲歡無歡，就這樣逝去了。

1 **臥榻之側，豈容他人酣睡：**《宋史紀事本末．平江南》載宋太祖趙匡胤這段話，意為哪怕在自己的勢力尚未及之處，也不容他人涉足。

2 **《青苔賦》：**南朝梁江淹作，賦中有「悲凹險兮，唯流水而馳騖」一句。

3 **東方朔《神異經》：**東方朔是西漢武帝時人。《神異經》是誌怪小說，託名東方朔撰。其中有「其湖無凹凸，平滿無高下」的話。

4 **《畫記》上云張僧繇畫一乘寺的故事：**《畫記》疑係作者虛擬的書名。張僧繇畫一乘寺，寺門遍繪凹凸花的事，見唐許嵩《建康實錄》卷十七。

5 **上元：**正月十五元宵節稱「上元」。

6 **箕斗：**星宿名，「箕」在南方，「斗」在北方。「箕斗」代指群星。

7 **萱：**萱草，俗呼黃花菜，一般代指母親。

8 **觥籌：**酒器和行酒令時用的籌碼。

9 **分曹：**行酒令時分出對手的意思。**尊一令：**共同遵守令官之命。

10 **序仲昆：**「仲昆」指兄弟，「序仲昆」即分出高下，排出名次的意思。

11 **諼：**忘記的意思，這裡作停止、止歇解。

12 **朝菌：**一種朝生暮死的菌類植物。

13 **棔：**即合歡樹。

14 **雲根：**指山石。

15 **婺：**星宿名，即婺女星，又稱女須星。這裡代指秋天的星。

16 **銀蟾：**指神話中的月宫蟾蜍。

17 **人向廣寒奔：**指神話中嫦娥奔月故事。

18 **犯斗：**指有客星犯北斗星。**牛女：**即牛郎、織女星。

19 **槎：**木筏。**帝孫：**即天孫織女。

20 **盈虛：**滿月為盈，缺月為虛。

21 **合掌：**詩中偶句用意相同，稱「合掌」。

22 **晦朔：**舊曆每月初一叫「朔」，每月最末一天叫「晦」。

23 **香篆：**一種製成如篆形字的盤香。

24 **嫠婦：**即寡婦。

25 **倩：**請。

26 **縈紆：**迂迴曲折之意。

27 **寂歷：**空曠寂靜之意。

28 **贔屭：**傳說中龍生九子之一，力大能負重，即馱石碑的龜趺。這裡代指石碑。

29 **罘罳：**古代設在宮門或城角上的屏障，上有瞭望孔。這裡指籬垣。

30 **歧：**岔道。

31 **擇席：**指因更換睡處而導致的失眠，謂之「擇席」。

第七十七回 俏丫鬟抱屈夭風流 美優伶斬情歸水月

話說王夫人見中秋已過，鳳姐病也比先減了，雖未大癒，然亦可以出入行走得了，仍命大夫每日診脈服藥，又開丸藥方來，配調養榮丸。因用上等人參二兩，王夫人取時，翻尋了半日，只向小匣內尋了幾支簪挺粗細的。王夫人看了，嫌不好，命再找去，又找了一大包鬚末出來。王夫人焦躁道：「用不着偏有，但用着了，再找不着。成日家我叫你們查一查，都歸攏一處，你們白不聽，就隨手混撂。」彩雲道：「想是沒了，就只有這個。上次那邊的太太來尋了去了。」王夫人道：「沒有的話，你再細找找。」彩雲只得又去找尋，拿了幾包藥材來說：「我們不認得這個，請太太自看。除了這個沒有了。」王夫人打開看時，也都忘了，不知都是什麼，並沒有一支人參。因一面遣人去問鳳姐有無，鳳姐來說：「也只有些參膏蘆鬚。[1]雖有幾根，也不是上好的，每日還要煎藥裡用呢。」王夫人聽了，只得向邢夫人那裡問去。說：「因上次沒了，才往這裡來尋，早已用完了。」王夫人沒法，只得親身過來請問賈母。賈母忙命鴛鴦取出當日餘的來，竟還有一大包，皆有手指頭

＊此回內容悲慘，但回目的擬定「俏丫鬟」「美優伶」如何，有點「不可承受之輕」。第一，我們的人本主義還很成問題。「丫鬟」、「優伶」云云，卻不能完全意識到她們是和主子一樣的人。第二，中國的藝術重形式、程式，間離欣賞，把很悲慘的故事弄成帶一點香艷、整齊對仗、頗有戲劇性的章回小說回目。變成賞心

1 當年賈瑞病時需人參，鳳姐故意刁難。如今，報應到自己頭上來了。

悅目的東西。這種狀況最可以從京劇中得到啟發，在京劇中，甚至殺人的故事也弄得極為「好看」。從尤三姐自刎的描寫語言中亦可感到同類特點，與十九世紀歐洲的人道主義——現實主義傳統不大相同。

粗細不等，遂秤了二兩與王夫人。王夫人出來交與周瑞家的拿去，令小廝送與醫生家去。又命將幾包不能辨的藥也帶了去，命醫生認了，各包號上。

一時，周瑞家的又拿了進來說：「這幾樣都各包號上名字了。但那一包人參固然是上好的，只是年代太陳，這東西比別的大不同，憑是怎樣好的，只過一百年後，便自己成了灰了。如今這個雖未成灰，然已成了糟朽爛木，也沒有力量的了。請太太收了這個，倒不拘粗細多少，再換些新的倒好。」王夫人聽了，低頭不語，半日才說：「這可沒法了，只好去買二兩來罷。」也無心看那些，只命都收了罷。因問周瑞家的：「你就去說給外頭人們，揀好的換二兩來。倘或一時老太太問，你們只說用的是老太太的，不必多說。」周瑞家的方才要去時，寶釵因在坐，乃笑道：「姨娘且住。如今外頭人參都沒有好的。雖有全枝，他們也必截做兩三段，鑲嵌上蘆泡鬚枝，攙勻了好賣，看不得粗細。我們舖子裡常與參行交易，如今我去和媽媽說了，哥哥去託個夥計過去和參行裡要他二兩原枝來。不妨咱們多使幾兩銀子，也得了好的。」王夫人笑道：「倒是你明白。但是還得你親自走一趟才能明白。」於是寶釵去了半日，回來說：「已遣人去，趕晚就有回信的。明日一早去配也不遲。」王夫人自是喜悅，因說道：「『賣油的娘子水梳頭』，自來家裡有的，給人多少。這會子輪到自己用，反倒各處尋去。」說畢長嘆。寶釵笑道：「這東西雖然值錢，總不過是藥，原該濟眾散人才是。咱們比不得那沒見世面的人

說明老太太那裡也已有了問題。如果老太太自己需要人參呢？是接着瞞下去還是騙下去呢？

在關鍵時候寶釵站出來。寶釵是明白人。

不足為奇。值得怵惕。切不可以為賣油的娘子用不完的油也。永遠解心寬。

家，得了這個就珍藏密斂的。」王夫人點頭道：「你這話也是。」

一時寶釵去後，因見無別人在室，遂喚周瑞家的問前日園中搜檢的事情可得下落。周瑞家的是已和鳳姐商議停妥，一字不隱，遂回明王夫人。王夫人吃了一驚，想到司棋係迎春丫頭，乃係那邊的人，只得令人去回邢氏。周瑞家的回道：「前日那邊太太嗔着王善保家的多事，打了幾個嘴巴子，如今他也裝病在家，不肯出頭了。況且又是他外孫女兒，自己打了嘴。他只好裝個忘了，日久平服了再說。如今我們過去回時，恐怕又多心，倒像似咱們多事的。不如直把司棋帶過去，一並連贓證與那邊太太瞧了，不過打一頓配了人，再指個丫頭來，豈不省事。如今白告訴去，那邊太太再推三阻四的，又說『既這樣，你太太就該料理，又來說什麼了』，豈不倒耽擱了。倘或那丫頭瞅空兒尋了死，反不好了。如今看了兩三天，都有些偷懶，倘一時不到，豈不倒弄出事來。」王夫人想了一想，說：「這也倒是。快辦了這一件，再辦咱們家的那些妖精。」

周瑞家的聽說，會齊了那邊幾個媳婦，先到迎春房裡，回明迎春。迎春聽了含淚，似有不捨之意。因前夜之事丫頭們悄悄說了原故，雖數年之情難捨，但事關風化，亦無可如何了。那司棋亦曾求了迎春，實指望能救，只是迎春語言遲慢，耳軟心活，是不能作主的。司棋見了這般，知不能免，因跪着哭道：「姑娘好狠心，哄了我這兩日，如今怎麼連一句話也沒有？」周瑞家的說道：「你還要姑娘留你不成？便留下，你也難見園裡的人了。依我們的好話，快快收了這樣子，倒

搜檢結果，對鳳姐無不利處，正好拿出來交差。是只得回覆邢氏，還是正好把球踢回去？

周瑞家的所慮甚是。她是不是吸取了上次過於積極地為尤氏出氣的教訓？主子之間鬥得太狠，對於奴才並不利——當然主子鐵板一塊也不利。

把自己不喜歡的人說成妖精，說成牛鬼蛇神，把鬥爭說成「人妖之間」的鬥爭，這種語言一脈相承，「紅」已有之。

是人不知鬼不覺的去罷，大家體面些。」迎春手裡拿着一本書正看呢，聽了這話，書也不看，話也不答，只管扭着身子，呆呆的坐着。周瑞家的又催道：「這麼大女孩兒，自己作的還不知道？把姑娘都帶的不好看，你還敢緊着纏磨他。」迎春聽了，方發話道：「你瞧入畫也是幾年的，怎麼說去就去了。自然不止你兩個，想這園裡凡大的都要去呢。依我說，將來總有一散，不如各人去罷。」周瑞家的道：「所以到底是姑娘明白。明兒還有打發的人呢，你放心罷。」司棋無法，只得含淚與姑娘磕頭，和眾人告別，又向迎春耳邊說：「好歹打聽我受罪，替我說個情兒，就是主僕一場！」迎春亦含淚答應：「放心。」

於是周瑞家的等人帶了司棋出去，又有兩個婆子將司棋所有東西都與他拿着。走了沒幾步，只見後頭繡桔趕來，一面也擦着淚，一面遞與司棋一個絹包說：「這是姑娘給你的。主僕一場，如今一旦分離，這個與你作個想念罷。」司棋接了，不覺的更哭起來了，又和繡桔哭了一回。周瑞家的不耐煩，只管催促，二人只得散了。司棋因又哭告道：「嬸子大娘們，好歹略徇個情兒，如今且歇一歇，讓我到相好的姊妹跟前辭一辭，也是這幾年我們相好一場。」周瑞家的等人皆各有事，做這些事便是不得已了，況且又深恨他們素日大樣，如今那裡工夫聽他的話，因冷笑道：「我勸你去罷，別拉拉扯扯的了。我們還有正經事呢。誰是你一個衣胞裡爬出來的，辭他們做什麼，你不過挨一會是一會，難道算了不成！依我說快走罷。」一面說，一面總不住腳，直帶着後角門出去。司棋無奈，又不敢再說，只

寶玉對晴雯被逐也是一個屁未放，何況迎春之於司棋？

殘酷無情至此！對於死刑犯人處決前也可以滿足其一二要求呀！

主不憐主，奴不憐奴，在這種環境裡，倒是只有寶玉還有點同情心。

得跟了出來。

可巧正值寶玉從外頭進來，一見帶了司棋出去，又見後面又抱着些東西，料着此去再不能來了。因聞得上夜之事，又晴雯的病亦因那日加重，細問晴雯，又不説是為何。今見司棋亦走，不覺如喪魂魄，因忙攔住，問道：「那裡去？」周瑞家的等皆知寶玉素昔行為，又恐嘮叨誤事，因笑道：「不干你事，快唸書去罷。」寶玉笑道：「姐姐們，且站一站，我有道理。」周瑞家的便道：「太太吩咐不許少捱時刻，又有什麼道理。我們只知道太太的話，管不得許多。」司棋見了寶玉，因拉住哭道：「他們做不得主，好歹求求太太去。」寶玉不禁也傷心，含淚説道：「我不知你做了什麼大事，晴雯也氣病着，如今你又要去了，這卻怎麼着好。」周瑞家的發躁向司棋道：「你如今不是副小姐了，若不聽説，我就打得你了。別想往日有姑娘護着，任你們作耗。越説着，還不好走。如今見了小爺，見面又拉拉扯扯，成何體統！」那幾個婦人不由分説，拉着司棋便出去了。

想當初，司棋還敢在廚房搞打砸搶呢！

寶玉又恐他們去告舌，恨的只瞪着他們，看已走遠了，方指着恨道：「奇怪，奇怪，怎麼這些人只一嫁了漢子，染了男人的氣味，就這樣混帳起來，比男人更可殺了！」守園門的婆子聽了，也不禁好笑起來，因問道：「這樣説，凡女兒各各是好的，女人個個是壞的了？」寶玉點頭道：「不錯，不錯！」正説着，只見幾個老婆子走來，忙説道：「你們小心，傳齊了伺候着。此刻太太親自到園裡查人呢。又吩咐快叫怡紅院晴雯姑娘的哥嫂來，在這裡等着領出他妹子去。」因又

當然只是表面現象。但確有此現象。一些已婚女人對於未婚女子的爭取愛情的行為的深痛惡絕比男人尤甚，可能反映了她們自身的感情與性的飢渴、絕望、變態。

笑道：「阿彌陀佛！今日天睜了眼，把這個禍害妖精退送了，大家清淨些。」寶玉一聞得王夫人進來親查，便料到晴雯也保不住了，早飛也似的趕了去，所以後來趁願之話竟未聽見。

寶玉及到了怡紅院，只見一群人在那裡，王夫人在屋裡坐着，一臉怒色，見寶玉也不理。晴雯四五日水米不曾沾牙，如今現在炕上拉了下來，蓬頭垢面，兩個女人攙架起來去了。王夫人吩咐把他貼身的衣服撂出去，餘者留下給好的丫頭們穿。又命把這裡所有的丫頭們都叫來，一一過目。原來王夫人惟怕丫頭們教壞了寶玉，乃從襲人起以至於極小的粗活丫頭們個個親自看了一遍，因問：「誰是和寶玉一日的生日？」本人不敢答應，老嬤嬤指道：「這一個蕙香，又叫作四兒的，是同寶玉一日。」怒臉的王夫人細看了一看，雖比不上晴雯一半，卻有幾分水秀。視其行止，聰明皆露在外面，且也打扮得不同。王夫人冷笑道：「這也是個沒廉恥的貨。他背地裡說的，同日生日就是夫妻，這可是你說的？打諒我隔得遠，都不知道呢。可知我身子雖不大來，我的心耳神意時時都在這裡。難道我統共一個寶玉，就白放心憑你們勾引壞了不成！」這個四兒見王夫人說着他素日和寶玉的私語，不禁紅了臉，低頭垂淚。王夫人即命也快把他家人叫來領出去配人。又問：「那芳官呢？」芳官只得過來。王夫人道：「唱戲的女孩子自然更是狐狸精了！上次放你們，你們又不願去，可就該安分守己才是。你就成精鼓搗起來，調唆寶玉無所不為。」芳官笑辯道：「並不敢調唆什麼。」王夫人笑道：「你

王夫人之可惡，遠勝趙姨娘。只是作者出於對她的敬意，沒把她寫得那樣不堪。

心耳神意是誰？最可能是襲人了。

又是「自然」。她以為是何等天經地義！敵視「文藝工作者」，也是源遠流長。

還強嘴，你連你乾娘都壓倒了，豈止別人！」因喝命：「喚他乾娘來領去，就賞他外頭找個女婿罷。他的東西一概給他。」吩咐上年凡有姑娘分的唱戲女孩們，一概不許留在園裡，都令其各人乾娘帶出，自行聘嫁。一語傳出，這些乾娘皆感恩趁願不盡，都約齊與王夫人磕頭領去。王夫人又滿屋裡搜檢寶玉之物，凡略有眼生之物，一並命收捲起來，拿到自己房裡去了。因說：「這才乾淨，省得旁人口舌。」又吩咐襲人麝月等人：「你們小心！往後再有一點分外之事，我一概不饒。因叫人查看了，今年不宜遷挪。暫且捱過今年，明年一並給我仍舊搬出去才心淨。」說畢，茶也不吃，遂帶領眾人又往別處去閱人。暫且說不到後文。

如今且說寶玉，只道王夫人不過來搜檢搜檢，無甚大事，誰知竟這樣雷嗔電怒的來了。所責之事皆係平日私語，一字不爽，料必不能挽回的。雖心下恨不能一死，但王夫人盛怒之際，自不敢多言，一直跟送王夫人到沁芳亭。王夫人命：「回去好生唸唸那書，仔細明兒問你。才已發下狠了。」寶玉聽如此說，才回來，一路打算：「誰這樣犯舌？況這裡事也無人知道，如何就都說着了？」一面想，一面進來，只見襲人在那裡垂淚。且去了第一等的人，豈不傷心，便倒在床上大哭起來。襲人知他心裡別的猶可，獨有晴雯是第一件大事，乃勸道：「哭也不中用。你起來我告訴你，晴雯已經好了，他這一家去，倒心淨養幾天。你果然捨不得他，等太太氣消了，你再求老太太，慢慢的叫進來也不難。太太不過偶然聽了別人的閒言，在氣頭上罷了。」寶玉道：「我究竟不知晴雯犯了什麼彌天大罪！」

王夫人做這些蠻不講理的兇惡事情的時候，自以為充滿着道德激情，一身正氣呢。

自搜檢以來，寶玉一屁未放。他當然抵擋不住王夫人的凜然正氣加主觀主義，但歸根結底，婢子畢竟還是奴才，死後燒個香（對金釧），活時探個病，他也就做得夠好、夠超常的了。

襲人道：「太太只嫌他生的太好了，未免輕狂些。太太是深知這樣美人似的人，心裡是不能安靜的，所以狠嫌他。像我們這粗粗笨笨的倒好。」寶玉道：「美人似的心裡就不安靜麼？你那裡知道，古來美人安靜的多着呢。這也罷了。咱們私自頑話，怎麼也知道了？又沒外人走風，這可奇怪了。」襲人道：「你有什麼忌諱的，一時高興，你就不管有人沒人了。我也曾使過眼色，也曾遞過暗號，被那人知道了，你還不覺。」寶玉道：「怎麼人人的不是太太都知道了，單不挑出你和麝月秋紋來？」襲人聽了這話，心內一動，低頭半日，無可回答，因便笑道：「正是呢。若論我們也有頑笑不留心的去處，怎麼太太竟忘了，想是還有別的事，等完了再發放我們也未可知。」寶玉笑道：「你是頭一個出了名的至善至賢的人，他兩個又是你陶冶教育的，焉得有什麼該罰之處！只是芳官尚小，過於伶俐些，未免倚強壓倒了人，惹人厭。四兒是我誤了他，還是那年我和你拌嘴的那日起叫上來做細活的，眾人見我待他好，未免奪了地位，也是有的，故有今日。只是晴雯也是和你們一樣，從小兒在老太太屋裡過來的，雖生的比人強，也沒什麼妨礙着誰的去處。就只是他的性情爽利，口角鋒芒，究竟也沒見他得罪了那一個。可是你說的，想是他過於生的好了，反被這個好帶累了。」說畢，復又哭起來。襲人細揣此話，直是寶玉有疑他之意，竟不好再勸，因嘆道：「天知道罷了。此時也查不出人來了，白哭一會子也無益了。」寶玉冷笑道：「原是想他自幼嬌生慣

襲人要替太太做出解釋，又要保持超脫，不能捲入，更不能站在太太一邊得罪了寶玉。

寶玉已疑襲人，只是並無證據。

*解放後受兩條路線、兩個階級的鬥爭模式的影響，評者多痛恨襲人，並坐定襲人讒害晴雯之罪。當然罪之有理。從襲人角度來看，也有下列因素可研究：一、是寶玉離不開襲人，襲人在寶玉跟前仍是最成功的。二、是晴雯鋒芒過露，自取其禍。三、認同既定規範（哪怕只是口頭認同），襲人才能自保，也才能為寶玉出謀劃策打掩護。四、襲人做得留有餘地，網開一面，儘可能照顧各方。五、襲人也是奴才，畢竟是王夫人做

的主而不是襲人。六、起碼在大搜檢一事上，襲人並未推波助瀾，火上澆油。七、襲人甚有嫌疑，但畢竟沒有完全坐實，要不要「無罪推定」呢？八、這也是一種優勝劣敗的競爭。並不是襲人自己，而是社會與傳統使襲人與晴雯實際處於競爭（寵）的地位，而競爭，自有其並不脈脈含情的一面。

養的，何嘗受過一日委屈。如今是一盆才透出嫩箭的蘭花送到豬圈裡去一般。況又是一身重病，裡頭一肚子悶氣。他又沒有親爹熱娘，只有一個醉泥鰍姑舅哥哥。他這一去，那裡還等得一月半月，再不能見一面兩面的了！」說着，越發心痛起來。襲人笑道：「可是你『自許州官放火，不許百姓點燈』。[2]我們偶說一句妨礙的話，你就說不吉利，你如今好好的咒他就該的了！」寶玉道：「我不是妄口咒人，今年春天已有兆頭的。」襲人忙問何兆。寶玉道：「這階下好好的一株海棠花竟無故死了半邊，我就知道有壞事，果然應在他身上。」襲人聽了，又笑起來說：「我要不說，又撐不住，你也太婆婆媽媽的了。這樣的話，怎麼是你讀書的人說的。」寶玉嘆道：「你們那裡知道，不但草木，凡天下有情有理的東西，也和人一樣，得了知己，便極有靈驗的。若用大題目比，就像孔子廟前檜樹、墳前的蓍草，[3]諸葛祠前的柏樹，[4]岳武穆墳前的松樹。[5]這都是堂堂正大之氣，千古不磨之物。世亂他就枯乾了，世治他就茂盛了，凡千年枯了又生的幾次。這不是應兆麼？若是小題比，就像楊太真沉香亭的木芍藥，[6]端正樓的相思樹，[7]王昭君墳上的長青草，[8]難道不也有靈驗。所以這海棠亦是應着人生的。」襲人聽了這篇癡話又可笑，又可嘆，因笑道：「真真的這話越發說上我的氣來了。那晴雯是個什麼東西，就費這樣心思比出這些正經人來！還有一說，他總好，也越不過我的次序去。就是這海棠也該先來比我，也還輪不到他。想是我要死的了。」寶玉聽說，

此話不對。你這裡才是豬圈！狗窩！狼穴！

也是一種樸素的天人感應論。

忙掩他的嘴，勸道：「這是何苦！一個未清，你又這樣起來。罷了，再別提這事，別弄的去了三個，又饒上一個。」襲人聽說，心下暗喜道：「若不如此，也沒個了局。」寶玉又道：「我還有一句話要和你商量，不知你肯不肯。現在他的東西是瞞上不瞞下，悄悄的送還他去。再或有咱們常日積攢下的錢，拿幾吊出去給他養病，也是你姊妹好了一場。」襲人聽了，笑道：「你太把我看得忒小氣又沒人心了。這話還等你說，我才把他的衣裳各物已打點下了，放在那裡。如今白日裡人多眼雜，又恐生事，且等到晚上，悄悄的叫宋媽給他拿去。我還有攢下的幾吊錢也給他去。」寶玉聽了，點點頭兒。襲人笑道：「我原是久已出名的賢人，連這一點子好名還不會買去不成！」寶玉聽了他方才的話，又陪笑撫慰他，怕他寒了心。晚間果遣宋媽送去。

寶玉將一切人穩住，便獨自得便到園子後角門，央一個老婆子帶他到晴雯家去。先這老婆子百般不肯，只說怕人知道，「回了太太，我還吃飯不吃飯！」無奈寶玉死活央告，又許他些錢，那個婆子方帶了他去。

卻說這晴雯當日係賴大買的，還有個姑舅哥哥叫作吳貴人，都叫他貴兒。那時晴雯才得十歲。時常賴嬤嬤帶進來，賈母見了喜歡，故此賴嬤嬤就孝敬了賈母。過了幾年，賴大又給他姑舅哥哥娶了一房媳婦。誰知貴兒一味膽小老實，那媳婦卻倒伶俐，又兼有幾分姿色，看着貴兒無能為，便每日家打扮的妖妖調調，兩隻

*這是站在貴公子的立場上寫的，看望晴雯，用自己的手帕為晴雯擦茶碗，侍候晴雯喝茶，似乎也就對得起她了。而晴雯生、死，也都為的是寶玉一人。

被貴公子所「愛」，比被貴公子所冷淡還要危險，下場還要悲慘。王夫人盛怒，寶玉為何不能大鬧一場？可以裝瘋，可以半真半假地自殺……總是有得鬧的，即使於事無補也罷。最終，他還是離不開王夫人，離不開襲人，離不開封建秩序為他佈置的既定軌道。

眼兒水汪汪的招惹的賴大家人如蠅逐臭，漸漸的做出些風流勾當來。那時晴雯已在寶玉房中，他便央及了晴雯，轉求鳳姐和賴大家的要過來，目今兩口兒就在園子後角門外居住，伺候園中買辦雜差。這晴雯一時被攆出來，住在他家。那媳婦那裡有心腸照管，吃了飯，便自去串門子，只剩下晴雯一人在外間屋內爬着。

寶玉命那婆子在外瞭望，他獨掀起布簾進來，一眼就看見晴雯睡在一領蘆蓆上，幸而被褥還是舊日鋪蓋的。心內不知怎麼才好，因上來含淚伸手輕輕拉他，悄喚兩聲。當下晴雯又因着了風，又受了哥嫂的歹話，病上加病，嗽了一日，才朦朧睡了。忽聞有人喚他，強睜雙眸，一見是寶玉，又驚又喜，又悲又痛，一把死攥住他的手，哽咽了半日，方說道：「我只道不得見你了。」接着，便嗽個不住。寶玉也只有哽咽之分。晴雯道：「阿彌陀佛，你來的好，且把那茶倒半碗我喝。渴了半日，叫半個人也叫不着。」寶玉聽說，忙拭淚問：「茶在那裡？」晴雯道：「在爐台上。」寶玉看時，雖有個黑煤烏嘴的吊子，也不像個茶壺。只得桌上去拿一個碗，未到手內先聞得油膻之氣。寶玉只得拿了來，先拿些水洗了兩次，復用自己的絹子拭了，聞了聞，還有些氣味，沒奈何提起壺來斟了半碗。看時，絳紅的，也不大像茶。晴雯扶枕道：「快給我喝一口罷！這就是茶了，那裡比得咱們的茶呢！」寶玉聽說，先自己嚐了一嚐，並無茶味，鹹澀不堪，只得遞與晴雯。只見晴雯如得

主子如此俯就，奴才逼死了還得感恩。

所謂「憐香惜玉」，仍然不是對人的同情。

封建貴族壟斷了一切財富與享受，離開了貴族也就離開了「文明」富裕的生活。這就是寧願做奴婢的原因。

了甘露一般，一氣都灌下去了。寶玉看着，眼中淚直流下來，連自己的身子都不知為何物了。一面問道：「你有什麼説的，趁着沒人告訴我。」晴雯嗚咽道：「有什麼可説的，不過是捱一刻是一刻，捱一日是一日，我已知橫豎不過三五日的光景，我就好回去了。只是一件，我死也不甘心，我雖生的比別人好些，並沒有私情勾引你，怎麼一口死咬定了我是個狐狸精！我今日既擔了虛名，況且沒了遠限，不是我説一句後悔的話，早知如此，我當日……」説到這裡，氣往上嚥，便説不上來，兩手已經冰涼。寶玉又痛，又急，又害怕，便歪在蓆上，一隻手攥着他的手，一隻手輕輕的給他捶打着，又不敢大聲的叫，真真萬箭攢心。兩三句話時，晴雯才哭出來。寶玉拉着他的手，只覺瘦如枯柴，腕上猶帶着四個銀鐲，因哭道：「除下來，等好了再戴上去罷。」又説：「這一病好了，又傷好些。」晴雯拭淚，把那手用力拳回，擱在口邊狠命一咬，只聽咯吱一聲，把兩根葱管一般的指甲齊根咬下，拉了寶玉的手，將指甲擱在他手中。又回手扎掙着，連揪帶脱在被窩內將貼身穿着的一件舊紅綾小襖兒脱下，遞給寶玉。不想虛弱透了的人，那裡禁得這樣抖摟，早喘成一處了。寶玉見了他這般，已經會意，連忙解開外衣，將自己的襖兒褪下來蓋在他身上，卻把這件穿上，不及扣鈕，只用外間衣服掩了。剛繫腰時，只見晴雯睜眼道：「你扶起我來坐坐。」寶玉只得扶他，那裡扶得起，好容易欠起半身。晴雯伸手把寶玉的襖兒往自己身上拉，寶玉連忙給他披上，拖着胳膊伸上袖子，輕輕放倒。然後將他的指甲裝在荷包裡。晴雯哭道：「你去罷。

這種表達感情的方式也很特別。不能相愛真愛，只能移情於交情、友情。

這裡腌臢，你那裡受得！你的身子要緊。今日這一來，我就死了，也不枉擔了虛名。」

一語未完，只見他嫂子笑嘻嘻掀簾進來道：「好呀，你兩個的話，我已都聽見了。」又向寶玉道：「你一個作主子的，跑到下人房裡來做什麼？看着我年輕長的俊，你敢只是來調戲我麼？」寶玉聽見，嚇的忙陪笑央及道：「好姐姐，快別大聲的，他伏侍我一場，我私自來瞧瞧他。」那媳婦兒點頭笑道：「怨不得人家都說你有情有義兒的。」便一手拉了寶玉進裡間來，笑道：「你要不叫我嚷，這也容易，你只是依我一件事。」說着，便自己坐在炕沿上，把寶玉拉在懷中，緊緊的將兩條腿夾住。寶玉那裡見過這個，心內早突突的跳起來了，急的滿臉紅脹，身上亂戰，又羞又愧，又怕又惱，只說：「好姐姐，別鬧。」那媳婦乜斜了眼兒，笑道：「呸，成日家聽見你在女孩兒們身上做工夫，怎麼今兒就發起訕來了。」寶玉紅了臉笑道：「姐姐撒開手，有話咱們慢慢兒的說。外頭有老媽媽，聽見什麼意思呢。」那媳婦那裡肯放，笑道：「我早進來了，已經叫那老婆子去到園門口兒等着呢。我等什麼兒是的，今日才等着你了，你要不依我，我就嚷起來，叫裡頭太太聽見了，我看你怎麼樣。你這麼個人，只這麼大膽子兒！我剛才進來了好一會子，在窗下細聽。屋內只你兩個人，我只道有些個體己話兒。這樣看起來，你們兩個人竟還是各不相擾兒呢。我可不能像他那麼傻。」說着，就要動手。寶玉

這種動物性的表演，是晴雯情誼的反襯。

*這些描寫有烘托晴雯的可憐可悲下場的含意，也充滿着視平民生活為豬狗不如的貴族意識。

急的死往外拽。正鬧着，只聽窗外有人問道：「晴雯姐姐在這裡住呢不是？」那媳婦子也嚇了一跳，連忙放了寶玉。這寶玉已經嚇怔了，聽不出聲音。外邊晴雯聽見他嫂子纏磨寶玉，又急，又臊，又氣，一陣虛火上攻，早昏暈過去。那媳婦連忙答應着出來看，不是別人，卻是柳五兒和他母親兩個抱着一個包袱，柳家的拿着幾吊錢，悄悄的問那媳婦道：「這是裡頭襲姑娘叫拿出來給你們姑娘的，他在那屋裡呢？」那媳婦兒笑道：「就是這個屋子，那裡還有屋子。」那柳家的領着五兒剛進門來，只見一個人影兒往屋裡一閃。柳家的素知這媳婦子不妥，只打諒是他的私人，看見晴雯睡着了，連忙放下，帶着五兒便往外走。誰知五兒眼尖，早已見是寶玉，便問他母親道：「頭裡不是襲人姐姐那裡悄悄兒的找寶二爺呢嗎？」柳家的道：「噯喲，可是忘了，方才老宋媽説，見寶二爺出角門來了，門上還有人等着要關園門呢。」因回頭問那媳婦兒。那媳婦兒心虛，便道：「寶二爺那裡肯到我們這屋裡來。」柳家的聽説，便要走。這寶玉一則怕關了門，二則怕那媳婦子進來又纏，也顧不得什麼了，連忙掀了簾子出來道：「柳嫂子，你等等我，一路兒走。」柳家的聽了，倒唬了一大跳，説：「我的爺，你怎麼跑了這裡來了？」那寶玉也不答言，一直飛走。那柳五兒道：「媽，你快叫住寶二爺不用忙，仔細冒冒失失被人碰見倒不好。沉且才出來時，襲人姐姐已經打發人留了門了。」説着，趕忙同他媽來趕寶玉。這裡晴雯的嫂子乾瞅着把個妙人兒去了。

五兒未能進入寶玉近侍行列，反保全了自己。塞翁失馬，安知非福。

卻說寶玉跑進角門才把心放下來，還是突突亂跳，又怕五兒關在外頭，眼巴巴瞅着他母女也進來了。遠遠聽見裡邊嬤嬤們正查人，若再遲一步，就關了園門了。

寶玉進入園中，且喜無人知道。到了自己房內告訴襲人，只說在薛姨媽家去的，也就罷了。一時鋪床，襲人不得不問：「今日怎麼睡？」寶玉道：「不管怎麼睡罷了。」原來這一二年間，襲人因王夫人看重了他，越發自要尊重，凡背人之處或夜晚之間，總不與寶玉狎昵，較先小時反倒疏遠了。雖無大事辦理，然一應針線並寶玉及小丫頭出入銀錢衣履什物等事，也甚煩瑣；且有吐血之症，故近來夜間總不與寶玉同房。寶玉夜間膽小，醒了便要喚人，因晴雯睡臥警醒，故夜間一應茶水起坐呼喚之事，悉皆委他一人，所以寶玉外床只是晴雯睡着。他今去了，襲人只得將自己鋪蓋搬來鋪設床外。

寶玉發了一晚上的呆。襲人催他睡下，然後自睡。只聽寶玉在枕上長吁短嘆，覆去翻來，直至三更以後，方漸漸安頓了。襲人方放心，也就朦朧睡着。沒半盞茶時，只聽寶玉叫「晴雯」。襲人忙連聲答應，問做什麼。寶玉因要茶吃，襲人倒了茶來。寶玉乃笑道：「我近來叫慣了他，卻忘了是你。」襲人笑道：「他乍來，你也曾睡夢中叫我的，以後才改了。」說着，大家又睡下。寶玉又翻轉了一個更次，至五更方睡去時，只見晴雯從外面走來，仍是往日形景，進來向寶玉道：「你們好生過罷，我從此就別過了。」說畢，翻身就走。寶玉忙叫時，又將襲人

淡化矛盾，化解矛盾，但臉皮委實不薄。

試想，如是晴雯侍候，寶玉夢喚襲人，晴雯不會是這等反應的。

叫醒。襲人還只當他慣了口亂叫，卻見寶玉哭了，說道：「晴雯死了。」襲人笑道：「這是那裡話！被人聽着什麼意思。」寶玉那裡肯聽，恨不得一時天亮了就遣人去問信。

及至亮時，就有王夫人房裡小丫頭叫開前角門，傳王夫人的話：「『即時叫起寶玉，快洗臉，換了衣裳快來，因今兒有人請老爺賞秋菊，老爺因喜歡他前兒做的詩好，故此要帶他們去』。這都是太太的話，你們快告訴去。立逼他快來，老爺在上房裡等他們吃麵茶呢。環哥兒已來了。快快兒的去罷，我去叫蘭哥兒去了。」裡面的婆子聽一句應一句，一面扣着鈕子，一面開門。襲人聽得叩門，便知有事，一面命人問時，自己已起來了。聽了這話，忙催人來舀了洗臉水，催寶玉起來梳洗，他自己取衣。因思跟賈政出門，便不肯拿出十分出色的新鮮衣服來，只揀那三等成色的來。寶玉此時已無法，只得忙忙前來。果然賈政在那裡吃茶，向環蘭二人道：「寶玉讀書不及你兩個，論題聯和詩這種聰明，你們皆不及他。今日此去，未免叫你們做詩，寶玉須隨便助他們兩個。」王夫人自來不曾聽見這等考語，真是意外之喜。

王夫人自以為在保護和教育第二代方面自己立了奇勳。

一時，候他父子去了，方欲過賈母那邊來時，就有芳官等三個乾娘走來，回說：「芳官自前日蒙太太的恩典賞了出去，他就瘋了似的，茶飯都不吃，勾引上藕官蕊官，三個人尋死覓活，只要剪了頭髮做尼姑去。我只當是小孩子家一時出去不慣也是有的，不過隔兩日就好了。誰知越鬧越兇，打罵着也不怕。實在沒法，

*晴雯、芳官，實為寶玉處眾丫頭的尖子。

木秀於林，風必摧之。鋒芒太露，終無善果。

賈政衛道，責寶玉。王夫人衛道，只責「妖精」。

這裡顯然有一種與俄狄浦斯等情結逆向的更加乖張的情結（不是「娶母」「戀父」而是「殺子」「殺女」）。大觀園已經腐爛混亂到這步田地了，作者仍把大觀園外的平民生活寫得那樣腌臢、粗鄙，不堪忍受。作者的同情絕對不在下人、平民一邊。

王夫人與鳳姐，都是有血債的。

所以來求太太，或是依他們去做尼姑去，或教導他們一頓，賞給別人做女孩兒去罷，我們沒這福。」王夫人聽了道：「胡説！那裡由得他們起來，佛門也是輕易進去的麼！每人打一頓給他們，看還鬧不鬧！」當下因八月十五各廟內上供去，皆有各廟內的尼姑來送供尖，因曾留下水月庵的智通與地藏庵的圓信住下未回，聽得此信，就想拐兩個女孩子去做活使喚，都向王夫人説：「府上到底是善人家，因太太好善，所以感應得這些小姑娘們皆如此。雖然説佛門輕易難上，也要知道佛法平等，我佛立願，原度一切眾生。如今兩三個姑娘既然無父母，家鄉又遠，他們既經了這富貴，又想從小命苦，入了風流行次，將來知道終身怎麼樣，所以苦海回頭，立意出家修修來世，也是他們的高意。太太倒不要阻了善念。」王夫人原是個善人，起先聽見這話諒係小孩子不遂心的話，將來熬不得，反致獲罪。今聽了這兩個拐子的話大近情理；且近日家中多故，又有邢夫人遣人過來知會，明日接迎春家去住兩日，以備人家相看；且又有官媒來求説探春等，心緒正煩，那裡着意在這些小事。既聽此言，便笑答道：「你兩個既這等説，你們就帶了做徒弟去，如何？」二姑子聽了，唸一聲佛道：「善哉！善哉！若如此，可是老人家的陰德不小。」説畢，便稽首拜謝。王夫人道：「既這樣，你們問他去。若真心，即上來當着我拜了師父去罷。」這三個女人聽了出去，果然將他三人帶來。王夫人問之再三，他三人已立定主意，遂與兩個姑子叩了頭，又拜辭了王夫人。

王夫人惡於毒蛇猛獸。

去虎口乎？改狼窩乎？留蛇洞乎？茫茫天地，哪有天真活潑美貌的女演員們的出路？

戕害青春，戕害人性，戕害美，以王夫人為代表的封建禮教果然該死。誰能責怪「五四」新文化運動過於偏激了呢？

「兩個拐子」云云，按「紅」的風格，本可以説得更含蓄些。

如今顧不上含蓄了，表達了作者的痛惜心情。

王夫人見他們意皆決斷，知不可強了，反倒傷心可憐，忙命人來，取了些東西來賞了他們，又送了兩個姑子些禮物。從此芳官跟了水月庵的智通，蕊官藕官二人跟了地藏庵圓信，各自出家去了。要知後事，下回分解。

但鳳姐血債是為了除掉對手、為了弄權。而王夫人的血腥記錄，卻是主觀主義沒來由的道德激情與剛愎自用。鳳姐猶可說，王夫人則只是一味蠻不講理。

1 **參膏蘆鬚：**「參膏」是用次等參和碎參熬的膏，「蘆鬚」是人參的頭尾部分。

2 **自許州官放火，不許百姓點燈：**南宋陸游《老學庵筆記》卷五載：「田登作郡，自諱其名，觸者必怒，吏卒多被榜笞。於是舉州皆謂燈為火。上元放燈，許人入州治遊觀，吏人遂書榜揭於市曰：本州依例放火三日。」後用以比喻只許當官的胡作非為，不許老百姓的正當行動。

3 **孔子廟前檜樹、墳前的蓍草：**相傳曲阜孔廟中的檜柏為孔子生前所植，幾千年來，幾枯幾榮，後人認為與世道盛衰有關。古代用蓍草莖占卜，相傳孔子墳前的蓍草最為靈驗。

4 **諸葛祠前的柏樹：**相傳成都諸葛武侯祠前有大柏，唐末漸枯，至宋初復活。

5 **岳武穆墳前的松樹：**相傳西湖岳飛墓前樹木皆向南生長。

6 **楊太真沉香亭的木芍藥：**沉香亭在唐長安興慶池東。木芍藥即牡丹，唐玄宗曾與楊貴妃在沉香亭北賞牡丹，翰林學士李白有《清平樂》三章，以歌其事。

7 **端正樓的相思樹：**端正樓在驪山的華清宮，是當年楊貴妃梳洗之所。相思樹或指端正樓前的樹。

8 **王昭君墳上的長青草：**漢王昭君葬呼和浩特，傳說墳上草長青，又呼「青冢」。

第七十八回 老學士閒徵姽嫿[1]詞 癡公子杜撰芙蓉誄[2]

話説兩個尼姑領了芳官等走後，王夫人便往賈母處來，見賈母喜歡，便趁便回道：「寶玉房裡有個晴雯，那個丫頭也大了，而且一年之間病不離身；我常見他比別人分外淘氣，也懶；前日又病倒了十幾天，叫大夫瞧，説是女兒癆，[3]所以我就趕着叫他下去了。若養好了也不用叫他進來，就賞他家配人去也罷了。再那幾個學戲的女孩子，我也做主放了。一則他們都會戲，口裡沒輕沒重，只會混説，女孩兒們聽了如何使得？二則他們唱回子戲，白放了他們，也是應該的。況丫頭們也太多，若説不夠使，再挑上幾個來也是一樣。」賈母聽了，點頭道：「這是正理。我也正想着如此。況晴雯這丫頭我看他甚好，言談針線都不及他，將來還可以給寶玉使喚的。誰知變了。」王夫人笑道：「老太太挑中的人原不錯，只是他命裡沒造化，所以得了這個病。俗語又説，『女大十八變』。況且有本事的人未免就有些調歪。老太太還有什麼不曾經歷過的。三年前我也就留心這件事，先只取中了他，我便留心去看，他色色比人強，只是不大沉重。知大體，莫若襲人第一。雖説賢妻美妾，也要性情和順，舉止沉重的更好些。襲人的模樣雖比晴

尋找時機，以求操縱。

王夫人也是作假彙報，欺上壓下。

成了恩典。

她在賈母那裡不敢逞兇。

又是「精英淘汰，擇劣選拔」！

雯次一等，然放在房裡，也算是一二等的。況且行事大方，心地老實。這幾年從未同着寶玉淘氣。凡寶玉十分胡鬧的事，他只有死勸的。因此品擇了二年，一點不錯了。我悄悄的把他丫頭的月錢止住，我的月分銀子裡批出二兩銀子來給他。不過使他自己知道，越發小心效好之意。且沒有明說，一則寶玉年紀尚小，老爺知道了又恐說耽誤了書；二則寶玉自以為自己跟前的人，不敢勸他說他，反倒縱性起來，所以直到今日才回明老太太。」賈母聽了，笑道：「原來這樣，如此更好了。襲人本來從小兒不言不語，我只說是沒嘴的葫蘆。既是你深知，豈有大錯誤的。」王夫人又回今日賈政如何誇獎，如何帶他們逛去。賈母聽了，更加喜悅。

一時，只見迎春妝扮了前來告辭過去。鳳姐也來請早安，伺候早飯，又說笑一回，賈母歇晌。王夫人便喚了鳳姐，問他丸藥可曾配來。鳳姐道：「還不曾呢，如今還是吃湯藥，太太只管放心，我已大好了。」王夫人見他精神復初，也就信了。因告訴攆逐晴雯等事，又說：「寶丫頭怎麼私自回家去了，你們都不知道？我前兒順路都查了一查，誰知蘭小子的這一個新進來的奶子也十分的妖調，也不喜歡他。我說與你大嫂子了，好不好叫他各自去罷。我因問你大嫂子：『寶丫頭出去，難道你不知道不成？』他說是告訴了他的，不兩三日等姨媽病好了就進來。姨媽究竟沒甚大病，不過是咳嗽腰疼，年年是如此的。他這去必有原故，敢是有人得罪了他不成？那孩子心重，親戚們

＊從這一段談話看來，賈母原是傾向於高評價晴雯，至少勝過襲人的。好個王夫人，竟然花言巧語，謊報實情，蒙蔽老太太，先斬後奏，自行其是！其品質也夠嗆了。

王夫人仇視美。除美務盡；寧可錯逐十個，決不姑息一人。

住一場，別得罪了人，反不好了。」鳳姐笑道：「誰可好好的得罪着他？」王夫人道：「別是寶玉有嘴無心，從來沒個忌諱，高興了信嘴胡說也是有的。」鳳姐笑道：「這可是太太過於操心了。若說他出去幹正經事說正經話去，卻像傻子；若只叫他進來，在這些姐妹跟前，以至於大小的丫頭跟前，最有仁讓，又恐怕得罪了人，那是再不得有人惱他的。我想薛妹子此去，必為着前夜搜檢眾丫頭的原故。他自然為信不及園裡的人，他又是親戚，現也有丫頭老婆在內，我們又不好去搜檢了，恐我們疑他，所以多了這個心，自己迴避了。也是應該避嫌疑的。」

這算是鳳姐的婉轉進言。鳳姐不贊成王夫人——王善保家的搜檢計劃，她遲早會有所流露的。終於收到了使王夫人「低頭一想」的效果。

王夫人聽了這話不錯，自己遂低頭一想，便命人去請了寶釵來分晰前日的事，以解他的疑心，又仍命他進來照舊居住。寶釵陪笑道：「我原要早出去的，因姨娘有許多大事，所以不便來說。可巧前日媽媽又不好了，家裡兩個靠得的女人又病，所以我趁便去了。姨娘今日既已知道了，我正好回明，就從今日辭了好搬東西。」王夫人鳳姐都笑道：「你太固執了，正經再搬進來，休為沒要緊的事反疏遠了親戚。」寶釵笑道：「這話說的太重了，並沒為什麼事要出去。我為的是媽媽近來神思比先大減，而且夜晚沒有得靠的人，統共只我一二人。二則如今我哥哥眼看娶嫂子，多少針線活計並家裡一切動用器皿，尚有未齊備的，我也須得幫着媽媽去料理料理。姨媽和鳳姐姐都知道我們家的事，不是我撒謊。再者，自我在園裡，東南上小角門子就常開着，原是為我去的，保不住出入的人圖省走路也從那裡走，又沒個人盤查，設若從那裡弄出事來，豈不兩礙。而且我進園裡

寶釵堅持並無他意，與己方便，與人方便，自是上上策。

來睡原不是什麼大事，因前幾年年紀都小，且家裡沒事，在外頭不如進來姊妹們在一處頑笑作針線，都比在外頭一人悶坐好些。如今彼此都大了，況姨娘這邊歷年皆遇不遂心之事，所以那園子裡倘有一時照顧不到的，皆有關係。惟有少幾個人，就可以少操些心了。所以今日不但我決意辭去，此外還要勸姨娘，如今該減省的就減省些，也不為失了大家的體統。據我看，園裡的這一項費用也竟可以免的，說不得當日的話。姨娘深知我家的，難道我家當日也是這樣零落不成。」鳳姐聽了這篇話，便向王夫人笑道：「這話依我竟不必強他。」王夫人點頭道：「我也無可回答，只好隨你的便罷了。」

說話之間，只見寶玉已回來了，因說：「老爺還未散，恐天黑了，所以先叫我們回來了。」王夫人忙問：「今日可丟了醜了沒有？」寶玉笑道：「不但不丟醜，拐了許多東西來。」接着，就有老婆子們從二門上小廝手內接了東西來。王夫人一看時，只見扇子三把，扇墜三個，筆墨共六匣，香珠三串，玉絛環三個。寶玉說道：「這是梅翰林送的，那是楊侍郎送的，這是李員外送的，每人一分。」說着，又向懷中取出一個檀香小護身佛來，說：「這是慶國公單給我的。」王夫人又問在席何人、作何詩詞，說畢，只將寶玉一分，令人拿着，同寶玉、環、蘭前來見賈母。賈母看了，喜歡不盡，不免又問些話。無奈寶玉一心記着晴雯，答應完了，便說騎馬顛了，骨頭疼。賈母便說：「快回房去，換了衣服，疏散疏散就好了，不許睡覺。」寶玉聽了，便忙進園來。

寶釵此話，終於也曲折表達了對於搜檢事件的看法——她無意批評搜檢，但更要求以緊縮措施治本。

倒是黛玉，怎會對搜檢一事不聞不問不說不響？

原來都已走向零落，原來零落成了大趨勢。

寶玉得意而笑，仍然是乃父乃母的好兒子！

當下麝月秋紋已帶了兩個丫頭來等候，見寶玉辭了賈母出來，秋紋便將墨筆等物拿着，隨寶玉進園來。寶玉滿口裡說「好熱」，一壁走，一面便摘冠解帶，將外面的大衣服都脫下來，麝月拿着，只穿着一件松花綾子夾襖，襟內露出血點般大紅褲子來。秋紋見這條紅褲是晴雯針線，因嘆道：「真是物在人亡了！」麝月將秋紋拉了一把，笑道：「這褲子配着松花色襖兒，石青靴子，越顯出靛青的頭，雪白的臉來了。」寶玉在前只裝沒聽見，又走了兩步，便止步道：「我要走一走，這怎麼好？」麝月道：「大白日裡，還怕什麼？還怕丟了你不成！」因命兩個小丫頭跟着，「我們送了這些東西去再來」。寶玉道：「好姐姐，等一等我再去。」麝月道：「我們去了就來。兩個人手裡都有東西，倒像擺執事的，一個捧着文房四寶，一個捧着冠袍帶履，成個什麼樣子。」寶玉聽了，正中下懷，便讓他二人去了。

他便帶了兩個小丫頭到一塊山子石後頭，悄問他二人道：「自我去了，你襲人姐姐打發人去瞧晴雯姐姐沒有？」這一個答道：「打發宋媽瞧去了。」寶玉道：「回來說什麼？」小丫頭道：「回來說，晴雯姐姐直着脖子叫了一夜，今日早起就閉了眼，住了口，世事不知，只有倒氣的分兒了。」寶玉忙道：「一夜叫的是誰？」小丫頭道：「這一夜叫的是娘。」寶玉拭淚道：「還叫誰？」小丫頭說：「沒有聽見叫別人了。」寶玉道：「你糊塗，想必沒有聽真。」旁邊那一個小丫頭最伶俐，聽寶玉如此說，便上來說：「真個他糊塗。」又向寶玉說：「不但我

其狀極慘。

王夫人的血債。

想入非非。

叫娘是現實主義。叫別的是浪漫主義。

*此節小丫頭謊言極有味道。

對於小丫頭來說，純粹信口開河，是假。對於寶玉來說，恰合他的幻想、願望、思路，他對於這個謊言的充分相信，是真。

當人們對待真實毫無辦法的時候，幻想便會應運而生。不能沒有幻想。

當真實與人們背道而馳的時候，幻想表現着人，幻想就是人，而文學常常就包含着這樣的幻想。美是幻想。美是紀念。美是「自欺欺人」。

小丫頭在進行着文學創作，她的

聽得真切，我還親自偷着看去的。」寶玉聽說，忙問：「怎麼又親自看去？」小丫頭道：「我因想晴雯姐姐素日與別人不同，待我們極好。如今他雖受了委曲出去，我們不能別的法子救他，只親去瞧瞧，也不枉素日疼我們一場。就是人知道了，回了太太，打我們一頓也是願受的。所以我拚着一頓打，偷着出去瞧了一瞧。誰知他平生為人聰明，至死不變，見我去了，便睜開眼拉我的手，問：『寶玉那去了？』我告訴他了。他嘆了一口氣，說：『不能見了。』我就說：『姐姐何不等一等他回來見一面。』他就笑道：『你們不知道，我不是死，如今天上少了一位花神，玉皇爺命我去管花兒。我如今在未正二刻就上任去了，寶玉須得未正三刻才到家，只少得一刻的工夫，不能見面。世上凡有該死的人，閻王勾取了去，是差些小鬼來捉人魂魄。若要遲延一時半刻，不過燒些紙錢，澆些漿飯，[4]那鬼只顧搶錢去了，該死的人就可少待個工夫。我這如今是天上的神仙來召請，豈可換得時刻。』我聽了這話，竟不大信，及進來到房裡留神看時辰錶，果然是未正二刻他嚥了氣，正三刻上就有人來叫我們，說你來了。」寶玉忙道：「你不認得字，所以不知道，這原是有的，不但花有一花神，還有總花神。但他不知做總花神去了，還是單管一樣花神？」這丫頭聽了，一時謅不來，恰好這是八月時節，園中池上芙蓉正開。這丫頭便見景生情，忙答道：「我已曾問他『是管什麼花的神，告訴我們日後也好供養的』。他說：『你只可告訴寶玉一人，除他之外，不

編得極貼切圓滿，好個伶俐小丫頭。

小丫頭是假，寶玉是真，假真契合。

創作受到了美的接受者賈寶玉的激賞，因為她的創作符合寶玉的美學理想，美學規範，而且包含童心。

這是幻想的美，文學的美。這又是幻想的可憐，文學的可憐，美的可悲可憐乃至可笑！

讀了這一段，哭乎？笑乎？嘆乎？嘲乎？搖頭乎？惋惜乎？反正更加令人惆悵。信手拈來，毫不費力，曹雪芹的筆當真成了精了！

可泄了天機。』就告訴我說，他就是專管芙蓉花的。」寶玉聽了這話，不但不為怪，亦且去悲生喜，便回過頭來，看着那芙蓉笑道：「此花也須得這樣一個人去主管。我就料定，他那樣的人必有一番事業，雖然超生苦海，從此再不能相見了，免不得傷感思念。」因又想：「雖然臨終未見，如今且去靈前一拜，也算盡這五六年的情意。」

想畢忙至房中，正值麝月秋紋找來。寶玉又自穿戴了，只說去看黛玉，遂一人出園，往前次看望之處來，意為停柩在內。誰知他哥嫂見他一嚥氣，便回了進去，希圖早些得幾兩發送例銀。王夫人聞知，便命賞了十兩銀子，又命：「即刻送到外頭焚化了罷。女兒癆死的，斷不可留！」他哥嫂聽了這話，一面得銀，一面催人立刻入殮，抬往城外化人場上去了。剩的衣服簪環約有三四百金之數，他哥嫂自收了為後日之計。二人將門鎖上，一同送殯去了。

寶玉走來，撲了一個空。站了半天，並無別法，只得復身進入園中。及回至房中，甚覺無味，因順路來找黛玉，不在房中。問其何往，丫鬟們回說：「往寶姑娘那裡去了。」寶玉又至蘅蕪苑中，只見寂寂無人，房內搬的空空落落，不覺吃一大驚，才想起前日彷彿聽見寶釵要搬出去，只因這兩日功課忙，就混忘了。這時看見如此，才道果然搬出，怔了半天。因轉念一想：「不如還是和襲人廝混，再與黛玉相伴，只這兩三個人，只怕還是同死同歸。」

得到安慰了，還是更加惆悵了呢？

火葬，「紅」已有之。

是這樣麼？

想畢，仍往瀟湘館來。偏黛玉還未回來。

正在不知所之，忽見王夫人的丫頭進來找他說：「老爺回來了，找你呢，又得了好題目了。快走，快走。」寶玉聽了，只得跟了出來。到王夫人房中，他父親已出去了。王夫人命人送寶玉至書房中。

誰能掌握自己的命運？

彼時賈政與眾幕友們談論尋秋之勝，又說：「臨散時忽談及一事，最是千古佳談，『風流雋逸，忠義感慨』，八字皆備，倒是個好題目，大家要作一首輓詞。」眾幕賓聽了，都請教何等妙事。賈政乃道：「當日曾有一位王爵，封曰恆王，出鎮青州。這恆王最喜女色，且公餘好武，因選了許多美女，日習武事，令眾美女學習戰攻鬥伐之事。內中有個姓林行四的，姿色既佳，且武藝更精，皆呼為林四娘。[5]恆王最得意，遂超拔林四娘統轄諸姬，又呼為姽嫿將軍。」眾清客都稱：「妙極神奇。竟以姽嫿下加將軍二字，反更覺嫵媚風流，真絕世奇文也。想這恆王也是千古第一風流人物了。」賈政笑道：「這話自然如此，但更有可奇可嘆之事。」眾清客都驚問道：「不知底下有何等奇事？」賈政道：「誰知次年便有『黃巾』、『赤眉』[6]一干流賊餘黨復又烏合，搶掠山左[7]一帶。恆王意為犬羊之輩，不足大舉，因輕騎進剿。不意賊眾詭譎，兩戰不勝，恆王遂被賊眾所戮。於是青州城內，文武官員，各各皆謂『王尚不勝，你我何為？』遂將有獻城之舉。林四娘得聞凶信，遂聚集眾女將發令說道：『你我皆向蒙王恩，戴天履地，不能報其

本來就此去寫寶玉的誄晴雯一節最順，偏偏插入賈政談姽嫿將軍一節，真是故意打岔，平添枝節，卻又成全了長篇小說的豐富性與立體性。

文章千古事，得乎失乎，寸心難知。

似乎是怕你沉溺在晴雯之死所引發的悲哀憤怒裡。

於是寫一個偉大的殉國殉夫女英雄，隔岸觀火，隔岸賞火，突出了距離感，觀賞態度。

與「紅」的揚女抑男的想法一致。

萬一。今王既殞身國患，我意亦當殞身於王。爾等有願隨者，即同我前往；不願者，亦早自散去。』眾女將聽他這樣，都一齊說願意。於是林四娘帶領眾人連夜出城，直殺至賊營裡頭。眾賊不防，也被斬殺了幾個首賊。後來大家見是不過幾個女人，料不能濟事，遂回戈倒兵，奮力一陣，把林四娘等一個不曾留下，倒作成了這林四娘的一片忠義之志。後來報至中都，天子百官無不歎息。想其朝中自然又有人去剿滅，天兵一到，化為烏有，不必深論。只就林四娘一節，眾人聽了，可羨不可羨？」眾幕友都嘆道：「實在可羨可奇，實是個妙題，原該大家輓一輓才是。」說着，早有人取了筆硯，按賈政口中之言稍加改易了幾個字，便成了一篇短序，遞與賈政看了。賈政道：「不過如此，他們那裡已有原序。昨日因又奉恩旨，着察核前代以來應加褒獎而遺落未經奏請各項人等，無論僧尼、乞丐、女婦人等，有一事可嘉，即行匯送履歷至禮部備請恩獎。所以他這原序也送往禮部去了。大家聽了這新聞，所以都要作一首《姽嫿詞》，以誌其忠義。」眾人聽了，都又笑道：「這原該如此。只是更可羨者，本朝皆係千古未有之曠典，可謂『聖朝無闕事』[8]了。」賈政點頭道：「正是。」

「可羨」、「妙題」云云，略顯輕浮。

說話間，寶玉、賈環、賈蘭俱起身來看了題目。賈政命他三人各吊一首，誰先作成者賞，佳者額外加賞。賈環、賈蘭二人近日當着許多人皆作幾首了，膽量愈壯，今看了題目，遂自去思索。一時，賈蘭先有了。賈環生恐落後，也就有了。二人皆已錄出。寶玉尚自出神。賈政與眾人且看他二人的二首。賈蘭的是一首七言絕句，寫道是：

姽嫿將軍林四娘，玉為肌骨鐵為腸。
捐軀自報恆王後，此日青州土尚香。

眾幕賓看了，便皆大讚：「小哥兒十三歲的人就如此，可知家學淵深，真不誣矣。」
賈政笑道：「稚子口角，也還難為他。」又看賈環的，是首五言律，寫道是：

紅粉不知愁，將軍意未休。
掩啼離繡幕，報恨出青州。
自謂酬王德，誰能復寇仇。
好題忠義墓，千古獨風流。

眾人道：「更佳。到底大幾歲年紀，立意又自不同。」賈政道：「倒還不甚大錯，終不懇切。」眾人道：「這就罷了。三爺才大不多幾歲，俱在未冠之時，如此用心作去，再過幾年，怕不是大阮小阮[9]了麼。」賈政笑道：「過奬了。只是不肯讀書的過失。」因問寶玉。眾人道：「二爺細心鏤刻，定又是風流悲感，不同此等的了。」寶玉笑道：「這個題目似不稱近體，[10]須得古體，[11]或歌或行，[12]長篇一首方能懇切。」眾人聽了，都立起身來點頭拍手道：「我說他立意不同，每一題到手必先度其體格宜與不宜，這便是老手妙法。這題目名曰《姽嫿詞》，且既有了序，此必是長篇歌行方合體式，或擬温八叉《擊甌歌》，[13]或擬李長吉《會稽歌》，[14]或擬白樂天《長恨歌》，[15]或擬詠古詞，半敘半詠，流利飄逸，始能盡妙。」賈政聽説，也合了主意，遂自提筆向紙上要寫。又向寶玉笑道：「如此甚好。你唸我寫。若不好了，我捶你的肉。誰許你先大言不慚的！」寶玉只得唸了一句道：

恆王好武兼好色，

再賣弄（無貶意）一下古體。

賈政寫了看時，搖頭道：「粗鄙。」一幕友道：「要這樣方古，究竟不粗。且看他底下的。」賈政道：「姑存之。」寶玉又道：

遂教美女習騎射。穠歌艷舞不成歡，列陣挽戈為自得。

賈政寫出，眾人都道：「只這第三句便古樸老健，極妙。這第四句平敘，也最得體。」賈政道：「休謬加獎譽，且看轉的如何。」寶玉唸道：

眼前不見塵沙起，將軍俏影紅燈裡。

眾人聽了這兩句，便都叫：「妙！好個『不見塵沙起』！又續了一句『俏影紅燈裡』，用字用句，皆入神化了。」寶玉道：

叱咤時聞口舌香，霜矛雪劍嬌難舉。

眾人聽了，更拍手笑道：「越發畫出來了。當日敢是寶公也在座，見其嬌而且聞其香？不然何體貼至此。」寶玉笑道：「閨閣習武，任其勇悍，怎似男人。不問而可知嬌怯之形了。」賈政道：「還不快續，這又有你説嘴的了。」寶玉只得又想了一想，唸道：

丁香結子芙蓉絛，

眾人都道：「轉『蕭』韻更妙，這才流利飄逸。而且這句子也綺靡秀媚得妙。」賈政寫了道：「這一句不好。已有過了『口舌香』『嬌難舉』，何必又如此。這是力量不加，故又弄出這些堆砌貨來搪塞。」寶玉笑道：「長歌也須得要些詞藻點綴點綴，不然便覺蕭索。」賈政道：「你只顧說那些，這一句底下如何轉至武事呢？若再多說兩句，豈不蛇足了？」寶玉道：「如此底下一句兜轉煞住，想也使得。」賈政冷笑道：「你有多大本領？上頭說了一句大開門的散話，如今又要一句連轉帶煞，豈不心有餘而力不足呢！」寶玉聽了，垂頭想了一想，說了一句道：

不繫明珠繫寶刀。

忙問：「這一句可還使得？」眾人拍案叫絕。賈政笑道：「且放着，再續。」寶玉道：「使得，我便一氣聯下去了。若使不得，索性塗了，我再想別的意思出來，再另措詞。」賈政聽了，便喝道：「多話！不好了再作，便作十篇百篇，還怕辛苦了不成！」寶玉聽說，只得想了一會，便唸道：

戰罷夜闌心力怯，脂痕粉漬污鮫綃。

賈政道：「這又是一段了。底下怎麼樣？」寶玉道：

明年流寇走山東，強吞虎豹勢如蜂。

眾人道：「好個『走』字！便見得高低了。且通句轉的也不板。」寶玉又唸道：

＊以這一段奉父命出題做文（詩），與下一段真情做誄相對比。這樣一來，既豐富了結構，更豐富了品種，寫到為文做詩，又增補了新的體例。以文論文，以小說論文，猶如戲中之戲，電影中的放映（或拍攝）電影，這是有點現代的手法。「紅」多次用之，以炫其才。

王率天兵思剿滅，一戰再戰不成功。
腥風吹折隴中麥，日照旌旗虎帳空。
青山寂寂水澌澌，正是恆王戰死時。
雨淋白骨血染草，月冷黃昏鬼守屍。

眾人都道：「妙極，妙極！佈置敘事詞藻無不盡美。且看如何至四娘，必另有妙轉奇句。」寶玉又唸道：

紛紛將士只保身，青州眼見皆灰塵。
不期忠義明閨閣，憤起恆王得意人。

眾人都道：「鋪敘得委婉。」賈政道：「太多了，底下只怕累贅呢。」寶玉又道：

恆王得意數誰行，姽嫿將軍林四娘。
號令秦姬驅趙女，濃桃艷李臨疆場。
繡鞍有淚春愁重，鐵甲無聲夜氣涼。
勝負自難先預定，誓盟生死報前王。
賊勢猖獗不可敵，柳折花殘血凝碧。
馬踐胭脂骨髓香，魂依城郭家鄉隔。
星馳時報入京師，誰家兒女不傷悲！
天子驚慌愁失守，此時文武皆垂首。

*這種文體，這樣為文，既有發泄作用，又有一種規範、轉移的作用。不規範的情感，為程式化的文體所規範，變痛不欲生的悲哀為整齊對仗的詞句，表達了感情，梳理了感情，乃至最終扼殺終結了感情。這就是文學的兩面性。煽情而又制情。這也是中國傳統的「詩教」吧？

帶有應試意味，咬文嚼字地去歌頌一個實不相干的傑出女子。

何事文武立朝綱，不及閨中林四娘。
我為四娘長歎息，歌成余意尚彷徨。

以寶玉的世界觀、生死觀，以他對於文死諫武死戰論的抨擊，他對於林四娘事應做出怎樣的真誠評價呢？

唸畢，眾人都大讚不止，又從頭看了一遍。賈政笑道：「雖說幾句，到底不大懇切。」因說：「去罷。」三人如放了赦的一般，一齊出來，各自回房。

眾人皆無別話，不過至晚安歇而已。獨有寶玉一心淒楚，回至園中，猛見池上芙蓉，想起小丫鬟說晴雯作了芙蓉之神，不覺又喜歡起來，乃看着芙蓉嗟嘆了一會。忽又想起死後並未至靈前一祭，如今何不在芙蓉前一祭，豈不盡了禮。想畢，便欲行禮，忽又止道：「雖如此，亦不可太草率了，須得衣冠整齊，奠儀周備，方為誠敬。」想了一想，「古人云：『潢污行潦，荇藻蘋蘩之賤，可以羞王公，薦鬼神。』[16]原不在物之貴賤，全在心之誠敬而已。然非自作一篇誄文，這一段淒慘酸楚竟無處可以發泄了。」因用晴雯素日所喜之冰鮫縠[17]一幅楷字寫成，名曰《芙蓉女兒誄》，前序後歌。又備了晴雯素喜的四樣吃食，於是黃昏人靜之時，命那小丫頭捧至芙蓉前。先行禮畢，將那誄文即掛於芙蓉枝上，乃泣涕唸曰：

這一段自我解釋實為曹公恐讀者挑眼而代為做的解釋。

維太平不易之元，[18]蓉桂競芳之月，無可奈何之日，怡紅院濁玉謹以群花之蕊、冰鮫之縠、沁芳之泉、楓露之茗，四者雖微，聊以達誠申信，乃致祭於白帝宮中撫司秋艷[19]芙蓉女兒之前曰：竊思女兒自臨人世，迄今凡十有六載。其先之鄉籍姓氏，湮淪而莫能考者久矣。而玉得於衾枕櫛沐之間，棲息宴遊之夕，親昵狎褻，相與共處者，僅五年八月有奇。憶女曩[20]生之昔，其為質則金玉不足喻其貴，其為體則冰雪不足喻其潔，其為神則星日不足喻其精，其為貌則花月不足喻其色。姊娣悉慕媖嫻，[21]嫗媼咸仰慧德。孰料鳩鴆惡其高，鷹鷙翻遭罦罬；[22]薋葹妒其臭，[23]茝蘭竟被芟鉏！[24]花原自怯，豈奈狂飆；柳本多愁，何禁驟雨。偶遭蠱蠆[25]之讒，遂抱膏肓之疾。故櫻唇紅褪，韻吐呻吟；杏臉香枯，色陳顑頷。[26]諑謠謑詬，[27]出自屏帷；荊棘蓬榛，蔓延窗戶。既懷幽沉於不盡，復含罔屈於無窮。高標見嫉，閨闈恨比長沙；[28]貞烈遭危，巾幗慘於雁塞。[29]自蓄辛酸，誰憐夭折！仙雲既散，芳趾難尋。洲迷聚窟，何來卻死之香；[30]海失靈槎，不獲回生之藥。[31]眉黛煙青，昨猶我畫；指環玉冷，今倩誰溫？鼎爐之剩藥猶存，襟淚之餘痕尚漬。鏡分鸞影，愁開麝月之奩；梳化龍飛，哀折檀雲之齒。委金鈿於草莽，拾翠盒於塵埃。樓空鳷鵲，徒懸七夕之針；[32]帶斷鴛鴦，誰續五絲之縷？況乃金天屬節，白帝司時，孤衾有夢，空室無人。桐階月暗，芳魂與倩影同消；蓉帳香殘，嬌喘共細腰俱絕。連天衰草，豈獨蒹葭；[33]匝地悲聲，無非蟋蟀。露階晚砌，穿簾不度寒砧；雨荔秋垣，[34]隔院希聞怨笛。芳名未泯，檐前鸚鵡猶呼；艷質將亡，檻外海棠預萎。捉迷屏後，蓮瓣[35]無聲；鬥草庭前，蘭芳枉待。拋殘繡線，銀箋彩袖誰裁；褶斷冰絲，金斗御香未熨。昨承嚴命，[36]既趨車而遠涉芳園；今犯慈威，[37]復拄杖而遣拋孤柩。及聞槥棺被燹，[38]頓違共穴之情；石槨成災，愧逮同灰之誚。爾乃西風古寺，淹滯青燐；[39]落日荒丘，零星白骨。楸榆颯颯，蓬艾蕭蕭。隔霧壙[40]以啼猿，繞煙塍[41]而泣鬼。豈道紅綃帳裡，公子情深；始信黃土隴中，女兒命薄！汝南[42]淚血，斑斑灑向西風；

盡情頌揚，不遺餘力。

最尖銳的話無非這幾句。

譴責了進讒者，卻未譴責信讒者。

悲則悲矣，憤則憤矣，止於舞文弄墨焉，沒了真火真氣。

梓澤餘衷，[43]默默訴憑冷月。嗚呼！固鬼蜮之為災，豈神靈之有妒。毀詖[44]奴之口，討豈從寬；剖悍婦之心，忿猶未釋！在卿之塵緣雖淺，而玉之鄙意猶深。因蓄惓惓之思，不禁諄諄之問。始知上帝垂旌，花宮待詔，生儕蘭蕙，死轄芙蓉。聽小婢之言，似涉無稽；據濁玉之思，深為有據。何也？昔葉法善攝魂以撰碑，[45]李長吉被詔而為記，[46]事雖殊，其理則一也。故相物以配才，苟非其人，惡乃濫乎？始信上帝委託權衡，可謂至洽至協，庶不負其所秉賦也。因希其不昧之靈，或陟降[47]於茲；特不揣鄙俗之詞，有污慧聽。乃歌而招[48]之曰：

天何如是之蒼蒼兮，乘玉虬以遊乎穹窿耶？[49]地何如是之茫茫兮，駕瑤象以降乎泉壤耶？[50]望繖蓋之陸離兮，抑箕尾之光耶？[51]列羽葆而為前導兮，衛危虛於旁耶？[52]驅豐隆以為庇從兮，望舒月以臨耶？[53]聽車軌而伊軋兮，御鸞鷖以征耶？[54]聞馥郁而飄然兮，紉蘅杜[55]以為佩耶？爛裙裾之爍爍兮，鏤明月以為璫[56]耶？藉葳蕤而成壇畤兮，檠蓮焰以燭蘭膏耶？[57]文匏瓟以為觶斝兮，灑醽醁以浮桂醑耶？[58]瞻雲氣而凝眸兮，彷彿有所覘[59]耶？俯波痕而屬耳兮，恍惚有所聞耶？期汗漫[60]而無際兮，捐棄予於塵埃耶？倩風廉[61]之為余驅車兮，冀聯轡而攜歸耶？余中心為之慨然兮，徒嗷嗷[62]而何為耶？卿偃然而長寢兮，豈天運之變於斯耶？既窀穸[63]且安穩兮，反其真而又奚化耶？[64]余猶桎梏而懸附[65]兮，靈格余以嗟來耶？[66]來兮止兮，卿其來耶！

「悍婦」云胡？敢指王夫人麼？還是又遷怒於旁人呢？

汪洋姿肆，古樸風流，立意新奇，氣魄宏大，文字講究，頗費心思。堪稱「紅」中詩文之冠。

*賈寶玉——其實也是曹雪芹，確實以極大的篇幅，以極豐富的詞彙，極豐贍的形式，下了功夫寫了這篇誄文。

由此可見他——他對於晴雯這一人物的重視，對於晴雯之死這一事件的重視。「規格」是超一流的。曹公本身亦有一種抑鬱不平之氣，假悼晴雯之誄以發之。一股未盡其才之怨，假此誄以展之。

若夫鴻蒙而居，寂靜以處，雖臨於茲，余亦莫睹。搴煙蘿而為步障，列蒼蒲而森行伍。警柳眼之貪眠，釋蓮心之味苦。素女[67]約於桂岩，宓妃[68]迎於蘭渚。弄玉[69]吹笙，寒簧擊敔。[70]徵嵩嶽之妃，[71]啟驪山之姥。[72]龜呈洛浦之靈，[73]獸作咸池[74]之舞。潛池水兮龍吟，集珠林兮鳳翥。爰格爰誠，[75]匪筥匪筐。[76]發軔乎霞城，還旌乎玄圃。[77]既顯微而若通，復氤氳[78]而倏阻。離合兮煙雲，空蒙兮霧雨。塵霾斂兮星高，溪山麗兮月午。[79]何心意之怦怦，若寤寐之栩栩。余乃欷歔悵怏，泣涕彷徨。人語兮寂歷，天籟兮篔簹。[80]鳥驚散而飛，魚唼喋以響。志哀兮是禱，成禮兮期祥。

嗚呼哀哉！尚饗！[81]

讀畢，遂焚帛奠茗，依依不捨。小丫鬟催至再四，方才回身。忽聽山石之後有一人笑道：「且請留步。」二人聽了，不覺大驚。那小丫鬟回頭一看，卻是個人影從芙蓉花裡走出來，他便大叫：「不好，有鬼。晴雯真來顯魂了！」唬得寶玉也忙看時，究竟是人是鬼？下回分解。

1 **媥嫿**：女子安嫻幽靜叫「媥」，兼能勇武奔馳叫「嫿」。

2 **誄**：哀祭文體的一種。

3 **癆**：即肺結核病。

4 **澆些漿飯**：古時祭祀，在墳頭澆漿飯，以饗死者，稱「奠酒澆漿」。

5 **林四娘**：明代青州衡王府宮嬪有名林四娘者，金陵人。清陳維崧《婦人集》、王士禎《池北偶談》、蒲松齡《聊齋誌異》有記載。

6 **黃巾、赤眉**：「黃巾」是指東漢末年張角等領導的農民起義軍，以黃巾裹頭，稱「黃巾軍」。「赤眉」是指西漢末年樊崇領導的農民起義軍，以赤色染眉，稱「赤眉軍」。這裡泛指農民起義軍。

7 **山左**：今山東省，因在太行山之東，故稱。

8 **聖朝無闕事**：唐岑參《寄左省杜拾遺》詩中句。「闕」同「缺」。

9 **大阮小阮**：指阮籍和阮咸，二人為叔侄，都是「竹林七賢」中人物，被人稱為大阮、小阮。

10 **近體**：詩體名，又稱近體詩，唐代形成的律體。

11 **古體**：詩體名，又稱古風，產生較早，沒有字數、平仄、對偶的要求，較為自由。

12 **或歌或行**：即歌行體，古樂府詩的體裁。

13 **溫八叉《擊甌歌》**：唐溫庭筠《郭處士擊甌歌》，是首七言古詩，文辭古奧而又雕琢。

14 **李長吉《會稽歌》**：唐詩人李賀的《還自會稽歌》，是一首五言古詩，寫自己的困頓牢騷。

15 **白樂天《長恨歌》**：唐白居易《長恨歌》，是首七言古詩，寫唐明皇與楊貴妃的愛情故事。

16 **「潢污」幾句**：語出《左傳》隱公三年（前七二〇年）。意謂只要心懷誠敬，即便是死水污水和野生水草，都可以用以奉獻王公，祭祀鬼神。

17 **冰鮫縠**：一種輕軟的白絲綢。

18 **維太平不易之元**：「維」語助詞，用於語首。舊時祭祀文字，用「維年月日」作為固定的開篇之語。「太平不易之元」意即永遠太平的年代。

19 **撫司秋艷**：掌管秋花。

20 **曩**：以前、過去。

21 **姣嫻**：美好嫻靜。

22 **罦罬**：一種捕獲鳥獸的網，裝有機關，鳥獸觸網，即可自動翻網擒獲。

23 **薋葹**：即蒺藜和蒼耳，是兩種有刺的惡草，用以比喻壞人。**臭**：氣息、氣味，這裡指香氣。

24 **茝蘭**：即白芷和蘭草，是兩種香草，用以喻賢人。**芟薙**：鏟除的意思。

25 **蠹蠆**：兩種毒蟲。

26 **顣頷**：面貌憔悴枯黃。

27 **諑謠謑詬**：造謠辱罵。

28 **長沙**：指西漢賈誼。賈誼被讒貶為長沙王太傅，故稱「賈長沙」。

29 **雁塞**：雁門關外的塞北之地，這裡代指出塞和親的王昭君。

30 **「洲迷」兩句**：漢東方朔《十洲記．聚窟洲》載：洲中有返魂樹，可製卻死香，死者聞香氣即活。

31 **「海失」兩句**：**靈槎**：仙筏。**回生之藥**：據說海上仙山有不死之藥。

32 **「樓空」二句**：「鳷鵲」即鳷鵲樓，西漢上林苑樓觀名。「七夕之針」，舊曆七月七日，牛郎織女聚會之夜，民間有婦女月下穿針的風俗，稱為乞巧。

33 **蒹葭**：《詩經．秦風．蒹葭》：「蒹葭蒼蒼，白露為霜。所謂伊人，在水一方。」意在表達懷念。

34 **雨荔秋垣**：「荔」即薜荔，一種攀緣植物。這句說秋天的牆垣上，掛着帶雨的薜荔。

35 **蓮瓣**：指女子的腳步。

36 **嚴命**：父親的命令。

37 **慈威**：母親的威儀。

38 **棤棺**：薄板小棺。**燹**：焚燒。

39 **青燐**：燐火，又稱鬼火。

40 **壙**：墳墓。

41 **塍**：田間小路、田埂。

42 **汝南**：《後漢書．獨行列傳》載：漢代汝南張劭字元伯，死後下葬時，靈柩不肯入墓穴，待其好友范式號哭而來，祝曰：「行矣元伯。死生路異，從此永辭。」並執拂而引，靈柩方始入穴下葬。

43 **梓澤餘衷**：「梓澤」是石崇為寵妾綠珠所建之金穀園的別名。這裡代指綠珠。「餘衷」：未盡之衷腸。

44 **詖**：邪惡的意思。

45 **葉法善攝魂以撰碑**：唐開元年間道士葉法善請求李邕為其祖父撰寫碑文，文成，又求法書，李邕不允，葉用道術攝李之魂魄，在夢中為其書寫。

46 **李長吉被詔而為記**：傳說唐詩人李賀死前，見使者持詔書，召李賀為天帝新建白玉樓作文紀事。不久，李賀死去。

47 **陟降**：降臨的意思。

48 **招**：招引，這裡是招魂的意思。

49 **虯**：無角龍。**穹窿**：天宇。

50 **瑤象**：指用美玉和象牙裝飾的車子。**泉壤**：地下。

51 **織蓋**：傘蓋。**箕尾**：二星宿名。古人稱人死後靈魂升天為「騎箕尾」。

52 **羽葆**：鳥羽為飾的華蓋。**危虛**：二星宿名。

53 **豐隆**：神話中雲神或雷神。**望舒**：神話中為月亮趕車的神。

54 **車軌**：指車輪。**伊軋**：車輪碾動的聲音。**鸞鷖**：神話中鳳凰一類的兩種神鳥。

55 **紉**：穿連的意思。**蘅杜**：杜蘅和杜若，是兩種香草。

56 **璫**：玉質耳飾。

57 **葳蕤**：草名，古人用以形容蘭草葉條下垂的樣子。這裡指蘭草。**壇時**：祭壇。**蓮焰**：蓮花形的燈盤。**燭**：燃的意思。**蘭膏**：澤蘭煉成用以燃燈的油膏。

58 **文**：花紋。**匏瓟**：指葫蘆器皿，可用作飲器。**觶斝**：古代兩種酒器。**灑**：祭灑，即潑酒於地。**醽醁**：美酒名。**桂醑**：桂花酒。

59 **覘**：察看。

60 **汗漫**：廣漠深遠沒有邊際。

61 **風廉**：即飛廉，神話傳說中的風神。

62 **嗷嗷**：哀號的聲音。

63 **窀穸**：墓穴。

64 **反其真**：反本歸源，指死亡。**奚化**：變化為何物的意思。

65 **懸附**：附贅懸疣的省語。喻纍贅。

66 **靈**：靈魂。**格**：感應。**嗟來**：招魂的意思。

67 **素女**：月中女神。

68 **宓妃**：洛水女神。

69 **弄玉**：秦穆公之女，善吹笙，後成仙飛去。

70 **寒簧**：傳說中的瑤池仙女。**敔**：一種打擊樂器。

71 **嵩嶽之妃**：中嶽嵩山之神的夫人靈妃。

72 **驪山之姥**：陝西驪山的女仙，又稱「驪山老母」。

73 **龜呈洛浦之靈**：傳說大禹治水，洛水出神龜，背負文書，獻給大禹。

74 **咸池**：樂曲名，也稱「大咸」。

75 **爰格爰誠**：感懷誠意的意思。

76 **匪筥匪簠**：「匪」通「非」。「筥簠」都是古代祭祀用器。

77 **霞城**：傳說中神仙居處，在東方。**玄圃**：也是神仙居處，在西方。

78 **氤氳**：雲霧迷離的樣子。

79 **月午**：月到中天。

80 **篔簹**：一種大竹，這裡指風吹竹聲。

81 **尚饗**：祭文結尾用語，意為來享用我祭獻的供品。

第七十九回 薛文起悔娶河東吼[1] 賈迎春誤嫁中山狼

話說寶玉才祭完了晴雯，只聽花蔭中有個人聲倒唬了一跳。細看不是別人，卻是黛玉，滿面含笑，口內說道：「好新奇的祭文，可與曹娥碑[2]並傳了。」寶玉聽了，不覺紅了臉，笑答道：「我想着世上這些祭文都過於熟爛了，所以改個新樣，原不過是我一時的頑意兒，誰知卻被你聽見了。有什麼大使不得的，何不改削改削。」黛玉道：「原稿在那裡？倒要細細的看看。長篇大論，不知說的是什麼，只聽見中間兩句，什麼『紅綃帳裡，公子情深；黃土隴中，女兒命薄』。這一聯意思卻好，只是『紅綃帳裡』未免俗濫些。放着現成的真事，為什麼不用？」寶玉忙問：什麼現成的真事？」黛玉笑道：「咱們如今都係霞彩紗糊的窗槅，何不說『茜紗窗下，公子多情』呢？」寶玉聽了，不禁跌足笑道：「好極，好極！到底是你想的出，說的出。可知天下古今現成的好景好事盡多，只是我們愚人想不出來罷了。但只一件：雖然這一改新妙之極，卻是你在這裡住着還可以，我實不敢當。」說着，又連說「不敢」。黛玉笑道：「何妨。我的窗即可為你之窗，何必如此分晰，也太生疏了。古人異姓陌路，尚然肥馬輕裘，敝之無憾，

歷來評者認為黛玉與晴雯間有一種特殊的關係。至少她們的性格有共同特點：聰明，美麗，自負，重情，任性，不肯隨俗……等等。晴雯雖死，晴雯性格永生。

進入文字討論，反而淡化了真情，醫療了心理創傷。

這是一種重視現實生活的啟發，高度評價生活的啟示的論調。其實比此前的掉文查出處的種種更有價值得多。

何況咱們。」寶玉笑道：「論交道，不在肥馬輕裘，即黃金白璧，亦不當錙銖較量。倒是這唐突閨閣上頭，卻萬萬使不得的。如今我竟將『公子』『女兒』改去，竟算是你誄他的倒妙。況且素日你又待他甚厚，所以寧可棄了這一篇文，萬不可棄這『茜紗』新句。莫若改作『茜紗窗下，小姐多情；黃土隴中，丫鬟薄命』。如此一改，雖與我不涉，我也愜懷。」黛玉笑道：「他又不是我的丫頭，何用此語。況且『小姐』『丫鬟』亦不典雅。等得紫鵑死了，我再如此說，還不算遲。」寶玉聽了忙笑道：「這是何苦又咒他。」黛玉笑道：「是你要咒的，並不是我說的。」寶玉道：「我又有了，這一改可極妥當了。莫若說『茜紗窗下，我本無緣；黃土隴中，卿何薄命』。」黛玉聽了，斗然變色，雖有無限狐疑，外面卻不肯露出，反連忙含笑點頭稱妙，說：「果然改得好，再不必亂改了，快去幹正經事罷。剛才太太打發人叫你，說明兒一早過大舅母那邊去。你二姐姐已有人家求準了，所以叫你們過去呢。」寶玉拍手道：「何必如此忙？我身上也不大好，明兒還未必能去呢。」黛玉道：「又來了，我勸你把脾氣改一改罷。一年大二年小……」一面說話，一面咳嗽起來。寶玉忙道：「這裡風冷，咱們只顧站着，涼着了可不是頑的，快回去罷。」黛玉道：「我也家去歇息了，明兒再見罷。」說着，便自取路去了。寶玉只得悶悶的轉步，忽想起黛玉無人隨伴，忙命小丫頭子跟送回去。自己到了怡紅院中，果有王夫人打發嬤嬤們來，吩咐他明日一早過賈赦這邊來，與方才黛玉之言相對。

「待她甚厚」云云，並未實寫過，只好簡單一表——再偉大的筆頭，也有寫不贏、寫不盈（充實）的時候！

本是誄晴雯，不知不覺又回到寶黛的愛情的無前途這一悲劇命運上來了。

曹氏「紅樓」精神，至此結束。

原來賈赦已將迎春許與孫家了。這孫家乃是大同府人氏，祖上係軍官出身，乃當日寧榮府中之門生，算來亦係至交。如今孫家只有一人在京，現襲指揮之職。此人名喚孫紹祖，生得相貌魁梧，體格健壯，弓馬嫻熟，應酬權變，年紀未滿三十，且又家資饒富，現在兵部候缺題升。因未曾娶妻。賈赦見是世交子侄，且人品家當都相稱合，遂擇為東床嬌婿，亦曾回明賈母。賈母心中卻不十分願意，但想兒女之事自有天意，況且他親父主張，何必出頭多事，因此只說「知道了」三字，餘不多及。賈政又深惡孫家，雖是世交，不過是他祖父當日希慕榮寧之勢，有不能不結之事才拜在門下的，並非詩禮名族之裔，因此倒勸諫過兩次，無奈賈赦不聽，也只得罷了。

賈母對迎春事不會十分上心。

寶玉卻未曾會過這孫紹祖一面的，次日只得過去聊以塞責。只聽見那娶親的日子甚近，不過今年就要過門的，又見邢夫人等回了賈母將迎春接出大觀園去，越發掃興，每每癡癡呆呆的，不知作何消遣。又聽說要陪四個丫頭過去，更又跌足道：「從今後這世上又少了五個清淨人了。」因此天天到紫菱洲一帶地方徘徊瞻顧，見其軒窗寂寞，屏帳翛然，[3]不過只有幾個該班上夜的老嫗。再看那岸上的蓼花葦葉，也都覺搖搖落落，似有追憶故人之態，迥非素常逞妍鬥色可比，所以情不自禁，乃信口吟成一歌曰：

池塘一夜秋風冷，吹散芰荷紅玉影。
蓼花菱葉不勝悲，重露繁霜壓纖梗。

雪上加霜，零落之態，已不可收拾矣，悲夫！

*搜檢大觀園，從精神上說（即不是從考據上說），乃是曹氏「紅」著的結束。具體的終結，應是終結在芙蓉誄上。以洋洋灑灑、規模宏大的芙蓉誄，以聰明美麗的晴雯的奇冤至死來結束曹氏「紅」著，宜哉！晴雯之死，是搜檢的最直接最嚴重最可悲的結果，是前八十回悲劇的頂峰，是事實上的對於王夫人——襲人（恰恰不是鳳姐）的仁義道德直至權力運作（包括奴才們對於這種權力的投靠、適應、效忠）的控訴批判。

不聞永晝敲棋聲，燕泥點點污棋枰。
古人惜別憐朋友，況我今當手足情。

寶玉方才吟罷，忽聞背後有人笑道：「你又發什麼呆呢？」寶玉回頭忙看是誰，原來是香菱。寶玉忙轉身笑問道：「我的姐姐，你這會子跑到這裡來做什麼？許多日子也不進來逛逛。」香菱拍手笑嘻嘻的說道：「我何曾不要來。如今你哥哥回來了，那裡比先時自由自在的了。才剛我們太太傳人找你鳳姐姐去，竟沒有找着，說往園子裡來了。我聽見這個話，我就討了這個差進來找他。遇見他的丫頭，說在稻香村呢，如今我往稻香村去，誰知又遇見了你。我還要問你，襲人姐姐這幾日可好？怎麼忽然把個晴雯姐姐也沒了？到底是什麼病？二姑娘搬出去的好快，你瞧瞧這地方，一時間就空落落的了。」寶玉只有一味答應，又讓他同到怡紅院去吃茶。香菱道：「此刻竟不能，等找着璉二奶奶，說完了正經事再來。」寶玉道：「什麼正經事這般忙？」香菱道：「為你哥哥娶嫂子的事，所以要緊。」寶玉道：「正是。說的到底是那一家的？只聽見吵嚷了這半年，今兒又說張家的好，明兒又要李家的，後兒又議論王家的。這些人家的女兒他也不知造了什麼罪，叫人家好端端的議論。」香菱道：「如今定了，可以不用拉扯別家了。」寶玉忙問道：「定了誰家的？」香菱道：「因你哥哥上次出門時，順路到了個親戚家去，這門親原是老親，且又和我們是同在戶部掛名行商，也是數一數二的大門戶。前日說起來時，你們兩府都也知道的，合京城裡上至王侯，下至買賣人都稱他家是

每吟到悲處（如黛湘中秋夜聯詩，寶玉誄芙蓉），必有人岔開（妙玉、黛玉直至此回香菱）。這也是哀而不傷之意。

官商一體，「紅」已有之。

『桂花夏家』。」寶玉忙笑道：「如何又稱為『桂花夏家』？」香菱道：「本姓夏，非常的富貴，其餘田地不用說，單有幾十頃地種着桂花，凡這長安那城裡城外桂花局俱是他家的，連宮裡一應陳設盆景，亦是他家貢奉，因此才有這個渾號。如今太爺也沒了，只有老奶奶帶着一個親生的姑娘過活，也並沒有哥兒弟兄，可惜他竟一門盡絕了後。」寶玉忙道：「咱們也別管他絕後不絕後，只是這姑娘可好？你們大爺怎麼就中意了？」香菱笑道：「一則是天緣；二來是『情人眼裡出西施』。當年時又通家來往，從小兒都在一處頑過，敘親是姑舅兄妹，又沒嫌疑。雖離了這幾年，前兒一到他家，夏奶奶又是沒兒子的，一見了你哥哥出落的這樣，又是哭，又是笑，竟比見了兒子的還勝，又令他兄妹相見。誰知這姑娘出落的花朵似的了，在家裡也讀書寫字，所以你哥哥當時就一心看準了。連當舖裡老夥計們一群人遭擾了人家三四日，他們還留多住幾天，好容易苦辭才放回家。你哥哥一進門就咕咕唧唧求我們太太去求親。我們太太原是見過的，又且門當户對，也依了。和這裡姨太太、鳳姑娘商議了，打發人去一說就成了。只是娶的日子太急，所以我們忙亂的狠。我也巴不得早些過來，又添了一個做詩的人了。」寶玉冷笑道：「雖如此說，擔只我倒替你擔心慮後呢。」香菱道：「這是什麼話，我倒不懂了。」寶玉笑道：「這有什麼不懂的，只怕再有個人來薛大哥就不肯疼你了。」香菱聽了，不覺紅了臉，正色道：「這是怎麼說！素日咱們都是廝抬廝敬，今日忽然提起這些事來，怪不得人人都說你是個親近不得的人。」一面說，一面轉身走了。

薛蟠此親竟是自己挑選的。算不算自由戀愛的萌芽呢？

好人無用。好人無醫。好人無救。好人不識好歹。

寶玉見他這樣，便悵然如有所失，呆呆的站了半日，只得沒精打采，還入怡紅院來。一夜不曾安睡，種種不寧，次日便懶進飲食，身體發熱。也因近日抄檢大觀園、逐司棋、別迎春、悲晴雯等羞辱驚恐悲淒所致，兼以風寒外感，遂致成疾，臥床不起。賈母聽得如此，天天親來看視。王夫人心中自悔不合因晴雯過於逼責了他。心中雖如此，臉上卻不露出。只吩咐眾奶娘等好生伏侍看守，一日兩次帶進醫生來診脈下藥。一月之後，方才漸漸的痊癒。好生保養過百日方許動葷腥油麵，方可出門行走。這百日內，院門前皆不許到，只在房中頑笑，四五十日後，就把他拘的火星亂迸，那裡忍耐的住。雖百般設法，無奈賈母王夫人執意不從，也只得罷了。因此和些丫鬟們無所不至，恣意耍笑。又聽得薛蟠那裡擺酒唱戲，熱鬧非常，已娶親入門，聞得這夏家小姐十分俊俏，也略通文翰，寶玉恨不得就過去一見才好。過些時，又聞得迎春出了閣。寶玉思及當時姊妹耳鬢廝磨，從今一別，縱得相逢，必不得似先前這等親熱了，眼前又不能去一望，真令人淒惶不盡。少不得潛心忍耐，暫同這些丫鬟們廝鬧釋悶，倖免賈政責備逼迫讀書之難。這百日內，只不曾拆毀了怡紅院，和這些丫頭們無法無天，凡世上所無之事都頑耍出來。如今且不消細說。

絕對不能認錯。

王夫人之權威，於殺人則有餘，於整頓風氣與教育下一代，則不足。

且說香菱自那日搶白了寶玉之後，自為寶玉有意唐突，從此倒要遠避他些才好。因此，以後連大觀園也不輕易進來了。日日忙亂着，薛蟠娶過親，自為得了護身符，自己身上分去責任，到底比這樣安靜些；二則又知是個有才有貌的佳人，自然是典雅和平的，因此心中盼過門的日子比薛蟠還急十倍。好容易盼得一日娶過了門，他便十分殷勤小心伏侍。

好人＝傻子。

世上當真有這樣的好人——傻子嗎？

原來這夏家小姐今年方十七歲，生的亦頗有姿色，亦頗識得幾個字。若論心中的丘壑涇渭，[4]頗步熙鳳的後塵，只吃虧了一件：從小時父親去世的早，又無同胞兄弟，寡母獨守此女，嬌養溺愛，不啻珍寶。凡女兒一舉一動，他母親皆百依百順，因此未免釀成個盜跖[5]的情性。自己尊若菩薩，他人穢如糞土，外具花柳之姿，內秉風雷之性。在家中和丫鬟們使性賭氣，輕罵重打的。今日出了閣，自為要作當家的奶奶，比不得作女兒時腼腆温柔，須要拿出威風來，才鈐壓得住人；況且見薛蟠氣質剛硬，舉止驕奢，若不趁熱灶一氣炮製，將來必不能自豎旗幟矣。又見有香菱這等一個才貌俱全的愛妾在室，越發添了「宋太祖滅南唐」之意。因他家多桂花，他小名就叫作金桂。他在家時不許人口中常出「金」「桂」二字來，凡有不留心誤道一字者，他便定要苦打重罰才罷。他因想桂花二字是禁止不住的，須得另換一名。想桂花曾有廣寒嫦娥之說，便將桂花改為嫦娥花，又寓自己身分如此。

這種先期介紹，難免不使人物類型化乃至臉譜化。

薛蟠本是個憐新棄舊的人，且是有酒膽無飯力的，如今得了這一個妻子，正在新鮮興頭上，凡事未免儘讓他些。那夏金桂見是這般形景，便也試着一步緊似一步。一月之中，二人氣概都還相平，至兩月之後，便覺薛蟠的氣概漸次的低矮

「酒膽飯力」云云，是否指他既是性放縱，又是性無能？

*這一段夏金桂壓倒薛蟠的描寫相當一般化、模式化。從「誰戰勝誰」的角度寫夫妻關係，評價夫妻關係，在中國文學作品中不少（如《聊齋》中治妒婦的故事），外國也有，如莎士比亞的《馴悍記》，莎翁此戲更有做戲的味道，富有幽默感。而「紅」中的夏金桂故事，一點也沒有幽默感。作者更不能容忍悍婦，不能像莎劇一樣把「馴悍」處理成喜劇，把悍婦也處理得頗有可愛之處。

了下去。一日薛蟠酒後，不知要行何事，先與金桂商議，金桂執意不從，薛蟠便忍不住便發了幾句話，賭氣自行了。金桂便哭的如醉人一般，茶湯不進，裝起病來，請醫療治。醫生又說：「氣血相逆，當進寬胸順氣之劑。」薛姨媽恨的罵了薛蟠一頓，說：「如今娶了親，眼前抱兒子了，還是這樣胡鬧。人家鳳凰似的好容易養了一個女兒，比花朵兒還輕巧，原看的你是個人物才給你做老婆，你不說收了心安分守己，一心一計和和氣氣的過日子，還是這樣胡鬧，喝了黃湯折磨人家，這會子花錢吃藥白遭心。」一夕話說的薛蟠後悔不迭，反來安慰金桂。金桂見婆婆如此說，越發得了意，更裝出些張致來，不理薛蟠。薛蟠沒了主意，惟有自軟而已。好容易十天半月之後，才漸漸的哄轉過金桂的心來。自此更加一倍小心，氣概不免又矮了半截下來。那金桂見丈夫旗纛漸倒，婆婆良善，也就漸漸的持戈試馬。先時不過挾制薛蟠，後來倚嬌作媚將及薛姨媽，後將至寶釵。寶釵久察其不軌之心，每每隨機應變，暗以言語彈壓其志。金桂知其不可犯，便欲尋隙，苦得無隙可乘，倒只好曲意俯就。一日金桂無事，因和香菱閒談，問香菱家鄉父母。香菱皆答忘記。金桂便不悅，說有意欺瞞了他。因問：「香菱」二字是誰起的，香菱便答道：「姑娘起的。」金桂冷笑道：「人人都說姑娘通，只這一個名字就不通。」香菱忙笑：「奶奶若說姑娘不通，奶奶沒和姑娘講究過。說起來，他的學問連咱們姨老爺時常還誇的呢。」欲知金桂說出何話，且聽下回分解。

1 **河東吼**：即河東獅吼，比喻妻子的兇悍嫉妒。

2 **曹娥碑**：曹娥是東漢時孝女，浙江上虞人。上虞縣為其立碑，碑文傳為邯鄲淳所撰。後人以曹娥碑文為祭文的典範。

3 **翛然**：蕭索空寂的樣子。

4 **丘壑涇渭**：「丘」是山，「壑」是山谷。「涇渭」是涇水、渭水。這裡引申為人的心機、心計。

5 **盜跖**：傳說中的大盜。

第八十回 美香菱屈受貪夫棒　王道士胡謅妒婦方

話說金桂聽了，將脖項一扭，嘴唇一撇，鼻孔裡哧哧兩聲冷笑道：「菱角花開誰見香來？若是菱角香了，正經那些香花放在那裡？可是不通之極！」香菱道：「不獨菱花香，就連荷葉蓮蓬都是有一股清香的，但他原不是花香可比。若靜日靜夜或清早半夜細領略了去，那一股清香比是花都好聞呢。就連菱角、雞頭、葦葉、蘆根得了風露，那一股清香也是令人心神爽快的。」金桂道：「依你說，這蘭花桂花倒香的不好了？」香菱說到熱鬧頭上忘了忌諱，便接口道：「蘭花桂花的香又非別的香可比。」一句未完，金桂的丫頭名喚寶蟾的，忙指着香菱的臉說道：「你可要死！你怎麼叫起姑娘的名字來！」香菱猛省了，反不好意思，忙陪笑說：「一時順了嘴，奶奶別計較。」金桂笑道：「這有什麼，你也太小心了。但只是我想這個『香』字到底不妥，意思要換一個字，不知你服不服？」香菱笑道：「奶奶說那裡話，此刻連我一身一體俱是奶奶的，何得換一個名字反問我服（嗚呼！）不服，叫我如何當的起。奶奶說那一個字好，就用那一個。」金桂冷笑道：「你雖說的是，只怕姑娘多心。」香菱笑道：「奶奶原來不知，當日買了我時，原是老太太使喚的，故此姑娘起了這個名字。後來伏侍了爺，就與姑娘無涉了。如今又有了奶奶，益發不與姑娘相干，且姑娘又是極明白的人，如何惱得這些呢。」金桂道：「既這樣說，『香』字竟不如『秋』字妥當。菱角菱花皆盛於秋，豈不比『香』字有來歷些。」香菱笑道：「就依奶奶這樣罷了。」自此後遂改了秋字，寶釵亦不在意。

秋菱倒也不錯，乃至更好。夏氏並不草包。

只因薛蟠是天性「得隴望蜀」的，如今娶了金桂，又見金桂的丫頭寶蟾有三分姿色，舉止輕浮可愛，便時常要茶要水的，故意撩逗他。寶蟾雖亦解事，只是怕金桂，不敢造次，且看金桂的眼色。金桂亦覺察其意，想着：「正要擺佈香菱，無處尋隙，如今他既看上寶蟾，我且捨出寶蟾與他，他一定就和香菱疏遠了。我再乘他疏遠之時，擺佈了香菱。那時寶蟾原是我的人，也就好處了。」打定了主意，俟機而發。

這日薛蟠晚間微醺，又命寶蟾倒茶來吃。薛蟠接碗時，故意捏他的手。寶蟾又喬裝躲閃，連忙縮手，兩個失誤，豁啷一聲，茶碗落地，潑了一身一地的茶。薛蟠不好意思，佯說寶蟾不好生拿着。寶蟾說：「姑爺不好生接。」金桂冷笑道：「兩個人的腔調兒都夠使的了。別打諒誰是傻子。」薛蟠低頭微笑不語。寶蟾紅了臉出去。一時安歇之時，金桂便故意的攆薛蟠別處去睡，「省的得了饞癆似的」。薛蟠只是笑。金桂道：「要做什麼和我說，別偷偷摸摸的不中用。」薛蟠聽了，仗着酒蓋臉，就勢跪在被上，拉着金桂笑道：「好姐姐，你若把寶蟾賞了我，你要怎樣就怎樣，你要活人腦子也弄來給你。」金桂笑道：「這話好不通。你愛誰，說明了，就收在房裡，省的別人看着不雅。我可要什麼呢。」薛蟠得了這話，喜的稱謝不盡，是夜曲盡丈夫之道，竭力奉承金桂。次日也不出門，只在家中廝鬧，越發放大了膽了。

至午後，金桂故意出去，讓個空兒與他二人。薛蟠便拉拉扯扯的起來。寶蟾心裡也知八九了，也就半推半就，正要入港。誰知金桂是有心等候的，料着在難分之際，便叫小丫頭小捨兒過來。原來這小丫頭也是金桂在家從小使喚的，因他自小父母雙亡，無人看管，便大家叫他做小捨兒，專做些粗活。金桂如今有意獨喚他來吩咐道：「你去告訴秋菱，到我屋裡將我的絹子取來，不必說我說的。」小捨兒聽了，一徑去尋着秋菱說：「菱姑娘，奶奶的絹子忘記在屋裡了。你去取了來送上去豈不好？」秋菱正因金桂近日每每的挫折他，不知何意，百般竭力挽回。聽了這話，忙往房裡來取。不防正遇見他二人推就之際，一頭撞了進去，自己倒羞的耳面通紅，轉身迴避不及。薛蟠自為是過了明路的，除了金桂，無人可怕，所以連門也不掩。這會秋菱撞來，故雖不十分在意。無奈寶蟾素日最是說嘴要強的，今既遇了秋菱，便恨無地可入，忙推開薛蟠，一徑跑了，口內還怨恨不絕，說他強姦力逼。薛蟠好容易哄得上手，卻被秋菱打散，不免一腔的興頭變作了一腔的惡怒，都在秋菱身上，不容分說，趕出來啐了兩口罵道：「死娼婦，你這會子做什麼來撞屍遊魂！」秋菱料事不好，三步兩步早已跑了。薛蟠再來找寶

一位小姐，哪裡學的這般壞水？生而知之，生而邪惡並下流陰毒至此麼？

蟾，已無蹤跡了。於是只恨的罵秋菱。至晚飯後，已吃的醺醺然，洗澡時不防水略熱了些，燙了腳，便說秋菱有意害他，他赤條精光趕着秋菱踢打了兩下。秋菱雖未受過這氣苦，既到了此時，也說不得了，只好自悲自怨，各自走開。

彼時金桂已暗和寶蟾說明，今夜令薛蟠在秋菱房中去成親，命秋菱過來陪自己安睡。先是秋菱不肯。金桂說他嫌腌臢了，再必是圖安逸，怕夜裡勞動伏侍，又罵說：「你沒見世面的主子，見一個，愛一個，把我的人霸佔了去，又不叫你來。到底是什麼主意，想必是逼死我就罷了。」薛蟠聽了這話，又怕鬧黃了寶蟾之事，忙又趕來罵秋菱：「不識抬舉！再不去，就要打了！」秋菱無奈，只得抱了鋪蓋來。金桂命他在地下鋪着睡。秋菱只得依命。剛睡下，便叫倒茶，一時又要捶腿，如是者一夜七八次，總不使其安逸穩臥片時。那薛蟠得了寶蟾，如獲珍寶，一概都置之不顧。恨得金桂暗暗的發恨道：「且叫你樂幾天，等我慢慢的擺佈了他，那時可別怨我！」一面隱忍，一面設計擺佈秋菱。

半月光景，忽又裝起病來，只說心疼難忍，四肢不能轉動，療治不效，眾人都說是秋菱氣的。鬧了兩天，忽又從金桂枕頭內抖出個紙人來，上面寫着金桂的年庚八字，有五根針釘在心窩並肋肢骨縫等處，於是眾人當作新聞，先報與薛姨媽。薛姨媽先忙手忙腳的，薛蟠自然更亂起來，立刻要拷打眾人。金桂道：「何必冤枉眾人，大約是寶蟾的鎮魔法兒。」薛蟠道：「他這些時並沒多空兒在你房裡，何苦賴好人。」金桂冷笑道：「除了他還有誰，莫不是我自己害自己不

薛蟠之可惡，比夏氏有過無不及。曹氏更傾向於詆毀壞女人，故給讀者的感覺是夏氏潑辣，薛傻子可憐。

也是馬道婆術，說明這些一心害人的人辦法不多，想像力有限。當然，一個是真心想害人，一個人製造假象別人要害己，真心假象，如出一轍。

成！雖有別人，如何敢進我的房呢。」薛蟠道：「秋菱如今是天天跟着你，他自然知道，先拷問他就知道了。」金桂冷笑道：「拷問誰，誰肯認？依我說竟裝個不知道，大家丟開手罷了。橫豎治死我也沒什麼要緊，樂的再娶好的。若據良心上說，左不是你三個多嫌我。」一面說，一面痛哭起來。薛蟠更被這些話激怒，順手抓起一根門閂來，一徑搶步找着秋菱，不容分說，便劈頭劈臉渾身打起來，一口只咬定是秋菱所施。秋菱叫屈。薛姨媽跑來禁喝道：「不問明白就打起人來了。這丫頭伏侍這幾年，那一年不小心？他豈肯如今做這沒良心的事！你且問個清渾皂白，再動粗鹵。」金桂聽見他婆婆如此說，怕薛蟠心軟意活了，便發聲喪氣大哭起來，說：「這半個多月把我的寶蟾霸佔了去，不容進我的房，惟有秋菱跟着我睡。我要拷問寶蟾，你又護在頭裡，你這會子又賭氣打他去。治死我，再揀富貴的標致的娶來就是了，何苦做出這些把戲來！」薛蟠聽了這些話，越發着了急。薛姨媽聽見金桂句句挾制着兒子，百般惡賴的樣子，十分可恨。無奈兒子偏不硬氣，已是被他挾制軟慣了。如今又勾搭上丫頭，被他說霸佔了去，自己還要佔溫柔讓夫之禮。這魘魔法究竟不知誰做的，正是俗話說的好，「清官難斷家務事」，此時正是公婆難斷床幃的事了。因無法，只得賭氣喝薛蟠說：「不爭氣的孽障！狗也比你體面些，誰知你三不知的把陪房丫頭也摸索上了，叫老婆說霸佔了丫頭，什麼臉出去見人！也不知誰使的法子，也不問清就打人。我知道你是個得新棄舊的東西，白辜負了當日的心。他既不好，你也不許打，我即刻叫人牙

更加複雜化了。

子來賣了他，你就心淨了。」說着，又命秋菱「收拾了東西跟我來」，一面叫人去，「快叫個人牙子來，多少賣幾兩銀子，拔去肉中刺，眼中釘，大家過太平日子。」薛蟠見母親動了氣，早已低了頭。金桂聽了這話，便隔着窗子望外哭道：「你老人家只管賣人，不必說着一個拉着一個的。我們狠是那吃醋拈酸容不得下人的不成，怎麼『拔去肉中刺，眼中釘』？是誰的釘，誰的刺？但凡多嫌着他，也不肯把我的丫鬟也收在房裡了。」薛姨媽聽說，氣的身戰氣咽，道：「這是誰家的規矩？婆婆在這裡說話，媳婦隔着窗子拌嘴。虧你是舊人家的女兒，滿嘴裡大呼小喊，說的是什麼！」薛蟠急得跺腳說：「罷喲，罷喲！看人家聽見笑話。」金桂意謂一不作，二不休，越發喊起來了，說：「我不怕人笑話！你的小老婆治害我，我倒怕人笑話了！再不然留下他，賣了我。誰還不知道薛家有錢，行動拿錢墊人，[1]又有好親戚挾制着別人，你不趁早施為，還等什麼？嫌我不好，誰叫你們瞎了眼，三求四告的跑了我們家做什麼去了！」一面哭喊，一面自己拍打。薛蟠急的說又不好，勸又不好，打又不好，央告又不好，只是出入噯聲嘆氣，抱怨說運氣不好。當下薛姨媽被寶釵勸進去了，只命人來賣香菱。寶釵笑道：「咱們家只知買人，並不知賣人之說。媽媽可是氣糊塗了，倘或叫人聽見，豈不笑話。哥哥嫂子嫌他不好，留着我使喚，我正也沒人呢。」薛姨媽道：「留下他還是惹氣，不如打發了他乾淨。」寶釵笑道：「他跟着我也是一樣，橫豎不叫他到前頭去，從此斷絕了他那裡，也與賣了的一樣。」香菱早已跑到薛姨媽跟前痛哭哀求，

人牙子，多可怕的稱謂！

誰家真正按規矩辦事？

倒也生動。

市井無賴一般。

鬧起來，「上人」「下人」一丘之貉。一鬧就撕破了偽裝，所以夏金桂人物亦是應運而生，應生活的需要而生。

不願出去，情願跟姑娘。薛姨媽只得罷了。

自此後來，香菱果跟隨寶釵去了，把前面路徑竟自斷絕。雖然如此，終不免對月傷悲，挑燈自嘆。雖然在薛蟠房中幾年，皆因血分中有病，是以並無胎孕，今復加以氣怒傷肝，內外折挫不堪，竟釀成乾血之症，[2]日漸羸瘦，飲食懶進，請醫服藥不效。那時金桂又吵鬧了數次，薛蟠有時仗着酒膽，挺撞過兩次，持棍欲打，那金桂便遞身叫打；這裡持刀欲殺時，便伸着脖項。薛蟠也實不能下手，只得亂了一陣罷了。如今已成習慣自然，反使金桂越長威風，又漸次辱嗔寶蟾。寶蟾比不得香菱，最是個烈火乾柴，既和薛蟠情投意合，便把金桂放在腦後。近見金桂又作踐他，他便不肯低服半點。先是一衝一撞的拌嘴，後來金桂氣急，甚至於罵，再至於打。他雖不敢還手，便也撒潑打滾，尋死覓活，晝則刀剪，夜則繩索，無所不鬧。薛蟠一身難以兩顧，惟徘徊觀望，十分鬧的無法，便出門躲着。金桂不發作性氣，有時歡喜，便糾聚人來鬥牌擲骰行樂。又生平最喜啃骨頭，每日務要殺雞鴨，將肉賞人吃，只單是油炸的焦骨頭下酒。吃的不耐煩，便肆行海罵，說：「有別的忘八粉頭樂的，我為什麼不樂！」薛家母女總不去理他，惟暗裡落淚。薛蟠亦無別法，惟悔恨不該娶這攪家精，都是一時沒了主意。於是寧榮二府之人，上上下下無有不知，無有不嘆者。

此時寶玉已過了百日，出門行走，亦曾過來見過金桂，舉止形容也不怪厲，

又病了一個。

五毒俱全了。

倒也提供另一種活法。封建上層女子，也不只有溫順文雅一路。

薛蟠得此悍婦，亦是現世現報。

薛姨媽得此媳，寶釵得此嫂，免得她們活得一味珠圓玉潤，也是天意。

一般是鮮花嫩柳，與眾姊妹不差上下，焉得這等情性，可謂奇事。因此心中納悶。這日與王夫人請安去，又正遇見迎春奶娘來家請安，說起孫紹祖甚屬不端，姑娘惟有背地裡淌眼淚，只要接了來家散蕩兩日。王夫人因說：「我正要這兩日接他去，只是七事八事的都不遂心，所以就忘了。前日寶玉去了，回來也曾說過的。明日是個好日子，就接他去。」正說時，賈母打發人來找寶玉，說：「明兒一早往天齊廟[3]還願去。」寶玉如今巴不得各處去逛逛，聽見如此，喜的一夜不曾合眼。

寶釵躲了大觀園（的事非），躲不了自己家裡（的事非）。

次日一早，梳洗穿戴已畢，隨了兩三個老嬤嬤坐車出西城門外天齊廟燒香還願。這廟裡已於昨日預備停妥的。寶玉天性怯懦，不敢近猙獰神鬼之像，是以忙忙的焚過紙馬錢糧，便退至道院歇息。一時吃飯畢，眾嬤嬤和李貴等圍隨寶玉到各處頑耍了一回，寶玉睏倦，復回至淨室安歇。眾嬤嬤生恐他睡着了，便請了當家的老王道士來陪他說話兒。這老道士專在江湖上賣藥，弄些海上方治病射利，廟外現掛着招牌丸散膏藥，色色俱備，亦長在寧榮二府走動慣熟，都與他起了個渾號喚他作「王一貼」，言他膏藥靈驗，一貼病除。當下王一貼進來，寶玉正歪在炕上想睡，看見王一貼進來，笑道：「來的好。王師父，你極會說笑話兒的，說一個與我們大家聽聽。」王一貼笑道：「正是呢。哥兒別睡，仔細肚子裡面筋作怪。」說着，滿屋裡的都笑了。寶玉也笑着起身整衣。王一貼命徒弟們快沏好茶來。焙茗道：「我們爺不吃你的茶，坐在這屋裡還嫌膏藥氣息呢。」王一貼笑

比人更猙獰麼？

道：「不當家花拉的，膏藥從不拿進屋裡來的。知道二爺今日必來，三五日頭裡就拿香熏的了。」寶玉道：「可是呢，天天只聽見你的膏藥好，到底治什麼病？」王一貼道：「若問我的膏藥，說來話長，其中細底一言難盡。共藥一百二十味，君臣相際，温涼兼用。內則調元補氣，養榮衛，開胃口，寧神定魄，去寒去暑，化食化痰；外則和血脈，舒經絡，去死生新，去風散毒，其效如神，貼過便知。」寶玉道：「我不信一張膏藥就治這些病。我且問你，倒有一種病，也貼的好麼？」王一貼道：「百病千災，無不立效。若不效，二爺只管揪鬍子，打我這老臉，拆我這廟何如？只說出病源來。」寶玉道：「你猜，若猜得着，便貼的好了。」王一貼聽了，尋思一會，笑道：「這倒難猜，只怕膏藥有些不美了。」寶玉命他坐在身邊，王一貼心動，便笑着悄悄的說道：「我可猜着了。想是二爺如今有了房中的事情，要滋助的藥，可是不是？」話猶未完，焙茗先喝道：「該死，打嘴！」寶玉猶未解，忙問：「他說什麼？」焙茗道：「信他胡說。」唬的王一貼不等再問，只說：「二爺明說了罷。」寶玉道：「我問你，可有貼女人的妒病的方子沒有？」王一貼聽了，拍手笑道：「這可罷了。不但說沒有方子，就是聽也沒有聽見過。」寶玉笑道：「這樣還算不得什麼！」王一貼又忙道：「這貼妒的膏藥倒沒經過，有一種湯藥或者可醫，只是慢些兒，不能立刻見效的。」寶玉道：「什麼湯？怎麼吃法？」王一貼道：「這叫作療妒湯，用極好的秋梨一個，二錢冰糖，一錢陳皮，水三碗，梨熟為度。每日清晨吃這一個梨，吃來吃去就好了。」寶玉

廣告語言。亦是對言過其實的廣告的嘲諷。廣告誇張其詞，「紅」已有之。

夏金桂之事已登峰造極，無法解決。便出來一個王一貼，插科打諢，化為笑談。

道：「這也不值什麼，只怕未必見效。」王一貼道：「一劑不效吃十劑，今日不效明日再吃，今年不效明年再吃。橫豎這三味藥都是順肺開胃不傷人的，甜絲絲的，又止咳嗽，又好吃。吃過一百歲，人橫豎是要死的，死了還妒什麼！那時就見效了。」說着，寶玉、焙茗都大笑不止，罵：「油嘴的牛頭。」王一貼道：「不過是閒着解午盹罷了，有什麼關係。說笑了你們就值錢。告訴你們說，連膏藥也是假的。我有真藥，我還吃了作神仙呢。有真的，跑到這裡來混？」正說着，吉時已到，請寶玉出去奠酒焚化錢糧散福。功課完畢，寶玉方進城回家。

那時迎春已來家好半日。孫家婆娘媳婦等人已待晚飯，打發回家去了。迎春方哭哭啼啼在王夫人房中訴委曲，說：「孫紹祖一味好色、好賭、酗酒，家中所有的媳婦丫頭將及淫遍。略勸過兩三次，便罵我是『醋汁子老婆擰出來的』。又說老爺曾收着五千銀子，不該使了他的。如今他來要了兩三次不得，便指着我的臉說道：『你別和我充夫人娘子，你老子使了我五千銀子，把你准折賣給我的。好不好，打你一頓，攆到下房裡睡去。當日有你爺爺在時，希冀上我們的富貴，趕着相與的。論理我和你父親是一輩，如今壓着我的頭晚了一輩，不該作了這門親，倒沒的叫人看着趕勢利似的。』」一行說，一行哭的嗚嗚咽咽，連王夫人並眾姊妹無不落淚。王夫人只得用言解勸說：「已是遇見不曉事的人，可怎麼樣呢。想當日你叔叔也曾勸過大老爺，不叫

*人生煩惱，殊無盡頭。寶玉、晴雯、司棋、黛玉、芳官之煩惱寫罷，又是迎春、薛蟠這路較平庸的人的煉獄生涯。就是潔身自好的寶釵，善良單純的香菱也欲潔不能，欲善無路。

各有煩惱，俗人有俗的煩惱，雅人有雅的煩惱。俗人的煩惱也會干擾雅人，雅人的煩惱卻被俗人視為瘋癲可笑。

或謂七十九、八十兩回已為高氏續作（胡風即持此觀點），可能這兩回的描寫比前幾十回顯得過於凡俗吧。待考。

時間醫治一切，解決一切，倒不純是笑話。

此話說透。但看不透的人仍多。王一貼一節寫出無可奈何四字。

夏金桂之壞，比較豐富生動。孫紹祖之壞，純係概念。蓋以封建禮法觀之，壞女人十惡不赦，五毒俱全，寫來頭頭是道。壞男人則雖壞（特別是對妻子壞）亦不是大逆不道，不足以勾畫出醜惡嘴臉來。

作這門親的。大老爺執意不聽，一心情願，到底作不好了。我的兒，這也是你的命！」迎春哭道：「我不信我的命就這麼苦！從小兒沒有娘，幸而過嬸娘這邊來過了幾年淨心日子，如今偏又是這麼個結果！」王夫人一面勸，一面問他隨意要在那裡安歇。迎春道：「乍乍的離了姊妹們，只是眠思夢想。二則還記掛着我的屋子，還得在園裡住得三五天，死也甘心了。不知下次還可得住不得住了呢！」王夫人忙勸道：「快休亂說！年輕的夫妻們鬥牙鬥齒也是泛泛人的常事，何必說這些喪話。」仍命人忙忙的收拾紫菱洲房屋，命姊妹們陪伴着解釋，又吩咐寶玉：「不許在老太太跟前走漏一些風聲，倘或老太太知道了這些事，都是你說的。」寶玉唯唯的聽命。迎春是夕仍在舊館安歇。眾姊妹丫鬟等更加親熱異常。一連住了三日，才往邢夫人那邊去。先辭過賈母及王夫人，然後與眾姊妹分別，各皆悲傷不捨。還是王夫人薛姨媽等安慰勸釋，方止住了過那邊去。又在邢夫人處住了兩日，就有孫家的人來接去。迎春雖不願去，無奈孫紹祖之惡，勉強忍情作辭去了。邢夫人本不在意，也不問其夫妻和睦，家務煩難，只情面塞責而已。要知後事，下回分解。

1 **拿錢墊人：**依仗錢財欺壓人的意思。

2 **乾血之症：**婦科病，即閉經。

3 **天齊廟：**即東嶽廟。